经典文学名著人物撷芳

主编　张学艳　张英华

沈阳出版发行集团
沈 阳 出 版 社

图书在版编目（CIP）数据

经典文学名著人物撷芳 / 张学艳，张英华主编．--沈阳：沈阳出版社，2021.11

ISBN 978-7-5716-2316-6

Ⅰ．①经… Ⅱ．①张… ②张… Ⅲ．①人物形象－文学作品研究－世界 Ⅳ．① I106

中国版本图书馆 CIP 数据核字 (2022) 第 058151 号

出版发行：沈阳出版发行集团 ｜ 沈阳出版社
（地址：沈阳市沈河区南翰林路 10 号　邮编：110011）
网　　址：http://www.sycbs.com
印　　刷：三河市华晨印务有限公司
幅面尺寸：185mm × 260mm
印　　张：20.5
字　　数：450 千字
出版时间：2021 年 11 月第 1 版
印刷时间：2022 年 9 月第 1 次印刷
责任编辑：周　阳
封面设计：启轩文化
版式设计：优盛文化
责任校对：李　赫
责任监印：杨　旭

书　　号：ISBN 978-7-5716-2316-6
定　　价：98.00 元

联系电话：024-24112447
E - mail：sy24112447@163.com

主　编：张学艳　张英华

副主编：刘宝艳　扈诗琴

编　者：（按姓氏笔画为序）

丁　静　王金凤　王　倩　王文静　卞冬梅　付秀华

刘　猛　刘　多　刘宝艳　刘　凡　刘春艳　杨　爽

张　婧　张学艳　张英华　李立辉　赵睿娜　郭　芬

徐启锋　崔明菊　耿　楠　扈诗琴　隗立旭

顾　问：刘　猛

目　录

上卷

下卷

上卷

前　言

为什么说中国人的一生，一定要读四大名著？因为它们蕴涵的传统文化和人生智慧博大而精深，在某种意义上说，它们都是文化密码，我们可以从中解读中国人的历史观、政治观、人生观、生命观等等。

《西游记》是中国古代第一部浪漫主义章回体长篇神魔小说。相信大家对孙悟空一个又一个斩妖伏魔的精彩故事耳熟能详，而对于唐僧师徒四人性格的复杂特征和他们对真善美的精神追求还没来得及去充分发现。“第一章《西游记》文化发现”试图带领你走近历史上真实的玄奘、从孙悟空身上看到自己的影子、重新认识好吃懒做的猪八戒，发现取经团队成功取得真经的秘诀所在。

《水浒传》是一部英雄传奇小说，它反映了中国特定历史时期的社会生活，成功地塑造了神态各异、光彩夺目的众多梁山英雄形象。相信你对只用了三拳便打死恶霸镇关西的鲁达、无视“三碗不过冈”警告的打虎英雄武松和仗义疏财、乐善好施人称“及时雨”的宋江等人物钦佩不已，阅读“第二章《水浒传》文化思考”后你会进一步了解作者施耐庵在这些英雄人物身上寄寓的理想人格和社会愿景。

《三国演义》是长篇历史章回通俗演义小说，它通过描写东汉末年复杂的政治军事斗争，谴责了统治者的残暴和丑恶，反映了动乱时代人民的痛苦和对清明政治、对仁君的向往，体现了鲜明的“拥刘反曹”倾向。但因人物众多、事件纷繁复杂，读者难以获得清晰、深刻的阅读感受，“第三章《三国演义》文化探究”尝试从君王、主力、干将、谋士、家族五个方面，分层对比各种阵营人物关系，为你提供一个清晰的阅读逻辑视角，帮助大家深入理解《三国演义》的独特历史文化魅力。

《红楼梦》作为中国古代章回体长篇小说的顶峰之作，作为一部文学奇书，它塑造了众多具有永恒艺术魅力的人物形象，如集万千宠爱于一身的宝玉、敏感灵透的黛玉、雍容高贵的宝钗、心狠手辣的王熙凤等。同时它还是一部中国封建社会的百科全书，传统文化的集大成者，有红学家评价说：“红楼一书中，翰墨，则诗词歌赋、制艺尺牍、爰书戏曲以及对联匾额、酒令灯谜、说书笑话，无不精善；技艺，则琴棋书画、医卜星象及匠作构造、栽种花果、蓄养禽鱼、针黹烹调，巨细无遗，件件具有，可谓包罗万象，囊括无遗。”台湾学者蒋勋曾说：“《红楼梦》的现代性，或许要到了二十一世纪，才慢慢被青年发现。”本卷“第四章《红楼梦》文化思辨”即着眼于一些人物的修养才情、处世之道以及人生况味，着力挖掘人物本身具有的人性的光亮。希望读者能从他们各自的宿命中得到一些生命启迪，努力开创并拥有一个幸福的人生。

如今，“名著导读”“整本书阅读”已成为初高中语文学习的重要内容，“经典阅读”也早已是中高考语文试卷中必有的考查项目，大家在日常文学阅读中必然会阅读“四大名著”。但愿由多位编者共同编写的《经典文学名著人物撷芳》（上卷）有助于读者理解中华文化的博大精深、源远流长，认同中华文化的核心思想理念和人文精神，增强文化自信，继承和弘扬中华优秀传统文化。

张学艳

2022 年 5 月

第一章 《西游记》文化发现

刘宝艳

《西游记》，作者吴承恩，字汝忠，号射阳山人，淮安府山阳县（今江苏省淮安市淮安区）人，中国明代小说家。《西游记》是中国古代第一部浪漫主义章回体长篇神魔小说。全书主要描写了唐僧、孙悟空、猪八戒、沙僧师徒四人西行取经，一路上经历九九八十一难，终于到达西天取得真经的故事。

该书以玄奘西游这一真实历史事件为蓝本构思故事，不仅反映了社会各阶层人物的生活状况，而且从哲理的高度渲染了人们对真善美的追求，反映了人类不屈不挠的斗争精神。

之前的阅读，你是否仅仅陶醉于幻想世界的神奇瑰丽？一味沉迷于神话故事的引人入胜？更多地叹服于孙悟空的超凡入圣？你是否曾对作者创作的故事以及人物有过深层的思考？也许接下来的阅读会为你打开一扇重新认识《西游记》的窗子，给你带来新的发现。

第一节 唐僧——历尽坎坷终无悔

刘 猛 刘 多

一、唐僧的原型——玄奘

玄奘，本名陈祎（600-664），洛州缑氏（今河南偃师）人，少年时候就出家了。唐太宗时期，为了防范突厥部族入侵滋事，曾有过不准擅自通行西域的诏令。因为有感于译经谬讹太甚、真伪难辨，玄奘不顾当时朝廷禁令，孤身一人，跋涉千山万水，到佛教发源地天竺（即今天的印度）去取经。

贞观元年（627 年），玄奘几次三番申请“过所”（即通行证，小说中的通关文牒），以西行求法，但未获唐太宗批准。此事并没有打消玄奘西行求法的念头，他决心寻找机会西行。根据当时规定，私自经过边关比私自前往内地关隘惩罚更重，所以他的这个决定非常危险。贞观三年（629 年），长安遭遇大灾，政府允许百姓自寻出路，玄奘借机混入灾民中偷渡出关。

玄奘出国取经是极其艰难的。他穿过了秦州、兰州、凉州，准备从凉州出国界，在此地待了一个多月，才在他人的帮助下出了边境，到达安西。在安西，他认识了一个西域人，并请他当向导，安西的老人又送给他一匹识途的老马。其后，玄奘出安西过玉门关进入大沙漠。在这期间，他与向导失散，一人前行。在沙漠中，他遇上了严重的干旱，长时间未喝一滴水，甚至晕倒在沙漠中，被凉风吹醒，继续前行。后来陆续经过众多国家，终于到达天竺——今天的印度。从出国至到达天竺，玄奘总共用了一年的时间。

余秋雨在《玄奘和法显》说："从大戈壁到达犍陀罗，至少还要徒步翻越天山山脉的腾格里山，再翻越帕米尔高原，以及目前在阿富汗境内的兴都库什山。这些山脉即便在今天装备精良的登山运动员看来也是难于逾越的世界级天险，居然都让玄奘这位佛教旅行家全部踩到了脚下。"

由于是偷渡出国，在学成归国时，玄奘希望朝廷能理解自己过去的无奈选择，准允他回国。他给唐太宗李世民的信中简要叙述了自己西行印度、行程 5 万余里所经历的种种艰难险阻，以及在印度周游各国的求学经历。信通过驼队送到了当时正在洛阳布置征讨高丽事务的李世民的案头。

读罢书信，李世民被这位僧人的求学经历打动了：他深知西行路途非常不易，如果没有坚强的毅力，穿越浩瀚的沙漠戈壁、翻过终年积雪的天山，都是不可能的；他也充分理解玄奘孤身一人在异乡求学的艰难，如果没有坚持不懈的执着，仅凭语言文化的隔膜、生活习俗的不同，便足以让人半途而废。

于是他亲自给这名法号玄奘的僧人回信，尊其为法师，并告诉玄奘："听说法师西行归来，我非常高兴，已命令沿途的官员迎接护送，请法师速来与我相见。"

贞观十九年（645 年），玄奘以 20 匹马驮负 657 部梵文佛经回国，受到唐太宗隆重的礼遇。唐太宗让他主持弘福寺、慈恩寺，并为他建立译场，让他翻译佛经。他翻译的佛经成为后世中国流传的佛教的经典。

玄奘西游取经达 17 年之久，历经 50 多国。回来以后，由他口述，他的弟子辩机把他西行取经的经历辑录成一部笔记，叫作《大唐西域记》。这部书中的记载，既有真实的东西，也有虚构的东西。

这部书记载了一尊巨大的卧佛，这是迄今为止世界上所知的最大的一尊卧佛，但是具体在哪个位置没有人找得到。一位日本的考古学家配合阿富汗的考古学家进行了仔细的考察。他们首先研究《大唐西域记》，看它记载这尊大佛在什么地点，什么方位，书中有准确的记载，根据书中记载的地点和方位进行勘测。经过仔细的勘测，扫描显示，按照《大唐西域记》记载的方位果然探测到了那尊佛像，而且佛像的方位非常准确，佛像的大小长短也非常准确。从这个方面来看，《大唐西域记》的记载有些是非常准确的，可以当作史料来看，加以利用。

二、《西游记》中的唐僧

（一）意志坚定，虔诚苦行

“贫僧不才，愿效犬马之劳，与陛下求取真经，祈保我王江山永固。”“我这一去，定要捐躯努力，直至西天；如不到西天，不得真经，即死也不敢回国，永堕沉沦地狱。”领取了唐王旨意的唐僧向唐王表明了自己坚定的心志，并在取经的路上用行动展现了他坚定的意志：“悬崖峭壁崎岖路，叠岭层峦险峻山”阻不住他前进脚步，“虎豹妖魔”制造的一个又一个险境挡不住他前往西天的信念……

正是出于一种对国家、对君主的忠诚和责任，他义无反顾地踏上取经的道路；也正是由于身上肩负着高度的国家情怀，即便遇到艰难险阻甚至生死抉择，他也没有后退过半步。

唐僧把西天取经的使命担在肩上，不曾动摇过。面对纷至沓来的世俗诱惑，他做到了矢志不渝，耳不听淫声，目不视淫色，“视美貌娇容如粪土，把那金珠宝贝当灰尘”。他信仰坚定，理想远大，心中有佛，历经九九八十一难，取回真经，成为世人心目中的伟大之神。

（二）外弱内强，精神执着

“‘既是他吃了，我如何前进！可怜啊！这万水千山，怎生走得！’说着话，泪如雨落。”得知马被吃掉的唐僧言语间表现出的是无能、无力与无奈，“泪如雨落”的神态中显现的则是软弱。然而，看似软弱的唐僧却有一颗强大的内心，那就是无论遇到多少坎坷与阻障，都不能改变的前往西天取经的决心。正是这样的决心，让他如《敢问路在何方》的歌词表述的“踏平坎坷成大道，斗罢艰险又出发”一样，不断克服艰难险阻，勇往直前。所以，“弱”只是外在的某些表现，如武艺、本领、个头、力量，而于内在的精神方面，作为领导者的唐僧具有强大的精神凝聚力。正是这种凝聚力，使整个取经团队历经十四年、行程十万八千里，在很长的时间范围、很大的空间范围之内，凝聚在一起，并最终取得了成功。

没有人生来就是完美的，所谓的完美性格与高尚的品质，都是经过千辛万苦的磨难后历练而来的。

小说中的唐僧一边啼哭一边朝前走，尽管被妖魔吓得心惊胆战，但从不畏缩放弃，最后超越有限的自身，实现了崇高的道德理想。这就证明，人生的价值在于修炼“心性”，完成人性的升华。

儒家思想的重要内容之一，就是自强不息的精神和对人生气节的推崇。所谓“天行健，君子以自强不息；地势坤，君子以厚德载物”。这两句话对君子人格作出规范：一是要求君子具有强健的个性，奋发有为，昂扬向上；二是要求君子具有高深的道德修养，为了真理，为了正义，可以牺牲自己的物质利益甚至生命。这些都为历代儒生所推崇，并构成中华民族性格的重要特征。唐僧为了效忠国家、求取真经，顶住恐惧与忧愁冒死求经，经历众多磨难亦毫不退缩，而且不为财势、美色和权势所动，正是这种儒家推崇的君子人格的典型体现。

玄奘西天取经的事迹从根本上体现了人类对理想的执着追求、坚定信念、顽强毅力和克服困难的能力。对于常人而言，理想都存在，但玄奘所具有的信念、毅力和能力却不是常人所能具有的，玄奘的成功使常人由衷地钦佩，并具有极大的热情。这种精神力量完全超越了玄奘事迹本身，从而使玄奘取经的事迹具备了成为文学表现对象的价值。

（三）凝心聚力，抱团前行

对于取经团队而言，看似能力最弱的唐僧却是把控团队方向的核心人物。在唐僧心中，“取经”是他始终不渝执着的坚守。这样坚定的目标恰是让团队凝心聚力的根源，也让表面上看起来软弱的唐僧成为硬核领导。比如，在《西游记》第二十七回，镇元子与行者结为兄弟之后，“两人情投意合”，镇元子“不肯放行，又安排管待，一连住了五六日”，但是唐僧却“取经心重，无已，遂行”。因为唐僧的“取经心重”，所以不愿随心所欲耽搁行程，才能让团队坚定地往目标所在方向前进。再如，《西游记》第五十四回，西梁女国之王要招赘唐僧为夫，唐僧以大唐帝主之托为重，拒绝这样意外的富贵，并指斥悟空道：“教我在此招婚，你们西天拜佛，我就死也不敢如此。”可谓以命相争，宁死不屈。

正是缘于唐僧这样坚定的意志，才让受不了唐僧拘管、总想逃回花果山水帘洞的悟空想起唐僧时“止不住腮边泪坠”，并在菩萨的支持与唐僧的感召下成为团队的最强主力；让总想着让大家散伙以便“去高老庄探亲”的八戒散伙的私心不能成真，并成为护卫团队前往西天取经的主力之一；让沙僧与白龙马自始至终追随唐僧的脚步最终达成取经的目标。

于是，唐僧便和他的团队一起成了文学史上的传奇。这样的传奇启迪人们：明确的目标与坚定的志向可以凝聚人心，可以让团队中的成员优势互补，可以展现出非同寻常的力量，可以创造个人难以达成的成就。

三、唐僧精神值得传承

无论是武力与法力，还是能力与智力，唐僧都比不过自己的三个徒弟，甚至有时还会是非不分，中妖怪之计，显软弱之态，然而唐僧师徒四人最终达成的却是唐僧坚定执着的目标。

目标的达成固然离不开三个徒弟的护佑，但更为关键的则是唐僧在取经过程中表现出来的不忘初心、坚贞不渝、不屈不挠等精神。这样的唐僧精神是永不过时的精神，因为任何时代任何人要达成自己的目标都需要这样的精神。

新时代民族复兴的梦想已成为激励每一个中国人坚持奋斗的动力。在奋斗的路上，发扬不忘初心、坚贞不渝、不屈不挠的唐僧精神，可以让我们逐渐走向梦想指引的方向，让梦想成为美好的现实……

第二节 孙悟空——从野猴子到斗战胜佛

崔明菊

《西游记》，与其说是一部讲述取经故事的书，不如说它是一部叙写孙悟空成长史的书。小说第一回“灵根育孕源流出，心性修持大道生”，讲述了孙悟空从仙石中孕育而生，因为发现了水帘洞而被众猴推举为美猴王，后来又想不生不灭，摆脱轮回，于是下山学艺，以求长生不老，最终在西牛贺洲的灵台方寸山斜月三星洞拜须菩提祖师为师的故事。最后一回（第一百回）“径回东土，五圣归真”，讲述的是师徒四人连同白马在八大金刚的护卫下将真经送回长安，之后复返灵山，如来论功行赏，师徒四人连同白马或成佛，或成菩萨，都终成正果，西游的故事也到此结束。小说从孙悟空出世写起，到他成为斗战胜佛结束，从书中我们看到孙悟空完整的成长轨迹。

一、孙悟空简介

孙悟空，东胜神洲傲来国花果山人氏。他本是一只石猴，从仙石中孕育而生，无名无姓；因发现水帘洞被群猴推举为王，号称“美猴王”；后到灵台方寸山学艺，须菩提祖师赐名孙悟空；学成后荣归故里，剿灭混世魔王，从东海龙王处抢得如意金箍棒，又大闹地府，涂画生死簿，玉帝派太白金星把他召上天庭，封为“弼马温”，后他因官小返回花果山，自命为“齐天大圣”，玉帝派兵剿杀不成，遂封他为“齐天大圣”，到天宫管理蟠桃园；他因得知蟠桃会未曾邀请他而大怒，搅闹了蟠桃会，大闹天宫，被玉帝请来的如来佛祖镇压在五行山下。此后，历经五百年，佛祖派观音到东土大唐寻访的取经人——唐僧，到西天取经路过五行山将他救下，孙悟空遂拜唐僧为师，保护他西行取经。唐僧又给他起名“行者”，所以孙悟空又叫孙行者。孙悟空与师弟猪八戒、沙和尚保护唐僧历经十四载寒暑，跋山涉水十万八千里，战胜了九九八十一难，最终取得真经，被如来封为斗战胜佛，完成了从野猴子到佛的蜕变。

二、且悟且行

从孙悟空的几个名号，我们可以梳理出他的成长历程：石猴——美猴王——孙悟空——齐天大圣——行者——斗战胜佛。同类中最强大者为王，品德高尚、智慧高超者为圣，有大智慧、大觉悟者为佛。孙悟空之所以能由石猴而猴王而大圣而佛，由强者到智者，再到觉悟者的不断蜕变，也许我们可以从他的名字中看出端倪，那就是“悟”与“行”。

（一）果敢志坚，勇于舍弃

1. 不凡的出身

毋庸置疑，孙悟空是个钟灵毓秀的天才。我们先看看他的出生地——花果山：“此山乃十洲之祖脉，三岛之来龙，自开清浊而立，鸿蒙判后而成”，“正是百川会处擎天柱，万劫无移大地根”。孙悟空就是在这座鸿蒙开辟之时就已存在的擎天柱“正当顶上”的仙石中孕育而成。这仙石“开辟以来，每受天真地秀，日精月华，感之既久，遂有灵通之意。内育仙胞，一日迸裂，产一石卵，似圆球样大。因见风，化作一个石猴。五官俱备，四肢皆全。便就学爬学走，拜了四方。目运两道金光，射冲斗府”，这石猴刚一出生便能爬能走，更是懂礼知义，懂得要拜四方。他的出生甚至惊动了天上的玉帝。这种出生，我们称之为“一个天才的诞生”恐怕不足为过吧。那么这个天才出生之后怎么样呢？只不过“夜宿石崖之下，朝游峰洞之中”，一天到晚，一年到头就一件事儿——玩儿。如果我们这只天才石猴就这样“玩儿”下去，恐怕最终只能泯然众猴了。

2. 敢于争先

这只仙石孕育的石猴必定是不凡的，命运给了他一个机会。一天，群猴在涧水中玩耍，忽然好奇心大起，他们想探一探涧水的源头。当群猴来到水源处，看到一股瀑布，却没有一个敢钻进去寻个究竟，于是他们纷纷呼叫：“那一个有本事的，钻进去寻个源头出来，不伤身体者，我等即拜他为王。”于是我们的小石猴应声而出，探得这处“花果山福地，水帘洞洞天”，并带领群猴进入。就这样，小石猴成了“美猴王”。由此可知，悟空能成为猴王并不是因为他比众猴强壮，本领高强，水帘洞是每只猴子都可以自由出入的，并不需特殊能力，不需要他是个天才。然而为什么群猴没能先进去呢？因为探索需要勇气！正是因为悟空有敢为天下先的勇气，所以才成就了他美猴王的事业。

3. 勇于舍弃

人总是在得失、取舍之间参悟、成长。有“得”必定“失”，想“取”先要敢“舍”，因为只有舍弃旧有的，才能腾出手来拥抱更新的、更先进的。有了这样的体悟，才能冲破层层心卡，开启新的人生。只是人们往往沉溺于现实的安稳，不愿，也不敢为了远大理想，为了更美好的未来有所舍弃。然而，孙悟空是敢于舍弃的。他有着对未来的思考，有着一种居安思危的筹谋。成为美猴王之后，孙悟空“享乐天真”，然而天才石猴与众猴不一样，他是一个善思考、有追求的猴子。一日，他在“与群猴喜宴之间，忽然忧恼，堕下泪来”，他想到：“今日虽不归人王法律，不惧禽兽威严，将来年老血衰，暗中有阎王老子管着，一旦身亡，可不枉生世界之中，不得久注天人之内？”孙悟空不满足于眼前的享乐，他希望能够长生不老，寿与天齐。当一只通背猿猴告诉他佛、仙和神圣能够不生不灭，与天地山川齐寿时，他立即欢喜道：“我明日就辞汝等下山，云游海角，远涉天涯，务必访此三者，学一个不老长生，常躲过阎君之难。”悟空是一个妥妥的“行动派”，想到就做。第二天，他毫无一丝留恋地放弃“美猴王”的尊位和安乐富足的生活，独自登一只木筏，划向海波之中。这是何等的果敢！这是何等的勇气！作者也不禁站出来称赞道：“顿教跳出轮回网，致使齐天大圣成。”

4. 笃志勤学

“天产仙猴道行隆，离山驾筏趁天风。飘洋过海寻仙道，立志潜心建大功。”（第一回）美猴王“漂洋过海，登界游方，有十数个年头”（第一回），终于来到位于西牛贺洲的灵台方寸山斜月三星洞，寻访到了须菩提祖师。祖师收他为徒，并给他赐名“孙悟空”。我想，须菩提给他起这个名字就是提点小石猴要“悟”。“悟”，从“心”从“我（吾）”，就是要观照自己的内心。悟空也确实不负祖师厚望，悟性极强，也很虚心。拜师之后，他“与众师兄学言语礼貌，讲经论道，习字焚香”，“扫地锄园，养花修树，寻柴燃火，挑水运浆”，潜心修习，一晃就是七年，终有所悟。他打破祖师的“暗谜”，祖师传与他长生之道。自此，悟空“子前午后，自己调息”。什么是“子前午后”？就是半夜前、正午后，师兄们都已经休息了，悟空还在勤奋修习。这样又过三年，须菩提祖师又传了他七十二变和筋斗云的本领，悟空又是“昼夜殷勤”，勤奋刻苦用心地领会练习，终于学成。悟空在重返花果山之时，曾暗自感慨：“举世无人肯立志，立志修玄玄自明。”

（二）没有规矩不成方圆

1. 自我膨胀

学成归来的孙悟空干了许多大事：他小试牛刀，剿灭了欺虐众猴、欲强占水帘洞的混世魔王，从此信心倍增；他下东海，恃强逞凶，显神通索兵器、要披挂，惊伤水族无数；他大闹地府“弄神通，打绝九幽鬼使；恃势力，惊伤十代慈王”，随意涂画生死簿，极大地破坏了地府的秩序。肆意妄为的孙悟空没有被惩罚，反被玉帝召上天庭，封作“弼马温”；后来他嫌官小屈才，反出南天门，回到花果山，自封为“齐天大圣”；玉帝派天兵天将围剿了一番，没能收服他，遂听了太白金星的建议，把他招安上来，就给他个“齐天大圣”的虚名，放在眼皮底下看管着，免得他生事。可是孙悟空却野性难驯，整日东游西荡，搅闹蟠桃会，偷吃老君的金丹，发现闯了大祸，竟是一走了之——逃回花果山。后来他被二郎神联合老君擒住，被太上老君放到八卦炉里煅炼，不但没死，还炼成了“火眼金睛”，于是，孙悟空愈加膨胀，大闹天宫，猖狂叫嚣“凌霄宝殿非他久……强者为尊该让我……”我们想：一个小石猴儿，机缘巧合学了些长生不老的心法和一些腾挪变化躲避劫难的本领，就敢自称“齐天大圣”，偷吃了金丹，练就了金刚不坏之身，仗着一根金箍棒和这些本领就敢说让玉帝把位置让给他，这是多么的狂妄和无知啊！于是他栽了个大跟头——被如来动动手指头就压在了五行山下。这一压就是五百年，够我们的小石猴仔细反思一番的了。

2. 成就悟空的人

孙悟空最终能成就“大职正果”，成为“斗战胜佛”固然和他个人的天分、悟性和不断力行有关，同时，也得益于他遇到了一批惜才的“前辈”。须菩提祖师自不必说，他因材施教，教会悟空参悟修炼之法、七十二变和筋斗云，让悟空能够躲避三灾劫难、长生不老，也使得悟空有了安身立命、成就伟业的本领。师父唐僧也不必说，他对悟空亦师亦友、如父如兄，一路上谆谆教诲，提点包容，才让悟空逐渐成熟，圆满完成取经事业。我这里想跟大家探讨一下玉帝对孙悟空的玉成之功。玉帝在《西游记》这部书中处于什么地位呢？大主宰。“他自幼修持，苦历过一千七百五十劫，每劫该十二万九千六百年……”，在他面前，太上老君、如来佛祖、地藏菩萨等等都是臣子。以他的修为觉悟，孙悟空的过去未来也许早就在他眼里了。可以说从孙悟空出生玉帝就在关注他，给他机会，给他历练。悟空出生时，玉帝对这个惊了“圣驾”的小石猴宽和地说：“下方之物，乃天地精华所生，不足为异。”于是，小石猴有了自由成长的空间；三百多年后，小猴子成了孙悟空，劫龙宫、闹地府，玉帝依然没有惩处，而是把他宣到天庭，列入仙籍；悟空嫌官小，要做齐天大圣，玉帝也没与他如何较真，就封他做了齐天大圣。玉帝还谆谆叮嘱：“……那孙悟空过来。今宣你做个齐天大圣，官品极矣，但切不可胡为。”听听，像不像慈爱的爷爷在嘱咐调皮任性的孙子？玉帝又在悟空的齐天大圣府内设了“安静司”“宁神司”，“着他安心定志，再勿胡为”。是玉帝打不过孙悟空吗？我看不是。第六回，孙悟空搅闹“蟠桃会”一闹天宫时，我们看玉帝是何种反应：“却说玉帝拆开表章，见有求助之言，笑道……”根本没有当回事儿。悟空推倒八卦炉，二闹天宫，嚷着要让玉帝让位时，玉帝因悟空与天将们在灵霄殿外“乱嚷乱斗”，才派人去请如来佛祖。如来佛祖来了，只动了动手指头化作“五行山”“轻轻的把他压住”，自以为天下第一强者的孙悟空就翻不了身了。那这个如来佛祖见了也要合掌致敬、尊称为“大天尊”的玉皇大帝会怕孙悟空？会治不了孙悟空？恐怕是非不能也，实不为也。我们有理由猜测，也许那十万天兵、八卦丹炉都是对悟空的历练，请如来收服悟空也是为悟空创造静心反思、不断成长、成就更大事业的机会。若玉帝使出霹雳手段，悟空恐怕早就灰飞烟灭了。此外，多次维护悟空的太白金星，锻造出金箍棒的太上老君，时时教导、点化、帮助悟空的观音菩萨，一直关注悟空的西行之路、关键时刻定出手的如来佛祖……总之，悟空的成长离不开这些爱才、护才之人的不断引导、点化、磨炼。

3. 头上的“紧箍咒”

提起孙悟空的装备，我会想到他手里的如意金箍棒和头顶的那个让他没少遭罪的金箍——紧箍咒。金箍棒自不必说，传说是上古英雄大禹为造福百姓，治理水患时请太上老君为他打造的定海神针铁，重有一万三千五百斤，可以随人心意变化长短粗细。可以说，金箍棒是孙悟空强者为尊的底气，是他成为齐天大圣斩妖除魔的法宝。那么，紧箍咒呢？难道它只是让我们的孙悟空受尽苦楚的魔星吗？肯定不是。可以说没有孙悟空头

上这个“紧箍儿”，取经事业就无法完成，孙悟空也成为不了斗战胜佛。第八回“我佛造经传极乐，观音奉旨上长安”中交代，“取经”是佛祖钦定的大计方针。为此，他派出观音菩萨亲自规划取经路线、寻访取经人、为取经人挑选徒弟，还做了给取经团队每个人以“正果”的许诺；同时，佛祖还调动了天上地下无数的资源在通往灵山的路上设下魔障以磨砺考验唐僧师徒，又给了观音五件宝贝——锦襕袈裟、九环锡杖、“金紧禁”三箍，孙悟空头上的紧箍儿就是其中之一，如此本钱，可见取经事业只许成功，不许失败。而取经能否成功，除了需要取经领导者——唐僧的坚定意志外，还须师徒一心，共克难关。唐僧师徒自东土拜到灵山，历经十四载寒暑，跋山涉水十万八千里，“日日山，日日岭。遇林不小，遇水宽洪”“受了万蛰千魔，千辛万苦”，时间之长，路途之艰，磨难之多是无法想象的。道路的艰难，妖怪的折磨，心魔的困扰等都给他们以巨大的考验，意志稍有动摇也许就会半途而废。唐僧的坚定是毋庸置疑的，但几个徒弟就不一定了，而徒弟们又都有法力，唯有唐僧肉身凡胎，半点法力皆无，如何让唐僧能够有效约束徒弟，特别是法力强大，又心高气傲的齐天大圣孙悟空，就成了佛祖要特别考虑的问题。书中在佛祖给观音菩萨法宝时有这样一段描写“……假若路上撞见神通广大的妖魔，你须是劝他学好，跟那取经人做个徒弟。他若不服使唤……管教他入我们来”。可见，“紧箍咒”的初衷就是为了约束取经人的弟子，以保证其能够听从管教、向善学好，皈依佛门，完成取经传法的使命。心理学上有一个概念，叫作“意志无力”，是指情感和行为没有听从理性和意志的控制。就是明知道这么做是错的，应该那么做，却没有能力使自己做正确的事情，而不做错误的事情。意志无力的情况，在社会生活中非常普遍，有些人其实不想做贪官，却成了大贪污犯；很多人说我好想努力学习，但每次拿起书本时学习的欲望又没有了，他也没有足够的意志力使自己去看书……就拿孙悟空来说，他明明知道保护唐僧完成取经任务才是正确的、才是自己最好的出路。“大圣，你若不保唐僧，不受教诲，到底是个妖仙，休想成正果”，东海龙王的一番话，也让悟空沉吟半晌不语。但在取经路上他又受不了肉身凡胎的唐僧的指指点点，动不动就大开杀戒，来不来就负气抛下唐僧回花果山……这些都是意志无力的表现，因此，就需要一个来自外部的约束，这就是如来佛祖和观音菩萨必须给孙悟空戴上“紧箍咒”的原因。欲望是自然的，但我们也不能做欲望的奴隶，所以要靠意志的力量来约束。通过反思和修炼的过程，意志力逐渐增强，意志与欲望的较量达到一个平衡，人也就成了社会人。随着悟空心智的进一步成熟、自我控制能力增强，以及社会道德观的形成，他逐渐学会了自我约束，并且自我约束的能力逐渐增强。当他心不起念、清净无垢之际，便成佛了，紧箍也随之消失了。孔子说：“七十而从心所欲不逾矩。”紧箍自行消失并不是有人念了“松箍咒”，而是经过十四年的磨砺，悟空已达到从心所欲不逾矩的境界，不会再犯会使唐僧念紧箍咒的事情了。什么是该做的，什么是不该做的，以及事情该怎么做，在这些方面，他的看法发生了根本性的改变。

4.“温柔天下去得”

第八十二回，八戒探路被打向悟空诉苦，悟空教导他“温柔天下去得，刚强寸步难移”，“人将礼乐为先”。又给八戒举杨木和檀木的例子，“杨木性格甚软，巧匠取来，或雕圣像，或刻如来，装金立粉，嵌玉装花，万人烧香礼拜，受了多少无量之福。那檀木性格刚硬，油房里取了去，做柞撒，使铁箍箍了头，又使铁锤往下打，只因刚强，所以受此苦楚。”真不敢相信，这番话竟是出自那个叫嚣着“强者为尊该让我，英雄只此敢争先”“皇帝轮流做，明年到我家”、大闹天宫、欲取代玉帝的齐天大圣之口。然而，这正是孙悟空这一路走来，栽了无数跟头，从实践中领悟出来的心得。我们来看，被压五行山下五百年的孙悟空在看到前往东土寻访取经人，途经此处的观音菩萨时有何表现——菩萨道：“姓孙的，你认得我么？”毫不客气，语气中带着挑衅。悟空却没了“欺心搅乱蟠桃会，大胆私行兜率宫。十万军中无敌手，九重天上有威风”的猖狂，而是点着头对菩萨说：“我怎么不认得你。你好的是那南海普陀洛迦山救苦救难大慈大悲南无观世音菩萨。承看顾！承看顾！……”“……万望菩萨方便一二，救我老孙一救！”“我已知悔了……”从悟空对观音菩萨祈求的话语中，我们可以看出五行山下的五百年悟空没有白过，他进行了反思，知道了一味逞强斗勇是不成的，人外有人，天外有天。在西行取经的路上，我们也看到了孙悟空的变化：他由最开始遇见妖魔鬼怪就一头撞上去比拼，到逐渐先了解一下妖怪的底细，去搬救兵。他懂得了以柔克刚的道理，所谓“不战能屈人之兵”；他悟出了求助的重要性，与当年闹天宫时的对手逐渐成了朋友。第六十三回，“二僧荡怪闹龙宫 群圣除邪获宝贝”，悟空和八戒去清剿九头虫，夺回佛宝舍利，偶遇二郎神和梅山六兄弟，于是让八戒去打招呼。“行者道：‘八戒，那是我七圣兄弟，倒好留请他们，与我助战。若得成功，倒是一场大机会也。’”请二郎神等帮忙，绝对不是悟空斗不过九头虫，而是悟空懂得了示弱与求助，懂得了有求于人也是人际交往中必不可少和行之有效的手段。“一场大机会”是什么？一是给朋友一个立功的机会，一是与朋友尽释前嫌的机会。于是，惺惺相惜的孙悟空与二郎神“在星月光前，幕天席地，举杯叙旧”，第二天，二郎神等人帮悟空、八戒剿了龙宫，重伤九头虫，取回宝贝。悟空又是一番感谢：“感兄长威力，得了宝贝，扫净妖贼也。”可以想见，当年斗法的对手，经此一场携手除妖，之后必将成为至交好友。

从颟顸无知的野猴子，到大觉大悟的斗战胜佛，孙悟空战胜的不只是妖魔鬼怪和一路坎坷，他战胜的其实是自己，在践行与觉悟的成长过程中，他除“六贼”，灭“二心”，实现了自我的蜕变与升华。

其实，我们每个人的成长也是如此。

第三节　猪八戒——普通人的修身“宝镜”

崔明菊

机缘巧合成仙道，罪有应得堕猪妖。幸遇观音来点化，扶保唐僧万里遥。
一路坎坷多辛苦，风霜魔怪总煎熬。八十一难经历后，得封使者乐陶陶。

——赞八戒

《西游记》中的很多故事人们都耳熟能详、津津乐道，而对于“取经四人组”——唐僧、孙悟空、猪八戒、沙和尚师徒四人，人们更是喜爱有加，经常谈论。关于唐僧和孙悟空，人们说得太多了，我在此就不赘述了，我想和大家聊聊那个在人们眼中缺点多多的猪八戒，探讨一下他为什么能进入“取经天团”，又为什么仅被封为“净坛使者”。

一、猪八戒简介

猪八戒，俗名猪刚鬣，法号“悟能”，别名“八戒”，家住乌斯藏国福陵山云栈洞。他原是天庭统管天河水军的天蓬元帅，因触犯天规被贬下界，错投猪胎，成了一只占山为王的猪妖，后经观音菩萨点化，被孙悟空收服，成为唐僧的二徒弟，保护唐僧西天取经。

二、受命保唐僧

猪八戒在许多人的心目中是一个好吃懒做、胆小好色，还经常谗言佞语陷害悟空的形象，这样一个人怎么会被观音菩萨选中，进入“取经天团”核心小组呢？难道观音菩萨糊涂了不成？当然不是。事实证明，观音亲自挑选组建的这支取经队伍不但非常圆满地完成了取经任务，而且每个成员都在取经的过程中得到锻炼、不断成长，并且发挥了不可或缺的作用。

（一）落魄望救赎

佛祖委派观音去东土大唐寻找取经人，并交代沿途如果遇到神通广大的妖魔可以收作取经人的徒弟。于是，观音一路东行，先后为唐僧收了沙僧、猪八戒、孙悟空三个徒弟。我们注意到，这三个人除了本领高强外还有一个共同特点，就是他们都处在蒙难落魄、需要救拔的状态。据小说中透露的信息可知，他们应该几乎是同时落难的，因此到唐僧取经时，他们均已经煎熬了五百年的漫长岁月。在这五百年里，肆意张扬的齐天大圣失去自由，被压五行山下，身躯困在一个狭小的山洞里不得舒展；守礼上进的卷帘大将被困在浑浊的流沙河底忍饥耐寒，还要经受每七日一次的飞剑穿胸百余下的苦痛；仪表堂堂的天蓬元帅变成一只占山劫道的野猪精，浑浑噩噩地过日子。他们此时都多么盼望重回自由，重新做人啊！此时谁能救他们于水火，谁就对他们恩同再造，他们怎么可能不忠心护佑？这也许就是观音选择他们的理由——都曾风光显赫，被人尊重；都处困厄，渴望救赎。

也许在有些人看来，与孙悟空和沙僧相比，八戒的境遇还是好些的——至少他是自由的，也不用受什么痛苦。其实不然，我们来看看八戒的生存环境："行了多时，又见一座高山，山上有恶气遮漫，不能步上。"这就是八戒的生存环境——山高峰险、瘴气弥漫、难以攀登。这里绝不宜居，而八戒在这里却已经住了五百年了。所以当知道能够"扫三灾救八难"的观音菩萨到此时，他"撇了钉钯，纳头下礼""朝上磕头，厉声高叫"，他对观音菩萨说："我不是野豕，亦不是老彘，我本是天河里天蓬元帅……不期撞着菩萨，万望救拔救拔。""万望菩萨赎罪。"他热切地希望菩萨给他指明道路。

（二）憨厚明是非

所谓"是非之心，人皆有之。"八戒是有慧根的，他的悟性很高，善于明辨是非。八戒曾自述："自小生来心性拙，贪闲爱懒无休歇……忽然闲里遇真仙，就把寒温坐下说。劝我回心莫堕凡，伤生造下无边孽。有朝大限命终时，八难三途悔不喋。听言意转要修行，闻语心回求妙诀。有缘立地拜为师……工夫昼夜无时辍……功圆行满却飞升，天仙对对来迎接……敕封元帅管天河……"猪八戒本是一个凡得不能再凡的凡人：笨笨的，游手好闲，又常惹是生非。忽一日机缘巧合遇到一位真仙，真仙也许就说："小伙子，我看你骨骼清奇，与我仙家有缘，你要好好修炼，好好做人，以免造下无边孽障，到临死后悔。"他听了真仙的劝说，感到有理，立刻拜真仙为师，改掉恶习，时时刻刻修炼不辍，最终功德圆满，得道升仙，被玉帝敕封为天蓬元帅，统管天河。这次蒙难他又幸遇观音，观音见他膂力过人，和自己的贴身护卫惠岸打斗起来也难分胜负，于是出面点化，劝他弃恶从善，入佛门，保唐僧取经，修得正果。一番话，唤醒了八戒心底那颗不甘沉沦、向善的种子。观音菩萨略一点化，猪八戒立马觉醒。"怪物闻言，似梦方觉，向菩萨施礼道：'我欲从正，奈何获罪于天，无所祷也！'"观音菩萨告诉他，自己此行的目的，指点他可以在这里等候取经人，给取经人做徒弟，保护取经人到西天取得真经，他就可以将功折罪，一定能脱离灾瘴，并给他摩顶受戒，起了法名"悟能"，而八戒真的"遂此领命归真，持斋把素，断绝了五荤三厌，专候那取经人"。我们可以想象一下，对于一个宽肠大肚、吃惯了人的猪妖，把素持斋是何等不易的事。而八戒在无人监督的情况下践行了与观音的诺言，做到了把素持斋，不乱伤性命，当听师父要他继续把素持斋，并给他以此起别名为"八戒"时，他也"欢欢喜喜道：'谨遵师命。'"

八戒不但能辨明是非，更是知错能改。比如，第二十四回：八戒因凡心不灭，想要做人家女婿被观音菩萨、黎山老母等四圣教训了之后，惭愧难当，立刻表示："从今后，再也不敢妄为。——就是累折了骨头，也只是摩肩压担，随师父西域去也。"第四十回"婴儿戏化禅心乱 猿马刀归木母空"有这么一个情节：唐僧被红孩儿捉走，孙悟空表示心灰意冷要散伙，八戒也附和着说"趁早散了"，沙僧劝说师兄们要有始有终，悟空故意说自己进退两难，让八戒说该怎么办，八戒听了沙僧的话，立刻诚心认错，说："我才自失口乱说了几句，其实也不该散。哥哥，没及奈何，还信沙弟之言，去寻那妖怪救师父去。""知错能改，善莫大焉。"细读《西游记》，我们会发现八戒犯错之后从不文过饰非，只要师父、师兄、师弟们说的有理，他就会立刻承认并改正。

猪八戒憨厚老实，懂得感恩。高老庄的高太公说他"一进门时，倒也勤谨……喜得还吃素斋……"孙悟空评价他"那怪却也老实……"当八戒知道孙悟空保唐僧到此时，立刻丢了钉钯，烧了洞府，任由悟空捆绑拉扯去见师父。唐僧也说他"那呆子虽是愚顽，却只一味懞直，倒也有些膂力，挑得行李……""懞直"，意思是忠厚爽直。大家看，几乎每个人在评价八戒时都会说他老实厚道。八戒还是一个非常懂得感恩的人，因唐僧救他出苦海，所以一路保护唐僧尽心尽力。小说第二十一回还有这样一个情节：唐僧被黄风怪抓走，太白金星化身一个老公公来指点悟空和八戒，当八戒得知刚才那人是太白金星时立刻"慌得望空下拜"，大呼"恩人！恩人！老猪若不亏金星奏准玉帝呵，性命也不知化作甚的了！"在我们感慨猪八戒傻人有傻福、总能遇"贵人"相帮的时候，是不是也想到猪八戒这种憨厚老实、懂得感恩的人确实值得有这种好的命运呢？

（三）能干得人缘

猪八戒心宽，幽默，不计较，使得他非常得人缘。他和各路神仙都有交情，五庄观他和福、禄、寿三星玩笑，插科打诨活跃气氛，让悟空可以踏实地去请人来医活人参果树。八戒很会说话，经常说一些自嘲的、搞笑的言语，让人快活。试想取经路途漫长艰险，徒弟（同伴）们个个凶恶丑陋，唐僧如果一天到晚都面对一个叛逆、嚣张、不服管教的孙悟空和一个寡言少语、严肃木讷、一脸晦气的沙和尚，该是一件多么痛苦的事啊！而八戒呢？只要师父喝一句，就老老实实"掬掬嘴，挑着行囊，打着哈哈"奔上大路了。所以，心宽、憨傻、常冒傻气的八戒也常常得到唐僧的偏袒。

八戒不但是取经路上的"开心果"，还是吃苦耐劳的"大力神"。他膂力过人，在取经团队中主要负责挑行李。俗话说："路远无轻担。"西行之路十万八千里、千沟万壑、坎坷难行，师徒们的行李随着时间的推移越来越多，八戒肩上的担子也越来越重，再加风餐露宿，八戒食不饱力不足，这项挑担工作的辛苦可想而知。然而八戒虽然偶尔抱怨辛苦，要要小滑头，让沙僧替一替，却从未真的撂过挑子，总是把行李护得好好的。同时，他还是孙悟空的得力助手，每每遇到脏活累活，悟空总是或威逼或利诱支使八戒做，八戒也往往禁不住几句好话或威胁，就乖乖地去干了。乌鸡国到井底去背尸体，车迟国扛三清的泥塑丢毛坑，等等，不一而足。特别是第六十七回有这样一个情节，讲师徒们走到小西天一个叫驼罗庄的地方，他们帮村民除掉祸害那里的一条蟒蛇精之后，准备通过七绝山稀柿衕继续西行时遇到困难。原来这里满山柿树无人管理，山上的一条夹石衚衕被烂柿子填满，"作成一路污秽"，秽气恶臭比掏粪坑更甚。这可愁坏了唐僧，于是孙悟空让八戒变作一只大猪拱开衚衕，好叫师徒们通过。八戒不嫌脏臭，只说吃饱了就没问题。村民给八戒拿来吃的，八戒胡乱填饱肚子，就变成大猪没日没夜拱出了道路。能干肯干的八戒是多么可爱啊！

三、受封职正果

唐僧师徒栉风沐雨十四载，跋山涉水十万八千里，"受了万蛰千魔，千辛万苦"，完成取经大业，佛祖对他们论功行赏，授予他们爵禄职位。唐僧"加升大职正果，汝为旃檀功德佛"，孙悟空"加升大职正果，汝为斗战胜佛"，猪悟能"加升汝职正果，做净坛使者"，沙悟净"加升大职正果，为金身罗汉"，白马"加升汝职正果，为八部天龙马"。至此，取经四人组，连同白马都获加封，修成正果。相信大家一定注意到了：与唐僧、孙悟空、沙悟净的大职正果相比，猪八戒却和白龙马一样，是（汝）职正果，明显是低了一级的。从对取经事业的贡献来说，白马远低于师徒四人，加升（汝）职正果也是恰得其分的。而猪八戒的贡献可是比白马不知高出了多少，也比沙僧高很多，就是与孙悟空相比，也不遑多让的。为什么他的职级在师徒四人中却垫了底了呢？难道是佛祖欺负八戒老实吗？其实不然，佛祖待他算得上宽厚了，八戒的结果纯属咎由自取。

（一）佛祖定大业

寻访大唐僧人来西天取经是如来佛祖提出的，他因见南膳部洲的民众"贪淫乐祸，多杀多争"，想要传予三藏真经，劝人为善，又担心"那方众生愚蠢，毁谤真言，不识我法门之旨要，怠慢了瑜迦之正宗"，所以才要在东土挑选一个"善信"来灵山取经。为此，如来真是下足了本钱，用尽了心智的。佛祖委派观音菩萨寻找取经人，并要求观音不能在天上走，要从地上勘察地形，规划路线，为取经人访查得力的徒弟；他担心取经人路上难行，给了观音五件宝贝——锦襕袈裟、九环锡杖、"金紧禁"三箍；他为了考验磨砺唐僧师徒，调动了天上地下各路神佛魔怪资源助力。总之，为了实现向东土传经的大业，佛祖真是操碎了心。但是不省心的猪八戒却见天嚷嚷散伙，盼望着经取不成，他好回高老庄快活去。你说佛祖恼不恼。

（二）八戒无大志

猪八戒胸无大志，得过且过。猪八戒是取经天团中最具凡人性质的人，做凡人时，他整日游手好闲，不思进取，幸遇真仙指点修炼成神；做天蓬元帅，他又凡心不灭纵酒撒疯，调戏嫦娥，被贬下界成了猪妖后仍是不思进取，得过且过。他在最初的羞恼之下咬死母猪和其他"猪兄弟"后，就心安理得地过上了猪妖的生活——劫道杀生、吃人害命。当观音责备他“古人云‘若要有前程，莫做没前程。’你既上界违法，今又不改凶心，伤生造孽，却不是二罪俱罚”时，他还狡辩说：“前程！前程！若依你，教我嗑风……去也！去也！还不如捉个行人，肥腻腻的吃他家娘！管什么二罪三罪，千罪万罪！”大家看看，多么“理直气壮”的难处啊！当观音说：“‘人有善愿，天必从之。’……世有五谷，尽能济饥，为何吃人度日？”八戒才如梦初醒，却又提出自己“获罪于天，无所祷也”。观音为他摩顶受戒，让他把素持斋等候唐僧，而他被唐僧收为徒弟后第一件事就是“我这几年吃斋好辛苦，现在是不是可以开荤了？（原文：今日见了师父，我开了斋罢。）”幸好唐僧是有原则的，没有同意，并索性赐了他个小名——八戒，时时提醒他持斋守戒。

（三）贪闲爱懒不坚定

佛祖说“经不可轻传，亦不可以空取”。他明明可以把真经送到东土，却偏要派观音“去东土寻一个善信，教他苦历千山，询经万水，到我处求取真经”。为什么呢？佛祖说是因为怕“轻传”“空取”，人们会怠慢佛法。其实，看过《西游记》我们就会知道：取经之路对于唐僧师徒们来说也是一个历练、成长的过程。真经是什么？它不仅是佛祖那里的三藏佛经，也是师徒们心中坚定的信念。“不忘初心，方得始终”，唐僧师徒自东土拜到灵山，历经十四载寒暑，跋山涉水十万八千里，“日日山，日日岭。遇林不小，遇水宽洪”“受了万蛰千魔，千辛万苦”，时间之长，路途之艰，磨难之多是无法想象的。虽然他们逐渐意识到了一路上有神佛庇佑，不会有性命之虞，但道路的艰难、妖怪的折磨、心魔的困扰等都给他们以巨大的考验，意志稍有动摇也许就会半途而废。

成功需要坚定的信念、百折不挠的意志、坚持不懈的奋斗。然而猪八戒却“贪闲爱懒”，胆小怕苦，信念不坚。他对取不取得真经并不在意，因为那是唐僧的事；他对成不成正果也不在意，大不了还回高老庄做他的妖精去。因此，取经路上他很少主动去做事。我想，如果没有坚定执着，为取真经九死无悔的唐僧时时教导；没有英勇无畏，以除魔为己任的师兄威逼利诱；没有有始有终，诚敬向佛的师弟劝说鼓励，八戒可能早就回高老庄耪地、做他的猪妖去了。

（四）缺乏觉悟心怠慢

品质修养的提升，成就心中理想，只靠外力的推动是不行的，它必须是由自己内心的觉醒而产生的强大内在力量的促发，八戒缺乏这种觉悟，也就难以实现大圆满。佛祖菩萨们对于八戒一路上的表现是了如指掌的。例如第二十三回“三藏不忘本，四圣试禅心”，观音、文殊、普贤和黎山老母四位菩萨就化成美女去点化唐僧师徒。他们在颂子中明确指出“圣僧有德还无俗，八戒无禅更有凡。从此静心需改过，若生怠慢路途难”，这显然是在点醒告诫猪八戒，如果心生怠慢，前路更难。在这之后，八戒确有改变，但是“江山易改，本性难移”，他往往还是遇事就打退堂鼓，逢难就要分行李。到了灵山的凌云渡，见到独木难行，还说“佛做不成也罢，实是走不得！”。所以，如来明知八戒成了正果之后就不会有什么食欲了，却封八戒为“净坛使者”，给他一个打扫剩菜剩饭的活儿，还敷衍他说：“因汝口壮身慵，食肠宽大。盖天下四大部洲，瞻仰吾教者甚多，凡诸佛事，教汝净坛，乃是个有受用的品级，如何不好！”说明了佛祖对八戒的表现的不满。

唐太宗说：“以铜为鉴，可以正衣冠；以古为鉴，可知兴替；以人为鉴，可明得失。”学会“照镜子”，反躬自省，对于我们每个人都有重要意义。《西游记》中讲到唐僧在前往西天取经的路上获得的第一卷经是乌巢禅师传授的《多心经》，其经文的第一句就是“观自在菩萨，行深般若波罗蜜多时，照见五蕴皆空，度一切苦厄。”意思是说只有时时以般若（辨识的智慧）进行观照，才能见到我们身心世界所显示的真理，才能开发智慧，度一切苦厄。乌巢禅师嘱咐唐僧“若遇魔瘴之处，但念此经，自无伤害”。其实就是要唐僧能够时时刻刻观照自己的内心，自省、觉悟。《西游记》中的猪八戒可以说是最具普通人，或者说世俗人特性的人物。在他身上我们会看到我们普通人所具有的许多优点，也会发现我们常会犯的一些毛病，所以，我们读《西游记》时，看到猪八戒的种种行为后，不能只觉得他很厉害，赞叹一番，或者见他又懒又馋，一笑了之。如果我们能把猪八戒当做一面镜子，从这个人物中照鉴一下自己，那么我们一定能够更好地发展我们的思维，提升自己的修养和品德。

第四节　取经团队——敢问路在何方？

刘宝艳

“你挑着担我牵着马，迎来日出送走晚霞，踏平坎坷成大道，斗罢艰险又出发。一番番春秋冬夏，一场场酸甜苦辣，敢问路在何方？路在脚下。”

电视剧《西游记》的主题曲为我们勾勒出唐僧师徒西天取经的辛苦艰难，同时，也表现出了他们勇往直前的坚定气魄。取经团队中，既有沉稳端庄的唐僧，也有敏锐诙谐的孙悟空，有愚直滑稽的猪八戒，还有朴实忠勇的沙和尚以及常被忽略的白龙马。为什么性格迥异的几人组最终能取得成功呢？接下来，我们就走进《西游记》，一探究竟。

一、抓住机会，为人生开启另一种可能——团队成员简介

唐僧：前世为如来佛祖的二徒弟金蝉子，因轻慢佛法被佛祖贬到凡间。他的父亲陈光蕊在赴任途中被歹人所害，已怀孕的母亲被掳，无力反抗，只能忍辱偷生。母亲为了保护他，将尚在襁褓中的他绑缚在一块木片上顺江而下。所幸，他被金山寺长老救起，取名“江流儿”，并托人抚养。十八岁时，他在金山寺出家，取法名“玄奘”。后来他到京城的

著名寺院中落户、修行。观音菩萨下凡到人间寻找取经之人，查得他根源好，德行高，千经万典无所不通，佛号仙音无般不会，因此指点他奉唐太宗旨意，前去西天求取真经。

孙悟空：又名孙行者，祖籍东胜神洲，由开天辟地以来的仙石孕育而生，因带领群猴进入水帘洞而成为众猴之王，被尊为“美猴王”，后经千山万水拜须菩提祖师学艺，得名孙悟空，学会大品天仙诀、地煞数七十二变、筋斗云等高超的法术。他大闹龙宫取得如意金箍棒，又大闹地府勾去生死簿，后被天界招安，封为弼马温。得知职位低卑后，他一气之下返回花果山，战胜前来讨伐的托塔天王和三太子，迫使玉皇大帝封其为齐天大圣，并在天庭为其建齐天大圣府，奉旨管理蟠桃园。之后，他因醉酒搅乱王母的蟠桃盛会、偷吃太上老君的金丹，炼成了金刚之躯，阴差阳错地在太上老君的八卦炉中炼就火眼金睛。这之后他大闹天宫，即使十万天兵天将、四大天王、二十八星宿对其围剿亦不能将其打败。后来他在与如来佛祖的打赌斗法中失利，被压在五行山下五百余年。

猪八戒：法号悟能，又名八戒，前世为执掌天河八万水兵的“天蓬元帅”，精通三十六般变化，所持的兵器为太上老君所造、玉皇大帝亲赐的上宝沁金钯（俗称九齿钉钯）。因调戏嫦娥被贬下凡尘，投了猪胎，生得猪头人身，在福陵山云栈洞落草。后受观音菩萨点化，等待取经人。

沙僧：法号悟净，又称沙和尚，原为上界的卷帘大将，因失手打碎了琉璃盏、触犯天条，被贬到下界，要经受每七日万箭穿心之苦。他在流沙河兴风作浪，为害一方，专吃过路人。后经观音点化，赐法号悟净，一心归佛，同八戒、悟空一同保护唐僧去西天拜佛求取真经。

白龙马：本是西海龙王三太子，因纵火烧了御赐的明珠而被西海龙王表奏天庭，告了忤逆。玉帝将其吊在空中，打了三百，不日遭诛。后经观世音菩萨出面才免于死罪，被贬到蛇盘山鹰愁涧等待唐僧取经。

综观这几个成员的经历，都出身不凡，或是天神转世，或是灵石孕育。同时，他们又都经受了人生中巨大的打击——还未出生父母却遭遇厄运，神通广大却被限制自由、每日“饥餐铁丸，渴饮铜汁”，错投猪胎丑陋无比，“每七日万箭穿心”，或不日即将被诛灭。所有成员只有通过完成到达西天取得真经这个任务才能摆脱厄运（唐僧除外）。不仅如此，几个徒弟还能借此修成正果，这对于他们来说无疑是改变命运的绝佳机会，因此，四人毫不犹豫地抓住了机会。但只是抓住机会还不行，“没有人能随随便便成功”，真正改变命运还要付出艰辛与努力。

二、把握机会，勇往直前——团队成功归因

唐僧在取经路上先后收了三个徒弟和白龙马，团队组建完毕，师徒几人踏上漫漫征程。这一路可谓是“峻岭陡崖难渡，毒魔恶怪难除”。如何到达西天取得真经，对于师徒几人来说都是巨大的挑战。既然选择了远方，就意味着风雨兼程。风雨中前行需要什么呢？

（一）明确的目标指方向

有人曾经说过："对于一只盲目航行的船来说，所有的风都是逆风。"由此可见目标的重要性。只有有了明确的目标，行动才能有力量。对于唐僧来说，他的目标非常明确——与唐王求取真经，祈保唐王江山永固，使真经流传东土，造福百姓。对于几个徒弟来说，目标是保护师傅求取真经的同时，各自修成正果。目标虽然有为民、为己之别，但也算得上殊途同归，都要先达成形式上的到达西天取得真经。这一点将师徒几人凝聚在一起，并指引、激励着他们不断向前。

（二）坚定的信念做支撑

"路经十万八千里，历经九九八十一难。"这取经之事概括起来容易，但真正做起来却是难上加难。如果说一路上遇到火焰山、流沙河、无底洞等险山恶水还能理解，但"妖狐多截路。精灵满国城，魔主盈山住。老虎坐琴堂，苍狼为主簿。狮象尽称王，虎豹皆作御"，各路妖怪就令人难以招架了。"匹夫无罪，怀璧其罪。"唐僧师徒从物到人都成了妖怪掠夺的对象。试想，整日间被妖怪"惦记"，这路途岂不是步步难行？金蝉遭贬第一难，出胎几杀第二难，满月抛江第三难，寻亲报冤第四难，出城逢虎第五难，落坑折从第六难，双叉岭上第七难……八十一难拦路，如何破解？这就需要坚定的信念。唐僧的信念非常坚定："我这一去，定要捐躯努力，直至西天；如不到西天，不得真经，即死也不敢回国，永堕沉沦地狱。"他是团队的精神领袖，是主心骨，他的一往无前是取得胜利的关键。

（三）感恩与忠义增合力

取经团队的几名成员，不仅出身不同，而且性格各异——唐僧善良但软弱胆小，悟空桀骜不驯，八戒好偷奸耍滑，沙僧忠厚寡言。这样并非脾气相投的几个人如果想勠力同心做成大事并不容易，那是什么把他们凝聚在一起的呢？是感恩与忠义之心。在"尸魔三戏唐三藏，圣僧恨逐美猴王"一回中，动了凡心的八戒见到白骨精变身的花容月貌的女子被孙悟空打死后，在唐僧面前挑拨离间，最终使得孙悟空被唐僧逐出师门。一方面是师傅的绝情负义，一方面是师弟的从中作梗，孙行者是怎么做的呢？他临走前嘱咐沙僧："要留心防着八戒诂言诂语，途中更要仔细。"在后来听到师傅被妖怪捉走后，面对上门求救的猪八戒，他立即动身前去搭救师傅。这里值得一提的还有白龙马，在看到师傅遭难后，他不仅亲自与妖怪周旋寻找机会救师傅，而且在被打伤后，还力劝猪八戒不能散伙，赶紧去求孙悟空出山。孙悟空的不计前嫌，白龙马的挺身而出，都源于他们对唐僧的报恩之心，源于他们对师徒情谊的珍视。有情有义方显英雄本色。而这情义也为取经团队增加了一抹温暖感人的色彩。

（四）团结与协作是关键

面对重重险阻与妖魔挡道，制敌的法宝离不开团结协作。这协作既包括平日里的挑

担牵马、探路化缘，几个徒弟各有分工，并无计较与攀扯；更包括危难之时，大家各个奋勇向前的共同作战。比如，在黄风岭遇到老虎怪时，猪八戒“丢了行李，掣钉钯，不让行者走上前，大喝一声道‘孽畜，哪里走！’赶将去，劈头就筑”。在看到八戒力不能敌时，孙悟空让唐僧“且坐住，等老孙去助八戒，打倒那怪好走”。并且告诉猪八戒：“兄弟啊，这功劳算你的。你可还守着马与行李，等我把这死怪拖了去，再到那洞口索战。”八戒答道：“哥哥说得有理。你去，你去。若是打败了这老妖，还赶将这里来，等老猪截住他。”再如，在流沙河收服沙僧时，悟空不善水战，就让八戒下水将沙僧引诱出来，在空中和陆地作战。在五庄观时，师兄弟三人一起上阵，大战镇元大仙。面对危难不退缩、师父面前不贪功，各施本领，各尽所能，这才是取经团队战无不胜的关键，也是他们能斩妖除魔到达西天的关键。

三、成就团队，自我救赎——取经背后的启示

从故事的结局来看，师徒几人到达西天取得真经，团队任务圆满完成。此外，每名成员也因一路上护持有功，分别受封，修成正果：唐僧因皈依佛门，秉受迦持，取得真经，被封为旃檀功德佛；孙悟空隐恶扬善，炼魔降怪有功，全始全终，被封为斗战胜佛；猪八戒挑担有功，作净坛使者；沙僧登山牵马有功，被封为八宝金身罗汉；白龙马因驮负圣僧来西，驮负圣经去东，被封为八部天龙马。从这个角度来看，西天取经既是团队协作的过程，也是每名成员自我救赎、自我成长的过程。正如作者在另一部志怪体裁的《禹鼎志》序言中所说的，他的写作意图是：“微有鉴戒寓焉。”

其中最突出的是孙悟空，他的成长过程不仅是一个英雄的成长史，也反映了一个人从“自我”到“无我”的进化历程。就像是一个天真任性的孩子，从上小学跟随菩提祖师学艺，到少年的无法无天、唯我独尊、大闹天宫，有了自我意识的觉醒与追求。再到西天取经的过程中，变得有始有终、有责任心。虽然去西天的路上困难重重，但是孙悟空一直积极乐观，并勇敢和各类妖魔鬼怪战斗。这时候他不再以个人喜好为中心，而是开始成长为一个“人”，开始学会为别人着想；他变得有责任心、有正义感，有坚定的理想并且不轻言放弃。小说的最后，他被封为斗战胜佛。这时候孙悟空已经完全变了，他变成了一个正义凛然的神的形象。他不再是那个无法无天的猴子，他有思想，有见地，以天下为己任；他接受封神并不是向权力屈服了，而是因为他明白了秩序，更加明白了自己的责任，他不再以自己的喜恶来决定自己的行为方式，而是像一个神佛一样以众生为重，把自己排在最后，这时的他已然达到了无我的状态。

一部《西游记》，为我们描画了一个绚丽多彩的神话世界，也为我们讲述了一个励志故事，一个确定目标就要坚定不移、遇到困难就要迎难而上、团结协作的故事，一个自我救赎、完善自我、挑战自我、成就自我的故事。这个故事之所以广为流传，被人们津津乐道，不仅因为情节的曲折离奇，还因为故事背后映射了当时的社会，揭示了人性，也告诉我们关于人生、关于成长的道理。这个故事中是否有你的身影呢？

第二章 《水浒传》文化思考

刘宝艳

《水浒传》，作者施耐庵。《水浒传》是中国历史上第一部用白话文写成的长篇小说，也是中国历史上第一部歌颂农民起义的长篇小说。该书记述了梁山好汉从起义到兴盛再到最后失败的全过程。

该书通过对众多草莽英雄的不同人生经历和反抗道路的描写，深刻地揭示了起义的社会根源，歌颂了起义英雄的社会理想，也具体揭示了起义失败的内在历史原因。

之前的阅读，你是否曾因情节的引人入胜而心惊肉跳？又是否因人物的侠肝义胆而血脉偾张？透过精彩的人物描写，你是否曾做过深入的思考？接下来的阅读，也许会带给你他们不为人知的另一面。

第一节 宋江——刀笔小吏的风雨江湖路

杨 爽

《水浒传》中的人物可谓是说不完，道不尽。他们或勇猛，或彪悍，或多谋，或豪横……一言以蔽之，一百单八将，个个与众不同。要说最核心的人物，那还得是刀笔小吏出身的宋江。虽是刀笔小吏，地位却不容小觑，他在江湖、在梁山泊上，可谓一呼百应。俗话说："英雄不问出身。"没错，对宋江来说，还真是如此。

一、人物小像

历史传说中的宋江，为人勇悍狂侠，是个充满王霸气质的枭雄。《大宋宣和遗事》中的宋江做事光明磊落，回家发现阎婆惜与吴伟通奸，干净利落地将其杀死。为了避免冤枉好人，还写下了四句诗：

杀了阎婆惜，寰中显姓名。要捉凶身者，梁山泊上寻。

元杂剧水浒戏中的宋江则是一位"风高敢放连天火，月黑提刀去杀人"的英雄豪杰。梁山是为老百姓申冤、除暴安良的公堂，好汉杀的是滥官污吏、奸人歹徒；而宋江就是细微民氓的青天大老爷。"宋公明武艺堪夸""聚集豪英，要替天行道公平"。在戏曲的音声

世界里，宋江是一个度量宽宏、胆识兼具、治军严明、仗义行侠的群众领袖。

从以上各种艺术形式中，我们都可以看到宋江之英雄豪气、志士侠气，而在施耐庵的水浒世界中，也没有否认这一点。我们且看在施耐庵的笔下，宋江又是以一番怎样的面貌出现在水浒世界里的。

宋江，字公明，排行老三。江湖人称“及时雨”，又号“呼保义”。书中对其长相有如下描述：“眼如丹凤，眉似卧蚕。滴溜溜两耳垂珠，明皎皎双睛点漆。唇方口正，髭须地阁轻盈；额阔顶平，皮肉天仓饱满。坐定时浑如虎相，走动时有若狼形。年及三旬，有养济万人之度量；身躯六尺，怀扫除四海之心机。上应星魁，感乾坤之秀气；下临凡世，聚山岳之降灵。志气轩昂，胸襟秀丽。刀笔敢欺萧相国，声不让孟尝君。”从这段文字中，我们似乎也可以看到此人有着非凡的气质，不可小觑。当然从他的江湖外号中可以初见他品质的端倪，此人乐善好施，于家大孝，人称他为“孝义黑三郎”。

他在郓城作押司，刀笔精通，吏道纯熟；爱舞刀弄棒，学得武艺多般。平生喜结江湖好汉，不论高低，无不接纳，从无厌倦。他的这种仗义疏财、乐善好施，施耐庵曾在书中有一首临江仙赞道：“起自花村刀笔吏，英灵上应天星，疏财仗义更多能。事亲行孝敬，待士有声名。济弱扶倾心慷慨，高名水月双清，及时甘雨四方称，山东呼保义，豪杰宋公明。”可见，宋江集忠义、侠义、孝义、信义于一身。从他后来的经历可以看到，他的出身并没有影响到他在江湖上广结各个层次的好友，这也许就是我们现在所说的性格决定命运吧。丰富的性格特点，让他从一个地方的刀笔小吏，一路晋升为众豪杰的领袖。不得不说，官职虽小，却挡不住一颗想要成就大业的赤子之心。他到底是怎样摆脱出身，在八百里水泊梁山打下一片天地，俘获民心的呢？我们且看他跌宕起伏的人生经历。

二、人物经历

此刀笔小吏，虽身份卑微，却有鸿鹄之志。我们且看他成为江湖老大的漫漫长路。纵观他的一生，可以分为以下几个阶段：郓城押司、逃亡江湖；刺配江州、落草梁山；招安报国，饮酒自尽。

（一）郓城押司，逃亡江湖

上梁山之前，宋江是一个小县城的普通押司，喜欢结交江湖豪杰。他从小和同县城的晁盖关系非常要好，可谓是惺惺相惜。晁盖劫取“生辰纲”东窗事发后，宋江私自传讯，救了晁盖一行人，可谓舍命相救、义薄云天。基于此，晁盖派人送去金银感谢宋江，宋江只是留下了书信和少量的钱财，不料被小妾阎婆惜发现，两人在争抢书信的时候，宋江失手杀死阎婆惜。此次事件，使得他的人生轨迹发生了巨大的改变——由始终秉公执法、忠于朝廷“事业编”的安静富足的小吏，变成了一个亡命天涯的通缉犯。

（二）刺配江州，落草梁山

宋江被发配江州的途中，结识了一批江湖好友。到达江州之后，又认识了戴宗、李逵和张顺。在逃亡江湖的这一路上，他凭借之前在江湖上的良好口碑，广结好友，这也为他在上梁山打下良好的群众基础。宋江醉酒之后在浔阳楼所题之诗，被有心之人利用。以谋反罪被判死刑，后幸得江湖好汉江州劫法场，使得他的性命得以保全，随后他随众人一起上梁山。初上梁山，宋江就被众位兄弟推举为山寨二当家，坐上了梁山的第二把交椅。这第二把交椅可以说是他在江湖上的良好信誉换来的。

晁盖死后，宋江成为梁山头领，开始统治梁山。梁山的“聚义厅”也被改为“忠义堂”，梁山之上还竖起了一杆“替天行道”的杏黄大旗。梁山在宋江的统治之下，蓬勃发展，先后两赢童贯，三败高太尉。

（三）招安报国，饮酒自尽

后来，宋江接受朝廷招安，征方腊之后，封官授职，谢恩听命，给付赏赐。宋江奏请圣旨，准备回乡省亲。在乡中住了数月，辞别父老乡亲，再到东京来，与众兄弟相见，后把酒言欢，与众兄弟话别，各自赴任。岂料当此之时，却是蔡京、童贯、高俅、杨戬四个奸臣当道。他们视宋江为肉中刺，眼中钉，不可能与他同朝为官。于是心生毒计——用毒酒毒死宋江。有诗云：“自古权奸害忠良，不容忠义立家邦。”至此，他的人生悲惨落幕。

孟子曾说：“义，人之正路也。”荀子也曾说：“先义而后利者荣，先利而后义者辱。”可见，自古以来，中华文明在“义”文化上一直在探索和发展。而这种文化背景下，也影响了生活在这样文化环境中的人。回首宋江的一生，可谓是风起云涌，跌宕起伏。在他的身上，我们似乎更能理解中国传统文化中的“义”的内涵。接下来，我们就细数他在践行“义”的道路上，都有哪些可圈可点之处吧。

三、宋江之“义”

（一）宋江之忠义

对于宋江来说，虽是在家乡有着一官半职，看似为朝廷人员，实则并无大的发展前途。在古代，“官”和“吏”还是有着比较大的区别的，即社会地位不同，级别不同，任期不同。

首先是社会地位不同。“官”是上等人，人民是为他服务的；而“吏”则是下等人，是为“官”服务的。“吏”虽然在官府里承担着执法工作，却仍然是百姓，在古代等级森严的社会结构中，“吏”相对于“官”而言是明确无误的下等人。

其次是级别不同。官员，是经过任命的、具有一定等级的政府工作人员。说白了，就是国家公务员，但是“吏”不同，有点类似于我们现在的协警或者编外人员，他们的福利待遇与官员相比是有很大差距的。

再次是任期不同。官是三年一任，清代地方官平均一任只在一年半，“官”是流动的，不可能在一个地方形成他的权力网络；而“吏”则因为是当地人，又熟悉该地风俗人情，因而有利于政策的贯彻执行，他是一个政策执行者，没有大权，所以可以有效防止其贪污腐败。但是“吏”的晋升是十分缓慢的，或者说是毫无希望的。

对于宋江这样一个饱读诗书，深受儒家入世做官思想与忠君爱国思想熏染的人，怎么会甘于蜗居在一个刀笔小吏的层次上呢？虽是小小身躯，却有一颗兼济苍生的伟大灵魂。在他看来，只有在朝为官，常伴天子左右，才是最为正统的归宿。书中有这样几个细节，让我们可以看到宋江将忠义进行到底：

细节一：宋江怒杀阎婆惜，坚持法度不卸枷锁

宋江流落江湖，在清风寨惹下了大麻烦，为了躲避官府的追捕，他带着花荣、秦明众人前去梁山入伙。在到达梁山泊之前，宋江接到了一封书信随后回到了家乡。

回到家中的宋江就被官府盯上了。新来的捕头当夜就到宋江家中抓捕他。由于遇到大赦，他被减罪，发配江州。就这样他戴着枷锁，开始了自己的发配之旅。

从宋江所在的郓城县前往江州，必然要经过梁山，宋江心里明白若是白天路过那里，梁山泊的兄弟们一定不会轻易让他离开的，甚至很有可能强行把他留在山上。和解差商量好后，他们决定趁着天还没亮就出发以避开梁山上的好汉们。尽管如此，他还是遇到了早有准备的梁山好汉们。刘唐、吴用、花荣先后来见宋江。当花荣看到宋江颈上还戴着枷的时候，便说道：“如何不与兄长开了枷？”“贤弟，是甚么话！此是国家法度，如何敢擅动！”宋江断然拒绝了花荣的请求。

从这个细节中不难看出，在宋江看来，枷锁是国家法度的象征，他身为国家职员，理应遵守国家法度，不可私自卸下。就是这样一个很小的细节，却揭示出他内心深处浓厚的忠君思想。在他看来，忠于君主，其实就是要忠于君主制订的一系列规章制度。自古以来就有“君让臣死，臣不得不死”的说法，正如孔子说的：“君待臣有礼，臣事上以忠”。儒家这种忠君思想对于当时的读书人来说已经深入骨髓，宋江的这种行为就是最好的证明。

当然，宋江的忠君报国行为可不只是这些细节可以彰显。他在受招后破辽，奉命带兵攻下檀州，夺回蓟州，智取霸州，占领幽州，兵围燕京，致使辽主请罪投降。回到京师，徽宗下诏，令宋江去平定河北田虎，随后又调去平定淮西王庆和江南方腊。在征方腊一战中，战况是相当惨烈，宋江的水浒兄弟们，死的死，伤的伤，走的走，病的病，曾经威震江湖的水浒好汉散落各方。虽是取得胜利，但也是死伤无数。宋江如此的积极抗战，有力地证明了他的赤胆忠心。他在招安后的一系列举动，都在践行“一心报答赵官家”的愿望和理想。这一阶段宋江的忠君意识表现得也非常强烈。他把梁山的聚义厅改成忠义堂，还宣扬“替天行道”，只反贪官不反皇帝。在面对当时黑暗的社会现实时，他对所有事情做出的分析、判断、选择，都是基于他内心对朝廷的忠贞，这是他内心价值观的体

现。即使在临死前，他也是高声呐喊："我为人一世，只主张'忠义'二字，宁可朝廷负我，我忠心不负朝廷！"如此忠义之心，可鉴日月。宋江在重阳节菊花之会上曾经有过意味深长的一番话："今皇上至圣至明，只被奸臣闭塞，暂时昏昧。有日云开见日，知我等替天行道，不扰良民，赦罪招安，同心报国，竭力施功，有何不美？因此只愿早早招安，别无他意。"从这番话中不难看出，他思想中根深蒂固的忠君思想。

如此"忠义"，真的是完全正确的吗？从报效朝廷，安邦定国的角度来讲，是没有问题的，可以说，他是"修身齐家治国平天下"这种儒家入世为官思想对于个人影响的一个缩影。但如果站在历史发展的角度来看，这个君主，这个朝廷，这样的社会制度，值不值得效犬马之劳。可能就需要仔细斟酌一下了。忠于明君，可以开创一番事业；忠于昏君，那恐怕是万丈深渊。所以，对于宋江的"忠"，我们应该辩证看待，这样才能更加客观与全面。

（二）宋江之孝义

中国人自古就推崇孝道，而在宋朝，更是崇尚以"孝"治天下。《吕氏春秋·孝行览》上说："事君不忠，非孝也。"有子曰："其为人也孝弟，而好犯上者，鲜矣；不好犯上，而好作乱者，未之有也。君子务本，本立而道生。孝弟也者，其为人之本与？"可见，对一个忠君的人来说，他首先是一个拥有孝义之人。这在宋江身上，表现得也较为明显。在百善孝为先的社会，孝道本身就是一个受人尊重的人格保障。比如：

第三十五回中，宋江将投梁山泊，在酒店中偶遇苦寻他的石勇，石勇拿出家书给他看，宋江读罢，叫声苦，不知高低，自把胸脯捶将起来，自骂道："不孝逆子，做下非为，老父身亡，不能尽人子之道，畜生何异！"自把头去壁上磕撞，大哭起来。宋江哭得昏迷，半晌才苏醒。看到家书中写父亲病重过世，一"撞"一"磕"，"哭得昏迷"，刻画得十分传神。宋江不顾一切地回家奔丧，"飞也似独自一个去了"正体现了宋太公在他心中的地位。

第三十六回宋江为顺从父亲的意愿，宁可"挺身出官"断配流徙，宁做囚徒也拒不上梁山做头领。

第四十二回中，宋江上梁山后，就要接父亲和弟弟上山，看到宋太公和弟弟宋清的时候，施耐庵用了四个字来形容："喜从天降"。他担心父亲安危，见到宋太公被接上梁山泊时，他说："老父惊恐，宋江做了不孝之子，负累了父亲吃惊受怕。"

宋江的种种行为，都让我们看到他对父亲的孝义，也让他的人物形象更加丰满。

（三）宋江之信义

"信"在古代乃至现代都是经世致用的道德规范。孔子十分强调"信"在治理国家中的重要作用。他认为在治理国家时即使"去兵""去食"，也不能"去信"。孟子继承了孔子关于"信"的思想，并把"朋友有信"与"父子有亲、君臣有义、夫妇有别、长幼有序"

并列为“五伦”，成为中国封建社会道德评价的基本标准和伦常规范。宋江身上不仅体现了忠君爱国，孝悌之义，更有朋友之间的信义。在他看来，唯有取信于人，才可开创自己的事业。比如在晁盖死后，众人推举他做梁山第一把交椅，这其实就是他在朋友之间所建立起的信义的有力体现。众人对他的信服，让他顺理成章成为梁山新一代的领头人，这是对他信义的充分肯定。

四、小结引申

在宋江的身上，我们可以看到一个深受传统文化“忠”“孝”“义”“信”影响下的人在日常生活中是如何为人处世的。当然，对于宋江这个人物的性格，众说纷纭，有人说他的忠君思想也是愚忠的一种体现，这点也是不可否认的。但是他的孝义和对朋友的信义也是不容忽视的。所谓人无完人，这样的人物在文学作品中才能更彰显其真实和丰满。

美国女作家赛珍珠评价《水浒传》时曾说：“这部著作是伟大的，并且满含着全人类的意义，尽管它问世以来已经过去了几个世纪。”它其中所蕴含的中国传统文化也是我们中学生日常行为规范的指引。作为我们中学生，也许一生会平凡而又普通，但是每当面对大是大非，需要做出选择时，我们是不是可以从这些经典文学作品中汲取文化的营养，来滋养我们的灵魂，树立正确的世界观、价值观和人生观。

第二节　鲁达——一腔热血真英雄

王　倩

鲁达，出家后法名智深，《水浒传》中描述道：“胖大和尚，脱的赤条条的，背上刺着花绣”，所以又被称为“花和尚”。他武艺超群，是梁山泊第十三位好汉，十员步军头领第一名，更是《水浒传》“一百单八将”中浓墨重彩的人物之一。他本是渭州经略府提辖官，如果能和当时的社会和睦相处，那么会一辈子衣食无忧地做官与生活。然而，他的个性却为他选择了另外一条路，要向黑暗的社会现实挑战——他面对不合理的社会压迫，没有妥协，而是采取了积极进攻的态度。

梁山泊大多数好汉都是在自身受到不公正的待遇或遭人迫害、身不由己的情况下，步入江湖之路的。鲁达却是例外，他是心甘情愿地牺牲自己的利益来成全他人，以至于从担任提辖官的“人上人”变成落草梁山泊的“人下人”。在这一角色演变过程中，他乐得其所、毫无怨言、从未后悔。

读者们往往不禁要问：鲁达为什么会成为这样的人呢？其实，我们理解这一耐人寻味的人物形象，不妨从我们中华民族的儒家思想中寻找答案。

一、见义勇为真君子

“义”是体现传统文化的一种儒家思想。古往今来，“不义之人”注定要遭受世人的唾弃，而讲义气则是江湖好汉们坚决奉行的准则。汉代董仲舒在《春秋繁露·王道》中说：“仇牧、孔父、荀息之死节，公子目夷不与楚国，此皆执权存国，行正世之义，守惓惓之心，《春秋》嘉义气焉，故皆见之，复正之谓也。”可见“义”作为儒家思想必不可少的一部分，很早就已深深扎根在人们心中。

子路曰：“君子尚勇乎？”子曰：“君子义以为上。君子有勇而无义为乱，小人勇而无义为盗。”（《论语·阳货》）

【译文】子路问道：“君子尊崇勇敢吗？”孔子道：“君子认为义最为贵。君子若有勇无义，那么便会造反；小人有勇无义，就会成为盗贼。”

子曰：“君子之于天下也，无适也，无莫也，义之与比。”（《论语·里仁》）

【译文】孔子说：“君子对于天下的事，没有规定一定要怎样做，也没有规定一定不要怎样做，而只考虑怎样做才合适恰当，就行了。”

这两则《论语》论述的内容，与鲁达疾恶如仇、见义勇为的性格特点不谋而合，正如著名文学评论家金圣叹曾用四个“遇”字评价他：“遇酒便吃，遇事便做，遇弱便扶，遇硬便打。”

鲁达在潘家酒楼吃酒时，听了金家父女对郑屠的控诉，便毫不犹豫地要去“打死了那厮”，被史进、李忠劝住后，马上从身上掏出五两多银子，又向史进借了十两银子一并交给金家父女作盘缠。回到住处后，仍不释怀，气得连“晚饭也不吃”。第二天还到客店中，将店小二痛打一顿，以使金家父女能够脱身。“拳打”镇关西时，采取不依不饶的态度，“应口”要打，“讨饶”更要打，三拳便将这个地方恶霸置于死地，自己却不得不亡命天涯。

当鲁达得知史进被华州贺太守抓入大牢之后，他对武松表示：“贺太守那厮好没道理，我明日与你去州里打死那厮罢！”不过，武松对此却坚决反对，认为应该立即赶回梁山，将情况汇报给宋江，让梁山出兵攻打华州，才能解救史进。对于武松的说法，鲁达非常不满，当即表示：“等俺们去山寨里叫得人来，史家兄弟性命不知那里去了。”于是单枪匹马前去营救史进。因为鲁达觉得：朋友有难，救人是他义不容辞的责任。

虽然疾恶如仇、见义勇为是许多水浒人物都有的优点，但是金圣叹赞美鲁智深的为人道：“一片热血直喷出来，令人读之深愧虚生人世上，不曾为人出力。”细细体会这句话，再结合鲁达的所作所为，不难发现鲁达的侠肝义胆是多么的真诚，真诚得感人肺腑，真诚得令人心灵得到净化。鲁达把“义”字放在人生最重要的地位，其形象也由此超越其他侠者而具有独特的魅力及震撼人心的感染力，成为中国古典小说世界里最光彩闪耀、最完美动人的君子。

二、有勇有谋真英雄

如果说“勇”代表行动，那么“谋”则代表思想。脱离了指导思想的行动，就似暗夜行路，寸步难行。而没有行动的空想，就是历代兵家引以为戒的纸上谈兵，于人于己都毫无用处。有谋无勇不能称之为大谋，有勇无谋也不能称之为大勇。大谋与大勇互为表里，互相依附，只有谋勇兼备的人，才是真正具有大谋大勇的人。

子谓颜渊曰：“用之则行，舍之则藏，惟我与尔有是夫。”子路曰：“子行三军，则谁与？”子曰：“暴虎冯河，死而不悔者，吾不与也。必也临事而惧，好谋而成者也。”（《论语·述而》）

【译文】孔子对颜渊说：“用我呢，我就去干；不用我，我就隐藏起来，只有我和你才能做到这样吧！”子路问孔子说：“老师您如果统帅三军，那么您和谁在一起共事呢？”孔子说：“赤手空拳和老虎搏斗，徒步涉水过河，死了都不会后悔的人，我是不会和他在一起共事的。我要找的，一定要是遇事小心谨慎，善于谋划而能完成任务的人。”

曾子曰：“吾日三省吾身：为人谋而不忠乎？……”（《论语·学而》）

【译文】曾子说：“我每天多次反省自己：替别人做事有没有尽心竭力？……”

这两则《论语》论述的内容，正好对应了鲁达有勇有谋、胆大心细和救人须救彻的性格特点。

鲁达在救助金家父女时，虽气愤难当，却能权衡利弊。首先解救金家父女，使其脱身，并能考虑到他们缺少盘缠，将银子送给他们；为了防止店小二去追赶他们，一反平时的火暴脾气，竟然能“掇条凳子，坐了两个时辰”，“约莫金公去得远了，方才起身”；“拳打”郑屠，更显出他的智勇双全：先采用“激将法”，郑屠果然经不住“三激”，被他引到当街上，手执利器，造成持器行凶的口实，然后再当众质问“你如何强骗了金翠莲？”使围观的人知道惩治郑屠是伸张正义，待到“拳打”时，本欲狠狠惩治，并非想把郑屠打死，面对这种意外情况，却能随机应变，故意说：“你诈死，洒家和你慢慢理会！”大骂着慢慢离去。

鲁达与林冲相识成为朋友，后来他对林冲如何惨遭陷害而误入“白虎节堂”，又如何被发配沧州，董超薛霸又如何用开水烫林冲等一切细节了如指掌，尽管鲁达对林冲的遭遇很气愤，但是不到关键时刻他是不会露面的。一直到野猪林中，当董超和薛霸将要杀掉林冲时，施耐庵这样描写道：“薛霸的棍刚举起来，只见松树背后雷鸣也似一声，那条铁禅杖飞将来，把这水火棍一隔，丢去九霄之外，跳出一个胖大和尚来，喝道：‘洒家在林子里等你多时！’”鲁达步步救护林冲，并将林冲一直送到沧州地界。

鲁达真心实意要帮助金翠莲一家，彻底地逃出了魔窟，结果却落得自己丢了提辖，落发为僧。因为一心一意救林冲，又遭到高俅欲害于他——“这直娘贼恨杀洒家，吩咐寺里长老不许俺挂搭；又差人来捉洒家……逃走在江湖上，东又不着，西又不着。”可以说，鲁达奉行的“杀人须见血，救人须救彻”思想，是“为人谋而不忠乎”的具体体现，也害得他不但丢了官，而且要浪迹江湖。但也是因为这样，他才不愧为一位真真正正的英雄。

三、不畏权贵真丈夫

孟子是儒家的重要代表人物。他在与景春探讨何为“大丈夫”时，与其进行了激烈的辩论。孟子眼里的大丈夫是拥有了富贵之后，依旧能够保持初衷不忘本心；在最穷困的时候不会因此而改变志向，背弃道德操守；面对强权压迫而不折弯，不会屈从于他人的意志。也就是“富贵不能淫，威武不能屈，贫贱不能移”的不畏权势、不慕富贵的大英雄。

王孙贾问曰：“与其媚于奥，宁媚于灶，何谓也？”子曰：“不然，获罪于天，无所祷也。”(《论语·八佾》)

【译文】王孙贾问道：“(人家都说)与其奉承奥神，不如奉承灶神。这话是什么意思？”孔子说：“不是这样的。如果得罪了天，那就没有地方可以祷告了。”

子曰：“贤哉回也！一箪食，一瓢饮，在陋巷，人不堪其忧，回也不改其乐。贤在回也！”(《论语·雍也》)

【译文】孔子说：“贤德啊，颜回吃的是一小筐饭，喝的是一瓢水，住在穷陋的小房中，别人都受不了这种贫苦，颜回却仍然不改变向道的乐趣。贤德啊，颜回！”

孟子对“大丈夫”的见解和这两则《论语》论述的内容，正好契合鲁达不畏强权、不慕富贵的性格特点。

林冲的妻子在五岳楼被高俅的义子高衙内调戏以后，鲁达觉得林冲受了窝囊气，主动要为林冲出气，怎奈却被林冲阻拦道：“原来是本官高太尉的衙内，不认得荆妇，时间无礼。林冲本待要痛打那厮一顿，太尉面上须不好看。自古道：‘不怕官，只怕管。’林冲不合吃着他的请受，权且让他这一次”。作为丈夫的林冲都畏惧权势，要“大事化小，小事化了”，鲁达却体现了不怕天、不怕地的精神。金圣叹在此评点道：“林冲娘子受辱，本应林冲气忿，他人劝回，今偏倒将鲁达写得声势，反用林冲来劝。突出了鲁智深真正男子汉的血性气概。”

鲁达面对大哥宋江想要招安的想法，他反对道：“只今满朝文武，俱是奸邪，蒙蔽圣聪，就比俺的直裰染做皂了，洗杀怎得干净。招安不济事！便拜辞了，明日一个个各去寻趁罢。”鲁达自有一套做事的原则和底线，他佩服宋江的为人，敬重宋江为梁山首领，但对招安的主张却不盲目地支持。

鲁达杀夏侯擒方腊后，宋江让他还俗做官，他拒绝道：“洒家心已成灰，不愿为官，只图寻个净了去处，安身立命足矣。”纵使宋江再三劝说，他都不为所动，他认为“只得个囫囵尸首，便是强了”。他深知并痛恨官场的黑暗和腐朽，对做官不屑一顾，是一位名副其实的不畏权势、不慕富贵、人格独立的大丈夫。

总之，虽然鲁达自诩“平生不修善果，只爱杀人放火”，但事实上他才是一百零八将中修善果最多的人。他只依据自己的内心行事，为“善”独尊，从而浙江坐化，得道成佛。鲁达，这一熠熠闪光的人物形象，体现的是中华民族的血性精神和旷达胸怀，是中华民族深入骨髓的正义、良知与高贵。评论家曲家源评价他：“不仅是《水浒传》中的绝顶人物，而且在中国古代小说人物形象画廊中也属绝顶人物之列。”

第三节　武松——天人与凡人

徐启锋

一、人物简介

武松，清河县人，在家中排行老二，人称武二郎。因在景阳冈打死猛虎而威震天下，做了阳谷县步兵都头。后因嫂子潘金莲勾结西门庆害死其兄，武松查明原委后怒杀二人。自首后被发配孟州途中结识了开黑店的张青、孙二娘夫妇。到达孟州后，为报答金眼彪施恩的照顾，大闹快活林，醉打蒋门神。之后受到蒋门神、张都监、张团练的陷害，又被发配恩州。在前往恩州的路上，又被张都监等派人谋害，武松识破后大闹飞云浦，杀死了要害他的四个人。随后返回孟州，血溅鸳鸯楼，杀死张都监等十余人，并大书：“杀人者打虎武松也”。而后武松逃到张青的店里，披上头陀行装，从此被称为行者武松。他夜走蜈蚣岭怒杀淫道，并在二龙山落草。后三山打青州时入伙梁山泊，坐上第十四把交椅，拜天伤星。梁山招安后，在征讨方腊的战斗中遭暗算失去左臂，班师时不愿赴京，在杭州六合寺出家，八十善终。

二、“天人”武松

在中国老百姓的心目中，武松几乎是力量和正义的化身。他智勇双全，有恩必报，有仇必复，光明磊落，敢做敢当，不仅是响当当的大英雄，而且被明末清初文学批评家金圣叹赞为“天人”。何以如此呢？

（一）声名远播，打虎英雄

景阳冈打虎是武松的出场首秀，也是他流传最广的传奇故事。武松何以要打虎呢？话说武松回乡看望哥哥，途经阳谷县，在一家酒店喝了十八碗酒，起身上路。酒家好心提醒，前面景阳冈上有只吊睛白额大虫，坏了二三十条大汉的性命，要武松就此歇息，第二日结伴再过冈去。武松的反应是什么呢？不信！不但不信，还说“便有大虫，我也不怕！”这是说大话。何以见得呢？当他走上冈子，看到印信榜文，“方知端的有虎”，“寻思道：‘我回去时，须吃他耻笑，不是好汉，难以转去。’”可见，武松是怕的。他起初是不信的，现在知道真的有虎，因为怕人耻笑，所以才壮着胆子上山。他将自己逼上了绝路，不得不打，而这并不影响武松的高大形象。只有这样我们才发现这个形象是真实可信的。那么，武松是如何打虎的呢？

当那个又饥又渴的大虫，把两个爪在地上略按一按，和身望上一扑，从半空里蹿将下来时，武松被那一惊，酒都做冷汗出了。一身冷汗，再次说明武松是怕的。而这，非但不说明武松不够英勇，反而说明武松是真英雄。孔子说："暴虎冯河，死而无悔者，吾不与也：必也，临事而惧，好谋而成者也。"意思是说那种空手搏虎，赤足过河，即使死了都不会悔悟的人，我是不会找他共事的；我一定要找那种遇事谨慎，善于通过巧妙的谋划来取得成功的人共事。孔子认为真正的英雄在面对有实力的对手时要心存敬畏，小心应对，好谋而成。武松就是这样的英雄。他的战术是先退避三舍，凭借自己灵活的身手，巧妙地避开老虎"一扑、一掀、一剪"这夺命三式，躲过了老虎的锐气。然后是棒打，抡起哨棒尽平生力气朝大虫打去，然而并没有打中老虎。他打在了树枝上，还把哨棒打折了。这就再次表明了武松的紧张，但这并不能说明武松胆小，因为胆小的人此时应该两股战战、抖如筛糠才对，哪能奋起神力痛打猛虎呢？接下来，武松抓住机会将老虎的头按住，待老虎咆哮着用爪子在身下挖了一个土坑时，武松把老虎的嘴按进坑里，这才偷出右手来，用铁锤般的拳头，尽平生之力击打。待老虎被打得动弹不得，只剩口里兀自气喘，武松又找回哨棒打了一回，彻底将老虎打得没了气儿。

这段武松打虎的故事可谓怒虎神人：老虎凶恶，坏了三二十条大汉的性命；武松虽不是有意去打虎，但是路遇猛虎，沉着冷静，小心应对，可谓有勇有谋。自此武松威震天下，成为智勇双全的打虎英雄，无愧"天人"称号。

（二）不受诱惑，正人君子

武松打虎之后便在阳谷县做了都头。一天，在街上巧遇哥哥武大郎，便来到家中拜见嫂嫂。嫂嫂潘金莲"年方二十余岁，颇有些颜色"，一眼就看上了武松。武松自幼与哥哥武大郎相依为命，对嫂嫂极为尊重，视之如母，哪里有半点儿邪念，见到嫂嫂"当下堆金山，倒玉柱，纳头便拜"。武松禁不住哥哥与嫂子的热情，搬来家中同住。一日，潘金莲将武大郎赶出去做买卖，专要勾引武松。酒桌上，潘金莲言语轻佻，举止轻浮，不停撩拨武松，"不看武松焦躁"，竟然"筛一盏酒来，自呷了一口，剩了大半盏，看着武松道：'你若有心，吃我这半盏儿残酒。'"武松则不为所动，"劈手夺来，泼在地下"，严厉斥责："嫂嫂！休要恁地不识羞耻！"美色当前，武松谨守礼度，毫不动心，面对潘金莲的勾引，不仅强烈反感，而且立即给予潘金莲以义正辞严的驳斥，进而提出斩钉截铁的警告，要她安分守己，与大郎好好过日子。

武松晓人情伦理，是非分明，一身正气，令人肃然起敬。此乃正人君子，当得"天人"称号。

（三）智勇双全，热血男儿

且说潘金莲为与西门庆长做夫妻，竟然在王婆的教唆下丧心病狂地害死了武大郎。王婆的计策看似天衣无缝——把武大郎毒死，一把火烧得干干净净，“没了踪迹，便是武二回来，待敢怎地？”武大郎被害死后，西门庆收买团头何九叔，当武松告状，西门庆又送银两贿赂县官。武松要为兄申冤报仇比登天还难。

那么，武松是怎样做的呢？他外出归来，得知大哥已亡，并没有不加节制地哀伤，而是冷静地问了潘金莲三个问题：“我哥哥几时死了？得甚么症候？吃谁的药？”对于潘金莲的谎言，他也不加争辩，而是暗地里紧锣密鼓地进行调查。首先找到何九叔，“‘飕’地掣出把尖刀来”，迫使何九叔说出了实情，然后又去找卖果品的郓哥，送五两银子给他安顿老爹，更详细地了解哥哥死亡的相关情况，恩威并施，获取了人证、物证。获得证据后的武松去找知县告状，因为县吏被西门庆收买，所以武松告状失败。此时武松没有苦苦哀求，而是立即丢掉幻想，马上开始他的报仇行动。他把街坊邻居召集到家中作证人，自己审问潘金莲和王婆，待她们招供后，又叫人将她们的供词一句一句记录下来并当众画押，所有在场的证人也都一一画押。处理停当后，武松手刃潘金莲，斗杀西门庆，却留下王婆不杀。这是因为武松知道像王婆这样的教唆犯没有什么后台，按律论罪活不成，留下她却可以作一个直接的证人。正因为武松机智果敢，想得周全，才顺利地为兄长报了仇，可谓智勇双全，热血男儿。

这样的武松，有勇有谋，光明磊落，恩怨分明，难怪被金圣叹惊为“天人”。但即使是这样的大英雄，也毕竟是凡人，他的身上也有着“不可爱”的地方。

三、凡人武松

（一）义气为先，是非何在

武松为兄报仇后自首，被发配孟州牢城营，在此他大闹快活林，醉打蒋门神。

这一直被视为武松疾恶如仇、为民除害的义举。但细细想来，武松为的是什么“民”？除的什么“害”呢？为的是金眼彪施恩。施恩是什么人呢？他是孟州牢城营老管营的儿子，自幼跟江湖师傅学些枪棒，武艺并不怎么高强。靠着父亲老管营的势力，豢养着牢城营里八九十个亡命徒，在快活林开了一个酒肉店。不仅垄断了快活林众店家、赌坊、兑坊的酒肉生意，而且收取保护费。除的一“害”就是绰号蒋门神的蒋忠。这又是何许人也呢？蒋门神凭着张团练的势力和自己的本事，把施恩揍了一顿，强占了快活林，做着和施恩一样的勾当。那么，除了这一害之后，百姓是否得到安乐了呢？文中写道：“自此，施恩的买卖比往常加增三五分利息，各店家并各赌坊、兑坊，加利倍送闲钱来与施恩”。百姓并不安乐，而施恩这个“民”反倒扬眉吐气，变本加厉了。蒋门神强占快活林，实际上两股黑恶势力的“黑吃黑”，没有哪一方是正义的。由此看武松的行为，只为了报答施恩“免了一百杀威棒”和好酒好食款待之恩。虽说是知恩图报，情理之中，但也不免有不分黑白、做黑恶势力的打手之嫌。由此看来，武松着实不够可爱。

（二）快意恩仇，失去理智

武松因帮施恩夺回快活林，被蒋门神、张团练、张都监设计陷害，押入死囚牢。施恩上下托人使钱，最终轻判，刺配恩州牢城。张都监等人买通押送公人要在飞云浦结果了武松。不料武松早有防备，仗着武艺高强，扭断枷锁，大闹飞云浦，杀死了要暗害自己的两个公人和蒋门神的两个徒弟。因为出不了心中怨气，又乘夜潜回张都监家中杀了一个痛快。一个马夫，问过话后，手起刀落，砍下头来；两个丫鬟，一刀一个；两个亲随人，一个要跑，一个讨饶，一个剁翻，一个砍头；夫人惊叫，武松“劈面门剁着”，待来割头，才发现刀已砍缺了；唱曲儿的玉兰，心窝里搠死；“两个小的”，“一朴刀一个”；这还不完，“拴了前门，又入来寻着两三个妇女”，也都搠死，“方才心满意足”。这里面，蒋门神、张团练、张都监罪有应得，两个亲随因前日拿捉过武松的，算是有些过节，但其他人都是无辜的。在复仇的怒火中，武松完全丧失了理性。血溅鸳鸯楼虽事出有因，但殃及无辜，实不应该。

（三）脾气焦躁，不讲道理

在投奔二龙山的路上，武松在一家酒店吃饭，要酒要肉。店家告诉武松肉已卖完，只有白酒。不一会儿，独火星孔亮与朋友来到酒店，店家拿出孔亮寄存在这里的酒肉款待。武松见此，便焦躁起来，又吵又闹，打了店主人。孔亮气不过，被武松痛打一顿，还被扔进溪水里。赶走众人之后，武松便吃起了孔亮的酒肉。这是堂堂英雄好汉所为吗？也许有人会说“成大事者不拘小节”，但这样的“小节”也难免使我们心目中的英雄形象蒙尘吧？

四、传奇英雄

武松的一生，可以说是传奇的一生，英雄的一生。他的身上既有常人难以企及的英雄气质，又有凡人难以避免的人性弱点。他武艺高强，智勇双全，景阳冈打死猛虎，狮子楼斗杀西门庆，快活林醉打蒋门神；他重情重义，思虑周到，为兄报仇不顾个人安危得失，步步为营，出其不意；他敢作敢当，光明磊落，杀人后主动到官府投案，血溅鸳鸯楼后大书“杀人者打虎武松也”。在他身上集合着众多的英雄特质，无怪乎金圣叹称他为“天人”。但他并非真正的“天人”，而是有血有肉的凡人。他有人的局限性：脾气暴躁，缺乏理性，甚至为一己之私不分善恶，滥杀无辜。但也正因为如此，武松才是活生生的人，是街头巷尾、酒肆茶楼中人们津津乐道的传奇英雄。

第四节 李逵——让人又爱又恨的“大男孩”

张 婧

明末清初的文学批评家金圣叹在《读第五才子书法》中说：“李逵是上上人物，写得真是一片天真烂漫到底。”这个评价着实有点意思。《水浒传》中的李逵就是活脱脱的傻小子，他的天真淳朴是可爱的。而上海开放大学教授鲍鹏山则说：“李逵的可爱，全在语言上；李逵的可恨，全在行动上。”李逵就是这样一个让人又爱又恨的“大男孩”。

李逵一开口就能把人逗笑，那是他原生态的天真；而他的一举一动，全无教养，毫无理智，又不免让人生厌。他一直都是个孩子——无关他的年龄，因为所有的一切都是他“本我”的体现，他摒弃社会规范，将自我的快乐作为行为处事的原则，他追求的是一种最为原始的满足感。金圣叹说：“李逵是上上人物，写得真是一片天真烂漫到底。看他意思，便是山泊中一百七人，无一个入得他眼。《孟子》‘富贵不能淫，贫贱不能移，威武不能屈’，正是他好批语。”李逵的天真烂漫却正符合孟子对“大丈夫”的定义——不因外物干涉而改变初衷，率真自然又任性而为。这就是我们可以学习的“真性情”。

李卓吾对于李逵的评价是：“李逵者，梁山泊第一尊活佛也。为善为恶彼俱无意，宋江用之便知有宋江而已，无成心也，无执念也，籍使道君皇帝能用之，我知其不为蔡京、高俅、童贯、杨戬矣。”李卓吾将李逵称作“梁山第一尊活佛”，又说其无意于其善恶作为，也反映了李逵的真性情。

下面，我们就来看看这尊“活佛”的美丑善恶，探探这个让人又爱又恨的“大男孩”的心路历程。

一、我本年少，天真又可爱

（一）出身卑鄙，绝假纯真

独特的成长环境造就了李逵独特的性格特征和人格魅力。

李逵的成长环境在小说中是通过朱贵介绍的：“这李逵，他是本县百丈村董店东住。有个哥哥唤做李达，专与人家做长工。这李逵自小凶顽，因打死了人，逃走在江湖上，一向不曾回归。”李逵家中有老母，有在做长工的兄长李达，这便构成了他的家庭成员关系。他的家境并不好，没有接受过学校教育，甚至连家庭教育都不曾接受过，所以自小凶顽，我行我素。李逵的成长多半是靠自己的任性发挥的。

李逵与宋江在江州相会时，戴宗介绍李逵的生平说：“这个是小弟身边牢里一个小牢子，姓李名逵。祖贯是沂州沂水县百丈村人氏……为他酒性不好，人多惧他。能使两把板斧，又会拳棍。见今在此牢里勾当。”通过戴宗的铺叙式介绍，我们可以看到李逵有脾气、有身手、有骨气。

出身虽然低微，但是李逵从不知道自卑为何物，他有着自我的傲娇与自信。他的天真童趣表现为真实不做作，能够直率地表达自己的喜恶。

其一，直率坦荡，无所顾忌，纯洁无邪。李逵在江州见到宋江便问戴宗道："哥哥，这黑汉子是谁？"当着人家的面，就称呼对方为"黑汉子"。初见宋江时怀疑其身份的真实，便回应道"若真个是宋公明，我便下拜；若是闲人，我却拜甚鸟……"知道是心仪的宋江后，李逵拍手叫道："我那爷！你何不早说些个，也教铁牛欢喜。"这语言、这心理活脱脱的是个没长大的孩子，够直率，够天真。

其二，粗犷不羁，本真呈现，不拘小节。李逵在吃辣鱼汤时的吃相让人哭笑不得。但见他"也不使箸，便把手去碗里捞起鱼来，和骨头都嚼吃了……便伸手去宋江碗里捞将过来吃了，又去戴宗碗里也捞过来吃了，滴滴点点淋一桌子汁水。"有箸不用偏用手，只图省事；连鱼骨头都嚼碎吃掉；抢走宋江和戴宗碗中食物；更洒了满桌汤水。这足以说明他做事不拘小节，没有扭扭捏捏的做作模样。这样的举止行为不正是一个五六岁的顽童吗？

其三，头脑简单，直线思维，天真幼稚。宋江和吴用为啥让李逵去杀小衙内呢？一个四岁的小孩，谁都能杀。但细想，这个事情还非李逵做不可，因为李逵头脑简单，没有成人的判断力，他说的"哥哥让杀，干我鸟事？"好像没他的责任似的，这是典型的儿童式思维。

李逵的本真与著名思想家李贽对于"童心"定义较为契合，即"夫童心者，绝假纯真，最初一念之本心也。"表现绝假纯真的真性情，反映真实的内心思想，而李逵一向的行事方式也是顺应本心，率性而为。这就是那个让人又爱又恨的傻孩子。

（二）为人鲁莽，重情重义

1. 李逵的鲁莽

李逵是一个十足的莽汉代言人，堪比张飞。这"莽"首先体现在他的长相上。我们看《水浒传》第三十八回李逵的出场："一个黑凛凛的大汉""一头蓬松黄发，脸上长满髯须，不搽煤黑浑身黑，似着朱砂两眼红"。"黑凛凛"一词便将李逵主要形貌特征概括出来，凸显其黝黑健壮又气势逼人的外在形象；"蓬松黄发、长满髯须、浑身黑、两眼红"展现出的是一个不修边幅，肤色黝黑的彪形大汉，长相极其粗犷。李逵整个人散发着浓浓的市井气息，细细一想，粗犷又不失可爱。

李逵的鲁莽也非常具有个性化，是纯朴式的鲁莽。这表现在他的方方面面，如他遇到李鬼时听说李鬼有九十岁的老母要养时，立刻给了李鬼十两银子，也不管这银子是否会被别人抢去或是否真会被用来养母，这点就说明了李逵的鲁莽是纯朴的鲁莽，直性子的鲁莽，可爱的鲁莽。

李逵的急躁粗鲁表现在对于事件有着极强的参与感。在水浒故事的发展过程中，李

逵几乎参与了所有的大事件，无论是初期的江州劫法场，白龙庙小聚义，还是三打祝家庄，攻克曾头市，直到后来的征大辽，平田虎，伐王庆与讨方腊。对于诸般事件李逵都有极高的参与热情。两军对阵时，李逵总会主动请缨出战，因其粗鲁莽撞往往又被宋江责退。一打祝家庄时，因祝家庄的路径复杂难以进兵，李逵便请令做先锋探路，但因莽撞误事而被宋江拒绝。在与呼延灼对阵时，李逵同样也是请缨出战被拒。不仅在作战上李逵的参与度极高，而且这种极高的参与度推动了故事的继续衍生。

李逵的鲁莽性格成为诸多事情的导火索，也成了水浒故事得以推演的重要因素。李逵归家接母，便在水浒发展主线外展开另一条线索，引出真假李逵、沂岭杀四虎等故事情节。此外，李逵还常作为配角或伴当身份参与到事件当中。为了找寻公孙胜破高廉妖法，李逵便跟随戴宗前往蓟州，引出之后斧劈罗真人等情节。随后因在市镇中凑热闹出风头，将汤隆收服。与魏定国、单廷珪对阵，李逵因不满宋江责令便私自下山，由此引出砍杀韩博龙，收服焦挺等情节，又由焦挺而引出枯树山鲍旭等人。宋江要去东京赏花灯，李逵的反应是“守死要去，那里执拗得他住。”这里也表现出李逵爱凑热闹的心态，因相貌丑陋被责令禁止离开客店，李逵便叫道：“几曾见我那里吓杀了别人家小的大的。”之后怒打杨太尉，大闹东京城，引出之后“黑旋风乔捉鬼，梁山泊双献头”的情节。为报燕青照料之情，便同燕青一同前往泰安州，因其冲动莽撞而大闹泰安州，引出“黑旋风乔坐衙”的桥段。这种高涨的参与感一方面是李逵莽撞粗鲁的性格特点的充分体现，另一方面则是表现了他对于诸多新鲜事物的浓厚兴趣，也侧面反映了李逵性格中的童真朴质。

2. 李逵的重情重义

（1）一片孝心

李逵的“孝”体现为时刻牵挂家人，从未忘记家中老母。当李逵受到宋江与公孙胜归家探亲的触动，便放声大哭道：“干鸟气幺！这个也取爷，那个也望娘，偏铁牛是土掘坑里钻出来的……我只有一个老娘在家里。我的哥哥又在别人家做长工，如何养我娘快乐？我要去取他来这里快乐几时也好。”粗俗鄙陋的言语中表露的是他毫不掩饰而心直口快的真性情。

在李逵看来，由长工哥哥赡养的老母亲无法享福，因而便要接母回山，目的只是单纯让母亲快活几时，过上大碗喝酒，大口吃肉一般的生活，这也正符合李逵快乐至上的人生态度。在回乡途中，他放过冒充自己剪径的李鬼，只因其谎称有母亲需赡养，更是赠银相助。对待李鬼的态度也侧面体现出李逵的孝心，对李鬼有着同理心，也是李逵对于尽孝之人的敬重。

李逵背着失明的母亲回山，对其要求也是极力顺从。因替母找水，无人照料的母亲被老虎吃掉，悲愤的李逵更是怒杀四虎替母报仇。之后埋葬老母时，“却来收拾老母亲的双腿及骨殖，把布衫包裹了，直到泗州大圣庵后掘土坑葬了。李逵大哭了一场。”素以蛮横粗鲁形象示人的李逵，面对母亲离世，情感便有宣泄式的表露，也体现着李逵重情义的特点。与宋江、卢俊义等人相比，李逵目的单纯，只为母亲享福，弃声名外物而不顾，李逵对于亲人的孝心更为纯真，更体现出李逵情义纯真的特点。

李逵虽然是个粗人，但是他懂得“孝悌”之理，他心中不仅惦记着母亲，想给母亲一个美好的晚年生活，就连他的哥哥他也时刻牵挂着。在面对兄长时，李逵表现得十分恭顺。当他回家见到大哥李达时，“入得门，李逵见了便拜道：‘哥哥，多年不见！’”面对着如父般长兄，李逵是纳头便拜。李达责骂李逵，更要动手打他，他却安慰李达道“哥哥，不要焦躁。一发和你同上山去快活，多少是好。”

只想亲人一并上山享福——李逵的思想单纯。在他看来，梁山不再是反抗者的大本营，反而成为享乐的桃花源，是某种集体主义的乌托邦式的存在。自己生活得以改善也期望亲人享福，只求兄长能跟随自己投奔梁山。假若他人对李逵此般谩骂，李逵定要与其厮打，可面对至亲兄长时，李逵却是百般忍耐。随后李达找人捉拿李逵，李逵却向李达赠银以表情义，直性李逵以此种方式回报兄长。

这就是重情重义的莽汉李逵，可敬又可爱！

（2）一腔忠心

除了对亲人的爱以外，李逵所有的爱都倾注给了梁山。

①忠于梁山

李逵是最热爱梁山的，也是最忠诚于梁山的。

李逵热爱梁山事业，不允许别人去玷污它。杀韩伯龙就是一个例子。虽然韩伯龙来投奔梁山，但因他曾经在此前谎称自己是梁山好汉，致使李逵恼怒起来，将其杀死。

②忠于梁山兄弟

李逵内心深处把每一个梁山兄弟都当成了亲人。为人仗义是李逵性格的重要体现，他重视兄弟情义，待人真诚坦荡，总是尽力助人以报恩情。

知恩图报，回报柴进照料之情。为救护柴进免遭殷天锡的毒打而动手，李逵失手打死殷天锡及其庄客。柴进为开脱李逵，便让李逵回梁山避难，而李逵回应道：“我便走了，须连累你。”因担心连累柴进而不愿独自逃离。直到柴进解释有誓书铁券的庇护后，李逵才肯回到梁山。当面对被困井底的柴进时，李逵也是主动请缨下井中去救护。

真诚坦荡，执意下山相助燕青。因燕青独自下山而放心不下，便背着宋江偷溜下山以助燕青。为救护战胜任原却被困的燕青，李逵便手持杉木打闹起来。李逵行事鲁莽，但这些事件中却足见李逵对于兄弟情义的珍重。

忠心耿耿，百依百顺维护宋江。李逵对于宋江几近百依百顺，唯命是从，思想单纯的李逵将宋江视为精神领袖，更是如同人生道路上的导师。在江州劫法场时，为救宋江与戴宗，李逵敢于单枪匹马劫法场。赤条条的李逵毫无披挂跳下楼来，奋勇砍杀以救护宋江和戴宗，不顾个人安危而奋勇向前，哪怕面对千军万马，一心救护结义兄弟，足见李逵对于兄弟情义的万分珍视。他对宋江的忠则还表现在菊花之会上因不满招安便大闹宴席，面对宋江的责罚，李逵便回应：“哥哥杀我也不怨，剐我也不恨，除了他，天也不怕。”

虽然行为鲁莽，但是做的每件事，都是出于本心出于真心，他就是这样有情有义！

二、我本无知，轻率又残暴

忠义堂石碣上的名号大都与好汉的身份性格相呼应，李逵的名号为“天杀星”，由此便能推断他生平不乏杀人害命的恶行，显示其残暴嗜杀的特征。

戴宗对李逵出场的介绍，就交代了他因伤人性命而流落江湖的过往，同时也为之后他诸多血腥残暴的行为作了铺垫。李逵的嗜杀残暴首次爆发体现是在江州劫法场时，书中有一番细致的描述：

只见那人从里那个黑大汉，轮两把板斧，一昧地砍将来，晁盖等却不认得，只见他第一个出力，杀人最多……那汉那里肯应，火杂杂地轮着大斧只顾砍人……当下去十字街口，不问军官百姓，杀得尸横遍野，血流成渠，推倒撷翻的，不计其数……这黑大汉直杀到江边来，身上血溅满身，兀自在江边杀人……那汉那里来听叫唤，一斧一个，排头儿砍将去。

文中将李逵塑造成血溅满身、残暴嗜杀的杀神形象，但见李逵是出力最多，杀人最多，抡着大斧便不管军官百姓一通砍杀，晁盖等人勿伤百姓的劝阻根本听不进去，简直是处于近乎癫狂的状态。

在三打祝家庄时，李逵将扈太公一门老幼尽数杀了，却以此来向宋江请功。宋江责备他杀人太多而不认其功劳，李逵却是笑道：“虽然没了功劳，也吃我杀得快活。”“杀得快活”将他的本性暴露无遗，对于欲望的满足却是通过杀戮来实现，体现的不仅是李逵的无知，更是对于生命应有的尊重和价值观的缺失，以及对于暴力的崇尚。

如果单单用无知来解释李逵的这些残暴行为未免有点太轻描淡写了，这不仅仅是李逵天性使然，更深层次的应该是他深受当时江湖环境的影响，江湖文化中对生命的漠视，几乎没有人道意识的存在，这种环境中无知的李逵耳濡目染，自然而然就有了这种本性的显露。

三、总结

“近朱者赤，近墨者黑。”环境对一个人的塑造，对一个时代的影响太重要了，我们一定要选择好的环境，将来才能有良性的成长与发展。

李逵是梁山这个成人世界里的一个孩子。虽然他的天真烂漫掩盖不了他的恶魔行为，但在众人眼里他终究是个长不大的孩子，他天真、单纯、淳朴，无知、鲁莽、胡闹、重情重义、有血有肉，他就是那个让人又爱又恨的“大男孩”，他说出的话语只有儿童才会说得出，大家是很容易原谅一个犯了错的孩子的。我们不得不原谅他的所作所为！

第三章 《三国演义》文化探究

耿 楠 王文静

众所周知，罗贯中的《三国演义》是长篇历史章回通俗演义小说，与施耐庵的《水浒传》、吴承恩的《西游记》、曹雪芹的《红楼梦》并称中国古典章回体小说四大名著。然而，作者罗贯中是元末明初人，却书写了东汉末年分三国的历史小说，其用意究竟何在？

这就要从他的身世说起：

罗贯中，元仁宗延祐年间（约公元1330年）生人，其父为丝绸商人。身为小说兼杂剧作家的罗贯中，曾到慈溪随当时的著名学者赵宝丰学习。罗贯中号“湖海散人”，这个称号就寄寓着漫游江湖、浪迹天涯的意味。在公元1345～1355年，他来到了杭州。

元惠宗至正十六年（公元1356年），罗贯中辞别赵宝丰，到农民起义军张士诚幕府作宾。张士诚在乱世中时叛时降、反复无常、贪图享乐、不思进取，罗贯中逐渐对张士诚失去了信心，不久便离开了张士诚。此后，开始了他的小说创作。

在罗贯中写作《三国志通俗演义》期间，他还为在明太祖洪武三年（公元1370年）逝世的师傅施耐庵加工、增补了《水浒传》。同时，罗贯中继续创作历史演义系列作品。

元朝末年，天下大乱，群雄并起，他也曾参与其中。明朝建立后，朱元璋为了巩固自己的地位，曾令各行省连试三年。由于曾与朱元璋为敌，罗贯中不得不放弃了读书人步入官场的机会。《左传》中素有“立德、立功、立言”三不朽的说法，罗贯中立功不成，故转而著书立言。

由此可知，罗贯中写东汉末年分三国的历史演义小说，就是为了反映其身处时代的农民战争现实。如曹魏、蜀汉、孙吴，对应的是朱元璋的吴、陈友谅的汉、张士诚的周；火烧赤壁，对应的是朱元璋和陈友谅的鄱阳湖水战；诸葛亮的形象，对应的是刘伯温的神机妙算……

《三国志通俗演义》以宏大的结构描绘了三国时期复杂的政治军事斗争，起自黄巾起义，终于西晋统一。作品谴责了统治者的残暴和丑恶，反映了动乱时代人民的痛苦和对清明政治、对仁君的向往，体现了鲜明的“拥刘反曹”倾向。描写君臣之间的亲密关系，并希望通过“正三纲、谨五常”来结束奸雄争霸造成的悲惨局面。罗贯中《三国志通俗演义》现存最早刊本为嘉靖本，最为流行的本子是清代毛纶、毛宗岗父子的修改本。

人们在阅读《三国演义》的时候，很难像阅读其他小说一样从单一人物入手，或者按照一个故事的主线去欣赏作品。因为其所要表现的复杂的政治军事斗争，所以要求读者有

“自上而下”的阅读格局，还要有“各归其位”的思考方式。这里，我们以“蜀汉”集团为坐标参照，从君王、主力、干将、谋士、家族五个方面，分层对比各种阵营人物关系，为读者提供一个清晰的阅读逻辑视角，帮助大家深入理解《三国演义》的独特艺术魅力。

第一节 阵营核心——各色君王

耿楠 扈诗琴

在《三国演义》中，作者罗贯中对蜀汉阵营的刘皇叔——刘备有这样一段描述：那人不甚好读书；性宽和，寡言语，喜怒不形于色；素有大志，专好结交天下豪杰；生得身长七尺五寸，两耳垂肩，双手过膝，目能自顾其耳，面如冠玉，唇若涂脂；中山靖王刘胜之后，汉景帝阁下玄孙，姓刘，名备，字玄德。昔刘胜之子刘贞，汉武时封涿鹿亭侯，后坐酎金失侯，因此遗这一枝在涿县。

刘备少年与公孙瓒拜卢植为师求学，而后参与镇压黄巾起义。与关羽、张飞先后救援过北海孔融、徐州陶谦等。陶谦病亡前，将徐州让与刘备。刘备早期颠沛流离，投靠过多个诸侯，后于赤壁之战与孙权联盟击败曹操，趁势夺取荆州，而后进取益州，再夺汉中。公元 221 年，刘备在成都称帝，国号汉，史称蜀汉。为替关张二人复仇发兵出击东吴，被陆逊在夷陵火烧连营，因此惨败，使蜀汉元气大伤。公元 223 年，刘备病逝于白帝城，终年 63 岁。

在当时，许多文臣都表现出了对刘备品德的赞许。蜀汉重臣诸葛亮就曾赞赏道：“刘公雄才盖世，据有荆土，莫不归德，天人去就”，连曹魏阵营的谋士郭嘉、傅干也都说：“刘备宽仁有度，能得人死力。”“备有雄才而甚得众心。”刘备之所以被人们称颂，是因为他拥有宽仁爱民、敬贤爱士、善待他人的高尚品德。

刘备之所以能有与曹孙成鼎足之势的巨大成就，全都是凭借他的这些高尚品德。而这些品德，又是如何一步一步助他走上帝王之路的呢？

第一，便是刘备宽仁爱民、爱民如子。

他的宽仁爱民使他得了民心。就比如“携民渡江”，刘备离开樊城准备渡过汉水时，他不忍抛下城中的百姓，便派人告知：“曹操的军队快来了，这座城市已经守不住了，如果想要跟我们一起离开这座城，可与我们一同渡江。”随后便让关羽在江边整理大军要坐的船舶。当他在船上看见百姓们拖家带口，哭着相扶离开，心里面悲痛不已，认为是他自己，让百姓遭受了如此的劫难，觉得自己没有脸面活在这个世上，便想投江自尽。他的手下看见后赶紧抱住了他，旁边的人看见此情此景之后都痛哭起来。

原文说道：却说玄德同行军民十余万，大小车数千辆，挑担背包者不计其数……忽哨马报曰：“曹操大军已屯樊城，使人收拾船筏，即日渡江赶来也。”众将皆曰：“江陵要地，足可拒守。今拥民众数万，日行十余里，似此几时得至江陵？倘曹兵到，如何迎敌？不如暂弃百姓，先行为上。”玄德泣曰：“举大事者必以人为本。今人归我，奈何弃之？”百姓闻玄德此言，莫不伤感。后人有诗赞之曰：“临难仁心存百姓，登舟挥泪动三军。至今凭吊襄江口，父老犹然忆使君。”

刘备在后有追兵的情况下，依旧选择带领十余万军民一起渡江，足体现出他的宽仁爱民。而这一举动，也让他受到了百姓的支持，得了民心。

反观群雄中的董卓，与刘备相比就可谓是“天壤之别”了。关于董卓的残暴，曹操曾在《薤露》评价道：“贼臣持国柄，杀主灭玉京。荡覆帝基业，宗庙以燔丧。播越西迁移，号泣而且行。瞻彼洛城郭，微子为哀伤。”曹操这样评价并不是毫无依据的。如董卓率部进入洛阳城后，面对繁华富庶的京都，纵容西凉兵对京城百姓肆意烧杀抢夺，掳掠妇女，整个洛阳城笼罩在一片愁云惨雾之中。

《三国演义》中是这样描写的：“尝引军出城，行到阳城地方，时当二月，村民社赛，男女皆集。卓命军士围住，尽皆杀之，掠妇女财物，装载车上，悬头千余颗于车下，连轸还都，扬言杀贼大胜而回；于城门外焚烧人头，以妇女财物分散众军。”他的残暴使百姓陷于水深火热之中，民不聊生，不仅没有得到百姓的支持和认可，反而被百姓唾弃憎恶。

董卓的残虐暴戾也注定了他的失败，而刘备的爱民如子却让他在东汉末年混乱的局面当中脱颖而出。

第二，便是刘备敬贤爱士、善待人才。

东汉末年，政治黑暗，军阀混战，位于北方的曹操广发檄文，广纳人才。而心怀大志的刘备，随即也开始招贤纳士。在《三国演义》中，刘备和曹操都是出了名的爱才、惜才的君主，但两人的爱才其实有非常大的区别。

最本质的区别就是：刘备任用人才是完全信任，使其在自己阵营内毫无保留地施展自己的才华；而曹操则对自己的手下多疑多虑，经常猜忌自己帐下的人才。

刘备求得的第一位人才便是徐庶——徐元直。单福，作为第一个投到刘备麾下的比较有文韬武略的人物，二人一见面，便被刘备坦诚相待，拜为军师，委以指挥全军之职。樊城大战，先后打败吕氏兄弟和曹仁，让徐庶大显身手、出尽风头。而当徐庶得知母亲被曹操囚禁，辞别刘备时，刘备更是送了一程，又送一程。“凝泪而望，却被一树林隔断，玄德以鞭指曰‘吾欲尽伐此处树木。’众问何故。玄德曰：‘因阻吾望徐元直之目也。’”如此难以割舍，不难看出，刘备对人才的非常重视和强烈渴望。

其次，也是最著名的“三顾茅庐”，讲的就是徐庶走后刘备恭请诸葛亮出山的故事。作为徐庶、司马徽等人竭力推荐的卧龙——诸葛亮，刘备不惜屈驾，“一而再，再而三”地亲自登门拜访，以求其出山。初见孔明，刘备见其仰卧在草堂几席上休息，便不顾关、张二人的劝阻，愣是拱立阶下半晌；听罢隆中对策，先是“避席拱手谢”，继而“顿首拜谢”；但闻孔明“久乐耕锄，懒于应世，不能奉命”，当即“泪沾袍袖，衣襟尽湿”，及至孔明答应辅佐，又不禁“大喜”。事实证明，刘备的这一步棋走对了。诸葛亮出山后，感恩戴德，励精图治，鞠躬尽瘁，为蜀汉集团的发展壮大做出了巨大的贡献。

再看曹操，他也十分爱惜人才。在他的《短歌行》中就有这样的诗句：

月明星稀，乌鹊南飞。

绕树三匝，何枝可依。

山不厌高，海不厌深。

周公吐哺，天下归心。

足可见他的爱才之心。在《三国演义》中也有他爱才的表现，就比如在关羽归降之后，他满足关羽提出的一切要求，并且将赤兔马送予他。希望关羽可以忠于自己，为自己所用：

忽一日，操请关公宴。临散，送公出府，见公马瘦，操曰："公马因何而瘦？"关公曰："贱躯颇重，马不能载，因此常瘦。"操令左右备一马来。须臾牵至。那马身如火炭，状甚雄伟。操指曰："公识此马否？"公曰："莫非吕布所骑赤兔马乎？"操曰："然也。"遂并鞍辔送与关公。关公再拜称谢。操不悦曰："吾累送美女金帛，公未尝下拜；今吾赠马，乃喜而再拜：何贱人而贵畜耶？"

但当他得知关羽要离他而去，返回刘备身边，他并没有听从手下的建议，杀掉关羽，而是为关羽送行。原文如下：操曰："不忘故主，来去明白，真丈夫也。汝等皆当效之。"遂叱退蔡阳，不令去赶。程昱曰："丞相待关某甚厚，今彼不辞而去，乱言片楮，冒渎钧威，其罪大矣。若纵之使归袁绍，是与虎添翼也。不若追而杀了，以绝后患。"操曰："吾昔已许之，岂可失信！彼各为其主，勿追也。"因谓张辽曰："云长封金挂印，财贿不以动其心，爵禄不以移其志，此等人吾深敬之。想他去此不远，我一发结识他做个人情。汝可先去请住他，待我与他送行，更以路费征袍赠之，使为后日记念。"

然而，曹操对自己的部下却将信将疑，给了敌人可乘之机。就如周瑜和蒋干用反间之计，离间曹操和他的水军大将蔡瑁、张允，借刀杀人。《三国演义》中是这样叙述的：干取出书信，将上项事逐一说与曹操。操大怒曰："二贼如此无礼耶！"即便唤蔡瑁、张允到帐下。操曰："我欲使汝二人进兵。"瑁曰："军尚未曾练熟，不可轻进。"操怒曰："军若练熟，吾首级献于周郎矣！"蔡、张二人不知其意，惊慌不能回答。操喝武士推出斩之。须臾，献头帐下，操方省悟曰："吾中计矣！"后人有诗叹曰："曹操奸雄不可当，一时诡计中周郎。蔡张卖主求生计，谁料今朝剑下亡！"众将见杀了张、蔡二人，入问其故。操虽心知中计，却不肯认错，乃谓众将曰："二人怠慢军法，吾故斩之。"众皆嗟呀不已。

由此可见，刘备和曹操虽都有爱才的表现，但相比之下，还是刘备的敬贤爱士更胜一筹。

第三，则是刘备善待他人、讲求仁德。

公孙瓒应徐州太守陶谦的求助，派刘备带兵解了徐州之围，陶谦让刘备接掌徐州之印。关羽、张飞等都劝他接受，刘备一再推辞，认为这是陷他于不义。后来，刘备遭到严重挫折不得不投奔荆州刘表。曹操南征荆州，适逢刘表病死，刚刚继位的少子刘琮不战而降，诸葛亮建议刘备攻刘琮而夺荆州，刘备垂泪答道："吾兄临危托孤于我，今若执其子而夺其地，异日死于九泉之下，何面目复见吾兄乎？"于是刘备决定走樊城以避曹操，对同宗刘表父子也表现出了大仁大义。

化名单福的徐庶刚投奔刘备，曾试探刘备的仁德之心，说刘备所骑"的卢"马妨主，让他将此马先送给意中仇人。刘备闻言变色，斥责徐庶"初至此，不教吾以正道，便教作利己妨人之事，备不敢闻教"。刘备对徐庶坦诚相待，拜他为军师，打败吕旷、曹仁之后，刘备更视徐庶为天下奇才。而当徐庶得知母亲被曹操囚禁要辞别刘备时，刘备虽然难以割舍，但为顾全其母子之情，允其离去。刘备拒绝了孙乾所设留住徐庶的计谋，说"吾宁死，不为不仁不义之事"，亲送徐庶出城，置酒饯行，挥泪送别。可见刘备仁义之极。

再看孙权这边，则是各种与部下钩心斗角。在《三国演义》中孙权杀了好多人，因为自己足智多谋，并且有大将风范，感觉自己也不太需要用别人的帮助。杀害吕蒙就是一个例子。在小说中，让吕蒙最为信服的其实不是他的顶头上司孙权，而是周瑜，他最听的也是周瑜的命令。可以说，在平常的言谈举止中，动不动的就大都督前、大都督后的。这让孙权感觉到了巨大的威胁，就好像是故意不把孙权放在眼里似的，所以孙权早已记在心中。

并且也确实有过这样的例子，在刘备甘露寺相亲之时，周瑜让吕蒙埋伏着刘备，而孙权一概不知。可见他只听大都督的，孙权呵斥他都毫无用处，实在是"只知都督，不知主公"。在军队中，最重要的就是服从命令，听从领导指挥，吕蒙很明显不听孙权的安排，还想搞什么小团体，这种人还留着干吗呢？

类似的事情还有很多，公然违背君王命令。就比如，吕蒙杀死关羽。周瑜、鲁肃死后，吕蒙当上大都督，去攻打荆州。当时，孙权曾有令，一定要生擒关羽，不要杀害他，要让他归降。可是，这次吕蒙还是违背了他的命令，对他的命令不管不顾，断然杀害了关羽。到了这种牵动全局的时候，他还是选择了独断专行，不听指挥，孙权怎么敢留他，于是就有了索命而死的结局。

孙权和鲁肃也有矛盾，而矛盾的根源就是双方对孙刘联盟的态度不同。鲁肃一直主张孙刘联盟，甚至就是由他出面借荆州给刘备的。鲁肃是希望借荆州的，这样既能稳住刘备，又能让曹魏将主要作战方向放在拥有荆、益两州的刘备身上，则东吴可以观形势取利。也就是以荆州为诱饵先让另两家打起来，换取"天下有变"的局面。

可孙权一直不认同鲁肃的这个战略，他是在困境中希望联盟，借助刘备的力量对抗曹操；然而，一旦形势有利，就想"咬"刘备一口。在孙权看来，刘备有了两州之地和汉中，曹魏未必能拿他怎么样。如果双方打不起来，占据荆州的刘备可以直面东吴腹地，没准会在曹魏短时间难以消灭的情况下，先向东吴动手，扩充实力和战略空间。同样，孙权也希望能先占据荆州，在扩充东吴实力的同时，将刘备堵在益州，先消除掉东吴西边的威胁。

原文中这样描写：权正聚文武于堂上议事，闻鲁肃回，急召入问曰："子敬往江夏，体探虚实若何？"肃曰："已知其略，尚容徐禀。"权将曹操檄文示肃曰："操昨遣使赍文至此，孤先发遣来使，现今会众商议未定。"肃接檄文观看。其略曰："孤近承帝命，奉辞伐罪。旄麾南指，刘琮束手；荆襄之民，望风归顺。今统雄兵百万，上将千员，欲与将军会猎于江夏，共伐刘备，同分土地，永结盟好。幸勿观望，速赐回音。"鲁肃看毕曰："主公尊意若何？"权曰："未有定论。"张昭曰："曹操拥百万之众，借天子之名，以征四方，拒之不顺。且主公大势可以拒操者，长江也。今操既得荆州，长江之险，已与我共之矣，势不可敌。以愚之计，不如纳降，为万安之策。众谋士皆曰："子布之言，正合天意。"孙权沉吟不语。张昭又曰："主公不必多疑。如降操，则东吴民安，江南六郡可保矣。"孙权低头不语。

由此观之，刘备与部下和睦共处，孙权与部下矛盾重重。所以说，刘备善待他人、讲求仁德实在是更加合乎人心。

君王作为所在阵营的核心和灵魂，真正要拥有的品质是远见卓识，是团结凝聚，更是高尚的价值追求。刘备出身平民，能够在有生之年三分天下，得益于他"复兴汉室"的宏图远志，得益于他"惟贤惟德"的广阔胸怀，得益于他"爱民如子"的仁德言行，更得益于他长远的发展眼光和强大的人格魅力。

作为当代中学生，我们要有远大的报国志向，要有长久的学习动力，要有高尚的道德情操，更要有与时俱进的思想和与祖国命运紧密联系的实践。从英雄人物身上汲取力量、担当使命，以高度的历史自觉性，成长为一名德智体美劳全面发展的社会主义建设者和接班人。

第二节　阵营基础——同心主力

赵睿娜

说起刘皇叔阵营中从始至终追随他的武将，那必定是我们所熟悉的刘关张中的"关张"。自桃园三结义以来，面如重枣——关羽与燕颔虎须——张飞，便一直追随刘备征战四方。

一、武圣关羽，忠义千秋

《三国演义》中知名武将众多，关羽更是被毛宗岗称为书中的"义绝"，然则"道义""忠义""情义"他是否都做到了呢？

（一）忠于汉室

东汉末年刘备以“匡复汉室”“统一天下”为旗帜，号召天下人恢复刘家天下。在此之前，刘备也与关羽结交为异姓兄弟，由此他便一直追随刘备匡复汉室。在此过程中，关羽表现突出并起到了决定性作用。

曹操率领大军南下，刘备南逃，另遣关羽乘数百艘船驶向江陵（今湖北荆州）会合，但刘备于途中当阳（今湖北宜昌）长坂坡被曹操军追至，幸而关羽驶至汉津（今湖北武汉），一同乘船至夏口（今湖北武汉）。刘备联合孙权击败曹操后，曹操留曹仁等防守荆州。于是，刘备又与孙权大将周瑜夹攻曹仁，命关羽绝北道。后来，刘备又向南攻取荆州南部四郡（长沙、零陵、武陵、桂阳）。关羽被拜为元勋，受封襄阳太守、荡寇将军。此时襄阳实为曹操势力范围，由乐进驻守，所以关羽驻于江北。在此期间，关羽重修了江陵城。

再看曹操这边，也有与关羽相似的股肱之臣、兄弟之将——夏侯惇。只不过，关羽对刘备不离不弃的重要原因是忠于汉室，而夏侯惇对曹操荣辱与共是因为家族兴衰（曹操本姓夏侯）。

兴平元年（194年），曹操征陶谦，留夏侯惇守濮阳。可是张邈、陈宫叛迎吕布，曹操的家眷都在鄄城，夏侯惇率军队轻装前往救援，正好与吕布的军队相遇，双方交战。吕布又派将领假装投降，趁机和夏侯惇的部下一起劫持夏侯惇，向他索要珍贵的物资，夏侯惇的士兵非常震惊惶恐。夏侯惇的部将韩浩于是指挥军队驻扎在夏侯惇军营门外，命令士兵诸将按兵不动，各个军营才安定下来。并声称按照国法将不考虑人质的安全，做出了要出兵攻击劫持人质者的姿态。劫持人质者害怕，于是放弃人质投降。曹操听说这件事后，将攻击劫质者不用顾忌人质定为法令，于是以后就没再发生劫持人质事件。

夏侯惇的大义只体现在救援家眷、保护将士，而关羽却不止于此，他帮助刘备匡复汉室，并且在驻军江北期间重修了江陵城，造福了百姓，体现了关羽保护国家与人民的深明大义。

（二）义薄云天

关羽“义绝”中还有一“义”，便是“忠义”。

在关羽尚未斩杀颜良之前，曹操非常欣赏关羽的为人。建安五年（200年），曹操派刘岱、王忠攻打刘备，却被刘备击败，曹操于是亲提大军出征。刘备败逃投奔袁绍，关羽战败被生擒，不得已而投降，曹操待以厚礼，任命为偏将军。为了知道关羽有没有久留的心意，曹操叫张辽以私人感情来询问关羽。曹操知道关羽会离去，反而重加赏赐，想要留住他。但后来，关羽尽封曹操的赏赐，留书告辞，回到刘备身边。曹操左右欲追杀之，不过曹操认为各为其主而阻止。关羽回归刘备的事迹在魏晋时期被评价为“臣子逃归君父，振古通义，故魏武善关羽之奔”。这说明关羽在曹营之中，仍然被视为刘备的臣子，回归刘备的举动是符合大义的。后来，民间文化把关羽此举叫作“千里走单骑”。要知道，小说中他还护送着刘备夫人，而且尊卑有序、以礼相待。

孙权阵营中，也有这样的忠义将领——黄盖。尽管他年事已高，却一直效忠于孙家，这当中的“苦肉计”更是人人皆知的故事。

周瑜告诉黄盖：他正准备利用前来诈降的蔡中、蔡和为曹操通报消息的机会，对曹操实行诈降计。并说：要使曹操堕于诈降计，必须有人受些皮肉之苦。黄盖当即表示：为报答孙氏厚恩和江东的事业，甘愿先受重刑，尔后再向曹操诈降。第二天，周瑜召集诸将于大帐之中，他命令诸将各领取 3 个月的粮草，分头作好破曹的作战准备。黄盖打断周瑜的话茬，抢先说：“不要说 3 个月，就是支用 30 个月的粮草，也无济于事。如果这个月内能打败曹操，那再好不过了；如一月之内不能击溃他，倒不如依了张子布的主意，干脆束手投降。”周瑜听到这种灭自家威风、长他人志气、动摇军心的投降论调后，勃然大怒，喝令左右将黄盖推出帐外，斩首示众。大将甘宁以黄盖乃东吴旧臣为由，替黄盖求情，被一阵乱棒打出大帐。众文武一见大都督火冲脑门，老将黄盖即将死在眼前，就一齐跪下，苦苦为黄盖讨饶。看在众人的面子，周瑜这才松了口，将立即斩决改为重打 100 脊杖。众文武还觉得杖罚过重，仍苦求周瑜抬手。周瑜此次寸步不让，他掀翻桌子，斥退众官，喝令速速行杖。行刑的士兵把黄盖掀翻在地，剥光衣服，狠狠地打了 50 脊杖。众官员见状再次苦苦求免，周瑜这才恨声不绝地退入帐中。由此，可见黄盖对孙权的忠诚。

然而，关羽在面对曹操的厚礼时，没有选择留下，而是回到了刘备身边并效忠于刘备；黄盖利用苦肉计骗取了曹操的信任，只是经历了疼痛，关羽却是在面临着精神上与物质上的诱惑而无动于衷。二者相比，高下立见。

（三）英雄相惜

关羽除了对国家的深明“道义”，以及对刘备的“忠义”，还有对各路英雄的“情义”。

赵云、张飞二猛将分别攻取桂阳、武陵郡后，刘备大喜，批准关羽攻打长沙的请求。长沙太守韩玄固不足道，惟老将黄忠难敌，虽年近六旬，却有万夫不当之勇，能开二石力之弓，且百发百中。关、黄第一次交战，斗一百回合，不分胜负。次日又战，黄忠引数百骑杀过吊桥，与关羽交战。斗五六十回合时，关羽拨马便走，欲使拖刀计，黄忠后面紧追，就在关羽正要用刀砍时，忽听脑后一声闷响，原来黄忠马失前蹄，跌倒在地。本是一个绝好的机会，但关羽没有乘人之危，而是急回马，双手举刀猛喝曰：“我且饶你性命！快换马来厮杀！”黄忠拣条小命，奔回城中。第三次交战时，战不到三十回合，黄忠诈败回城，关云长紧追不舍。黄忠想起昨日不杀之恩，不忍便射，带住刀，把弓虚拽弦响，关羽急闪，却不见箭，继续急追。黄忠又一虚射，关羽又一急闪，又不见箭，关羽更放心地追。将近吊桥，黄忠在桥上搭箭开弓，弦响箭到，正射在关云长盔缨根上。关羽明白，黄忠有百步穿杨之能，今日之射，正是报昨日不杀之恩。后来黄忠投诚刘备，并成为五虎上将之一，皆关公义举之功。关羽对黄忠的情义之举，使得黄忠并没有在第三次交战时射杀关羽，并最终归顺蜀汉阵营。

与关张兄弟之义相似，袁绍阵营中的颜良与文丑也是亲如兄弟。颜良与关羽一战，颜良战死，文丑誓死要为兄弟报仇，可见其重兄弟情谊，体现出来了文丑的“情义”。但是，再与关羽和黄忠相比较，文丑与颜良是多年的同袍情谊，而关羽的“情义”则感动了曾为敌人的黄忠，英雄相惜自然要比共事一主难能可贵。

二、猛将张飞，勇冠三军

而说到张飞，有一句歇后语形容得恰到好处：张飞拆桥——有勇无谋。真的是这样吗？这里我们只探讨他最为突出的“勇”。

（一）大智大勇

公元208年（建安十三年），曹操挥师南下，刘表病死，刘琮投降。刘备得知后南逃，数十万百姓相随，曹操派遣曹纯率领虎豹骑急追一日一夜，于当阳长坂追到刘备。刘备军被击溃，只率领诸葛亮、张飞、赵云等数十骑逃走，曹操大获人马辎重。慌乱间又不见了赵云，刘备乃派张飞去断后，张飞召集二十余骑立于当阳桥上，曹军大众至，张飞据水断桥。曹操军都害怕张飞的勇猛，虽然看见张飞人少，但也没有人敢上，刘备军因此获安。而后赵云又救出了刘备的妻子甘夫人和儿子刘禅，与刘备汇合。此时关羽从水道前来接援，张飞与刘备等前往江夏。可见张飞之“大智大勇”，使得敌军惧怕、友军安心。

吴国的太史慈也可谓是有勇有谋之人。公元195年（兴平二年），扬州刺史刘繇与太史慈同郡，自太史慈离开辽东回来后从未相见。于是太史慈亦渡江到曲阿去拜见刘繇，未去而孙策已攻至东阿。有人劝说刘繇可以任用太史慈为大将，以抵挡孙策的进攻，刘繇却说：“我若用子义，许子将必会笑我不识用人。”因此只令太史慈侦视军情。到了神亭，太史慈一人与一骑小卒共同遇上孙策。当时孙策共有十三从骑，并且还都是黄盖、韩当、宋谦这种勇猛之士。太史慈毫不畏惧上前相斗，正与孙策对战。孙策刺倒太史慈的坐下马，更揽得太史慈系于颈后的手戟，而太史慈亦抢得孙策的头盔。直至两家军队都到达神亭，二人才罢战解散。

由这两个事件我们可以看出，张飞之“大勇”在危难间面对千军万马不为所动，能称得上世人皆知；而太史慈之“勇”只在于争强斗狠，没有多少人认可，足见张飞“大勇”意义远大于其他。

（二）忠勇不移

张飞除了能够威慑敌军的“大勇”，还有一点较为突出，便是对刘备的“忠勇”。

公元194年（兴平元年），北海太守孔融被黄巾军余党管亥围困，派太史慈前来请求援助，张飞随刘备带兵前往救助。后曹操又因为自己父亲被杀发兵攻打徐州，张飞又随刘备前往徐州救援陶谦，陶谦表刘备为豫州刺史，张飞随刘备屯兵于小沛，后陶谦病死，刘备受邀以徐州为根据。

公元196年，袁术攻打刘备，争夺徐州。刘备派张飞守下邳，下邳相曹豹是陶谦的旧部，与张飞不和，曹豹坚守营寨，又派人去找吕布来救。时袁术给吕布写信，劝其乘机袭下邳，答应事成后，援助吕布粮草。吕布率军水陆并进。吕布军队抵达下邳西四十里时，刘备的中郎将丹杨人许耽派人前来迎接吕布，并向吕布透露了张飞和曹豹相争，下邳城内大乱，丹阳兵都在西白门城内等待吕布的到来，于是吕布便大举进军，早晨到达城下。天亮后，丹阳兵打开城门。吕布坐在城门上，指挥军队大破张飞的部队。刘备得知后，引兵还，进至下邳，兵马被吕布军队击溃了。刘备、张飞聚集战败失散的士卒，向东进取广陵，与袁术交战，又一次被打败。但是就算是如此，张飞依然没有一丁点离开刘备的意思。后来刘备、张飞依附于吕布，但是很快发展起来并夺了吕布的黄金。吕布于是派遣高顺等人攻打刘备，刘备不能抵挡。夏侯惇奉命前来救援刘备，却也被高顺击败。不久，高顺等人彻底击溃刘备军。刘备失去了立足之地，只得携张飞等人投奔曹操，并与曹操联合。刘备、张飞跟从曹操进攻吕布。吕布败亡后，张飞被任命为中郎将。

公元200年（建安五年），刘备衣带诏事情泄漏，率领关羽、张飞逃走，杀下邳太守车胄，让关羽据守下邳，自己与张飞屯小沛。曹操派刘岱、王忠前来攻打，被张飞、关羽击退。后曹操亲自出马，刘备战败，关羽被擒，刘备与张飞逃奔袁绍。但在此过程中，张飞从未离开过刘备，由此可见其“忠勇不移”。

由是我们很容易想到曹操手下的“亲卫”——许褚，又被称为“虎痴”，他对曹操更是“忠勇”非常，因此也是三国中“忠勇”的代表。

建安十六年（211年），随曹操征讨韩遂、马超于潼关。曹操将要渡河，到了河边，让大军先行，自己和许褚及虎士百余人断后。这时马超率步骑万余，来劫杀曹操，箭矢如雨。许褚对曹操说：“贼兵多，现在我们的部队已经过河，您也该走了。”于是扶曹操上船，贼兵势不可挡，余下的部队都争着上船，船超重将没。许褚斩杀攀船者，左手举着马鞍来为曹操挡箭，右手推着船渡河。后来，曹操与韩遂、马超等单独谈话，左右皆不随行，仅带许褚一人。马超自负其勇力绝伦，想要暗中偷袭曹操，但平日经常听闻许褚的大名，怀疑随从的即是此人。于是问曹操：“曹公的虎侯在哪里？”曹操用手指了指许褚，许褚怒目视之，马超不敢动。数日后，曹军击败马超军，交战中许褚亲自斩得敌军首级。

许褚为保全曹操亲手斩攀船者，让我们感受到了他“忠勇”下的残暴，而张飞对刘备的“忠勇”则显得更加仁义，给人一种“近朱者赤，近墨者黑”的勇猛印象。

（三）有勇无谋

张飞并不是一直粗中有细、有勇有谋，有勇无谋则是由他直率的性格决定的，这也成了我们喜爱张飞的重要原因。

公元218年（建安二十三年），张飞与马超奉命攻打武都，并率领吴兰、雷铜兵临沮水，想要借此攻打武都、阴平两郡，但被曹休识破计谋，最终被曹洪、曹休、曹真、张既等人联手击破，蜀军作战失利，吴兰、雷铜、任夔等将领先后战死。由此可知，张飞在很多情况下是没有“深谋”的。

众所周知，张飞是被自己的手下范疆、张达杀死的，这是为什么呢？因为张飞不体恤将领，对自己的兵士暴躁相待，由此可见他只有对敌作战的“勇”，却没有对部下将士的“谋”。

在书中，通过侧面信息，我们发现颜良与张飞一样，都有着“小勇”的特点。

关羽温酒斩华雄前，有过这么一段对话：

太守韩馥曰：“吾有上将潘凤，可斩华雄。”绍急令出战。潘凤手提大斧上马。去不多时，飞马来报：“潘凤又被华雄斩了。”众皆失色。绍曰：“可惜吾上将颜良、文丑未至！得一人在此，何惧华雄！”可见颜良也是有一定武力的。但是在对战关羽时，他却没有选择重视敌人，而是因轻敌被斩于马下，可见颜良也是有勇无谋之人。

因为性格暴躁，张飞的“小勇”害死了自己；骄傲轻敌，颜良的“小勇”也害死了自己。但是，张飞的“无谋”是因为急于建功立业、为兄报仇，颜良的“无谋”是因为自视甚高、盲目自大，从本质上来说是大相径庭的。

子曰：君子周而不比，小人比而不周。《三国演义》之中关羽和张飞能始终如一地辅佐刘备，重要的原因就是有共同的价值目标——忠于汉室。关羽、张飞虽出身草莽，但他们各自的人格，完整而独立，正是因为有完整而独立的人格的前提下，让他们协心勠力成为一个团结紧密的集体。历史是有是非的，有君子之风之人，必会历史所铭记。

追昔抚今，鉴往知来，作为当代的中学生，我们要以修身为主要的目标，从历史人物中汲取力量，建立健全自己独立的人格。用自己的努力的姿态书写自己的历史。历史不只是镜子，也是记忆的墓碑，一旦记录痕迹就不会轻易抹去。闻者足戒，以此为训。

第三节 阵营支柱——关键干将

王文静

在三国中的每个阵营里，都有一些发展过程中加入的杰出将领，他们都在此后的战争中充当了关键角色。对于蜀汉来讲，就要说“常胜将军”赵子龙了。

一、天下无双

说起赵子龙，有一首影视插曲，可谓是家喻户晓、人尽皆知。这就是，94 年央视《三国演义》第 30 集中赵云怀抱阿斗大战长坂坡的插曲《当阳常志此心丹》：

虽未谱金兰，前生信有缘。忠勇付汉室，情义比桃园。匹马单枪出重围，英风锐气敌胆寒。一袭征袍鲜血染，当阳常志此心丹。子龙，子龙，世无双。五虎上将威名传！

赵云（？ — 229 年），字子龙，常山真定人。身长八尺，姿颜雄伟，三国时期蜀汉名将。汉代一尺是23.6厘米，八尺约等于189厘米；元明31.68厘米，八尺约等于254厘米。汉代一斤222.73克，元明一斤600克。

汉末军阀混战，赵云受本郡推举，率领义从加入公孙瓒。期间结识了汉室皇亲刘备，但不久之后，赵云因为兄长去世而离开。赵云离开公孙瓒大约七年后，在邺城与刘备相见，从此追随刘备。

赵云跟随刘备将近三十年，先后参加过博望坡之战、长坂坡之战、江南平定战，独自指挥过入川之战、汉水之战、箕谷之战，都取得了非常好的战果。除了四处征战，赵云还先后以偏将军任桂阳太守，以留营司马留守公安，以翊军将军督江州。除此之外，赵云于平定益州时引霍去病故事劝谏刘备将田宅归还百姓，又于关羽、张飞被害之后劝谏刘备不要伐吴，被后世赞为有大臣局量的儒将，甚至被认为是三国时期的完美人物 。

赵云去世后，于蜀汉景耀四年（261年）被追谥为“顺平侯”，其“常胜将军”的形象在后世被广为流传。

同时，书中公认的天下无敌，当属群雄之中的吕布。“人中吕布，马中赤兔”！三国公认第一武将（三英战吕布），又曾经独立做过一方军阀（从曹操、刘备手里抢的），认过两位干爹（丁原、董卓都被他杀了），被骂作三姓家奴（张飞口头禅），打谁谁害怕的存在，最终要杀他还得巧夺徐州（陈登献计占据城池）、水淹下邳（借自然之力）、众叛亲离（宋宪、魏续、侯成投敌绑缚）、落井下石（刘备一句话“公不见董卓、丁建阳之事乎？”），才在白门楼殒命（张辽破口大骂）。

相比之下的赵云就让人舒服多了。第一，历史上没人评价他不好，陈寿本人就说了一句“黄忠、赵云强挚壮猛，并作爪牙，其灌、滕之徒欤？”算不上夸，也说不得骂。第二，随刘备转战南北，几经战败而始终不离不弃。在刘备军所有的关键时刻，背后都可以看见赵云奋战的身影。长坂坡出入曹军重围，保护阿斗和甘夫人突围；陆逊火烧连营，进兵永安接应刘备入川；北出祁山，兵败街亭，掩护断后。可以斩钉截铁地讲，赵云是一位忠心不二、武艺超群，并且志存高远、品德高尚的，近乎完美的无双武将。第三，《三国演义》里的常胜将军，征战一生无一败绩，长坂坡单骑救主、占荆州计取桂阳、截江中独夺阿斗、入西川力取二郡、战汉中空营退敌、出祁山老当益壮。即使是断后也是全身而退，不贪女色拒绝赵范之嫂、冷静睿智谏阻先主伐吴，最后则是病死家中得以善终。更何况，他还有很强的大局观，赵云他是三国中少有的几位文武双全的武将之一，是自吕布之后的三国第一猛将，单骑救主即是其能力真实写照！但其谋略也相当了得，是刘备最为器重的大将。从事小心谨慎，人称常胜将军！

二、德才兼备

历史上的赵云，给人印象最深的主要不在勇武方面，而是他的胆识和人品。作为一员武将，赵云无疑是一流的，但他不像众多三国战将那样主要以军功扬名，他表现为有勇有谋，处事缜密，见识不凡，人品高尚，是一位德才兼备的英雄。就他的德才来说，蜀汉其他将领没有谁能与他相比。人们历来对赵云也没有什么争议，一致推崇他的美德，这在三国人物中是非常少见的。蜀汉方面包括刘（犹豫）、关（骄傲）、张（暴躁）以及诸葛亮（独断）在内，历史上的评价并不一致，至少在某些方面有争议；而赵云，则没有这种现象。历史上的赵云确实有不少令人敬佩之处。

然而，他却并没有成为刘备集团的核心人物，这一点从“未谱金兰”中便可看出。关于这个问题，有几种说法：一种是赵云比先主还大，谱金兰就不太合适了（公元228年，诸葛亮第一次北伐的时候，他年过七旬；公元223年，刘备死时才63岁，就是说他至少比刘备大2岁）；另一种是赵云并非从一而终，毕竟是半路追随，即使忠心不二也难以亲信（《三国演义》中说他是从公孙瓒那里来的，还是刘备经历过徐州战败之后的事）。这样看来，他远亲近比不上“关张孙简糜”（关羽、张飞、孙乾、简雍、糜竺、糜芳），重要也比不上“龙凤良法严”（诸葛亮、庞统、马良、法正、李严）。

在小说《三国演义》中，赵云以一个浓眉大眼，阔面重颜，相貌堂堂的英气少年形象出场。他一登场即和河北名将文丑大战，救了公孙瓒，曾和多名三国名将对战，冲锋陷阵罕见败绩，长坂坡救阿斗时，连续杀死曹营名将五十余员。智取桂阳时，更是展现了他过人的机智和出众的谋略。随诸葛亮吊祭周瑜时，因赵云带剑相随，吴将无人敢动诸葛亮。汉水救黄忠时，让魏国名将张郃、徐晃心惊胆战，不敢迎敌。刘备去世之后，曹魏五路犯蜀，赵云把守阳平关，一将当关，万夫莫开。七十几岁时仍为蜀汉先锋，阵前力斩被作者称为“有万夫不当之勇”的西凉大将韩德一门五将。

《三国演义》中刘备为汉中王时封赵云与关羽、张飞、马超、黄忠五位将军为蜀汉的“五虎上将”，五虎将之名因此成为人人朗朗上口的三国勇将代名词。而赵云又有许多机智应变、忠君为民的出色表现，因此在《三国演义》中的赵云，其形象是文武双全、近乎完美无缺的。死后被后主追封大将军，谥顺平侯。

三、勇猛无敌

实际上，在《三国演义》的众多武将中，赵云的出场可能是被描写得最为精彩的。

小说第七回，袁绍与公孙瓒两支军队、在磐河激战。当时双方的兵力对比是袁绍强而公孙瓒弱。公孙瓒与袁绍的大将文丑交战十余回合后、败阵逃走，文丑乘势追赶，“瓒弓箭尽落，头盔坠地，披发纵马，奔转出坡；其马前失，瓒翻身落于坡下，文丑急捻枪来刺。”就在这千钧一发之际，“忽见草坡后侧转出一个少年将军、飞马挺枪，直取文丑。公孙瓒扒上坡去，看那少年：生得身长八尺，浓眉大眼，阔面重颐，威风凛凛，与文丑大战五六十合，胜负未分，瓒部下救军到，文丑拨回马去了。那少年也不追赶。瓒忙下土坡，问那少年姓名。那少年欠身答曰：‘某乃常山真定人也，姓赵，名云，字子龙。……’”

这就是赵云初次出场亮相。在《三国演义》中叱咤风云的将领不少，但是像这样犹如猛虎下山，在战斗最紧要的关头突然出现，使双方的力量骤然间起了逆转性变化的出场描写，却仅有赵云一人。

这样的安排，显然出于作者的匠心。

后来，他投奔刘备，为驰援袁绍，刘备“引兵欲袭许都”，恰好遇上曹操，曹操命许褚出战，“玄德背后赵云挺枪出马。二将相交三十余合，不分胜负。”要知道，典韦死后，许褚可是曹操帐下第一猛将，也见赵云武艺之高。

很快，刘备又战败，被张郃高览夹攻，走投无路欲拔剑自杀之际，又是赵云一枪刺死高览，又恶战张郃，“与云战三十余合，拨马败走”，最后救下刘备。

长坂坡一役，赵云于百万军中单枪匹马如入无人之境，七进七出，杀得曹军心惊胆战，最终救下阿斗。“杀死曹营名将五十余员。”“所到之处，威不可挡”，就连曹操也惊叹：“真虎将也！吾当生擒之。”七十几岁时，赵云阵前力斩被罗贯中称为“有万夫不当之勇”的西凉大将韩德一门五将。

四、胆略过人

在《三国演义》第七十一回汉水之战中，赵云引军撤回，面对曹操大军面不改色，单枪匹马立于阵前。接着，趁曹军多疑退去，却令旗一招，引弩飞射曹军。最后，乘胜追击，可见赵云的胆气和将略非常人也。

小说第五十二回中的三千精兵计取桂阳的精彩，也是如此。夺取桂阳后，桂阳太守赵范看到赵云一表人才，便为其寡嫂提亲。那妇人“有倾城倾国之色”，而且要求三件事兼全之人，方才嫁之：“第一要文武双全，名闻天下；第二要相貌堂堂，威仪出众；第三要姓赵。”赵云正好符合条件，所以赵范提亲，结果却被赵云严词拒绝。后诸葛亮问起此事，赵云说：“赵范既与某结为兄弟，今若娶其嫂，惹人唾骂，一也；其妇再嫁，使失大节，二也；赵范初降，其心难测，三也。主公新定江汉，枕席未安，云安敢以一妇人而废主公之大事？”刘备也觉得这是件好事，要赵云娶亲，赵云却说：“天下女子不少，但恐名誉不立，何患无妻子乎？”刘备称赞道：“子龙真丈夫也！”

在九十六回中不折一骑的箕谷退敌的传奇，可见赵云智勇双全，也可以独当一面。

实际上，从整部《三国演义》来看，赵云基本是充当“保镖”的。但是，在封建年代，保护君主等于是在保护一个国家的灵魂，可见也不是什么人都可以担任的。刘备和诸葛亮每一次出席重要活动，基本都是由赵云陪同，如第二十四回参加刘表的宴请等。正如诗赞：“古来冲阵扶危主，只有常山赵子龙。”

第八十一回，刘备称帝后，欲进攻东吴，以报孙权伐取荆州、杀害关羽之仇，赵云上谏说：“国贼乃曹操，非孙权也。今曹丕篡汉，神人共怒。陛下可早图关中，屯兵渭河上游，以讨凶逆，则关东义士，必裹粮策马以迎王师；若舍魏伐吴，兵势一交，岂能骤解。愿陛下察之。”刘备一心报仇，不愿意听。赵云又进言道：“汉贼之仇，公也；兄弟之仇，私也。愿以天下为重。”

但是，当时刘备心中只有兄弟之情，而赵云却是关心蜀国的安危、光复汉室。很可惜，刘备不听谏言，孤行东征，最终失败，自此蜀汉元气大伤，一蹶不振。

五、忠己恕人

在赵云身上有一种儒家思想最为推崇的美好品德——忠恕，这是符合孔子的道德标准的。忠恕是指儒家的一种道德规范。忠，谓尽心为人；恕，谓推己及人。出自《论语·里仁》，忠者，心无二心，意无二意之谓；恕者，了己了人，明始明终之意。忠诚；宽恕。

中国儒家伦理范畴，处理人与人之间关系的原则。“忠”，尽力为人谋，中人之心，故为忠；“恕”，推己及人，如人之心，故为恕。最早将忠恕联系起来的是中国春秋时代的曾子。他在解释孔子“吾道一以贯之”时说：“夫子之道，忠恕而已矣。”“忠恕”，是以待自己的态度对待人。孔门的弟子以忠恕作为贯通孔子学说的核心内容，是“仁”的具体运用。忠恕成为儒家处理人际关系的基本原则之一。

因此，赵云的形象一出，智勇双全的特点前面已经讲到。单就忠己恕人这一条，放眼整个《三国演义》可以说是无人能及。下面我们来分析一下，赵云是如何做到众望所归的呢？

一是世俗观点，《三国演义》中刘备为汉中王时封赵云与关羽、张飞、马超、黄忠五位将军为蜀汉的“五虎上将”，五虎将之名因此成为人人朗朗上口的三国勇将代名词。而赵云又有许多机智应变、忠君为民的出色表现，因此在《三国演义》中的赵云，其形象是文武双全、近乎完美无缺的。

赵云做人低调，办事踏实，深受刘备信任。赵云被称作常胜将军的称号在民间广为流传，明清一些学者在自己私撰的个人作品里有说到过，但也并未直接说“常胜将军”四个字，而是用诸如“身经百战未尝败”“无敌之将”等来表述。

二是形象考证，在小说《三国演义》中，赵云以一个浓眉大眼，阔面重颜，相貌堂堂的英气少年形象出场。作为艺术形象来说，赵云是一个非常讨喜的人物，他勇武、帅气、聪明睿智、屡创奇迹，有着常胜将军的美名，时至今日，在民间的人气依然非常的高。

而历史上的赵云，同样是一名常胜将军，同时也被认为是一名有着大臣局量的儒将。他有着不逊于多数三国英雄的才能，但却为人低调、谦逊，有君子之风。赵云追随刘备，一生忠心耿耿，有始有终。他总能做到身先士卒、善待他人、谦逊随和，品格十分高尚。他即使不用任何艺术加工，也是极具人格魅力、文武双全、近乎完美的一代名将。

三是完美人设，从《三国演义》和赵云一生活动的历史遗迹考证，我们不难看出，赵云一生是完美的。其生命的诸多亮点无不贯穿于戎马生涯的始终。无埋没，也无委屈；无平庸，也无猥琐；无自暴自弃沾沾自喜；无高高在上目空一切；无委曲求全低三下四；无左右逢源投机钻营；更无急功近利、威慑天下的气势。云不夸耀不自大；不贪富贵不谋私利，说征讨，云英勇善战；论主次，云从来就是以大局为重先公而后私……可以认为：云百战无一败迹，人生无一瑕疵，生命无一不美。

说到这里，我们不难想到，关羽之高傲，张飞之暴戾，黄忠之自满，马超之年少，这些战功和地位均超过赵云的重要人物都因为人格缺陷而取败。所以，更加使人景仰赵云美德：云生逢乱世，天下汹汹，素有解民倒悬之心，存匡扶天下之志，抱“从仁政所在”之胸襟：其一，深明大义有胆有识；其二，胸怀坦荡公正无私；其三，品德高尚谦虚谨慎；其四，智勇双全能征善战；其五，为民请缨忠直敢谏。在三国时期，像赵云这样深明大义的却是很少。

所以，从古至今，称赞赵子龙的人数不胜数。人们爱的不是这个人物形象，而是他所代表的人文精神、传统道德与中华文化。

《增广贤文》里说，“人生一世，草生一春。来如风雨，去似微尘。”面对人生百年，每个人都会做出自己的选择。身为将领最重要的是忠于信仰和理想，发挥才智，稳定团队。以自己的言行，践行忠君爱国之事。赵云有解民倒悬之心，匡扶天下之志，有胆有识，公正无私，直言敢谏，是刘备团队中不可多得的得力干将。

作为当代中学生，应该志当存高远，忠于中国共产党的领导，努力学习文化知识，修养品德，立大志，把国家和人民的利益放在第一位。做有勇气，有志气，有底气的新一代青年！

第四节　阵营导向——主张谋士

李立辉

说起诸葛亮，曾有一句：“话三国，必先说诸葛”。这样的形容，足可见在《三国演义》的故事进程中，通过巧妙塑造诸葛亮这一人物形象，使得《三国演义》的艺术影响深入人心。

《三国演义》作为中国文学史上第一部章回体长篇历史小说，最精彩的地方便是“猛将如云，谋士似海”。乱世之中郭嘉、周瑜、司马懿、鲁肃等等越来越多的人才涌现、在朝为谋。讲到这里，很多人就有疑问了，《三国演义》之中到底谁才是天下第一谋士呢？这一问题在网络上广为流传，众说纷纭。

一、神机妙算，三分天下

说到三国第一谋士，人们首先想到的是诸葛亮，刘备曾评价诸葛亮时说道：“孤之有孔明，犹鱼之有水也”；而曹操又在兵败赤壁时所叹：“若奉孝在，不使孤至此！”在这一得一失中，可见诸葛亮和郭嘉在蜀汉阵营和曹魏阵营中的作用都是不可替代的。

据此，我们先来分析郭嘉在曹魏阵营的具体作用，在《三国演义》第十八回中：曹操讨张绣新败。初来乍到的郭嘉详细立体地进行了曹操与袁绍的状况对比，提出了著名的十胜十败说，还劝说曹操征讨吕布。郭嘉的分析流畅缜密，很具说服力，不但重新振作了曹军将士的斗志，更助曹操拟定了远期和近期的作战目标，从而正式将自己送入了曹操军事智囊的核心，有力地帮助曹操征伐北方。

而在第二十五回：曹操遣将征讨刘备失利。诸将都惧怕袁绍偷袭后方劝阻曹操，曹操拿不定主意，问计于郭嘉。郭嘉说："袁绍性格迟缓多疑，就算要偷袭也不会很迅速。但刘备的势力刚刚聚集不久，众心未附。如果实行闪电战，必然得胜。"于是曹操举师东征，大破刘备，获其妻子，擒关羽，进而又击破了和刘备联合的东海贼寇。而孙策刚刚成就江东霸业，其时曹操和袁绍在官渡对峙，遂有谋图中原之心。曹军得知这个消息都很畏惧，只有郭嘉料道："孙策刚刚吞并江东，所杀的都是深得人心，众养死士的英雄豪杰。而孙策本人又轻率疏于防备，虽然有百万之众，但还是和孤家寡人一样容易对付。如果有刺客伏杀，只不过能凭借一人之勇罢了。"此后不久，孙策果然遇刺重伤身死。

而蜀汉阵营之中的诸葛亮，对蜀汉阵营的决策作用之大，可以说是无出其右者。在《三国演义》的第四十九回中：曹操发大军征讨刘备，刘备溃不成军只好投奔东吴，其中舌战群儒争取联盟的正是诸葛亮。而孙刘联盟面对曹操的雷霆万钧之势，依旧难以抵抗。于是双方列阵于赤壁，准备决一死战。其中曹操的军队来自北方，并不适合水战，但是孙刘联盟由于在南方非常适合水战，他们在水战上有相当优势。然而曹操军中有两个人，一个叫张允，一个叫蔡瑁，这两人是背叛荆州投靠曹操的两位将领，精通水战。为了避免这两个人将水战的技巧教会曹操，周瑜等人使用了所谓的离间计，于是曹操就将他们俩给杀了。曹操军中再也没有精通水战的人，诸葛亮竟早已洞悉。

此时，诸葛亮心生一计，将他的好朋友庞统叫了过来，让庞统作为说客前往曹操军中。曹操十分爱才，见到有凤雏之称的庞统，便请教水战之法。庞统的建议是曹操的军队不会水战，但是他们在路上的战斗力并不会减弱，如果将所有的船只用铁索连在一起，这些船在水上也可以如履平地。曹操听到这个建议喜出望外，于是就将他所有的战船，用铁索连在一起，日夜操练。可孙刘联盟早就设下了火攻的战略。在曹军战船以铁索连在一起时，派人直接点燃了船只，瞬间将曹操的整个水军全部付之一炬。而诸葛亮的"草船借箭"和"借东风"，更是精彩至极。与此同时，孙刘联军在陆上将曹操岸上的军帐也付之一炬，此时火光冲天、火烧连营，曹操一见大势已去，不得不丢盔弃甲而逃。从此，诸葛亮的"隆中对"得以实现，使魏、蜀、吴形成三足鼎立局势。

在第九十回中：为兴复汉室，诸葛亮点兵南征，与南蛮首领孟获斗智斗勇，先后七次擒住孟获。前六次诸葛亮都故意放走孟获，蜀营大将都不理解，孔明却自有道理："攻城为下，攻心为上"，只有以德服人才能真正让人心服。到了第七次，诸葛亮智破乌戈国藤甲兵，七擒孟获，终于使其心悦诚服，南中于是安定。七擒孟获，是三国时诸葛亮出兵南方，将当地酋长孟获捉住七次，放了七次，第七次在孟获城将孟获擒拿，并使他真正服输，不再为敌。

诸葛亮的战略主张"西和诸戎，南抚夷越"，早在"隆中对"时就提出来了，这说明当时民族矛盾已经尖锐到生死攸关的地步了。"和、抚"则包含政治和经济双重意义，必

须在这两方面给遭受残酷迫害、血腥屠杀的少数民族以休养生息的机会，才能实现蜀汉的发展壮大。诸葛亮的高瞻远瞩充分体现在这里：倘要占据荆、益两州作为统一全国的根据地，就必须处理好同杂居于荆、益两州地区各民族的关系。

如此，二人互相比较，诸葛亮无论是在战事中的制胜计谋，还是巩固发展中的谋略规划，都远远超过郭嘉对曹魏的贡献。而群雄之中，贾诩、张昭等谋士对阵营的贡献在其面前更是不值一提。

二、求贤若渴，竭忠尽智

要说为什么诸葛亮是三国第一谋士，更要从他的德行说起。

在诸葛亮劝说孙刘同盟联合时，谈论造箭一事“为将而不通天文，不识地理，不知奇门，不晓阴阳，不看阵图，不明兵势，是庸才也。”一句话道出了他对于贤才的判别，可见他在对于选用人才的问题上有着极高的见解。

在第九十二回中：西蜀北伐中原，用诈城之计，攻夺北魏的天水关。天水关太守马遵果然中计，下令全营火速披挂，去解救被围的南安。此刻，一个职位低微的牙将姜维识破诸葛亮之计；向太守马遵进谏，攻击南安是诸葛亮用的计，蜀兵欲乘虚攻取天水。马遵恍然大悟。姜维接着又向他讲出一个可以大败诸葛亮，以解南安之危的将计就计的妙策。与此同时，诸葛亮在帐中等待着赵云的胜利消息。忽有探马飞报，赵云在天水关前被围困，这使诸葛亮十分震惊。他立刻命传关兴、张苞二人各带800骑兵，速速飞驰天水关前，解救赵老将军，不得有误。然后又命马岱去阵前探听，务要查明是何人布阵，其人如何。马岱探听归来，诸葛亮得知天水关领兵布阵之将名叫姜维，是一个智勇双全、孝义无双的贤将良才，虽才高智广，却身居偏裨，甚是屈屈不得志。就决心纳录英才，收服姜维。

诸葛亮一面布置了连环扣战，让马岱、关兴、张苞拖住姜维；一面派魏延假扮姜维“骂关”，使心胸狭隘、多疑妒贤的马遵中反间之计。又让赵云乘虚而入，攻进天水关，救出被马遵扣为人质的姜维的母亲、妻子。诸葛亮的周密安排，就这样逐一实现了。最后，姜维被困在凤鸣山下。诸葛亮晓以大势，耐心说服，并接来家眷使姜维阖家团圆，终使姜维心悦诚服地归降西蜀。

而在第四十三回中，诸葛亮孤身入吴劝说联合抗曹，可以称得上忠不畏死。最初诸葛亮来到东吴的时候，东吴的谋士想要羞辱诸葛亮。但诸葛亮却以一人之力与东吴十几名谋士辩论得不卑不亢、有理有据，而且还把这十几位“名士”驳得哑口无言。因此，周瑜对诸葛亮更为忌惮，一个小小的军师，竟能让东吴的十几名谋士无话可说。所以，从一开始，周瑜就从心里提防着诸葛亮了，而且诸葛亮的才华也让周瑜妒忌。于是，周瑜想到了一个方法来铲除诸葛亮。他邀请诸葛亮到自己的帐下，对诸葛亮说，因为军情非常紧急，需要在十天以内造出十万支箭来对付曹操，想让诸葛亮接了这个任务，再以军令状为由杀掉孔明。

《三国演义》把周瑜描绘成心胸狭窄、嫉贤妒能的典型，当他一发现诸葛亮的才智超过自己，便想方设法谋害，欲除掉孔明而后快。结果他的计谋被诸葛亮一一识破并完成，自己反而"一而再，再而三"地中了诸葛亮的谋算。最终，周瑜被气得吐血身亡，临到绝命之时仍发出"既生瑜，何生亮"的仰天长叹。这让诸葛亮的忠智无双达到了空前高度，并将他的形象深深地刻印在了读者心中。

诸葛亮在小说中作为不可缺少的关键人物，作者在他身上花费大量笔墨，在《三国演义》的众多情节中，诸葛亮被描写成一个足智多谋、德行高尚近乎完美的无双谋士。

三、鞠躬尽瘁，死而后已

历史上的诸葛亮，给人印象最深的主要不在谋略方面，而是他的忠贞。作为一名谋士，诸葛亮无疑是一流的，但他不仅主要以谋略扬名，他也是以忠贞闻名遐迩、传颂至今的。

在蜀汉阵营白帝城托孤的情节中，事起于关羽被东吴杀害以后，刘备报仇心切，竟不听诸葛亮劝告，亲自率军出征，攻打东吴。结果大败，自己也病倒在白帝城的永安宫。刘备知道自己病重难以痊愈，便派人日夜兼程赶到成都，请诸葛亮来嘱托后事。诸葛亮留太子刘禅守住成都，诸葛亮进了永安宫，看到刘备病得不成样子，慌忙拜倒在刘备跟前。刘备说："朕自得丞相，幸成帝业；何期智识浅陋，不纳丞相之言，自取其败。悔恨成疾，死在旦夕。嗣子孱弱，不得不以大事相托。"刘备说完，泪流满面。诸葛亮也哭说："愿陛下善保龙体，以副天下之望！"

说完，刘备召集众将官到齐，拿笔写了遗嘱，交给诸葛亮，感叹地说："朕不读书，粗知大略。圣人云：鸟之将死，其鸣也哀；人之将死，其言也善。朕本待与卿等同灭曹贼，共扶汉室；不幸中道而别。烦丞相将诏付与太子禅，令勿以为常言。凡事更望丞相教之！"诸葛亮拜倒在地上说："愿陛下将息龙体！臣等尽施犬马之劳，以报陛下知遇之恩也。"刘备叫左右的人扶起诸葛亮，一手掩盖眼泪，一手握住诸葛亮的手说："朕今死矣，有心腹之言相告！"诸葛亮问："有何圣谕！"刘备说："君才十倍曹丕，必能安邦定国，终定大事。若嗣子可辅，则辅之；如其不才，君可自为成都之主。"诸葛亮听到这话，立即哭拜在地说："臣安敢不竭股肱之力，尽忠贞之节，继之以死乎！"说完，叩头出血。刘备又请诸葛亮坐在旁边，叫刘永、刘理到面前吩咐："尔等皆记朕言：朕亡之后，尔兄弟三人，皆以父事丞相，不可怠慢。"说完，叫两个儿子拜在诸葛亮跟前。接着又对众将官说："朕已托孤于丞相，令嗣子以父事之。卿等俱不可怠慢，以负朕望。"后诸葛一门辅佐至死。

而在曹魏阵营之中，同是托孤重臣的司马懿，却做出了与诸葛亮完全不同的选择。辽东公孙渊起兵造反，司马懿率兵前去平定，斩了公孙渊，辽东平定。魏景初三年春，曹睿病死。临终前，效法刘备白帝城托孤，把年幼的儿子曹芳托付给司马懿，并封曹真的儿子曹爽为大将军，总摄朝政。司马懿和曹爽扶立曹芳登上帝位，二人辅佐曹芳执政。曹爽忌惮司马懿，入奏魏主曹芳，加封司马懿为太傅，夺了司马懿的兵权，控制在自己手里。自此曹爽在朝廷专权，不听大臣劝谏。为避免曹爽谋害，司马懿韬光养晦，装病卧床，两个儿子也退职闲居。但曹爽仍对司马懿有所忌讳，司马懿为消除曹爽的戒心，诈作重病，使曹爽消除了疑心。在外人看来，司马懿卧床重病不起；而实际上，他其实是在暗中布置，准备消灭曹爽势力，为自己谋取权位扫平障碍。最终，司马氏通过高平陵之变，实际掌握了曹魏政权，并最终取而代之。

在种种对比之下，《三国演义》中的诸葛亮虽然不是小说的中心人物，但从第六十回的“元直走马荐诸葛”后，直到一百零四回的“将星陨落，诸葛合归西天”，其中每每都会有诸葛亮身影出现并且扮演着关键角色。诸葛亮在三国之中无疑是不可多得的奇才，他在军事谋略上才智过人，而且淡泊名利、不畏强权，更可贵的是他自从出山辅佐刘备后，一直为兴复汉室出生入死、鞠躬尽瘁、出谋献策，可谓是后世忠臣的楷模。

在三国英雄云集的时代下，诸葛亮乃是千年一遇的奇才，他虽无张飞之勇、关羽之义，可凭他那治国的才能和用兵如神的计谋却能够“挽狂澜于既倒，扶大厦之将倾”。比如七擒七纵孟获，诸葛亮不是一味地屠杀生灵，而是运用智慧，攻心为上。此类事情，如空城计，用镇静自如、弹琴饮酒的姿态，“赶”走了百万雄师。气死周瑜、吓走活仲达……诸葛亮忠心之度，以“鞠躬尽瘁，死而后已”评价，也是有过之而无不及。

诸葛亮本生在隆中，后经徐庶介绍，效忠于刘备，从“火烧新野”到“六出祁山”，无不是诸葛亮出谋划策。如果说，在蜀汉的鼎盛时期，诸葛亮是为了荣华富贵的话，那在“大意失荆州”“火烧连营”和“白帝城托孤”后，足以见其千古忠心了。而那时，诸葛亮完全可以夺刘禅的皇位，自封为王，但是因为刘备的嘱托，他仍然支持辅助“扶不起的阿斗”，“六出祁山”更是为了兴复汉室。为了蜀汉的大业，为了天下的老百姓，诸葛亮付出了太多的精力（病逝五丈原），做出了太大的牺牲（诸葛一门战死绵竹）。

由此，在《三国演义》之中诸葛亮集火烧赤壁、七擒孟获之智，选贤与能之德，鞠躬尽瘁之忠于一身，在其中力压群雄。并以“智绝”之名，成为小说中最为成功的艺术形象之一。

谋士，即足智多谋的高尚之士。谋士在古代军队中的主要任务，是对战争的预判与出谋划策，这就要求谋士要具备以下特点：博学多才、学会变通、冷静分析、顾全大局、灵活运用。诸葛亮作为谋士，上知天文，下知地理，遇事冷静，帮助刘备开基创业，辅佐刘禅匡济危难，可以说是“竭忠尽智，殚精竭虑”。

作为新时代的中学生，我们身上肩负着国家振兴的历史使命。我们要学习诸葛亮身上的优秀品质，努力学习科学文化知识，武装自己。继而响应时代号召，淬炼成本领高、素质硬的新青年，不断增长能力才干，成为一名合格的社会主义接班人。

第五节 阵营根本——势力家族

卞东梅

其实，在《三国演义》中，还有一股潜在且巨大的势力左右着局势的发展，这就是士族大家。而且从根本上来讲，三国英雄们的成败往往取决于士族大家的选择。

一、英雄还问出身

还是从刘皇叔说起，平定黄巾之乱的时候，自涿郡起兵只有关张二将，然而这两位英雄豪杰却没有家族势力的背景。《三国演义》第一回中，其人曰："吾姓关名羽，字长生，后改云长，河东解良人也。因本处势豪倚势凌人，被吾杀了，逃难江湖，五六年矣。今闻此处招军破贼，特来应募。"由此可见，关羽并非涿郡本地人，即使在河东解良也没有家族势力，他甚至还与豪强对立，是想通过从军立功的"普通人"。

再看张飞，其人曰："某姓张，名飞，字翼德。世居涿郡，颇有庄田，卖酒屠猪，专好结交天下豪杰。恰才见公看榜而叹，故此相问。"张飞虽然是涿郡人，充其量是个小地主，而且从他"吾颇有资财，当招募乡勇，与公同举大事，如何。"的话中也可以看出，张飞参军报国是要散尽家财的。

再结合刘备的身世，"中山靖王刘胜之后，汉景帝阁下玄孙，姓刘，名备，字玄德。昔刘胜之子刘贞，汉武时封涿鹿亭侯，后坐酎金失侯，因此遗这一枝在涿县。玄德祖刘雄，父刘弘。弘曾举孝廉，亦尝作吏，早丧。年十五岁，母使游学，尝师事郑玄、卢植，与公孙瓒等为友。"刘备除了是汉室后裔外，家贫靠人资助，只有师友值得一提。

同样贫寒出身的经学大家郑玄，因学术成就自成一脉；经学家、将领卢植，是涿郡人，范阳卢氏的先祖。二人都师从太尉陈球、大儒马融等，为管宁、华歆的同门师兄。因此，在平定黄巾之乱的时候，这层师生关系起到了很大的作用。玄德曰："近闻中郎将卢植与贼首张角战于广宗，备昔曾师事卢植，欲往助之。"于是邹靖引军自回，玄德与关、张引本部五百人投广宗来。至卢植军中，入帐施礼，具道来意。卢植大喜，留在帐前听调。

可见，刘备起兵之初是没有士族大家的全力支持的，所以总是徒劳无功。同样在《三国演义》第一回中：三人救了董卓回寨。卓问三人现居何职。玄德曰："白身。"卓甚轻之，不为礼。因为在汉代，为官的基本条件是察孝廉、举秀才，也就是说没有深厚的人际关系，才会一直是"白身"。卢植获罪也是如此，没有贿赂黄门、朝中地方无人关照、为人性格刚毅、有高尚品德等原因导致的。

相比之下，袁绍、曹操的出身就要比刘备高多了，所以成功过程也显得轻而易举。

《三国演义》第二十一回中，刘备曾在“青梅煮酒论英雄”时说：“河北袁绍，四世三公，门多故吏；今虎踞冀州之地，部下能事者极多，可为英雄？”这里面就有袁绍迅速壮大的一个重要原因——汝南袁氏，四世三公！因袁绍高祖父袁安为章帝时司徒、曾祖父袁敞为安帝时司空、祖父袁汤为桓帝时太尉、其父袁逢为献帝时司空、其叔父袁隗为献帝时司徒，所以四个世代中（自高祖父、曾祖父、祖父及迄其父共四世）均出现过担任三公（司徒、司空、太尉）职位的人物，故称袁绍的家世为“四世三公”。

所以，诸多士族大家都鼎力支持袁绍，才有了大将军何进任用袁绍外兵勤王之计，十八路诸侯讨伐董卓公推其为盟主，雄踞“冀、青、幽、并”四州之地，文臣武将数不胜数，带甲百万兵精粮足的绝对优势。

在《三国演义》第五回中写道：“曹操说：‘袁本初四世三公，汉朝名相之后裔，门下故吏如云，我建议他可为盟主。’袁绍再三推辞，众人都说非袁绍不可，袁绍这才应允。”这里可以看出，即使是“矫诏传檄”促成反董联盟的曹操也知道与袁绍相比，自己的威望资历还远远不够。

在官渡之战前夕，袁绍的实力更是达到了顶峰。在《三国演义》第三十回中有这样的描述：于是（袁绍）下令，将大军七十万，东西南北，周围安营，连络九十余里。同时，在《三国演义》第三十一回中，即使官渡兵败也还有这样巨大的战力，“忽报袁熙引兵六万，自幽州来；袁谭引兵五万，自青州来；外甥高干亦引兵五万，自并州来：各至冀州助战……袁绍聚四州之兵，得二三十万，前至仓亭下寨。”可以说，袁绍在士族大家的支持下，有着非常强大的实力。

再说曹操，在《三国演义》第二十二回中，陈琳在《讨贼檄文》中写道：“司空曹操：祖父中常侍腾，与左悺、徐璜并作妖孽，饕餮放横，伤化虐民；父嵩，乞匄携养，因赃假位，舆金辇璧，输货权门，窃盗鼎司，倾覆重器。操赘阉遗丑，本无懿德，僄狡锋协，好乱乐祸。幕府董统鹰扬，扫除凶逆；续遇董卓，侵官暴国。”虽然是讨伐曹操，有故意污蔑的成分。但是，从中可以看到曹操是有深厚的世家背景的。

在《三国演义》第五回中，待到曹操起兵，家族势力的支持成了他最大的资本：“又有沛国谯人夏侯惇，字元让，乃夏侯婴之后；自小习枪棒；年十四从师学武，有人辱骂其师，惇杀之，逃于外方；闻知曹操起兵，与其族弟夏侯渊两个，各引壮士千人来会。此二人本操之弟兄：操父曹嵩原是夏侯氏之子，过房与曹家，因此是同族。不数日，曹氏兄弟曹仁、曹洪各引兵千余来助。曹仁字子孝，曹洪字子廉；二人弓马熟娴，武艺精通。操大喜，于村中调练军马。卫弘尽出家财，置办衣甲旗幡。四方送粮食者，不计其数。”

更有曹操原本就是世家子弟，早有名望。在《三国演义》第一回中，有这样的描述：时人有桥玄者，谓操曰：“天下将乱，非命世之才不能济。能安之者，其在君乎？”南阳何颙见操，言：“汉室将亡，安天下者，必此人也。”汝南许劭，有知人之名。操往见之，问曰：“我何如人？”劭不答。又问，劭曰：“子治世之能臣，乱世之奸雄也。”对其评价之高，鲜有其他。又因为他曾刺杀董卓，因此获得了忠于汉室的广大士族大家的普遍支持。

二、世家助力发展

随着刘备的发展，他渐渐获得了很多本地士族（所过之处）的支持。按照时间顺序有：徐州糜家，商业大家，在徐州势力很大，代表人物：糜竺、糜芳。在《三国演义》第十一回中：却说献计之人，乃东海朐县人，姓糜，名竺，字子仲。此人家世富豪……后陶谦聘为别驾从事。陶谦病逝后，便与孙乾、简雍一同追随刘备。

琅琊诸葛家（迁居荆州），一门三杰，代表人物：诸葛亮、诸葛瑾、诸葛均（堂弟诸葛诞）。在《三国演义》第三十八回中：孔明见其意甚诚，乃曰："将军既不相弃，愿效犬马之劳。"玄德大喜，遂命关、张入，拜献金帛礼物。孔明固辞不受。玄德曰："此非聘大贤之礼，但表刘备寸心耳。"孔明方受。自此，徐庶之后，荆襄名士多有归附，为刘备三分天下奠定基础。

荆州庞家，叔侄奇才，代表人物：庞德公、庞统。在《三国演义》第五十七回中：随即令张飞往耒阳县敬请庞统到荆州。玄德下阶请罪。统方将出孔明所荐之书。玄德看书中之意，言凤雏到日，宜即重用。玄德喜曰："昔司马德操言：'伏龙、凤雏，两人得一，可安天下。'今吾二人皆得，汉室可兴矣。"遂拜庞统为副军师中郎将，与孔明共赞方略，教练军士，听候征伐。此时，刘备已得荆州之地，可以说是众望所归、民心所向。

荆州马家，马氏五常，代表人物：马良、马谡。马良字季常，襄樊宜城人，蜀汉名臣，蜀将马谡之兄。兄弟五人，俱有才名。马良眉中有白毛，家乡人说："马氏五常，白眉最良。"在《三国演义》第七十五回中，"公（关羽）饮数杯酒毕，一面仍与马良弈棋，伸臂令佗割之。"可见其地位之高，可陪同当时荆州主将关羽下棋，除关平、周仓之外可谓是亲近之人。

西凉马家，伏波之后，代表人物：马腾、马超。在《三国演义》第六十五回中，"恢曰：'刘皇叔礼贤下士，吾知其必成，故舍刘璋而归之。公之尊人，昔年曾与皇叔约共讨贼，公何不背暗投明，以图上报父仇，下立功名乎？'马超大喜，即唤杨柏入，一剑斩之，将首极共恢一同上关来降玄德。玄德亲自接入，待以上宾之礼。超顿首谢曰：'今遇明主，如拨云雾而见青天！'"此后，刘备轻而易举攻占成都，成就了蜀汉基业。

东川吴家，蜀中亲贵，代表人物：吴懿。在《三国演义》第六十四回中：赵云解吴懿见玄德。玄德曰："汝降否？"吴懿曰："我既被捉，如何不降？"玄德大喜，亲解其缚。吴懿的妹妹吴氏曾为刘焉儿媳，又因其在蜀中影响极大，在法正等人的劝说下，成为刘备皇后。从此，刘备得到了益州士族的全力支持。

从中我们不难看出，在士族大家支持刘备之前，他只能游走于诸侯之间：先投公孙瓒，再附陶公祖，投靠曹孟德，寄居袁本初，戍卫刘景升。其间，文臣不过孙乾、简雍、糜竺、糜芳，武将能得关羽、张飞、赵云，却始终没有属于自己的基业。直到"卧龙先生"诸葛亮的加入，士族大家才开始逐渐聚焦于刘备，也真正开启了他的发达之路。

荆州人才归附之后，相对应的本地世家也开始支持刘备，这才有了蜀汉初期的发展

空间。之后进取益州，又得到了张松、法正、李严等人的支持，严颜、马超、吴懿等人的加入。这使得，刘备在文臣武将方面得到了加强，在这些人背后的士族大家对刘备的支持也更加巨大，真正实现了民心归附。

再看曹操，除了本家名将外，夏侯家、曹家，代表人物：曹操、曹仁、曹洪、夏侯惇、夏侯渊。可以说，整个家族全力支持曹操，才有了曹操初期的迅速发展。再加上他用人不拘一格，网罗了大量的文臣武将，也就获得了他们背后家族的支持。"挟天子以令天下"的便利条件，更是得到了忠于汉室的大家族的青睐。

还有陈留卫家，商业大家。在《三国演义》第五回中：（曹操）遂连夜到陈留，寻见父亲，备说前事；欲散家资，招募义兵。父言："资少恐不成事。此间有孝廉卫弘，疏财仗义，其家巨富；若得相助，事可图矣。"操置酒张筵，拜请卫弘到家，告曰："今汉室无主，董卓专权，欺君害民，天下切齿。操欲力扶社稷，恨力不足。公乃忠义之士，敢求相助！"卫弘曰："吾有是心久矣，恨未遇英雄耳。既孟德有大志，愿将家资相助。"操大喜；于是先发矫诏，驰报各道，然后招集义兵，竖起招兵白旗一面，上书"忠义"二字。不数日间，应募之士，如雨骈集。这里，卫弘家族资助曹操，大抵是因为他刺杀董卓的忠义之名。

徐州陈家，在徐州势力很大，代表人物：陈珪、陈登。在《三国演义》第十九回中：陈登临行，珪谓之曰："昔曹公曾言东方事尽付与汝。今布将败，可便图之。"登曰："外面之事，儿自为之；倘布败回，父亲便请糜竺一同守城，休放布入，儿自有脱身之计。"从这里来看，徐州的主要士族大家已经抛弃了吕布，选择了支持曹操。

清河崔氏，代表人物崔琰。在《三国演义》第三十三回中：（曹操）乃令人遍访冀州贤士。冀民曰："骑都尉崔琰，字季珪，清河东武城人也。数曾献计于袁绍，绍不从，因此托疾在家。"操即召琰为本州别驾从事，而谓曰："昨按本州户籍，共计三十万众，可谓大州。"琰曰："今天下分崩，九州幅裂，二袁兄弟相争，冀民暴骨原野，丞相不急存问风俗，救其涂炭，而先计校户籍，岂本州士女所望于明公哉？"操闻言，改容谢之，待为上宾。在这里，我们可以看到冀州士族大家的态度转变，其出发点始终是民心向背、和平发展。

河内司马家，代表人物：司马防、司马朗、司马懿，尤其是后期更是夺了魏国大权。在《三国演义》第三十九回中：却说曹操罢三公之职，自以丞相兼之。以毛玠为东曹掾，崔琰为西曹掾，司马懿为文学掾。懿字仲达，河内温人也。颍川太守司马隽之孙，京兆尹司马防之子，主簿司马朗之弟也。对司马懿的重视与崔琰等同，正是因为其所代表的司马家族，势力庞大、人才众多。

有了这些士族大家的支持，曹操才能在短时间内统一北方。在《三国演义》第四十八回中，"吾持此槊，破黄巾，擒吕布，灭袁术，收袁绍，深入塞北，直抵辽东，纵横天下，颇不负大丈夫之志也。"由《短歌行》可知，五十三岁的曹操的成功是巨大的，依附于他的人才是众多的，其背后士族大家的支持更是不可忽视的。

三、士族利益所在

那么，为什么这些士族大家要支持不同的英雄，而不是像罗贯中那样“拥刘反曹”呢？

这背后是士族大家的区域利益决定的，用马克思主义政治经济学来说，就是经济基础的需要决定上层建筑的产生。而曹、刘、孙三家，在相当程度上代表了当地主要士族大家的共同利益，所以才会有了三足鼎立的社会基础。

（一）北方需要一个稳定的皇权恢复生产

东汉末年，自黄巾之乱开始，大汉王朝陷入了动荡不安的局面。这时，军阀割据的格局已经形成，互相之间的征伐愈演愈烈。最受影响的就是经济生产无法保证，那么士族大家的基本利益也就无法保证，就更不用说平民百姓的生命财产了。

这时，各东汉王朝的大家族，最需要的就是迅速稳定局面，恢复生产，更好地维护自身既得利益。于是，“挟天子以令诸侯”的曹操，成为了各大家族逐渐选定的代言人。

（二）西南希望能有皇权的关注避免动乱

而蜀汉政权的建立也是一样，川蜀之地远离王化，与各少数民族杂居。因此，各大家族希望中央皇权能够更多地关注这里，给予该地区更多的支持，维护他们的核心利益——土地所有权。同时，他们也希望在统一战争的过程中，可以幸免于难。刘皇叔的到来，符合当地士族大家的基本利益，所以也就得到了他们的广泛支持。

（三）东南排斥皇权寻求符合自身的发展

自古以来，岭南皆为流放之地，因其自然环境恶劣，流放的罪犯或者无地的灾民往往聚居于此。对于他们来说，中央皇权并没有值得信赖的地方，当地士族大家更倾向于自立自保，以保障自己的合法权益。因此，在三国时期的多次统一战争中，大多以东南地区的坚守开始，并以其偏安一隅的崩溃告终。江东孙氏的基业，就是在这一前提下实现的。

一个人只有抓住机遇，才华得以施展，价值才能实现。《国语》中“从时者，犹救火，追亡人也，蹶而趋之，唯恐弗及。”说出机遇之如火情一样紧迫。当今社会，国家的前途，民族的命运，实现中华民族伟大复兴的历史征程是摆在每个青年人面前的机遇和挑战，当把个人的成长放置在行进中的中国这个大背景下，就能体会到我们能身处这个时代节点的幸运和不易，前景可待，未来可期。行进中的中国，给了你最大的底气。

从“观察世界”，到“融入世界”，再到“影响世界”，年轻人由被动到主动，站起来、富起来、强起来，中国走入新时代，也同样为你提供了一个走近世界舞台中央的机会。得天独厚的开阔眼界，让你能够站在历史的塔尖，张望更加遥远的未来；中西古今的比较视野，让你手握丈量世界的工具，观察和理解更为复杂的人和事。也正因此，知识渊博、思想开放、头脑灵活的我们，肩上自然也就多了一份使命。心有多大，天地就有多宽。

第六节 时代英雄——人尽其才，志存高远

刘 凡

有人问我，《三国演义》中那么多的英雄人物，为什么会在乱世之中脱颖而出？难道仅仅是因为运气好吗？就像关羽、张飞、赵云之于刘备，荀彧、程昱、郭嘉之于曹操，周瑜、鲁肃、陆逊之于孙权。如果我能生在三国乱世，我也可以建功立业，成为一个名垂青史的英雄！

对于这个问题，我们可以从三个角度来分析，以便于我们更加深刻透彻地了解人才之于时代的价值和意义。

一、少立志，持以恒

三国人才，能够千古留名，大多是因为他们志存高远。《三国演义》中所述，刘备正是如此："玄德幼孤，事母至孝；家贫，贩屦织席为业。家住本县楼桑村。其家之东南，有一大桑树，高五丈余，遥望之，童童如车盖。相者云：'此家必出贵人。'玄德幼时，与乡中小儿戏于树下，曰：'我为天子，当乘此车盖。'叔父刘元起奇其言，曰：'此儿非常人也！'因见玄德家贫，常资给之。年十五岁，母使游学，尝师事郑玄、卢植，与公孙瓒等为友。"刘备素有大志，所以才能从白手起家到鼎足三分。

子曰："吾十有五而志于学，三十而立，四十而不惑，五十而知天命，六十而耳顺，七十而从心所欲，不逾矩。"可见，想要成就一番大事业，立志要趁早。不只是刘备，还有很多英雄人物皆是如此：周恩来十四岁"为中华之崛起而读书"，马克思十七岁"为人类幸福而劳动"。青少年应当早立志，并持之以恒。

二、秉初心，报国家

三国人才，能够得遇贤主，必定是因为他们三观端正。《述志令》中所言，曹操亦是如此："后徵为都尉，迁典军校尉，意遂更欲为国家讨贼立功，欲望封侯作征西将军，然后题墓道言'汉故征西将军曹侯之墓'，此其志也……设使国家无有孤，不知当几人称帝，几人称王！"曹操心系国家，才能在诸侯混战中独占鳌头。

"愿天下人都有饱饭吃。"这句非常朴素的话。正如当年每一个农民劳作一辈子实实在在的愿望。不同的是，农民的愿望，是希望自己有饱饭吃，袁隆平作为一个农业遗传学专业的知识分子，他的理想是愿天下人都有饱饭吃。这就是袁隆平为国家而研究杂交水稻的"初心"。青少年也应该为国立志，把国家和人民的需要作为自己奋斗的目标。

三、尽心智，任磨砺

三国人才，能够建功立业，往往是因为他们历尽磨难。辛弃疾在《南乡子·登京口北固亭有怀》中所写，孙权便是如此：“何处望神州？满眼风光北固楼。千古兴亡多少事？悠悠。不尽长江滚滚流。年少万兜鍪，坐断东南战未休。天下英雄谁敌手？曹刘。生子当如孙仲谋。”孙权经受磨砺，最终成长为一代英主。

想当年，孙坚身死，年仅八岁的孙权孤身前往讨还父亲尸首；此后，孙策亡故，年仅十八岁的孙权领导江东。且不说外有强敌，单只是东吴的发展——各方势力的协调，经济的开发，政权的稳固，人才的招揽。对于任何一个人来讲，都如同泰山压顶一般，更何况那时的他还是一个孩子。所幸，重压之下孙权坚持了下来，成长为一名盖世英雄。“宝剑锋从磨砺出，梅花香自苦寒来。”青少年应该经历磨难，把每一次困难和挑战当作自己成长的阶梯。

人尽其才，志存高远。人的才能来自志向，只有大志才能成大才，自古以来的英雄人物概莫能外。宋代·苏轼在《晁错论》中写道：“古之立大事者，不惟有超世之才，亦必有坚忍不拔之志。”这就像形式与内容的统一，只有符合内容的形式才能够恰到好处地表现出来。

英雄人物正是如此——只有符合志向的才能，才能让自己的人生写下光辉灿烂的篇章；只有顺应国家需要的英雄，才会有美名在中华文明的长河中永远流传。

第四章 《红楼梦》文化思辨

扈诗琴

《红楼梦》，中国古代章回体长篇小说，中国封建社会的百科全书，传统文化的集大成者。白先勇说：“《红楼梦》乃是古今中外第一奇书，胜过莎士比亚的四大悲剧。”小说以贾、史、王、薛四大家族的兴衰为背景，以贾府的家庭琐事、闺阁闲情为脉络，以贾宝玉、林黛玉、薛宝钗的爱情婚姻故事为主线，刻画了以贾宝玉和金陵十二钗为中心的正邪两赋有情人的人性美和悲剧美，揭示出封建末世危机。

周汝昌曾说：曹雪芹是“嘴”上善谈幽默，“肚”里诗书满腹，同时“手”头也有绝活。清人裕瑞在《枣窗闲笔》形容他：“善谈吐，风雅游戏，触境生春；闻其奇谈，娓娓然令人终日不倦，是以其书绝妙尽致。”他不但能写会唱，诗词歌赋样样精通。一部《红楼梦》把他的博学多识展露无遗，而且他兴趣广泛不拘泥于一方小天地。王希廉说：“红楼一书中，翰墨，则诗词歌赋、制艺尺牍、爰书戏曲以及对联匾额、酒令灯谜、说书笑话，无不精善；技艺，则琴棋书画、医卜星象及匠作构造、栽种花果、蓄养禽鱼、针黹烹调，巨细无遗。可谓包罗万象，囊括无遗。”

《红楼梦》塑造了众多具有永恒的艺术生命力艺术群像。弱柳扶风、敏感灵透的黛玉，面如银盆、雍容气度的宝钗，粉面含春、心狠手辣的王熙凤；率性娇憨的湘云，孤傲高洁的妙玉，俊俏机智的晴雯，呆痴可爱的香菱，娇俏平和的平儿……众多人物跃然纸上，伸手可触。金陵十二钗，出身不同，性格各异。可惜，千红一窟，万艳同悲。《红楼梦》中，人人都背负着自己的宿命，蹒跚着或快或慢走向自己的命运。

蒋勋说：“《红楼梦》的现代性，或许要到了二十一世纪，才慢慢被青年发现。”今天，我们重温那些经典场景，黛玉葬花、宝钗扑蝶、晴雯撕扇、湘云醉卧芍药茵……依然能感受到大观园女子的烂漫娇嗔、温婉多情，更能从她们的宿命中得到人生启迪。走进《红楼梦》感悟经典文化修养旷世才情，品鉴各色人物，感慨人生况味、思索人生方向。

第一节　人生道路重选择——从贾宝玉不喜欢读书说开去

王金凤

贾宝玉不喜读书，对当时读书上进的人，起了个外号儿，叫人家“禄蠹”（《红楼梦·第十九回》）；认为湘云所说的应该考举人进士，会为官作宦之人，讲仕途经济之语，视为“混账话”（《红楼梦·第三十二回》）；认为“文死谏”“武死战”是须眉浊物的胡闹之举，属沽名钓誉之流（《红楼梦·第三十六回》）；对薛宝钗的入世之说，认为是清净洁白的女子，“也学的钓名沽誉，入了国贼禄鬼之流”（《红楼梦·第三十六回》）。

原文如下：

袭人道：“凡读书上进的人，你就起个外号儿，叫人家‘禄蠹’……”

——《红楼梦·第十九回》

湘云笑道：“如今大了，你就不愿意去考举人进士的，也该常会会这些为官作宦的，谈讲谈讲那些仕途经济，也好将来应酬事务，日后也有个正经朋友。……”宝玉听了，大觉逆耳，便道：“姑娘请别的屋里坐坐罢，我这里仔细腌臜了你这样知经济的人！”……宝玉道：“林姑娘从来说过这些混账话不曾？”

——《红楼梦·第三十二回》

（宝玉）便笑道：“人谁不死？只要死的好。那些个须眉浊物只知道‘文死谏’‘武死战’这二死是大丈夫死名死节……可知那些死的都是沽名，并不知大义。”

——《红楼梦·第三十六回》

（宝玉）：“好好的一个清净洁白女儿，也学的钓名沽誉，入了国贼禄鬼之流。这总是前人无故生事，立言竖辞，原为引导后世的须眉浊物。不想我生不幸，亦且琼闺绣阁中亦染此风，真真有负天地钟灵毓秀之德了！”

——《红楼梦·第三十六回》

鉴于贾宝玉的不喜读书，不务正途，《红楼梦》中众人对贾宝玉的评价多偏重于负面。

如：贾政评其是“酒色之徒”；

王夫人评其是“孽根祸胎，混世魔王”；

贾敏评其是“顽劣异常，内帏厮混”；

花袭人评其是“放荡弛纵”“最不喜务正”；

兴儿评其是“不习文也不学武”“只爱在丫头群里闹”；

原文如下：

那周岁时，政老爷试他将来的志向，便将世上所有的东西摆了无数叫他抓。谁知他一概不取，伸手只把些脂粉钗环抓来玩弄，那政老爷便不喜欢，说将来不过酒色之徒，因此不甚爱惜。

——《红楼梦·第二回》

我就只一件不放心：我有一个孽根祸胎，是家里的“混世魔王”，今日因往庙里还愿去，尚未回来，晚上你看见就知道了。你以后总不用理会他，你这些姐姐妹妹都不敢沾惹他的。

——《红楼梦·第三回》

黛玉素闻母亲说过，有个内侄乃衔玉而生，顽劣异常，不喜读书，最喜在内帏厮混，外祖母又溺爱，无人敢管。

——《红楼梦·第三回》

且说袭人自幼儿见宝玉性格异常，其淘气憨顽出于众小儿之外，更有几件千奇百怪口不能言的毛病儿。近来仗着祖母溺爱，父母亦不能十分严紧拘管，更觉放纵弛荡，任情恣性，最不喜务正。每欲劝时，谅不能听。

——《红楼梦·第十九回》

兴儿：他长了这么大，独他没有上过正经学。我们家从祖宗直到二爷，谁不是学里的师老爷严严的管着念书？偏他不爱念书，是老太太的宝贝。老爷先还管，如今也不敢管了。成天家疯疯癫癫的，说话人也不懂，干的事人也不知。外头人人看着好清俊模样儿，心里自然是聪明的，谁知里头更糊涂。见了人，一句话也没有。所有的好处，虽没上过学，倒难为他认得几个字。每日又不习文，又不学武，又怕见人，只爱在丫头群儿里闹。再者，也没个刚气儿。有一遭见了我们，喜欢时没上没下，大家乱玩一阵；不喜欢各自走了，他也不理人。我们坐着卧着，见了他也不理他，他也不责备。因此，没人怕他，只管随便，都过的去。

——《红楼梦·第六十六回》

而《西江月》两首字面上句句是对贾宝玉的嘲笑和否定，涵盖了当时封建礼教下社会世俗之人对贾宝玉的评价：

无故寻愁觅恨，有时似傻如狂。纵然生得好皮囊，腹内原来草莽。潦倒不通庶务，愚顽怕读文章。行为偏僻性乖张，那管世人诽谤。

富贵不知乐业，贫穷难耐凄凉。可怜辜负好时光，于国于家无望。天下无能第一，古今不肖无双。寄言纨绔与膏粱：莫效此儿形状！

——《红楼梦·第三回》

不仅是红楼中人，即便是当下社会中有很多人，特别是青少年也并不喜欢贾宝玉。最一致的答案就是“贾宝玉是个没用的人”。说他对家国无用，贪玩不努力，无责任，无担当。如果能够有一技之长，也不至于结局惨淡。

宝玉不喜读书，从社会功用角度看，确实是“于国于家无望”；于自身价值而言，同样是消解着其生命质量 。这也是贾宝玉不能在青少年之间唤起同情和共鸣的原因之一。

虽说一千个读者有一千个哈姆雷特，但是我们阅读《红楼梦》，首先应该明白的是曹雪芹所塑造的哈姆雷特。看当下青年人对贾宝玉的负面评价，误解其是个“学渣”，“废物”，完全是因为没有站在当时的时代背景之下，而用当下的时代背景下的价值观去评价贾宝玉，必然会出现以上的误解。

我们评价贾宝玉的不喜读书，应该联系其社会背景，理解其叛逆性格下散发的思想启蒙意义。

我们看一下当时社会中的读书人是一种什么样的状态。

贾宝玉评价当时的读书人是“禄蠹”。禄，仕途经济。蠹，虫也，这里用来比喻人。禄蠹：窃食俸禄的蛀虫，喻指一心扎进仕途经济，贪求官位俸禄的，成为权位金钱奴隶的人。

当时的所谓读书上进的人是什么品行呢？以贾政门下清客相公来看，通过曹公对其姓名的谐音可见一斑，如詹光（谐音“沾光”）、卜固修（谐音“不顾羞”）……还有见风使舵，深谙官场之道、一心钻营“仕途经济”徇私枉法，乱判案件的贾雨村。

贾宝玉生活的时代社会主流是当官为大。大部分读书人从青年到老年终其一生都在八股考试的路上，侥幸能够像孟郊一般“春风得意马蹄疾，一日看尽长安花”那是读书人最为风光的时刻。但万一没有那样的灵气或运气，少年不得志，效仿范进、周进，考到白头也是壮举。读书人的一生只能牢牢被禁锢在一条仕途之路上。读书，不再是为理想，为家国，而是改变自身阶级立场的工具。统治者利用科举取士，感叹“天下英雄，入吾彀中矣”。读书，成了仕途、晋升、富贵、功名的代名词。贾政门下的清客，多为仕途不通者，而投入仕途之心不改，于是投靠权贵，做权贵的附庸，将自己生平所读之书，所学之学问变成权贵附庸风雅的佐证，变成讨好巴结权贵以求仕途金钱的晋身之物，何其悲哉。

归根结底是儒家思想从用世到求仕的嬗变。儒家致力于入世，目的是齐家治国平天下，关注黎民百姓，稳定江山社稷，心怀苍生，兼济天下；而后世随着封建制度的强化，封建思想日益桎梏着人们的思想，特别是科举取士发展到后期，科举取士成为封建上层阶级控制下层的工具；而底层的知识分子视科举取士为改变自己自身阶级的途径，是追求功名富贵的最佳路径，这是儒家士人政治使命的堕落。

这种社会背景下，读书的意味已然变质。贾宝玉被要求所读之书，被逼迫所走之路，就是这种畸形社会背景之下的变异读书求仕之路，如此，我们便能理解贾宝玉不喜读书背后的积极反叛意味。

我们当下对贾宝玉的误解不同于贾宝玉所处时代人们对贾宝玉的误解。当时的人们深受当时社会制度的荼毒与封建思想的桎梏，将读书做官视为唯一正途；而我们当下的社会，是平等、自由、和谐、文明的社会，在社会政治清明的时刻，每个人都充分发挥自我功用与价值，是积极正向的思想价值观，所以如贾宝玉般不喜读书，不去有所作为在当下社会确实为人不解。错位的时代，滋生了错位的人生。

我们当下时代的进步性同样体现在对人的评价更加多元化，青少年可以有更多的人生选择。

在中国传统的人生观价值观里，认为男儿“修齐治平，进入仕途、建功立业，青史留名”是人生的追求，社会上的人也以此作为评判标准，即便是现在，我们也用大学的好坏、金钱的多少来衡量一个人的人生是否成功。于是就在这样先入为主的观念里评价贾宝玉，觉得他是个失败者，是个废物。但如果根据“一个人行动是否遵从内心”这种价值观来评价一个人，那我们就会觉得贾宝玉活得自由且自在。

社会发展的局限性，决定了贾宝玉的命运注定无法有多元化的选择。人是一根脆弱却有思想的芦苇。讨厌宝玉的人，更多的是讨厌世俗失败的人生。一个人无法扭转时代的悲剧，但是一个人也是警醒世界的曙光。贾宝玉给予世界的那一点反抗恰恰是这样的意义。他实际是一个才华横溢的人，只是错生了时代。假如贾宝玉生活在现代，他绝对可以通过自己艺术领域的才华，找到一份工作，获得想要的人生。作家，设计师，作词人，化妆品研发，甚至美术老师，贾宝玉都会认真负责，一腔热爱，做得风生水起。才华再出众也需要一个平台展现。精神再崇高也需要社会的认同。贾宝玉的行为，恰恰反映了曹公的未来可期。也许将来，有那么一个社会，允许女性获得平等的机会，让成功不只有做官一条路可走。幸运如你，就活在这样的时代里。请报世界以宽容，报他人以理解。我们不能用一种非此即彼的价值观念去臆想他人，也不能让自己老是活在别人的评价和希望里。

《红楼梦》中贾宝玉是一个封建家庭中的离经叛道、偏僻乖张的叛逆者形象，作者借此表达了作者对封建礼教和单一价值观的批判，闪现出明清以来思想界出现的追求自我与个性、渴望回复本真、追求平等自由的启蒙主义的光芒。

当代的中国青年正处于一个崭新的时代，面对国家的发展转型与经济全球化深度的融合，中西方文化的交融与碰撞，科学技术的日新月异，每时每刻的变化都在潜移默化地对当代青年产生着细微的影响。

作为成长于当下的一代，世界和社会的改变会对青年们的内心产生不同程度的震撼，年轻的一代会在内心中重新审视自己，重新审视这个社会，这些内心的波澜起伏最终都会转化成为对自己人生价值的思考和反省。

每一个时代都有自己的时代特征和不同特点的社会价值需要，每一代青年也都会有不同的人生价值判断和选择。“中国梦是我们这一代的，更是青年一代的。”国家社会的发展赋予我们这一代青年的使命，更加需要我们清晰地认识自己的人生价值。

习近平曾说："我们的国家正在走向繁荣富强，我们的民族正在走向伟大复兴，我们的人民正在走向更加幸福美好的生活。"当代中国青年要有所作为，就必须投身人民的伟大奋斗。同人民一起奋斗，青春才能亮丽；同人民一起前进，青春才能昂扬；同人民一起梦想，青春才能无悔。

第二节　放大格局免悲情——绝代仙姝林黛玉

——《红楼梦》十二钗之林黛玉

付秀华

品读《红楼梦》，无论如何也绕不开的人物必然是林黛玉。

《红楼梦》集中写黛玉的情节较多：第三回初进贾府，第二十三回与宝玉共读《西厢记》，第二十七回黛玉葬花，第三十二回宝玉向黛玉诉肺腑，第三十八回黛玉夺魁菊花诗，第四十二回潇湘子雅谑补余音，第四十五回愁潇湘闷制风雨词，第七十回黛玉做《桃花行》重建桃花社，第七十五回与史湘云凹晶馆中秋联诗，第九十七回病潇湘焚稿断痴情，第九十八回苦绛珠魂归离恨天。

作者曹雪芹用诸多笔墨要为我们展现一个怎样的黛玉呢？

很多人读《红楼梦》最直观的感受就是黛玉几乎泪珠不断，一直在哭。为此，很多男同学就特别不爱读《红楼梦》。那么，林黛玉这样一个常人觉得性格并不可爱的人物是如何打动不同时代的万千读者的呢？

作为西方灵河岸绛珠仙草转世的真身，林黛玉美若天仙，倾国倾城；宝玉给她取的字——"颦颦"，道出了林妹妹那如西子般"捧心而颦"、袅娜风流、惹人怜爱的忧郁之美。作为荣府千金贾敏与巡盐御史林如海之独生女、贾母的外孙女，她气质脱俗，举世无双；探春为她起的"潇湘妃子"这个极美的名号，便暗指其人姿容绝代、"风流别致"。林黛玉的娇美姿容固然是迷人的，然而，使黛玉成为每个读者心底挥之不去的"林妹妹"的，则是她无与伦比的丰富而独特的精神世界，这也是我们读懂林黛玉的关键。

一、心较比干多一窍，病如西子胜三分

传说封神演义中的比干有"七窍玲珑心"，聪明无比，而黛玉的心较比干还要多一窍，可见她是极其聪慧的；古人把西施捧心这种病态当作是女子最美的姿势，而黛玉比捧心的西施还要楚楚动人。因此，这两句诗是形容林黛玉的冰雪聪明和娇美无比的。

（一）黛玉之美——容貌脱俗

《红楼梦》第三回“林黛玉进贾府”多角度刻画了黛玉的容貌之美。众人看到的黛玉是“举止言谈不俗，身体面庞虽怯弱不胜，却有一段自然的风流态度”，体现了黛玉独有的怯弱风流之美。王熙凤毫不掩饰地赞美黛玉说，“天下真有这样标致的人物；我今儿才算见了！况且这通身的气派，竟不像老祖宗的外孙女儿，竟是个嫡亲的孙女，怨不得老祖宗天天口头心头一时不忘”，凸显了黛玉容貌的标致，气派的不凡。宝玉则看到了“两弯似蹙非蹙罥烟眉，一双似喜非喜含情目”的脱俗、多情、绝美聪慧的黛玉。

（二）黛玉之美——情趣高雅

黛玉的超凡脱俗之美来自她以诗书为伴的高雅情趣。《红楼梦》第二回“贾夫人仙逝扬州城 冷子兴演说荣国府”写道，黛玉从小就得到父母的悉心教养，以“假充养子之意，聊解膝下荒凉之叹”。第十六回，林如海去世后，林黛玉从南方回来，作者写她没有带回来一样金银之物，却运回很多书；给宝玉和姑娘们的礼物，也是纸笔等文房四宝。宝玉把北静王送的“鹡鸰香串”送给黛玉，黛玉并不珍视，两类物品相比，可见黛玉平素的爱好高雅脱俗。第四十回贾母领着刘姥姥见识大观园，在潇湘馆看到“书架上垒着满满的书”，把黛玉的闺房误认为公子的书房，惊叹“这哪像个小姐的绣房，竟比那上等的书房还好”。这样一个把自己的生活空间用书香来装扮的人，一定是一个把读书作为人生乐趣、对书籍有着高度的精神寄托的格调高雅的人。

黛玉的淑女气质不仅来自她的书香氛围，也来自她诗意盎然的精神生活。她爱书，不但读《四书》，而且喜读脚本杂剧《西厢记》《牡丹亭》《桃花扇》等；对于李、杜、王、孟以及李商隐、陆游等人的诗作，不仅熟读成诵，且有独特的研究体会，这一点从黛玉对香菱学诗的精当指导就可以看出。

（三）黛玉之美——才情卓荦

黛玉才思敏捷，出口成章。别人写诗，总是苦思冥想，而她却“一挥而就”，而且诗作新颖别致、风流潇洒，在大观园里无有出其右的。诗社每次赛诗，她的诗作往往为众人所推崇、赞赏，多次夺魁。

这样的例子在小说有很多，比如元妃省亲时，为试宝玉才情，命宝玉当面为“潇湘馆”“蘅芜苑”“怡红院”“浣葛山庄”各作一首诗。原文如下：

此时林黛玉未得展其抱负，走至宝玉案旁，悄问：“可都有了？”宝玉道：“才有了三首，只少‘杏帘在望’一首了。”黛玉道：“既如此，你只抄录前三首罢。赶你写完那三首，我也替你作出这首了。”说毕，低头一想，早已吟成一律，便写在纸条上，搓成个团子，掷在他跟前。宝玉打开一看，只觉此首比自己所作的三首高过十倍，真是喜出望外，遂忙恭楷呈上。

（第十八回：隔珠帘父女勉忠勤，搦湘管姊弟裁题咏）

黛玉有极其敏锐的感受力、丰富奇特的想象力以及融情于景的浸透力；即使一草一木、一山一石等极平凡的事物，她只要一触到，立即就产生丰富的想象，新奇的构思和独特的感受。尤其可贵的是，她能将自己的灵魂融进客观景物，通过咏物抒发自己痛苦的灵魂和悲剧命运。她的《葬花吟》《柳絮词》，缠绵悱恻，优美感人，语多双关，句句似写落花、咏柳絮，字字实在写自己，抒发了对她身世的哀怨与对爱情绝望的悲叹与愤慨。

她的“菊花诗”，连咏三首，连中三元，艺压群芳，一举夺魁。她的诗不仅“题目新，诗也新，立意更新”，而且写得情景交融，菊人合一，充分而深刻地表达了自己的思想感情。其中“满纸自怜题素怨，片言谁解诉秋心”“孤标傲世偕谁隐，一样花开为底迟”等句，更写出了这位少女的高洁品格和痛苦灵魂。此外，像她的《桃花女儿行》《秋窗风雨夕》《题帕诗》《五美吟》等都寄寓着深意，诗如其人，感人至深。

（四）黛玉的聪慧——机敏通透

黛玉灵心慧性，遇事比别人看得通透。第二十二回，宝玉自认了悟，不再问姐妹兄弟之情，发誓要做一个来去无牵挂的人。宝钗后悔自己说的那些戏文让宝玉开了悟，情急之中要把宝玉写的东西撕碎。唯有黛玉笑问宝玉：“宝玉，我问你，至贵者是‘宝’，至坚者是‘玉’，尔有何贵？尔有何坚？”用这样一个智慧的诘问便让宝玉收了心思。这样四两拨千斤的才智，这样一语中的的洞察力，唯有冰雪聪明的黛玉才能拥有。

黛玉的聪慧体现在她对人与事的细心体察上。第三回中，林黛玉正式亮相，前往外祖母家中。一路上步步留心、时时在意。第一顿晚饭后，细心观察发现此处的饭后规矩与家中不同。她没有依然故我，而是与大家一样漱口喝茶，及时调整自己的习惯，入乡随俗。外祖母询问读书情况，林黛玉首先如实回答“只刚念了《四书》”，后来，得知姊妹们的读书状况后，面对宝玉问的同样问题，林黛玉的回答就调整为与姐妹们一样了。另外，黛玉也最先敏锐地觉察到大观园雍容繁华的外表下潜藏的险恶与危机，那“一年三百六十日，风刀霜剑严相逼”写的是花的遭遇，更写的是自己生活在贾府体味到的那种无可躲避又难以言传的孤冷之感。

二、寂寞心绪无人晓，独对暗夜愁风雨

沈从文说：聪明人要理解生活，愚蠢人要习惯生活。聪明人往往心思细腻，明察秋毫，容易比别人观察得多，思考得多，琢磨得深。黛玉的心性绝顶聪明，因而就更容易被触动，也更易于伤感苦闷。

（一）身世的不幸与处境的孤独构筑了黛玉寂寞、苦闷的基石

鲁迅先生说过：“北极的遏斯吉摩人和菲洲腹地的黑人，我以为是不会懂得‘林黛玉型’的；健全而合理的好社会中人，也将不能懂得。”她从小丧母，客居在外祖母家。一个不足十岁的女孩，无论是在古代还是今天，都应该在家中感受着父母的万般怜惜与呵护

宠爱，而黛玉只是带了一个奶娘和一个十岁的小丫头，就离开了虽缺少了些母亲的温暖却还有倚仗的家，其洒泪拜别父亲、投奔从未谋面的外祖母时，心中该是埋藏着怎样的悲伤、不舍、无奈与不安呢？稍大些，父亲也过世了，小小年纪就经历了人世间最惨痛的离别，孤苦伶仃的黛玉只能长期寄人篱下，内心怎能不苦闷忧伤呢？

自尊且敏感的黛玉在贾府中处于一个特殊而微妙的地位。贾母的万般怜爱，让她得以与宝玉并肩，位列“迎探惜”之上；而她一个孤女，人单势微，无所依仗，别人对她的尊重多半也许是源于贾母的宠爱。寄人篱下的处境让幼小的黛玉从此再无随性无忧的童年，而孤独和苦闷却如影随形。第四十五回，黛玉对宝钗倒苦水，“熬什么燕窝粥，老太太、太太、这三个人便没话说，那些底下的婆子、丫头们，未免不嫌我事多了”。可见，以“主子”身份客居贾府的黛玉时刻能感受到来自方方面面的“风刀霜剑”的逼迫，自尊敏感的她终难摆脱孤苦的纠缠。

（二）与宝玉捉摸不定的感情和对未来的不可掌控，是黛玉困苦郁闷的根源

人们常说“多情总被无情恼”，与宝玉的感情总是让黛玉患得患失，黛玉的“专情”总因宝玉的“多情”而苦闷烦恼。林黛玉的情感世界，集中表现在追求知己的爱情理想，用脂砚斋批语来说，林黛玉的特点是“情情”，用情专一；而宝玉的特点是“情不情”，即爱博而心劳。而黛玉心中只有宝玉，眼中甚至容不下宝玉之外任何男性世界的物件，哪怕是宝玉转赠的香串。她的《白海棠》诗“娇羞默默同谁诉”一句，既是对海棠神态的描摹，也是她自我心灵的独白。她有铭心刻骨之言，但由于环境的压迫和自我封建意识的束缚，就是对同生共命的紫鹃、对视为知音的贾宝玉，也是羞于启齿，只有闷在心里，自己熬煎。这便愈显其孤独、寂寞和痛苦。

黛玉十分关注自己的人格和命运，对未来有一种不确定感。她细腻地体会落花的命运，所以一听到别人唱起那“只为你如花美眷，似水流年”，便感动得心痛神驰，眼中落泪，“侬今葬花人笑痴，他年葬侬知是谁？”“一朝春尽红颜老，花落人亡两不知”的千古名句是她发自心底的哀怨。

她埋葬落花，就如同埋葬自己的青春和所有女性的青春。这是一种对落花飘零的感伤，是对自身人格的坚守，也是对理想境界的追寻，更是一种孤独的诗意。林黛玉如同凄美的娇花一样，在风雨当中摇曳，虽然承受着巨大的压力也要坚持自己的美。她有自己的理想，她纯洁的内心容不得半点玷污。

她的悲苦与哀愁很多时候是那些心宽思粗的人所无法理解的，有些人只看到的是眼前的现实与物质，而黛玉的心中牵念的是无法改变的命运和不可捉摸的将来，这一种寂寞怎一个愁字了得，即便是宝玉也未必能够全然读懂。

三、自怜自尊心易敏，重情重义品自高

初到贾府的黛玉，在贾母问她读了什么书的时候，她说“只刚读了《四书》”，这在

黛玉只是一种谦虚的说法，从后来表现看，黛玉绝不是只刚念了一遍《四书》，而是读熟背熟了，可见黛玉自小便深受儒家的思想熏陶。而儒家高低贵贱的等级观念和她幼失双亲，寄人篱下的悲苦遭遇，使她因对自己的身份异常敏感而更加极力地维护自己的尊严。何其芳先生曾评价林黛玉“是一个中国封建社会的不幸女子的典型。在她身上集中了许多不幸”，而黛玉的可贵却在于她面对不幸哀怨而不卑怯，身体柔弱却自尊自强。

林黛玉是带着这样一颗强烈的自尊心来到贾府的，明白了这点，我们就会发现，林黛玉那些被人们视为“小性儿”的事情，都是和她的强烈的自尊心密切相关的。它就像一根绷得紧紧的弦，安装在异常敏感的林黛玉身上，不管有意无意，只要稍一触动，就会强烈地颤动起来。

第七回，周瑞家的替薛姨妈给贾府众姐妹送宫花，当送到黛玉时，黛玉正在宝玉房中。

周瑞家的笑着说：“林姑娘，姨太太着我送花来与姑娘戴。”宝玉便说：“什么花儿，拿来给我看看。”而林黛玉却只一望便问：“还是单送一个人的，还是别的姑娘们都有呢？”周瑞家的说：“各位都有了，这两枝是姑娘的了。”林黛玉当时就“冷笑”道：“我就知道，别人不挑剩下的也不给我。”

（第七回：送宫花贾琏戏熙凤，宴宁府宝玉会秦钟）

有很多红学家站在周瑞家的立场上来品评黛玉，认为黛玉性情多疑，言语尖刻。而结合前后情节及人物言语来看，黛玉在意的不是宫花的价值，而是别人对她的态度，她无法容忍别有用心的人有意怠慢自己。贾母自己都说贾府的下人多数是“一颗富贵心，两只体面眼”，这些妈妈们拜高踩低专会生事，处处使坏。黛玉冰雪聪明，深知这些人的做派，此时不过是借机敲打而已。所以看似无理取闹的“矫情”，实则是黛玉敏感而又不够社会化的性情的真实展现，更是寄人篱下而对高贵门第和名媛身份很在意的黛玉对自己“主子”身份的敏感维护。

黛玉生性高雅，秉性高洁，纯真坦率。对落地的花瓣也不忍被玷污而小心收集，入土为安；她是超尘脱俗的，她不以世俗的眼光去看待宝玉送她的旧手帕，而是以一种欣赏的眼光去看待，便可见一斑。在黛玉的眼里，人人平等，不分丫鬟还是小姐，只以心论心、将心比心，以诚相待。她教香菱作诗，极有耐心，三番两次地帮她改，并且认真地提点香菱：不能以词害意。

小说第六十三回“寿怡红群芳开夜宴”中，群芳夜聚怡红院为宝玉庆生，黛玉掣的签画的是芙蓉，写的字是“风露清愁”，诗句是“莫怨东风当自嗟”。芙蓉“清姿雅质、独殿群芳”，体现了黛玉超凡脱俗、清秀非凡的特质，隐含着兰心蕙质、自尊自爱、悟性极强、淡泊清高、孤傲脱俗的个性。对现实生活的不平与哀怨，对理想世界的恪守与挣扎，铸就了她清高孤傲的秉性。正如《葬花吟》所说：“质本洁来还洁去，强于污淖陷渠沟。”

黛玉还有一个优点：不记仇，心胸豁达。袭人背后说她的坏话，她全听见了，但却不以为意，也没有事后报复，史湘云几次三分奚落她尖酸刻薄，又说她假清高、小心眼儿，她也不以为意。过后，该怎么着还是怎么着，绝不会怀恨在心、伺机报复。

黛玉尤其不屑于搬弄是非、议论是非。在《红楼梦》第七十六回，中秋节史湘云和黛玉联句作诗，史湘云就曾对黛玉说出了对宝钗的不满。

史湘云道："可恨宝姐姐，姐妹天天说亲道热，早已说好今年中秋大家要一起赏月，必要起社，大家联句，到如今倒弃了咱们自己赏月去了。"

黛玉并不接茬，按照一般人的心思，宝钗是黛玉的情敌，一向与黛玉面和心不和。而平日里那宝钗把个史湘云哄得团团转，今儿好不容易见她们姊妹反目，黛玉应该趁机诽谤和讽刺宝钗一番才是。比如说："你那宝姐姐才不屑与咱们赏月呢，只顾得自己就好了。她面上亲热，不过是内里藏奸罢了……"但黛玉却不言语，也不会趁机煽风点火，而只专注到联句作诗上。平时也很少听见黛玉在背后非议人家的长短，不管对凤姐还是宝钗，还是对湘云，她只是试探宝玉对她们的态度，却从不会诋毁和打压她们，是真君子也！

张爱玲曾用"心有丝绵蘸胭脂，洇得一塌糊涂的嫣然百媚"来评价林黛玉。真诚而孤傲的黛玉最大的悲剧是把宝玉看作是自己的一切，而这恰是她思想上最大的局限。一旦失去宝玉，她的生命之水就枯竭了。从某种角度说，她的人生是被动的，自己无法掌控的，这也是封建社会里诸多少女无法摆脱的宿命。难怪吕启祥评价黛玉："不仅是《红楼梦》的第一女主人公，在某种意义上，也可以看做整个中国文学史的第一女主人公。"而在现代社会，女性有了较为平等的社会地位，拥有了更为独立的生命意识和人格意识，黛玉式的悲剧也就越来越少了。

第三节 友善担当度岁月——人见人爱宝姑娘

张学艳

《红楼梦》中位于金陵十二钗正册的宝钗性情安分随时、为人守拙宽厚，判词中称宝姑娘具有"停机德"。"停机德"的典故出自《后汉书》，故事是说乐羊子远出寻师求学，因为想家，只过了一年就回家了。他妻子正在织布，知道乐羊子回家的缘故后，拿起剪刀就把织布机上的绢割断。以此来比喻学业中断将前功尽弃，规劝乐羊子继续求学，不要半途而废。后来人们称具有贤妻良母品德、相夫教子才能的女子具有"停机德"。《红楼梦》中的薛宝钗就是这样的一名女子。

红学家们评价《红楼梦》人物时，褒贬分歧最大的是薛宝钗；普通读者喜欢与不喜欢分歧最大的也是薛宝钗。原因就是曹雪芹笔下众多人物形象中薛宝钗的性格最为复杂。

据说清代有一位红学家，他的学术观点是"推崇林黛玉贬斥薛宝钗"，当时有人跟他开玩笑说："如果把宝钗介绍给你，你会怎样？"你们猜他的回答是什么？——他当即毫不犹豫地回答："妻之。"

有人说那是旧时代人们的择偶标准。那么当代又如何呢？

问题：宝钗和黛玉二人中，你最喜欢哪一个？为什么？

前几年有人曾在大学生中搞过一次"民意测验"，题目是："如果在宝钗和黛玉之间选择妻子，你会选择谁？"调查结果是"绝大部分同学表示会选择薛宝钗"。

不久前与几位教师一起聊到《红楼梦》的整本书阅读，当时在座的有一位已退休的男性语文教师。于是我用同样的问题（即"如果在宝钗和黛玉之间选择妻子，你会选择谁？"）问他，有着丰富的人生经验的年过花甲的他回答说："娶妻当如薛宝钗，知己当如林黛玉。"他阐述理由说：林黛玉是"琴棋书画诗酒花"精神层面、文化生活的象征，薛宝钗则属于"柴米油盐酱醋茶"物质层面、现实生活的象征，而经济基础决定上层建筑。所以"选宝钗为妻"是理性的选择。

那么，薛宝钗的魅力究竟是什么呢？下面就这一点作一些探讨。

一、宝姑娘的基础人格

"三从四德"是中国古代女性的道德规范，是为适应家庭稳定、维护家庭利益需要，根据"内外有别、男尊女卑"的原则，对妇女的一生在道德、行为、修养进行的规范要求。

"三从"指幼从父，嫁从夫，夫死从子。

"四德"指妇德（品德端正，能正身立本），妇言（言辞恰当，语言得体）、妇容（出入要端庄稳重持礼，不要轻浮随便）、妇工（治家之道，如相夫教子、尊老爱幼、勤俭节约等生活方面的细节）。

从《红楼梦》中我们可以看到，宝姑娘认为男子就应该"读书明理，辅家治民"，就应该"进入仕途，求取功名"。她就是这样反复规劝宝玉的。而女子呢？"女子无才便是德"，宝姑娘认为女子只要专心做些针线纺织，专心"相夫教子"就可以了。由此可知，宝姑娘具有符合"三从四德"标准的思想观点和行为举止，是一个思想正统、严守妇道的道德典范。

对待文化遗产我们应该"取其精华，去其糟粕"，今天的我们应该坚持和弘扬"四德"的要求，"三从"是应该抛弃的部分。

二、宝姑娘的独特魅力

其实在大观园中，更有资格当选"道德模范"的并不是薛宝钗，而是宝玉孀居的大嫂李纨。在丈夫贾珠死后，李纨没有改嫁而是带着儿子贾兰过日子，对长辈孝敬，对小叔子小姑子友爱，对晚辈悉心教养，是一个好媳妇、好嫂子、好母亲的形象。但是在贾府里她却远没有宝钗受欢迎。这就说明思想正统、严守妇道只是宝钗的基础人格，还不是宝姑娘的独特魅力所在，那么她的独特魅力是什么呢？

（一）友善随和，待人以礼

在整个贾府，宝钗“友善随和，待人以礼”在贾府中是出了名的，在整整一百二十回中读者很难见到描写她“疾言厉色”的文字。她对“长”随和、对“幼”也随和，对“有身份地位的”随和、对“没有身份地位的”也随和。史湘云评价她：谁也挑不出宝姐姐的短处来。即使像赵姨娘、贾环母子这样两个令人讨厌的人，她都能以礼待之，赵姨娘评价宝钗：虽然年轻，却想得周到，真是大户人家的姑娘，又展样，又大方，叫人敬服。

有人会说宝钗在贾府是客人，当然应客气地对待所有人，那么对贾府以外的人如何，比如说刘姥姥？请看刘姥姥二进荣国府时贾母在大观园设宴时的一段细节描写：

贾母这边说声“请”，刘姥姥便站起身来，高声说道：“老刘，老刘，食量大如牛，吃一个老母猪不抬头。”众人先是发怔，后来一想，上上下下都哈哈的大笑起来。史湘云撑不住，一口饭都喷了出来；林黛玉笑岔了气，伏着桌子嗳哟；宝玉早滚到贾母怀里，贾母笑得搂着宝玉叫“心肝”；王夫人笑得用手指着凤姐儿，只说不出话来；薛姨妈也撑不住，口里的茶喷了探春一裙子；探春手里的饭碗都合在迎春身上；惜春离了座位，拉着他奶母叫揉揉肠子。地下的无一个不弯腰屈背，也有躲出去蹲着笑去的，也有忍着笑上来替他姐妹换衣服的，独有凤姐鸳鸯二人撑，还只管让刘姥姥。

（第四十回 史太君两宴大观园）

在这段细节描写里，众姐妹的名字和表现都写到了，唯独没有提到薛宝钗。既没写她笑，也没写她不笑。像曹雪芹这样的大手笔，像薛宝钗这样的重要人物，绝不会是作者不小心遗漏了，作者有什么深意？

此环节中，作者“不着一字”地写出了一个矜持稳重、端庄大方的薛宝钗。我们还应该看到，对穷苦的乡下人刘姥姥的态度，其他人或捉弄或嘲笑，唯有宝姑娘表现出尊敬长辈、以礼待人的品质。

如果上面的细节描写可以作为宝姑娘“温柔随和”的“事实论据”，下面我们再来看一个“理论论据”：

“我看宝丫头性格温厚和平，虽然年轻，比大人还强几倍。真是百里挑一的。给人家作了媳妇儿，怎么会叫公婆不疼，家里上上下下的不宾服呢。”“林丫头那孩子倒罢了，只是心重些，所以身子就不大很结实了。要赌灵性儿，也和宝丫头不差什么；要赌宽厚待人里头，却不济他宝姐姐有担待、有尽（jǐn）让了。”

（第八十四回 试文字宝玉始提亲）

这是贾母对宝钗和黛玉的评价，宝姑娘——温厚和平、宽厚待人，林姑娘——心重，不如宝姑娘有“耽待（即‘担待’，原谅、谅解）、有尽让（推让、谦让）”。作者在此借贾母之口揭示出二人的不同性格特征。

（二）善解人意，孝心可嘉

下面贾母提议的为宝钗过生日的一段文字：

贾母因问宝钗爱听何戏，爱吃何物等语。宝钗深知贾母年老人，喜热闹戏文，爱吃甜烂之食，便总依贾母往日素喜者说了出来。贾母更加欢悦。

（第二十二回 听曲文宝玉悟禅机）

“往日素喜者”是什么意思？就是平时喜欢吃的饭菜。可见宝钗在这方面平时就已留了心。她点了两出什么戏文？是《西游记》和《鲁智深醉闹五台山》，一出猴子戏，一出喝醉酒撒酒疯的戏，都够热闹。由此可见她是一个细心周到、善解人意、孝心可嘉的女子。

在老祖宗贾母面前宝姑娘表现了她的孝心和体贴，下面我们再看一段宝姑娘与姨妈王夫人的对话：

宝钗听见这话，忙向王夫人处来道安慰。……独有王夫人里间房内坐着垂泪……王夫人道：“刚才我赏了她娘五十两银子，原要把你妹妹们的新衣服拿两套给她妆裹。谁知凤丫头说可巧都没什么新做的衣服，只有你林妹妹作生日的两套。我想你林妹妹那个孩子素日是个有心的，况且她也三灾八难的，既说了给她过生日，这会子又给人妆裹去，岂不忌讳。因为这么样，我现叫裁缝赶两套给她。”……宝钗忙道：“姨娘这会子又何用叫裁缝赶去，我前儿倒做了两套，拿来给她岂不省事。况且她活着的时候也穿过我的旧衣服，身量又相对。”王夫人道：“虽然这样，难道你不忌讳？”宝钗笑道：“姨娘放心，我从来不计较这些。”一面说，一面起身就走。

（第三十二回 含耻辱情烈死金钏）

作者在这段细节描写中，“忙”和“一面”都用了两次，它们突出表现了宝姑娘的善解人意，有孝心，乐于助人，急他人之所急。

再有请注意，在王夫人的话语中曾提到林妹妹：“我想你林妹妹那个孩子素日是个有心的，况且她也三灾八难的，既说了给她过生日，这会子又给人妆裹去，岂不忌讳。”作者在此借王夫人之口突出宝姑娘的随和、友善、大度。

（三）真诚助人，宽容大度

宝钗的真诚助人的事例很多，她帮助的对象如香菱、史湘云、邢岫烟、林黛玉等等，在此不再一一展开论述。说到宝姑娘的忍让与宽容，我想最有说服力的论据是：她成功地缓和了自己与“情敌”林姑娘之间的紧张关系，可谓化干戈为玉帛。

在此，我们首先要明确一点认识：薛宝钗不是“第三者”。薛宝钗作为一个少女，她喜欢宝玉是正常的事情，歌德小说《少年维特之烦恼》中有这样几句诗：“哪一个少年不善钟情？哪一个少女不善怀春？这是人性中的至纯至洁。”宝钗认识宝玉虽然比黛玉晚，

但宝玉和黛玉并没有公开恋情也没有正式订婚，在追求宝玉这一点上，她与黛玉享有公平竞争的权利，算不上“第三者插足”。

她与宝玉的婚姻和在贾府的位置是凭自己的德行“赢”来的，爱情是两个人的事，可是婚姻却是一大家子的事，因为在贾府的当家人看来，把偌大一份家业放到她手中是让人放心的。

黛玉凭借自己的聪慧、敏感，很快便意识到宝钗是她的“情敌”，而且是一个强有力的竞争对手。于是，黛玉开始拈酸吃醋，利用任何机会对宝钗进行冷嘲热讽，有时真是让对方下不来台。面对黛玉种种非礼行为，宝钗却是顾全大局，一让再让，从未与她红过脸，没有发生过正面冲突。另外，她不仅处处忍让黛玉，还曾多次帮助黛玉。这帮助，既有精神上的抚慰，又有物质上的帮助——送燕窝给黛玉补身子。最终，黛玉被宝钗的“宽容大度、真诚友善”彻底征服，引宝钗为“知己、闺密”，义结金兰，成为金兰姐妹。——“不战而屈人之兵”，上上策啊！有文字为证：

黛玉叹道：“你素日待人，固然是极好的，然我最是个多心的人，只当你心里藏奸。从前日你说看杂书不好，又劝我那些好话，竟大感激你。往日竟是我错了，实在误到如今。”……宝钗道：“你放心，我在这里一日，我与你消遣一日。你要什么委屈烦难，只管告诉我，我能解的，自然替你解一日。”

（第四十五回　金兰契互剖金兰语）

（四）勇于担当，聪慧多谋

家中顶梁柱父亲死后，宝钗便再不以书字为事，尽心尽力帮助母亲打理家务，薛宝钗对薛姨妈的重要，时时处处可以体现出来，薛姨妈一刻也离不开这个女儿，薛姨妈曾经哭着说“你要有个好歹，我指望谁去”。哥哥薛蟠不成器，为薛家找到庇护、挽救薛家的唯一希望便维系在薛宝钗的身上，而宝钗勇敢地接受了这份重担。

第一条出路就是宝钗入宫。以宝钗的聪慧，从贾元春的身上很容易推知入宫后的日子并不好过，但是为了挽救家族，她愿意，她接受，可见宝钗之勇于担当。只可惜最后所有的努力还是付诸东流。

第二条出路就是与名门望族联姻。而贾家在四大家族里排首位，而且知根知底又是亲上加亲，所以最合适的人选就是贾宝玉。聪敏如宝钗自然看出宝玉的心里眼里只有黛玉，走进宝玉的心并非易事。而且我们相信，开始时她对不务正业的宝玉并不那么感兴趣，出于对薛家前途的考量，宝钗最终还是按照母亲的意愿，选择了那条本不情愿的路，虽然最后如愿以偿，但也是宝钗个人不幸婚姻的开始。

宝钗出生在“珍珠如土金如铁”的薛家，宝钗在家族生意兴隆和“皇商”父亲教诲的环境中长大，耳濡目染，养成了精明通透、世故多谋的性格。 我们撇开不谈她在平常的人际交往中表现出的小计谋小聪明，我们只谈谈她在自己的“终身大事”上的大谋略大智慧。黛玉比较多的是注重与宝玉的情感沟通和交流，而宝钗更多的是大胆的谋略和行动，下面重点谈谈“金玉良缘”的神话。

薛家母女住进贾府的目的就是要实现“金（金锁）玉（美玉）良缘”的梦想，否则就很难解释有自己的家不住而长期借住在贾家。小说第八回，“比通灵金莺微露意”是宝钗第一次向宝玉吐露“爱慕之情”：宝钗借口小病几天不露面引得宝玉前去探望，又借口欣赏宝玉的“宝玉”而引丫鬟莺儿说出宝钗的“金锁”从而引起宝玉对金锁的好奇，于是便吟诵了“莫失莫忘，仙寿恒昌”与“不离不弃，芳龄永继”成双成对的吉利话儿。这正是薛家母女和丫鬟莺儿一起配合表演的双簧戏，贾府很快便形成了金玉良缘的舆论氛围。

三、宝姑娘的核心人格

宝姑娘有“思想正统、严守妇道”的基础人格，有“友善随和、待人以礼、善解人意、孝心满满、真诚助人，宽容大度、勇于担当、聪慧多谋”的性格魅力。与红楼十二钗的其他女性（如林黛玉、王熙凤、贾探春、史湘云）比较，我们会发现宝姑娘的核心人格应该是“友善与担当”。

与八面玲珑的凤丫头相比，曾经有人说王熙凤如果生活在现代，她会是一个政界实权人物，也可能是商界名流，还可能是个公关人才，但最终会受贿锒铛入狱。我们可以设想一下，“待人友善、勇于担当”的宝姑娘如果生活在现代，她会从事哪种职业？事业会怎样？人生是否幸福？很难确定她的职业倾向，但可以确定的是她干什么都能成功，并且会拥有一个幸福的人生。

第四节　云泥之别——贾母与刘姥姥比较

郭　芬

宝玉说过这样的话：所谓女儿是水做的骨肉，见了便觉得清爽，男人就是泥做的骨肉。

宝玉还说过：女孩儿未出嫁，是颗无价之宝珠，出了嫁，不知怎么就变出许多的不好的毛病来，虽是颗珠子，却没有光彩宝色，是颗死珠了；再老了，更变的不是珠子，竟是鱼眼睛了。

看来，嫁人这事，真真是可怕，在宝玉眼中，女子在嫁人后耗损了作为女性性灵最宝贵的部分，可事实真的是如此吗？

中华传统文化中很重要的一点是强调崇德重义、感悟生活及对精神境界的追求，这种精神追求不是修炼成仙，也不是修身养性与世无争，而是特别注重在现实生活中，作为人该如何推崇“品德”二字。

今天，我们谈的不是《红楼梦》里大家最熟悉的那些少年少女，而是那些上了年纪、已经结了婚的女性形象，她们如何在贾宝玉的那段著名的女性价值毁灭三部曲之下，还能够活出一个完全不同于贾宝玉价值观的丰富人生内涵。

这让我想起了一句古诗“健妇持门户，亦胜一丈夫。”

从汉代的乐府诗里找到的两句诗。它让我们看到汉代的女性观，和后来的女性地位还是有一点不一样。可以看到它承认优越的、强健的女性，她可以当家立户，为这个家族有所贡献，我借这样两句诗，希望可以来分享，在《红楼梦》所刻画的贵族世家，他们怎么样让老年女性，依然可以发挥她的存在价值，颠覆了贾宝玉作为一个年仅十岁左右的男孩子所说出来的孩子气的话。

欧丽娟教授说：提起来“健妇”，总会想起“母神”这个概念。在中华传统文化中女娲华夏上古传说中的大地之母，相传她是华夏族的母亲，创造了生命，又勇敢照顾生灵免受天灾，是被民间广泛而又长久崇拜的创世神和始母神。母神可以补天，可以救世，可以创造人类。

提起来“健妇”，总会想起“母神”这个概念。

华夏上古传说中的大地之母，相传她是华夏族的母亲，创造了生命，又勇敢照顾生灵免受天灾，是被民间广泛而又长久崇拜的创世神和始母神。母神可以补天，可以救世，可以创造人类。

“母神”崇拜，那是人类心里的一种本能的需求，我们需要得到慈悲的照抚，我们需要困境中的引导，我们渴望温暖。就像天地陷入混沌之时，女娲的出世一样，我们人类能得到这样的拯救，这样的需求，是人性最基本的需求。

再说到《红楼梦》自然能想到，最年老的两位，贾母与刘姥姥，最具代表性的两个老太太，她们同样智慧，同样幽默，同样心地善良，他们在自己的家庭中，都可以称之为当之无愧的“母神”。

但是她们也有很大的差别。戳穿了就是贵族和平民的差别。在贵族的眼里，朝廷新贵的门第根基都让人瞧不起。即使他们有钱，有地位，可是不属于贵族，更何况是卑贱到泥地里的刘姥姥呢——

地位之差：一个是国公府的诰命夫人，一个是乡下的贫妇。

贾母的公公和丈夫都是荣国公，她是国公夫人。刘姥姥是庄稼人。公爵府的老太君与农妇刘姥姥的差别是犹如云泥。

贫富之差：一个是富家的老太太，一个穷人家的老婆子。

贾母出身侯府，嫁进国公府，在绮罗堆里长大，过着富贵豪奢的日子。钱多得花不完。刘姥姥说：“那柜子比我们一间房子还大还高”。

雅俗之差：一个是阳春白雪，一个是下里巴人。

贾母，有生活情趣，趣味高雅。如隔水音听笛，刘姥姥却顶多懂些民歌行酒令的时候，贾母说“六桥梅花香彻骨”，刘姥姥只会说，“一个萝卜一头蒜”，“花儿落了结个大倭瓜”！等语。雅与俗的对比反映了贾母和刘姥姥身份的差异，文化水平的差异。

见识之差：见多识广与寡见少闻。

贾母在上流社会摸爬滚打了70多年，经历过，见识过的好东西不胜枚举。刘姥姥身居穷乡僻壤，自然孤陋寡闻。贾府的软烟罗，谁都不认识，只有贾母知道，讲起来头头是道。妙玉的老君眉，用陈年的雨水烹制，味道清淡，贾母知道这是好茶；刘姥姥不懂茶道，她喝茶像喝酒一样，将老君眉一饮而尽，她说：“再熬浓些更好了”。

可以这么说一个富贵如天，一个卑微如地，两人千差万别，归根是门第之差，有差别不可怕，可怕的是在金钱与门第中迷失了自我，刘姥姥没有，贾母亦没有，贫而无谄，富而无骄，这是二老最难能可贵的价值体现。这一场电光火石般的际遇，却让二老燃烧出一样高贵的灵魂！

一、富而无骄话贾母

在前文中，我们提到了中华传统文化中的母神，而在红楼梦中，富而无骄的贾母，她小节灵活，通权达变，惜老怜贫。同时，贾母对小辈纵容溺爱，她把孙儿孙女乃至一些亲戚里的小辈都包揽过来，关心他们的吃穿住乐，无一不展现出贾母“母神”的一面，比如，提到贾母的称号：众人曰老太太，凤姐曰老祖宗，僧曰老菩萨，姥姥曰老寿星。这些称号都代表了什么？

这些名号都从不同的角度反映了其性格的某个侧面，代表了贾母形象的丰富 、鲜活与多元。贾母亲历亲闻了创业时的艰辛、鼎盛时的辉煌 ，也深切感受到贾府的日渐衰败，从她的视角传达出的切肤之痛与悲凉况味是他人无法取代的。

首先，贾母是贵族出身的大家闺秀，贾府中最德高望重的人物。

这位贵族小姐出生于侯门，嫁到贾府又正值贾家鼎盛之时，因此她从少年之时就见多识广，聪明伶俐，积累了多姿多彩的人生经历，既精通人情世故，又长于才干 ，她地位尊崇，儿孙满堂。年轻时，根据她自己说的“当日我像凤哥儿这么大年纪，比他还来得呢。”就连王熙凤也不得不承认，老祖宗“从小儿的福寿就不小”。

其次，贾母是见识非凡、才能出众的老祖宗。

贾母道：“就铺排在藕香榭的水亭子上，借着水音更好听。回来咱们就在缀锦阁底下吃酒，又宽阔，又听的近。”足以证她见识多广，审美情趣高雅。第四十回中，贾母说出“软烟罗”“霞影纱”等无人听闻过的词汇，大显出身诗礼簪缨之族贵夫人的风采。

再次，贾母是慈祥的老太太，她具有悲天悯人的情怀。

她把孤苦无依的黛玉接到身边抚养，把庶出的迎春、探春养在膝下，贾母并不是一个封建卫道者的形象，而是一个慈祥的老奶奶，她对于女孩子们的教育极为宽松，并不以家长的身份进行压制，更没有拿一套那个时代对女人的要求来把她们教育成“三从四德”的女性。姐妹们每天要去上学，女孩们爱读书，爱音乐，爱画画，大观园正是由于贾母的庇护，而成了青春的乐土。

贾母这位仁厚的长者对外人的态度也一贯如此。她怜贫惜老，刘姥姥二进荣国府，贾母对她相当尊重。一听说刘姥姥来自乡下，贾母留客，说道："我正想个积古的老人家说话儿"，"我正想个地里现结的瓜儿菜儿吃。外头买的不像你们田地里的好吃"（三十九回）。

刘姥姥被取笑，贾母忙解围："凤丫头，别拿她取笑儿，她是屯里人，老实，那里搁得住你打趣她？"刘姥姥摔倒，贾母笑骂丫头们道："小蹄子们！还不搀起来，只站着笑。"又关切道："可扭了腰了不曾？叫丫头们捶一捶。"（三十九回）酒宴中，"贾母、薛姨妈、王夫人知道她有年纪的人，禁不起，忙笑道：'说是说，笑是笑，不可多吃了，只吃这头一杯罢。'"（四十一回），而在清虚观打醮时，贾母对那个剪烛花的小道童的处理，更显其是一位心慈面善的老太太。王熙凤扬手把小道童打了一个筋斗，为的是他冲撞了自己，而身份更是高贵的老太太却生怕"唬着他"，再三叮嘱人"别叫人难为了他"。这种善良和同情心，贯穿贾母的为人处世的始终，这位老祖母的形象该是建立在这种基础之上的。

二、贫而无谄刘姥姥

刘姥姥也可称之为她们家族的"母神"，这首先体现在她对家族的维系上：刘姥姥也可称之为她们家族的"母神"，也在践行着中华传统文化中"崇德重义"四字，在某些程度上，她比贾母更加难能可贵，贫寒自持，莫忘当初恩情，在巧姐危难时伸出援手……

刘姥姥对中华传统文化中人格品行的践行，协调女儿女婿关系，勇于求助贾府，帮助家庭渡过难关，感恩报答贾府的恩情。可以这么说不管处于哪一个阶层，对家族的维护，刘姥姥的贡献不低于贾母，刘姥姥在《红楼梦》这本书中，也是有大智慧的人，懂得人心，更懂得分析优势劣势，并最大限度发挥自己的优势的"母神"。

首先，刘姥姥对家人：训诫又勉励。

如在第六回中，刘姥姥看不过自己姑爷狗儿心中烦躁，吃了几杯闷酒，在家里闲寻气恼，自己女儿刘氏不敢顶撞，便劝道："姑爷，你别嗔着我多嘴：咱们村庄人家儿，哪一个不是老老实实，守着多大碗儿吃多大的饭呢！（找准定位）你皆因年小时候，托着老子娘的福，吃喝惯了，如今所以有了钱就顾头不顾尾，没了钱就瞎生气，成了什么男子汉大丈夫了！（训诫）如今咱们虽离城住着，终是天子脚下。这长安城中遍地皆是钱，只可惜没人会去拿罢了。（憧憬）在家跳蹋会子也不中用。"

刘姥姥出场就表现出她见识不凡。她一个农村老婆婆，她就比她的女婿狗儿强得多。这狗儿虽是男人，只会唉声叹气，刘姥姥面对家庭的困难，不灰心丧气。刘姥姥就说谋事在人，成事在天，敢于闯荡出一条路。同时他还憧憬未来，提供了一条重要线索：你们王家二十年前，从前跟贾府有什么瓜葛，王家的二小姐是王夫人了，当时我还见过，现在去找她，去争取点救济。她是胆大又心细，比狗儿明显强多了。

其次，刘姥姥对自己：清醒自持，假痴不癫。

如在第四十回：刘姥姥也笑道："我这头也不知修了什么福，今儿这样体面起来。"众人笑道："你还不拔下来摔到她脸上呢，把你打扮的成了老妖精了。"刘姥姥笑道："我虽老了，年轻时也风流，爱个花儿粉儿的，今儿索性作个老风流！"

那刘姥姥入了坐，拿起箸来，沉甸甸的不伏手，原是凤姐和鸳鸯商议定了，单拿了一双老年四楞象牙镶金的筷子给刘姥姥。刘姥姥见了，说道："这个叉巴子，比我们那里的铁锨还沉，哪里拿的动他？"说的众人都笑起来。（语言艺术）

只见一个媳妇端了一个盒子站在当地，一个丫鬟上来揭去盒盖，里面盛着两碗菜，李纨端了一碗放在贾母桌上，凤姐偏拣了一碗鸽子蛋放在刘姥姥桌上。贾母这边说声"请"，刘姥姥便站起身来，高声说道："老刘，老刘，食量大如牛。吃个老母猪，不抬头！"说完，却鼓着腮帮子，两眼直视，一声不语。众人先还发怔，后来一想，上上下下都一齐哈哈大笑起来。（表演才能）

她自比动物，自降身份，故意作怪，也不惜营造自己土、笨、蠢的形象。刘姥姥逗乐大家，不仅是为了给贾府众人留有一个好印象。刘姥姥之所以这么做，是因为她感念贾府上下对自己的恩情，为了让大家开怀一笑，刘姥姥宁愿牺牲自己。从刘姥姥屡次逗乐贾母来看，刘姥姥是位生性乐观之人，虽然生活窘迫，但她依然对生活充满向往之情。

最后，刘姥姥对别人：宽厚善良，有恩必报。

凤姐儿忙笑道："你可别多心，才刚不过大家取乐儿。"一言未了，鸳鸯也进来笑道："姥姥别恼，我给你老人家赔个不是儿罢。"刘姥姥忙笑道："姑娘说那里的话？咱们哄着老太太开个心儿，有什么恼的！你先嘱咐我，我就明白了，不过大家取笑儿。我要恼，也就不说了。

刘姥姥不是真糊涂，而是洞悉了每个人的心理后来配合大家演戏，是一种不计较、不记恨、豁达坦率。她扮演的是丑角，但她绝不是丑恶的人物，她知道大家在取笑她的土气，但她是乐在其中，更以为大家带来欢乐为乐。

还记得在四进荣国府时（第一一九回），她不负凤姐重托，营救巧姐。

刘姥姥带给我们的智慧：跪的是富家人，求的是维生钱，无关逢迎，莫丢骨气，可世故，却不可吝啬、更不可忘恩。一位老太太，可着自己的颜面，求来一点维生钱，这是人生的逼不得已，第二次入贾府，却是感恩而来，虽是一点点的蔬菜瓜果，却是无价的心意，贾府的富贵精致远超刘姥姥的想象力，她有掩不住的惊叹，但却没有一丝一毫贪婪。贾府被抄，贾母去世，人人都躲这漩涡之时，是刘姥姥又一次走入贾府，奔丧灵前。凤姐托孤，刘姥姥应允下来，连凤姐感激之余从腕上褪下的金手镯，这位有着高贵心灵的穷老妇人也婉拒了，于是，巧姐在刘姥姥的庇护下，拥有了大观园女子羡慕不来的最好结局——平淡而安稳的一生。

传统的中国文化非常注重人与人之间的关系，牵挂友人、怀念亲人，这份人与人之间的关系，靠真挚的情感维系，构成了中华民族"内在超越"的人格精神重要环节。

但她心计灵活、有恩必报。她看着贾府兴旺，也看着贾府衰落。对自己的困境不丧

气，对别人的奚落不记仇，对亲戚的苦难不旁观。许过的承诺都兑现，顾得好自己，帮得了别人。这样的母神，难道不值得我们尊重和学习么？

首先，我们要学习她平和，不卑不亢的心态。

“我也到那公府侯门见一见世面，也不枉我一生。”

精神享受不分贵贱，没有阶层上的限制。只要你愿意，一次短暂的历练，就可以提升精神层次，在古稀之年，在贫困交加之时，来贾府求得一点怜悯，她抱着失败的勇气，心态平和而来。是啊，把这次求告之路当成一次增广见识之路，这样的刘姥姥，怎么不值得我们学习。

其次，我们要学习刘姥姥知恩图报，良心无愧的精神。

二进贾府送瓜果。

三进贾府为救人。

那个孤独的深秋，刘姥姥求来了 20 两银子，让家里人温饱得过了这个寒冷的冬天，如果故事到此结束，刘姥姥依然会是那个乡野的老人，不会再与贾府有何交集。可知道感恩的刘姥姥，第二年，在瓜果丰收之际，带着一车“礼轻情意重”的礼物来了贾府，她特地补充说“姑娘们天天山珍海味的也吃腻了，吃个野意儿，也算是我们的穷心。”虽然地位悬殊，刘姥姥仍以自己独特的方式表达着对贾府的感恩之情。尤其让人感动的是，后来贾府败落，贾母去世，王熙凤病重，刘姥姥又一次走入这个混乱的漩涡，拜祭、托孤、寻孤、安顿……

知恩图报这句话，看似简单。事实上许多读圣贤书的正人君子都做不到。贾雨村受甄士隐恩惠奔赴仕途，却眼睁睁看着甄士隐的女儿孤苦飘零袖手旁观。孙绍祖是贾政门生，娶了贾迎春却百般折磨。粗鄙老妪刘姥姥，用她的实际行动诠释了“知恩图报”四个字，打脸那些冠冕堂皇的衣冠禽兽。

一场难熬的冬季饥荒，让鼓足勇气的刘姥姥进了贾府，卑微的她看到的是另外一个世界，而我们读者，在刘姥姥的眼中，看到了贾府奢侈背后的空虚，我们更是在品读之际，明白了什么是世事洞明皆学问，人情练达即文章，小人物也有大智慧，当我们身处困境之时，不如学习下刘姥姥，也许柳暗花明又一村，人生又是另外一番境界！

三、高贵或粗鄙下，同一颗高贵善良心

第三十九回《村姥姥是信口开河 情哥哥偏寻根究底》，刘姥姥第一次见贾母。

只见一张榻上歪着一位老婆婆，身后坐着一个纱罗裹的美人一般的一个丫鬟在那里捶腿，凤姐儿站着正说笑。刘姥姥便知是贾母了，忙上来陪着笑，道了万福，口里说：“请老寿星安。”贾母亦欠身问好，又命周瑞家的端过椅子来坐着。那板儿仍是怯人，不知问候。

贾母道：“老亲家，你今年多大年纪了？”刘姥姥忙起身答道：“我今年七十五了。”贾母向众人道：“这么大年纪了，还这么健朗！比我大好几岁呢！我要到这个年纪，还不

知怎么动不得呢！”刘姥姥笑道：“我们生来是受苦的人，老太太生来是享福的。我们要也这么着，那些庄稼活也没人作了。”贾母道：“眼睛牙齿都还好？”刘姥姥道：“都还好，就是今年左边的槽牙活动了。”贾母道：“我老了，都不中用了，眼也花，耳也聋，记性也没了。你们这些老亲戚，我都记不得了。亲戚们来了，我怕人笑我，我都不会。不过嚼的（得）动的吃两口，困了睡一觉，闷了时，和这些孙子孙女儿顽笑一回就完了。”刘姥姥笑道：“这正是老太太的福了。我们想这么着也不能。”贾母道：“什么福？不过是个老废物罢了！”说的大家都笑了。

这电光火石之间的交汇，足以见两人的人生智慧。

蒋勋先生在讲评《红楼梦》时候，认为贾母的痛苦跟难过在于，如果这个家族已经世代荣华，她是第一代创业，她是荣国公的太太，就是创业的第一代的夫人，她是知道什么叫作白手起家的。可是她已经看到他的子孙大概连守城都守不住了，所以蒋勋先生一直觉得贾母的心里面有一种哀伤，而这个哀伤她又不知道怎么办。就从她嫁进来做媳妇开始，把这个家创业起来，到今天她成为第四代的孙子都在面前。几个儿子都在做大官，这个时候她有一种感伤。

可是因为社会的观念认为她是一个老寿星，是一个老祖宗，所以她就被供在那个地方了，失去了生命真正自主性的意义，这个时候其实她的感叹是对的，就是那个“废物”那两个字的意义。由此可见，贾母怎么不是人生大智慧的体现者。

第三十九回《村姥姥是信口开河 情哥哥偏寻根究底》：

贾母又笑道：“我才听见凤哥儿说，你带了好些瓜菜来，我叫他快收拾去了。我正想个地里现结的瓜儿菜儿吃，外头买的不像你们地里的好吃。”刘姥姥笑道：“这是野意儿，不过吃个新鲜；依我们倒想鱼肉吃，只是吃不起。”贾母又道：“今日既认着了亲，别空空的就去；不嫌我这里，就住一两天再去。我们也有个园子，园子里头也有果子，你明日也尝尝，带些家去，也算是看亲戚一趟。”

两位老太太地位悬殊、生活环境完全迥异，但这段对话却可看出，两个人都是阅历丰富、智慧通达之人。

刘姥姥称呼贾母一句“老寿星”，这个称谓平和生动，含着满满的祝福，贾母也亲切地回应她一句“老亲家”，丝毫没有对这位素不相识的乡村老妪的居高临下的轻视，而是充满了温馨和亲切。两位老太太数年的人生阅历和智慧在这两个称呼上显露得淋漓尽致！

刘姥姥虽然是一位乡下的穷婆子，但在面对生活困境时，她没有怨天尤人，而是主动面对，为了家人的幸福，以一种乐观通达的态度积极地去谋求出路，十分豁达地说出“谋事在人，成事在天”这样智慧达观的话语。

贾母自幼口含金钥而生，但她懂生活、有情趣，虽然不如意之事也不少，甚至大儿子还当众讽刺她偏心，可她依然爱护家中老老少少，把子孙们都凝聚在自己身边。她平日里行事作风秉持公道，虽然有偏爱之人，但真遇到“理”字，却从不偏颇，就算是至亲骨肉，或者是一干下人，她也会站到别人的立场上说话，从不袒护自己的人。她就像一个主

心骨，满满都是热情和光芒。

虽然贾母养尊处优，但从无嚣张暴戾之气，不居高临下，深知下层刘姥姥的不易和淳朴善良，对待穷亲戚也是实心实意，既照顾别人的尊严，又体现自己的关怀。这就是一个真正的贵族的教养和厚道。

钱穆先生在研究中国古代的世家贵族时，曾经感慨说：那些世家大族，事实上是“门风多宽恕”，非常宽厚的，“志尤惇厚”，他们的内在性格，都是以敦厚纯良作为教育子弟的最高原则的。《红楼梦》第四十回贾母带着刘姥姥逛大观园，面对这个来自乡下，比自己还要大几岁的穷老太太，贾母不仅没有半点轻视，反而因为刘姥姥的幽默智慧、亲切可爱，对她青睐有加。“我正想个积古的老人家说话儿，请了来我见一见。”

贾母领着刘姥姥把孙子孙女住的处所，甚至连妙玉修行的栊翠庵，都一一走到了，瞧了个遍。贾母的热情不仅是因为她对同龄者的尊重，更源于根植于内心的那份教养。

四、小结

在书中的两相对照颇有意趣。两个都是经历世事、富有智慧的老太太，却又因出身境遇千差万别。反应在审美情趣上，刘姥姥是有些自嘲般的原生态的一派热闹，而贾母则是经过了世家陶冶，从上而下体贴人情的玲珑浪漫。

国学大师牟宗三先生曾经告诉我们：贵族有贵族的教养，这个“教养”就是贵族区别于一般人最关键的一点，品位、生活方式、文化涵养，即便我们现在都读了大学，我们未必有那种教养，这是非常不一样的一种内在要求。富人是指物质上的拥有，但贵族则一定是精神上的丰盈。

第五节　裙钗理家——熙凤与探春的较量

郭　芬

《红楼梦》是一部史诗性著作，在中华优秀传统文化的展示中，尤其关注了女性形象，她从各个角度展现女性之美，在形形色色的传统文化女子才华展示中，尤其是以两位女子的理家之才更为耀眼，这便是有“辣子”之称的王熙凤受贾珍之托协理宁国府，料理秦可卿的丧事，还是有“玫瑰花”诨名的探春用自己的经世致用之才，主持大观园的改革，她们都留下了属于自己的浓墨重彩的一笔，给读者以深思，给后人以借鉴，今天我们就两位奇女子的风云手段来一一品析，看我们从中能得到什么思考。

王熙凤身上的复杂性，从红楼梦问世以来，都是读者和学术界倾注的焦点。对王熙凤的评论中，很多人认为她是“治世之能臣，乱世之奸雄”。就是这样一个复杂多层面的人物，她在红楼梦中扮演着贯穿全书线索的角色。如果要深度地分析这个人物，绝对不是几篇文章，几千字能够拿下的任务。所以本章节，只从很微小的一个部分，也就是从传统文化中理家的角度来讨论王熙凤，我们来看看凤姐是如何开启贾府的理家之路的。

王熙凤在红楼梦中有多重要，有一个数据可以说明问题。前八十回的红楼梦，王熙凤出现的次数有五十二回，比例之高，确实是红楼梦数一数二的人物，王熙凤在红楼梦中绝对属于浓墨重彩型的人物，她在以下回目中有着精彩的演绎：

第十一回：见熙凤贾瑞起淫心

第十二回：王熙凤毒设相思局

第十三回：王熙凤协理宁国府

第十五回：王凤姐弄权铁槛寺

第二十回：王熙凤正言弹妒意

第四十四回：变生不测凤姐泼醋

第五十四回：王熙凤效戏彩斑衣

第六十七回：闻秘事凤姐讯家童

第六十八回：酸凤姐大闹宁国府

第六十九回：弄小巧用借剑杀人

第七十二回：王熙凤恃强羞说病

第九十六回：瞒消息凤姐设奇谋

第一百零六回：王熙凤致祸抱羞惭

第一百一十回：王凤姐力诎失人心

第一百一十三回：忏宿冤凤姐托村妪

第一百一十四回：王熙凤历幻返金陵

我们以第十三回王熙凤协理宁国府为例，来分析凤姐的理家之才。

首先通观全局，分析弊端：

（凤姐儿）因想：头一件是人口混杂，遗失东西，第二件，事无专执，临期推委（诿），第三件，需用过费，滥支冒领，第四件，任无大小，苦乐不均，第五件，家人豪纵，有脸者不服钤束，无脸者不能上进。

其次立下规矩：

与来升媳妇道："既托了我，我就说不得要讨你们嫌了。我可比不得你们奶奶好性儿，由着你们去。再不要说你们'这府里原是这样'的话，如今可要依着我行，错我半点儿，管不得谁是有脸的，谁是没脸的，一例现清白处治。"

第三，明确岗位职责，强调时间纪律：

如今都有定规，以后那一行乱了，只和那一行说话。素日跟我的人，随身自有钟表，不论大小事，我是皆有一定的时辰。卯正二刻我来点卯，巳正吃早饭，凡有领牌回事的，只在午初刻。戌初烧过黄昏纸，我亲到各处查一遍，回来上夜的交明钥匙。第二日仍是卯

正二刻过来。说不得咱们大家辛苦这几日罢，事完了，你们家大爷自然赏你们。”

最后，严厉惩治首犯。

凤姐便说道：“明儿他也睡迷了，后儿我也睡迷了，将来都没了人了。本来要饶你，只是我头一次宽了，下次人就难管，不如现开发的好。”登时放下脸来，喝命：“带出去，打二十板子！”一面又掷下宁国府对牌：“出去说与来升，革他一月银米！”众人听说，又见凤姐眉立，知是恼了，不敢怠慢，拖人的出去拖人，执牌传谕的忙去传谕。那人身不由己，已拖出去挨了二十大板，还要进来叩谢。

王熙凤针对宁府五大弊端，一一制定新规，自己早出晚归，言出必行，令行禁止，恩威并施。她协理宁国府是成功的。然而，王熙凤从严治理的是流，而不是源；是末，而不是本；是局部，不是整体。这小小的成功挽回不了整个封建家族的衰败大局。

在凤姐理家的环节中，凤姐的口才是足以让人惊叹的，王熙凤没有多余的话，但说得却很在理，尤其是一句“再不要说你们‘这府里原是这样’的话”，把宁国府下人的口都封住了，绝对不许有任何不满与违抗，也就是说，王熙凤实施了十分强硬的政策与高压手段。这在一个矛盾复杂、积重难返的家庭中，采取这样的做法也是可以理解的，其实，宁国府中，明事理的下人，他们也早就希望有人出来予以整治。正如一个下人所说：“论理，我们里面也须得他来整治整治，都忒不像了。处罚之迅速与严厉，在宁国府还从未有过，赏罚分明，铁面无情。这次处罚起到了杀一儆百的作用，宁国府下人才真正知道凤姐厉害。众人不敢偷闲，自此兢兢业业，执事保全”，恪尽职守，不敢懈怠。

结合红楼梦中凤姐理家的其他情节，我们能清楚感知到，她理家靠的是铁腕！如凤姐将宁府的家人排班分类，各人各司其职，不得逾越；且层层负责，落实到个人。而在对待犯错的家人时，凤姐丝毫不留情面：迟到一会儿就要挨打罚薪，有偷盗的嫌疑就要“垫着磁瓦，跪在太阳底下，不给饮食”。

其实，凤姐的铁腕理家在中华传统文化中是一种具体而常见的展示，男主外、女主内，尤其是在大家族中，不威重令行如何才能管住下人呢？于是在中华传统文化中，当家主母威严持重、不怒而威的形象往往是深入人心的。探春的理家之才，在中华传统文化中，是否有另开一渠的新颖之处呢？探春是非常符合中国传统文化的人格精神的人物形象，探春注重个人志向的舒展、着眼于自己的尊严得到他人的认可，强调个人人格魅力的影响。

那么贾府里有“玫瑰花”之称的探春，又是如何理家的呢？

在谈探春理家之才之前，我们先说说探春的人物形象：

• 第三十七回探春给宝玉的花笺：“孰谓莲社之雄才，独许须眉，直以东山之雅会，让余脂粉。”

• 第五十五回探春对生母赵姨娘说：“我但凡是个男人，可以出得去，我必早走了，立一番事业，那时自有我一番道理。”

• 第七十四回探春对王熙凤等说：“可知这样大族人家，若从外头杀来，一时是杀不死的，这是古人曾说的‘百足之虫，死而不僵’，必须先从家里自杀自灭起来，才能一败涂地！”

以上的选文足以看到探春是一位有着崇高理想、远大抱负的女子，更难得的是，她有着敏锐的政治觉悟和政治眼光，她看到了贾府的日益衰微，她想自己力挽狂澜，可江河日下的贾府，怎么能是一个小女子能够挽救的！

首先，探春理家是在极为艰难的背景下展开的：王熙凤生病，贾府无人料理，王夫人只得将家事托与李纨，李纨乃清心寡欲之人，也无心无力于理家之事，王夫人便命探春同李纨一起管理，后又让宝钗加入进来，三人共同管理大家庭。此时贾府，危机四伏：财务亏空，入不敷出；管理混乱，人浮于事；假公济私，滥收滥支；家庭失和，内斗严重。探春此时理家，困难重重！

在凤姐小产后，理家的担子落到了她们三个身上，主要还得探春来挑。第五十五回，贾探春做了几件事，传到凤姐耳朵里，她连说三个好，“好个三姑娘！我说他不错……”，凤姐自己都说：她（探春）事事儿明白，又比我知书识礼，更厉害一层。贾探春做了什么，让凤姐这么激动地点赞呢？那么咱们一起来看看吧！

探春理家大事记

一是支付赏银，秉公执法。

舅舅赵国基死，大管家娘子吴新登媳妇来为之讨赏银，故意隐瞒往例，探春查明旧账，秉公执法，赏银二十两，同赵姨娘激烈冲突，捍卫了执法的公正和权威，也维护了自己的威信和尊严。

二是蠲免费用，节约开支。

首先，取消宝玉、贾环、贾兰上学的点心、纸笔银子，因为该项是以上学为名的开支，实际上津贴了袭人、李纨、赵姨娘。其次，取消各位姑娘每月脂粉钱二两银子，因为她们每月各有其月费银子。缩减了重复开支，剥夺了府中买办采办姑娘、丫鬟脂粉的权力，杜绝了贪污浪费，起到了节流的作用。

三是实行承包，开辟财源。

探春道：“谁知那么个园子（赖大家的花园），除他们带的花、吃的笋菜鱼虾之外，一年还有人包了去，年终足有二百两银子剩。从那日我才知道，一个破荷叶，一根枯草根子，都是值钱的。”

当家方知柴米贵。探春借鉴赖大家的花园管理经验来管理大观园，公开竞标，将园圃、池塘等让园中服役的婆子、媳妇等承包起来，除供给姑娘的头油、脂粉、花瓶、鸟食

外，各自享用剩下的盈余。这是富有创意全新的改革举措，消费性的大观园被改造成了生产性的种植园，捉襟见肘的贾府经济也因此找到了一个新的生长点。

一举三得：开辟财源；调动积极性；杜绝手下赌博喝酒闹事，维护贾府秩序。

她的聪明、风骨、气度、能干和抱负，哪怕说是红楼女儿第一人也不为过。“才自精明志自高”，曹雪芹把她的优秀归为两个部分，一为“才”，二为“志”。

在才华方面，探春擅长书法，也擅长作诗，是海棠诗社的第一发起人。不仅有着诗书之才，她还有着过人的管家治家之才，可惜是女子身份，要不然她定当有经世致用之才。探春的理家之才主要体现在如下几个方面：

首先，她严于律己，公正无私。

其改革，会损害很多人的利益，但却有利于整个家族，为了赢得威信和支持，她能够从自身做起，带头蠲了自己的头油脂粉钱，取消了自己亲兄弟的上学贴补。

其次，她制度高于一切。

即使是自己的生母赵姨娘、人见人惧的大管家王熙凤也概莫能外，公正无私的行事作风，赢得了众人的尊重，改革措施也受到了欢迎。

辣子与玫瑰的理家之道比较

在《红楼梦》中，王熙凤与贾探春是最为典型的两位理家女子，她们都具体实施了各自的理家方案，虽然时间长短不一，但她们都用自己特有的色彩，绘画了红楼这幅巨画。

两人理家相同点

1. 意志坚定，一旦办事方案确定，就要不折不扣地执行。

2. 两人都很重视脸面，决不愿意忍气吞声，做小伏低。 体现在理家上就是两人均表现出强势的姿态，没有妥协的余地。

3. 两人都恪尽职守，她们的行事风格相似，亲力亲为，雷厉风行，令行禁止。

4. 她们都有敏锐的洞察能力，能够抓住问题的要害。

5. 她们都有出色的组织管理才能。

然而由于个性和追求的不同，她们身上，更多地表现出了较大的差异。

两人理家的不同

1. 背景不同。探春理家之时，可以这么说，要人没人，要钱没钱，一个烂摊子等着她来收拾，何况她又是理家三人组之一，理家权力有限。凤姐理家之时，正是贾府兴盛之时，她深得贾母、王夫人等人的信任，协理宁国府时候，更是受贾珍充分授权。

2. 两个人的心态、目的不同。探春是实心实意想挽救危局，而凤姐不过是为炫耀才能罢了。

3. 治理的对象、方法不同。探春治家，虽是琐事，却阻力重重，探春在治家的同时，绞尽脑汁，想从根本上清除贾家的痼疾，并得出一个长远发展的法子。而凤姐主持的家族大事，却是碰见一件解决一件，靠着家中长辈的支持与宠爱，靠着自己的胆大心细与铁腕政策。

探春的地位，是靠自己拼出来的；她的尊严，是靠自己挣出来的。

然而，无论她怎么努力变得更出色，可她终究只是所有人眼中的庶女。探春是依据旧例，把自己置于法律之下，凤姐则是依靠权威和手段，把自己置于法律之上。权势在一天，凤姐那是一人之上，万人之下的神妃仙子，权势一旦到了，当初她把法律踩在脚底下，现在怎么又能指望法律来保护她呢？所以这个三姑娘才是真正的大智慧，“才自精明志自高”；相反，那个凤姐是聪明反被聪明误，“反算了卿卿性命”，到那“忽喇喇似大厦倾”的时候，只落得个“昏惨惨似灯将近”！

两人理家失败根源的探索：

在《红楼梦》中，她是一位最有名的凶狠女人，人称“凤辣子”。王熙凤第一次露面时贾母这样对外孙女林黛玉介绍王熙凤：

你不认得他，他是我们这里有名的一个泼皮破落户儿，南省俗谓“辣子”，你只叫他“凤辣子”就是了。这当然是戏谑的话，但却生动形象写出了王熙凤的形象。

王熙凤：辣子的理家之道

“辣”十分形象地揭示了王熙凤泼辣凶狠的本质特征。协理宁国府在王熙凤的理家生涯中是极为重要的一个环节，在展现其超乎常人才干与能力的同时，也让读者领略到了她的“辣”味。王熙凤是一味地“辣”，以威权压人，在其权势如日中天时，当然人们不敢有反抗。但敢怒不敢言，并非心服口服，自然是不能长久的。

探春：玫瑰的悲歌

权力有限：探春的出身和她的地位的特殊性，随着王熙凤的复出，探春理家时那有限的权力也到此结束，改革的能量到此散尽。

成果有限：探春为兴利除弊可谓是费尽了心思，实行了家庭承包责任制，克服了各方面的阻力，一年的收入才四百两银子的进账，这对于一个显赫一时、将挥霍铺张当作家常便饭的贾府无异于杯水车薪。

范围有限：探春的改革，不过是大观园里的一场闺阁游戏，如果这样的改革真正扩大到贾府的全部领域，那时就将无可避免地和更多的贪污、腐朽发生冲突，跳出来反对的人会更多，这样的压力，是否是我们三姑娘能承担得了呢？

在中华传统文化中，家族的内务都由当家主母打理，一个家族的内务之复杂也不亚于男子在外拼搏的官场社会，闺阁女子们用自己的心血与才能打造家族后院的稳定，让男子在外安心拼搏。

我们看，王熙凤是末世之才，探春也是末世之才，但这两个人偏偏是最有能力拯救贾府的女子，结果一个哭向金陵，一个远嫁番邦，她们都离开了贾府，而此时等待贾府的，只能是子孙流散，是“各人须寻各自门”，是“白茫茫大地一片真干净”。

总而言之，两人理家失败的根源在于贾府：

1. 积重难返的奢侈习惯的积淀

2. 是各派势力的权力争夺的交汇

贾府亡于整个上层阶级的腐朽、衰败、无能、不谙世事。一个个不知道今夕何夕，不晓得人间疾苦的贾府后代，在封建时代，越是到了危机潜伏的末世，人会变得越轻狂不知节制，把无耻当风雅。《红楼梦》最后，贾府烈火烹油、繁花似锦的泡沫破灭，大火烧了毛毛虫，食尽鸟投林，剩一片白茫茫大地真干净，这一切的一切，不是两个奇女子可以挽回的。

探春：摆脱原生家庭桎梏，活出积极向上人生，聪慧豁达，探春虽是古典小说中的千金小姐，而且她的兴利除弊终于没能挽回贾府“忽喇喇似大厦倾”的败局，但其持家理财的若干方面，在我们的现实生活中，不无启示作用。

凤姐：谁说女子不如男，她或辣或毒，但她明白只有紧紧地抓住机遇，才有可能脱颖而出，她细致观察，深刻分析，精准判断，为之后大刀阔斧的治理、行之有效的管理、完成协理宁国府的任务，奠定良好的基础，女子当自强，亦当自立！

虽说最后两位奇女子都未能力挽狂澜，但她们给我们带来的价值与启示，太多太多！

第六节 抓住机遇化蛹成蝶——弱女子的奋斗史

郭 芬

一部红楼，万艳集萃。曹公以丹青圣手之妙笔，勾画出了一个个世间罕有的女子。风露清愁是黛玉，艳冠群芳乃宝钗，日边红杏为探春，醉卧芍药唯湘云……

真的，每每念及这些少女，真真叫人口齿生香，夙寐难忘！但在这群异样女子中，还藏着几位半隐半现的佳人。我们记得其芳名，却描摹不出其眉目，也说不出几桩关于她们的故事。她们像一抹淡色的影子从粗心的我们面前款款行过，只留下似有若无的兰桂清芬，直等到我们蓦然回首再追寻，方才顿悟：原来她们，也有不输于宝黛的灵秀与珍贵。

她们的珍贵之处在于：在中国传统文化女子教育中，要求女子接受男权统治的现实，以相夫教子为已任，女子是如同男子附属品般存在，这样以牺牲女子幸福为代价的教育模式，内容是沉重而苛刻的，多少年华女子尽数消融于这样的传统教育中。但也有女子活出了不一样的自我，受传统文化中儒家学说的影响，积极进取，不负青春，不负自我。

而邢岫烟与小红，无疑就是这样风采的女儿，我们今天就这两位女子进行一番探讨！

前两天，我们就邢岫烟的相关经典情节进行了梳理，她分别出现在如下几个回目中，本回目主要大事有：

第四十九回《琉璃世界白雪红梅 脂粉香娃割腥啖膻》邢岫烟出场。

第五十回《芦雪庵争联即景诗 暖香坞雅制春灯谜》邢岫烟与众人联句、作咏红梅诗。

第五十一回《薛小妹新编怀古诗 胡庸医乱用虎狼药》平儿让袭人把一件大红羽纱雪衣转赠岫烟。

第五十七回《慧紫鹃情辞试莽玉 慈姨妈爱语慰痴颦》碧玉佩事件（宝钗提醒岫烟“总要一色从实守分为主”）、岫烟当衣。

第五十八回《杏子阴假凤泣虚凰 茜纱窗真情揆痴理》书中写宝玉“又想起邢岫烟已择了夫婿一事”。

第六十二回《憨湘云醉眠芍药裀 呆香菱情解石榴裙》提到岫烟与宝玉、宝琴、平儿生辰是同一日。

第六十三回《寿怡红群芳开夜宴 死金丹独艳理亲丧》宝玉在去栊翠庵的路上与她在沁芳亭相遇，岫烟解释何为“槛外人”。

第九十回《失绵衣贫女耐嗷嘈 送果品小郎惊叵测》邢岫烟失衣，其丫鬟询问一位老婆子时，那老婆子竟不依了。后王熙凤经过紫菱洲，知晓此事，给邢岫烟讨公道，并赠衣与她。

在富丽堂皇的大观园里，邢岫烟无疑是如背景一般的人物，她渺小、卑微得如同她的名字一样：山间的一缕似有似无的青烟，可她却在大观园里，以自己的自尊、淡雅得到了所有人对她的尊重与喜爱，这是为何呢？我们来一一细品。

一、富丽大观园的匆匆过客——邢岫烟的出场

第四十九回 琉璃世界白雪红梅 脂粉香娃割腥啖膻

原来邢夫人之兄嫂带了女儿岫烟进京来投邢夫人的，可巧凤姐之兄王仁也正进京，两亲家一处打帮来了。走至半路泊船时，正遇见李纨之寡婶带着两个女儿——大名李纹，次名李绮——也上京。大家叙起来又是亲戚，因此三家一路同行。后有薛蟠之从弟薛蝌，因当年父亲在京时已将胞妹薛宝琴许配都中梅翰林之子为婚，正欲进京发嫁，闻得王仁进京，他也带了妹子随后赶来。所以今日会齐了来访投各人亲戚。

交代了四家投亲的人员构成，为下文邢岫烟受到的冷遇埋下伏笔，也同时交代了邢岫烟的不起眼。这里尤其提到了薛蝌，薛蝌在《红楼梦》中算是少有的好男人，为人正派，是个有责任和担当的好男人。最后，邢岫烟与薛蝌喜结连理，真正成就连红楼梦中难得的圆满姻缘，试想一下，贫寒女子邢岫烟能高攀入薛家，她自身该具备如何的魅力的呢？

于是大家见礼叙过，贾母王夫人都欢喜非常。贾母因笑道：“怪道昨日晚上灯花爆了又爆，结了又结，原来应到今日。”一面叙些家常，一面收看带来的礼物，一面命留酒饭。凤姐儿自不必说，忙上加忙。李纨宝钗自然和婶母姊妹叙离别之情。

这一部分里独独不提邢岫烟，可见她多没存在感。邢岫烟首次出场，是因贫寒而投奔亲戚，与其他女子不一样，因此她也不得贾府中人待见。

然后宝玉忙忙来至怡红院中，向袭人、麝月、晴雯等笑道：“你们还不快看人去！谁知宝姐姐的亲哥哥是那个样子，他这叔伯兄弟形容举止另是一样了，倒像是宝姐姐的同胞兄弟似的。更奇在你们成日家只说宝姐姐是绝色的人物，你们如今瞧瞧他这妹子，更有大嫂嫂这两个妹子，我竟形容不出了。老天，老天，你有多少精华灵秀，生出这些人上之人来！可知我井底之蛙，成日家自说现在的这几个人是有一无二的，谁知不必远寻，就是本地风光，一个赛似一个，如今我又长了一层学问了。除了这几个，难道还有几个不成？”一面说，一面自笑自叹。袭人见他又有了魔意，便不肯去瞧。晴雯等早去瞧了一遍回来，嘻嘻笑向袭人道：“你快瞧瞧去！大太太的一个侄女儿，宝姑娘一个妹妹，大奶奶两个妹妹，倒像一把子四根水葱儿。

宝玉的评价中都涉及了哪些人，忽略了谁吗？就连平日最喜欢女孩子的宝玉也在投亲队伍中完全无视掉了这样一个“水葱般的人儿”的存在。邢岫烟之悲啊。这里倒是晴雯热心有眼光，发现了邢岫烟的美好之处。

说着，兄妹两个一齐往贾母处来。果然王夫人已认了宝琴作干女儿，贾母欢喜非常，连园中也不命住，晚上跟着贾母一处安寝。薛蝌自向薛蟠书房中住下。贾母便和邢夫人说：“你侄女儿也不必家去了，园里住几天，逛逛再去。”

邢夫人兄嫂家中原艰难，这一上京，原仗的是邢夫人与他们治房舍，帮盘缠，听如此说，岂不愿意。邢夫人便将岫烟交与凤姐儿。凤姐儿筹算得园中姊妹多，性情不一，且又不便另设一处，莫若送到迎春一处去，倘日后邢岫烟有些不遂意的事，纵然邢夫人知道了，与自己无干。从此后若邢岫烟家去住的日期不算，若在大观园住到一个月上，凤姐儿亦照迎春的分例送一分与岫烟。凤姐儿冷眼敁敪岫烟心性为人，竟不像邢夫人及他的父母一样，却是温厚可疼的人。因此凤姐儿又怜他家贫命苦，比别的姊妹多疼他些，邢夫人倒不大理论。

邢岫烟一出场，就处于一个尴尬的处境，她是邢夫人的侄女。因家道贫寒，一家人前来投奔邢夫人。而邢夫人对她们一家也没有什么真情，对邢岫烟更不会真心疼爱，收留她只不过为了脸面，贾母也只是口头上的挽留一二，李婶面对挽留执意不从，邢家人听如此说，岂不愿意，更是拉低了邢岫烟的身价，顿感尴尬。

正说着，只见他屋里的小丫头子送了猩猩毡斗篷来，又说：“大奶奶才打发人来说，下了雪，要商议明日请人作诗呢。”一语未了，只见李纨的丫头走来请黛玉。宝玉便邀着黛玉同往稻香村来。黛玉换掐金挖云红香羊皮小靴，罩了一件大红羽纱面白狐皮里的鹤氅，束一条青金闪绿双环四合如意绦，头上罩了雪帽。

二人一齐踏雪行来。只见众姊妹已都在那边，都是一色大红猩猩毡与羽毛缎斗篷，独李纨穿一件青哆罗呢对襟褂子，薛宝钗穿一件莲青斗纹锦上添花洋线番羓丝的鹤氅；邢岫烟仍是家常旧衣，并无避雪之衣。一时史湘云来了，穿着贾母与他一件貂鼠脑袋面子大毛黑灰鼠里子里外发烧大褂子，头上戴着一顶挖云鹅黄片金里大红猩猩毡昭君套，又围着大貂鼠的风领。

此时的服饰对比，真真是衬出了岫烟虽贫寒、无依，却落落大方，不自怜，不自卑，淡然地处于众芳华之中，让我们读者看到了人性的尊贵，心生敬重之情。

从这回作诗开始，邢岫烟的人生开始一路走高……

二、因淡然得众人青睐——邢岫烟的成长史

第五十一回 薛小妹新编怀古诗 胡庸医乱用虎狼药

“把这件顺手带出来，叫人给邢大姑娘送去。昨儿那么大雪，人人都穿着，不是猩猩毡就是羽缎羽纱的，十来件大红衣裳，映着大雪好不整齐。就只他穿着那件旧毡斗篷，越发显得拱肩缩背，好不可怜见的。如今把这件给他吧。”

风雪诗会后，邢岫烟的淡然得到了众人的心疼，首先便是平儿，拿出了凤姐的羽纱给岫烟送去，试想下，如果没得到凤姐的首肯，平儿怎会如此做呢，如此可见，邢岫烟的平日里的品格，足以让人敬重才会让人想起她。

在第四十九回里，曾经提到了“岫烟寒冬当衣”这部分内容。邢岫烟当衣，有自己不得已的苦衷：父亲邢德全是个吃喝嫖赌四毒俱全的人，只顾自己享乐，对借住在贾府的女儿邢岫烟完全不关心，不仅不关心，而且还要从女儿那少得可怜的二两月钱里拿走一两自己用，如果是用来满足基本生活开销倒也罢了，实际是用来满足自己嫖赌的开销了。害得邢岫烟大冬天的拿棉衣当几吊钱去应对迎春屋里的那些刁奴。

岫烟在如此困境中，为什么不向凤姐开口，此时的她也与薛蝌议亲，为什么不向宝钗开口，不向自己的未婚夫开口呢？这点更是看出邢岫烟的高贵之处，凡事靠自己，不等不靠，人品更显贵重！

第六十三回 寿怡红群芳开夜宴 死金丹独艳理亲丧

这一回里不仅仅展现了邢岫烟的才华与见识，还让读者领略到了她如此淡然如菊的原因：

（宝玉发现了一张落款为“槛外人”的帖子，不知道如何回复，正想着找黛玉问问）想罢，袖了帖儿，径来寻黛玉。刚过了沁芳亭，忽见岫烟颤颤巍巍的迎面走来。宝玉忙问：“姐姐那里去？”岫烟笑道：“我找妙玉说话。”宝玉听了诧异，说道：“他为人孤癖，不合时宜，万人不入他目。原来他推重姐姐，竟知姐姐不是我们一流俗人。”岫烟笑道：“他也未必真心重我，但我和他做过十年的邻居，只一墙之隔。他在蟠香寺修炼，我家原

寒素，赁房住，就赁了是他庙里的房子，住了十年，无事到他庙里去作伴。我所认的字都是承他所授。我和他又是贫贱之交，又有半师之分。因我们投亲去了，闻得他因不合时宜，权势不容，竟投到这里来。如今又天缘凑合，我们得遇，旧情竟未改易。承他青目，更胜当日。”宝玉听了，恍如听了焦雷一般，喜的笑道：“怪道姐姐举止言谈，超然如野鹤闲云，原来有来历。我正因他的一件事为难，要请教别人去。如今遇见姐姐，真是天缘巧合，求姐姐指教。”说着，便将拜帖取与岫烟看。

……

“他（妙玉）常说，古人中自汉晋五代唐宋以来皆无好诗，只有两句好，说道：‘纵有千年铁门槛，终须一个土馒头。’所以他自称‘槛外之人’。又常赞文是庄子的好，故又或称为‘畸人’。他若帖子上是自称‘畸人’的，你就还他个‘世人’。畸人者，他自称是畸零之人；你谦自己乃世中扰扰之人，他便喜了。如今他自称‘槛外之人’，是自谓蹈于铁槛之外了；故你如今只下‘槛内人’，便合了他的心了。”宝玉听了，如醍醐灌顶，嗳哟了一声，方笑道：“怪道我们家庙说是‘铁槛寺’呢，原来有这一说。姐姐就请，让我去写回帖。”岫烟听了，便自往栊翠庵来。宝玉回房写了帖子，上面只写“槛内人宝玉熏沐谨拜”几字，亲自拿了到栊翠庵，只隔门缝儿投进去便回来了。

曾有一位红学家这样评论邢岫烟：

邢岫烟，为人如闲云野鹤，无争无求，做事宽容仁厚，又懂得修养精神，是一位十足的兼美人物。但岫烟兼的不光有儒家的入世精神，道家的无为精神，更有佛家的修养精神，所以是三种人格理想之美。

这话说得极好，邢岫烟诞生于酒糟一样的家庭中，贫寒到要“赁屋而居，与妙玉十载相伴”，这困苦的十年，她跟着妙玉潜心修学，想想妙玉那清高孤傲的性子，岫烟的学习过程定是受到了许多的冷眼与不屑，但岫烟都坚持了下来，腹有诗书气自华，这才是自己立身的根本所在，所以当四家投亲，自己最不受重视之时，邢岫烟能居于贾府，贫寒自持。在贫苦中活了十多年，一下子来到皇家园林一般的大观园里生活，没有眼花缭乱，没有战战兢兢，没有膨胀张扬，更没有茫然失措，只有淡定从容，安守故常。她还是以前的自己，不管环境怎么变，性情总是一样的。当宝钗帮赎寒衣、凤姐赠衣、探春赠玉佩、自己被薛姨妈看中、说与薛蝌，当一件件幸福之事向她走来，是偶然吗？不，这是必然！

在“万艳同悲”的《红楼梦》中，为何只有邢岫烟实现了人生逆袭？其实，最重要的一点，就是心态。邢岫烟有一个好心态。虽然家里穷，但是她在奢华的贾府中，永远是不卑不亢的样子，正如她的诗中所写，“浓淡由他冰雪中”。凡是有一个好心态的人，终究会有一个豁然开朗的人生。

一个人拥有好心态，在待人接物、为人处世的时候，就会展现出积极上进的一面，会给对方带来愉悦的感觉。这种彼此之间的愉悦，会带来进一步的良性循环，你的人生路，便会越走越宽。

世上根本有什么没有什么真正的灰姑娘。童话里的灰姑娘是因为善良幸运而有仙女来加持。现实生活中，我们没有仙女当亲戚，要么不断努力，提升自己给自己加持，为自己添砖加瓦，为自己打造装备；要么一生碌碌无为，活在平凡才是最可贵的自欺欺人中，没有一种运气会是偶然。如果真的去努力，每个姑娘都会活得光芒万丈。

三、“白骨精”的成功之道——红楼小人物小红的职场风云变幻

红楼梦里的小红，她不是作者最热烈赞赏的人物，也不是红楼群芳里光鲜夺目之人，她没有林黛玉、晴雯、尤三姐等人身上的孤傲清高、反抗礼教的叛逆精神，她就是世俗社会中最真实、最上进、最精明的“那一个”，如果在现代社会肯定是“白骨精”一类的人物，但在当时那个封建大家族里，她却用自己的勇敢与精明活出了自我的精彩。

小红的出场，其实是一个偶然的机遇，宝玉贴身侍女不在，粗使丫鬟也叫不到，从来过惯衣来伸手、饭来张口的宝玉，连倒水都不会。

第二十四回 醉金刚轻财尚义侠　痴女儿遗帕惹相思

宝玉见没丫头们，只得自己下来，拿了碗向茶壶去倒茶，只听背后说道：“二爷仔细烫了手，让我们来倒。”一面说，一面走上来，早接了碗过去，宝玉倒唬了一跳，问：“你在那里的？忽然来了，唬我一跳。”那丫头一面递茶，一面回说：“我在后院子里，才从里间的后门进来，难道二爷就没听见脚步响？”宝玉一面吃茶，一面仔细打量那丫头：穿着几件半新不旧的衣裳，倒是一头黑油油的头发，挽着个髻，容长脸面，细巧身材，却十分俏丽干净。

机遇只青睐有准备的人，否则，到手的机遇也会飞。林红玉虽身为下贱但志存高远，一直坚信自己有出人头地之日，平时做着又杂又累的活儿，却格外注意穿着打扮，将自己收拾得干净俏丽，这难得一次的，能在宝玉面前亮相的机会，果然让她这位有心人等到了，这一头黑油油的头发，挽着个髻，容长脸面，细巧身材给宝玉留下了极为深刻的印象。

宝玉看了，便笑问道：“你也是我这屋里的人么？”那丫头道：“是的。”宝玉道：“既是这屋里的，我怎么不认得？”那丫头听说，便冷笑了一声道：“认不得的也多，岂只我一个。从来我又不递茶递水，拿东拿西，眼见的事一点儿不作，那里认得呢。”宝玉道：“你为什么不作那眼见的事？”那丫头道：“这话我也难说。只是有一句话回二爷：昨儿有个什么芸儿来找二爷。我想二爷不得空儿，便叫焙茗回他，叫他今日早起来，不想二爷又往北府里去了。”

在这段对话中，红玉既没有露出欣喜之情，也没有现出冷漠之态，而是应答得体，不失身份。宝玉问什么，她就实话实说什么，言谈中分明有一股孤高之气。红玉“冷笑”的神情以及“认不得的也多，岂只我一个”“这话我也难说”的答话，都在表现出红玉不卑不亢的高洁品质来。她没有因为这次难得接近宝玉的机会就趁机讨好宝玉，说些宝玉爱听的奉承话。作者曾在介绍红玉的身世时说她“心内着实妄想痴心的向上攀高，每每的

要在宝玉面前现弄现弄”，可当机会真的到来之时，她却并没有特别地表现出要怎样借机“现弄现弄”。为何？这还是林红玉本性中具有的那份高洁品质使然。

刚说到这句话，只见秋纹、碧痕嘻嘻哈哈的说笑着进来，两个人共提着一桶水，一手撩着衣裳，趔趔趄趄，泼泼撒撒的。那丫头便忙迎去接。那秋纹、碧痕正对着抱怨，“你湿了我的裙子”，那个又说“你踹了我的鞋”。忽见走出一个人来接水，二人看时，不是别人，原来是小红。二人便都诧异，将水放下，忙进房来东瞧西望，并没个别人，只有宝玉，便心中大不自在。只得预备下洗澡之物，待宝玉脱了衣裳，二人便带上门出来，走到那边房内便找小红，问他方才在屋里说什么。小红道：“我何曾在屋里的？只因我的手帕子不见了，往后头找手帕子去。不想二爷要茶吃，叫姐姐们一个没有，是我进去了，才倒了茶，姐姐们便来了。”

在等级森严的贾府，三等丫头的小红，虽然抓住了机会，进了宝玉的房，在宝玉面前来了一次完美的亮相，但却惹气了高高在上的一等丫头。

秋纹听了，兜脸啐了一口，骂道：“没脸的下流东西！正经叫你去催水去，你说有事故，倒叫我们去，你可等着做这个巧宗儿。一里一里的，这不上来了。难道我们倒跟不上你了？你也拿镜子照照，配递茶递水不配！”碧痕道：“明儿我说给他们，凡要茶要水送东送西的事，咱们都别动，只叫他去便是了。”秋纹道：“这么说，不如我们散了，单让他在这屋里呢。”

二人你一句，我一句，正闹着，只见有个老嬷嬷进来传凤姐的话说：“明日有人带花儿匠来种树，叫你们严禁些，衣服裙子别混晒混晾的，那土山上一溜都拦着帏幙呢，可别混跑。”秋纹便问：“明儿不知是谁带进匠人来监工？”那婆子道：“说什么后廊上的芸哥儿。”秋纹，碧痕听了都不知道，只管混问别的话。那小红听见了，心内却明白，就知是昨儿外书房所见那人了。

首先是小红被环境所迫，在怡红院里连上前端茶递水的资格也没有，好容易瞅着机会给宝玉递茶了，结果被秋纹、碧痕一顿数落，可她不灰心，其次她敢行动，小红口齿伶俐，很有心计，甚至可以说是《红楼梦》众丫头中最聪明的一个，这样的人是不可能甘心长期屈居人后的，他们会时刻寻找机会。小红就是这样，当她看到宝玉要喝茶，而丫头们都不在跟前，她就自然而果断地走上去，而且与宝玉的一段对话不卑不亢，成功引起了宝玉的关注，这也说明她对宝二爷的个性也是早已了然于心的，否则怎敢造次？而能攀上王熙凤这个高枝，更说明了她的精明决断。

原来这小红本姓林，小名红玉，只因“玉”字犯了林黛玉，宝玉，便都把这个字隐起来，便都叫他“小红”。原是荣国府中世代的旧仆，他父母现在收管各处房田事务。这红玉年方十六岁，因分人在大观园的时节，把他便分在怡红院中，倒也清幽雅静。不想后来命人进来居住，偏生这一所儿又被宝玉占了。

这里用补叙的手法来叙写小红的身世，她出身虽不是大家闺秀，也不是豪门贵族，但在丫鬟堆里，也算显赫的身家，“他父母现在收管各处房田事务”可以看出，她也是家境良好，小康人家的女儿，但她没争取那热闹的去处，也没凭借父母的关系，争取一等丫头的职务，可以看出来，这是一个有志气的姑娘。

四、主动发光的“金子”——被凤姐赏识的小红

第二十七回 滴翠亭杨妃戏彩蝶　埋香冢飞燕泣残红

只见凤姐站在山坡上招手儿，小红连忙撇了众人，跑到凤姐跟前，堆着笑问：“奶奶使唤我做什么事？”凤姐打谅了一回，见他生的干净俏丽，说话知趣，因笑道：“我的丫头们今日没跟进来。我这会子想起一件事来，要使唤个人出去，不知你能干不能干？说的齐全不齐全？”小红笑道：“奶奶有什么话，只管吩咐我说去。要说的不齐全，误了奶奶的事，凭奶奶责罚奴才就是了。”凤姐笑道：“你是那位姑娘屋里的？我使你出去，他回来找你，我好替你说。”小红道：“我是宝二爷屋里的。”凤姐听了笑道：“嗳哟！你原来是宝玉屋里的，怪道呢。也罢了，等他问，我替你说。你到我们家，告诉你平姐姐：外头屋里桌子上汝窑盘子架儿底下放着一卷银子，那是一百二十两，给绣匠的工价，等张材家的来要，当面称给他瞧了，再给他拿去。还有一件，里头床头儿上有一个小荷包儿，拿了来。”

本段中，忙撇了众人，跑上前去，写得极好，这是个勇敢的姑娘，敢于抓住眼前的机会，这当然源于自己的自信，没有金刚钻，不揽瓷器活。

（……）

这里小红听了，不便分证，只得忍着气来找凤姐。到了李氏房中，果见凤姐儿在这里和李氏说话。小红上来回道：“平姐姐说，奶奶刚出来了，他就把银子收了起来，才张材家的来取，当面称了给他拿了去了。”说着将荷包递了上去。又道：“平姐姐教我来回奶奶：才旺儿进来讨奶奶的示下，好往那家子去。平姐姐就把那话按着奶奶的主意打发他去了。”凤姐笑道：“他怎么按我的主意打发他去了呢？”小红道：“平姐姐说：我们奶奶问这里奶奶好。我们二爷没在家，虽然迟了两天，只管请奶奶放心。等五奶奶好些，我们奶奶还会了五奶奶来瞧奶奶呢。五奶奶前儿打发了人来说，舅奶奶带了信来了，问奶奶好，还要和这里的姑奶奶寻两丸延年神验万全丹。若有了，奶奶打发人来，只管送在我们奶奶这里。明儿有人去，就顺路给那边舅奶奶带去的。”

小红还未说完，李氏笑道：“嗳哟哟！这些话我就不懂了。什么‘奶奶’‘爷爷’的一大堆。”凤姐笑道：“怨不得你不懂，这是四五门子的话呢。”说着又向小红笑道：“好孩子，难为你说的齐全。不像他们扭扭捏捏的蚊子似的。嫂子你不知道，如今除了我随手使的这几个丫头老婆子之外，我就怕和别人说话。他们必定把一句话拉长了作两三截儿，咬文嚼字，拿着腔儿，哼哼唧唧的，急的我冒火，他们那里知道！先时我们平儿也是这么着，我就问着他：难道必定装蚊子哼哼就算美人了？说了几遭才好些儿了。”李宫裁笑道：“都

像你泼辣货才好。”凤姐又道：“这个丫头就好。刚才这两遭，说话虽不多，口角儿就很剪断。”说着又向小红笑道：“你明儿服侍我去罢。我认你做女儿，我一调理你就出息了。”

小红这段“奶奶”的说辞，堪称经典，要不是这绕口令似的言语，还真衬不出小红的口才出众，关键还不显得卖弄，内里逻辑关系清晰，事情交代得也清楚，这样的小红，怎么不招凤姐喜欢呢！

（凤姐看重小红的才干，想收归麾下）凤姐道：“既这么着，明儿我和宝玉说，叫他再要人，叫这丫头跟我。可不知本人愿意不愿意？”小红笑道：“愿意不愿意，我们也不敢说。只是跟着奶奶，我们也学些眉眼高低，出入上下，大小的事也得见识见识。”

小红的这番回话，也是见其聪慧了，她把选择权交给了上级，同时也表达了自己想跟随凤姐学习历练的心意，这份聪慧与口齿伶俐自然被凤姐敏锐地感知到了。

人往高处走，攀上王熙凤，源于小红的精明决断，她不自卑胆怯，将平时的努力化成一座扎实的基础堡垒，一旦时机来临，无论是为宝玉奉茶，还是为凤姐跑腿，亦或者是为自己的爱情，遗帕惹相思。小红的胆大心细，告诉我们，只要做好准备，在该出手时就出手，机会总是青睐这样的人。

能攀上王熙凤这个高枝，更说明了她的精明决断和善抓机会，当时王熙凤需要人传话，那么多丫头却只有她一人“眼观六路，耳听八方”地看到了，而且“忙弃了众人”上前，换一个自卑胆怯的，即使看到了，作为一个三等丫头，大概也会被王熙凤的气势吓到，不敢上前吧？所以，机会总是留给有准备的人，同时，是金子也要主动发光，如果一味相信酒香不怕巷子深，恐怕再好的英才也会被埋没。

从邢岫烟到小红，两两对比既有相同之处，又有不同之处，但是显而易见的是，在女子无才便是德的时代背景下，仍能坚定自己的内心，或贫寒自持，保有自身高洁，或把握机会，为自己挣出另一番天地。一个人的出身是生来就有的，但两人展现出的品质。这来源于中华优秀传统文化的赋予，这就是在这偌大的世界，女性的地位、价值和自我珍重意识慢慢觉醒的源泉。随着时代的发展，社会的进步，女性的地位得到了改善与提高，如邢岫烟与小红一样在如何选择自己人生道路上有了更大的发言权，这都是中华优秀传统文化赋予我们的力量，也因为如此，在知识经济起主导作用的今天，女性渐渐有了自己的事业空间。信仰、理想、知识、文化、独立、自由是现代社会女性的标志，女性可以自由选择自己所喜爱的生活业态。

现代女性从几千年“男尊女卑”的旧思想观念的茧壳中破茧而出，化蛹成蝶，更加独立、自强，让自己活出精彩。在追求做一个有内涵、有智慧、有修养、有道德、有思想的新时代女性的同时，不要遗忘中华传统文化女性的美德和自身的社会角色定位。

第七节　自我独立彼此尊重——亲子代际关系探微

王金凤

一、父权与原生家庭之殇

人们总是学习如何做一名优秀的子女，却鲜有意识去教育人们如何做合格的父母。我们尝试从《红楼梦》中贾赦与贾琏、贾珍与贾蓉、贾政与贾宝玉三对父子关系入手，以此来深入解读中国传统中的父子代际关系，挖掘造成亲子关系紧张的传统根源。

身为父亲的贾赦自己品行不端，致使家破人亡，而对于儿子贾琏的直言不讳，就直接“用板子棍子”“混打一顿，脸上打破了两处。”（《红楼梦·第四十八回》）

身为父亲的贾珍自己没有安排妥当打醮事宜，而对于儿子贾蓉以厉声呵斥，甚至“喝命家人啐他”，而贾蓉面对无妄之灾却只能“垂着手，一声不敢言语。”（《红楼梦·第二十九回》）

喜之不胜的宝玉听到父亲叫自己过去，“呆了半晌，登时扫了兴，脸上转了色，便拉着贾母扭的扭股儿糖似的，死也不敢去。”（《红楼梦·第二十三回》）

贾政在听闻忠顺亲王府来人诉告宝玉“流荡优伶，表赠私物”以及贾环诬告宝玉“逼淫母婢”之后，不暇细问，只喝命：“堵起嘴来，着实打死！”后来“还嫌打的轻，一脚踢开掌板的，自己夺过板子来，狠命的又打了十几下。”以致生来未经过这样苦楚的宝玉，“起先觉得打的疼不过还乱嚷乱哭，后来渐渐气弱声嘶，哽咽不出。”（《红楼梦·第三十三回》）

由此，我们看到《红楼梦》中父子代际关系如此紧张、冷漠、疏离，缺乏温暖与爱意，不禁令人反思他们的亲子关系何以至此？我们尝试从中国古代文化典籍中看传统时代父子关系的嬗变。

子曰：君君、臣臣、父父、子子。——《论语·颜渊》

君义、臣行、父慈、子孝、兄爱、弟敬，所谓六顺也。——《左传》

夫风化者，自上而行于下者也，自先而施于后者也。是以父不慈则子不孝，兄不友则弟不恭，夫不义则妇不顺矣。父慈而子逆，兄友而弟傲，夫义而妇陵，则天之凶民，乃刑戮之所摄，非训导之所移也。——《颜氏家训·治家》

由此可知“父慈子孝”才是中国传统时代父子关系的理想状态。而父子关系由双向要求变为单向的要求。只是单方面面向子辈的要求，而不再同时涵盖对父辈的期待和约束。

我们可以尝试探究其背后深刻的社会历史背景。封建宗法制度，是以父系血缘关系为纽带，维护最高统治者及贵族世袭的一种等级制度。“周礼”以父系氏族血缘嫡庶之分而建立天子、诸侯世袭，其核心就是宗族亲亲、尊尊的伦理制度。历代统治者为了巩固其“家天下”的皇权地位，将父子之间也纳入等级的秩序之下，家国一体，家国同构。所以特别强调宗法制伦理秩序中的“孝”“悌”之礼，将不孝看成是最根本的恶。

于是统治者根据自己的要求曲解儒家思想，歪曲《论语》中的孝道，提倡“顺”，认为孝即是顺，顺即是孝。如：孟懿子问孝，子曰：“无违。”（《论语·为政》）；对于该句简单粗暴地理解为：凡是父母的话都绝对服从，凡是父母的意愿都要顺从。“两个凡是”成为被普遍信奉的准则。

从家庭意义上看，“孝”体现为子女的附属地位，对父母绝对权威的顺从；从社会意义上看，“孝”即对统治者的敬畏和基于敬畏的绝对服从。家国同构、君父同伦，君为天下父，行孝道就是行忠君之道，正所谓：“孝者，所以事君也”。“孝”就是这样完成了从人伦感情出发达到其钳制人民思想和行为的政治目的。“以孝治国”便是统治者们利用孝顺来巩固自己统治的手段和工具。

清代《弟子规》中的“亲爱我，孝何难。亲憎我，孝方贤”便是对舜所代表的单向孝道观的一种极端直白的宣扬。子孝是无条件的，不管父亲在为人与为父上做得如何。所谓“父要子亡子不得不亡”的口号与君主专制的“君要臣死臣不得不死”的话语相配套，造成了很多愚孝。

唯家长是真理的化身，做子孙的要绝对服从父母命令。家长在家庭中实行一言堂和专制统治，子女不能有自由意志，只能对家长百依百顺，言听计从，否则就是忤逆犯上。

封建家庭还有一套繁琐的“人子之礼”，以此来体现父子辈分的尊卑贵贱等级关系而不是亲子之爱。子女对父母要毕恭毕敬、点头哈腰、唯唯诺诺。在父亲面前，不敢随意站坐，不敢随意说笑，对父亲恭谨肃穆，唯命是听。宗法礼教要求子女无论在什么时候、什么场合，只要父母在场，不得自作主张，一切听从父母的安排，致使父子代际关系就非常的紧张。

反观当下，社会中不乏原生家庭之殇。下面的话语我们应该会比较熟悉。

“我生了你，养着你，你就得听我的话。”

“你翅膀硬了，连我的话都不听了。”

“我吃过的盐比你吃过的米多。”

“为什么不能让我过自己的生活？”

封建社会的极端的孝顺思想在当下虽然已经不再得到人们的认同，但是传统的关于“孝即是顺”的思想仍然深深地刻在中国人的骨子里。

当前中国的父母与子女之间最典型的问题就是社会的发展，子女独立的夙愿与父母支配的心理之间的矛盾，归根结底就是父母子女之间仍旧存在着不平等的人格关系，其社会心理仍然是等级与所属权的封建思想在亲子关系中残余，父母并未将孩子视为独立思考、独立判断、独立情感的人来看，而是当作自己的意志的延伸。认为子女是父母的所有物，而不是独立的个体。而渴望得到尊重与认同，渴望独立的孩子与父母之间的矛盾就被激发了。

人们总是学习如何做一名优秀的子女，却鲜有教育人们如何做合格的父母。现今，年轻的父母也积极参加家长学校，家校协同，参与教育。如何缓解紧张关系？在现代民主社会，每个人都有理性、自由，有权利选择自己的生活方式、道德价值观，追求民主化、主体化、独立化，“孝”仅仅体现一种敬重而不是顺从。所以应该把握坚持自我与尊重他人之间的平衡。父母不将自己的意志强加于孩子，孩子也不将自己的意志强加于父母。两者相互尊重。

我们要沿袭传统优秀文化的精髓，思考处理自己与父母之间的关系，父母子女之间更注重的是情感上的纽带，而不是物质上的捆绑；更注重的是自我意志的发展，而不是家庭意志的绑架。为人父母子女者保持自我的独立，保持对彼此人格的尊重，这便是新时期健康的两代关系。

二、母爱与子女的幸福指数

在中国古代的两代关系中，一般来说父亲承担的是严父的角色，而母亲则是慈母的定位。慈更多地表现为付出爱，这也与母亲的主要职责是对孩子在生活加以照料有关，虽说父亲对孩子的成人教导起主要作用，但是母亲对孩子性格品行以及内在情感同样具有深刻影响。

当我们评价贾赦多用好色无耻、无知昏聩这样的词汇，这是从社会评价的角度来评价一个人的性格品行。今天我们着重从内心的幸福感角度，看一下贾赦作为一个儿子是否从母亲那里得到足够的母爱，是否生发出幸福感，来审视母亲对孩子内心情感的影响，继而对其性格品行的影响。

我们从贾母与贾赦、贾政、王夫人与贾宝玉、薛姨妈与薛蟠、赵姨娘与贾环、李纨与贾兰这几对母子人手探究因母子关系造就的子女的幸福力。

做儿子的幸福值归类：

做子女的幸福感较高的，是薛蟠、贾宝玉、贾兰、贾政；

做子女的幸福感较低的，是贾赦、贾环。

贾赦曾借为偏生母亲治病的针灸婆子之口说出“你可知天下父母心偏的多呢”一语（《红楼梦·第七十五回》）。

我们虽对贾赦人品不齿，但细想一个缺乏母爱的人，成长过程是如何的煎熬呢，在煎熬中无法得到纾解的情绪也是容易让人走向歪路的。如果贾母的偏心是由贾赦从小表现不佳导致，那么我们更应该明确的是母亲对不肖子孙更多的是教导而不是厌恶，如果放弃教导，那么则会造成恶性循环，对人的成长更为不利。

我们看到，赵姨娘之于贾环，更多地表现为谩骂，“谁叫你上高台盘去了？下流没脸的东西！那里顽不得？谁叫你跑了去讨这没意思！”（《红楼梦·第二十回》）将孩子视为自

己情绪的垃圾桶，缺乏正向的引导教育，传达的都是自己龌龊卑劣的心思、极度自卑的情绪，摧毁儿子的自尊。而做儿子的，在母亲处都得不到肯定，那么其自卑的心理将会无限放大，进而形成内心的无底洞。

不乏母爱的薛蟠的品行却仍旧不端，原因也有部分来自母亲。中国有句老话“慈母多败儿”。具体表现为：永远满足孩子，即便是不合理的要求；对孩子要求进行妥协；对自己的孩子极其特殊，儿子放在首位。

从母亲这一身份来评价李纨，可以看到，她知礼守礼，忠厚老实，清正之中却有机趣，品行如冰清水洁，一心教导孩子，守节抚孤，从品行上来说是“完人”。我们也能看到贾兰品行清正，后来也科考荣达。

曹雪琴与贾宝玉是同类，对贾兰式的奋斗人生，大约是看不上的。但是作为现代读者，我们以为贾兰身上的正能量还是值得肯定的。李纨，作为母亲也是个“完人”。

母亲爱子是一种本能，我们愿意相信，天下无不爱子女的母亲。那么为什么我们能看到《红楼梦》中不同的母亲对孩子有不同的表现形式，原因何在?

究其根源在于身为母亲，对于孩子的期许不同。而这种期许多受制于时代。

中国古代封建社会制度之下，女性的生存必须依靠男性实现。而妻妾制度使得丈夫的依靠具有了某种不确定性，因此母凭子贵、养儿防老的观念根深蒂固。

“母凭子贵”“养儿防老”的观念，就将具有深厚情感的父子母子感情置于赤裸裸的金钱利益关系之中，父母对于子女的感情、精力、财力的付出被当成前期投资，而子女的传宗接代养老送终也是对这种前期投资的一种物质与情感回报。受这种思想浸染的子女，在尽孝的形式上也会选择做到最低的赡养的标准而已。

中国人最重感情。作为父母，对子女竭尽全力的养育与教育，对子女的爱是自身应尽的责任，更是一种无私的奉献，因为父母并不是追求子女的回报才滋生慈爱之心的。

父母子女之间更注重的是情感上的纽带，而不是物质上的捆绑。

当然，我们也要看到，母亲对于孩子，爱应该是越多越好，但是要注意爱的方式。要关照到孩子真实的内心需求，不要从自身角度给予爱。让孩子有感受当下幸福的能力，是教育的根本。

当下，作为子女，能从历史角度理解当下母子代际关系的转变，能对古代母子关系保持宽容的态度，能理解当下母亲表达爱的形式，继而对母亲保持理性的爱。为人父母子女者保持自我的独立，保持对彼此人格的尊重，这便是新时期的健康两代关系。

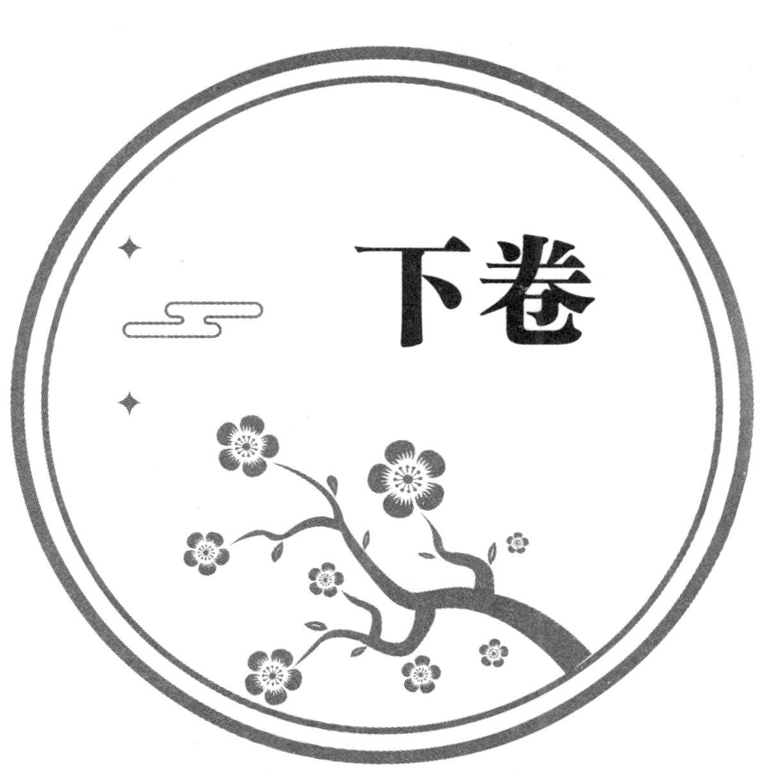
下卷

前 言

贫瘠的土地很难收获丰厚的果实，肥沃的土壤则很容易让小苗茁壮成长。对于中学生而言，经典名著就是培育语文学科核心素养小苗的肥沃的土壤。

有或长或短的时间相隔，有或远或近的空间相阻，经典名著仿若在水一方的伊人，可望而难即。“读不懂！”“没意思！”“不想读！”……面对翻开的经典名著，经常有中学生产生读不进去的困扰，发出不想阅读的感慨。于是，翻开的名著在这样的困扰和感慨中被无奈地合上……

然而，对于蕴含了丰厚的思想精华的经典名著，怎能任它如肥沃的土地一般因不种庄稼或花木而荒废？

对于在水一方的伊人，可以“溯洄从之”，“溯游从之”，尽最大可能走近她的身旁；对于值得品读的经典名著，也可以通过开掘通往其佳妙之境的渠道以感受其动人的魅力。《经典文学名著人物撷芳》（下卷）就是从经典名著里撷取其中与人物相关的精彩篇章，在创设的生活情境中，在对精彩原文的赏读中，在对比或拓展阅读中，感受名著中人物的魅力，体悟经典名著的思想价值，给人生注入鲜活的动力。

经典名著之所以有永恒的魅力，是因为其中蕴含的思想或哲理可以带给不同时代的读者以启迪。《经典文学名著人物撷芳》（下卷）的“生活情境”板块给读者创设的就是经典名著与现实人生交汇的景象。从这样交汇的“河口”，可以让自己阅读的“小船”逐渐驶进经典名著的“大海”。

经典名著之所以容易让人产生“读不懂”“没意思”“不想读”的困扰和感慨，往往是缘于阅读积淀和人生经验的限制而感受不到经典名著美好的滋味。“尝一脟肉，而知一镬之味、一鼎之调。”《吕氏春秋·察今》中如是说。意思是，尝鼎里一片肉，就可以知道整个鼎里调制的肉的味道。那么，要想知晓经典名著的滋味如何，也可以先采撷其中的精彩篇章加以品味。

窥一斑而见全豹，观滴水可知沧海；一叶落能知天下将秋；一花开能知大地回春。同样，从一篇之佳妙可知一书之佳妙，从一人之形象可悟一书之思想。《经典文学名著人物撷芳》（下卷）中的“精彩原文”“原文欣赏”“对比阅读”“拓展阅读”“感悟示例”等部分依次呈现的是从经典名著中采撷的与人物形象相关的精彩原文、品味原文精妙之处的欣赏、与经典原文中的人物形象相似或相反的其他名著中的选文以及对选文的欣赏、编者对所选经典名著内容的感悟。“情境提问”部分则是基于精选的篇章以及对所选篇章的欣赏提出的期待读者思考的问题或话题，读者可以在阅读思考的基础上做出自己的回答，并参看章末的“答案示例”中编者的回答，在这样的对话中丰富自己的认识。“感悟空间”则是给读者的留白，可以在每一节开篇创设的情境氛围中，在品读选文及对选文的欣赏、思考所提疑问、阅读“感悟示例”的基础上，写下自己读书的体悟，并由此将自己阅读的“小船”驶进经典名著的“大海”，品赏整部经典名著的壮观美景，提高自己的素养。

当“名著导读”“整本书阅读”分别成为初高中语文教材的内容之一，当名著阅读成为中高考语文试卷中必有的考查项目，经典名著就是我们日常阅读中不能回避且必须面对的高营养的阅读“大餐”。这样的“大餐”岂能在不好吃、不想吃、不愿吃的困扰与无奈中浪费？但愿由5位编写者不辞辛劳、殚精竭虑共同编著的《经典文学名著人物撷芳》(下卷）能让读者知“大餐”之美味，得名著之滋养。

张英华

2022年5月

第一章　下学上达圣名传

——从《论语》中走来的孔子

张英华

第一节　逆境何妨成大才？

一、生活情境

有这样一个孩子，他出生后没多久年迈的父亲就去世了，之后年轻的母亲将他养大；他的家境贫寒，地位不高。依你的生活常识来看，在这样的单亲家庭中长大的孩子会有怎样的成就呢？

二、精彩原文欣赏

（一）精彩原文

不同寻常的贤与难以逾越的高[1]

叔孙武叔①语②大夫于朝，曰：“子贡③贤④于仲尼⑤。”子服景伯⑥以告子贡。子贡曰：“譬⑦之宫⑧墙。赐之墙也及肩，窥见室家之好。夫子之墙数仞⑨，不得其门而入，不见宗庙之美、百官⑩之富。得其门者或⑪寡矣。夫子⑫之云⑬，不亦⑭宜⑮乎？”

叔孙武叔毁⑯仲尼。子贡曰：“无以为⑰也。仲尼，不可毁也。他人之贤者，丘陵也，犹可逾⑱也。仲尼，日月也，无得⑲而逾焉。人虽⑳欲自绝㉑，其㉒何伤㉓于日月乎？多㉔见㉕其不知量㉖也。”

陈子禽㉗谓㉘子贡曰：“子㉙为㉚恭㉛也？仲尼岂㉜贤于子乎？”子贡曰：“君子㉝一言以为知㉞，一言以为不知，言㉟不可不慎也。夫子㊱之不可及㊲也，犹㊳天之不可阶㊴而升㊵也。夫子之得邦家㊶者，所谓立之斯㊷立，道㊸之斯行，绥㊹之斯来，动之斯和，其生也荣，其死

[1]　选自《论语新解》（钱穆．论语新解[M].北京：生活读书新知三联书店,2012.7:450-452.），有改动；题目为编者所加。

也哀，如之何其可及也？”

（《论语·子张》）

【注释】

①叔孙武叔：鲁国大夫，名州仇，三桓之一。②语：谈论。③子贡（公元前520年－公元前456年）：复姓端木，名赐，字子贡，春秋末年卫国（今河南鹤壁市浚县）人，孔子的得意门生，曾于曹、鲁两国之间经商，是孔子弟子中的首富；他留下来的“君子爱财，取之有道”的诚信经商之风被称为“端木遗风”，为后世商界所推崇。④贤：有德行，多才能。⑤仲尼（公元前551年9月28日—公元前479年4月11日）：子姓，孔氏，名丘，字仲尼，中国古代思想家、教育家，儒家学派创始人，春秋末期鲁国陬邑（今山东曲阜）人，祖籍宋国栗邑（今河南夏邑）；带领部分弟子周游列国达十三年，晚年修订六经《诗》《书》《礼》《乐》《易》《春秋》；去世后，其弟子及其再传弟子把孔子及其弟子的言行语录和思想记录下来，整理编纂成儒家经典《论语》；被后世尊称为孔圣人、至圣、至圣先师、万世师表，被列为“世界十大文化名人”之首；他的思想影响深远。⑥子服景伯：鲁国大夫。⑦譬：比喻，打比方。⑧宫：房屋，住所；古代不论尊卑贵贱，住所都称“宫”；到了秦代才专称帝王的住所为宫。⑨仞：古代长度单位，周朝时八尺为一仞，汉朝时七尺为一仞。⑩官：通“馆”；馆舍，房舍。⑪或：语气副词，表示对动作行为或状况的揣测、推断，可译为“大概”。⑫夫子：古代对男子的敬称，这里指叔孙武叔。⑬云：这样，这里指（叔孙武叔）这样的看法。⑭不亦：副词，表示委婉的反问，用在谓语的前面，句末有语气词同它配合，可译为“不是很”或“难道不是很”。⑮宜：适宜，合情合理，这里可以理解为合乎叔孙武叔不得孔子之门而入的实际情况。⑯毁：毁谤，说坏话。⑰无以为：即为（之）无以，意思是（叔孙武叔）说这些坏话没有用。⑱逾：越过，超过。⑲无得：不能；也可理解为无从，即没有门径；在语境中还可理解为不能达到。⑳虽：即使。㉑绝：断绝，这里可以理解为有隔阂，过不去，或为难。㉒其：表示反问，难道。㉓伤：损害。㉔多：只。㉕见（xiàn）：“现”的古字，显现。㉖量（liàng）：分量，这里可以理解为高低。㉗陈子禽（公元前511年—公元前430年）：妫姓，名亢，字子亢，一字子禽，春秋末年陈国人。㉘谓：告诉。㉙子：古代对人的尊称。㉚为：对，其后省略“之”，即仲尼。㉛恭：恭敬，谦逊有礼。㉜岂：难道。㉝君子：有学问或修养的人。㉞一言以为知：因为一句话显现出智慧。一言：一句话。以：因为。为：成，这里可理解为显现，表现。知：通“智”。㉟言：说，说话。㊱夫子：这里指孔子。㊲及：比得上。㊳犹：如同。㊴阶：台阶，这里做状语，意为沿着台阶。㊵升：登。㊶家：大夫统治的政治区域，是中国古代诸侯封赐所属卿、大夫作为世禄的田邑，包括土地上的劳动者在内。㊷斯：就。㊸道：引导。㊹绥：安抚人心以保持平静。

【译文】

叔孙武叔在廷堂上向大夫们谈道："子贡的德行、才能比仲尼高。"子服景伯把叔孙武叔说的话转告子贡。子贡说："我和老师之间的差别可以用房屋的围墙打比方。我的墙到一般人肩膀的高度，能让人看见宅院中的美好景象。老师的墙高达数丈，不能从他的家门进去，就看不到里面华美的宗庙、富丽的房舍。能进老师家门的人大概不多啊！叔孙武叔这样说，难道不是很符合这样的现实情形吗？"

叔孙武叔说仲尼的坏话。子贡说："这样说没有什么用！仲尼是诋毁不了的。其他人在德行、才能方面表现得高明的，像丘陵一样，还可以超越；仲尼，像日月，没有能够超越的办法。一个人即使想使自己为难，难道对日月会有什么妨害吗？只是显现出他不知高低。"

陈子禽告诉子贡说："你对仲尼谦恭有礼，仲尼难道比你高明吗？"子贡曰："君子会因为一句话显现出智慧，因为一句话显现出不够明智，说话不能不慎重。夫子的高度人们达不到，如同天不能沿着台阶攀登一样。夫子如果能够得到管理诸侯国或大夫领地的机遇，将会达到所说要让百姓自立就能让百姓自立；引导百姓，就能让百姓做成事；使管辖之地的百姓安定，就能使远方的人闻风而至；他要有所倡议，能使百姓乐意响应，在响应的过程中就能使百姓和谐相处。他活着，让大家感到荣耀；他离世，让大家感到哀痛。一般人怎么能够比得上他呢？"

（二）原文欣赏

不入其门，焉知其好？没有眼力，岂识其高？

孔子和子贡谁更贤明？在叔孙武叔和陈子禽眼中，子贡德才兼备，孔子怎么可能比子贡还贤明呢？子贡对孔子谦恭有礼，只不过是因为孔子有老师的名分罢了，孔子的德行与才能怎么可能比得上子贡呢？

在他人的欣赏中，子贡原本可以飘飘然的：大家认为我比自己的老师强，看来，我的道德与才学已达到了无人能及的高度啦！子贡如果这么飘飘然地自以为是的话，子贡的德行恐怕就会让人不齿了。"如有周公之才之美，使骄且吝，其余不足观也矣。"老师孔子的话似乎在子贡的耳中回响。

子贡的德与才必然是极其出色的，要不然，也不可能得到叔孙武叔与陈子禽的大力称赏。然而子贡优异的才德并不是因得到他们的称赏而彰显的，而是从听到他们的称赏之后表现的谦恭与智慧里透显出来的。

听到叔孙武叔在将自己与老师的对比中称扬自己的话后，他不是沾沾自喜，而是理智地用宫墙作比，表明老师的才德不是一般人可以了解的，所以才会被人误解，认为自己比老师贤明。在宫墙这一比喻中，他既恰切地表现了自己被人称赏的原因，又巧妙地展现了自己的水平与老师的水平之间巨大的差距，让他人明白孔子达到的高度不是一般人能够评价的。不入其门，焉知其好？

即便如此，子贡还是听到了叔孙武叔诋毁老师的言论。在对老师的诋毁面前，子贡不是义愤填膺，口不择言：你们知道啥？就你们的水平，能跟孔子同日而语吗？听，子贡的话语依然闪耀着理性与形象兼具的光芒：你们的诋毁有用吗？没用！我的老师的光芒是诋毁不了的；你们平常看到的贤明之人，就像丘陵，还能超越，而我的老师就像天上的太阳和月亮，谁能超越呢？即使你们非要跟太阳和月亮过不去，又能对太阳和月亮带来什么妨害呢？只不过让人耻笑你们不知高低罢了！

用“丘陵”和“日月”的形象对比，子贡表现了自己的老师孔子非同一般的人格魅力。

这样的人格魅力还是有人感受不到。于是子贡以“天”来比方孔子的高度，认为孔子的高度是其他人无法经由一般的路径达到的，认为孔子如果得到管理的机遇，就能展现他得心应手的管理能力。

从数仞高的“宫墙”，到“日月”，再到“天”，在纠正当时人们误解孔子的言论过程中，子贡用不同的意象来表达自己对老师的敬仰，表明他人误解孔子的原因，表现孔子非同一般的境界。这境界在子贡的眼中越来越高，越来越广……

孔子的学识、品格与境界，在子贡眼中展现出不同凡俗的魅力；这魅力也是孔子经过坚持不懈的学习形成的人格的魅力。

孔子是如何从一个普普通通的凡人成长为具有这样不凡人格魅力的圣贤的呢？

从孔子达到的境界的高度，从《论语》中提及的与孔子学习相关的内容，可以推想，他必然具有常人不及的乐此不疲的学习态度，他必然能在广博学习的基础上通过精研深思让自己的能力水平达到高深的程度，而他坚持不懈学习的历程必然也是他不断提升人生境界的历程。他的成长历程与他达到的境界昭示着无数普通人前进的路径与努力的方向，所以他被称为万世师表、至圣先师。

今天，经过两千多年历史的沉淀，感悟两千多年来孔子思想的影响，确如子贡所言，孔子其人，如日，如月，如天，彰显着美好的人性，让仁、智、勇的光辉成为人类绵延不绝的动力……

（三）情境提问

“你做得真好！比你的老师强多了！”如果听到别人这样称扬于你，你会怎么回答？

（四）答案示例

见附录。

三、拓展阅读

（一）《史记》选文及欣赏

1. 贫贱何妨成圣贤？[2]

丘生而叔梁纥死，葬于防山。防山在鲁东，由是孔子疑其父墓处，母讳之①也。孔子为儿嬉戏，常陈俎豆，设礼容②。孔子母死，乃殡五父之衢③，盖其慎也④。郰人輓父⑤之母诲孔子父墓，然后往合葬于防焉。

孔子要绖⑥，季氏飨士⑦，孔子与往⑧。阳虎绌⑨曰："季氏飨士，非敢飨子也。"孔子由是⑩退。孔子年十七。

鲁大夫孟釐子⑪病且死，诫其嗣懿子曰："孔丘，圣人之后。灭于宋。其祖弗父何⑫始有宋而嗣让厉公。及正考父佐戴、武、宣公，三命兹益恭⑬，故鼎铭⑭云：'一命而偻⑮，再命而伛⑯，三命而俯⑰，循墙而走，亦莫敢余侮。饘⑰于是，粥⑲于是，以糊⑳余口。'其恭如是。吾闻圣人之后，虽不当世㉑，必有达㉒者。今孔丘年少好礼，其达者欤？吾即没㉓，若必师之㉔。"及釐子卒，懿子与鲁人南宫敬叔往学礼焉㉕。是岁，季武子卒，平子代立。

孔子贫且贱。及长，尝为季氏史㉖，料量平㉗；尝为司职吏㉘而畜蕃息㉙。由是为司空㉚。已而去鲁，斥乎齐㉛，逐乎宋、卫㉜，困于陈、蔡之间，于是反鲁㉝。孔子长九尺有六寸，人皆谓之"长人"而异之。鲁复善待，由是反鲁。

【注释】

①母讳之：孔子的母亲不能告诉孔子其父的埋葬之处。讳：隐。叔梁纥去世时，颜征在少寡，在当时社会，她不便送葬，故不知叔梁纥坟地所在。②陈俎豆，设礼容：陈列俎豆等盛祭品的器皿，演习礼仪。俎豆：俎，读 zǔ，古代祭祀时盛祭品的器皿。俎，是方形的；豆，是圆形的。设：布置，这里有演习的意思。③殡：停柩待葬。五父：衢名。衢：四通八达的道路。五父之衢：《正义》中记载，五父之衢在今曲阜市西南二里鲁城内衢道东南；《太平寰宇记》记载此地在县东南二里；因不同时代县治的位置不同，故后人对此位置一直不可确定；据《鲁国故城》考及发掘所推，此地在今颜林的位置。《圣者·孔子传》一书中指出，"五父之衢"是鲁国横死无主之鬼的葬所，乃一处不祥之地；本字原应作"忤夫之衢"，即"恶人之衢"，就是找不到宗系的穷人之乱葬岗，由此可知，孔母颜氏生前之身份多么卑贱。[3]④盖其慎也：因为他对待丧事很慎重。盖：因为。⑤郰：同

---

[2]　选自《史记》（[汉]司马迁．史记（精装典藏本）[M]．天津：天津人民出版社，2016.8.），有改动；题目为编者所加。

[3]　何新．圣者·孔子传[M]．北京：同心出版社，2012.4:16-17.

“鄹”。輓父：輓，读 wǎn。⑥要绖：腰间系着丧服中的麻腰带。要通“腰”。绖，读 dié，古代服丧期间结在头上或腰间的麻布带子。⑦飨士：用酒食款待士。士：先秦时期贵族的最低等级，位次于大夫。⑧与往：随从（其他士子）前往。与，yǔ，随从，随着。⑨绌：通“黜”，贬退，这里是因看不起而令其离开的意思。⑩由是：因此。⑪孟釐子：姬姓，鲁国孟孙氏第8代宗主，是“三桓”中孟孙氏家族之宗长，世主司空（工役、农业、财税、外交）。谥号僖，是孟孝伯的儿子。釐，古同“僖（xī）”，用作谥号。⑫弗父何：又作弗甫何，何又作诃；孔子第十代祖先；为宋湣公共之长子；湣公卒，弟炀公立；湣公次子鲋祀弑炀公，让国于兄弗父何，何不受；鲋祀立，为厉公；何仍为卿；自弗父何起，孔子先世遂由诸侯家转为公卿之家。[4] ⑬三命兹益恭：多次加官晋爵反而更加谦恭。命：指派，这里有加官晋爵之义。兹，通“滋”，愈加；跟“益”的意思相近，两词连用，有强调的意味。⑭鼎铭：鼎上所铸的文字。⑮偻：弯腰，表示恭敬。⑯伛：弯腰曲背，表示恭敬。⑰俯：低头。⑱饘：读 zhān，稠粥，这里的意思是煮粥。⑲粥：用粮食或粮食加其他东西煮成的半流质食物，比饘稀。这里用作动词。⑳糊：用粥填塞，比喻勉强维持生活。㉑当世：当政，执政，这里指做国君。㉒达：通达事理，见识高远。㉓即没：就要死了。即：接近，这里是“就要”的意思。没，通“殁”，死。㉔若必师之：你一定要以他为师。若，你，指孟懿子。师：名词的意动用法，以……为师。㉕学礼焉：向他学习礼仪文化。焉，兼有介词“于”加代词“此”的语法功能，相当于“于是”“于此”，这里可以理解为“于之”，即向他；之，代孔子。㉖史：古代地方长官的僚属，此处指管理仓库的小官。㉗料量平：称量公正。㉘司职吏：官职的一种，此处指管理牧场的小官。㉙畜蕃息：牲畜繁殖增多。㉚司空：中国古代官名，主管水土管理、工程建设、制造及手工业的官。㉛斥乎齐：在齐国得不到重用。斥：排除拒绝，摒弃不用。㉜逐乎宋、卫：在宋国、卫国漂泊。逐：流荡，这里有漂泊的意思。㉝于是反鲁：在这种情况下回到鲁国。于是，在这种情况下。反，通“返”，返回，回归。

【译文】

孔子出生不久叔梁纥就去世了，在防山被埋葬。防山在鲁国的东部，在这里孔子分辨不清他父亲的墓地所在，他母亲当年因少寡不便送葬也不知墓地所在。孔子还是小孩子的时候做游戏，常常摆设俎豆等祭器，演习礼仪。孔子母亲去世后，他就把母亲的灵柩暂时停放在五父之衢，因为他对待丧事很慎重。鄹邑人輓父的母亲告诉孔子他父亲的墓地，之后孔子就把母亲的灵柩运到防山和父亲合葬。

孔子的腰间还系着服丧期间的麻布带子时，季氏设宴款待士子，孔子随从他们前往。阳虎看不起他并令他离开，说：“季氏款待的是士子，不敢款待你。”孔子因此离开。孔子当时十七岁。

[4] 张岱年．孔子百科辞典[M]．上海：上海辞书出版社，2010.8:14.

鲁国大夫孟釐子病重将死，告诫他的继承人懿子说：“孔丘是圣人的后代。他的六代祖孔父嘉在宋国被华父督杀害，家族由此衰落[5]。他的先祖弗父何曾经可以担任宋国国君却把继承权让给弟弟宋厉公。等到正考父辅佐宋戴公、宋武公、宋宣公时，多次加官晋爵反而更加谦恭。因此鼎上的铭文说：‘第一次接受任命时弯腰而受，第二次接受任命时曲背而受，第三次接受任命时低头而受，靠着墙行走，也没有人敢欺侮我。在这个鼎里煮稠粥，在这个鼎里煮稀粥，来勉强维持我的生活。’他的谦恭就像这样。我听说圣人的后代，即使不做国君，一定会有通达事理、见识高远的人。现在孔丘年纪不大而喜好礼仪，大概是通达事理、见识高远的人吧？我就要死了，你一定要以他为师。”等到孟釐子去世之后，懿子和鲁人南宫敬叔去向孔子学礼。这一年，季武子去世，季平子继承武子之位。

孔子家境贫寒而且地位低下。等到成年后，曾经担任季氏负责管理仓库的小吏，称量公正；曾经担任管理牧场的小吏而使牲畜繁殖增多。因此担任主管水土管理、工程建设、制造及手工业的司空。不久孔子离开鲁国，在齐国得不到重用，在宋国和卫国漂泊，在陈国和蔡国之间被围困，在这种情况下返回鲁国。孔子身高九尺六寸，人们都叫他“长人”并认为他与常人不同。鲁国又能友善地对待孔子，因此孔子返回鲁国。

2. 成长不惧困厄多

——《贫贱何妨成圣贤？》欣赏

“天纵之圣”是他的学生对他品德与才能的称誉；“天之木铎”，是与他同时代的人对他教化世人功绩的肯定；“命世之大圣，亿载之师表”是后人对他成就与影响的敬慕……

这样了不起的圣人成长的道路并非一帆风顺，而是困厄连连。然而就是在困厄之中，孔子让自己原本贫贱的人生绽放出了灿烂辉煌的光彩。

在《慢读孔子》一书中，梁启超这样评论孔子：“他发达的径路，很平易近人，无论什么人，都可以学步。所以孔子的人格，无论在何时何地，都可以做人类的模范。我们和他同国，做他后学，若不能受他这点精神的感化，真是自己辜负自己了。”

他的“这点精神”是怎样的精神？是身处贫贱而谦虚好学的精神，是遭遇困厄而坚守理想的精神，是平凡人生中执着追求的精神……

对于初生的婴儿而言，原本应该得到父亲和母亲的爱护。然而，他出生没多久，就与父亲永别了。生而失父，对一个孩子而言，可谓遭遇人生之大厄。在这样的困境中，孔子只能在母亲的关爱中成长。年幼的孔子虽然过早失去了父爱，在成长的路上却未曾失却好学的精神，即便是玩游戏，也与众不同：常常拿出俎豆等祭器，演习自己学到的礼仪。在这样的演习中，小小的孔子感受到的应该就是“学而时习”的快乐吧？父亲早逝给孔子的人生留下了父爱的缺憾，然而孔子依然可以在专注的学习中快乐成长。

如果说父亲早逝是孔子的人生路上遭遇的第一大厄，那么十多年后母亲的去世带给

[5] 张岱年．孔子百科辞典[M].上海：上海辞书出版社,2010.8:14.

孔子的应该就是第二大厄。

十多岁，也是需要呵护的少年啊！孔子却已成为无父无母的孤儿，并且还要独自扛起埋葬母亲、自立于世的责任！

在这样的困厄面前，孔子经受住了艰辛的考验。年少的他慎重地对待母亲的丧事，并且克服重重困难，实现了让父母合葬的心愿。十多岁的他，就这样在艰难的人世间，在执着的坚持里，用自己稚弱的双肩给母亲的人生画上了圆满的句号。

然而，在复杂的人世间，他要经历的困厄还有很多……

服丧期间，听到鲁国的大夫季武子设宴款待鲁国名士的消息，年少的孔子便热切地前往。他的心中应该是极其渴望与德才兼备的士子交往并向他们学习吧？但是宴会主办方季氏的家臣阳虎却看不起孔子并令他离开，说："季氏款待的是士子，不敢款待你。"言外之意是：你算得上士子吗？参加这样的宴会，你配吗？你不配！这样侮辱性的话语，对于任何人来说，都无异于兜头泼来一盆冰水，让人身心俱寒哪！何况是年仅十七、满怀热情的孔子！

遭受侮辱被拒于宴席之外的孔子会因为这样的打击而沮丧、失意吗？也许会有遭受蔑视的痛苦，也许会有希望破灭的失落，然而肯定不会沉溺于这样的痛苦与失落中不能自拔！他尽己之力，"发愤忘食，乐以忘忧"；他在学而时习中，感受着进步的愉悦……所以，他后来得到了鲁国大夫孟釐子的赏识。孟釐子在重病将死之际，向自己的继承人孟懿子讲述了孔子的出身与其祖辈的谦恭之风，评价孔丘年少好礼，是通达事理、见识高远之人，并叮嘱孟懿子一定要以孔子为师。孟釐子曾经作为掌管礼仪的官员，陪同鲁昭公前往楚国；途经郑国，跟郑国君臣相见之时，举止不合礼仪；在楚国，没有意识到鲁昭公接受了不该接受的重礼，再度让鲁国君臣大失礼节。这样的失礼之举，不仅丢失了掌管礼仪的官员的脸面，而且让自己的国家蒙受耻辱，并因此让人嘲笑。经历了这样的事件，孟釐子对礼仪重要性的认识恐怕是刻骨铭心的，所以，他才会赏识"好礼"的"孔丘"，才会殷殷叮嘱自己的继承人一定要跟从孔子用心学"礼"。

从蒙受被拒绝参加宴会的耻辱，到能让鲁国身处高位的孟釐子如此敬服，可想而知，孔子在成长路上通过发愤学习让自己的人生经历了巨大的蜕变。

贫穷的生活，不曾拽住孔子发愤学习的脚步；低下的地位，不曾扼杀孔子"好古，敏以求之"的热情……这样的学习让他逐渐积淀了非凡的能力，所以成年之后，他为季氏管理仓库期间，能做到公平；他为季氏养殖牲畜期间，牲畜大量增多；并由此升任司空之职。

即便他具备如此非凡的能力，即便他拥有极其渊博的学识，即便他懂得为人处世的礼仪，他的人生路上依然与困厄相伴：不得已离开鲁国，在齐、宋、卫、陈、蔡等国游历期间，都无法顺利实现自己的理想，甚至还曾遭遇被围困的磨难，然而，这些困厄都不曾磨灭他心中对"仁"的坚守、对"礼"的遵循、对"和"的向往……所以，他得到了"天纵之圣"的称誉、"天之木铎"的肯定、"命世之大圣，亿载之师表"的敬慕……

司马迁在《报任安书》一文中，曾经举孔子在困厄的处境中编写《春秋》的例子，阐述不同寻常的卓越之士可以在困厄的境遇中取得令后世称扬的成就与美名这一道理。在这篇文章中，司马迁列举的同类例子还有："文王拘而演《周易》""屈原放逐，乃赋《离骚》""左丘失明，厥有《国语》""孙子膑脚，《兵法》修列""不韦迁蜀，世传《吕览》""韩非囚秦，《说难》《孤愤》""《诗》三百篇，大底圣贤发愤之所为作也"。司马迁举这些"倜傥非常之人"处困厄而不屈不挠奋发有为的例子，是想借以表达自己处困厄之境依然要坚持完成写作"通古今之变，成一家之言"的《史记》的志向。不过，从中也可以感受到困厄之于生命成长的助益。或许，正是困厄的磨砺，才让成长增添了更多的动力……

成长不惧困厄多！

（二）《名人传》选文及欣赏

1. 艰难困苦，玉汝于成[6]

鲁特维克·范·贝多芬，一七七〇年十二月十六日生于科隆附近的波恩，一所破旧屋子的阁楼上。他的出身是弗拉芒族①。父亲是一个不聪明而酗酒的男高音歌手。母亲是女仆，一个厨子的女儿，初嫁男仆，夫死后再嫁贝多芬的父亲。

艰苦的童年，不像莫扎特般享受过家庭的温情。一开始，人生于他就显得是一场悲惨而残暴的斗争。父亲想开拓他的音乐天分，把他当作神童一般炫耀。四岁时，他就被整天地钉在洋琴前面②，或和一架提琴一起关在家里，几乎被繁重的工作压死。他不致永远厌恶这艺术总算是万幸的了。父亲不得不用暴力来迫使贝多芬学习。他少年时代就得操心经济问题，打算如何挣取每日的面包。十一岁，他加入戏院乐队；十三岁，他当大风琴手。一七八七年，他丧失了他热爱的母亲。"她对我那么仁慈，那么值得爱戴，我的最好的朋友！噢！当我能叫出母亲这甜蜜的名字而她能听见的时候，谁又比我更幸福？"她是肺病死的；贝多芬自以为也染着同样的病症；他已常常感到痛楚；再加比病魔更残酷的忧郁。十七岁，他做了一家之主，负着两个兄弟的教育之责；他不得不羞惭地要求父亲退休，因为父亲酗酒，不能主持门户，人家恐怕他浪费，把养老俸交给儿子收领。这些可悲的事实在他心上留下了深刻的创痕。他在波恩的一个家庭里找到了一个亲切的依傍，便是他终身珍视的勃罗宁一家……

贝多芬的童年尽管如是悲惨，他对这个时代和消磨这时代的地方，永远保持着一种温柔而凄凉的回忆。不得不离开波恩，几乎终身都住在轻佻的都城维也纳及其惨淡的近郊，他却从没忘记莱茵河畔的故乡，庄严的父性的大河，像他所称的"我们的父亲莱茵"；的确，它是那样的生动，几乎赋有人性似的，仿佛一颗巨大的灵魂，无数的思想与力量在

[6]　选自《名人传》（[法]罗曼·罗兰．名人传[M]．上海：上海译文出版社，2018.3.），有改动；题目为编者所加。

其中流过；而且莱茵流域中也没有一个地方比细腻的波恩更美、更雄壮、更温柔的了，它的浓阴密布、鲜花满地的坂坡，受着河流的冲击与抚爱。在此，贝多芬消磨了他最初的二十年；在此，形成了他年少心中的梦境——慵懒地拂着水面的草原上，雾雰[3]笼罩着的白杨，丛密的矮树、细柳和果树，把根须浸在静寂而湍急的水流里……远远里，蓝色的七峰在天空画出严峻的侧影，上面矗立着废圮的古堡，显出一些瘦削而古怪的轮廓。他的心对于这个乡土是永久忠诚的；直到生命的终了，他老是想再见故园一面而不能如愿。“我的家乡，我出生的美丽的地方，在我眼前始终是那样的美，那样的明亮，和我离开它时毫无两样。”

大革命爆发了，泛滥全欧，占据了贝多芬的心。波恩大学是新思想的集中点。一七八九年五月十四日，贝多芬报名入学，听有名的奥洛葛·希那哀特讲德国文学——他是未来的下莱茵州的检察官。当波恩得悉巴士底狱攻陷时，希那哀特在讲坛上朗诵一首慷慨激昂的诗，鼓起了学生们如醉如狂的热情。次年，他又印行了一部革命诗集。在预约者的名单中[4]，我们可以看到贝多芬和勃罗宁的名字。

一七九二年十一月，正当战事蔓延到波恩[5]时，贝多芬离开了故乡，住到德意志的音乐首都维也纳去。路上他遇见开向法国的黑森军队[6]。无疑的，他受着爱国情绪的鼓动，在一七九六与九七两年内，他把弗列特堡的战争诗谱成音乐：一阕是《行军曲》；一阕是《我们是伟大的德意志族》。……

这时代史丹霍塞替他画的肖像，把他当时的面目表现得相当准确。……贝多芬在画上显得很年轻，似乎不到他的年纪，瘦削的、笔直的高领使他头颈僵直，一副睥睨[7]一切和紧张的目光。他知道他的意志所在，他相信自己的力量。一七九六年，他在笔记簿上写道：“勇敢啊！虽然身体不行，我的天才终究会获胜……二十五岁！不是已经临到了吗？……就在这一年上，整个的人应当显示出来了。”[8]特·裴恩哈特夫人和葛林克说他很高傲，举止粗野，态度抑郁，带着非常强烈的内地口音。但他藏在这骄傲的笨拙之下的慈悲，唯有几个亲密的朋友知道。他写信给韦该勒叙述他的成功时，第一个念头是：“譬如我看见一个朋友陷于窘境：倘若我的钱袋不够帮助他时，我只消坐在书桌前面；顷刻之间便解决了他的困难……他瞧这多美妙。”随后他又道：“我的艺术应当使可怜的人得益。”

然而痛苦已在叩门；它一朝住在他身上之后永远不再退隐。一七九六至一八〇〇年间，耳聋[9]已开始它的酷刑。耳朵日夜作响，他内脏也受剧烈的痛楚磨折。听觉越来越衰退。在好几年中他瞒着家人，连对最心爱的朋友们也不说；他避免与人见面，使他的残废不致被人发现；他独自守着这可怕的秘密。但到一八〇一年，他不能再缄默了；他绝望地告诉两个朋友——韦该勒医生和阿芒达牧师：

“我的亲爱的、我的善良的、我的恳挚的阿芒达……我多祝望你能常在我身旁！你的贝多芬真是可怜已极。得知道我的最高贵的一部分，我的听觉，大大地衰退了。当我们同在一起时，我已觉得许多病象，我瞒着；但从此越来越恶劣……还会痊愈吗？我当然如此希望，可是非常渺茫；这一类的病是无药可治的。我得过着凄凉的生活，避免我心爱的一

切人物，尤其是在这个如此可怜、如此自私的世界上！……我不得不在伤心的隐忍中找栖身！固然我曾发愿要超临这些祸害；但又如何可能？……”

他写信给韦该勒时说：“我过着一种悲惨的生活。两年以来我躲避着一切交际，因为我不可能与人说话：我聋了。要是我干着别的职业，也许还可以；但在我的行当里！这是可怕的遭遇啊。我的敌人们又将怎么说，他们的数目又是相当可观！……在戏院里，我得坐在贴近乐队的地方，才能懂得演员的说话。我听不见乐器和歌唱的高音，假如我的座位稍远的话。……人家柔和地说话时，我勉强听到一些，人家高声叫喊时，我简直痛苦难忍……我时常诅咒我的生命……普卢塔克[10]教我学习隐忍。我却愿和我的命运挑战，只要可能；但有些时候，我竟是上帝最可怜的造物……隐忍！多伤心的避难所！然而这是我唯一的出路！”这种悲剧式的愁苦，在当时一部分的作品里有所表现，例如全集卷十三的《悲怆朔拿大》（一七九九年），尤其是全集卷十（一七九八）之三的朔拿大中的Largo。奇怪的是并非所有的作品都带忧郁的情绪，还有许多乐曲，如欢悦的《七重奏》（一八〇〇），明澈如水的《第一交响乐》（一八〇〇），都反映着一种青年人的天真。无疑的，要使心灵惯于愁苦也得相当的时间。它是那样的需要欢乐，当它实际没有欢乐时就自己来创造。当“现在”太残酷时，它就在“过去”中生活。往昔美妙的岁月，一下子是消灭不了的；它们不复存在时，光芒还会悠久地照耀。独自一人在维也纳遭难的辰光，贝多芬便隐遁在故园的忆念里；那时代他的思想都印着这种痕迹。《七重奏》内以变体曲（Variation）出现的Andante的主题，便是一支莱茵的歌谣。《第一交响乐》也是一件颂赞莱茵的作品，是青年人对着梦境微笑的诗歌。它是快乐的，慵懒的；其中有取悦于人的欲念和希望。但在某些段落内，在引子（Introduction）里，在低音乐器的阴暗的对照里，在神圣的Scherzo里，我们何等感动地，在青春的脸上看到未来的天才的目光。……

在这些肉体的痛苦之上，再加另外一种痛苦。韦该勒说他从没见过贝多芬不抱着一股剧烈的热情。这些爱情似乎永远是非常纯洁的。热情与欢娱之间毫无连带关系。现代的人们把这两者混为一谈，实在是他们全不知道何谓热情，也不知道热情之如何难得。……粗野的谈吐与思想，他是厌恶的；他对于爱情的神圣抱着毫无假借的观念。据说他不能原谅莫扎特，因为他不惜屈辱自己的天才去写《唐·璜》[11]。他的密友兴特勒却言“他一生保着童贞，从未有何缺德需要忏悔”……

【注释】

①弗拉芒族：原注——他的祖父名叫鲁特维克，是家族里最优秀的人物，生在盎凡斯，直到二十岁时才住到波恩来，做当地大公的乐长；贝多芬的性格和他最像；我们必须记住这个祖父的出身，才能懂得贝多芬奔放独立的天性，以及别的不全是德国人的特点。译者按：今法国与比利时交界之北部及比利时西部之地域，古称弗朗特；弗拉芒即居于此地域内之人种名；盎凡斯为今安特卫普，是比利时北部之一大城市名。②洋琴：为钢琴以前的键盘乐器，形式及组织大致与钢琴同。③雾雰：指雾气，亦作“雾氛”。④预约：从

前著作付印时必先售预约；因印数不多，刊行后不易购得。⑤战事蔓延到波恩：此系指法国大革命后奥国为援助法国王室发动的战争。⑥开向法国的黑森军队：黑森为当时日耳曼三联邦之一，后皆并入德意志联邦。⑦睥睨：（pì nì）眼睛斜着看，表示傲视或厌恶。⑧引文原注——以上见一八〇一年六月二十九日致韦该勒书；一八〇一年左右致李哀斯书中又言："只要我有办法，我的任何朋友都不该有匮乏。"⑨耳聋：原注——在一八〇二年的遗嘱内，贝多芬说耳聋已开始了六年，所以是一七九六年起的；同时我们可注意他的作品目录，唯有包括三支三重奏的全集卷一，是一七九六年以前的制作；包括三支最初的朔拿大的全集卷二，是一七九六年三月刊行的，因此贝多芬全部的作品可说都是耳聋后写的；关于他的耳聋，可以参看一九〇五年五月十五日德国医学丛报上克洛兹·福莱斯脱医生的文章。……他分析贝多芬一七九六年所患耳咽管炎，到一七九九年变成剧烈的中耳炎，因为治疗不善，随后成为慢性的中耳炎，随带一切的后果；耳聋的程度逐渐增加，但从没完全聋；贝多芬对于低而深的音比高音更易感知；在他晚年，据说他用一支小木杆，一端插在钢琴箱内，一端咬在牙齿中间，用以在作曲时听音；一八一〇年左右，机械家曼扎尔为贝多芬特制的听音器，至今尚保存于波恩城内贝多芬博物院。⑩普卢塔克：纪元一世纪时希腊伦理学家与史家。⑪《唐·璜》：唐·璜为西洋传说中有名的登徒子，莫扎特曾采为歌剧的题材。

2. 一路苦难一路歌

——《艰难困苦，玉汝于成》欣赏

贝多芬的人生之路也是与苦难相伴的，然而他经受的严酷的苦难并不曾扼杀他的才志。那些容易让一般人消沉堕落的苦难仿若磨刀石，磨砺出了他灼灼的天才之光。

从他的出生地——波恩一所破旧屋子的阁楼上，从他父亲的特征及职业——不聪明而酗酒的男高音歌手，从他母亲的经历及身份——夫死后再嫁贝多芬之父亲的女仆，可以看出，他的出身跟孔子类似：生活贫苦，地位不高。虽然跟生而失父的孔子相比，他出生之后父母俱在，但是，父亲带给他的似乎并没有多少家庭的温情，而是迫使他学习的暴力；也未曾让他享受衣食无忧的生活，因为"他少年时代就得操心经济问题，打算如何挣取每日的面包"，过早担负起了家庭生活的重任，就像孔子一样。

跟孔子相像，贝多芬也在十七岁时"丧失了他热爱的母亲"，母亲的去世带给贝多芬的有痛楚，还有"比病魔更残酷的忧郁"。虽然此时的他，家中还有父亲，但是他的父亲却因为酗酒而"不能主持门户"，以致贝多芬"不得不羞惭地要求父亲退休"，让十七岁的自己做一家之主，"负着两个兄弟的教育之责"。这些艰辛痛苦的经历"在他心上留下了深刻的创痕"，却并未消泯他对生养自己的乡土温柔的回忆，也不曾阻止他追求音乐艺术的脚步。

是的，生活的苦难与艰辛从未磨灭他的意志，"他相信自己的力量"，他相信自己的天才终究会获胜。与他的天才相随的，是他伟大的人格——"藏在这骄傲的笨拙之下的慈

悲”：他不忍心看见朋友陷于窘境，他期盼自己的艺术“使可怜的人得益”。

在苦难与艰辛的磨砺中，他艺术的天才与人格的伟大逐渐彰显着动人的光芒！

然而苦难与艰辛并不因此而消退，反而以更加残酷的折磨楔进他的人生：二十六岁起，“耳聋已开始它的酷刑”，“耳朵日夜作响，他内脏也受剧烈的痛楚磨折”，“听觉越来越衰退”。对于喜爱音乐艺术的贝多芬而言，这是何等残酷的折磨！就像失明的画家，再也不能用多彩的颜色描摹丰富的人生！就像不能发声的歌唱家，再也不能用动人的歌喉展现声音的魅力！

在这样残酷的打击下，贝多芬的心灵忍受着何等痛苦的折磨！起初，“他独自守着这可怕的秘密”，后来，在忍无可忍中他才终于将这样的痛苦告诉自己的朋友。病痛痊愈的希望如此渺茫，几乎让他感到绝望；他伤心，他隐忍，他孤独地“躲避着一切交际”，他体验着生活带给他的悲惨与可怕，以致于他“时常诅咒”自己的生命。

即便生活带给他如此残酷的打击，他创作的许多乐曲中依然表现着“欢悦”“明澈”“天真”的力量！

对于贝多芬而言，除了疾病带给他的肉体的痛苦之外，还经受着精神的痛苦：“他不断地钟情，如醉如狂般的颠倒，他不断地梦想着幸福，然而立刻幻灭，随后是悲苦的煎熬”。即便如此，他依然坚守着伟大的人格，就像他的密友兴特勒所说，“他一生保着童贞，从未有何缺德需要忏悔”。

就是在这样与痛苦相随的路上，贝多芬的灵感在音乐中流淌着动人的魅力，而他有动人的悲悯与纯真的热情相伴的伟大人格也闪现着如日月一般的光华。

在50多年的生命历程中，他经受了常人难以想象的贫穷生活的磨砺，他承受了父亲对他的学习施加的高压和暴力的折磨，他因为父亲酗酒、母亲去世而过早地扛起了家庭生活的重担和两个兄弟的教育之责；他以音乐立身扬名，在音乐的领域显现了杰出的艺术才华，而耳聋的病痛却摧残着他音乐艺术的生命……然而，人间的种种苦难未曾磨灭他坚韧的意志，却成就了他悲悯与热情相伴的伟大人格，这人格和他的音乐艺术一样，闪烁着璀璨的光辉……

一路苦难一路歌！

（三）情境提问

有人说：贫穷与卑微的出身会限制人的发展，有大成就的人都出身于富贵之家。请结合孔子与贝多芬的经历，并联系自己的积累，写一段话批驳以上观点。

（四）答案示例

见附录。

四、体验感悟

逆境中成才的能量

想当年，孔子曾经满怀热腾腾的希望，前往参加鲁国当时权势显赫的季氏举办的款待名士的宴会，却被阳虎硬生生地拒之门外。阳虎说："季氏款待的是名士，不敢款待你这样的人。"言外之意是，你也不掂量掂量自己有几斤几两，就敢来这里赴宴？

此时的孔子，正值年少，还在服孝。他能来到季氏门前，应该也是鼓足了勇气的吧？他一定想借此机遇一展才能，得到与名士交往的机缘；他一定希望自己能够凭借优异的表现来给自己去世的父母带来荣耀。当他走到季氏门前的时候，他年少的心中一定洒满了阳光般明媚的希望……然而，他却被阳虎泼了这么一大盆冷水！

那时的他是不是觉得明朗的天一下子就变得狰狞而阴暗了呢？失去了双亲的关爱，失去了跟名士结交的机缘，被公然奚落的他是不是一下子就被羞辱与绝望压倒了呢？

不！不！年少的孔子很快就让自己的光华显现于世人面前，得到鲁大夫孟釐子的肯定。孟釐子在生病即将离开人世的时候，谆谆告诫他的嗣子，说孔丘是圣人之后，年少好礼，应该是能显达之人，殷殷嘱托自己的嗣子一定要以孔丘为师。

年少的孔子应该是将那狰狞而阴暗的羞辱化成了不断学习的动力，凭借他学而不厌的精神，让自己的才能、修养、境界不断提高，让自己成为弟子眼中、心中如日月般光辉的形象，成为万世师表；德配天地，道冠古今，在逆境中成长为泽被后世的圣人……

孔子在逆境中成长的能量是什么？是好学的态度，是学而不厌的精神！

在历史的长河中，凡是让自己贫苦困窘的命运得以改变并实现华丽转身的，大都具有这样学而不厌的精神。杜甫能够"读书破万卷"；白居易"昼课赋，夜课书，间又课诗，不遑寝息矣，以至于口舌生疮，手肘成胝"；从至今尚保存于波恩城内贝多芬博物院的机械家曼扎尔为贝多芬特制的听音器，可以想象得到贝多芬在耳聋程度不断严重的情况下，为了自己热爱的音乐艺术，坚持和命运挑战的不屈不挠的精神；从大英图书馆里马克思曾经坐过的一个固定的座位下磨出的脚印，可以想象他几十年如一日钻研学习的毅力……

逆境中成长的能量是什么？是好学的态度，是学而不厌的精神！

所以，改变命运从具备好学的态度开始，用学而不厌的精神行动！

参考文献：

【1】杨伯峻 . 论语译注 [M]. 北京 : 中华书局 ,2005.

【2】钱穆 . 论语新解 [M]. 北京 : 生活 · 读书 · 新知三联书店 ,2015.10.

【3】辜鸿鸣 . 辜鸿鸣讲论语 [M]. 陕西 : 陕西科学技术出版社 ,2017.9.

【4】陈典 . 论语 [M]. 江西 : 江西人民出版社 ,2016.12.

【5】王艳 . 基于语料库的“或”字演变研究 [J]. 阜阳师范学院学报 (社会科学版),2016(05):62-66.

【6】杨柳婷 . 从《马氏文通》看“或”的语法化 [J]. 渤海大学学报 (哲学社会科学版),2009,31(04):120-122+119.

【7】黎莉 . 浅析《墨子》中“或”字的用法 [J]. 毕节学院学报 ,2011,29(11):115-121.

【8】范红英 . 谈谈文言句式“不亦……乎”的翻译 [J]. 中学语文教学参考 ,2017(29):67.

【9】曹伯高 .“不亦……乎”该如何释译 [J]. 中学语文教学 ,2007(07):51.

【10】韩琳，张爱萍 .《论语》“不亦……乎”之“亦”作用商榷 [J]. 山西广播电视大学学报 ,2001(02):26-27.

【11】郭广敬 . 古汉语中的“不亦……乎 ?”句式分析 [J]. 信阳师范学院学报 (哲学社会科学版),1985(02):101-106.

【12】张玉金 . 释甲骨金文中的“宜”字 [J]. 殷都学刊 ,2008(02):7-12.

【13】田中和夫，傅丽英 . 关于中古汉语副词“无得”——“得”的接尾语化 [J]. 冀东学刊 ,1996(02):38-45.

【14】顾明远 .《论语》中的“君子”[J]. 中国教师 ,2018(09):116-117.

【15】张玉婷 . 浅述《论语》中孔子及其弟子对“君子”的不同理解 [J]. 人文天下，2017(21):27-31.

【16】黄佳琦 .《论语译注》“君子”译文商榷六则 [J]. 齐齐哈尔大学学报 (哲学社会科学版),2016(07):118-119+132.

【17】王婷 . 浅析《论语》中的君子 [J]. 黑龙江史志 ,2014(12):29-30.

【18】张高宇 . 对《论语》中的“君子”阐释和思考 [J]. 绥化学院学报 ,2011,31(05):154-155.

【19】王新龙 .《论语》“君子”“小人”与“女子”浅释 [J]. 新西部 (下旬 . 理论版),2011(07):121-122.

【20】程碧英 .《论语》“君子”词义辨析 [J]. 中华文化论坛 ,2010(01):70-74.

【21】[汉] 司马迁 . 史记（精装典藏本）[M]. 天津 : 天津人民出版社 ,2016.8.

【22】梁启超 . 慢读孔子 [M]. 北京 : 新世界出版社 ,2018.2.

【23】何新 . 圣者 · 孔子传 [M]. 北京 : 同心出版社 ,2012.4:16-17.

【24】张岱年 . 孔子百科辞典 [M]. 上海 : 上海辞书出版社 ,2010.8:14.

第二节　好学方可有所成

一、生活情境

“为什么别人的命运那么好？为什么我的命运这么差？”生活中，你听到过有人这样抱怨自己命运不好的声音吗？如果把“命”理解为个人的生活环境、社会关系等难以改变的外在因素，把“运”理解为后天可以掌控的个人努力程度的话，命运就是可以改变的。改变命运的最佳途径是什么呢？

二、精彩原文欣赏

（一）精彩原文

孔子好学[7]

子曰：“君子①不重②则不威③。学则不固④。主⑤忠⑥信⑦。无⑧友⑨不如己⑩者。过⑪则勿惮⑫改。”

（《论语·学而》）

子曰：“十室⑬之邑⑭，必有忠信如丘者焉，不如丘之好学也。”

（《论语·公冶长》）

子曰：“君子博学于文⑮，约⑯之以礼，亦⑰可以⑰弗畔⑲矣夫⑳。”

（《论语·雍也》）

子曰：“德之㉑不修㉒，学之不讲㉓，闻义㉔不能徙㉕，不善㉖不能改，是㉗吾忧㉘也。”

（《论语·述而》）

子曰：“三年学，不至于谷㉙，不易得也。”

子曰：“学如不及㉚，犹恐失㉛之。”

（《论语·泰伯》）

[7]　选自《论语新解》（钱穆．论语新解［M］．北京：生活读书新知三联书店，2012.7.），有改动；题目为编者所加。

达巷党人[32]曰："大[33]哉孔子！博学而无所成名[34]。"子闻之，谓门弟子[35]曰："吾何执[36]？执御[37]乎？执射[38]乎？吾执御矣！"

（《论语·子罕》）

子曰："吾尝[39]终日不食，终夜不寝，以思，无益[40]，不如学也。"

（《论语·卫灵公》）

子曰："生而知[41]之[42]者，上[43]也。学而知之者，次[44]也，困[45]而学之，又其次也。困而不学，民斯为下[46]矣。"

（《论语·季氏》）

子曰："由也！女[47]闻六言[48]六蔽[49]矣乎？"对曰："未也。""居[50]！吾语[51]女。好仁不好学，其蔽也愚[52]。好知不好学，其蔽也荡[53]。好信不好学，其蔽也贼[54]。好直不好学，其蔽也绞[55]。好勇不好学，其蔽也乱[56]。好刚不好学，其蔽也狂[57]。"

子曰："小子[58]何莫学夫[59]诗？诗可以兴[60]，可以观[61]，可以群[62]，可以怨[63]。迩[64]之[65]事父，远之事君。多识于[66]鸟兽草木之名。"

（《论语·阳货》）

【注释】

①君子：对统治者和贵族男性的通称，可泛指地位高的人；在《论语》中，君子是孔子理想化人格的化身，是有学问有修养的人——向道，尚德，依仁，游艺，智勇兼备，文质彬彬，处事恰到好处。②重：厚重。③威：尊严。④固：鄙陋，见识浅薄，行为粗俗。⑤主：注重。⑥忠：竭诚尽责。⑦信：真心诚意。⑧无：通"毋"，表示劝阻或禁止，可译为"不要"。⑨友：结交，亲近。⑩不如：比不上。也有将"不如"理解为"不像"或"不同"的。⑪过：犯错误。⑫惮（dàn）：怕，畏惧。⑬室：家。⑭邑：小城镇。⑮文：文献，如诗书礼乐、典章制度等。⑯约：约束。⑰亦：语气词，表示推断。⑱可以：能够。⑲畔：通"叛"，违背，背离。⑳夫：语气助词，表示感叹。㉑之：宾语前置的标志，与"学之不讲"的"之"用法相同。㉒修：培养。㉓讲：讨论研习。㉔义：合宜的道德、行为或道理。㉕徙：迁移，这里是追随的意思。㉖善：好。㉗是：这，这里是指上述这些行为。㉘忧：担心的事。㉙谷：禄，官俸。古人常以谷物计禄。㉚及：追赶上，抓住。㉛失：丢掉。㉜达巷党人：达巷党这个地方的一个人。党，古代地方户籍编制单位，五百家为党。㉝大：学识渊博的。㉞无所成名：没有什么一技之长使他树立名声成为名士的。㉟门弟子：在这里，孔子指以自己为师的弟子。㊱执：掌握。㊲御：驾驶车马。㊳射：放箭。㊴尝：曾经。㊵益：进步。㊶知：懂得。㊷之：根据孔子的学说，可以将这里的"之"理解为道义。㊸上：上等，等级高或品质良好。㊹次：第二，居其次。㊺困：不通，即

不能透彻认识事理。㊻下：下等，等级低或品质不好。㊼女：通汝，你。㊽言：字。这里指概述的品德。㊾蔽：蒙蔽。㊿居：坐。51语（yù）：告诉。52愚：愚昧。53荡：放纵。54贼：伤害。55绞：急切，这里有急躁的意思。也有人将其理解为尖酸刻薄。56乱：败坏，破坏。57狂：狂妄。58小子：老师对学生的称呼。59夫：助词，用在句中，使语气显得舒缓。60兴（xīng）：兴起，在这里有激发感情的意思。也有认为读兴（xìng）的，意思是诗歌表现手法之一，借另一事物来引起所咏事物。61观：观察。在这里指观察天地万物、间巷琐细、民俗风情。62群：随俗。这里可以理解为化俗，即使风俗发生变化。63怨：用含蓄的话指责或劝告。64迩：近。65之：这里的“之”和下文“远之”中的“之”都可以理解为音节助词，不译。66于：词缀，用在动词后面，不译。

【译文】

孔子说：“君子不厚重，就没有尊严。坚持学习就不会见识浅薄，行为粗俗。注重修养竭诚尽责和真心诚意的品质。不要亲近不能像自己一样注重忠信的人。犯错误就不要怕改正。”

（《论语·学而》）

孔子说：“即便只有十家人的小城镇，也一定会有像我一样具备竭诚尽责和真心诚意品质的人，但是不会像我这样喜欢学习啊。”

（《论语·公冶长》）

孔子说：“君子广泛地学习文献，用礼法约束自己，应该能够不背离仁道了吧。”

（《论语·雍也》）

孔子说：“不培养美德，不讨论研习所学文献，听到合宜的道德、行为或道理不能追随，有不好的行为不能改正，这些是我担心的事啊！

（《论语·述而》）

孔子说：“学习三年，他的心思不转到做官方面的人，不容易看到啊。”

孔子说：“学习如同不能追赶上什么似的，还如害怕失去已经得到的什么似的。”

（《论语·泰伯》）

达巷党的一个人说：“孔子是学识渊博的人啊！广博地学习却没有什么一技之长使他成为名士的。”孔子听到了他的话，告诉跟从自己学习的弟子说：“我要掌握什么技术？掌握驾驭马车的技术吗？掌握放箭技术吗？我要掌握驾驭马车的技术了！”

（《论语·子罕》）

孔子说：“我曾经整天不吃饭，整夜不睡觉，用来思考，没有进步，比不上学习啊。”

（《论语·卫灵公》）

孔子说："生下来就明白道义的，是品质良好的人。学习之后明白道义的，是品质居于第二等的人。处于不能透彻认识事理的困境之后学习，又比第二等的人次一等。处于不能透彻认识事理的困境却不学习，这样的人就是品质低等的了。"

（《论语·季氏》）

孔子说："子路啊！你知道六种品德会有六种蒙蔽吗？"子路回答说："不知。""坐！我告诉你。喜好仁爱不喜好学习，他受到蒙蔽的后果是愚昧。喜好智慧不喜好学习，他受到蒙蔽的后果是放纵。喜好诚实不喜好学习，他受到蒙蔽的后果是害己害人。喜好直率不喜好学习，他受到蒙蔽的后果是说话尖刻。喜好勇力不喜好学习，他受到蒙蔽的后果是胡作非为。喜好刚正不喜好学习，他受到蒙蔽的后果是狂妄自大。"

孔子说："弟子们为什么不学《诗》呢？诗能够激发人的感情；能够使人观察天地万物、闾巷琐细、民俗风情；能够使风俗发生变化；能够含蓄地指责或劝告。就近而言，有事奉父母之道；就远而言，有事奉君主之义。能够多知道一些鸟兽草木的名称。"

（《论语·阳货》）

（二）原文欣赏

世间乐事，莫如学习[8]

"学而时习之，不亦说乎？"这是《论语》第一篇第一则中的第一句话。为什么传承两千多年的儒家经典要将这一句话放在第一的位置？因为这一句话开宗明义，点出了《论语》最根本的思想要义，指明了生而为人的成长之道，那就是"学而时习"。在孔子看来，只有"学而时习"，才能不断取得如子夏所悟"日知其所亡"的进步；只有"学而时习"，才能逐渐具备"仁"德；只有"学而时习"，才能懂得礼乐；只有"学而时习"，才能成为仁、智、勇兼具的君子。因此，"学而时习"，乐在其中。

世间乐事，莫如学习。孔子就是深知学习之乐的人。他说，即便是居民很少的地方，也一定会有像他一样具备竭诚尽责和真心诚意品质的人，但是不会像他这样喜欢学习。孔子说："知之者不如好之者，好之者不如乐之者。"以学习为乐的人会执着于学习，沉浸于学习，享受学习的兴趣，并从学习中收获丰富的思想，具备不同一般的认识，达到高远的境界，拥有做人的魅力。就像孔子，经由好之不厌的学习，成为让后世敬仰的圣人。

世间乐事，莫如学习。孔子认为"学则不固"，坚持学习就不会见识浅薄，行为粗俗。井底之蛙不可能有大海般的胸襟，因为它没有机会走出井底，观赏到大海的辽阔无垠；善

[8]　此文发表于2020年6月15日《现代教育报·教师周刊》。

于学习的人却可以从经典著作或其他资源中获得成长的滋养，不断超越昨天的自己，成为学识渊博、言行合义、彬彬有礼、令人敬重的人。

世间乐事，莫如学习。孔子说："学如不及，犹恐失之。"他生动地描述了自己在学习中的感觉：如同不能追赶上什么似的，还如害怕失去已经得到的什么似的。学习的迫切之感与对学习所得的珍视之情如在眼前。若非对学习怀着深切的喜爱，恐怕在怠惰与厌弃之中，对学习避之犹恐不及，何来迫切之感与珍视之情？

世间乐事，莫如学习。在学习中能够不断克服愚昧、放纵、害人害己、急躁冒失、胡作乱为、狂妄自大之弊；可以陶冶情操，开阔眼界，了解民俗，影响民风；可以让自己事亲以孝，待人以诚，具备君子品性。具有这样君子品性的人，哪怕箪食瓢饮，穷居陋巷，也能体会到遵循道义立身行事的快乐。具有这样君子品性的人，不会在坎坷困顿中因为迎合他人与谄媚权贵而丢失个人的尊严，不会在富贵生活中因为傲慢与奢侈突破礼仪的规范，不会在对利益的追求中拒绝原则的约束，不会在对权力的掌控中失去仁爱的底线……

世间乐事，莫如学习。善于学习的人，无论穷通，均能让心灵的世界因为道义的指引而充满明丽的阳光；无论治乱，都能让自己拥有一方宁静美好的心灵家园……

世间乐事，莫如学习。一个在学习中不断成长、进步并达到一定境界的人，会追求与名相符的实，而不会去追求不符其实的名，因为他懂得仁义之道并能身体力行。

世间乐事，莫如学习。学思结合，修德尚义，见贤思齐，择善而从，不亦乐乎？

"学而时习之，不亦说乎？"当这样的声音在历史的轨道中代代相传，国家发展的车轮就在绵绵不竭的动力中滚滚向前……

（三）情境提问

"看看你的屋子，又脏又乱，难道你就不会收拾一下吗？""你懂什么？胡说八道！"这样直率而尖刻的话，颇伤人心。孔子是怎样评价这样的人的？这样的人要想改变自己的说话方式，应该怎么做？

（四）答案示例

见附录。

三、拓展阅读

（一）《史记》选文及欣赏

1. 孔子学琴[9]

孔子学鼓琴师襄子，十日不进。师襄子曰："可以益矣。"孔子曰："丘已习其曲矣，未得其数①也。"有间，曰："已习其数，可以益矣。"孔子曰："丘未得其志也。"有间，曰："已习其志，可以益矣。"孔子曰："丘未得其为人也。"有间，有所穆然②深思焉，有所怡然高望而远志焉。曰："丘得其为人，黯然而黑，几然而长，眼如望羊，如王四国，非文王其谁能为此也！"师襄子辟席再拜，曰："师盖云《文王操》也。"

【注释】

①数：技艺。②穆然：沉默的样子。穆，通"默"，沉默的意思。

【译文】

孔子向乐师襄子学习弹琴，一连十天都没有学习新曲子。师襄子说："你可以学习新曲了。"孔子说："我已经熟习这首曲子了，但还没有掌握弹奏的技艺要领。"过了一段时间，师襄子说："你已经掌握弹奏的技法要领，可以学习新曲了。"孔子说："我还没有领会乐曲的情感意蕴。"过了一段时间，师襄子说："你已经领悟乐曲的情感意蕴，可以学习新曲了。"孔子说："我还没有体会出作曲者是个什么样的人。"过了一段时间，孔子先是沉默深思，继而脸色和悦，眼睛望向高处，表现出志在远方的神情，说："我体会出作者是什么样的人了。他肤色黝黑，身材高大，放眼远望，好像统治四方诸侯的王者，不是周文王的话，谁能够这样呢！"师襄子离开座位向孔子拜了拜，说："我的老师好像说过，这首曲子叫《文王操》。"

2. 学而不厌

——《孔子学琴》欣赏

孔子曾经感慨："十室之邑，必有忠信如丘者焉，不如丘之好学也。"孔子认为相对于"忠信"的品行而言，"好学"更为难得，而他就是难得的好学之人。在自己众多的弟子当中，孔子最赏识的莫过于颜回了。孔子赏识颜回的原因有很多，比如颜回的仁、闻一知十的智，不过其中很重要的原因应该是颜回的好学。季康子曾经问孔子，弟子当中谁是好

---

[9]　选自《论语新解》(钱穆 . 论语新解 [M]. 北京：生活读书新知三联书店 ,2012.7.)，有改动；题目为编者所加。

学之人？孔子回答说是颜回，并很感伤地指出颜回不幸短命死了，所以眼下的弟子当中就没有好学的了。由此可见，孔子对“好学”的看重。

孔子本人的成长历程就诠释了什么叫好学。从他向师襄子学琴来看，孔子的好学可以用三个词来描述：专注、执着与深入。

一首曲子，他专注地弹了十天，教他的老师都认为可以再换新曲子了，他却认为自己还没有掌握演奏的技术。于是，继续执着地练下去，一天，一天，又一天……老师认为他已经熟练掌握演奏技术，可以换新曲子了，他却依然坚持揣摩已经练得很熟的曲子，以求进一步感受曲子中蕴含的情感。等到在执着的练习中已经深深领会到曲子蕴含的感情之后，他依然不止步于此，还要在执着的练习中认识作曲者的个人形象。终于，在专注、执着、深入的练习中，他的眼前浮现出了作曲者的面貌与神态……

从弹会到会弹，从感其情到知其人，孔子对一首曲子的学习经历了这样逐步深入的过程，让教他弹琴的师襄子都不由得对他的领悟力表示出莫大的尊重。

孔子的学习经历诠释了什么叫学而不厌。学习的过程中不满足于已达成的目标，不断追求更高更远的目标；不浅尝辄止，而是执着地深入探求规律……

孔子是这样学习的，颜回应该也是这样学习的。

颜回之所以能“不迁怒，不贰过”，应该是因为他在专注、执着与深入的学习中让自己的心境如镜一般清明，所以，他清楚愤怒的缘由，不会将怒火转发给不相干的人；他能洞察犯错的根源，凭借自己坚韧的努力矫正这样的根源，让过错不会再度发生。他之所以能做到孔子称赏的箪食瓢饮而不改其乐并且“三月不违仁”，应该也缘于他专注、执着与不断深入的学习。正是在这样的学习中，他忘记了生活条件的简陋，体验到了心灵的境界在学习中不断提升的快乐，感悟到了“仁”德的魅力，依“仁”行事，始终不怠，“克己复礼”，成为孔子在德行方面成就卓越的弟子……

专注、执着并且在不断深入的学习中迈进通达的境界：好学者当如是！

（二）《童年·在人间·我的大学》选文及欣赏

1. 读书之乐乐何如？

我尽可能用简单明了的话告诉她，我过着苦恼寂寞的生活，只有在读书的时候，才能把一切痛苦忘掉。

“啊，原来是这样？”她这样说着，站起身来，“这话不错，这话也许是对的……唔，好吧！书以后尽量借给你，不过现在没有……唔，你把这本拿去……”

她从长沙发上拿起一本黄封皮的已经破散的书：

“你拿去看，看完了来拿第二卷；一共有四卷……”

我拿了一本梅谢尔斯基公爵①的《彼得堡的秘密》回来，开始极认真地念起来。可是彼得堡的“秘密”，比马德里、伦敦、巴黎的无味得多，我从头几页上已经看明白了。使我发生兴趣的，只有一段关于自由和棍棒的寓言：

“我比你强，”自由说，“因为我比你聪明。”

可是棍棒回答她道：

“不，我比你强，因为我气力比你大。”

争着争着就打起架来了。棍棒痛打了自由。我记得，自由受了重伤死在医院里了。②

这本书中谈到了虚无主义者。我记得，照梅谢尔斯基公爵的观点，虚无主义者是十分凶恶的人，被他瞧一眼，连鸡都会死的。虚无主义者这个名词，我以为是骂人的不体面的话，除此以外，我什么也没有看懂，这真使我伤心。大概我没有阅读好书的能力！我从心里相信，这是一本好书，因为我觉得那样一位尊贵美丽的夫人，绝没有看坏书的道理！

“怎么样？喜欢吗？”我把梅谢尔斯基的黄封面小说还给她的时候，她这样问我。

我很为难地回答了一声“不”，我想，这会使她生气。

不料她只是大笑起来，跑进帷帐后边去了，那儿是她的卧室。她从那里拿来一本精装的山羊皮面子的小书。

“这本你一定会喜欢的。只是不要弄脏了！”

这是一本普希金的诗集。我怀着一种好像一个人偶然走进一处从未见过的美丽的地方产生的贪婪感情，把这本书一口气念完了。走进美丽的地方的时候，总是想马上把它全都跑遍。在沼地的林子中长满苔藓的土墩上，走了好一阵子以后，忽然有一块百花吐艳、煦阳当空的干燥的林间空地展开在眼前的时候，是常常有这种感觉的。一时间，你会狂喜地向这片空地望着，随后马上因欣喜若狂而跑遍这个地方；并且每当脚底接触到丰沃的地面上柔软的绿草，会感到一种说不出的欢喜。

普希金的诗句的纯朴和音节的和谐，使我大为吃惊。此后有很长一个时期，每当我念散文的时候，我就觉得很不自然，佶聱难读。《鲁斯兰》的诗序，使我联想到外祖母对我讲的最好的故事，而且像是把这些故事巧妙地压缩成一个了，其中某些句子刻画入微的真实，引起了我的惊叹：

那儿，一条无人走过的路上，

留着没见过的兽迹。

我在心中把这美妙的句子反复念着，于是我的眼前出现了一条很熟悉的隐约的小径，而且还很清楚地看见从落有沉重的水银般的大颗露珠的草上踏过的神秘的脚印。音调和谐的诗句，它谈及的一切披上了华美的服装，很容易被记住。这渐渐使我变成一个幸福的人，使我的生活变成轻松而愉快的诗，好像新生活的钟声在我的生活中鸣响了。啊，一个人能够识字念书，这是多么幸福呀！

普希金的优美的童话，使我比什么都更感到亲近，更容易理解。我反复地把它们念了几遍，就完全能够背诵了。躺在床上，在未入睡以前，我也总是闭着眼睛低低唱诗。有时候，我就把这些童话经过改编，讲给勤务兵们听，他们听得哈哈大笑，嘴里发出亲切的骂声。西多罗夫抚着我的头轻声说：

“真好！啊，真好……”

……

夫人在我的眼里变得更加崇高了，因为她是看这种书的妇女！不像瓷人儿的裁缝妻子。

我把书拿到她那里去，忧愁地交给她，她很有把握地说：

“这你喜欢吧！你听说过普希金吗？”

我曾在一本杂志上读过关于这位诗人的事，但我很想听她亲口给我讲，于是就说没有听到过。

她把普希金的生平和死，简短地讲了之后，就跟春天一般微笑着，问我：

“你知道了吧？爱女人有多么危险。”

照我所看过的一切书看来，我知道这事情确是危险，可是又很有趣。我就说：

“虽然危险，可是大家都在爱呀！而且女子也常常因此烦恼……”

她像看一切东西那样，透过睫毛向我瞥了一眼，严肃地说：

“啊哟，你明白这个？那么我希望你不要忘了这句话！”

接着，她问我喜欢哪些诗。

我挥动着两手，背了几首给她听。她沉默地、很认真地听着。一会儿，她站起来，在屋子里走来走去；沉思地说：

“可爱的小东西，你该去上学呀！我给你想想办法……你的主人跟你是亲戚吗？”

我回答了是的，她惊叹了一声：

“噢！”好像在责难我一样。

她又借给我一本《贝朗瑞歌曲集》③，这本书很精致，带有版画，裁口喷金，红皮封面。这些歌，以刺心的痛苦和疯狂的欢乐的奇特结合，完全把我弄疯了。

当我念到《年老的流浪汉》的苦痛的话时，不由觉得心里发凉：

人类呀，为什么不把我踩死，
像一个伤害生物的害虫？
呀，你们应该教会我如何为大家的幸福劳动。
如果能把逆风躲避，
害虫也许会变成蚂蚁；
我也许会爱你们像自己的兄弟。
我这年老的流浪汉，可是我到死恨你们好像仇敌。

可是接下去念到《哭泣的丈夫》，我笑得连眼泪都掉下来了。我记得特别清楚的，是贝朗瑞的话：

学会过欢乐的生活，
对普通人也算不得什么！……

贝朗瑞激起了我的不可抑制的快活、调皮的愿望，想对一切人说粗暴的讽刺话，在

短短期间内，我在这方面已经有了很大的长进。他的诗句我也都记得烂熟，在勤务兵他们的厨房里逗留时，也满心得意地念给他们听。

（选自【苏】高尔基《童年 在人间 我的大学》[10]，有改动；题目为编者所加）

【注释】

①梅谢尔斯基（1839-1914），俄国反动作家和政治家。②“棍棒痛打……死在医院里了”句，高尔基记忆有出入，原著是：“棍棒把自由打了个半死，只好把她送进医院去。”③贝朗瑞（1780-1857），法国杰出的民主诗人，写过四部歌曲集，《年老的流浪汉》是其中的一篇。

2. 如果没有爱上书……

——《读书之乐乐何如》欣赏

如果没有爱上书，年少的高尔基会拥有怎样的人生?

如果没有爱上书，“苦恼寂寞的生活”会让年少的高尔基陷于痛苦之中而不能自拔。

如果没有爱上书，书中丰富多彩的世界就无法给年少的高尔基带来别样的惊奇。

如果没有爱上书，年少的高尔基怎么能走进一个与现实世界不同的“美丽的地方”而产生“说不出的欢喜”?

因为爱上书，年少的高尔基拥有了一个属于自己的美丽而丰富的世界，一个可以怀着狂喜之情自由飞跑的世界，一个可以让内心世界洋溢着喜悦与惊叹的世界……

在读书的时候，他的眼前可以浮现出鲜活生动的画面。在读书的时候，他渐渐“变成一个幸福的人”，他能让自己的生活“变成轻松而愉快的诗”，他仿佛听到“新生活的钟声”在鸣响……

书中的童话可以被他改编为生动的故事，书中的语言可以被他转换为自己的语言。在他艰辛的生活中，读书让他兴奋，给他欢乐，也带给他多样的体验——疯狂的，痛苦的，悲凉的，伤心的……

因为爱上书，他的人生也因此而变得丰富，变得不同。

因为爱上书，他让自己成了举世闻名的作家，写出了《童年》《在人间》《我的大学》《阿尔达莫诺夫家的事业》《克里姆·萨姆金的一生》等著名的作品，成为社会主义现实主义文学的奠基人，让他的人生展现了令世人惊叹的精彩……

如果没有爱上书，这世界会失去多少精彩……

在阅读中爱上书，尤其是爱上让高尔基陶醉其中的像普希金优美的童话那样的经典作品之后，你也会像高尔基那样不由自主地喟叹：“一个人能够识字念书，这是多么幸福呀！”

[10] [苏]高尔基.童年 在人间 我的大学[M].北京：人民文学出版社,2015.2.

如果爱上书，不只幸福会这样不期而至，还会有无尽的惊奇与精彩，不断助推你在无形中达到越来越高的境界……

那时的你，一定会庆幸：幸亏自己爱上了书，喜欢阅读名著佳作……

如果没有爱上书？不！不！还是把“如果没有”删除吧！人生在世，要追求进步与幸福，怎么能不爱上书？

（四）情境提问

1. 当今社会，信息量极其庞杂，需要学习的内容也非常多。你认为在当今时代，学而不厌者应该表现出什么样的特征？

2. 生活中，有的人一拿起书就犯困，一玩游戏就精神；一提学习就烦闷，一说美食就兴奋。你对读书与学习之乐有怎样的认识与体会？请写一段话或一首诗比较读书学习与游戏美食的异同。

（五）答案示例

见附录。

四、体验感悟

学习改变命运

假如孔子当年不爱读书学习，只知种田种菜，只会赶车射箭，不读诗书，不学周礼，那么他还能开创儒家学派吗？中国历史上还会留下孔子之圣名吗？当然不会！

如果孔子不具备好学的品性，就无以集古圣贤之智，创儒家之学说，就无以用自己的思想、智慧、人格影响身边的弟子，无以让儒家思想滋养一代又一代后学者成长……

幸而孔子是好学之人！

他“十有五而志于学”，“默而识之，学而不厌”，他学夏礼、殷礼、周礼，他向老子问道，他见贤思齐，见不贤而内自省……他从“学而时习”中体味到人生的欢悦，在学习的快乐中让自己成为仁智勇兼具的君子，并在不知疲倦的教育中，带动弟子们一道在学习中成长，开创儒家学派，让儒家倡导的仁爱、孝悌、礼义、智慧、诚信、勇敢、坚毅等品性转化为中华民族的精神力量。这样的精神力量融入无数中国人的心灵之中，就成了我们国家从一次又一次的危难中崛起并发展的动力，这样的动力让中华文明成为世界文明中一道灿烂辉煌的风景……

学习不只改变了孔子的命运，而且也在无形中改变着中华民族的命运！

“玉不琢，不成器；人不学，不知义。”在《三字经》中，作者用简明上口的语言告诉我们，就像琢磨可以让玉成为适用的器具一样，学习可以让冥顽之人变成明义知理之人。

“青取之于蓝，而青于蓝；冰，水为之，而寒于水。”在《劝学》中，荀子用大自然界中“青”与“冰”为喻，告诉人们，就像取自于“蓝”的“青”可以在颜色的深度上胜于“蓝”，就像源于“水”的“冰”可以在寒的程度上超过水一样，学习也可以让人产生不同以往的改变——超越他人，超越自我。

不只孔子通过学习改变了自己的命运，古今中外历史上无数有成就者都是通过学习来改变自己的命运并推动社会进步的：孟子、荀子、老子、庄子、李白、杜甫、苏轼、陆游、辛弃疾、林则徐、高尔基、歌德、霍金……实在是灿若星辰，数不胜数……

打开“学习强国”的App，来自《论语》的“学而时习之，不亦说乎？”一句静静地出现在眼前。

是的，学习令人愉悦，学习助人成长，学习改变命运，学习才能强国！

参考文献：

【1】杨伯峻 . 论语译注 [M]. 北京 : 中华书局 ,2005.

【2】钱穆 . 论语新解 [M]. 北京 : 生活 · 读书 · 新知三联书店 ,2015.10.

【3】辜鸿鸣 . 辜鸿鸣讲论语 [M]. 陕西 : 陕西科学技术出版社 ,2017.9.

【4】陈典 . 论语 [M]. 江西 : 江西人民出版社 ,2016.12.

【5】[汉] 司马迁 . 史记（精装典藏本）[M]. 天津 : 天津人民出版社 ,2016.8.

第三节　立己达人圣名传

一、生活情境

生活中总有一些人见不得别人比自己强，常常会说一些风凉话打击别人；或者编造谣言诽谤别人，甚至利用不正当的手段恶意伤害别人。这样嫉贤妒能、伤害他人者会因此而得到别人的尊重并体验到人生的幸福吗？

在与人相处的过程中，你认为应该怎样对待他人？为什么要这样做？

二、精彩原文欣赏

（一）精彩原文

修德养性，立己达人[11]

颜渊、季路侍①。子曰："盍②各言尔志？"子路曰："愿车马，衣轻裘③，与朋友共敝④之而无憾。"颜渊曰："愿无伐⑤善，无施劳⑥。"子路曰："愿闻子之志。"子曰："老者安⑦之，朋友信⑧之，少者怀⑨之。"

（《论语·公冶长》）

子曰："知⑩者乐⑪水，仁者乐山。知者动⑫，仁者静⑬。知者乐⑭，仁者寿⑮。"

子贡曰："如有博施⑯于民而能济⑰众，何如⑱？可谓⑲仁乎？"子曰："何事⑳于仁？必也圣㉑乎？尧舜其犹病诸㉒！夫㉓仁者，己欲立㉔而立人，己欲达㉕而达人。能近取譬㉖，可谓仁之方㉗也已。"

（《论语·雍也》）

子曰："君子坦荡荡㉘，小人长戚戚㉙。"

子温㉚而厉㉛，威㉜而不猛㉝，恭㉞而安㉟。

（《论语·述而》）

子曰："君子成人之美㊱，不成人之恶㊲。小人反是㊳。"

（《论语·颜渊》）

---

[11]　选自《论语新解》(钱穆 . 论语新解 [M]. 北京：生活读书新知三联书店 ,2012.7.)，有改动；题目为编者所加。

子路问君子㊴。子曰："修己以敬㊵。"曰："如斯而已㊶乎？"曰："修己以安人㊷。"曰："如斯而已乎？"曰："修己以安百姓。修己以安百姓，尧舜其犹病诸！"

（《论语·宪问》）

【注释】

①侍：服侍，即站在尊者旁边陪着。②盍：何不。③裘：皮衣。④敝：破旧，破烂。这里可以理解为"把……用得破旧"。⑤伐：夸耀。⑥施劳：表白功劳。也有将其理解为"把辛苦的事推给别人"的。⑦安：安闲舒适，这里是使动用法，使……感到安适。⑧信：真心诚意，这里是使动用法，使……得到真心诚意地对待。⑨怀：情意，有爱护的意思，这里是使动用法，使……得到爱护。⑩知：同"智"。⑪乐：喜爱。⑫动：改变，这里有善于改变的意思。⑮静：沉着冷静。⑭乐：安乐。⑮寿：久，长寿。⑯博施：广泛给予。⑰济：救助。⑱何如：怎么样。⑲可谓：可以称为。⑳事：关系。这里可以理解为"止"。㉑圣：圣人，指儒家所称道德智能极高超的理想人物。钱穆先生在《〈论语〉新解》中将其解释为"有德有位"。㉒其犹病诸：大概还很难做到这种程度吧。其，大概。病，困难。诸，"之乎"的合音。㉓夫：助词，用于句首，提示下文内容有所变化。㉔立：生存。㉕达：通晓事理。这里可以理解为达成志愿。㉖近取譬：凭借自身的想法或认识将心比心理解他人或明白道理。取，依托，凭借。㉗方：一般理解为"方法"，这里理解为"相当"。㉘坦荡荡：指心胸宽广。坦，平而宽广，还有"宽厚平和"之义。荡荡：宽广的样子。㉙戚戚：忧惧的样子。㉚温：温和。㉛厉：庄重。㉜威：严肃，严谨而有法度。㉝猛：甚，过分。㉞恭：谦逊有礼。㉟安：安详，从容不迫。㊱成人之美：成全别人的好事。㊲恶：坏事。㊳反是：省略了"于"，应为"反于是"，补上"于"后为状语后置句，正常语序为"于是反"，即跟君子这样的行为相反。㊴君子：指在上位的统治者。㊵修己以敬：通过学习，锻炼培养自己的心性，从而能用慎重的态度待人处事。修：学习，锻炼，培养。敬：谨慎、慎重，不怠慢不苟且。㊶已：成。㊷安人：使自己身边的官员安定。

【译文】

颜渊、季路在孔子身边陪侍。孔子说："为什么不各自说说你们的志愿呢？"子路说："希望献出自己的车马皮衣，跟朋友共同把它们用旧了也没有遗憾。"颜渊说："希望不夸耀自己做的善事，不推脱辛劳之事。"子路说："希望听听您的志愿。"孔子说："对老年人，使他们感到安适；对朋友，使他们得到真心诚意的对待；对年轻人，使他们得到爱护。"

（《论语·公冶长》）

孔子说："拥有智慧的人喜欢水，拥有仁爱的人喜欢山。拥有智慧的人善于改变，拥有仁爱的人沉着冷静。拥有智慧的人活得安乐，拥有仁爱的人活得长久。"

子贡说："如果能广泛给予百姓物品并能救济很多人，怎么样？可以称为仁吗？"孔子说："哪里只是做到仁呢？一定得是有权位有德行吧？尧舜大概还很难做到这样的程度吧！拥有仁德的人，自己想要具备生存的能力就会帮助他人具备生存的能力，自己想要达成志愿就会帮助他人达成志愿。能凭借自身的体会或认识将心比心理解他人或明白道理，可以说是相当于仁了。"

（《论语·雍也》）

孔子说："君子宽厚平和，小人常常表现出忧惧的样子。"

孔子温和而不失庄重，严谨有法度而并不过分，举止谦逊且安详。

（《论语·述而》）

孔子说："君子成全别人的好事，不促成别人的坏事。小人跟君子这样的行为相反。"

（《论语·颜渊》）

子路问在上位的统治者应该怎么做。孔子说："通过学习，锻炼培养自己的心性，从而能用慎重的态度待人处事。"子路说："像这样就成了吗？"孔子说："通过学习，锻炼培养自己的心性，来使身边的官员安定。"子路说："像这样就成了吗？"孔子说："通过学习，锻炼培养自己的心性，来使百姓安定。通过学习，锻炼培养自己的心性，来使百姓安定。尧舜大概还很难做到这种程度吧！"

（《论语·宪问》）

（二）原文欣赏

孔子的魅力

孔子的脸色温和而不失庄重。他的温和应该如春天的阳光或和煦的微风吧？跟他相处的人，定会有煦暖之感。他庄重的神情应该如秋天高远的天空或微凉的秋风吧？让人不由自主心生敬意，且不敢有怠慢之态。孔子待人处事的态度是严谨而有法度的，不会让人产生过分之感。跟他一起做事，你必然会于无形中像他一样认真，追求像他一样将事情做得恰如其分；与此同时，你的内心定会洋溢着不忮不求的和悦与安适之感，你的人生也会由此逐渐变得不同，就像颜渊、子贡……

孔子的形象跟他的内心是一致的。他的内心充溢着时时相随的"仁"的光辉，所以他待人宽厚平和。

他想让老年人因为有他的关爱与礼遇而感到安适，就像他对待盲人乐师冕一样，细心地提示他走到台阶边或座席旁，温馨地告诉他在座的都有哪些人，让冕有如在家一般。

他会真心诚意地对待自己的朋友。朋友死了，没有人去安葬，他会挺身而出，主动料理朋友的丧葬之事。

他会让年轻人得到自己的爱护与帮助。有一个来自民风恶俗之地的男孩子得到孔子的接见与教导，孔子的学生不理解也不认可老师帮助这样的人。孔子则肯定这样的男孩子当下追求上进的态度，并不因为他将来有可能再犯错误或之前有过不良的经历而否定他的进取心。

凭借发愤忘食、不知疲倦的好学精神，他不仅让自己成为仁智勇兼具的君子，而且还影响自己的学生以及前来向自己请教或拜访自己的其他人，帮助他们成长。他教导子贡，为仁不必好高骛远，追求多么了不起的功绩，能凭借自身的体会或认识将心比心理解他人或明白道理，就相当于仁了。他告诉子路，处在统治地位的君子，通过学习，锻炼培养自己的心性，能用慎重的心态待人处事，就可以使身边的官员安定，使百姓安定。他让阙党的一个男孩子为宾主传辞，来帮助他改正不循礼法、急于求成的不足……

他有高远的安老怀少的美好理想，他有切近的敦本务实的严谨态度；他有让人感到暖如春阳的仁者情怀，他还有灵动如水的处世智慧与不惧危难的勇者风范。对待不同弟子的同一问题，他会针对不同弟子的情况给予不同的点拨。他鼓励遇事懦弱畏缩的冉有听到合乎道义的事就要去做；他警戒做事一贯逞强好胜的子路听到有事需要做之后先征求父兄的意见再行动。在匡地和自己的学生一起被当地人围攻的时候，他可以泰然处之，无所畏惧，因为他在不倦的学习中早已通晓人事的常理与环境的局限。

他的仁爱如山，宽容博大，生机无限。他的智慧如水，随物赋形，灵动变化。他的勇气如钢，不屈不挠，守死善道。他的仁者情怀与他的智慧和勇气相融而为君子风范与圣人品格，让他本人具有无尽的魅力。这魅力历千年而常新，垂万世而不朽；如日月之光，布于天下，感化人心……

（三）情境提问

平时的学习中，如果有同学某一科的成绩总是不理想，并因此对这一科的学习失去了兴趣，而你恰好对这一学科很感兴趣，而且成绩优异。当这名同学向你请教的时候，你打算怎么做呢？

（四）答案示例

见附录。

三、拓展阅读

（一）《史记》选文及欣赏

1. 学贯古今泽后世[12]

孔子之时，周室微①而礼乐废②，诗书缺③。追迹④三代之礼⑤，序书传⑥，上纪唐虞之际⑦，下至秦缪⑧，编次其事⑨。曰："夏礼吾能言之，杞不足征⑩也。殷礼吾能言之，宋⑪不足征也。足，则吾能征之矣。"观殷夏所损益⑫，曰："后虽百世⑬可知⑭也，以一文一质⑮。周监⑯二代，郁郁⑰乎文哉！吾从⑱周。"故书传、礼记⑲自孔氏。

孔子语⑳鲁大师㉑："乐其㉒可知也。始作翕如㉓，纵之纯如㉔，皦如㉕，绎如㉖也，以成㉗。""吾自卫反㉘鲁，然后乐正㉙，雅颂各得其所㉚。"

古者㉛诗三千余篇，及至孔子，去其重㉜，取可施㉝于礼义，上采契后稷㉞，中述㉟殷周之盛，至幽厉之缺㊱，始于衽席㊲，故曰"关雎之乱以为风始㊳，鹿鸣为小雅始，文王为大雅始，清庙为颂始"。三百五篇孔子皆弦歌㊴之，以求合韶武㊵雅颂㊶之音。礼乐自此可得而述㊷，以备王道㊸，成六艺㊹。

孔子晚而喜易，序彖㊺，系象㊻，说卦㊼，文言㊽。读易，韦编三绝㊾。曰："假㊿我数年，若是51，我于易则彬彬52矣。"

孔子以诗书礼乐教，弟子盖53三千焉，身通六艺者七十有二人。如颜浊邹之徒54，颇55受业者甚众。

【注释】

①微：衰落。②废：废弃。③缺：缺漏而不完整。④追迹：追踪，考察。⑤三代之礼：指夏、商、周三代的礼制。⑥序书传：编排整理书传。序：依次序排列。书，指《尚书》，又称《书》。⑦上纪唐虞之际：记载的内容远至尧舜时期，以《尧典》为首篇[13]。唐虞：唐尧与虞舜的并称，这里指尧与舜的时代。⑧下至秦缪：近到秦穆公时期，即以《秦誓》为末篇[14]。秦缪，通称秦穆，秦穆公的简称。⑨编次其事：按次序编排从尧舜到秦穆公时期的事件。⑩杞不足征：杞国的典籍和熟悉掌故的贤人不能充分验证。杞，周之封国，夏代之后。征，证明，验证。⑪宋：周之封国，殷代之后。⑫损益：增减，变动，兴革。⑬世：古时称三十年为一世。⑭知：明了。⑮一文一质：一崇尚文采，一崇尚质朴。⑯监：通"鉴"，借鉴，参考。⑰郁郁：富有文采的样子。⑱从：遵循，这里有推崇的意

[12] 选自《史记》（[汉]司马迁.史记（公版）[M].北京：中信出版社，2018.4.），有改动；题目为编者所加。
[13] 何新.诸子的真相[M].北京：现代出版社，2019.1.
[14] 何新.诸子的真相[M].北京：现代出版社，2019.1.

思。⑲礼记：传述解说礼制的著作。⑳语（yù）：告诉。㉑大师：乐官名。㉒其：应该。㉓始作翕如：最初演奏时，不同的乐器同时发声，声势盛大，气氛热烈。作，演奏。翕如，盛大的样子。㉔纵之纯如：放开演奏时，听起来给人纯正和谐的感觉。㉕皦：节奏清晰分明的样子。㉖绎：连续不断的样子。㉗以成：从而奏完一曲。㉘反：通"返"，返回。㉙乐正：审定乐曲的声律音调，使合乎道，以增强古乐的教化作用。㉚各得其所：都得到了适当的整理。㉛古者：从前，过去的时代。㉜重：重复。㉝施：推行。㉞上采契后稷：选取远古时期与契、后稷相关的诗歌。契，商始祖，子姓，别称"阏伯"，是帝尧异母兄，被尧封于商（今河南商丘市），主管火正，其部族以地为号，称"商族"，后世尊称其为"商祖""火神"。后稷，周始祖，姬姓，名弃，出生于稷山（今山西省稷山县），后世尊称其为"稷神""农神"。㉟述：编写。㊱幽厉：周代昏乱之君幽王与厉王的并称。缺：过失。㊲衽席：泛指卧席，这里代指爱情。㊳关雎之乱以为风始：把《关雎》这一乐曲作为《风》的首篇。乱，乐章的尾声，这里可理解为乐曲；另，根据下文的句式怀疑此句中的"之乱"为赘余之文。㊴弦歌：依琴瑟而咏歌。㊵韶武：《韶》乐和《武》乐，泛指高雅的音乐。㊶雅颂：《诗》的两部分内容，这里指配诗之乐。㊷述：传述，传承。㊸备王道：使圣王治国之道充分彰显。备，完备，这里为使动用法，可以理解为使……充分彰显。㊹成六艺：完成六艺的编纂。六艺，《诗》《书》《礼》《乐》《易》和《春秋》6种经籍的总称，也有人认为六艺指《周礼・地官・保氏》中的礼、乐、射、驭、书、术等六种科目[15]。㊺序彖：整理卦名与卦辞。㊻系象：重新编排卦象。㊼说卦：解说卦象。㊽文言：修饰卦辞。㊾韦编三绝：编连竹简的皮绳断了多次，比喻读书勤奋。韦编：用熟牛皮绳把竹简编连起来。三：概数，表示多次。绝：断。㊿假：给予。51若是：像这样。52彬彬：文质兼备的样子，这里有融会贯通之意。53盖：大概。54如颜浊邹之徒：像颜浊邹这样的人。颜浊邹，春秋末年齐国人，出身低贱，曾经做过强盗，后师从孔子；担任齐国大夫，敢于冒死进谏；鲁哀公二十三年齐晋犁丘之役中被生擒，被后人称为齐国忠臣[16]。55颇：略微，稍，这里有不多的意思。

【译文】

孔子生活的时代，周王室衰落，因而礼乐废弃，诗书残缺。孔子考察夏、商、周三代的礼制，编排整理书传，记载的内容远至尧舜时期，以《尧典》为首篇，近到秦穆公时期，以《秦誓》为末篇，按次序编排从尧舜到秦穆公时期的事件。孔子说："夏代的礼制，我能说清楚，但是杞国的典籍和熟悉掌故的贤人不能让我充分验证。殷代的礼制我能说清楚，但是宋国的典籍和熟悉掌故的贤人不能让我充分验证。如果典籍和熟悉掌故的贤人足够，那么我就能验证这些制度了。"审察殷代和夏代创建和革除的礼制，孔子说："往后即

[15]　［西汉］司马迁．史记全鉴（耀世典藏版）[M]．天津：天津人民出版社，2015.3.

[16]　焦杰．十三太保・十八学士・二十四孝・七十二贤[M]．西安：三秦出版社，2012.11:438.

使是三千年的礼制，也可以推知其增减情况，应该会在崇尚文采或崇尚质朴方面交替变化。周朝的礼制借鉴了夏、殷两代的礼制，典章制度极为丰富，我推崇周代的礼制。”因此书传、礼记都出自孔子的编订。

孔子告诉鲁国的乐师：“乐曲的演奏过程应该可以把握。最初演奏时，不同的乐器同时发声，声势盛大，气氛热烈。放开演奏时，听起来给人纯正和谐的感觉，节奏表现出清晰分明的特征，让人产生连续不断的感受，从而奏完一曲。”“我从卫国回到鲁国，然后审定乐曲的声律音调，使其合乎道，让雅乐和颂乐都得到了适当的整理。”

古代留传下来的诗歌有三千多篇，到了孔子的时代，被孔子删去其中重复的内容，选取可以在礼义方面推行的诗篇重新编辑，远古时期的诗歌选编有与契和后稷相关的。在远古和周朝之间，选编了关于殷周盛世的诗歌，直到批评周幽王、周厉王过失的诗歌为止，从写爱情的诗歌开始，因此说“把《关雎》这一乐章作为《风》的首篇，把《鹿鸣》作为《小雅》的开篇，把《文王》作为《大雅》的开篇，把《清庙》作为《颂》的开篇”。对于这三百零五篇诗歌，孔子都给配上弦乐，来使它们与《韶》《武》《雅》《颂》的音乐相一致。礼乐制度从此能够传承，从而使圣王治国之道充分彰显，完成六艺的编纂。

孔子到了晚年喜欢《易》，他整理卦名与卦辞，重新编排卦象，解说卦象，修饰卦辞。他读《易》时，在日常的翻阅中让编连竹简的皮绳断了多次。孔子说：“如果能给我几年时间，像这样学习，我对于《易》就能融会贯通了。”

孔子用诗书礼乐教导弟子，弟子大概有三千人，自身通晓六艺的弟子有七十二人。像颜浊邹这样，在有限的交往中接受过孔子的教导却不属于孔子弟子的有很多。

2. 光前裕后如日月

——《学贯古今泽后世》欣赏

“天不生仲尼，万古如长夜。”《唐子西文录》中记载，蜀道馆舍壁间题有这样一联诗，不知出自何人。[17] 寥寥 10 个字而已，却恰切地形容了孔子的成就与影响：他是中华民族悠久历史文化精髓的传承者，他是照亮漫漫历史的永恒的灯光！有了他充满智慧的引领，人们可以走出蒙昧与野蛮；有了他明如日月的光亮，人们可以看清走向未来的方向……

他是中华民族悠久历史文化精髓的传承者。虽然他生活的时代并非太平盛世，而是周王室衰落时期，并且礼乐废弃，诗书残缺，然而他却凭借自己好学的精神，凭借有限的资源，考察夏、商、周三代的礼制，编排整理书传，鉴往知来。

他喜好音乐。在对音乐痴迷的学习中，他不仅能领会音乐的演奏规律，还能用精练的言语描述规律，而且能够在整理改造的基础上，让音乐发挥端正人心、涵养性情的教化功能。他编订古代留传下来的三百余首诗歌，给每一首诗都配上适当的弦乐，从而可以在咏歌中“兴”“观”“群”“怨”，在咏歌中学习言语表达的能力，在咏歌中体悟待人处世

[17] 王长民．“天不生仲尼，万古如长夜”小考[J]. 读书，2009(05):149.

的道理……

他是照亮漫漫历史的永恒的灯光！在“发愤忘食，乐以忘忧”的学习中，在让“韦编”“三绝”的探究中，在“学而时习”的历练中，他拥有可以使“少者怀”“朋友信”“老者安”的仁心，拥有能够洞幽烛微、不受迷惑的智慧，拥有不惧处境艰辛、“杀身以成仁”的勇气。他不仅通过学习养成了自己的君子人格，而且用诗书礼乐教导弟子。史书中记载他有三千弟子，七十二贤。三千不过是个概数，在他生活的时代，因无形中受到他的影响与感化而走上正道的人不知还有多少。就像颜浊邹，这位出身低贱且曾经做过强盗的普通人，因为在跟从孔子的过程中受到孔子的影响，后来在担任齐国大夫期间，敢于冒死进谏，能够恪守正义，被后人称为齐国忠臣。

被跟他同一时代的“仪封人”称誉为天之“木铎”，他当之无愧！因为有了他，礼乐制度从此能够传承；因为有了他，圣王治国之道得以充分彰显；因为有了他，世道人心就有了可以衡量的准则……

“孔子当为万世师”，邵雍在《首尾吟》中这样称道。

是的，在中华民族的历史上，他的形象光辉璀璨，如日如月；光前裕后，布洒德泽……

（二）《三作家传：卡萨诺瓦，司汤达，托尔斯泰》选文及欣赏

1. 真诚博爱人性美[18]

放下笔，他猛地站起身来，迈着小步急速走下楼去。马夫已经备好了那匹名唤德利尔的牝马①。他翻身上马，提起写作时弯着的身躯。当他直挺挺地骑在马背上像一个骑在骏马上的哥萨克一样朝着树林奔去时，他好像变得更高大，更强健，更年轻，更有生气了。雪白的胡须像波浪一样翻滚，在呼啸的风中飘摆，他兴致勃勃地大张着嘴，为了使劲把田野里的蒸汽吸进去，为了去感觉这生命，这衰老身体里的活着的生命，而那颤动不停的血液里的狂喜则温暖而甜蜜地缓缓通过血管流到他的指尖，流进嗡嗡响的耳朵里。当他现在骑马走进这片幼林时，他突然勒马停住观看，再看看已经绽出的黏滞的幼芽怎样迎着春日的阳光闪烁，颤抖的嫩绿怎样像刺绣一样轻柔地伸向蓝天。他双腿使劲一夹，催马直奔桦树林。他以犀利的目光激动地观看：那些蚂蚁像一个微型的长链挖掘机一样，一个接着一个，时而向前时而返回，沿着树皮的伤口爬行，一些蚂蚁腆着个大肚子把装载物运走，另一些蚂蚁还在用极微小的金丝钳取树粉。这位年迈的大教长，他兴奋地停立了几分钟，他注视着这庞大事物中的微小事物，纵横的热泪一直流到他的胡须里。多么不可思议，七十多年以来，大自然的这面神镜一再变着法儿地令人感到惊奇：它既默不作声又话

[18]　选自《三作家传：卡萨诺瓦，司汤达，托尔斯泰》（[奥]斯特凡·茨威格．三作家传：卡萨诺瓦，司汤达，托尔斯泰[M].上海：上海译文出版社，2017.10.），有改动；题目为编者所加。

语连篇，永远充满异样的画面，什么时候都生机盎然，在静寂中比一切思想和问题更有见地。他胯下的马不耐烦地打着响鼻。托尔斯泰从全神贯注的沉思中醒了过来。两腿使劲夹着马的两肋，使自己在呼啸的风声中不仅能感觉到微小和细弱的东西，而且能感觉到感官的野性和激情。他骑着马疾走，奔驰，飞跑，心情愉快，思想放松，一口气跑了二十俄里，直到马的肋腹冒出闪亮的汗珠。然后他才掉转马头，让它踏着小步走在回家的路上。他的眼睛格外明亮，他的灵魂十分轻松，这位高龄老人像孩提时代走在同一个树林里的同一条七十年来的熟路上一样感到幸福而愉快。

但刚到村边，他那若有所思的脸突然阴沉了下来。他以行家的目光打量着田野：这里，在他的领地范围内，给人一种凄凉的感觉，土地荒芜，篱笆也倾倒腐烂，大概有一半树木被砍走当柴烧了，田地也没有翻耕。他骑着马愤怒地走过去，要求人们讲明情况。从一扇门里走出一个头发散乱、目光躲躲闪闪、赤着脚的脏女人，两三个半裸的孩子怯生生地拽着她的破裙子紧随其后，而从后边低矮的烟雾弥漫的茅屋里传出第四个孩子的哭叫声。他紧皱眉头细心琢磨着荒芜的原因。那个女人哭喊着说出一些不连贯的话，她的男人已经坐了六个星期的大牢了。是因为偷盗树木被捕的。没有这个壮汉，这个勤劳的人，她可怎么照料这个家呀，他偷林木是因为饿的，老爷自己也知道，收成不好，税很重，又要交租子。孩子们见他们的母亲哭喊，就跟着嚎起来。为了打断任何进一步的解释，托尔斯泰赶紧把手伸到衣袋里，掏出一个硬币递给她。然后他就像一个逃亡者似的急速骑马离去。他的面孔很阴郁，他的欢乐已经消逝得无影无踪。“这种事就发生在我们领地上——不，是发生在我已赠给我的妻子儿女的土地上。我是共谋，我有过错，但我为什么总胆怯地把什么都推给我的妻子呢？这是对世人的骗局，那种财产的转移一文不值；因为正当我本人对农奴的徭役感到厌烦的时候，现在我家里的人都从这些贫苦人的身上榨取钱财。我现在是坐在新房子里，我知道，这座新建筑的每一块砖瓦都浸透了农奴的汗水，都是靠他们的被烤干的肉体，靠他们的辛劳挣来的。我怎么有权把不属于我的东西，把那些农民耕作的土地，送给我的妻子和儿女？……”他的脸上现出异常愤怒的表情，当他骑马经过那些石头柱子走进那座“庄主府邸”时，他的脸色更加阴暗。身穿制服的仆人和马夫从门里冲出来，扶他下马。“我的奴隶。”自我控诉的羞愧促使他从心里如此愤怒地讥讽说。

在宽敞的大餐室里，长长的餐桌上铺着洁白的台布，摆着银餐具。人们在等候他，这里有伯爵夫人，他的女儿和儿子们，有秘书，家庭医生，法国女教师，英国女教师，两三个邻居，一个被聘为家庭教师的、具有革命思想的大学生，此外还有那位英国记者：混杂在一起的这批人欢快的谈话声嗡嗡地响个不停。托尔斯泰一走进来，喧哗声戛然而止②，人人都肃然起敬。他按照贵族的礼节庄重地问候过客人，就一言不发地坐在桌旁。那个穿制服的仆人把他挑选的几个素菜摆在他面前——那是一道精烹细做的进口芦笋，他情不自禁地想起那个破衣烂衫的女人，他递给了十戈比的那个农家妇女。他脸色阴沉地坐在那里反躬自省。要是他们能知道我不能也不愿意过这样的生活该多好：仆人前呼后拥，中午吃四道菜，银制餐具一应俱全，而别人却连生活最必需的东西都没有。他们都知道，我希望他们做出的牺牲，只是让他们放弃这种奢侈，放弃这种对人类犯下的可耻的罪孽……

【注释】

①牝马（pìn mǎ）：母马。②戛（jiá）然而止：形容声音突然终止。戛，象声词。

2. 肯舍荣华只取仁

——《真诚博爱人性美》欣赏

他应该有一双深邃的眼睛——温暖而敏锐；他可能有一种高贵的气质——优雅而温厚；他肯定有一颗慈爱的心灵——悲悯而敏感……读托尔斯泰的传记时，我联想到的托尔斯泰就是这样的。

他的眼睛是温暖而敏锐的。所以他能看到黏滞的幼芽迎着春日的阳光闪烁的光亮，他能发现颤抖的嫩绿像刺绣一样轻柔地伸向蓝天的生机，他能感受到像微型长链挖掘机的蚂蚁沿着树皮的伤口爬行、运物、钳取树粉的活力……他会为大自然丰富多彩的变化而感动得热泪纵横，他会因大自然生机盎然的景象而陷入沉思。他敏锐的眼睛能捕捉微小和细弱的东西展现出来的魅力，他温暖的眼光能让自己的心灵在大自然的抚慰中感到幸福而愉快。

他的气质是优雅而温厚的。他是贵族，他有自己的领地，有穿着制服的仆人，他住的是豪华的宅子，他吃的是精烹细做的饭菜，他用的是银质餐具，他过的是一般人无法想象的富贵生活；然而他不仅不以贵族的身份傲人，反而以自己的身份而抱愧，而自责，因为相对于他自己，他关注的更多的是他人。他关注在他的领地中荒芜的土地、倾倒腐烂的篱笆、被砍得七零八落的树林、没有翻耕的田地；他关注在这样的田地中过着贫苦生活的头发散乱、目光躲躲闪闪、赤着脚、穿着破裙子的脏女人，他关注脏女人身后半裸的、怯生生的孩子，他关注在自己身边生活的家人、仆人和他能看到的其他人……

他的心灵是悲悯而敏感的。他为荒芜的田地忧虑，他为穷苦的女人哭喊着所说困顿不堪的生活而痛苦，他因为这种事发生在已赠给自己妻子儿女的土地上而自责，他不能忍受自己家里的人从贫苦人的身上榨取钱财，他为自己所住房子浸透有农奴的汗水而羞愧，他为自己过着富贵的生活而不安。在条件优裕的家庭中，跟自己的儿子们、女儿们、秘书们共同过着富有的生活，他心中升起的却是浓重的罪恶感，为此，他自责，自省，甚至宁愿付出生命的代价。这样肯舍荣华只取仁的托尔斯泰带给我的不只是深深的感动……

肯舍荣华只取仁！

像托尔斯泰这样对芸芸众生怀有悲悯之心，并愿意舍弃自己的家财甚至生命力图改变存在着剥削、压迫与不平等之社会现状的仁人志士，古往今来，不乏其人。“安得广厦千万间，大庇天下寒士俱欢颜！风雨不动安如山。呜呼！何时眼前突兀见此屋，吾庐独破受冻死亦足！”伟大的现实主义诗人杜甫愿意付出自己冻死的代价来实现“庇天下寒士俱欢颜”的梦想！饱含深情的诗句里体现了多么让人感动的仁者情怀。“但愿众生俱饱暖，不辞辛苦出山林。”从明代于谦《咏煤炭》的诗句中可以感知他心怀众生的仁者情怀。“苟利国家生死以，岂因祸福趋避之。”不把个人祸福放在心里，却愿意为了国家的命运全力以赴的林则徐，同样拥有让后人感佩的仁者情怀。“开怀天下事，不言家与身……立志在匡时，欲为国之英。”1921 年加入中国共产党的罗学瓒曾在所写诗歌中表达了匡时济世的家国情怀，这样的情怀就是以天下为己任的仁者情怀。“忍看山河碎？愿将赤血流！……八载坚心志，忠贞为国酬。且欣天破晓，竟死我何求！”1945 年随新四军第七师北撤中被逮捕遇害的共产党员吕惠生在《留取丹心照汗青》一诗中表达的坚贞不渝、甘愿牺牲的爱国之情彰显的也是以国家利益为重的仁者情怀……

肯舍荣华只为仁，仁心所及遍地春！

（三）情境提问

樊迟曾经问他的老师孔子什么是仁，孔子回答了两个字：“爱人。”“爱就意味着用心灵去体会别人最细微的精神需要。”苏霍姆林斯基在《家长教育学》中这样说。“我觉得只有对人类的最强烈的爱，才能激发出一种必要的力量来探求和领会生活的意义。”“谁要是不会爱，谁就不能理解生活。”高尔基在《我的大学》中这样说。“对人的爱，就好像长在身上的翅膀，有了这翅膀，人就可以飞得比什么都高。”高尔基在《意大利童话》中这样说。“爱是推动人类进步的动力，也是我们与他人交往的基石，更是衡量一个人是否成熟的依据。”戴尔·卡耐基在《人性的优点全集》中这样说。“爱，我想，比死和死的恐惧更加强大。只有依靠它，依靠这种爱，生命才能维持下去，发展下去。”屠格涅夫在《麻雀》中这样写。[19] 对于以上关于“爱”的看法，你有怎样的认识？请以“爱”为题写一首小诗或一段话，表达你对“爱”的体验和见解。

（四）答案示例

见附录。

四、体验感悟

仁德如春暖人间

“夫子每到一个国家，一定能了解这个国家的政事。是他自己设法了解到的，还是别人主动告诉他的呢？”当年，孔子的学生陈子禽对于自己的老师获取信息的方式有所疑惑。“求”，是自己主动了解；“与”，是别人主动告知。“求”难免卑微之感，“与”则易生骄慢之情。

[19] 张玉善 . 换种心情看世界：健康快乐名言妙语 [M]. 北京：中国人民公安大学出版社 ,2018.4:209-210.

“夫子凭借温和、善良、恭敬、自制、谦让得到他人的信任，夫子获得信息的方式，应该跟别人获得信息的方式不一样吧？”听到子禽的疑问，子贡这样回答。子贡的回答避开了“求”和“与”的选择，直接点明孔子表现出来的与他人不同的品性，以孔子为人处世的风范巧妙地回答了他获得信息的方式：没有生硬地去“求”谁告知，也没有自傲地等谁告“与”，而是凭借自己美好的德性与风范在跟人交往的过程中自然得知。

温和、善良、恭敬、自制、谦让的风范，则来自他在“学而时习”中修养而成的“造次必于是，颠沛必于是”的“仁”德。

正是缘于这样的仁德，他待人谦和有礼，举止有度：在乡人邻里面前，他温和恭敬，诚信朴实，寡言而少语；在宗庙朝廷之上，他言语详尽，说理通透，慎重而诚挚。对于在互乡这一很难接受别人意见的地方成长的童子，他不计较其以前的过失，不揣度其未来的选择，而肯定其当下求学进取、洁身自好之意，并给予教诲和勉励；对于死后没有亲人来料理丧葬事务的朋友，他能挺身而出，主动担责；对于前来拜访的盲人乐师冕，他适时地提示其走到台阶、座席的位置，并在落座之后，及时告知其周边宾客的姓名及座位，关怀之情仿若春风。

正是缘于这样的仁德，他使“少者怀”“朋友信”“老者安”……

他的仁德，不只浸润了三千弟子，成就了七十二贤，影响了与他同时代的无数人，而且滋养了后世一代又一代的中华儿女，并随着文化的传播惠及世界各地……

这样的仁德，充盈在屈原的忠贞里，在杜甫悲悯苍生苦难的诗歌里，在范仲淹“居庙堂之高则忧其民，处江湖之远则忧其君”的胸襟里，在林则徐“苟利国家生死以，岂因祸福避趋之”的坚毅里，在“为中华之崛起而读书”的抱负里，在改变中国贫穷落后面貌的革命里，在走向共同富裕的脱贫攻坚行动里……

这样的仁德，还流淌在贝多芬期望“让可怜的人得益”的琴弦里，在托尔斯泰甘愿舍弃荣华来救助苦难者的心田里，在高尔基表现人间真情的作品里……

仁德如春暖人间！

参考文献：

【1】杨伯峻 . 论语译注 [M]. 北京 : 中华书局 ,2005.
【2】钱穆 . 论语新解 [M]. 北京 : 生活 · 读书 · 新知三联书店 ,2015.10.
【3】辜鸿鸣 . 辜鸿鸣讲论语 [M]. 陕西 : 陕西科学技术出版社 ,2017.9.
【4】陈典 . 论语 [M]. 江西 : 江西人民出版社 ,2016.12.
【5】[汉] 司马迁 . 史记（公版）[M]. 北京 : 中信出版社 ,2018.4.
【6】[西汉] 司马迁 . 史记全鉴（耀世典藏版）[M]. 天津 : 天津人民出版社 ,2015.3.
【7】吕书宝 . 司马迁“序彖系象说卦文言”新解——兼《易传》经学史节点考析 [J]. 北方论丛 ,2020,(03):76–82.
【8】李学卫 .《史记》载孔子“序彖系象说卦文言”考辨 [J]. 西藏民族大学学报 ,2016,(03).

第二章　读古今小说 看人生百态

丁 静

第一节　假圣僧，真圣佛

一、生活情境

谈到《西游记》我们自然而然就会想到里面生身于顽石，漂洋过海拜师求艺，管他是谁，敢于斗争，无惧来者，“五行山下定心猿”，遵循佛祖旨意，师从唐僧，身着虎皮裙、手持金箍棒、头戴紧箍咒的、最为光彩照人的形象——孙悟空！

唐僧是和尚，是个称职的和尚，那么悟空是吗？

二、精彩原文欣赏

（一）精彩原文

第三回　九幽十类尽除名[20]

只见那美猴王睡里见两人拿一张批文，上有“孙悟空”三字，走近身，不容分说，套上绳就把美猴王的魂灵儿索了去，踉踉跄跄，直带到一座城边。猴王渐觉酒醒，忽抬头观看，那城上有一铁牌，牌上有三个大字，乃“幽冥界”。美猴王顿然醒悟道：“幽冥界乃阎王所居，何为到此？”那两人道：“你今阳寿该终，我两人领批，勾你来也。”猴王听说，道：“我老孙超出三界外，不在五行中，已不伏他管辖，怎么朦胧，又敢来勾我？”那两个勾死人只管扯扯拉拉，定要拖他进去。那猴王恼起性来，耳朵中掣出宝贝，幌一幌，碗来粗细；略举手，把两个勾死人打为肉酱。自解其索，丢开手，抡着棒，打入城中。唬得那牛头鬼东躲西藏，马面鬼南奔北跑，众鬼卒奔上森罗殿，报着：“大王！祸事！祸事！外面一个毛脸雷公，打将来了！”慌得那十代冥王急整衣来看，见他相貌凶恶，即排下班

[20] ［明］吴承恩 . 西游记（中国四大名著 无障碍版）[M] 北京：北京联合出版公司 ,2015:8.

次，应声高叫道："上仙留名！上仙留名！"猴王道："你既认不得我，怎么差人来勾我？"十王道："不敢！不敢！想是差人差了。"猴王道："我本是花果山水帘洞天生圣人孙悟空。你等是什么官位？"十王躬身道："我等是阴间天子十代冥王。"悟空道："快报名来，免打！"十王道："我等是秦广王、初江王、宋帝王、仵官王、阎罗王、平等王、泰山王、都市王、卞城王、转轮王。"悟空道："汝等既登王位，乃灵显感应之类，为何不知好歹？我老孙修仙了道，与天齐寿，超升三界之外，跳出五行之中，为何着人拘我？"十王道："上仙息怒。普天下同名同姓者多，敢是那勾死人错走了也？"悟空道："胡说！胡说！常言道：'官差吏差，来人不差'。你快取生死簿子来我看！"十王闻言，即请上殿查看。

悟空执着如意棒，径登森罗殿上，正中间南面坐下。另有个簿子，悟空亲自检阅，直到那魂字一千三百五十号上，方注着孙悟空名字，乃天产石猴，该寿三百四十二岁，善终。悟空道："我也不记寿数几何，且只消了名字便罢！取笔过来！"那判官慌忙捧笔，饱掭浓墨。悟空拿过簿子，把猴属之类，但有名者一概勾之。捽下簿子道："了帐！了帐！今番不伏你管了！"一路棒，打出幽冥界。那十王不敢相近，都去翠云宫，同拜地藏王菩萨，商量启表，奏闻上天，不在话下。

高老庄大圣除魔

这人无奈，只得以实情告诉道："我是高太公的家人，名叫高才。我那太公有个老女儿，年方二十岁，更不曾配人，三年前被一个妖精占了。那妖整做了这三年女婿。我太公不悦，说道：'女儿招了妖精、不是长法：一则败坏家门，二则没个亲家来往。'一向要退这妖精。那妖精那里肯退，转把女儿关在他后宅，将有半年，再不放出与家内人相见。我太公与了我几两银子，教我寻访法师，拿那妖怪"……行者道："你的造化，我有营生。这才是凑四合六的勾当。你也不须远行，莫要花费了银子。我们不是那不济的和尚，脓包的道士，其实有些手段，惯会拿妖。这正是'一来照顾郎中，二来又医得眼好。'烦你回去上复你那家主，说我们是东土驾下差来的御弟圣僧，往西天拜佛求经者，善能降妖伏怪"

……

高老道："吃还是件小事，他如今又会弄风，云来雾去，走石飞砂，唬得我一家并左邻右舍，俱不得安生。又把那翠兰小女关在后宅子里，一发半年也不曾见面，更不知死活如何。因此知他是个妖怪，要请个法师与他去退去退。"行者道："这个何难？老儿你管放心，今夜管情与你拿住，教他写个退亲文书，还你女儿如何？"

……

行者却弄神通，摇身一变，变得就如那女子一般，独自个坐在房里等那妖精。不多时，一阵风来，真个是走石飞砂……

云栈洞悟空收八戒

行者闻言道："你这厮原来是天蓬水神下界。怪道知我老孙名号。"那怪道声："哏！你这诳上的弼马温，当年撞那祸时，不知带累我等多少，今日又来此欺人！不要无礼！吃我一钯！"行者怎肯容情，举起棒，当头就打。他两个在那半山之中，黑夜里赌斗。好杀：

行者金睛似闪电，妖魔环眼似银花。这一个口喷彩雾，那一个气吐红霞。吐红霞昏处亮，口喷彩雾夜光华。金箍棒，九齿钯，两个英雄实可夸：一个是大圣临凡世，一个是元帅降天涯。那个因失威仪成怪物，这个幸逃苦难拜僧家。钯去好似龙伸爪，棒迎浑若风穿花。那个道："你破人亲事如杀父！"这个道："你强奸幼女正该拿！"闲言语，乱喧哗，往往来来棒架钯。看看战到天将晓，那妖精两膊觉酸麻。

孙行者一调芭蕉扇

老者见三藏丰姿标致，八戒、沙僧相貌奇稀，又惊又喜；只得请人里坐，教小的们看茶，一壁厢办饭。三藏闻言，起身称谢道："敢问公公：贵处遇秋，何返炎热？"老者道："敝地唤作火焰山。无春无秋，四季皆热。"三藏道："火焰山却在那边？可阻西去之路？"老者道："西方却去不得。那山离此有六十里远，正是西方必由之路，却有八百里火焰，四周围寸草不生。若过得山，就是铜脑盖，铁身躯，也要化成汁哩。"三藏闻言，大惊失色，不敢再问。

只见门外一个少年男子，推一辆红车儿，住在门旁，叫声"卖糕"！大圣拔根毫毛，变个铜钱，问那人买糕。那人接了钱，不论好歹，揭开车儿上衣裹，热气腾腾，拿出一块糕递与行者。行者托在手中，好似火盆里的灼炭，煤炉内的红钉。你看他左手倒在右手，右手换在左手，只道："热，热，热！难吃！难吃！"那男子笑道："怕热，莫来这里。这里是这等热。"行者道："你这汉子，好不明理。常言道：'不冷不热，五谷不结。'他这等热得很，你这糕粉，自何而来？"那人道："若知糕粉米，敬求铁扇仙。"行者道："铁扇仙怎的？"那人道："铁扇仙有柄'芭蕉扇'。求得来，一扇熄火，二扇生风，三扇下雨，我们就布种，及时收割，故得五谷养生；不然，诚寸草不能生也。"

行者道："那山坐落何处？唤甚地名？有几多里数？等我问他要扇子去。"老者道："那山在西南方，名唤翠云山，山中有一仙洞，名唤芭蕉洞。我这里众信人等去拜仙山，往回要走一月，计有一千四百五六十里。"行者笑道："不打紧，就去就来。"

……

好猴王，一只手扯住，一只手去耳内掣出棒来，幌一幌，有碗来粗细。那罗刹挣脱手，举剑来迎。行者随又抡棒便打。两个在翠云山前，不论亲情，每只路仇隙……

那罗刹女与行者相持到晚，见行者棒重，却又解数周密，料斗他不过，即便取出芭蕉扇，幌一幌，一扇阴风，把行者扇得无影无形，莫想收留得住。这罗刹得胜回归。

那大圣飘飘荡荡，左沉不能落地，右坠不得存身。就如旋风翻败叶，流水淌残花。滚了一夜，直至天明，方才落在一座山上，双手抱住一块峰石。定性良久，仔细观看，却才认得是小须弥山。大圣长叹一声道："好厉害妇人！怎么把老孙送到这里来了？我当年曾记得在此处告求灵吉菩萨降黄风怪救我师父。那黄风岭至此直南上有三千余里，今在西路转来，乃东南方隅，不知有几万里。等我下去向灵吉菩萨一个消息，好回旧路。"

孙行者三调芭蕉扇

行者闻言，执扇子，使尽筋力，望山头连扇四十九扇，那山上大雨淙淙。果然是宝贝：有火处下雨，无火处天晴。他师徒们立在这无火处，不遭雨湿。坐了夜，次早才收拾马匹、行李，把扇子还给了罗刹。又道："老孙若不与你，恐人说我言而无信。你将扇子回山，再休生事。看你得了人身，饶你去吧！"那罗刹接了扇子，念个咒语，捏做个杏叶儿，噙在口里。拜谢了众圣，隐姓修行。后来也得了正果，经藏中万古流名。罗刹、土地，俱感激谢恩，随后相送。行者、八戒、沙僧，保着三藏遂此前进，真个是身体清凉，足下滋润。

比丘怜子遣阴神

师徒四众牵着马，挑着担，在街市上行够多时，看不尽繁华气概。只见家家门口一个鹅笼。三藏道："徒弟啊，此处人家，都将鹅笼放在门首，何也？"八戒听说，左右观之，果是鹅笼，排列五色彩缎遮幔。呆子笑道："师父，今日似是黄道良辰，宜结婚姻会友。都行礼哩。"行者道："胡谈！那里就家家都行礼！其间必有缘故。等我上前看看。"三藏扯住道："你莫去。你嘴脸丑陋，怕人怪你。"行者道："我变化个儿去来。"

好大圣，捻着诀，念声咒语，摇身一变，变作一个蜜蜂儿，展开翅膀，飞近边前，钻进幔里观看。原来里面坐的是个小孩儿。再去第二家笼里看，也是个小孩儿。连看八九家，都是个小孩儿。却是男身，更无女子。有的坐在笼中顽耍，有的坐在里边啼哭；有的吃果子，有的或睡坐。行者看罢，现原身，回报唐僧道："那笼里是些小孩子，大者不满七岁，小者只有五岁，不知何故。"三藏见说，疑思不定。

驿丞道："此国原是比丘国，近有民谣，改作小子城。三年前，有一老人打扮做道人模样，携一小女子，年方一十六岁，其女形容娇俊，貌若观音。进贡与当今陛下；爱其色美，宠幸在宫，号为美后。近来把三宫娘娘，六院妃子，全无正眼相觑，不分昼夜，贪欢不已。如今弄得精神瘦倦，身体尪羸，饮食少进，命在须臾。太医院检尽良方，不能疗治。那进女子的道人，受我主诰封，称为国丈。国丈有海外秘方，甚能延寿。前者去十洲、三岛，采将药来，俱已完备。但只是药引子厉害：单用着一千一百一十一个小儿的心肝，煎汤服药。服后有千年不老之功。这些鹅笼里的小儿，俱是选就的，养在里面。人家父母，惧怕王法，俱不敢啼哭，遂传播谣言，叫作小儿城。此非无道而何？长老明早到朝：只去倒换关文，不得言及此事。”言毕，抽身而退。

……

三藏战兢兢的，爬起来，扯着行者，哀告道：“贤徒啊！此事如何是好？”行者道：“若要好，大做小。”沙僧道：“怎么叫作‘大做小’？”行者道：“若要全命，师作徒，徒作师，方可保全。”三藏道：“你若救得我命，情愿与你做徒子、徒孙也。”行者道：“既如此，不必迟疑。”教：“八戒，快和些泥来。”那呆子即使钉钯，筑了些土。又不敢外面去取水，后就撸起衣服撒溺，和了一团臊泥，递与行者。行者没奈何，将泥扑作一片，往自家脸上一按，做下个猴像的脸子，叫唐僧站起休动，再莫言语，贴在唐僧脸上，念动真言，吹口仙气，叫“变！”那长老即变做个行者模样；脱了他的衣服，以行者的衣服穿上。行者却将师父的衣服穿了，捻着诀，念个咒语，摇身变作唐僧的嘴脸。八戒、沙僧也难识认。

寻洞擒妖逢老寿
当朝正主救婴儿

假僧接刀在手，解开衣服，忝起胸膛，将左手抹腹，右手持刀，唿喇的响一声，把腹皮剖开，那里头就咕嘟嘟的滚出一堆心来。唬得文官失色，武将身麻。国丈在殿上见了道：“这是个多心的和尚！”假僧将那些心，血淋淋的，一个个捡开与众观看，却都是些红心、白心、黄心、悭贪心、利名心、嫉妒心、计较心、好胜心、望高心、侮慢心、杀害心、狠毒心、恐怖心、谨慎心、邪妄心、无名隐暗之心、种种不善之心，更无一个黑心。那昏君唬得呆呆挣挣，口不能言，战兢兢地教：“收了去！收了去！”那“假唐僧”忍耐不住，收了法，现出本相。对昏君道：“陛下全无眼力！我和尚家都是一片好心，唯你这国丈是个黑心，好做药引。你不信，等我替你取他的出来看看。”

那国丈听见，急眼睛仔细观看。见那和尚变了面皮，不是那般模样。咦！认得当年孙大圣，五百年前旧有名。却抽身，腾云就起。被行者翻筋斗，跳在空中喝道：“那里走！吃吾一棒！”那国丈即使蟠龙拐杖来迎。他两个在半空中这场好杀……

那妖精与行者苦战二十余合，蟠龙拐抵不住金箍棒，虚晃了一拐，将身化作一道寒光，落入皇宫内院，把进贡的妖后带出宫门，并化寒光，不知去向……行者道：“且休拜，且去看你那昏主何在”……少时，见四五个太监，搀着那昏君自谨身殿后面而来……

棒举迸金光，拐轮凶气发。那怪道：“你无知敢进我门来！”行者道：“我有意降妖怪！”那怪道：“我恋国主与你无干，怎的欺心来展抹？”行者道：“僧修政教本慈悲，不忍儿童活见杀。”语去言来各恨仇，棒迎拐架当心札。促损琪花为顾生，踢破翠苔因把滑。只杀得那洞中霞采欠分明，岩上芳菲俱掩压。乒乓惊得鸟难飞，吆喝吓得美人散。只存老怪与猴王，呼呼卷地狂风刮……

行者叫城里人家来认领小儿。当时传播，俱来各认出笼中之儿，欢欢喜喜抱出叫哥

哥，叫肉儿，跳的跳，笑的笑，都叫："扯住唐朝爷爷，到我家奉谢救儿之恩！"无大无小，若男若女，都不怕他相貌之丑，抬着猪八戒，扛着沙和尚，顶着孙大圣，撮着唐三藏，牵着马，挑着担，一拥回城。那国王也不能禁止。这家也开宴，那家也设席。请不及的，或做僧帽、僧鞋、衫、布袜，里里外外大小衣裳，都来相送。如此盘桓，将有个月，才得离城。又有传下数神，立起牌位，顶礼焚香供养。

（二）原文欣赏

除暴安良是悟空

孙悟空，外表一副"毛公脸"，动不动就喊"找打"，动辄就将来敌打死，从这一系列的外在表现上说，他与"唐僧"相距甚远，如若自佛家清规戒律处评说，他还原不够格，算不上"僧"！然而他善良，"仁"在心中，"义"在胸中，不畏强权敢于斗争，一路降妖除魔，一条金箍棒打出的是"正义""助人""扶危济困"，一个蜕变中的"佛祖"正在向众生和读者走来！

拜师前的他桀骜不驯，然而弱小已在胸，正义已在心！

他确不是僧，在《九幽十类尽除名》一节中，当从两个勾死人的嘴里得知自己"寿终正寝"时，他因辩解无用而"恼"了起来，拿出金箍棒不由分说先将两个勾死人的"打为肉酱"！单就这一行动而言，他确实离"僧"离"佛"相距甚远。然而，细思起来不无道理啊！孙悟空不是无理由上来就打，当他来到"幽冥界"问询"为何到此"时，那二勾死人的说"你今阳寿已尽，我二人领批，勾你来"；知他们是公务在身，悟空听后未打——他还是能分明是非的。悟空解释道"我老孙超出三界外，不在五行中，已不伏他管辖"，悟空话说得有理，这样草菅人命的事不该做啊！然而，两个勾死人只管完成任务，哪管悟空的辨别，也活该他们寿数绝此，遇上了这个眼里不揉沙子、正邪分明的孙悟空！他掏出金箍棒，二话不说便将这两个小鬼"打成了肉酱"！悟空大怒，要去问个究竟，不顾一切地打入地府，十代冥王赶紧整衣来迎，他来到森罗殿"居中南面而坐"，质问十王，当得知名在生死簿，寿数有定时，他将生死簿上的自己一笔勾掉！不仅勾掉了自己的名号，而且将自己的"猴属"同类凡是"有名字"的都统统勾掉！"生死簿"一事，他伤了人命，虽与僧佛貌似无关，然而他正义在胸，心系弱小，这不就是佛家的"怜悯之心"吗？不就是善念吗？他不是僧，他确实是佛！

他锄强扶弱，打抱不平，他确不是"僧"，他实是佛！

对于危害百姓的事，悟空就"专秉忠良之心，与人间报不平之事，济困扶危，恤孤念寡"。他仇恨一切兴妖作怪、残害人民的妖精魔怪；而对受苦受难的群众和一切善良的人们，他却有着深厚的感情。用"僧"来概括他的形象远远不够，实则可称之为"佛"！

《高老庄大圣除魔》一节中，高太公向他诉苦，小女翠兰被一个神通广大的妖怪强抢，家人已经半年不得见了。当得知妖怪祸害百姓时，悟空的善心又被激发了，他主动请战“这个何难？老儿你管放心，今夜管情与你拿住，教他写个退亲文书，还你女儿如何”。妖精是谁，手段如何，有无背景，都不是他考虑的范畴，百姓有难他义无反顾，救民之心昭昭。《云栈洞悟空收八戒》中悟空与八戒激战直到“天将晓”，几经大战，悟空百折不挠，不达目的决不罢休，终于收服了猪八戒。

忠于事业，百折不挠，他不是“僧”，他确也是“佛”。《三调芭蕉扇》一节中，要过火焰山，“那山离此有六十里远，正是西方必由之路，却有八百里火焰，四周围寸草不生。若过得山，就是铜脑盖，铁身躯，也要化成汁哩”，可见火焰山成了一个考验，对于唐僧而言，他有坚贞不渝的信仰，不论是何磨难，为了求取真经为了佛法，他也会义无反顾；悟空呢？完全可以选择不冒这个危险。但是他是唐僧的徒弟，他要报唐僧五行山一救之恩，在报恩一念中，他别无他念，火焰山阻挡了取经之事，他要解除祸患。当听卖糕的年轻人说，这个火焰山已经危及了百姓的生存，有扇便可“生风”便可“下雨”，便可“播种”生存时，他的善心又被激发了！保护师傅，解救一方百姓，义不容辞！面对强敌铁扇仙，实实在在的冤家对头，他儿圣英大王因悟空已被收为菩萨身边一散财童子，悟空自知一扇难求！然而他没有放弃。三调芭蕉扇，三次激战，一调战铁扇仙，被一扇子扇飞了一天一夜，扇到万里外的小须弥山，虽幸得定风丹但被骗借来假扇；二调芭蕉扇，好大圣智变牛魔王骗出芭蕉扇，不料又被牛魔王变作的八戒骗回；三调幸得众神相助。铁扇仙，牛魔王，都是强家敌手，势均力敌，然而遇到困难他不像唐僧那样动不动涕泪交流，也不像八戒那样爱说丧气话，动不动就“分行李”“散伙”，悟空从不气馁、他勇敢无畏、不服输、乐观又积极。终于，制服了铁扇仙，拿出了芭蕉扇，帮助了唐僧，更搭救了一方百姓！他所经受的一切苦难，都源于“济危”“济困”！他确不只是“僧”，他更是“佛”！

《比丘怜子遣阴神》一节中，在比丘国，他降服了白鹿精，救出了一千一百一十一个小孩的性命；在隐雾山打死了豹子精，救出了贫穷的樵夫。用唐僧的话讲“出家人，慈悲为怀”要做“有道”之事。比丘国一难，行者为鹅笼中小儿几经挂怀，为一地百姓草除恶患，他救了百姓，救了比丘王，更拯救了比丘国。“慈悲为怀”“拯救苍生”，除恶除尽，打暴安良，好一个孙行者，好一个真“佛祖”！

他虽相貌丑陋，性格顽烈，然而又是那样的善良正义、爱憎分明、勇敢无畏。他心系取经事业，心系百姓，他扶危济困，他除暴安良，他解救人民，孙悟空不是圣僧，恰是圣佛！

（三）情境提问

在一百个读者眼中，有一百个哈姆雷特。确实如此，那么你是如何评价孙悟空的呢？

（四）答案示例

见附录。

三、对比或拓展阅读

（一）其他名著或作品精彩选文

鲁提辖拳打镇关西[21]

那妇人拭着眼泪，向前来深深的道了三个万福。那老儿也都相见了。鲁达问道："你两个是那里人家？为甚啼哭？"

提辖又问道："你姓什么？在那个客店里歇？那个镇关西郑大官人在那里住？"老儿道："老汉姓金，排行第二。孩儿小字翠莲。郑大官人便是此间状元桥下卖肉的郑屠，绰号镇关西。老汉父子两个，只在前面东门里鲁家客店安下。鲁达听了道："呸！俺只道那个大官人，却原来是杀猪的郑屠。这个腌臜泼才，投托着俺小种经略相公门下，做个肉铺户，却原来这等欺负人。"回头看着李忠、史进道："你两个且在这里，等洒家去打死了那厮便来。"史进、李忠抱住劝道："哥哥息怒，明日却理会。"两个三回五次劝得他住。

鲁达又道："老儿，你来。洒家与你些盘缠，明日便回东京去如何？"父子两个告道："若是能够得回乡去时，便是重生父母，再长爷娘。只是店主人家如何肯放？郑大官人须着落他要钱。"鲁提辖道："这个不妨事，俺自有道理。"便去身边摸出五两来银子，放在桌上，看着史进道："洒家今日不曾多带得些出来，你有银子借些与俺，洒家明日便送还你。"史进道："直甚么，要哥哥还。"去包裹里取出一锭十两银子，放在桌上，鲁达看着李忠道："你也借些出来与洒家。"李忠去身边摸出二两来银子。鲁提辖看了，见少，便道："也是个不爽利的人。"鲁达只把这十五两银子与了金老，分付（吩咐）道："你父子两个将去做盘缠。一面收拾行李。俺明日清早来发付你两个起身，看那个店主人敢留你！"金老并女儿拜谢去了。

鲁达把这二两银子丢还了李忠。三人再吃了两角酒，下楼来叫道："主人家酒钱洒家明日送来还你。"

……

且说郑屠开着两间门面，两副肉案，悬挂着三五片猪肉。郑屠正在门前柜身内坐定，看那十来个刀手卖肉。鲁达走到门前，叫声："郑屠！"郑屠看时，见是鲁提辖，慌忙出柜身来唱喏道："提辖恕罪。"便叫副手掇条凳子来，"提辖请坐"。鲁达坐下道："奉着经略相公钧旨，要十斤精肉，切做臊子，不要见半点肥的在上头。"郑屠道："使得，你们快选好的切十斤去。"鲁提辖道："不要那等腌臜厮们动手，你自与我切。"郑屠道："说得是，小人自切便了。"自去肉案上拣了十斤精肉，细细切做臊子。那店小二把手帕包了头，正来郑屠家报说金老之事，却见鲁提辖坐在肉案门边，不敢拢来，只得远远的立住在房檐下

[21]　［明］施耐庵．水浒传（中国四大名著 无障碍版）[M] 北京：北京联合出版公司，2015:8.

望。这郑屠整整的自切了半个时辰，用荷叶包了，道："提辖，教人送去？"鲁达道："送什么！且住，再要十斤都是肥的，不要见些精的在上面，也要切做臊子。"郑屠道："却才精的，怕府里要裹馄饨。肥的臊子何用？"鲁达睁着眼道："相公钧旨吩咐洒家，谁敢问他。"郑屠道："是合用的东西，小人切便了。"又选了十斤实膘的肥肉，也细细的切做臊子，把荷叶来包了。整弄了一早晨，却得饭罢时候。那店小二那里敢过来，连那正要买肉的主顾也不敢拢来。郑屠道："着人与提辖拿了，送将府里去。"鲁达道："再要十斤寸金软骨，也要细细地剁做臊子，不要见些肉在上面。"郑屠笑道："却不是特地来消遣我。"鲁达听罢，跳起身来，拿着那两包臊子在手里，睁眼看着郑屠说道："洒家特地要消遣你！"把两包臊子劈面打将去，却似下了一阵的肉雨。郑屠大怒，两条忿气从脚底下直冲到顶门，心头那一把无明业火，焰腾腾的按捺不住，从肉案上抢了一把剔骨尖刀，托地跳将下来。鲁提辖早拔步在当街上。众邻舍并十来个火家，那个敢向前来劝，两边过路的人都立住了脚，和那店小二也惊的呆了。

郑屠右手拿刀，左手便来要揪鲁达。被这鲁提辖就势按住左手，赶将入去，望小腹上只一脚，腾地踢倒了在当街上。鲁达再入一步，踏住胸脯，提起那醋钵儿大小拳头，看着这郑屠道："洒家始投老种经略相公，做到关西五路廉访使，也不枉了叫做镇关西。你是个卖肉的操刀屠户，狗一般的人，也叫做镇关西！你如何强骗了金翠莲！"扑的只一拳，正打在鼻子上，打得鲜血迸流，鼻子歪在半边，却便似开了个油酱铺，咸的、酸的、辣的，一发都滚出来。郑屠挣不起来，那把尖刀丢在一边，口里只叫："打得好！"鲁达骂道："直娘贼！还敢应口。"提起拳头来就眼眶际眉梢只一拳，打得眼棱缝裂，乌珠迸出，也似开了个彩帛铺的，红的、黑的、绛的，都滚将出来。两边看的人惧怕鲁提辖，谁敢向前来劝？郑屠当不过，讨饶。鲁达喝道："咄！你是个破落户，若是和俺硬到底，洒家倒饶了你。你如今对俺讨饶，洒家偏不饶你！"又只一拳，太阳上正着，却似做了一个全堂水陆的道场，磬儿、钹儿、铙儿一齐响。鲁达看时，只见郑屠挺在地下，口里只有出的气，没了入的气，动弹不得。鲁提辖假意道："你这厮诈死，洒家再打。"只见面皮渐新的变了。鲁达寻思道："俺只指望痛打这厮一顿，不想三拳真个打死了他。洒家须吃官司，又没人送饭、不如及早撒开。"拔步便走，回头指着道："你诈死，洒家和你慢慢理会。"……鲁提辖回到下处，急急卷了些衣服盘缠，细软银两，但是旧衣粗重都弃了。提了一条齐眉短棒，奔出南门，一道烟走了。

鲁智深大闹五台山

只见首座与众僧自去商议道："这个人不似出家的模样，一双眼却凶险"……

首座、众僧禀长老说道："却才这个要出家的人，形容丑陋，貌相凶顽，不可剃度他"……

话说鲁智深回到丛林选佛场中禅床上，扑倒头便睡。上下肩两个禅和子推他起来，

说道："使不得，既要出家，如何不学坐禅？"智深道："洒家自睡，干你甚事？"智深见没人说他，到晚放翻身体，横罗十字，倒在禅床上睡。夜间鼻如雷响，如要起来净手，大惊小怪，只在佛殿后撒尿撒屎，遍地都是。

……

智深赶下亭子来，双手拿住扁担，只一脚，交裆踢着。那汉子双手掩着做一堆，蹲在地下，半日起不得。智深把那两桶酒，都提在亭子上，地下拾起旋子，开了桶盖，只顾舀冷酒吃。无移时，两桶酒吃了一桶。

……

庄家道："和尚若是五台山寺里的师父，我却不敢卖与你吃。"智深道："洒家不是。你快将酒卖来。"庄家看见鲁智深这般模样，声音各别，便道："你要打多少酒？"智深道："休问多少，大碗只顾筛来。"约莫也吃了十来碗酒，智深问道："有甚肉，把一盘来吃。"庄家道："早来有些牛肉，都卖没了，只有些菜蔬在此。"智深猛闻得一阵肉香，走出空地上看时，只见墙边沙锅里煮着一只狗在那里。智深便道："你家现有狗肉，如何不卖与俺吃？"庄家道："我怕你是出家人不吃狗肉，因此不来问你。"智深道："洒家的银子有在这里。"就将银子递与庄家道："你且卖半只与俺吃。"那庄家连忙取半只熟狗肉，捣些蒜泥，将来放在智深面前。智深大喜，用手扯那狗肉，蘸着蒜泥吃，一连又吃了十来碗酒。吃得口滑，只顾要吃，那里肯住。庄家倒都呆了，叫道："和尚只恁地罢！"智深睁起眼道："洒家又不白吃你的，管俺怎地！"庄家道："再要多少？"智深道："再打一桶来。"庄家只得又舀一桶来。智深无移时又吃了这桶酒，剩下一脚狗腿，把来揣在怀里。临出门又道："多的银子，明日又来吃……"

柴进门招天下客，林冲棒打洪教头

鲁智深扯出戒刀，把索子都割断了，便扶起林冲，叫："兄弟，俺自从和你买刀那日相别之后，洒家忧得你苦。自从你受官司，俺又无处去救你。打听的断配沧州，洒家在开封府前又寻不见，却听得人说监在使臣房内。又见酒保来两个公人，说道："店里一位官人寻说话。以此洒家疑心，放你不下，恐这厮们路上害你，俺特地跟将来。见这两个撮鸟带你入店里去，洒家也在那店里歇。夜间听得那厮两个做神做鬼，把滚汤赚了你脚。那时俺便要杀这两个撮鸟，却被客店里人多，恐妨救了。洒家见这厮们不怀好心越放你不下。你五更里出门时洒家先投奔这林子里来等杀这所两个撮鸟。他倒来这里害你，正好杀这厮两个。"林冲劝道："既然师兄救了我，你休害他两个性命。"鲁智深喝道："你这两个撮鸟，洒家不看兄弟面时，把你这两个都剁做肉酱！且看兄弟面皮，饶你两个性命。"就那里插了戒刀，喝道："你这两个撮鸟，快搀兄弟，都跟洒家来！"提了禅杖先走。两个公人那里敢回话，只叫："林教头救俺两个！"依前背上包裹，提了水火棍，扶着林冲，又替他拕了包裹，一同跟出林子来。行得三四里路程，见一座小小酒店在村口。四个人入来坐下。看那店时，但见：

前临驿站，后接溪村。数株槐柳绿阴浓，几处葵榴红影乱。门外森森麻麦，窗前猗猗荷花。轻轻酒旆舞薰风，短短芦帘遮酷日。壁边瓦瓮，白冷冷满贮村醪；架上磁瓶，香喷喷新开社酝。白发田翁亲涤器，红颜村女笑当垆。

当下深、冲、超、霸四人在村酒店中坐下，唤酒保买五七斤肉，打两角酒来吃，回些面来打饼。酒保一面整治，把酒来筛。两个公人道："不敢拜问师父，在那个寺里住持？"智深笑道："你两个撮鸟，问俺住处做什么？莫不去教高俅做什么奈何洒家？别人怕他，俺不怕他。洒家若撞着那厮，教他吃三百禅杖。"林冲问道："师兄，今投那里去？"鲁智深道："杀人须见血，救人须救彻。洒家放你不下，直送兄弟到沧州。"两个公人听了道："苦也！却是坏了我们的勾当，转去时怎回话！"且只得随顺他，一处行路。

被智深监押不离，行了十七八日，近沧州只有七十来里路程，一路去都有人家。再无僻静处了。鲁智深打听得实了。就松林里少歇。智深对林冲道："兄弟，此去沧州不远了，前路都有人家，别无僻静去处。洒家已打听得实了。俺如今和你分手，异日再得相见。"林冲道："师兄回去，泰山处可说知。防护之恩，不死当以厚报。"鲁智深又取出一二十两银子与林冲，把三二两与两个公人道："你两个撮鸟，本是路上砍了你两个头，兄弟面上饶你两个鸟命。如今没多路了，休生歹心。"两个道："再怎敢，皆是太尉差遣。"接了银子，却待分手。鲁智深看着两个公人道："你两个撮鸟的头，硬似这松树么？"二人答道"小人头是父母皮肉包着些骨头。"智深轮起禅杖，把松树只一下，打的树有二寸深痕，齐齐折了。喝一声道："你两个撮鸟，但有歹心，教你头也似这树一般。"摆着手，拖了禅杖，叫声："兄弟保重！"自回去了。

董超、薛霸都吐出舌头来，半晌缩不入去。林冲道："上下，俺们自去罢。"两个公人道："好个莽和尚，一下打折了一株树！"林冲道："这个直得什么，相国寺一株柳树，连根也拔将起来。"二人只把头来摇，方才得知是实。

（二）选文阅读欣赏

行侠仗义是鲁达

初，登场，鲁提辖的外貌是个壮汉，"丑陋，貌相凶顽"，眼长得"凶险""不似出家模样"，与僧与佛风马牛不相及。

然而，佛在心中。

对金氏妇女落难一事，事不关他，然而金老儿及其小女的一番哭诉，"老儿，你来。洒家与你些盘缠，明日便回东京去如何？"善良、善恶分明的他，资财相助，"去身边摸出五两银子来"，还担心不够，于是向史进、李忠等借钱，仗义相帮。他重义轻财，他乐善好施，因为心中多的是正义，多的是同情，多的是善良！帮人帮到底，当金氏父女步出

酒楼遭洒家一截时，他明白，光有谋生的银两，金氏父女是难以脱身的。为了剪除恶霸，保金氏父女无忧，鲁提辖拳打镇关西。这一情节，写得大快人心。鲁提辖这个粗人，竟也是如此的粗中有细，有勇有谋！他到郑屠的肉铺故意找茬，第一次要“十斤精肉，切做臊子，不要见半点肥的在上头”；第二次要“十斤都是肥的，不要见精的在上面，也要切做臊子”；第三次要“十斤寸金软骨，也要细细地剁成臊子，不要见些肉在上面”。这一番故意找茬，为金氏父女的逃离拖延了时间。在暴打郑屠的过程中，他武艺高强，身手矫健。当发现郑屠“口里只有出的气，没有进的气，动弹不得”，他假意道:“你这厮诈死”，当发现郑屠真的被自己打死时，他的表现更为精彩，“鲁达寻思道：‘俺只指望痛打这厮一顿，不想三拳真个打死了他。洒家须吃官司，又没人送饭，不如及早撒开。’拔步便走，回头指着道:‘你诈死，洒家和你慢慢理会。’”，假意指责，说给众人听，给自己出逃留出时间，鲁提辖的粗中有细演绎得淋漓尽致！搭救金氏父女，却断送了自己的前程！此事本与他无干，然而“扶危济困”看不得欺弱凌小，他见义勇为，路见不平，拔刀相助。闯祸后，他机智有谋，粗中有细，自此开始了流浪的生涯。他不是僧，他却是佛！

叫僧不是僧，然而佛在心中。

相貌凶狠，面无善色，虽曾剃度，虽有度牒，虽为“智深”，然而叫僧不是僧。他不坐禅，却吃酒肉，不止酩酊大醉，前次闹了佛堂，后次再醉，坏了金刚，塌了亭子，卷堂闹了选佛场。这哪里是青灯古佛的侍者，确实“不是看经念佛人！”

“快意恩仇，义字当先”。他“醉拔垂杨柳”，初见林冲，便和林冲结为兄弟，当林冲妻子第一次被高衙内调戏时，他便带了二三十人要去帮林冲出气，林冲忌讳高太尉，临了鲁智深还说有事叫上兄弟，这是何等的“义气深重”？！林冲发配沧州，路上多次受到二衙役的算计，鲁智深暗里追随暗中保护林冲千余里路，如果没有鲁智深大闹野猪林，旷世英雄好汉林冲早已被二衙役结果，哪还等到“林冲风雪山神庙”“雪夜上梁山”啊？！“义”字当头！有仁有义，有忠有信，普济天下，这一番举动再次说明他不是僧，他确实佛！

（三）情境提问

鲁智深这个形象，如果用京剧脸谱勾勒出来，你会怎样描绘呢？

（四）答案示例

见附录。

四、体验感悟

（一）感悟示例

英雄不可貌相

万事万物，不可被它的外表所蒙蔽，重要的是他的本质。孙悟空也罢，鲁智深也罢，究其外表都不是善类，孙悟空丑陋甚至怕人，鲁智深不仅貌恶而且饮酒闹事，他们虽入空门比不得唐僧，他们可以说都是在不得已的情况下加入的，他们没有过多的对佛的信仰。然而，他们都善良，他们嫉恶如仇，他们不惧危险，侠肝义胆，他们心中有善，心中有爱，除恶扬善，这就是佛家的倡导，他们都做到了！他们做不到“僧”严守清规戒律这一点，然而他们的侠义、有爱、普度众生，已显露“佛”的光彩！

（二）感悟空间

参考文献：

【1】(明)吴承恩 . 西游记 [M]. 北京 : 人民教育出版社 ,2017.7.
【2】(明)施耐庵 . 水浒传 [M]. 北京 : 人民教育出版社 ,2018.7.

第二节　“射线”与“射线”交于“道义”

——品读《水浒传》与《西游记》

一、生活情境

射线林冲，端点为东京八十万禁军教头，有美满的家室，有极高的名望，后因高太尉、陆谦陷害，险些丧命，不得已杀了陆谦等奸人，被朝廷通缉，最后只得造反落草。射线《西游记》中的齐天大圣，端点为无父无母的天生石猴，师承菩提祖师，藐视玉帝，不服天庭等级制度而造反，而后经历随同唐僧西天取经，历经九九八十一难，修炼成降妖除魔的斗战胜佛！

相交的原因除社会原因外，求相交的个性原因……

二、精彩原文欣赏

（一）精彩原文

豹子头误入白虎堂

林冲别了智深，急跳过墙缺，和锦儿径奔岳庙里来……林冲赶到跟前，把那后生肩胛只一板过来，喝道：“调戏良人妻子，当得何罪！”恰待下拳打时，认的是本管高太尉螟蛉之子高衙内。原来高俅新发迹，不曾有亲儿，无人帮助，因此过房这高阿叔高三郎儿子在房内为子。本是叔伯弟兄，却与他做干儿子，因此高太尉爱惜他……当时林冲扳将过来，却认得是本管高衙内，先自手软了。林冲道：“原来是本管高太尉的衙内，不认得荆妇，时间无礼。林冲本待要痛打那厮一顿，太尉面上须不好看。自古道：“不怕官，只怕管。林冲不合吃着他的请受，权且让他这一次。”

……

林冲见了，执刀向前声喏。太尉喝道：“林冲，你又无呼唤，安敢辄入白虎节堂！你知法度否？你手里拿刀，莫非来刺杀下官？有人对我说，你两三日前拿刀在府前伺候，必有歹心。”林冲躬身禀道：“恩相，恰才蒙两个承局呼唤林冲将刀来比看。”太尉喝道：“承局在那里？”林冲道：“恩相，他两个已投堂里去了。”太尉道：“胡说！什么承局敢进我府堂里去。左右，与我拿下这厮！”说犹未了，旁边耳房里走出二十余人，把林冲横推倒拽，恰似皂雕追紫燕，浑如猛虎啖羊羔。高太尉大怒道：“你既是禁军教头，法度也还不知道。因何手执利刃，故入节堂，欲杀本官？”叫左右把林冲推下。

林教头刺配沧州道

当晚三个人投村中客店里来。到得房内，两个公人放了棍棒，解下包，林冲也把包来解了，不等公人开口，去包里取些碎银两，央店小二买些酒肉，籴些米来，安排盘馔，请两个防送公人坐了吃。董超、薛霸又添酒来，把林冲灌的醉了，和枷倒在一边。薛霸去烧一锅百沸滚汤，提将来倾在脚盆内，叫道："林教头，你也洗了脚好睡。"林冲挣的起来，被枷碍了，曲身不得。薛便道："我替你洗。"林冲忙道："使不得！"薛霸道："出路人那里计较的许多。"林冲不知是计，只顾伸下脚来，被薛霸只一按，按在滚汤里。林冲叫一声："哎也！"急缩得起时，泡得脚面红肿了。林冲道："不消生受。"薛霸道："只见罪人伏侍公人，那曾有公人伏侍罪人。好意叫他洗脚，颠倒嫌冷嫌热，却不是好心不得好报。"口里喃喃的骂了半夜。林冲那里敢回话，自去倒在一边。

睡到四更，同店人都未起，薛霸起来烧了面汤，安排打火做饭吃。林冲起来，晕了，吃不得，又走不动。薛霸拿了水火棍，催促动身。董超去腰里解下一双新草鞋，耳朵并索儿却是麻编的，叫林冲穿。林冲看时，脚上满面都是潦浆泡，只得寻觅旧草鞋穿，那里去讨，没奈何，只得把新鞋穿上。叫店小二算过酒钱。两个公人带了林冲出店，却是五更天气。林冲走不到三二里，脚上泡被新草打破了，鲜血淋漓，正走不动，声唤不止。薛霸骂道："走便快走，不走便大棍搠将起来。"林冲道："上下方便，小人岂敢怠慢，俄延程途，其实是脚疼走不动。"

三个人奔到里面，解下行李包裹，都搬在树根头。林冲叫声："呵也！"靠着一株大树便倒了。只见董超说道："行一步，等一步，倒走得我困倦起来。且睡一睡却行。"放下水火棍，便倒在树边，略略闭得眼，从地下叫将起来。林冲道："上下做什么？"董超、薛霸道："俺两个正要睡一睡，这里又无关锁，只怕你走了。我们放心不下，以此睡不稳。"林冲答道："小人是个好汉，官司既已吃了，一世也不走。"董超道："那里信得你说。要我们心稳，须得缚一缚"。林冲道："上下要缚便缚。小人敢道怎地。"薛霸腰里解下索子来，把林冲连手带脚和枷紧紧的绑在树上。两个跳将起来，转过身来，拿起水火棍，看着林冲，说道："不是俺要结果你，自是前日来时，有那陆虞候传着高太尉钧旨，教我两个到这里结果你，立等金印回去回话。便多走的几日，也是死数。只今日就这里，倒作成我两个回去快些。休得要怨我弟兄两个，只是上司差遣，不由自己。你须精细着，明年今日是你周年。我等已限定日期，亦要早回话。"林冲见说，泪如下，便道："上下！我与你二位，往日无仇、近日无冤。你二位如何救得小人，生死不忘"。

林冲棒打洪教头

话说当时薛霸双手举起棍来，往林冲脑袋上便劈下来。说时迟，那时快，薛霸的棍恰举起来，只见松树背后雷鸣也似一声，那条铁禅杖飞将来，把这水火棍一隔，丢去九霄云外。跳出一个胖大和尚来，喝道："酒家在林子里听你多时！"

两个公人看那和尚时，穿一领皂布直裰，跨一口戒刀，提起禅杖，抡起来打两个公人。林冲方才闪开眼看时，认得是鲁智深。林冲连忙叫道："师兄，不可下手！我有话说。"智深听得，收住禅杖。两个公人呆了半晌，动掸不得。林冲道："非干他两个事，尽是高太尉使陆虞候分付（吩咐）他两个公人，要害我性命。他两个怎不依他。你若打杀他两个，也是冤屈。"

林教头风雪山神庙，陆虞候火烧草料场

正吃时，只听得外面必必剥剥地爆响。林冲跳起身来，就壁缝里看时，只见草料场里火起，刮刮杂杂烧着。

……

当时林冲便拿了花枪，却待开门来救火，只听得前面有人说将话来。林冲就伏在庙听时，是三个人脚步声，直奔庙里来。用手推门，却被石头靠住了，推也推不开。三人在庙檐下立地看火，数内一个道："这条计好么？"一个应道："端的亏管营、差拨两位用心。回到京师，禀过太尉，都保你二位做大官。这番张教头没的推故。"那人道："林冲今番直吃我们对付了。高衙内这病必然好了。"又一个道："张教头那厮，三回五次托人情去说：'你的女婿殁了。'张教头越不肯应承。因此衙内病患看看重了，太尉特使俺两个央浼二位干这件事，不想而今完备了。"又一个道："小人直爬入墙里去，四下草堆上点了十来个火把，待走那里去！"那一个道："这早晚烧个八分过了。"又听一个道："便逃得性命时，烧了大军草料场，也得个死罪。"又一个道："我们回城里去罢。"一个道："再看一看，拾得他一两块骨头回京，府里见太尉和衙内时，也道我们也能会干事。"

林冲听那三个人时，一个是差拨，一个是陆虞候，一个是富安。自思道"天可怜见林冲，若不是倒了草厅，我准定被这厮们烧死了。"轻轻把石头掇开，挺着花枪，一手拽开庙门，大喝一声："泼贼那里去！"三个人急要走时，惊得呆了，正走不动。林冲举手肐察的一枪，先戳倒差拨。陆虞候叫声："饶命！"吓的慌了手脚，走不动。那富安走不到十来步，被林冲赶上，后心只一枪，又戳倒了。翻身回来，陆虞候却才行的三四步。林冲喝声道："奸贼！你待那里去！"劈胸只一提，丢翻在雪地上。把枪搠在地里，用脚踏住胸脯，身边取出那口刀来，便去陆谦脸上搁着，喝道："泼贼！我自来又和你无什么冤仇，你如何这等害我！正是杀人可恕，情理难容。"陆虞候告道："不干小人事，太尉差遣，不敢不来。"林冲骂道："奸贼，我与你自幼相交，今日倒来害我，怎不干你事！且吃我一刀。"把陆谦上身衣服扯开，把尖刀向心窝里只一剜，七窍迸出血来将心肝提在手里。回头看时，差拨正爬将起来要走。林冲按住喝道："你这厮原来也恁的歹！且吃我一刀。"又早把头割下来，挑在枪上。回来把富安、陆谦头都割下来，把尖刀插了，将三个人头发结做一处，提入庙里来，都摆在山神面前供桌上。再穿了白布衫，系了搭膊，把毡笠子带上，将葫芦里冷酒都吃尽了。被与葫芦都丢了不要，提了枪，便出庙门投东去。走不到

三五里，早见近村人家都拿着水桶、钩子来救火。林冲道："你们快去救应，我去报官了来。"提着枪只顾走。

……

庄家们都动弹不得，被林冲赶打一顿，都走了。林冲道："都走了，老爷快活吃酒。"土炕上却有两个椰瓢，取一个下来，倾那瓮酒来吃了一会儿，剩了一半，提了枪出门便走。一步高，一步低，踉踉跄跄捉脚不住。走不过一里路，被朔风一掉，随着那山涧边倒了，那里挣得起来。凡醉人一倒，便起不得。当时林冲醉倒在雪地上。

林冲雪夜上梁山

"仗义是林冲，为人最朴忠。江湖驰誉望，京国显英雄。

身世悲浮梗，功名类转蓬。他年若得志，威镇泰山东！"

林冲题罢诗，撇下笔，再取酒来……林冲道："你真个要拿我？"那汉笑道："我却拿你做什么。你跟我进来，到里面和你说话。"那汉放了手，林冲跟着，到后面一个水亭上，叫酒保点起灯来，和林冲施礼，对面坐下。那汉问道："却才见兄长只顾问梁山泊路头，要寻船去。那里是强人山寨，你待要去做什么？"冲道："实不相瞒，如今官司追捕小人紧急，无安身处，特投这山寨里好汉入伙，因此要去。"

（二）原文欣赏

忍无可忍是林冲

豹子头林冲原是东京八十万禁军枪棒教头。豹头环眼，枪法绝伦。他的妻子被高俅之子高衙内调戏，自己也因被高俅陷害误入白虎节堂，从而刺配沧州。在发配途中，险些遇害，幸亏鲁智深在野猪林搭救。在沧州牢城看守天王堂草料场时，又遭高俅心腹陆谦暗算。林冲路杀陆谦，雪夜上梁山。被命运所迫，不得已成了一名反抗者！

他能够忍耐！然而，即便委曲求全也一样难逃厄运！

忍辱负重！

当林冲认出调戏他妻子的是高太尉之子时，他"下拳打"便成了一个定格，后在鲁智深赶来要帮助义弟出一口恶气时，林冲解释过"太尉面上须不好看""不怕官，只怕管。林冲不合吃着他的请受，权且让他这一次"。高太尉是林冲的顶头上司，林冲为了"人在屋檐下"，忍下肚里被侮辱的恶气，只为混得一世安生与和气。侮辱发妻，"失节"是最大的耻辱！身为东京八十万禁军教头的林冲，在暴打高衙内出气与屈卧于高太尉门下委曲求全安生度日之间，选择了后者！于是，他多日"闷闷不已，懒上街去"。正是因为多日苦闷，于是乎他又陷入了"好友"陆虞候的圈套，险使自己和妻子受辱，信讲义气的他不曾想过兄弟也会出卖自己，于是他将对陆虞候的恨与对高太尉高衙内不敢发泄的恨，一并拿出砸了陆虞候的家！对于一而再侮辱他与妻子的高衙内，他依然采取了隐忍的方式，继续守着该守的法度！社会的黑暗、高太尉的权势势必使这个威震四方的英雄折腰！他的隐忍换不来他想要的息事宁人、风平浪静！再"陷"白虎堂这一圈套，是他的命运！高氏父子要的是他的命！他的隐忍，他的一忍再忍，他无论如何忍，都换不来他想要的，只能使得高氏父子集团与林冲之间的冲突一升再升！林冲即便卑微到泥土里，只要他还有一口气在，高氏父子杀意难平！

忍气吞声！

发配沧州，这一路上，林冲一次又一次地陷入两位恶差的圈套，真如同待宰的羔羊！两位恶差收了陆虞候的贿赂后，一心想着完成"主子"的任务。第一狠计：灌醉对手！第二狠计：沸水泡脚！第三狠计：穿新草鞋！第四狠计：野猪林棒杀！这两位恶差知道自己不是"八十万禁军教头"的对手，不用点手段可能聪明反被聪明误！真是狠煞了心啊！再看林冲，到得店后，"不等公人开口"，他很识趣，如果不把二位差人打点好的话，自己这一路绝没有好果子吃！"去包里取些碎银两，央店小二买些酒肉籴些米来，安排盘馔，请两个防送公人坐了吃"，"八十万禁军教头"啊，今日竟落得连个小小差役的脸色都要顾忌；当薛霸提来沸水让他"洗脚"时，侠义的林冲当是善意，连连谦虚恭谨地"忙道'使不得'"，一个阶下囚，一个求差人在发配路上少找自己麻烦的阶下囚，哪里敢使动差人伺候自己？！当薛霸将他的脚"按到滚汤里，急缩得起时，泡得脚面红肿了"，生性急暴的林冲，此时可能深深地懂得了他已进入命运的阴影之中！他一切的委屈、无奈和恨都在沸水中翻滚了起来！然而，此时的他，如同案板上的鱼肉，不低头又能如何？好汉林冲啊，只道"不消生受"，别无他话！二恶差的半夜说骂，林冲呢，"哪里敢回话，自去倒在一边"！林冲在忍耐，因为他还有幻想。差役丢了他的旧草鞋，要他穿上新草鞋，"林冲走不到三二里，脚上泡被新草打破了，鲜血淋漓，正走不动，声唤不止"，这辛苦也是心苦啊！

步入野猪林，二公差以要入睡担心林冲逃跑为由，险些要了林冲的性命，千钧一发之际，幸得鲁智深暗中保护。然而，当鲁智深要为义弟伸张正义，打杀这两个奸恶的公差时，林冲道："非干他两个事，尽是高太尉使陆虞候吩咐他两个公人，要害我性命。他两个怎不依他。你若打杀他两个，也是死屈"，林冲的话透出他的善良侠义与厚道，然而再深思，其实不然，他此时的罪过仅是发配沧州，过得时年，他就可以脱罪归家，依然家庭完聚，凭他的一身功夫与社会交往完全可以过着平静而衣食无忧的一生；假若，鲁智深结果了这两个公差，他不能去沧州负罪，不假时日，朝廷必然会知道，并且会以为他杀了官差，到那个时候，罪过就大了，恐怕性命难保！林冲此时，打心底里，已经向这高太尉、向没有公平的社会低了头！因为，在他的心底深处，他只求做个良民、顺民！他阻止鲁智深杀二公差的举动，深深地说明他在做——他此时也必须做个忍气吞声的人！

"一根稻草"彻底压垮了英雄腰！管拨交与他大军草料场这个"肥差"，经历多了的林冲早已有了思考，加之他深知把守"大军草料场"有个闪失的下场，于是他谨慎地做事，雪日天寒，当他想去打酒御寒时，已“倒了的草房”，他“恐怕火盆内有火炭延烧起来。搬开破壁子，探半身入去摸”，当知道“火盆内火种都被雪水浸灭了”的时候，才放心的出发！如此，一个尽忠职守、遵守法度、安分守己的“顺民”，就是这样的不能被那个社会容纳。其实他早已向命运低头。

一怒而风暴起！林冲，昔日“东京八十万禁军枪棒教头”，武艺高强，为人仗义，救弱济贫，正如他自己酒店反诗中所写“江湖驰誉望，京国显英雄”！何等人也？！当一个人心理阴影面积大到无穷尽时，等待他的要么是死亡，要么就是奋起反抗！陆虞候、富安连同管拨三人火烧草料场，这一计谋真狠啊，直接压垮了林冲的“腰”！“林冲今番直吃我们对付了”，要么直接达到目的要了他的命！“便逃得性命时，烧了大军草料场，也得个死罪”，这一计，一石二鸟，高啊，总之只要他不反抗，等着他的就是一个“死”！

忍无可忍，尤其明明白白知道就是认罪也难逃一劫，高太尉要的就是他的命时，他的心理阴影面积大到了无穷时，他自己一直想要得到的“安”如同泡沫一般破碎了，为了生，他只得反抗！“大军草料场”被烧，他难辞其咎，他已又添罪责，而且是“死罪”！他已无可担忧，于是，他提刀杀了陆虞候等三人，紧跟着买醉，当他孤身一人醉躺雪地之时，“心苦”啊！“命苦”啊！这是“英雄末路”！

他不甘冤屈而死，林冲觉醒了，他投奔梁山，终于走上了“反抗”道路！

（三）情境提问

假若林冲“同学”是你的学生，请你给他写一条20字左右的评语。

（四）答案示例

见附录。

三、对比或拓展阅读

（一）其他名著或作品精彩选文

灵根育孕源流出

那座山正当顶上，有一块仙石。其石有三丈六尺五寸高，有二丈四尺围圆。

三丈六尺五寸高，按周天三百六十五度；二丈四尺围圆，按政历二十四气。上有九窍八孔、按九宫八卦。四面更无树木遮阴，左右倒有芝兰相衬。盖自开辟以来，每受天真地秀，日精月华，感之既久，遂有灵通之意。内育仙胞，一日迸裂，产一石卵，似圆球样大。因见风，化作一个石猴。五官俱备，四肢皆全。便就学爬学走，拜了四方。目运两道金光，射冲斗府。

九幽十类尽除名

渐觉酒醒，忽抬头观看，那城上有一铁牌，牌上有三个大字，乃“幽冥界”。美猴王顿然醒悟道：“幽冥界乃阎王所居，何为到此？”那两人道：“你今阳寿该终，我两人领批，勾你来也。”猴王听说，道：“我老孙超出三界外，不在五行中，已不服他管辖，怎么朦胧，又敢来勾我？”那两个勾死人只管扯扯拉拉，定要拖他进去。那猴王恼起性来，耳朵中掣出宝贝，幌一幌，碗来粗细；略举手，把两个勾死人打为肉酱。自解其锁，丢开手，抡着棒，打入城中。

反天宫诸神捉怪

正嚷间，大圣到了。叫一声“开路！”掣开铁棒，幌一幌，碗来粗细，丈二长短，丢开架子，打将出来。九曜星那个敢抵，一时打退。……大圣大怒道：“量你这些毛神，有何法力，敢出浪言。不要走，请吃老孙一棒！”这九曜星一齐踊跃。那美猴王不惧分毫，抡起金箍棒，左遮右挡，把那九曜星战得筋疲力软，一个个倒拖器械，败阵而走，急入中军帐下，对托塔天主道：“那猴王果十分骁勇！我等战他不过，败阵来了。”李天王即调四大天王与二十八宿，一略出师来斗。

小圣施威降大圣

却说真君与大圣变做法天象地的规模，正斗时，大圣忽见本营中妖猴惊散，自觉心慌，收了法像，掣棒抽身就走。真君见他败走，大步赶上道：“那里走？趁早归降，饶你性命！”大圣不恋战，只情跑起。将近洞口，正撞着康、张、姚、李四大时、郭申、直健二将军，一齐率众挡住道：“泼猴！那里走！”大圣慌了手脚，就把金箍棒捏做绣花针，藏在耳内，摇身一变，变作个麻雀儿，飞在树梢头钉住。那六兄弟，慌慌张张，前后寻觅不见，一齐吆喝道：“走了这猴精也！走了这猴精也！”

正嚷处，真君到了，问：“兄弟们，赶到那厢不见了？”众神道：“才在这里围住，就不见了。”二郎圆睁凤目观看，见大圣变了麻雀儿，钉在树上，就收了法象，撇了神锋，卸下弹弓，摇身一变，变作个饿鹰儿，抖开翅，飞将去扑打。大圣见了，嗖的一翅飞起去，变作一只大鹚老，冲天而去。二郎见了，急抖翎毛，摇身一变，变作一只大海鹤，钻上云霄来嗛。大圣又将身按下，入涧中，变作一条鱼儿，淬入水内。二郎赶到涧边，不见踪迹。心中暗想道：“这猢狲必然下水去也，定变作鱼虾之类。等我再变变拿他。”果一变变作个鱼鹰儿，飘荡在下溜头波面上，等待片时。那大圣变鱼儿，顺水正游，忽见一只飞禽，似青鹞，毛片不青；似鹭鸶，顶上无缨；似老鹳，腿又不红。“想是二郎变化了等我哩！”急转头，打个花就走。二郎看见道：“打花的鱼儿，似鲤鱼，尾巴不红；似鳜鱼，花鳞不见；似黑鱼，头上无星；似鲂鱼，鳃上无针。他怎么见了我就回去了？必然是那猴变的。”赶上来，刷的啄一嘴。那大圣就撺出水中，一变，变作一条水蛇，游近岸，钻入草中。二郎因啄他不着，他见水响中，见一条蛇撺出去，认得是大圣，急转身，又变了一只朱绣顶的灰鹤，伸着一个长嘴，与一把尖头铁钳子相似，径来吃这水蛇。水蛇跳一跳，又变做一只花鸨，木木樗樗的，立在蓼汀上。二郎见他变得低贱——花鸨乃鸟中至贱至淫之物，不拘鸾、凤、鹰、鸦都与交群——故此不去拢傍，即现原身，走将去，取过弹弓拽满，一弹子把他打个躘踵。

……

真君前前后后乱赶，只见四太尉、二将军，一齐拥至道：“兄长，拿住大圣了么？”真君笑道：“那猴儿才自变座庙宇哄我。我正要捣他窗棂，踢他门扇，他就纵一纵，又渺无踪迹。可怪！可怪！”众皆然，四望更无形影。真君道：“兄弟们在此看守巡逻，等我上去寻他。”急纵身驾云，起在半空。见那李天王高擎照妖镜，与哪吒住立云端，真君道：“天王，曾见那猴王么？”天王道：“不曾上来。我这里照着他哩。”真君把那变化，弄神通，拿理猴一事说毕，却道：“他变庙宇，正打处，就走了。”李天王闻言，又把照妖镜四方一照，呵呵的笑道：“真君，快去！快去！那猴使了个隐身法，走出营，往你那灌江口去也。”

（二）选文阅读欣赏

不畏强权，敢于反抗

射线齐天大圣的“端点”原产于花果山上一仙石，天地四方就是它的生身父母。他天生一副天不怕地不怕的胆魄，敢于打破约束。试想石头硬生生地囚困自己，周遭黑洞洞的，假若没有这种与生俱来的“野性”，他又如何敢打破顽石出世！

齐天大圣“名片一”——急躁、率性而为、只图一时之快。

第一次敢要齐天大圣命的，就是那两个“勾死人”的。面对他们的拉拉扯扯，齐天大圣“恼起性来”，他索性从“耳朵中掣出宝贝，幌一幌，碗来粗细；略举手，把两个勾死人打为肉酱”！齐天大圣急躁、做事只图一时之快，不计后果成了他的“一张名片”。紧跟着他“自解其锁，丢开手，抡着棒，打入城中。唬得那牛头鬼东躲西藏，马面鬼南奔北跑，众鬼卒奔上森罗殿，”这处正面和侧面描写相结合的手法，活脱脱地勾勒出一个傲骄的“混世魔王”的嘴脸！在森罗殿上面对十代冥王也如是，他在“正中间南面坐下”，冥王都不敢“怠慢”他，他“亲自检阅”，“拿过簿子，把猴属之类，但有名者，一概勾之”，生死簿上他不仅勾掉了自己的名字，甚至连同猴类有名的都一同勾掉了，这该是多么打破天条的大事啊！而后，他“摔下簿子”“一路棒，打出幽冥界”，这该是多么的嚣张，他的这番作为，是在为“勾死人敢来勾自己的魂，要自己的命”出气！这个齐天大圣，也确实没有把仙界放在眼里！“今番不伏（服）你管了！”更是道出了他不服管教，任性而为，

天是老大，他是老二的个性。

齐天大圣“名片二”——藐视天庭，藐视天条，无所畏惧！

齐天大圣，自称“齐天大圣”，名号的选择就已向玉帝发出挑战，与“玉帝”“齐”，这平起平坐的命名，潜台词就是“老孙”谁都不惧！还记得玉帝招安他，赏官“弼马温”时，他上了天庭在天帝面前不跪不拜，自称“老孙”，赏赐之后也无谢恩，只是“唱了个大诺”；齐天大圣称“玉帝”为“玉帝老儿”。这一系列的言行，都说明齐天大圣根本没有把天庭、玉帝放在眼里！这是一种本性的傲气！与生俱来的傲气！

在《反天宫诸神捉怪》一节中，玉帝大怒，必定要拿下这个“妖猴”，于是派来的都是“重量级”大将——托塔李天王、九曜星、四大天王、二十八星宿、风神电母、二郎神、连菩萨、太上老君都来“助战”！“玉帝派”阵容强大，人数众多，法术装备了得，如若是一般人等，早就吓得下跪讨饶了！然而，齐天大圣则不然，这恰恰激怒了他好斗的个性，他别无所想，就一个念头——杀！最精彩的一节，莫过于齐天大圣与二郎神斗法！大圣与真君打了“三百余合，不知胜负”，可见势均力敌，法力、智慧难分高下。二郎神，代表天庭，出师有名，气势汹汹；而齐天大圣哪里管他是官是匪，连玉帝都不放在眼里的他，更不要说二郎神啦！这一节中，斗智斗勇，大圣可以说是“孤胆英雄”！以一敌多，毫不胆怯。面对二郎神的步步紧逼，他聪明、他胆大、他乐观，他越战越勇！他把不服输的精神，把向神威挑战的精神发挥得淋漓尽致！如果不是“玉帝派”使了阴招，太上老君趁其不备抛下了金刚琢，我想这场战役的最终结果很难料定。真是“英雄难敌四手，饿虎架不住群狼”啊！

齐天大圣的反抗精神，是与生俱来的。反抗精神，是他与一切外来压迫打交道的方式！“隐忍”在悟空身上基本不存在，只要有压迫、有不公，管他是国王还是玉帝，通通都要反抗！反抗使他脱胎换骨，由一顽劣性急的下届小仙形象，升级华丽转身，成为为世间除暴安良、道义在胸的“斗战胜佛”！假若他不反抗，他如何能突破顽石在世上崭露头角？他无父无母，可以说是“野”生的，因此也决定了他的人生只有他自己“奋斗”去争取才有立足之地！他的人生是自己“反抗“出来的！

（三）情境提问

结合《西游记》的具体情节，分析为何如来封他为“斗战胜佛”？

（四）答案示例

见附录。

四、体验感悟

（一）感悟示例

追求道义，使人物熠熠生辉

《水浒传》和《西游记》都是我国古典名著。《水浒传》中的林冲和《西游记》中的齐天大圣二人，是两个截然不同的人物，这两个人表面上看都在“反抗”这个行为方式点上相交，实则却都奔跑在“追求道义”的路上，只不过“追求道义”造就了两个英雄截然不同的形象！林冲性格的忍辱负重，并非源于他的胆怯，要知道在当时的封建社会中，他是行走在“康庄大道”上的，他深受儒家思想影响，忠君爱国，为官报国才是正道！正因为如此，当他面对高衙内的侮辱，面对高太尉的迫害时，才选择了隐忍。在他看来，无论如何也不可忤逆。于是，“追求道义”的思想，牢牢地束缚了林冲的身心和命运，使得这样的一个儒雅英雄令读者叹惋！如果说在“追求道义”的点上，林冲是个悲剧形象；那么，齐天大圣就可以算作一个“喜剧”形象了！齐天大圣生于顽石，没有接受过封建思想的教育，他没有阶级意识，在他心中更多就是为正义而战！小到鹅笼中的小儿，大到一国公主、国君，只要命运不平，齐天大圣都会追求道义，为众生的平等而战！“追求道义”，令两个英雄人物各生光辉，作者的创作是成功的，林冲隐忍之后的抗争，悟空面对强权的不羁，都深深烙印在了一代一代读者的心中！

（二）感悟空间

参考文献：

【1】(明) 吴承恩 . 西游记 [M]. 北京 : 人民教育出版社 ,2017.7.

【2】(明) 施耐庵 . 水浒传 [M]. 北京 : 人民教育出版社 ,2018.7.

第三节　生活在“烈日和暴雨下”

——品读《钢铁是怎样炼成的》与《骆驼祥子》

一、生活情境

他生活在沙皇统治最黑暗的时期和大革命风暴时期，而他生活在北洋军阀统治时期；他出生于一个贫困的工人家庭，而他是一个丧失了土地的农民；他自幼尝尽了人间苦寒，而他的人生三起又三落；他是被世人称赞的英雄，而他是被命运压弯了腰的可怜虫。他们都曾是“被侮辱被损害”着的小人物，他们都曾“生活在‘烈日和暴雨下’”，是什么拉开了他们的人生差距，使他被塑造成世人称赞的英雄，而他却成了被命运压弯了腰的可怜虫呢？

二、精彩原文欣赏

（一）精彩原文

保尔的英雄之路[22]

其实，保尔和瓦西里神父早就有了仇。保尔的神学课，神父平时总是给他五分。祈祷文和新旧约他都背得烂熟，上帝哪一天创造了哪一种东西他都知道。但有一次保尔恰巧听到高年级的老师讲地球和天体。他惊讶极了，觉得听到的内容太新奇了，和《圣经》里的完全不一样。关于这件事，保尔决定问问瓦西里神父。在一次上课的时候，神父刚一坐下，保尔就举起手来，得到允许，他就立即站起来说：“神父，为什么高年级的老师说，地球已经存在了好几百万年了，不像《圣经》上说的五千年……”他突然被瓦西里神父那尖利的喊叫声打断了。“混账东西，胡说八道！这是你从《圣经》上念来的吗？”保尔还没有来得及回答，神父就已经揪住了他的两只耳朵，把他的头往墙上撞。一分钟后，撞伤和吓昏了的保尔被神父推到走廊上去了。

保尔回到家里，他母亲又狠狠地责骂了他一顿。

第二天，他母亲到学校里，请求瓦西里神父让她的孩子回校。从那时起，保尔就恨死了神父。他还受过瓦西里神父无数次小的侮辱：往往为了些极小的事情，神父就把他赶出教室门。有时好几个星期，天天罚他站墙角，而且从来不问他功课。

……

[22]（苏）尼古拉·阿列克塞耶维奇·奥斯特洛夫斯基．钢铁是怎样炼成的[M]成都：天地出版社，2018.

洗盘碟的大木桶里，开水蒸腾起白雾，弄得屋子白茫茫的。所以保尔刚进来，连女工们的脸也分辨不清。

保尔的劳动生活就这样开始了。保尔用脱下的靴子套着炉筒，使劲朝那两个大茶炉的炭火鼓风，那两个能盛四桶水的大肚子茶炉下就冒出火星来了。接着，他又提走一桶脏水，倒在污水池里，把湿木柴堆到大锅旁边，又把湿抹布搭在水烧开了的茶炉上面烘干。总之，叫他干什么，他就干什么。直到深夜，保尔才走到下面厨房里去，这时候他已经累极了。

……

刚换了班的洗家什的女工们，蛮有兴趣地听着两个孩子的谈话。那孩子盛气凌人的声音和寻衅的态度把保尔激怒了。他向自己的接班人逼近一步，本想狠狠地给他一个耳光，只是怕头一天上班就给开除了，才没有动手。他气得满脸发紫，说："老兄，火气别太大，别吓唬人。要不，你绝不会有好下场！明早我七点来。要打架，我奉陪。你想试一试，那就请！对方向着大锅倒退了一步，吃惊地瞧着怒气冲冲的对手。他完全没想到会碰这样大的钉子，于是有点手足无措了。"那好啦，咱们走着瞧吧！"他含含糊糊地说。

……

"今天？我到这儿来干活，从头一天开始，心里就一直憋憋得慌。你看看这儿的情形。咱们干活，做牛做马，得到的回报呢？是谁高兴就可以打你嘴巴子，而且没人替你挡一挡。"

"别这么嚷嚷，要不然，人家进来会听见的。"

保尔一跃而起，说道："听见就听见好了，反正是我是要离开这儿的！这儿是……一座坟墓，骗子成堆！就说你吧，克利姆卡，人家揍你，你不吭声。为什么不吭声呢？"

……

8 月 19 日，在利沃夫地区的一次战斗中，保尔丢掉了军帽。他勒住马，但是前面的战友已经冲进了波兰白军的散兵线。杰米多夫从洼地的灌木丛中飞驰出来，冲向河岸，一路高喊："师长牺牲了！"

保尔哆嗦了一下。他们英勇的师长，一个具有大无畏精神的同志，牺牲了。保尔怒不可遏，发狂了般。他使劲用马刀背拍了一下那只过分疲惫的战马，向所杀得最猛烈的人堆里冲去。

"砍死这帮畜生！砍死他们！"他怒目圆睁，扬起马刀，向一个穿绿军服的人劈下去。全连战士们个个满腔怒火，誓为师长复仇，把一个排的敌军全部砍死。他们追击逃敌，进入一片开阔地。这时候，敌军的大炮向他们开火了。

保尔眼前，一团绿火像镁光灯似的闪了一下，耳边响起一声霹雳，烧红的铁片炮伤了他的头。顿时，他感到天旋地转，神志模糊。

保尔被甩离了马鞍，翻过马头，又重重地摔在地上。

刹那间，天旋地转，周围一片漆黑。

……

有一天，保尔像喝醉酒似的，两腿发软，身子摇摇晃晃地走回车站。他从发烧到现在已经好几天了，但是，今天他觉得热度要比往常高许多。那恶毒的伤寒病，现在又向保尔进攻了。但是，他的健壮的身体仍在抵抗它一连天，他都挣扎着从那铺着麦秸的水泥地上爬了起来，跟别人一道去出工。但是，不管是那件暖和的皮短大衣也好，还是朱赫来送给他的那双现在已经套在生了冻疮的脚上的毡靴也好，都救不了他了。

他每走一步，都像有什么东西猛刺着他的胸口，他的上下牙碰得直响，两眼发黑，他觉得树木就像旋转着的木马似的。

……

枪口轻蔑地对着他的眼睛。他把手枪放在膝上，狠狠地骂着说："朋友，这是假英雄！任何一个笨蛋都会随时杀死自己！这是最怯懦也是最容易的出路。活着有了困难——就自杀。你有没有试试去战胜这种生活？你已经尽了一切力量来设法冲出这个铁环吗？难道你已经忘记了在沃伦斯基新城附近一天做过十七次的冲锋，而终于排除一切困难攻克了那座城市吗？把手枪藏起来，永远不要让别人知道你有过这种念头。即使生活到了实在是难以忍受的地步，也要活下去，使生命变得有益于人民！"

……

"别担心，要我进棺材，可没那么容易。我还要活下去，而且要干出名堂来，跟医学权威的结论唱唱对台戏。"我的病情，他们诊断得完全正确。但是，确定我百分百地丧失了劳动力，那可大错特错了。咱们还得走着瞧呢。"保尔毅然地选定了道路，决心走这条道路，返回到新生活建设者的队伍中去……

女医生巴扎诺娃前来探望保尔，她了解到保尔打算动笔写作，担心他无法写字。保尔浅浅一笑，让她放心："明天会给我送来一块挖出几条长格子的硬纸板，没有这东西我写不成。一行字会写到另一行上去。"我琢磨了好久，才想出办法——在硬纸板上挖出一条长格子，让我的铅笔不会写到格外面去。看不见写出来的字，写作是困难的，但并非不可能。我坚信这一点。在一段相当长的时间里，我写来写去写不好。可现在我写得慢，每个字母都小心地写。结果相当不错。"保尔着手写作了。他打算写一部中篇小说，描述英勇的科托夫斯基骑兵师，书名不用斟酌就出来了:《暴风雨所诞生的》。

从这天开始，保尔全身心地投入到了小说的创作中。慢慢地写，写出一行又一行，写成一页又一页。他殚精竭虑，塑造人物形象，把别的一切全给忘了。铭刻在心的鲜活情景，一幕幕在眼前重现，那么清晰而他却无法把这些情景搬到纸上，一行行词句苍白无力，缺乏烈火和激情。这种时候，他才头一次体味到创作的艰辛。凡是写好了的，他必须逐字逐句记住。线索一断，工作就卡住了。

……

第二天，保尔从城里回来，他走进达雅的房间，因为非常疲倦，所以坐在椅子上。"你为什么不到外面溜达溜达（遛达遛达），散散心呢？"他问她。

“我哪里也不想去。”她低声地回答。他想起了昨夜所想的几种办法，决定试探一下她对这些想法的反应。保尔希望达雅摆脱这样的生活，达雅起头来，小声回答说：“愿望是有的，可不知道有没有力量。”保尔懂得她的犹豫，他说：“达雅，亲爱的，这个你别着急！只要有愿望，自然就会有力量。现在你告诉我，你对你的家庭很留恋吗？”她没有立刻回答。

“情况就是这样。现在我谈主要的。你们家的麻烦事还刚刚开始。你应该挣脱出去，远离这个窝去呼吸新鲜空气。必须重新开始新生活。既然我已经卷入这场斗争，咱们就把它进行到底。无论是你还是我，目前的个人生活都不如意。我决心点一把火让生活熊熊燃烧。你明白我的意思吗？你愿意做我的女友，做我的妻子吗？”

……

达雅一直心情激动地听着他讲。听见最后这句话，她感到意外，不禁打了个寒战。“我并不要求你今天就答复我。你好好地全面考虑吧。你在纳闷，这个人怎么不献一点儿殷勤就提出这种问题吧？空话连篇管什么用呢？我把手伸给你，看到了吧，只要你此刻信任了我，就绝不会受骗。我有许多东西是你所要的，反过来也一样，我已经想好，咱们的结合有个目标，那就是使你成长为一个真正的人，变成我们的同志，我可以你做到这一点。在达到目标之前，咱们别破坏这个结合，你一旦成熟了，就不再受任何约束，定全自由。谁知道呢，也许有一天我会全身瘫痪。你记住吧，在那种情况下，我决不拖累你。”保尔停了几秒钟，又情深意切地往下说：“此时此刻，我请你接受友谊和爱情。”

……

保尔的脸上现出了光彩，达雅给他一个高兴的微笑——他们的结合成功了。

……

他写了许多信给他的朋友们。他们都回信劝他坚强和继续奋斗。就在这痛苦的日子里，有一天晚上，达雅怀着无比的快乐和兴奋跑回家来，告诉他：“保夫卡，我现在是预备党员了！”

当保尔听着她叙述党支部接受这位新同志的经过时，他想起了当初自己入党时的情形。他使劲握着她的手，对她说：“呵，达雅同志，现在咱们俩可以组成一个小组了！”

（二）原文欣赏

小人物，大英雄

保尔·柯察金，自幼就是个小人物，就是个被侮辱与被损害着的小人物！

幼年时代的保尔·柯察金，是个爱学习又善于思考的好学生。“保尔的神学课，神父平时总是给他五分。祈祷文和新旧约他都背得烂熟，上帝哪一天创造了哪一种东西他都知道。”这样的学生对知识充满了渴望，当他偶然听到与他所学习的内容不一样的新奇的答案时，他自然而然地向他原本崇拜的瓦西里神父请教，年幼的保尔聪明、好学，本来应该

得到神父的褒奖，结果这一问，带给他的却是“揪住了他的两只耳朵，把他的头往墙上撞……被神父推到走廊上去了”，辍了学。这就是保尔·柯察金人生的起点，不被尊重，不被喜爱，有的只是被粗暴地对待，动辄被罚甚至像是虐待，这个起点就注定了他的一生要么在反抗中重生，要么在被侮辱中灭亡。显然，保尔的一生，生生不息，乐观和向上的生活不止。

童年的保尔面对欺压，便毫不怯懦，敢于捍卫自己的尊严！

12 岁的他在车站食堂干过杂活。12 岁的他，干一天一夜，才能休息一天一夜，他要劈木柴、要烧开水锅和茶炉，要擦刀叉、要倒大脏水桶，生活的重压落在一个仅有 12 岁的孩子身上，然而这样的繁重的工作，每月只有八卢布的薪水。他任劳任怨、起早贪黑，他认真，他勤快，他想干好这份辛苦活，因为他想为家里减轻负担。圆脸男孩和他一样，都是生活在社会的最底层，都是去做童工，然而一样存在着欺压！面对那个圆脸男孩的挑衅，如果不是担心第一天上班就被辞工，被激怒的保尔早就伸出拳头捍卫自己的主权了。然而他也毫不示弱，他“向自己的接班人逼近一步”，不仅敢于面对他的挑衅，而且敢于大胆直言“老兄，火气别太大，别吓唬人。要不，你绝不会有好下场！明早我七点来。要打架，我奉陪。你想试一试，那就请！”。面对来自他人的欺压，12 岁的保尔，没有哭，没有唉声叹气，相反，他拿出了反抗精神，他勇敢地面对，他的勇敢和直率，把挑衅者“逼得”“向着大锅倒退了一步”！把挑衅者的气焰一下子浇灭了！生活不易，如果仅有工作的认真、勤快和做人的老实听话，遇到压迫不敢反抗，那么也许来自那个小童工的欺压也会使得他沉沦。干了两年杂工的保尔，对社会的情形已经有了自己清晰的认识，他对这样的社会是不满的，与克里姆卡的一番谈话，尤其对于克里姆卡被人揍“为什么不吭声”的追问，就已显露出他是不甘于被欺压的！不仅不甘于被欺压，敢反抗，而且有试图改变社会的认识。这种真正的反抗意识，真正想要通过“干一仗”或者“斗争”点什么的意识，使得他的人生在暴风骤雨中启程。

14 岁的他在发电厂干过锅炉工的助手；为拯救共产党员朱赫来，却被波兰贵族出卖，入狱，险些丧命。

拯救民族，投入革命浪潮中。不惧生死，为的就是改变命运！“战事的发展如暴风骤雨般迅猛，这些日子，每天都有激战，保尔已经融入了集体。他和每个战士一样，已经忘记了‘我’字，脑子里只有‘我们’”。这是保尔的内心独白，说明保尔已经将自己完全融入国家、集体中，放下个人恩怨，全身心投入了革命。可见，保尔思想上进一步得到了成长！8 月 19 日克里沃夫之战，他身为一名骑兵，得知“师长牺牲了”后，他更加“怒不可遏”，在战场上像“发狂了一般”，向“厮杀得最为猛烈的人堆里冲去”，面对敌人猛烈的炮火，他毫不畏惧，他恨白军，他爱英雄师长，他的冲锋正是他敢爱敢恨，不惧生死的表现！他勇敢，他愤怒，他“怒目圆睁”，“口里喊着‘砍死这帮畜生！砍死他们’”，他驰骋骏马，战刀高扬，不顾一切追击敌人。敌人的炮火无情地打击着骑兵们，保尔受伤了，他昏迷了十三天，是对革命追求拯救了他，他奇迹般地复活了，然而他留下了不可逆转的严重的头疼病！乌克兰的冬天还是不可抵挡地到来了，然而匪帮肆虐，铁路瘫痪，这就意味着如果幸运地不被冻死就会被饿死！唯有战败匪帮，铺就铁路，才能创设一条“活”路！保尔就在这个建设大军中，他穿着一身“胡拼乱凑”的衣服和一双露着脚趾头的鞋，“战斗”在暴风雪猖狂肆虐的铁路工地！时间已到了乌克兰的冬天，周围有多股匪帮侵袭，人们面临着饥饿和暴风雨的生死关口，但是，施工的工人缺衣少食、工具极其简陋，眼看大地就要被极寒冻住，就在这样一个时间紧迫、任务繁重的时刻，保尔一直用顽强的意志来抵御寒冷和饥饿。医生诊断，他患有格鲁布性肺炎兼肠伤寒。“光是这两种病，就已经足够把他送到另外一个世界去了”。“他像喝醉酒似的，两腿发软，身子摇摇晃晃地走”，这是他带病坚持工作的坚强写照啊！我们很难想象，他是用怎样的意志对抗着身体里的病魔，这该是多么惊人的意志力啊！他不顾生死、将自己的血汗都奉献在了这片土地上。

拯救自我，与病魔抗衡中。当保尔意识到自己的身体已经不能再为祖国冲锋陷阵时，他曾如同常人一般想到过自杀，然而自杀这个念头只如闪电般在头脑闪过，便被理智、坚强、善于自我反省的保尔“枪毙了”！这正是英雄与凡人的不同之处！当面对重大的挫折、逆境时，能否拿出豁达的人生观，能否及时地纠正自己、宽慰自己、勉励自己，这也是一个人能否战胜自我的关键！面对生活的暴风骤雨，保尔能够勇敢地面对它，直击它，恐怕一个重要的原因在于他内心的强大！

余生，保尔活在与病魔抗衡中，然而他活出了一个真正的英雄的样子！紧跟着，保尔上腿完全瘫痪了，失明了，只剩下右手还能动。一个平凡的人，假若遇到这样命运的疾风骤雨，会怎么样呢？恐怕，半数以上就会哭哭啼啼、等待死亡了吧？！然而他，不，他还要“活下去，要干出名堂来”，不向命运屈服！相反，病痛反而激起了这个生命的弱者唱起了“大歌”！他要拼搏！他对生活充满着信心！于是，他用创作，再一次驰骋于没有硝烟的“战场”！此时，他所选择的，既是要证明生命是顽强的；又在证明，他对生命的意义的理解不只局限于“保尔·柯察金”这个平凡的人，而是时刻心系祖国和人民的命运，他的生命价值在于同祖国同呼吸共命运！当到达这个层面的时候，一个人生命的意义便不再局限于一个“小我”之中了，他成了伟大祖国的一员！祖国的成长与壮大带给他的喜悦，已然超越了自身病痛的苦闷！一个“大我”，一个与祖国联系在一起的“大我”，使得保尔以他的革命乐观主义精神、坚强忘我的意志，对抗着余下有病魔相伴的激情岁月！他毫不气馁！他没有向命运低头！相反，他要让他有限的生命进入新的一轮的，为祖国建设、为祖国发展做贡献的进程中来！

不畏贫寒，勇于求爱，用信仰拯救爱人！邱扎姆·达雅的家庭环境是恶劣的，是不堪的！邱扎姆家有五口人，母亲阿莉比，父亲邱扎姆，两个女儿廖丽雅和达雅，小儿子乔治，另外还有廖丽雅的儿子；一家五口中，老头邱扎姆在合作社上班，达雅在外干点粗活，只有这两个人工作。姐姐廖丽雅离婚了，带着个幼子住在家中；乔治呢，还在上学。家庭经济环境很是拮据。老头子邱扎姆是“一害”，他专治、蛮横，在家里采取高压手段，专横、暴虐。家里争吵不断。乔治是“第二害”，这是个地道的浪荡公子，自以为了不起，虚荣无耻，只知道自己贪图享乐，全然不顾家庭成员的感受。这个家庭没有财产，没有温情，有的只是互相指责还有贪得无厌的索取！达雅就生活在这样的家庭之中。

第一次出场的达雅是这个样子的：“她腼腆地跟保尔握手问好，面对这个年轻的陌生人，她羞红了脸，一直红到耳根。”这是一个单纯而羞涩的姑娘。面对如此不堪的家庭环境，这个单纯的 18 岁姑娘，常常做工之余待在自己的房间里。保尔不同意老邱扎姆专制蛮横的言论，他同情达雅，关心着达雅，希望达雅“能够摆脱这种生活”。于是，他循循善诱开导她，让她在“到外面遛达遛达，散散心”摆脱对“家庭的留恋”等观念上，有些思考。保尔开导人有思路，有方法，有追求，并且善于鼓励，鼓励她勇于反抗为自己做主，他鼓励她勇敢追求，去追求自己的新生活。保尔的鼓励，为人的真诚，以及他面对命运风雨绝不低头积极面对的人格魅力，深深地打动了达雅。保尔向达雅求婚，并设定了“结合的目标”，他认为他要拯救达雅！他要通过他的努力，帮助达雅“成长为一个真正的人，变为我们的同志”！他认为达雅“一旦成熟了，就不再受任何约束，完全自由了！”保尔的求婚，大胆而高尚！他的求婚既表现了他的勇敢，他的自信，他面对异性接受与否的毫不畏惧，又写出了他的自信！同时，他的求婚也是对贫苦而自卑姑娘达雅的一种鼓励！他的求婚，他不是要用他的婚姻达到一般人的目的，他很高尚，他要用他的信仰，用信仰来拯救这个姑娘，用信仰使她首先摆脱她的狭隘、寒冷令人压抑的家，其次他要用信仰提升达雅的境界，用马克思主义武装她的头脑，用国家、用人民的利益作为达雅追求的目标，要用信仰发挥这个年轻生命的最大意义和最大的价值！达雅，答应了保尔的请求，他们结合了。达雅追随在保尔身边，亲历目睹着保尔的奋斗历程，师从保尔，师从马克思主义，达雅最终成长为一名“预备党员”！保尔听到这个消息后，“使劲”地“握着”妻子的手说“达雅同志，现在咱们俩可以组成一个小组了”！保尔成功地将干着粗活又自卑的女仆达雅，用信仰改造成了一个和他一样有信仰的“党员”！保尔用他的真诚、勇敢、敢于担当，成功地引导了达雅！达雅的人生，自此也开启了新的幸福的征程！可以说，保尔成功地做了达雅的精神导师！他将一个生活在泥沼中的被侮辱被损害的形象，成功地拯救了！

人活着，最重要的是战胜自己！不是吗？面对生活的暴风骤雨，假若保尔不坚强、不勇敢、不反抗，那么他又懦弱给谁看？保尔是沙皇统治时期万千底层小人物中的一个，然而成为不可磨灭的英雄人物也只有这一个！在生活的风雨中，只有昂首挺胸，拿出智慧，拿出勇敢，拿出追求，拿出意志力，唯有如此才能搏击风雨，活得轰轰烈烈，活出生命的价值。

（三）情境提问

读完《钢铁是怎样炼成的》，对于人生中难以避免的挫折，你有怎样的认识？

（四）答案示例

见附录。

三、对比或拓展阅读

（一）其他名著或作品精彩选文

祥子的“三起”“三落”[23]

因此，他不但敢放胆的跑，对于什么时候出车也不大去考虑。他觉得用力拉车去挣口饭吃，是天下最有骨气的事；他愿意出去，没人可以拦住他。外面的谣言他不大往心里听，什么西苑又来了兵，什么长辛店又打上了仗，什么西直门外又在拉伕，什么齐化门已经关了半天，他都不大注意。自然，街上铺户已都上了门，而马路上站满了武装警察与保安队，他也不便故意去找不自在，也和别人一样急忙收了车。可是，谣言，他不信。他知道怎样谨慎，特别因为车是自己的，但是他究竟是乡下人，不像城里人那样听见风便是雨。再说，他的身体使他相信，即使不幸赶到“点儿”上他必定有办法，不至于吃很大的亏；他不是容易欺侮的，那么大的个子，那么宽的肩膀！

战争的消息与谣言几乎每年随着春麦一块儿往起长，麦穗与刺刀可以算作北方人的希望与忧惧的象征。祥子的新车刚交半岁的时候，正是麦子需要春雨的时节。春雨不一定顺着人民的盼望而降落，可是战争不管有没有人盼望总会来到。谣言吧，真事儿吧，祥子似乎忘了他曾经作过庄稼活；他不大关心战争怎样毁坏田地，也不大注意春雨的有无。他只关心他的车，他的车能产生烙饼与一切吃食，它是块万能的田地，很驯顺地随着他走，一块活地，宝地。因为缺雨，因为战争的消息，粮食都涨了价钱；这个，祥子知道。可是他和城里人一样的只会抱怨粮食贵，却一点主意没有；粮食贵，贵吧，谁有法儿教它贱呢？？这种态度使他只顾自己的生活，把一切祸患灾难都放在脑后。

……

还没拉到便道上，祥子和光头的矮子连车带人都被十来个兵捉了去！

他越想着过去便越恨那些兵们。他的衣服鞋帽，洋车，甚至于系腰的布带，都被他们抢了去；只留给他青一块紫一块的一身伤，和满脚的疱！不过，衣服，算不了什么；身上的伤，不久就会好的。他的车，几年的血汗挣出来的那辆车，没了！自从一拉到营盘里就不见了！以前的一切辛苦困难都可一眨眼忘掉，可是他忘不了这辆车！

吃苦，他不怕；可是再弄上一辆车不是随便一说就行的事；至少还得几年的工夫！过去的成功全算白饶，他得重打鼓另开张打头儿来！祥子落了泪！他不但恨那些兵，而且

---

[23] 老舍《骆驼祥子》（高荣生插图版）[M] 北京 . 人民文学出版社 .2017.4.

恨世上的一切了。凭什么把人欺侮到这个地步呢？凭什么？“凭什么？”他喊了出来。

……

“没告诉你吗，有要紧的事！”孙侦探还笑着，可是语气非常的严厉。“干脆对你说吧，姓曹的是乱党，拿住就枪毙，他还是跑不了！咱们总算有一面之交，在兵营里你伺候过我；再说咱们又都是街面上的人，所以我担着好大的处分来给你送个信！你要是晚跑一步，回来是堵窝儿掏，谁也跑不了。咱们卖力气吃饭，跟他们打哪门子挂误官司？这话对不对？”

“对不起人呀！”祥子还想着曹先生所嘱托的话。

“对不起谁呀？”孙侦探的嘴角上带笑，而眼角棱棱着。“祸是他们自己闯的，你对不起谁呀？他们敢作敢当，咱们跟着受罪，才合不着！不用说别的，把你圈上三个月，你野鸟似的惯了楞教你坐黑屋子，你受得了受不了？再说，他们下狱，有钱打点，受不了罪；你呀，我的好兄弟，手里没硬的，准拴在尿桶上！这还算小事，碰巧了他们花钱一运动，闹个几年徒刑；官面上交代不下去，要不把你垫了背才怪。咱们不招谁不惹谁的，临完上天桥吃黑枣，冤不冤？你是明白人，明白人不吃眼前亏。对得起人喽，又！告诉你吧，好兄弟，天下就没有对得起咱们苦哥儿们的事！”

祥子害了怕。想起被大兵拉去的苦处，他会想象到下狱的滋味。“那么我得走，不管他们？”

“你管他们，谁管你呢？！”

祥子没话答对。愣了会儿，连他的良心也点了头：“好，我走！”

“就这么走吗？”孙侦探冷笑了一下。

祥子又迷了头。

“祥子，我的好伙计！你太傻了！凭我做侦探的，肯把你放了走？”

“那——”祥子急得不知说什么好了。

“别装傻！”孙侦探的眼盯住祥子的：“大概你也有个积蓄，拿出来买条命！我一个月还没你挣得多，得吃得穿得养家，就仗着点外找儿，跟你说知心话！你想想，我能一撒巴掌把你放了不能？哥儿们的交情是交情，没交情我能来劝你吗？可是事情是事情，我不图点什么，难道教我一家子喝西北风？外场人用不着费话，你说真的吧！”

“得多少？”祥子坐在了床上。

“有多少拿多少，没准价儿！”

“我等着坐狱得了！”

“这可是你说的？可别后悔？”孙侦探的手伸入棉袍中，“看这个，祥子！我马上就可以拿你，你要拒捕的话，我开枪！我要马上把你带走，不要说钱呀，连你这身衣裳都一进狱门就得剥下来。你是明白人，自己合计合计得了！”

“有工夫挤我，干吗不挤挤曹先生？”祥子吭哧了半天才说出来。

“那是正犯，拿住呢有点赏，拿不住担‘不是’。你，你呀，我的傻兄弟，把你放了像放个屁，把你杀了像抹个臭虫！拿钱呢，你走你的；不拿，好，天桥见！别磨烦，来干脆的，这么大的人！再说，这点钱也不能我一个人独吞了，伙计们都得活补点儿，不定分上几个子儿呢。这么便宜买条命还不干，我可就没了法！你有多少钱？”

祥子立起来，脑筋跳起多高，攥上了拳头。

“动手没你的，我先告诉你，外边还有一大帮人呢！快着，拿钱！我看面子，你别不知好歹！”孙侦探的眼神非常难看了。

“我招谁惹谁了？”祥子带着哭音，说完又坐在床沿上。

“你谁也没招；就是碰在点儿上了！人就是得胎里富，咱们都是底儿上的。什么也甭再说了！”孙侦探摇了摇头，似有无限的感慨。“得了，自当是我委屈了你，别再磨烦了！”

祥子又想了会儿，没办法。他的手哆嗦着，把闷葫芦罐儿从被子里掏了出来。

“我看看！”孙侦探笑了，一把将瓦罐接过来，往墙上一碰。

祥子看着那些钱洒在地上，心要裂开。

“就是这点？”

祥子没出声，只剩了哆嗦。

“算了吧！我不赶尽杀绝，朋友是朋友。你可也得知道，这些钱儿买条命，便宜事儿！”

祥子还没出声，哆嗦着要往起裹被褥。

“那也别动！”

“这么冷的……”祥子的眼瞪得发了火。

“我告诉你别动，就别动！滚！”

祥子咽了口气，咬了咬嘴唇，推门走出来。

雪已下了寸多厚，祥子低着头走。处处洁白，只有他的身后留着些大黑脚印。

……

祥子的车卖了！

钱就和流水似的，他的手已拦不住；死人总得抬出去，连开张殃榜也得花钱。祥子像傻了一般，看着大家忙乱，他只管往外掏钱。他的眼红得可怕，眼角堆着一团黄白的眵目糊；耳朵发聋，楞楞磕磕地随着大家乱转，可不知道自己作的是什么。

跟着虎姐的棺材往城外走，他这才清楚了一些，可是心里还顾不得思索任何事情。没有人送殡，除了祥子，就是小福子的两个弟弟，一人手中拿着薄薄的一打儿纸钱，沿路撒给那拦路鬼。

楞楞磕磕地，祥子看着杠夫把棺材埋好，他没有哭。他的胸中像烧着一把烈火，把泪已烧干，想哭也哭不出。呆呆地看着，他几乎不知那是干什么呢。直到“头儿”过来交代，他才想起回家。

屋里已被小福子给收拾好。回来，他一头倒在炕上，已经累得不能再动。眼睛干巴巴的闭不上，他呆呆地看着那有些雨漏痕迹的顶棚。既不能睡去，他坐了起来。看了屋中一眼，他不敢再看。心中不知怎样好。他出去买了包“黄狮子”烟来。坐在炕沿上，点着了一支烟；并不爱吸。呆呆地看着烟头上那点蓝烟，忽然泪一串串地流下来，不但想起虎妞，也想起一切。到城里来了几年，这是他努力的结果，就是这样，就是这样！他连哭都哭不出声来！车，车，车是自己的饭碗。买，丢了；再买，卖出去；三起三落，像个鬼影，永远抓不牢，而空受那些辛苦与委屈。没了，什么都没了，连个老婆也没了！虎妞虽然厉害，但是没了她怎能成个家呢？看着屋中的东西，都是她的，她本人可是埋在了城外！越想越恨，泪被怒火截住，他狠狠地吸那支烟，越不爱吸越偏要吸。把烟吸完，手捧着头，口中与心中都发辣，要狂喊一阵，把心中的血都喷出来才痛快。

（二）选文阅读欣赏

祥子逃不出的苦

“骆驼”祥子，是著名语言大师老舍笔下一个经典的人物形象，在这个人物身上包含着老舍先生对底层受苦受难劳动者的深刻同情。“骆驼”祥子，就是一个丧失了土地的农民，他没有什么文化，没有什么精神上的追求，他带着中国农民优秀的美德，想要靠着个人奋斗去争取一个好生活。可惜，北洋政府那个混乱的年代，那个“吃人”的社会，很难实现一个底层的小老百姓，靠个人奋斗，靠劳动过上好生活的愿望。社会的黑暗，肯定是祥子这样的奋斗者人生走向失败的一个原因。然而，《钢铁是怎样炼成的》里的保尔，又何尝不是一个底层的小人物呢？保尔的人生可圈可点，散发着激励万千大众的光辉，他将小人物演绎成了被人崇拜的大英雄！祥子的人生呢？他的人生三起三落，但他依然健康地活着，造成他将自己活成一个失败者的成因，恐怕不只有社会，他个人因素是不是也是他失败的一个原因呢？

他的出身决定了他的认识。“车”成了他的整个世界！祥子出身于农民。我国农民一直过着面朝黄土背朝天的农耕生活，土地是他们的命根子，自古过着自给自足的生活。中国农民身上有着勤劳、善良、任劳任怨、憨厚、诚实等的传统美德。当历史的马车奔跑到20世纪初，军阀混战，使得民不聊生，以祥子为代表的农民则丧失了他赖以生存的土地，为了生存，他只得靠力气赚钱自谋生路。农民的意识也罢，传统美德也罢，总之他的认识就是自己解决自己的生存问题；他认为靠劳动，靠汗水，养活自己就已经是“天下最有骨气的事”了；什么军阀混战，什么征兵拉纤，什么“战争怎样毁坏田地”，什么“春雨有无”，都与他无关！他的关注点，就是他的那辆人力车！他没有追求，就是靠自己的努力，买一辆属于自己的车，靠拉车养活自己，过自己的日子。他的世界里，就是“车”和“自己”。因此，“车的得失”，影响了他的人生！

他的性格软弱、不敢反抗，面对生活的暴风骤雨不堪一击！

好不容易攒了100块大洋买的车，被大兵掳走了，连同自己也被掳了。面对这样的遭遇，这个认为自己“不会吃大亏”的“大个子”，认为自己不会“容易欺负的”大个子，傻了眼。他是怎样表现的呢？车被掳走了，人被打得青一块紫一块，只是想着自己的梦想破灭了而“落泪”，只敢从心底“恨那些大兵，恨世上的一切”，觉得自己委屈，委屈到了一定的程度，才敢喊一句“凭什么？！”祥子骨子里的“顺民”意识，他的老实，使得他落得个车失人被打的命运。对于这样的命运，他也无所思，从来没有想过反抗！更没有想过，造成这一切的原因，何在？他只是觉得自己倒霉，觉得自己不顺，只是看到了表面恨那些兵，仅此而已！他的第一次靠个人奋斗发迹梦，破灭。

上天还算是睁眼，它在关闭一扇门的同时，为祥子又打开了一扇窗。在他逃离兵营的过程中，意外地收获了三头骆驼。通过倒卖三头骆驼，上天算是给了他一个小小的补偿，终于又让他得到了35块大洋。这让委屈、不安的祥子，对未来又充满了信心。在曹家拉包月期间，不想曹先生又惹上了祸事，连累了祥子，他好不容易存起的35块，又被孙侦探敲诈走了！面对孙侦探的恐吓与敲诈，祥子嘴太笨，脑子太简单，为人太过实在，孙侦探说的他竟然都信！他“那——”了半天，竟然不知道说些什么，而后顺着孙侦探的思路走，自己一点主意都没有，任人宰割；当他知道不给钱，孙侦探肯定要抓他时，他迷茫了、无助到了绝望，他太过老实，当他实在无望的时候，他“吭哧半天”才说出一句失望而没出息的话“有工夫挤我，干吗不挤挤曹先生？”他的防抗是象征性的，他“攥起了拳头”，然而这拳头就不曾不顾一切地打击过侮辱他的人！他该是多老实啊！他该是多憨厚啊！他该是多无助啊！看清了他的顺从，孙侦探变本加厉，让他赶紧滚蛋，甚至雪夜里，不准带走铺盖！到此为止，恐怕祥子的内心是狂风、暴雨、暴雪、大雾，不拘一格，袭击着这个苦人！他一定很迷茫，他想靠自己的努力挣“吃食”的想法难道错了吗？想要做个靠自己劳动丰衣足食的人，怎么就那么难呢？难道做个有骨气的劳动人是错的吗？

虎妞不是他的真爱。他曾一度的恨虎妞。然而，当虎妞难产而死后，他的心更空了！为了给虎妞办丧事，车卖了！车没了！媳妇没了！家也没了！什么都没了！当遇到这无情地打击时，祥子变得更加沉默了！他无助！因为，在他的世界里，只有车，只有真实地付出，然而，换来的是什么呢？他所认识的世界就是这样，他没有什么追求，他的追求也就是这样！当他认准了这唯一的途径，唯一的念头时，他的反思就是钻牛角尖！祥子迷茫了，因为无助，以为无望，因为无知，也因为不知反抗！遇到生活的暴风骤雨时，他没有应对的措施，他只敢默默地狠，苦自己，却不搏击风雨，更不懂得宽慰自己，勉励自己！当一个生活在社会最底层的小人物，想要凭借个人奋斗，在社会中赚生活时，发现个人对社会而言何其渺小，但靠个人单打独斗，只能在社会面前掉入万丈深渊！祥子的个人境界、性格的缺陷显然也是害了他自己的一个重要原因！

小福子的死，成为一根压倒“大个子”祥子命运的稻草，使他彻底对这个世界断了奋斗的念想。一个由乡间来的淳朴、老实、善良、结实的小伙子就这样沦落成一个让人同情的混混，最后像一条狗一样栽倒在街头，再也爬不起来。可怜！可惜！可叹！

假若祥子在勤劳、肯干、有个人梦想的前提下，再多一点智慧，灵活与人交往，智

慧地处理事情，有一点反抗的意识，再多一点勇敢和坚强，不要只为自己而活，也有个社会理想，那样的祥子又会怎样呢？

鲁迅先生有语："哀其不幸，怒其不争！"

（三）情境提问

你对祥子产生了怎样的情感？请分析。

（四）答案示例

见附录。

四、体验感悟

（一）感悟示例

活成英雄与活成"臭虫"

保尔和祥子都是社会底层被侮辱与被损害的小人物。然而当"生活在'烈日和暴雨下'"时，保尔选择进行反抗，而祥子选择了"顺从"；保尔选择了宽慰自己、鼓励自己，而祥子则选择了自怨自艾，选择了堕落。我想起了奥斯特洛夫斯基的名言："人最宝贵的东西是生命，生命属于人只有一次。一个人的一生应该是这样度过的：当他回首往事的时候，他不会因为虚度年华而悔恨，也不会因为碌碌无为而羞耻；这样，在临死的时候，他就能够说：'我的整个生命和全部精力，都已经献给世界上最壮丽的事业——为人类的解放而斗争。'"人生是一场单程旅行，活得豁达、潇洒、尽兴、轰轰烈烈是一辈子，活得窝囊、不快、自怨自艾也是一生。"你若精彩，蝴蝶自来！"

（二）感悟空间

第三章　品多面曹操，读立体人生

隗立旭

第一节　生逢乱世，他是一个怎样的“人”？

一、生活情境

（一）戏剧中的曹操

京剧中不同颜色的脸谱有不同的象征意义：红色脸，象征忠义、耿直、有血性，如“三国戏”里的关羽；黑色脸，象征威武有力、粗鲁豪爽，如“三国戏”里的张飞；黄色脸，象征勇猛、暴躁，如“三国戏”里的典韦；白色脸，表现奸诈多疑，含贬义，代表凶诈，如“三国戏”里的曹操和孙权。

（二）政敌眼中的曹操

回忆《出师表》中诸葛亮对曹操的评价——“贼”“奸凶”。

“贼”的词典义：强盗；危害国家、人民及社会道德的人；对敌人的蔑称；狠毒，残暴；邪恶，狡猾；偷盗的人等。

“奸凶”的含义：奸邪凶顽的敌人。

（三）文学作品中的曹操

找一找《三国演义》中刘备、诸葛亮等人是如何称呼曹操的，想一想他们为什么会做出这样的评价。

（四）你心中的曹操

如果用几个词语评价一下你心目中的曹操，你会选择哪几个？请简单说说你的理由。

二、精彩原文欣赏

（一）精彩原文

谋董贼孟德献刀[24]

时袁绍在渤海，闻知董卓弄权，乃差人赍密书来见王允。书略曰：

“卓贼欺天废主，人不忍言；而公恣其跋扈，如不听闻，岂报国效忠之臣哉？绍今集兵练卒，欲扫清王室，未敢轻动。公若有心，当乘间图之。如有驱使，即当奉命。”

王允得书，寻思无计。一日，于侍班阁子内见旧臣俱在，允曰：“今日老夫贱降，晚间敢屈众位到舍小酌。”众官皆曰：“必来祝寿。”当晚王允设宴后堂，公卿皆至。酒行数巡，王允忽然掩面大哭。众官惊问曰：“司徒贵诞，何故发悲？”允曰：“今日并非贱降，因欲与众位一叙，恐董卓见疑，故托言耳。董卓欺主弄权，社稷旦夕难保。想高皇诛秦灭楚，奄有天下；谁想传至今日，乃丧于董卓之手：此吾所以哭也。”于是众官皆哭。坐中一人抚掌大笑曰：“满朝公卿，夜哭到明，明哭到夜，还能哭死董卓否？”允视之，乃骁骑校尉曹操也。允怒曰：“汝祖宗亦食禄汉朝，今不思报国而反笑耶？”操曰：“吾非笑别事，笑众位无一计杀董卓耳。操虽不才，愿即断董卓头，悬之都门，以谢天下。”允避席问曰：“孟德有何高见？”操曰：“近日操屈身以事卓者，实欲乘间图之耳。今卓颇信操，操因得时近卓。闻司徒有七宝刀一口，愿借与操入相府刺杀之，虽死不恨！”允曰：“孟德果有是心，天下幸甚！”遂亲自酌酒奉操。操沥酒设誓，允随取宝刀与之。操藏刀，饮酒毕，即起身辞别众官而去。众官又坐了一回，亦俱散讫。

次日，曹操佩着宝刀，来至相府，问：“丞相何在？”从人云：“在小阁中。”操径入。见董卓坐于床上，吕布侍立于侧。卓曰：“孟德来何迟？”操曰：“马羸行迟耳。”卓顾谓布曰：“吾有西凉进来好马，奉先可亲去拣一骑赐与孟德。”布领令而出。操暗忖曰：“此贼合死！”即欲拔刀刺之，惧卓力大，未敢轻动。卓胖大不耐久坐，遂倒身而卧，转面向内。操又思曰：“此贼当休矣！”急掣宝刀在手，恰待要刺，不想董卓仰面看衣镜中，照见曹操在背后拔刀，急回身问曰：“孟德何为？”时吕布已牵马至阁外。操惶遽，乃持刀跪下曰：“操有宝刀一口，献上恩相。”卓接视之，见其刀长尺余，七宝嵌饰，极其锋利，果宝刀也；遂递与吕布收了。操解鞘付布。卓引操出阁看马，操谢曰：“愿借试一骑。”卓就教与鞍辔。操牵马出相府，加鞭望东南而去。布对卓曰：“适来曹操似有行刺之状，及被喝破，故推献刀。”卓曰：“吾亦疑之。”正说话间，适李儒至，卓以其事告之。儒曰：“操无妻小在京，只独居寓所。今差人往召，如彼无疑而便来，则是献刀；如推托不来，则必是行刺，便可擒而问也。”卓然其说，即差狱卒四人往唤操。去了良久，回报曰：“操不曾回

[24]　节选自《三国演义》第四回：废汉帝陈留践位　谋董贼孟德献刀。题目由编者整理而成。

寓，乘马飞出东门。门吏问之，操曰‘丞相差我有紧急公事’，纵马而去矣。”儒曰：“操贼心虚逃窜，行刺无疑矣。”卓大怒曰：“我如此重用，反欲害我！”儒曰：“此必有同谋者，待拿住曹操便可知矣。”卓遂令遍行文书，画影图形，捉拿曹操：擒献者，赏千金，封万户侯；窝藏者同罪。

且说曹操逃出城外，飞奔谯郡。路经中牟县，为守关军士所获，擒见县令。操言：“我是客商，覆姓皇甫。”县令熟视曹操，沉吟半晌，乃曰：“吾前在洛阳求官时，曾认得汝是曹操，如何隐讳！且把来监下，明日解去京师请赏。”把关军士赐以酒食而去。至夜分，县令唤亲随人暗地取出曹操，直至后院中审究；问曰：“我闻丞相待汝不薄，何故自取其祸？”操曰：“‘燕雀安知鸿鹄志哉’！汝既拿住我，便当解去请赏。何必多问！”县令屏退左右，谓操曰：“汝休小觑我。我非俗吏，奈未遇其主耳。”操曰：“吾祖宗世食汉禄，若不思报国，与禽兽何异？吾屈身事卓者，欲乘间图之，为国除害耳。今事不成，乃天意也！”县令曰：“孟德此行，将欲何往？”操曰：“吾将归乡里，发矫诏，召天下诸侯兴兵共诛董卓：吾之愿也。”县令闻言，乃亲释其缚，扶之上坐，再拜曰：“公真天下忠义之士也！”曹操亦拜，问县令姓名。县令曰：“吾姓陈，名宫，字公台。老母妻子，皆在东郡。今感公忠义，愿弃一官，从公而逃。”操甚喜。是夜陈宫收拾盘费，与曹操更衣易服，各背剑一口，乘马投故乡来。

行了三日，至成皋地方，天色向晚。操以鞭指林深处谓宫曰：“此间有一人姓吕，名伯奢，是吾父结义弟兄；就往问家中消息，觅一宿，如何？”宫曰：“最好。”二人至庄前下马，入见伯奢。奢曰：“我闻朝廷遍行文书，捉汝甚急，汝父已避陈留去了。汝如何得至此？”操告以前事，曰：“若非陈县令，已粉骨碎身矣。”伯奢拜陈宫曰：“小侄若非使君，曹氏灭门矣。使君宽怀安坐，今晚便可下榻草舍。”说罢，即起身入内。良久乃出，谓陈宫曰：“老夫家无好酒，容往西村沽一樽来相待。”言讫，匆匆上驴而去。

操与宫坐久，忽闻庄后有磨刀之声。操曰：“吕伯奢非吾至亲，此去可疑，当窃听之。”二人潜步入草堂后，但闻人语曰：“缚而杀之，何如？”操曰：“是矣！今若不先下手，必遭擒获。”遂与宫拔剑直入，不问男女，皆杀之，一连杀死八口。搜至厨下，却见缚一猪欲杀。宫曰：“孟德心多，误杀好人矣！”急出庄上马而行。行不到二里，只见伯奢驴鞍前鞒悬酒二瓶，手携果菜而来，叫曰：“贤侄与使君何故便去？”操曰：“被罪之人，不敢久住。”伯奢曰：“吾已分付家人宰一猪相款，贤侄、使君何憎一宿？速请转骑。”操不顾，策马便行。行不数步，忽拔剑复回，叫伯奢曰：“此来者何人？”伯奢回头看时，操挥剑砍伯奢于驴下。宫大惊曰：“适才误耳，今何为也？”操曰：“伯奢到家，见杀死多人，安肯干休？若率众来追，必遭其祸矣。”宫曰：“知而故杀，大不义也！”操曰：“宁教我负天下人，休教天下人负我。”陈宫默然。

当夜，行数里，月明中敲开客店门投宿。喂饱了马，曹操先睡。陈宫寻思：“我将谓曹操是好人，弃官跟他；原来是个狼心之徒！今日留之，必为后患。”便欲拔剑来杀曹操。正是：设心狠毒非良士，操卓原来一路人。

（节选自《三国演义》[25]）

（二）原文欣赏

危机面前的众生相

这一节，虽字数不多，但情节跌宕起伏，扣人心弦。一众人等哀哭汉室基业将毁于董卓这个贼人之手，王允的“掩面大哭”，意味深长：作为累受皇恩的世家子弟，他甘于从基层做起，自律勤勉，任劳任怨，终赢得好评一片；登上更大的政治舞台，他奉命于危难，虽举步维艰，仍恪尽职守，为重树皇权而殚精竭虑；董卓上位，狼子野心，昭然若揭，为一击即中，他选择暂时隐忍不发，夹缝求存；接到袁绍来信，既承受着对方“恣其跋扈”“岂报国效忠之臣”的诘责，又唯恐令对方“扫清王室”“乘间图之”的期望落空，奈何苦思之下仍无计可施……“掩面大哭”虽为“酒行数巡”后的“忽然”之举，却也是重压下的自然之行。若说王允的哭，是郁结于心，发之于外，令人感慨，那赴宴诸位公卿陪哭、一筹莫展的情状，就未免令人无语了——如果哭能解决问题，那我们生活的地球还有陆地在吗？最令人奇怪的是，唯一一个“笑”对危局的人，还将领衔主哭王允激怒了。幸亏，理智重回大脑，王允给了曹操解释的机会，于是曹操自告奋勇愿承担暗杀使命，献刀计谋被识破后，凭机智得以暂时脱离险境。处于权力巅峰的董卓岂能容忍曹操的背叛？他“遂令遍行文书，画影图形，捉拿曹操：擒献者，赏千金，封万户侯；窝藏者同罪。”曹操显然低估了董卓将他赶尽杀绝的决心，在中牟县被俘后也曾幻想以谎言蒙混过关，待被时任县令的陈宫识破后，反而心下坦然，更发出“为国除害”“召天下诸侯兴兵共诛董卓”的宏愿。陈宫感其忠义，不仅义释曹操，还弃官跟从。当行至成皋界内，曹操领陈宫借宿父亲的结义弟兄吕伯奢家中，主客双方互相表达了彼此信任的决心。但是这种信任在曹操听到磨刀声和有关“杀之”的对话后土崩瓦解，曹操领陈宫将家中所有人等灭口，然后他们发现误杀好人，只得仓皇离开，半路遇到置办酒果菜肴返家的吕伯奢。不疑于他的吕伯奢仍旧情意恳切地挽留二人，却被曹操用计砍杀，陈宫大惊，听到曹操“宁教我负天下人，休教天下人负我”的宣言，不禁心冷，遂萌生杀掉曹操的想法。

作者从心理、动作、语言和神态等方面生动刻画了人物形象：有大义凛然、多疑残忍的曹操，有心怀忠义的陈宫，有重情重义的吕伯奢……

曹操可以“为国”不顾个人安危；他也可以为己，杀掉恩人满门：善变而多疑。

陈宫因为曹操的“忠义”选择誓死跟随，又因为曹操的“大不义”而意图铲除之：选

[25]　罗贯中．三国演义 [M]．北京：人民文学出版社，2014.（以下凡引自《三国演义》的文段，出版信息相同，下略）

择不同，标准唯一。

吕伯奢及其一家则成了彻头彻尾的牺牲品，他们心念旧好而甘愿冒死收留，热情款待，却付出了灭门的惨痛代价。

（三）情境提问

以陈宫的视角叙述这一事件。

（四）感悟示例

见附录。

三、对比与拓展阅读

（一）与其他名著相关记载的对比阅读

1.其他名著中的选文

《魏书》[26]：中的记载：太祖从数骑过故人成皋吕伯奢；伯奢不在，其子与宾客共劫太祖，取马及物，太祖手刃击杀数人。

《世说新语》[27]：太祖过伯奢。伯奢出行，五子皆在，备宾主礼。太祖自以背卓命，疑其图己，手剑夜杀八人而去。

《杂记》[28]：太祖闻其食器声，以为图己，遂夜杀之。既而凄怆曰“宁我负人，毋人负我！”遂行。

2.选文欣赏

映照人性

《魏书》是史书，《世说新语》是笔记小说集，《杂记》是个人笔记，史书与小说不同，因为要记录史实，务求相对客观，所以在表达上以叙述为主，辅之以简评，概括性很强，生动性也就不足了；虽然孙盛有“宁死也拒不改史”的史家气节，但《杂记》作为其个人笔记，主观性较强的问题也要引起关注。

三个版本的记载，令吕伯奢之死的真相愈发扑朔迷离，但它们的倾向却显而易见。《魏书》自然是倾向曹操，按照其说法，是吕伯奢教子无方，养了个见利忘义的不肖之

[26] ［东晋、南朝宋］裴松之.三国志·魏书[M].上海：中华书局,2006.是裴松之为《三国志》注引很多的史籍，西晋王沈与荀顗、阮籍一同撰写。

[27] ［南朝宋］刘义庆.世说新语[M].北京：开明出版社,2018.8.笔记小说集，简称《世说》，一般认为是刘义庆及其门客的集体创作。记录了汉末到东晋时期士大夫阶层的言谈、轶事。

[28] 出现于裴松之《三国志·武帝纪》的注引中，为东晋孙盛著。有人认为这是裴松之的注解蓝本之一。

子，曹操“击杀数人”完全是正当防卫。《世说新语》则正好相反，它说吕伯奢和儿子们对曹操都挺好，色恭礼至，而曹操却怀疑他们阳奉阴违，别有图谋，于是“手剑夜杀八人”，此举完全是不仁不义，滥杀无辜。《杂记》的说法和《世说新语》差不多，并进一步充实了曹操杀人后的心情与语言。“凄怆”是“凄惨悲伤”的意思，灭人满门之后，曹操并无后悔之意，在自己生命岌岌可危之时，凡是可以保全自己性命的办法，他都会去尝试，而“宁我负人，毋人负我！”的“名言”是他的选择，也是他的心声，更是他的行为准则。至于“凄怆”的对象，是自己，是吕伯奢一家，还是两者兼而有之，就显得不那么重要了。

就算心生凄怆，即使知道错杀，曹操也全无悔意，因为他有自己的一套“宁可……也不”理论。而这个理论的确立是以“利己”为核心的。所以，杀人前后，他的心理活动大概是这样的：既然他们有威胁到我生命的可能性，焉知这种可能性不会在下一刻变为现实？既然有在下一刻变为现实的可能，那么我在此刻将可能性扼杀于无形又有何不可？

曹操的这种心理，虽然纯属推测，倒也并非全无根据：一个“图”字，两个场景，三部作品，三个作者不约而同地用来刻画曹操形象，这是巧合吗？《三国演义》中，当王允避席问询，曹操用“乘间图之耳”来解释自己“屈身以事卓”的初衷。《世说新语》中，当吕伯奢五子尽皆以礼相待时，曹操“自以背卓命，疑其图己”，于是“手剑夜杀八人而去”。《杂记》中，曹操是“闻其食器声，以为图己，遂夜杀之”。如果“闻其食器声”而疑心人家要“图己”，我们还可以理解为，你曹操是惊弓之鸟，这属于合理性怀疑；那么人家客气周到地款待怎么也能令你起疑呢？曹操应该会说，我这种怀疑更合理，大家还记得我之前是为什么接近以及怎样接近董卓的吗？靠的就是“图”之啊，且“图”之成效颇著——“今卓颇信操，操因得时近卓”。当初“图”董卓，我可谓极尽虚与委蛇之能事，焉知这吕家五子不是靠口蜜腹剑来“图”我？

“以己之心，度人之腹”，想来罗贯中、刘义庆和孙盛对于曹操的这个属性是能够形成共识的。

3. 情境提问

东郭先生的下场，吕伯奢的悲剧，映照出人性中“恶”的阴暗面。不同名著，对同一事件中人物的刻画却各有侧重，请谈谈你的发现。

4. 答案示例

见附录。

（二）拓展阅读

1. 名作选文

蒿 里 行[29]

曹操

关东有义士，兴兵讨群凶。
初期会盟津，乃心在咸阳。
军合力不齐，踌躇而雁行。
势利使人争，嗣还自相戕。
淮南弟称号，刻玺于北方。
铠甲生虮虱，万姓以死亡。
白骨露于野，千里无鸡鸣。
生民百遗一，念之断人肠。

2. 选文欣赏

悲悯苍生，写就“诗史”

这首诗作于建安二年（197）以后。东汉献帝初平元年（190）春，关东州郡起兵讨董卓，推举渤海太守袁绍为盟主。曹操在陈留人卫兹的帮助下，也招募了五千人加入讨董联军。“雅爱诗章”的曹操，亲眼见到军阀们争权夺利、互相攻杀所造成的巨大灾难和悲惨情景，便用乐府古题写时事，真实反映了汉末动乱的社会现实，抒发了个人的宏大抱负，表达了对广大人民的关怀。同时，对袁绍等人的卑劣行径，则予以无情的揭露与抨击。为情造文，慷慨悲凉，乃当时之实录。

全诗可分为四层：前四句，写关东义士起兵的目的，是要团结奋战，直捣长安，消灭独断专横的董卓；次四句，写各路兵马不听指挥，各怀私利，观望不前，甚至互相残杀；再四句，写野心家袁术在寿春称帝，袁绍谋立刘虞，刻作金印，军阀混战，使社会遭到极大的破坏；末四句，暴露军阀混战的罪恶，发出悲天悯人的感慨。

诗的结构完整，章法井然；四句一层，起承转合，条理分明。使用白描手法，“铠甲”四句，寥寥几笔就勾画出一幅动荡不安、悲惨凄凉的广阔社会画面，使人触目惊心！面对满目疮痍、哀鸿遍野的惨景，诗人不禁发出了“念之断人肠”的深沉慨叹。诗人运用现实主义的表现手法，不仅真实而深刻地反映出当时“白骨露于野，千里无鸡鸣”的历史

[29] 属于《相和歌·相和曲》，是古代送葬时用的挽歌，言人死后魂魄归于地下的蒿里。曹操借乐府旧题写时事，记述了汉末军阀混战的现实，真实、深刻地揭示了人民的苦难。

真实，而且有力地反衬出袁绍等人从拥兵观望到连年混战造成人民苦难的历史罪行。诗人以挽歌形式进行批判，利用旧形式反映新内容，这在当时实为创举。

3. 情境提问

同一个事件，不同的记述，你有怎样的发现？哪一个曹操才是最接近历史真实的曹操？

4. 答案示例

见附录。

四、体验感悟

多面奸雄

人性是复杂的，这提醒我们看待、评价一个人时，不要一叶障目，也不要以偏概全。

曹操是一个格外复杂的人，他心怀天下，为刺杀董卓甘冒生命危险；却草菅人命，为保全自身而滥杀无辜；又悲悯苍生，为百姓命运忧心断肠……这种种看似矛盾的特性，却出奇和谐地并存于曹操身上，也使这个人物在文学、历史等诸多领域熠熠生辉。

可以这么说，曹操是一个了不起的英雄，抱负远大，雄才伟略；他又是一个输不起的小人，多疑凶残，宁负天下也要存活于世。但是，他至少坦诚，甚至能够落落大方地将自己的黑暗面或薄弱点宣之于口，也正因如此，易中天先生才会评价他是可爱的“奸雄”吧。

面对董卓弄权的时局，收到袁绍勤王的密书，王允寻思无计、掩面大哭，众官一筹莫展、尽皆痛哭，曹操的抚掌大笑、挺身而出，何等超脱，又何其可贵！面对困境，他不仅有勇气，有决心，还有行动。原来他的屈身于董卓之下，目的在于图得董卓信任，诸般忍辱负重，只为伺机而动，除之后快，虽死不恨。或许是刚愎自用，也应该是基于信任，董卓给了曹操带刀接近、刺杀的机会。但好机会总是稍纵即逝的，曹操因为太过谨慎错失了良机。好在，他急中生智，巧言应对，为逃走赢得了宝贵时间。

因为谨慎，曹操错失良机；因为谨慎，曹操又获得生机。但是，如果谨慎过了头，会产生怎样的结果呢？要么畏首畏尾，要么疑神疑鬼。曹操就是后者。当真切感受到生存受到威胁，为了活下去，他选择只信任自己；为了活下去，他可以无所不用其极。所以，接连灭掉吕伯奢满门，在他看来不是一错再错，而是不得不为。

然后，当个人性命得以保全，那个悲悯的曹操又回来了。我们不难想象，与各路讨董义士会聚关东时，曹操会何其振奋激昂；见义军陷入利益纷争、离心离德时，曹操又会多么失落沮丧。他们这支打着所谓正义旗号的队伍不仅没有给天下带来太平，反而令百姓陷入更加绝望的境地。这时候，曹操一定是有痛悔的。痛什么呢？痛这满目疮痍，遍地白骨，不是他想要的太平盛世。悔什么呢？悔自己不够强大，空有治世之心，却无力挽救颓势危局。念之怎不断人肠？

参考文献：

【1】于非 . 中国古代文学作品选 [M]. 北京 : 高等教育出版社 ,1994:394.

第二节　顺势而为，他是一个怎样的“政治家”？

一、生活情境

“周公吐哺，天下归心”是曹操的政治宣言，他是在什么背景下发表的？又是如何践行的？他的经历又具有怎样的现实意义呢？

二、精彩原文欣赏

（一）精彩原文

迎许攸曹操跣足　劫乌巢孟德烧粮[30]

却说韩猛败军还营，绍大怒，欲斩韩猛，众官劝免。审配曰：“行军以粮食为重，不可不用心提防。乌巢乃屯粮之处，必得重兵守之。”袁绍曰：“吾筹策已定。汝可回邺都监督粮草，休教缺乏。”审配领命而去。袁绍遣大将淳于琼，部领督将眭元进、韩莒子、吕威璜、赵睿等，引二万人马，守乌巢。那淳于琼性刚好酒，军士多畏之；既至乌巢，终日与诸将聚饮。

且说曹操军粮告竭，急发使往许昌教荀彧作速措办粮草，星夜解赴军前接济。使者赍书而往，行不上三十里，被袁军捉住，缚见谋士许攸。那许攸字子远，少时曾与曹操为友，此时却在袁绍处为谋士。当下搜得使者所赍曹操催粮书信，径来见绍曰：“曹操屯军官渡，与我相持已久，许昌必空虚；若分一军星夜掩袭许昌，则许昌可拔，而操可擒也。今操粮草已尽，正可乘此机会，两路击之。”绍曰：“曹操诡计极多，此书乃诱敌之计也。”攸曰：“今若不取，后将反受其害。”正话间，忽有使者自邺郡来，呈上审配书。书中先说运粮事；后言许攸在冀州时，尝滥受民间财物，且纵令子侄辈多科税，钱粮入己，今已收其子侄下狱矣。绍见书大怒曰：“滥行匹夫！尚有面目于吾前献计耶！汝与曹操有旧，想今亦受他财贿，为他作奸细，啜赚[31]吾军耳！本当斩首，今权且寄头在项！可速退出，今后不许相见！”许攸出，仰天叹曰：“忠言逆耳，竖子不足与谋！吾子侄已遭审配之害，吾何颜复见冀州之人乎！”遂欲拔剑自刎。左右夺剑劝曰：“公何轻生至此？袁绍不纳直言，后必为曹操所擒。公既与曹公有旧，何不弃暗投明？”只这两句言语，点醒许攸；于是许攸径投曹操。后人有诗叹曰：

---

[30]　题目是编者自拟。

[31]　啜赚：欺骗、调唆的意思。

本初豪气盖中华，官渡相持枉叹嗟。

若使许攸谋见用，山河争得属曹家？

却说许攸暗步出营，径投曹寨，伏路军人拿住。攸曰："我是曹丞相故友，快与我通报，说南阳许攸来见。"军士忙报入寨中。时操方解衣歇息，闻说许攸私奔到寨，大喜，不及穿履，跣足出迎，遥见许攸，抚掌欢笑，携手共入，操先拜于地。攸慌扶起曰："公乃汉相，吾乃布衣，何谦恭如此？"操曰："公乃操故友，岂敢以名爵相上下乎！"攸曰："某不能择主，屈身袁绍，言不听，计不从，今特弃之来见故人。愿赐收录。"操曰："子远肯来，吾事济矣！愿即教我以破绍之计。"攸曰："吾曾教袁绍以轻骑乘虚袭许都，首尾相攻。"操大惊曰："若袁绍用子言，吾事败矣。"攸曰："公今军粮尚有几何？"操曰："可支一年。"攸笑曰："恐未必。"操曰："有半年耳。"攸拂袖而起，趋步出帐曰："吾以诚相投，而公见欺如是，岂吾所望哉！"操挽留曰："子远勿嗔，尚容实诉：军中粮实可支三月耳。"攸笑曰："世人皆言孟德奸雄，今果然也。"操亦笑曰："岂不闻'兵不厌诈'！"遂附耳低言曰："军中止有此月之粮。"攸大声曰："休瞒我！粮已尽矣！"操愕然曰："何以知之？"攸乃出操与荀彧之书以示之曰："此书何人所写？"操惊问曰："何处得之？"攸以获使之事相告。操执其手曰："子远既念旧交而来，愿即有以教我。"攸曰："明公以孤军抗大敌，而不求急胜之方，此取死之道也。攸有一策，不过三日，使袁绍百万之众，不战自破。明公还肯听否？"操喜曰："愿闻良策。"攸曰："袁绍军粮辎重，尽积乌巢，今拨淳于琼守把，琼嗜酒无备。公可选精兵诈称袁将蒋奇领兵到彼护粮，乘间烧其粮草辎重，则绍军不三日将自乱矣。"操大喜，重待许攸，留于寨中。

次日，操自选马步军士五千，准备往乌巢劫粮。张辽曰："袁绍屯粮之所，安得无备？丞相未可轻往，恐许攸有诈。"操曰："不然，许攸此来，天败袁绍。今吾军粮不给，难以久持；若不用许攸之计，是坐而待困也。彼若有诈，安肯留我寨中？且吾亦欲劫寨久矣。今劫粮之举，计在必行，君请勿疑。"辽曰："亦须防袁绍乘虚来袭。"操笑曰："吾已筹之熟矣。"便教荀攸、贾诩、曹洪同许攸守大寨，夏侯惇、夏侯渊领一军伏于左，曹仁、孙典领一军伏于右，以备不虞。教张辽、许褚在前，徐晃、于禁在后，操自引诸将居中：共五千人马，打着袁军旗号，军士皆束草负薪，人衔枚，马勒口，黄昏时分，望乌巢进发。是夜星光满天。

……

及到乌巢，四更已尽。操教军士将束草周围举火，众将校鼓噪直入。时淳于琼方与众将饮了酒，醉卧帐中；闻鼓噪之声，连忙跳起问："何故喧闹？"言未已，早被挠钩拖翻。眭元进、赵睿运粮方回，见屯上火起，急来救应。曹军飞报曹操，说："贼兵在后，请分军拒之。"操大喝曰："诸将只顾奋力向前，待贼至背后，方可回战！"于是众军将无不争先掩杀。一霎时，火焰四起，烟迷太空。眭、赵二将驱兵来救，操勒马回战。二将抵敌不住，皆被曹军所杀，粮草尽行烧绝。淳于琼被擒见操，操命割去其耳鼻手指，缚于马上，放回绍营以辱之。

（节选自《三国演义》）

（二）原文欣赏

自信力与他信力

曹操迎许攸这段描写非常精彩，将曹操得遇人才时欣喜若狂的心态描写得惟妙惟肖，读来令人忍俊不禁：听闻许攸来投，苦思对敌之计未果的曹操瞬间“大喜”；因为见客的心情太过急切，以至于“不及穿履，跣足出迎”；只远远看见许攸的身影，就乐得“抚掌欢笑”；迫不及待地跑到人家跟前，拉着就往里走；待到进得帐中，欣喜之情化作一拜于地的行动，令许攸感动，亦让读者慨然。这就是曹操，率性，自然，还有点儿可爱。

曹操对待人才的态度也令人钦佩，既然对方推心置腹，那么我也可以性命相托。他决定听从许攸计策，亲率将士，深入敌营。张辽疑虑重重，袁绍焉能无备？许攸不得不防。作为曹魏大将，张辽被曹操评价为“武力既弘，计略周备”，他的顾虑可谓有理有据，官渡之战，两方对峙，己方陷入生死存亡的不利境地，如果不辨敌我贸然出击，其严重后果不堪设想。可是，曹操却敏锐地捕捉到“天时”“人和”等作战形势已悄然转换，眼下正是绝地反击的最佳时机，况且自己也早已做好万全准备。兵贵神速，夜袭乌巢，大获全胜，曹操与五千奇兵一举扭转战局。这固然体现了曹操“用人不疑”的开明态度，更体现了他作为军事家的远见卓识，智勇双全。

据《三国志·武帝纪》记载，在官渡之战结束后，“公收绍书中，得许下及军中人书，皆焚之。”当然，你也可以说，大战方息，作为统帅，曹操如果追究，难免使人心浮动，人人自危，这种内耗无异于自取灭亡。但是，他既往不咎就不一样了，既收买了人心，又稳定了局面，一举两得，何乐不为？毋庸置疑，曹操是个权谋家，他对时局的把握，决定了他能够站在整体上看待和分析问题，所以在几番权衡之下，他实现了利益的最大化。但也不可否认，他是个相当有魄力的政治家，他的心胸、他的眼界源于他的高度自信：他深信自己是沧海，能够悦纳百川，包容日月星辰；他深信自己是神龙，能够飞腾于宇宙之间，潜伏于波涛之内，潜力无限，纵横四海。

所以，这份难能可贵的“他信力”，是曹操强大“自信力”的体现。

（三）情境提问

官渡之战后，作战双方受邀参加新闻发布会。败方袁绍拂袖而去，胜方曹操出席并接受了记者采访。作为与会记者之一，你在发布会后撰写了一篇题为《官渡之战胜败原因分析》的新闻短评。

（四）答案示例

见附录。

三、对比与拓展阅读

（一）对比阅读

1.选文

许攸之被杀疑云

①《三国演义》的记载

曹操率军入冀州城，许攸纵马近前，以马鞭指着城门对曹操说："阿瞒，你不搭帮我，怎能入此门？"曹操一笑置之，随同将士则悻悻然。一日游东门，许攸恰与跨马回城的许褚相遇，又旧话重提："你们不搭帮我，怎能自由出入此门？"许褚听了，火冒三丈："我们浴血奋战，九死一生，千辛万苦才夺得城池，你何德何能，敢在老子面前夸口？"许攸便骂对方只有匹夫之勇，不足称道，惹得许褚兴起，拔剑把他杀了，还提着人头去见曹操。曹操安葬了许攸，却没有怪罪许褚。

②其他史书中的记载

《三国志[32]·崔琰传》："太祖性忌，有所不堪者，鲁国孔融、南阳许攸、娄圭，皆以恃旧不虔见诛。"

《三国志·杜袭传》："时将军许攸拥部曲，不附太祖而有慢言。太祖大怒，先欲伐之。"

《资治通鉴》[33]："许攸恃功骄嫚，尝于众坐呼操小字曰：'某甲，卿非我，不得冀州也！'操笑曰：'汝言是也。'然内不乐，后竟杀之。"

《魏略[34]·许攸传》："（许攸）出邺东门，顾谓左右曰：'此家非得我，则不得出入此门也。'人有白者，遂见收之。"

[32] ［西晋］陈寿．三国志[M].上海：中华书局，1982.07。二十四史之一，记载曹魏、蜀汉和东吴三国时期的历史，是二十四史中评价最高的"前四史"之一。（以下凡引自《三国志》的文字，出版信息相同，下略）

[33] ［北宋］司马光．资治通鉴[M].北京：光明日报出版社，2016.04。中国第一部编年体通史。记载了从周威烈王二十三年（公元前403年）到五代后周世宗显德六年（公元959年）征淮南共16朝1362年的历史。编者意在通过总结历史得失，供统治者鉴诫，所以定名为"资治通鉴"。

[34] 史书，记载三国时代魏国的历史，编者为魏郎中鱼豢。（以下引自《魏略》的文字，信息相同，下略）

2. 选文欣赏

许攸被杀，事出有因

官渡之战，曹操创下以弱胜强的战争奇迹，其中谋士许攸功不可没。许攸离开袁绍，归附曹操，献计偷袭袁绍粮仓乌巢，大获成功。后来，许攸又献上一策，引漳河水灌翼州。曹操采纳他的计策，扭转战局，取得胜战。就是这样一个有功之臣，反被己方所杀，令人深思。下面，我们就从中探寻一下原因。

其一，许攸缺乏发展的眼光，对自己与曹操之间的关系定位不准，逾矩越礼。

既然曾经和曹操是朋友，就应该清楚其秉性，什么话当说，什么话不当说；当说的话适合在什么场合说，什么场合万万说不得。而许攸恰恰是在万万说不得的场合说了最不当说的话，且一而再再而三，不知收敛。

还要清楚彼此身份，在封建时代，恪守君臣之礼是臣子的本分，任君主再怎么贤明，做臣子的也要头脑清楚。诚然，许攸作为官渡之战的关键先生，不仅促成了曹操扭转战局的巨大胜利，也帮助曹操奠定了三国鼎立的战略地位。但之后，于曹操来讲，许攸的利用价值已经没有了，识时务的就应该懂得兔死狗烹的道理。结果，许攸不仅不知道功成身退，反而明目张胆地触碰逆鳞。退一万步讲，就算搁在当下，人与人交往也要以互相尊重为基本原则；就冲你屡次侮辱人家人格，送你个“友尽”也是基本。

其二，曹操对许攸恃才放旷行为的不满由来已久。

《三国演义》中，许攸是自己被杀的唯一责任人；史书记载中，除了许攸情商堪忧外，曹操性格中的狭隘多疑才是根本原因。官渡之战时，曹操对许攸礼敬有加，是因为其有很大的利用价值；而打胜官渡之战后，许攸的利用价值明显降低。许攸高估了自己，更高估了曹操对人才的态度。曹操可以“唯才是举”，但他绝不会“以人为本”。

3. 情境提问

你是当初撰写过《官渡之战胜败原因分析》新闻短评的那个记者，在了解过许攸的相关遭遇后，你决定再写一段短评，于是你将选题确定为《曹操对待人才的态度》。

4. 答案示例

见附录。

（二）拓展阅读

1. 精彩诗作

短歌行[35]

曹操

对酒当歌，人生几何！
譬如朝露，去日苦多。
慨当以慷，忧思难忘。
何以解忧？唯有杜康。
青青子衿，悠悠我心。
但为君故，沉吟至今。
呦呦鹿鸣，食野之苹。
我有嘉宾，鼓瑟吹笙。
明明如月，何时可掇？
忧从中来，不可断绝。
越陌度阡，枉用相存。
契阔谈讌，心念旧恩。
月明星稀，乌鹊南飞。
绕树三匝，何枝可依？
山不厌高，海不厌深。
周公吐哺，天下归心。

2. 诗作欣赏

求贤歌

这首诗的主题非常明确，就是希望有大量人才来为自己所用。曹操在其政治活动中，为了扩大在庶族地主中的统治基础，打击反动的世袭豪强势力，曾大力强调“唯才是举”，为此而先后发布了“求贤令”“举士令”“求逸才令”等；而《短歌行》实际上就是一曲“求贤歌”，又正因为运用了诗歌的形式，含有丰富的抒情成分，所以就能起到独特的感染作用，有力地宣传了他所坚持的主张，配合了他所颁发的政令。

作者巧妙地化用了《诗经》里《子衿》《鹿鸣》二诗的成句“青青子衿，悠悠我心”“呦呦鹿鸣，食野之苹。我有嘉宾，鼓瑟吹笙”，把年轻妇女等候情人的歌变成创业志士思慕

[35] 《相和歌·平调曲》名，古辞已亡佚，《乐府解题》以歌声长短来区别“长歌”和“短歌”。是曹操的代表作之一，它抒写作者渴望招纳贤才帮助自己统一天下的宏大抱负和宽广胸怀。

贤才之辞；通过欢宴嘉宾的歌词，表达出他招揽人才的迫切心情。吴琪在《六朝选诗定论》中说它“曲曲折折，絮絮叨叨，若连贯，若不连贯，纯是一篇怜才意思”颇为中肯。全篇围绕“忧思”两字言志抒情，开头两句是引起“忧思”的缘由，结尾两句表达了根除“忧思”的愿望。“明明如月”四句，写因求贤不得而忧虑，立意深远。“月明星稀”四句，以乌鹊南飞比喻贤士在动乱的社会中脱身无所，十分贴切。纵观全诗，既抒发了曹操渴望招纳贤才、建功立业的宏图大愿；又表达了他复杂的思想感情：有对人生苦短的忧叹，有对贤才的渴求，有既得贤才的欣喜，有对犹豫徘徊贤才的劝慰，有对自己必会礼贤下士的笃定，有贤才定会归附自己的自信……这是曹操利用文学创作的优势为自己政治路线和政治策略服务的又一成功范例。他按照抒情诗的特殊规律取得了预期的社会效果，值得借鉴；他对“求贤”这一政治主题所进行的高度艺术化的尝试，也值得肯定。

3. 情境提问

假如曹操是一家“世界五百强”跨国集团的霸总，而你是他的人事部主管。一年一度的人才招聘会在即，你将向下属重申总裁的用人理念，你会选择哪些关键词？

4. 答案示例

见附录。

四、体验感悟

当你是个人才

曹操是一个成功的政治家，他有远见，能审时度势，因势用人；他有胸襟，能运筹帷幄，杀伐果断；他更有局限，虽礼贤下士，然翻脸无情。

那么，从许攸的结局中，我们有没有能够吸取的教训呢？许攸当然是个不可多得的人才，因为他智计过人；也曾在关键时刻献上关键策略，确实功不可没。那他是不是战役取胜的唯一因素呢？实战前，献计的虽然是他，做出战略部署的可是曹操；实战中，更是曹操与众将士冒死作战，方才取得官渡之战的决定性胜利。由此可知，良策只是取胜的其中一环。如果没有曹操力排众议，计策就没有付诸实施的可能；如果没有曹操的身先士卒和全军将士的浴血奋战，计策就没有被验证可行的机会。

官渡之战，是许攸惊艳亮相的舞台，也应该成为他重新出发的起点。如果此时能够审时度势，低调做人，谨慎从事，而不是“恃功骄嫚”，目空一切，许攸或许能得个善终。但历史没有假设，人死也不能复生，愿许攸的悲剧能够给人以警示。

当你是个人才，你可以选择做野百合，在山谷里静静地开放，径自美丽，不觉寂寞，只为了心中的春天。

当你是个人才，你可以选择做囊中锥，在时机到来之前，默默地蓄力，静静地等待，相信“其末立见”的日子不会远。

当你是个人才，你可以选择做天上星，在能发光时发光，在能发热时发热，在燃尽自己后划过天际，（幸运的话）在某双凝视的眸子中无声坠落。

有个人才，在曹操心中是个特殊的存在。在谋士中，他最了解曹操，“十胜十败论”是他们心灵相通的见证；曹操最了解他，说他是山间的水，“见世事无所凝滞”。

他，就是郭嘉。这个清澈如水的人，为了认定的主公，燃烧着自己的智慧，燃尽了自己的生命。

“征吕布时，曹操粮尽欲还，‘嘉说太祖急攻之’，于是抓住了天下第一猛将。

孙策欲袭许，郭嘉说，‘以吾观之，必死于匹夫之手’，然后小霸王死在了刺客手中。

官渡之前，十胜十败之论振聋发聩，‘袁曹虎争，势倾山海’，北方两大巨人的正面碰撞在郭嘉看来只不过是走向胜利的必经过程。

曹操想出击在后方的刘备，又惧怕袁绍的反攻，郭嘉判断道，‘绍性迟而多疑，来必不速。备新起，众心未附，急击之必败’，一代枭雄望风而逃。

袁绍死，诸将请求急攻袁谭、袁尚，郭嘉说，‘急之则相持，缓之而后争心生’。最后，两个人的首级摆在了曹操的案头，盛极一时的袁家绝后。

最后，便是兵贵神速，千里袭破辽东。而自己，也燃烧殆尽了。”

——知友吴易

“哀哉奉孝！惜哉奉孝！痛哉奉孝！”是曹操痛失知己的哀告。而对于郭嘉，得遇明公，能够写意地活着，未尝不是一种幸福。

参考文献：

【1】于非．中国古代文学作品选 [M]. 北京：高等教育出版社，1994:395-396.

第三节　屡陷危境，他是一个怎样的“军事家”？

一、生活情境

赤壁之战时，诸葛亮二十七岁，孙权也是二十七岁，孙策起事时只有十七八岁，周瑜二十多岁，鲁肃四十岁，而曹操已经五十三岁了。这是不是可以理解为青年一代打败了老年一代？曹操战败，真的是因为他老了吗？

二、精彩原文欣赏

（一）精彩原文

宴长江曹操赋诗[36]

天色向晚，东山月上，皎皎如同白日。长江一带，如横素练。操坐大船之上，左右侍御者数百人，皆锦衣绣袄，荷戈执戟。文武众官，各依次而坐。操见南屏山色如画，东视柴桑之境，西观夏口之江，南望樊山，北觑乌林，四顾空阔，心中欢喜，谓众官曰：“吾自起义兵以来，与国家除凶去害，誓愿扫清四海，削平天下；所未得者江南也。今吾有百万雄师，更赖诸公用命，何患不成功耶！收服江南之后，天下无事，与诸公共享富贵，以乐太平。”文武皆起谢曰：“愿得早奏凯歌！我等终身皆赖丞相福荫。”操大喜，命左右行酒。饮至半夜，操酒酣，遥指南岸曰：“周瑜、鲁肃，不识天时！今幸有投降之人，为彼心腹之患，此天助吾也。”荀攸曰：“丞相勿言，恐有泄漏。”操大笑曰：“座上诸公，与近侍左右，皆吾心腹之人也，言之何碍！”又指夏口曰：“刘备、诸葛亮，汝不料蝼蚁之力，欲撼泰山，何其愚耶！”顾谓诸将曰：“吾今年五十四岁矣，如得江南，窃有所喜。——昔日乔公与吾至契，吾知其二女皆有国色。后不料为孙策、周瑜所娶。吾今新构铜雀台于漳水之上，如得江南，当娶二乔，置之台上，以娱暮年，吾愿足矣！”言罢大笑。唐人杜牧之有诗曰：

折戟沉沙铁未销，自将磨洗认前朝。

东风不与周郎便，铜雀春深锁二乔。

曹操正笑谈间，忽闻鸦声望南飞鸣而去。操问曰：“此鸦缘何夜鸣？”左右答曰：“鸦见月明，疑是天晓，故离树而鸣也。”操又大笑。时操已醉，乃取槊立于船头上，以酒奠于江中，满饮三爵，横槊谓诸将曰：“我持此槊，破黄巾、擒吕布、灭袁术、收袁绍，深

---

[36]　题目是编者根据原著整理而成。

入塞北，直抵辽东，纵横天下：颇不负大丈夫之志也。今对此景，甚有慷慨。吾当作歌，汝等和之。”歌曰：

对酒当歌，人生几何！譬如朝露，去日苦多。
慨当以慷，忧思难忘。何以解忧？唯有杜康。
青青子衿，悠悠我心。但为君故，沉吟至今。
呦呦鹿鸣，食野之苹。我有嘉宾，鼓瑟吹笙。
明明如月，何时可掇？忧从中来，不可断绝。
越陌度阡，枉用相存。契阔谈讌，心念旧恩。
月明星稀，乌鹊南飞。绕树三匝，何枝可依？
山不厌高，海不厌深。周公吐哺，天下归心。

歌罢，众和之，共皆欢笑。忽座间一人进曰：“大军相当之际，将士用命之时，丞相何故出此不吉之言？”操视之，乃扬州刺史，沛国相人，姓刘，名馥，字元颖。馥起自合肥，创立州治，聚逃散之民，立学校，广屯田，兴治教，久事曹操，多立功绩。当下操横槊问曰：“吾言有何不吉？”馥曰：“‘月明星稀，乌鹊南飞；绕树三匝，无枝可依。’此不吉之言也。”操大怒曰：“汝安敢败吾兴！”手起一槊，刺死刘馥。众皆惊骇。遂罢宴。次日，操酒醒，懊恨不已。馥子刘熙，告请父尸归葬。操泣曰：“吾昨因醉误伤汝父，悔之无及。可以三公厚礼葬之。”又拨军士护送灵柩，即日回葬。

次日，水军都督毛玠、于禁诣帐下，请曰：“大小船只，俱已配搭连锁停当。旌旗战具，一一齐备。请丞相调遣，克日进兵。”操至水军中央大战船上坐定，唤集诸将，各各听令。……是日西北风骤起，各船拽起风帆，冲波激浪，稳如平地。……操升帐谓众谋士曰：“若非天命助吾，安得凤雏妙计？铁索连舟，果然渡江如履平地。”程昱曰：“船皆连锁，固是平稳；但彼若用火攻，难以回避。不可不防。”操大笑曰：“程仲德虽有远虑，却还有见不到处。”荀攸曰：“仲德之言甚是。丞相何故笑之？”操曰：“凡用火攻，必藉风力。方今隆冬之际，但有西风北风，安有东风南风耶？吾居于西北之上，彼兵皆在南岸，彼若用火，是烧自己之兵也，吾何惧哉？若是十月小春之时，吾早已提备矣。”诸将皆拜伏曰：“丞相高见，众人不及。”

（节选自《三国演义》）

（二）原文欣赏

决胜赤壁

曹操灭掉吕布、袁术、袁绍后，基本统一北方，又在新野打败刘备。曹操亲率水陆大军83万，号称“百万雄师”，挥师南下，意在一举消灭刘备、孙权，实现统一大业。孙刘一方兵微将寡，形势岌岌可危，仗虽然还没打，结局似乎已经注定一边倒。可是，战

争的局势却悄然发生了变化。原来，刘备派遣诸葛亮出使东吴，经过激烈争论，加之周瑜的支持和争取，终于建立了孙刘联盟，为这次决定孙刘生死存亡的战争取得全面胜利奠定了坚实的基础。曹军和孙刘联军的对峙局面形成后，周瑜先派甘宁率军在三江口挫败曹军锐气，提振了己方信心。而受挫后的曹操，则派张允、蔡瑁训练水军，准备来日再战。为了铲除熟知水军之法的张、蔡二人，周瑜巧设计谋，在群英会上使蒋干中计，借曹操之手杀害了二人。诸葛亮则以自己过人的智谋，从曹军那里"借到"了大量的武器——箭，在大挫曹军锐气的同时，弥补了军需的不足。在孙刘双方达成"火攻"战术共识后，由黄盖施苦肉计，取得曹操信任。在蒋干第二次入吴之后，周瑜又巧设计谋，为庞士元顺利施行连环计保驾护航，这大大增加了战争的打击力度，从而为消灭曹操的有生力量奠定了坚实基础。就在各项准备工作基本就绪的情况下，诸葛亮巧借东风。至此，决战的条件已经成熟，只等决战时刻的到来。就这样，在周瑜、诸葛亮的正确领导和合理部署下，孙刘联军大破曹军主力，完成了这场以少胜多的战役，将曹操的势力控制在了黄河流域，三国鼎立的局面终于形成。

（三）情境提问

赤壁之战失败后，曹操主动联系熟识的记者做一期专访，剖析自己失败的原因。专访结束后，你再度提笔，写下了题为《"赤壁，曹操因何失败"的短评》。

（四）答案示例

见附录。

三、对比与拓展阅读

（一）对比阅读

1.其他名著精彩选文

《三国志·魏书·武帝纪》："公至赤壁，与备战，不利。于是大疫，吏士多死者，乃引军还。"

《三国志·蜀书·先主传》："权遣周瑜、程普等水军数万，与先主并力，与曹公战于赤壁，大破之，焚其舟船。先主与吴军水陆并进，追到南郡，时又疾疫，北军多死，曹公引归。"

《三国志·吴书·周瑜鲁肃吕蒙传》："时刘备为曹公所破，欲引南渡江，与鲁肃遇于当阳，遂共图计，因进住夏口，遣诸葛亮诣权，权遂遣瑜及程普等与备并力逆曹公，遇于赤壁。时曹公军众已有疾病，初一交战，公军败退，引次江北。瑜等在南岸。瑜部将黄盖曰：'今寇众我寡，难与持久。然观操军船舰首尾相接，可烧而走也。'乃取蒙冲斗舰数十艘，实以薪草，膏油灌其中，裹以帷幕，上建牙旗，先书报曹公，欺以欲降。又豫备走艄，各系大船后，因引次俱前。曹公军吏士皆延颈观望，指言盖降。盖放诸船，同时发火。时风盛猛，悉延烧岸上营落。顷之，烟炎张天，人马烧溺死者甚众，军遂败退，还保南郡。”

2. 选文欣赏

看待历史的眼光

历史是什么？史书记载的又是怎样的史实？仁者见仁，智者见智。赤壁之战，这场古今中外战争史上经典的战役，在时人和后人的记录中，已俨然是“罗生门”一样的存在。虽然确乎真切存在且发生过，但事实的真相究竟为何，今人恐怕只能带着求同存异的眼光来做出自己的判断了。

在担任国子学博士期间，韩愈曾创作名篇《进学解》，以抒发自己怀才不遇的愤懑之情，当朝宰相李吉甫怜其才情，将他调为史馆修撰，负责《顺宗实录》的修撰。殊不知，对于“史官”这个新身份，韩愈并不喜欢，以致消极怠工的情绪传遍整个京城朋友圈和饭圈。大粉儿刘轲很担心，于是写了一封热情洋溢的应援信，鼓励偶像。在回信《答刘秀才论史书》中，韩愈揭示了自己畏难的原因，“夫为史者，不有人祸，则有天刑”，他认为当史官的生命成本太高，风险太大了，孔子、左丘明、司马迁、班固、陈寿……哪一个不是因修史落得下场凄凉？意犹未尽般，又或求安慰般，他将两封信寄给了好友柳宗元。柳宗元看后迅疾回了一信。

在《与韩愈论史官书》开篇，柳宗元直言不讳地表达了自己的失望之情：“私心甚不喜，与退之往年言史事甚大谬”——你已经不是我认识的那个退之了！

在将韩愈所举论据逐一驳斥后，柳宗元一针见血地指出：你不修史的根本原因在于“不直”“不得中道”——你变了，你变成了自己曾不齿的胆小鬼。

在结尾，柳宗元语重心长地勉励好友：“学如退之，辞如退之，好议论如退之，慷慨自谓正直行行焉如退之”——你一直都是刚烈倔强的啊，那么请勇敢地承担起修史的重任吧！

韩愈不愿修史的真正原因究竟为何？“天灾人祸论”是不是只是一个托词？我们不得而知，但我们知道的是，韩愈最终放下包袱，以旷世文才写成了《顺宗实录》，为后世留下了珍贵史稿。至于他是否为此付出了代价或付出了怎样的代价，也只有亲历者才感同身受吧。

3. 情境提问

同一场战役，同样的对战双方，为什么在不同的作品中详略安排差异如此之大？

4. 答案示例

见附录。

（二）拓展阅读

1. 名作选文

败走华容道之“三笑一哭”[37]

却说当夜张辽一箭射黄盖下水，救得曹操登岸，寻着马匹走时，军已大乱。……曹军着枪中箭、火焚水溺者，不计其数。后人有诗曰：

魏吴争斗决雌雄，赤壁楼船一扫空。

烈火初张照云海，周郎曾此破曹公。

又有一绝云：

山高月小水茫茫，追叹前朝割据忙。

南士无心迎魏武，东风有意便周郎。

不说江中鏖兵。且说甘宁令蔡中引入曹寨深处，宁将蔡中一刀砍于马下，就草上放起火来。吕蒙遥望中军火起，也放十数处火，接应甘宁。潘璋、董袭分头放火呐喊，四下里鼓声大震。曹操与张辽引百余骑，在火林内走，看前面无一处不着。正走之间，毛玠救得文聘，引十数骑到。操令军寻路。张辽指道：“只有乌林地面，空阔可走。”操径奔乌林。正走间，背后一军赶到，大叫：“曹贼休走！”火光中现出吕蒙旗号。操催军马向前，留张辽断后，抵敌吕蒙。却见前面火把又起，从山谷中拥出一军，大叫：“凌统在此！”曹操肝胆皆裂。忽刺斜里一彪军到，大叫：“丞相休慌！徐晃在此！”彼此混战一场，夺路望北而走。忽见一队军马，屯在山坡前。徐晃出问，乃是袁绍手下降将马延、张顗，有三千北地军马，列寨在彼；当夜见满天火起，未敢转动，恰好接着曹操。操教二将引一千军马开路，其余留着护身。操得这枝（支）生力军马，心中稍安。马延、张顗二将飞骑前行。不到十里，喊声起处，一彪军出。为首一将，大呼曰：“吾乃东吴甘兴霸也！”马延正欲交锋，早被甘宁一刀斩于马下；张顗挺枪来迎，宁大喝一声，顗措手不及，被宁手起一刀，翻身落马。后军飞报曹操。操此时指望合肥有兵救应；不想孙权在合肥路口，望见江中火光，知是我军得胜，便教陆逊举火为号，太史慈见了，与陆逊合兵一处，冲杀将来。操只得望彝陵而走。路上撞见张郃，操令断后。

纵马加鞭，走至五更，回望火光渐远，操心方定，问曰：“此是何处？”左右曰：“此是乌林之西，宜都之北。”操见树木丛杂，山川险峻，乃于马上仰面大笑不止。诸将问曰：“丞相何故大笑？”操曰：“吾不笑别人，单笑周瑜无谋，诸葛亮少智。若是吾用兵之时，预先在这里伏下一军，如之奈何？”说犹未了，两边鼓声震响，火光竟天而起，惊得曹操几乎坠马。刺斜里一彪军杀出，大叫：“我赵子龙奉军师将令，在此等候多时了！”操教徐晃、张郃双敌赵云，自己冒烟突火而去。子龙不来追赶，只顾抢夺旗帜。曹操得脱。

---

[37]　节选自《三国演义》第五十回：诸葛亮智算华容　关云长义释曹操。题目是编者自拟。

天色微明，黑云罩地，东南风尚不息。忽然大雨倾盆，湿透衣甲。操与军士冒雨而行，诸军皆有饥色。操令军士往村落中劫掠粮食，寻觅火种。方欲造饭，后面一军赶到。操心甚慌。原来却是李典、许褚保护着众谋士来到，操大喜，令军马且行，问："前面是那里地面？"人报："一边是南彝陵大路，一边是北彝陵山路。"操问："那里投南郡江陵去近？"军士禀曰："取北彝陵过葫芦口去最便。"操教走北彝陵。行至葫芦口，军皆饥馁，行走不上，马亦困乏，多有倒于路者。操教前面暂歇。马上有带得锣锅的，也有村中掠得粮米的，便就山边拣干处埋锅造饭，割马肉烧吃。尽皆脱去湿衣，于风头吹晒；马皆摘鞍野放，咽咬草根。操坐于疏林之下，仰面大笑。众官问曰："适来丞相笑周瑜、诸葛亮，引惹出赵子龙来，又折了许多人马。如今为何又笑？"操曰："吾笑诸葛亮、周瑜毕竟智谋不足。若是我用兵时，就这个去处，也埋伏一彪军马，以逸待劳；我等纵然脱得性命，也不免重伤矣。彼见不到此，我是以笑之。"正说间，前军后军一齐发喊。操大惊，弃甲上马。众军多有不及收马者。早见四下火烟布合，山口一军摆开，为首乃燕人张翼德，横矛立马，大叫："操贼走那里去！"诸军众将见了张飞，尽皆胆寒。许褚骑无鞍马来战张飞。张辽、徐晃二将，纵马也来夹攻。两边军马混战做一团。操先拨马走脱，诸将各自脱身。张飞从后赶来。操迤逦奔逃，追兵渐远，回顾众将多已带伤。

正行时，军士禀曰："前面有两条路，请问丞相从那条路去？"操问："那条路近？"军士曰："大路稍平，却远五十余里。小路投华容道，却近五十余里；只是地窄路险，坑坎难行。"操令人上山观望，回报："小路山边有数处烟起；大路并无动静。"操教前军便走华容道小路。诸将曰："烽烟起处，必有军马，何故反走这条路？"操曰："岂不闻兵书有云：'虚则实之，实则虚之。'诸葛亮多谋，故使人于山僻烧烟，使我军不敢从这条山路走，他却伏兵于大路等着。吾料已定，偏不教中他计！"诸将皆曰："丞相妙算，人不可及。"遂勒兵走华容道。此时人皆饥倒，马尽困乏。焦头烂额者扶策而行，中箭着枪者勉强而走。衣甲湿透，个个不全；军器旗幡，纷纷不整：大半皆是彝陵道上被赶得慌，只骑得秃马，鞍辔衣服，尽皆抛弃。正值隆冬严寒之时，其苦何可胜言。

操见前军停马不进，问是何故。回报曰："前面山僻路小，因早晨下雨，坑堑内积水不流，泥陷马蹄，不能前进。"操大怒，叱曰："军旅逢山开路，遇水叠桥，岂有泥泞不堪行之理！"传下号令，教老弱中伤军士在后慢行，强壮者担土束柴，搬草运芦，填塞道路。务要即时行动，如违令者斩。众军只得都下马，就路旁砍伐竹木，填塞山路。操恐后军来赶，令张辽、许褚、徐晃引百骑执刀在手，但迟慢者便斩之。此时军已饿乏，众皆倒地，操喝令人马践踏而行，死者不可胜数。号哭之声，于路不绝。操怒曰："生死有命，何哭之有！如再哭者立斩！"三停人马：一停落后，一停填了沟壑，一停跟随曹操。过了险峻，路稍平坦。操回顾止有三百余骑随后，并无衣甲袍铠整齐者。操催速行。众将曰："马尽乏矣，只好少歇。"操曰："赶到荆州将息未迟。"又行不到数里，操在马上扬鞭大笑。众将问："丞相何又大笑？"操曰："人皆言周瑜、诸葛亮足智多谋，以吾观之，到底是无能之辈。若使此处伏一旅之师，吾等皆束手受缚矣。"

言未毕，一声炮响，两边五百校刀手摆开，为首大将关云长，提青龙刀，跨赤兔马，截住去路。操军见了，亡魂丧胆，面面相觑。操曰："既到此处，只得决一死战！"众将曰："人纵然不怯，马力已乏，安能复战？"程昱曰："某素知云长傲上而不忍下，欺强而不凌弱；恩怨分明，信义素著。丞相旧日有恩于彼，今只亲自告之，可脱此难。"操从其说，即纵马向前，欠身谓云长曰："将军别来无恙！"云长亦欠身答曰："关某奉军师将令，等候丞相多时。"操曰："曹操兵败势危，到此无路，望将军以昔日之情为重。"云长曰："昔日关某虽蒙丞相厚恩，然已斩颜良，诛文丑，解白马之围，以奉报矣。今日之事，岂敢以私废公？"操曰："五关斩将之时，还能记否？大丈夫以信义为重。将军深明《春秋》，岂不知庾公之斯追子濯孺子之事[38]乎？"云长是个义重如山之人，想起当日曹操许多恩义，与后来五关斩将之事，如何不动心？又见曹军惶惶，皆欲垂泪，一发心中不忍。于是把马头勒回，谓众军曰："四散摆开。"这个分明是放曹操的意思。操见云长回马，便和众将一齐冲将过去。云长回身时，曹操已与众将过去了。云长大喝一声，众军皆下马，哭拜于地。云长愈加不忍。正犹豫间，张辽纵马而至。云长见了，又动故旧之情，长叹一声，并皆放去。后人有诗曰：

曹瞒兵败走华容，正与关公狭路逢。
只为当初恩义重，放开金锁走蛟龙。

……操点将校，中伤者极多，操皆令将息。曹仁置酒与操解闷。众谋士俱在座。操忽仰天大恸。众谋士曰："丞相于虎窟中逃难之时，全无惧怯；今到城中，人已得食，马已得料，正须整顿军马复仇，何反痛哭？"操曰："吾哭郭奉孝耳！若奉孝在，决不使吾有此大失也！"遂捶胸大哭曰："哀哉，奉孝！痛哉，奉孝！惜哉！奉孝！"众谋士皆默然自惭。次日，操唤曹仁曰："吾今暂回许都，收拾军马，必来报仇。"

（节选自《三国演义》）

2. 阅读欣赏

实力才是硬道理

赤壁之败，是曹操政治军事生涯的一次重大挫折，一路败退，他累处危境，却屡次化险为夷。华容道口，最后关头，当关羽策马奔出，哪怕只是一瞬，曹操的内心也是崩溃了的。是否义释曹操？关云长艰难选择的当口，曹操是不是也尝到了命运被人主宰的滋味？其实，他的命运一直牢牢掌握在自己手中。

[38]　庾公之斯追子濯孺子之事——春秋时，卫国派庾公之斯追击子濯孺子，他俩都很会射箭，但子濯孺子因为生病，不能拿弓应战。庾公之斯对他说："我跟尹公之他学射箭，尹公之他又跟您学射箭，我不忍把您的技术转用来伤害您。"于是把箭头敲掉，射了四枝（支）没有箭头的箭就回去了。意思是顾念旧恩，不负心忘本。

一方面，刘备不能任由曹操死后孙权一家独大的局面发生。假如曹操死了的话，那他的地盘就会像当初的袁绍一样，曹丕和曹植兄弟二人会为了上位刀兵相向，中原将重新乱成一团。而士气正盛的东吴则会趁势挥师北上，曹氏兄弟大概率不会是东吴的对手，这样一来，孙吴政权的力量将空前强大，他们的下一个目标会是谁？而西凉马腾在得知曹操身死、中原大乱的情况下恐怕会挥师夺取洛阳、长安，有了董卓的前车之鉴，他们定会稳扎稳打。届时西凉铁骑就直压荆州，刘备头上的悬剑又多一把。夹缝求存的刘备，将面临比赤壁之战前更加严峻的危机。诸葛亮，这个一手促成孙刘联盟的军政大家，又怎么能够允许己方的胜利果实转而成为带毒的圣杯？

另一方面，曹操，拥有自我解嘲、自我排解的一颗大心。他从来不会用“宁折不弯”“瓦全玉碎”的道德规范束缚自己，这个“宁我负人，毋人负我”的利己主义者，他活得恣意狂放：得意的时候就会大笑，即使当时狼狈不堪抱头鼠窜；失意的时候当然会大恸，就算当着下属也会涕泗交流。这种做派，如果是放在小人物身上，那就叫“阿Q”，颇有些“精神胜利法”的意味；但是放在大人物身上，那就叫“写意”，说白了——“有实力就是任性”！

3. 情境提问

阅读以下链接材料，对照原文后谈发现。

《三国志·武帝纪》裴松之注引《山阳公载记》：公船舰为备所烧，引军从华容道步归，遇泥泞，道不通，天又大风，悉使羸兵负草填之，骑乃得过。羸兵为人马所蹈藉，陷泥中，死者甚众。军既得出，公大喜，诸将问之，公曰：“刘备，吾俦也。但得计少晚；向使早放火，吾徒无类矣。”

4. 答案示例

见附录。

四、体验感悟

当成功遭遇失败

同样是以少胜多的经典战役，曾经的成功者却变成了失败者。官渡之战的意气风发尚历历在目，赤壁之战的狼狈不堪就在眼前。经历了军事生涯中最惨痛的失败，曹操因何而笑？笑对失败，豁达乐观，着眼未来。他又为何而哭？哭对失败，勇于承担，不忘教训。

当身处危境，他冷静自持，身先士卒，所以，官渡之战，他赢了，虽然惊险，但绝非侥幸；当形势大好，他太过自信，短暂迷失，所以，赤壁之战，他败了，坦然接受，寄望未来。相似的战局，相类的收场，却迥异面对，最终走向不同的结局——曹操与袁绍从

来就没有可比性。

说曹操与袁绍没有可比性，倒也不是贬损袁绍的意思，而是因为他在败给曹操后，又败给了时间。官渡兵败不到两年，袁绍于建安七年（公元202年）六月病逝于家中；而曹操，则在赤壁兵败后又奋斗了十二年。岁月，剥夺了袁绍与曹操再较高下的机会，也顺带剥夺了读者对比二人的一个要素——同样面对惨痛的失败，他们将做出怎样的抉择？

当然，如果要比，也永远不会缺少资料，尽管未必宏观、全面。

比如，二人兵败后的即时反应。当听到将士“不听田丰之言，果真遭此横祸”的哭诉埋怨，袁绍后悔之余觉得很丢脸，最终决定，既然无颜与田丰见面，那就干脆杀掉好了。当看到手下焦头烂额、人困马乏的狼狈模样，曹操强打精神、提振士气，脱险了，也只是用哭郭嘉的方式含蓄委婉地埋怨了一下之后就决定重新出发了。相信二人都懂得“往者不可谏，来者犹可追”的道理，但是袁绍很狭隘，他选择用推卸责任的方式结束，输了格局；而曹操很豁达，他选择用承担责任的方式开始，输得大气。

《从头再来》说得好：“看成败，人生豪迈，只不过是从头再来。”但是大家也都知道，“从头再来”谈何容易？更何况是一个已经五十三岁的人。虽然赤壁兵败并没有动摇曹操基业之根本，但对于曹操来说，伤筋动骨也已经挺难受了。可是，曹操是谁？他会说，这次是败了，但那也不过是我人生诸多失败中的一次，只不过稍微大了那么一点儿。“老骥伏枥”又怎样？“烈士暮年”又如何？我的“志向”与“壮心”一如往昔，从未改变！心若在，梦就在！

乔羽老爷子曾在《黄果树瀑布》一首歌中写道：“人从高处跌落，往往气短神伤；水从高处跌落，偏偏神采飞扬。看看我们的黄果树吧，看看我们的大瀑布吧，奔流直下，悬崖万丈，没有犹豫，不可阻挡：柔弱的水在这里变成了强中之强。啊，啊，人有所短，水有所长。水，也可以成为人的榜样。”

对于曹操来说，从高处跌落，“气短神伤”？不存在的！他哪里是一般人？

还记得吗？他也是水！他是大海，所以，从高处跌落，他“偏偏神采飞扬”！

——“强中之强”。

他，确实“可以成为人的榜样”。

第四节　平生一大憾事，他是一个怎样的“丈夫”？

一、生活情境

作为一个政治家、军事家，大家早已习惯了曹操的大丈夫形象。而回归家庭身为人夫的曹操，又有着怎样鲜为人知的表现呢？

二、精彩原文欣赏

（一）原文精选

原配被废

操大妻丁夫人无出。妾刘氏生子曹昂，因征张绣时死于宛城。卞氏所生四子：长曰丕，次曰彰，三曰植，四曰熊。于是黜丁夫人，而立卞氏为魏王后。

（节选自《三国演义》）

（二）原文欣赏

留白的妙处

《三国演义》中关于丁夫人的记述只有这区区两句，且并非特意补述，而是在议立世子时，作为交代候选人出身的背景出现。

丁夫人是何许人也？是曹操“大妻”，即原配。

丁夫人结局如何？被曹操“黜”，就是被休了。

曹操“黜”丁夫人的原因为何？是因为她“无出”，不能生育吗？好像不是，因为说完这句后，就讲两个妾室生子的事儿了。说明大家在议立世子时是按照候选世子的出身尊卑安排继承顺位。

我们完全可以认同作者罗贯中惜字如金，详略安排得当，因为这一章节，重点不在于此。令人叫绝的是，他在丁夫人被“黜”之前所交代的“于是”二字！“于是”，“因此”之义，“此”为这样的意思，用于指代前文，而前文是什么呢？是在讲卞氏生了四个儿子。这个“于是”用得就很耐人寻味了：是在说丁夫人被“黜”当真是因为不能生育，还是在说丁夫人被“黜”后卞氏才得以上位，又或是丁夫人被“黜”另有内情，且在前文而不是前句交代过了呢？

《三国志》中的记载为这个“于是”做了个脚注。当哀痛的丁夫人得知张绣本已投降，是因为曹操霸占了他的婶婶才掀起叛乱之时，更加怨恨曹操。她常常指着曹操的鼻子痛骂：“就是你的贪欢好色，才逼反了张绣，害死了我儿！”她责骂曹操只顾自己逃命，毫不顾惜儿子的性命。曹操自知理亏，对丁夫人的怒骂一忍再忍。但是，终有一次，恼羞成怒的曹操还是将丁夫人遣送回了娘家。丁夫人虽出自贫寒人家，却泰然返回家中，终日纺纱织布，过着清淡贫寒的生活。后来，无论曹操怎样央求，她都决然转身，不再回头。

“留白”是绘画中常用的一种艺术表达手法之一，画家采用留白的艺术，让欣赏者在观看画面时有丰富的想象空间，把自己的情感都融入画作中。同样，文章“留白”也是一种艺术，《三国演义》中罗贯中将曹操废黜丁夫人的过程浓缩为“于是”二字，就是一种高级的“留白”。而《三国志·魏书·后妃传》中的相关叙述，则是一种“补白”。请依据《三国志》叙述，结合生活经验，展开合理想象，以“小小说”的形式，对《三国演义》原著中语言、情感等方面的空白进行补充。

（三）情境提问

你认同丁夫人的选择吗？为什么？

（四）答案示例

见附录。

三、对比与拓展阅读

（一）对比阅读

1. 名作选文

和　离

太祖（曹操）始有丁夫人（曹操原配），又刘夫人生子脩及清河长公主。刘早终，丁养子脩。子脩亡於穰，丁常言：“将我儿杀之，都不复念！”遂哭泣无节。太祖忿之，遣归家，欲其意折。后太祖就见之，夫人方织，外人传云“公至”，夫人踞机如故。太祖到，抚其背曰：“顾我共载归乎！”夫人不顾，又不应。太祖却行，立于户外，复云：“得无尚可邪！”遂不应，太祖曰：“真诀矣。”遂与绝，欲其家嫁之，其家不敢。初，丁夫人既为嫡，加有子脩，丁视后（卞夫人）母子不足。后为继室，不念旧恶，因太祖出行，常四时使人馈遗，又私迎之，延以正坐而己下之，迎来送去，有如昔日。丁谢曰：“废放之人，夫人何能常尔邪！”其后丁亡，后请太祖殡葬，许之，乃葬许城南。后太祖病困，自虑不起，叹曰：“我前后行意，于心未曾有所负也。假令死而有灵，子脩若问‘我母所在'，我将何辞以答！”

（节选自《三国志·魏书·后妃传》）

2. 选文欣赏

特殊的存在

其实，对于这种手中握有生杀大权的统治者来说，对待感情会更凉薄。但是曹操不一样，他对丁夫人的耐心，对丁夫人的宽容，对丁夫人的温情，是那个时代所罕有的。还记得《三国演义》中刘备是如何看待妻子的吗？这个作者极力美化的仁君，他在张飞丢掉根据地徐州、丢掉两位夫人后，大哭道：“‘兄弟如手足，妻子如衣服。衣服破，尚可缝；手足断，安可续？’”

也许有人会说，曹操对丁夫人百般忍让，千般包容，是因为他自觉心中有愧。可是，如果不是出于在乎，他又怎会心生愧疚？

也许有人会问，既然那么在乎，又何必在外面竖起彩旗飘飘？没错，他是挺贪欢好色的，以前那些野花野草，丁夫人应该也没怎么计较过。但是，没成想，这一次玩儿大了：她或许不曾计较多个把女人分享丈夫，却绝对不能容许为此还要搭上心爱的儿子。

曹操，这一次，是真的知道错了，那就赶紧去道歉，去弥补，去挽回。

也许有人又会说，光嘴炮有什么用，还要有实际行动啊，如果夫人她大人大量原谅了，曹操敢保证他以后不再犯类似的错误吗？——呃，历史没有假设——丁夫人也没有给他以观后效的机会。

于是，丁夫人的至死不和解，成了曹操心中永远的痛。一向自负的他，那个宁可负天下的他，却唯独觉得辜负了她！

最终，多少个午夜梦回的遗憾，积攒起来，化为弥留之际的喃喃呓语，随风而去……

3. 情境提问

将这段夫妻和离的文言文，改写成小小说。

4. 答案示例

见附录。

（二）拓展阅读

1. 精彩原文

放纵的代价[39]

操正欲起兵，自往征吕布，忽流星马报说张济自关中引兵攻南阳，为流矢所中而死；济侄张绣统其众，用贾诩为谋士，结连刘表，屯兵宛城，欲兴兵犯阙夺驾。操大怒，欲兴兵讨之，又恐吕布来侵许都，乃问计于荀彧。彧曰："此易事耳。吕布无谋之辈，见利必喜；明公可遣使往徐州，加官赐赏，令与玄德解和。布喜，则不思远图矣。"操曰："善。"遂差奉军都尉王则，赍官诰并和解书，往徐州去讫。一面起兵十五万，亲讨张绣。分军三路而行，以夏侯惇为先锋。军马至淯水下寨。贾诩劝张绣曰："操兵势大，不可与敌，不如举众投降。"张绣从之，使贾诩至操寨通款。操见诩应对如流，甚爱之，欲用为谋士。诩曰："某昔从李傕，得罪天下；今从张绣，言听计从，不忍弃之。"乃辞去。次日引绣来见操，操待之甚厚。引兵入宛城屯扎，余军分屯城外，寨栅联络十余里。一住数日，绣每日设宴请操。

……预先准备弓箭、甲兵，告示各寨。至期，令贾诩致意请典韦到寨，殷勤待酒。至晚醉归，胡车儿杂在众人队里，直入大寨。是夜曹操于帐中与邹氏饮酒，忽听帐外人言马嘶。操使人观之。回报是张绣军夜巡，操乃不疑。时近二更，忽闻寨内呐喊，报说草车上火起。操曰："军人失火，勿得惊动。"须臾，四下里火起。操始着忙，急唤典韦。韦方醉卧，睡梦中听得金鼓喊杀之声，便跳起身来，却寻不见了双戟。时敌兵已到辕门，韦急掣步卒腰刀在手。只见门首无数军马，各挺长枪，抢入寨来。韦奋力向前，砍死二十余人。马军方退，步军又到，两边枪如苇列。韦身无片甲，上下被数十枪，兀自死战。刀砍缺不堪用，韦即弃刀，双手提着两个军人迎敌，击死者八九人，群贼不敢近，只远远以箭射之，箭如骤雨。韦犹死拒寨门。怎奈寨后贼军已入，韦背上又中一枪，乃大叫数声，血流满地而死。死了半晌，还无一人敢从前门而入者。

却说曹操赖典韦当住寨门，乃得从寨后上马逃奔，只有曹安民步随。操右臂中了一箭，马亦中了三箭。亏得那马是大宛良马，熬得痛，走得快。刚刚走到淯水河边，贼兵追至，安民被砍为肉泥。操急骤马冲波过河，才上得岸，贼兵一箭射来，正中马眼，那马扑地倒了。操长子曹昂，即以己所乘之马奉操。操上马急奔。曹昂却被乱箭射死。操乃走脱。路逢诸将，收集残兵。时夏侯惇所领青州之兵，乘势下乡，劫掠民家，平虏校尉于禁，即将本部军于路剿杀，安抚乡民。青州兵走回，迎操泣拜于地，言于禁造反，赶杀青州军马。操大惊。须臾，夏侯惇、许褚、李典；乐进都到。操言于禁造反，可整兵迎之。

却说于禁见操等俱到，乃引军射住阵角，凿堑安营。或告之曰："青州军言将军造反，

[39]　节选自《三国演义》第十六回：吕奉先射戟辕门　曹孟德败师淯水。题目为编者自拟。

今丞相已到，何不分辩，乃先立营寨耶？”于禁曰：“今贼追兵在后，不时即至；若不先准备，何以拒敌？分辩小事，退敌大事。”安营方毕，张绣军两路杀至。于禁身先出寨迎敌。绣急退兵。左右诸将，见于禁向前，各引兵击之，绣军大败，追杀百余里。绣势穷力孤，引败兵投刘表去了。曹操收军点将，于禁入见，备言青州之兵，肆行劫掠，大失民望，某故杀之。操曰：“不告我，先下寨，何也？”禁以前言对。操曰：“将军在匆忙之中，能整兵坚垒，任谤任劳，使反败为胜，虽古之名将，何以加兹！”乃赐以金器一副，封益寿亭侯；责夏侯惇治兵不严之过。又设祭祭典韦，操亲自哭而奠之，顾谓诸将曰：“吾折长子、爱侄，俱无深痛；独号泣典韦也！”众皆感叹，次日下令班师。

（节选自《三国演义》）

2. 选文欣赏

一个母亲的底线

作为妻子，丁夫人并没有“善妒”之名，她对丈夫的再娶纳妾行为，即使有微词，也没有确切的记载；但曹操强占人妻致使儿子惨死这个事实，却触碰到了一个母亲的底线。她当面责难，她无惧世俗威严，她毅然决然地与前夫划清了界限。

曹操虽有心挽回，奈何他低估了一个母亲的伤心程度。他可以在丧子之后说出令“众将感叹”的“吾折长子、爱侄，俱无深痛；独号泣典韦也！”这也许是肺腑之言，也许是收买人心之辞。他失去了一个儿子，但曹昂并不是他唯一的儿子；他失去了一个大将，但典韦并不是他唯一的大将。而对丁夫人来说，儿子却只有一个，她也许可以理解儿子在危难关头舍生护父的忠孝之心，却绝对不能容忍丈夫因为一己私欲害死了她的儿子。

只是这个道理，曹操懂得太晚：有些人错过了，就是一辈子！

3. 情境提问

作为一个丈夫，曹操是多情，还是寡情？是温情，还是薄情？

4. 答案示例

见附录。

四、体验感悟

（一）感悟示例

遗憾是什么？遗憾就是你失去前就懂得珍惜却挡不住失去，失去后还想挽回却门儿都没有！人心是什么？人心就是思念你时跨越千山也挡不住的温暖牵挂，绝望后近在咫尺却遥距天涯的不悲不喜。

遗憾，是一种过错，错在伤了人心。人心啊，像水晶，需要小心呵护；当它碎了一

地，心也就变作石头。

遗憾，是一种错过，过了相守时机。

“君生我未生，我生君已老。君恨我生迟，我恨君生早。”这是相爱却不能长相守的无奈心酸。

“弃置今何道，当时且自亲。还将旧时意，怜取眼前人。”这是从今后各自安好，免得徒增烦恼。

“知君用心如日月，事夫誓拟同生死。还君明珠双泪垂，恨不相逢未嫁时。”这是当爱情遇到已婚，当浪漫碰撞现实，无奈又理性的克制。

“沧海月明珠有泪，蓝田日暖玉生烟。此情可待成追忆，只是当时已惘然。”这是追忆逝水年华——回不去的曾经，痛惜漫不经心的曾经——惆怅唏嘘。

“十年之前，我不认识你，你不属于我……十年之后，我们是朋友，还可以问候。”这是《十年》情人沦为朋友、再难寻拥抱理由的放手。

“后来，我总算学会了，如何去爱。可惜你，早已远去，消失在人海。”这是《后来》天各一方、独自成长，逐渐懂得失去不再的黯然。

“曾经有一份真挚的爱情放在我面前，我没有珍惜。等我失去的时候，我才后悔莫及。”这是《大圣娶亲》深知再没有机会重来的痛苦领悟。

“早知如此，在那湘妃庙里，我抱住了你，你便打死我，我也决不放开……”这是《飞狐外传》不是不再爱却必须要分离的际会无常。

还有，当安德烈遇到娜塔莎（《战争与和平》），当伽西莫多遇到爱斯梅拉达（《巴黎圣母院》），当赤名莉香遇到永尾完治（《东京爱情故事》），当韩泰锡遇到崔恩熙（《蓝色生死恋》），当勃拉姆斯遇到《C小调钢琴四重奏》，当简·奥斯汀遇到《傲慢与偏见》……

原来，遗憾还是一种遇见，相遇即为分离。

过错，错过，遇见？！

人生难免遗憾，但不是所有的遗憾都是必然的；如果是为了满足个人私欲而做出了错误的选择，这样的遗憾确实遗憾。从这样的遗憾中引发警戒，避免这样的遗憾，才能让历史成为明镜，照亮后人的选择。

（二）感悟空间

第五节　言传身教，他是一个怎样的“父亲”？

一、生活情境

万丈高楼始于基，一个人价值观形成的起点是家风，家风就是一个人和一家人成长的“地基”。

从《颜氏家训》《朱子家训》到《曾国藩家书》《钱氏家训》，这些优良家风的教诲，成就的是我们熟知的大家。

可见，“家风”既是家庭成员和亲戚朋友必须遵守的规矩，也是带动和影响社会风气的“鼓风机”。

曹操树立了怎样的家风？他的基因又产生了怎样的力量？

二、精彩原文欣赏

（一）精彩原文

铜雀风云[40]

却说曹操于金光处，掘出一铜雀，问荀攸曰：“此何兆也？”攸曰：“昔舜母梦玉雀入怀而生舜。今得铜雀，亦吉祥之兆也。”操大喜，遂命作高台以庆之。乃即日破土断木，烧瓦磨砖，筑铜雀台于漳河之上。约计一年而工毕。少子曹植进曰：“若建层台，必立三座：中间高者，名为铜雀；左边一座，名为玉龙；右边一座，名为金凤。更作两条飞桥，横空而上，乃为壮观。”操曰：“吾儿所言甚善。他日台成，足可娱吾老矣！”原来曹操有五子，惟植性敏慧，善文章，曹操平日最爱之。于是留曹植与曹丕在邺郡造台，使张燕守北寨。操将所得袁绍之兵，共五六十万，班师回许都。

……

孔明曰：“亮居隆中时，即闻操于漳河新造一台，名曰铜雀，极其壮丽；广选天下美女以实其中。操本好色之徒，久闻江东乔公有二女，长曰大乔，次曰小乔，有沉鱼落雁之容，闭月羞花之貌。操曾发誓曰：‘吾一愿扫平四海，以成帝业；一愿得江东二乔，置之铜雀台，以乐晚年，虽死无恨矣。’今虽引百万之众，虎视江南，其实为此二女也。将军何不去寻乔公，以千金买此二女，差人送与曹操，操得二女，称心满意，必班师矣。此范蠡献西施之计，何不速为之？”瑜曰：“操欲得二乔，有何证验？”孔明曰：“曹操幼子曹

[40] 题目是编者自拟。

植，字子建，下笔成文。操尝命作一赋，名曰《铜雀台赋》。赋中之意，单道他家合为天子，誓取二乔。”瑜曰：“此赋公能记否？”孔明曰：“吾爱其文华美，尝窃记之。”瑜曰：“试请一诵。”孔明即时诵《铜雀台赋》云：

从明后以嬉游兮，登层台以娱情。
见太府之广开兮，观圣德之所营。
建高门之嵯峨兮，浮双阙乎太清。
立中天之华观兮，连飞阁乎西城。
临漳水之长流兮，望园果之滋荣。
立双台于左右兮，有玉龙与金凤。
揽“二乔”于东南兮，乐朝夕之与共。
俯皇都之宏丽兮，瞰云霞之浮动。
欣群才之来萃兮，协飞熊之吉梦。
仰春风之和穆兮，听百鸟之悲鸣。
天云垣其既立兮，家愿得而获逞。
扬仁化于宇宙兮，尽肃恭于上京。
惟桓文之为盛兮，岂足方乎圣明？
休矣！美矣！惠泽远扬。
翼佐我皇家兮，宁彼四方。
同天地之规量兮，齐日月之辉光。
永贵尊而无极兮，等君寿于东皇。
御龙旗以遨游兮，回鸾驾而周章。
恩化及乎四海兮，嘉物阜而民康。
愿斯台之永固兮，乐终古而未央！

（节选自《三国演义》）

（二）原文欣赏

基因的力量

在《三国演义》中，曹丕、曹植兄弟的才能被局限化了：曹丕，作为曹操的继承人，他政治方面的表现成为作者的写作重点；而曹植，作为上位的失败者，他文学方面的表现又成为作者大力渲染的内容。

至于作为父亲的曹操，对于两个儿子自然也都是钟爱且寄予厚望的，无论是政治才能，还是文学天赋。起初，决定将铜雀台建于邺都漳水之上，曹操是意在彰显自己平定四海之功、称霸天下之志的，而“留曹植与曹丕在邺郡造台”，显然是把兄弟二人作为自己事业的接班人来考量。后来，铜雀台又成为建安文学的发祥地，“邺下文人集团”的聚集，“建安七子”的崛起，则应归功于曹操对文学的热爱，而这种热爱也作为优良基因，传之于曹丕、曹植兄弟二人身上。“三曹”——曹操、曹丕和曹植，既为政治的中枢，又是文坛的领袖，他们父子三人联手缔造了属于当世的精彩、流于后世的佳话。

同为天之骄子，他们都拥有立体、精彩的人生，后世能做的，就是尽可能多面地去解读。

（三）情境提问

“本是同根生，相煎何太急？”这两句出自《七步诗》的千古名句，在传扬着曹植才名的同时，也诉说着骨肉相残的悲剧故事。你对这相爱相杀的曹丕、曹植两兄弟了解多少？请从生平经历、政治才能、文学造诣或趣闻轶事等方面任选角度，讲给大家听。

（四）答案示例

见附录。

三、对比与拓展阅读

（一）对比阅读

1. 名作选文

父子尽贤良[41]

在三苏中，一般更推崇苏轼，但我认为更应推崇苏洵，他对两个儿子进行了精心的教育，为我们培养出苏轼、苏辙这样的一代文豪。前人经常论及这点：“时名谁可嗣，父子尽贤良”（韩琦《苏洵员外挽词》）；“一门歆、向（刘歆、刘向）传家学，二子机、云（陆机、陆云）并隽游。”（张焘《老苏先生挽词》）清人邵仁泓在《苏老泉先生全集序》中说：“二苏具天授之雄才，而又得老泉先生为之先引，其能卓然成一家言，不足异也。老泉先生中年奋发，无所师承，而能以其文

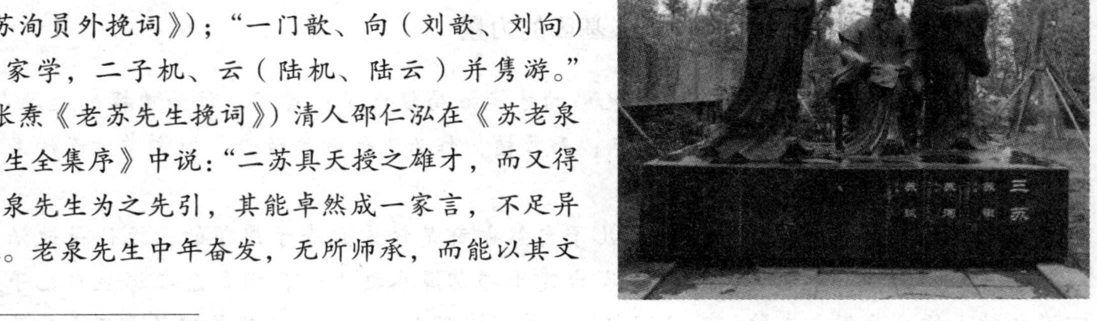

[41] 题目经过编者修改。

抗衡韩、欧，已传之儿子，斯足异也。间尝取先生之文而读之，大约以雄迈之气，坚老之笔，而发为汪洋恣肆之文，上之究极天人，次之修明经术，而其于国家盛衰之故，尤往往淋漓感慨于翰墨间。先生之文，盖能驰骋于孟（子）、刘（向、歆）、贾（谊）、董（仲舒）之间，而自成一家者也。……上继韩、欧，下开长公（苏轼）兄弟。”这段评论相当精彩，它首先强调了苏洵能成为唐宋八大家之一颇不容易。苏轼兄弟幼儿习之，又有家父培养，能成一家，不足为奇。而苏洵发奋既晚，又无师承，全靠自己摸索，而能与孟、刘、贾、董抗衡，上继韩、欧，下开苏轼兄弟，确实是了不起的。

（曾枣庄[42]）

2. 阅读欣赏

天才尚且努力

中华文化源远流长，数千年文明的历史长河中，家国这片神圣的九州大地上，曾涌现了一批又一批的风流人物，他们曾为中华文明的推动和演进做出了不可磨灭的贡献，历经千年而不衰。

在这些伟大的人物中，有一些特殊的人群，他们同宗同源，却同为当世豪杰。有副对联说："一门父子三词客，千古文章四大家"，这里的一门三父子便指的是四川眉山的苏门三父子——苏洵、苏轼和苏辙。“三苏”在我国文学史上占有很重要的地位，他们同为“唐宋八大家”，父子三人的卓绝人品和光耀文章，可谓人尽皆知，家喻户晓。

在探寻他们的成才、成功和成名轨迹时，我们必须笃信努力的力量。父子三人都是通才、全才，苏轼更是通才全才中的“天才”，但是他们无不经过艰苦卓绝的努力和锲而不舍的坚持："大苏”“小苏”兄弟二人“幼儿习之”，打下扎实基础，自是不易；父亲“老苏”“发奋既晚，又无师承，全靠自己摸索而能与孟、刘、贾、董抗衡，上继韩、欧，下开苏轼兄弟，确实是了不起的。”而好的家庭教育也助力成功。“老苏”的父亲采取放养方式，锻造了儿子的独立人格暂且不提；“老苏”夫妇二人的言传身教可谓功不可没，他们对儿子耐心、精心的教导，铸就了人格魅力爆棚、文学成就卓然的兄弟二人。

3. 情境提问

“江山代有才人出”，不知道多少文人雅客、名士风流早已被历史的尘埃淹没，能青史留名的可谓寥寥，能父子并称于世且遗芳于后世者，更是凤毛麟角，而“三曹”“三苏”就是其中的佼佼者。你从“三曹”“三苏”的经历中能获得哪些成功的启示？

[42]　四川省简阳人，四川大学古籍研究所教授，中国苏轼研究学会副会长，《全宋文》主编，《中华大典·宋辽金元文学分典》主编。早年从事杜诗研究，后致力于三苏及宋代文学研究。（百度百科）

4. 答案示例

见附录。

（二）拓展阅读

1. 精彩选文

曹丕之于发妻——甄氏之殇[43]

时操破冀州，丕随父在军中，先领随身军，径投袁绍家，下马拔剑而入。有一将当之曰："丞相有命，诸人不许入绍府。"丕叱退，提剑入后堂。见二妇人啼哭，拔剑欲斩之。忽见红光满目，遂按剑而问曰："汝何人也？"一妇人告曰："妾乃袁将军之妻刘氏也。"丕曰："此女何人？"刘氏曰："此次男袁熙之妻甄氏也。因熙出镇幽州，甄氏不肯远行，故留于此。"丕拖此女近前，见披发垢面。丕以衫袖拭其面而观之，见甄氏玉肌花貌，有倾国之色。遂对刘氏曰："吾乃曹丞相之子也。愿保汝家。汝勿忧虑。"遂按剑坐于堂上。却说曹操统领众将入冀州城，将入城门，许攸纵马近前，以鞭指城门而呼操曰："阿瞒，汝不得我，安得入此门？"操大笑。众将闻言，俱怀不平。操至绍府门下，问曰："谁曾入此门来？"守将对曰："世子在内。"操唤出责之。刘氏出拜曰："非世子不能保全妾家，愿献甄氏为世子执箕帚。"操教唤出甄氏拜于前。操视之曰："真吾儿妇也！"遂令曹丕纳之。

却说魏主曹丕，在位七年，即蜀汉建兴四年也。丕先纳夫人甄氏，即袁绍次子袁熙之妇，前破邺城时所得。后生一子，名睿，字元仲，自幼聪明，不甚爱之。后丕又纳安平广宗人郭永之女为贵妃，甚有颜色；其父尝曰："吾女乃女中之王也。"故号为女王。自丕纳为贵妃，因甄夫人失宠，郭贵妃欲谋为后，却与幸臣张韬商议。时丕有疾，韬乃诈称于甄夫人宫中掘得桐木偶人，上书天子年月日时，为魇镇之事。丕大怒，遂将甄夫人赐死，立郭贵妃为后。因无出，养曹睿为己子。虽甚爱之，不立为嗣。睿年至十五岁，弓马熟娴。当年春二月，丕带睿出猎。行于山坞之间，赶出子母二鹿，丕一箭射倒母鹿，回观小鹿驰于曹睿马前。丕大呼曰："吾儿何不射之？"睿在马上泣告曰："陛下已杀其母，臣安忍复杀其子也。"丕闻之，掷弓于地曰："吾儿真仁德之主也！"于是遂封睿为平原王。夏五月，……丕薨。时年四十岁，在位七年。于是曹真、陈群、司马懿、曹休等，一面举哀，一面拥立曹睿为大魏皇帝。谥父丕为文皇帝，谥母甄氏为文昭皇后。

（节选自《三国演义》）

熙出在幽州，后留侍姑。及邺城破，绍妻及后共坐皇堂上。文帝入绍舍，见绍妻及

[43] 题目是编者自拟。

后，后怖，以头伏姑膝上，绍妻两手自搏。文帝谓曰："刘夫人云何如此？令新妇举头！"姑乃捧后令仰，文帝就视，见其颜色非凡，称叹之。太祖闻其意，遂为迎取。

（节选自《魏略》）

红颜之于曹植——洛神之殇

风拂寒川 洛水边 惊鸿现 云月羞颜
青丝微绾 明眸善 遥相看 魂绕梦牵
奈何流言 却步换离人怨
思卿不见嗔痴醉眠 枕梦坠旧年消遣

铜雀台前 仙才现 众声叹 惊涛一片
同根相煎 七步难 东归鄄 勿痴勿念
隔川无言 纵使殊途情难断
轮回喋喋不休的梦魇
只身空挂牵 薄云长夜忆断流年

一别成恨缘断难续苦难见
泪叹人事飞远 鬓白羞无言
恨不尽鸿雁南去
几番思怨无处衔
酒入喉 割破泪眼

一别成恨缘断难续苦难见
苦嗟相思成怨 酒尽泪不干
此生已残 等繁霜散却孤月寒
缘未起 已灭

（《国家宝藏[44]I》之《仙才叹》歌词）

……其形也，翩若惊鸿，婉若游龙。荣曜秋菊，华茂春松。仿佛兮若轻云之蔽月，飘摇兮若流风之回雪。远而望之，皎若太阳升朝霞；迫而察之，灼若芙蕖出渌波。……

[44]　由中央电视台、央视纪录国际传媒有限公司承制的文博探索节目。中央电视台与故宫博物院、上海博物馆、南京博物院、湖南省博物馆、河南博物院、陕西历史博物馆、湖北省博物馆、浙江省博物馆、辽宁省博物馆等九大国家级重点博物馆合作，立足于中华文化宝库资源，通过对一件件文物的梳理与总结，演绎文物背后的故事与历史。

丹唇外朗，皓齿内鲜，明眸善睐，靥辅承权。瑰姿艳逸，仪静体闲。柔情绰态，媚于语言。……体迅飞凫，飘忽若神，凌波微步，罗袜生尘。……

（摘自《洛神赋》[45]）

2. 选文欣赏

朱砂痣和白月光[46]

忆当时，初相见，17 岁的少年对 21 岁的少妇一见钟情。尽管她当时蓬头垢面，哭得梨花带雨，依然难掩国色天香，姿色绝伦。瞧着曹丕双眼发直如痴似狂的模样，袁绍妻子刘氏说："现在不用担心被杀了。"然后，甄氏就从袁绍的二儿媳变成了曹操的嫡长媳。

虽然出身不甚理想，但甄氏却凭借绝色容姿、满腹才情赢得了大家的认可，尤其是她丈夫的无尽宠爱。很快，她为他诞下了一儿（明帝曹睿）一女（东乡公主）。

快乐的日子总是过得飞快，快到连她都仿佛淡忘了眼前的幸福是在被前夫抛弃、被前婆婆当作保命符后换来的。丈夫有了新欢郭女王，被抛诸脑后的旧人悲恸不已，她没有哭闹，只是克制地写了一首诗《塘上行》，用他擅长的表达方式，委婉地倾诉了对丈夫的思念和对现状的不满。即使是陌生人都会对这位苦郁美人的命运哀叹；然而，她的丈夫却不仅没有被这刻骨铭心的悲伤触动，反而勃然大怒，当即下诏书赐死甄氏；据传殡葬时披发覆面，以糠塞口，死状不堪。

历史是何其相似又讽刺——被前夫抛弃，她狼狈不堪时，他慧眼识得她的美丽，果断携手；她黯然神伤时，他正搂着新人笑，忙做帝王谋，她又成了弃妇，他直接判了她的死刑，不仅要了命，还侮了尸。

有人弃之如敝履，有人却奉之若神祇。甄氏已逝，洛神出世。伊人的不幸，成就了一篇绝世的佳作，造就了一个美丽的神话。那是才子对佳人的痴念，再无遮掩；那是佳人对才子的抱歉，无语凝噎。关于《洛神赋》为谁而作，广为流传的有三个版本：甄氏、君王、亡妻崔氏。

之所以会有这么多猜测，是因为我们已经无从得知创作者的真实心境了。即使能够穿越时空，跟创作者对话，他也一定不会直说的吧；如果他想要直抒胸臆，又何苦选择这么含蓄的表达？又或者，因为是诗人，所以他选择了最恰切、最直接的表达也说不定。

情感本来就是主观的东西，而诗歌本来就是个性的表达。所以，我们这些读者，不

[45] 三国时期曹魏文学家曹植创作的辞赋名篇。作者想象自己与洛神邂逅、彼此间思慕爱恋的场景：洛神美丽绝伦，自己感情真挚，但终因人神道殊而怅惘分离。

[46] 出自张爱玲《红玫瑰与白玫瑰》。"也许每一个男子全都有过这样的两个女人，至少两个。娶了红玫瑰，久而久之，红的变了墙上的一抹蚊子血，白的还是'床前明月光'；娶了白玫瑰，白的便是衣服上沾的一粒饭黏子，红的却是胸口上的一颗朱砂痣。"是以"白月光""朱砂痣"常被用来形容遗憾错失之所爱。

妨也主观一些，率性一点，选择自己想要相信的。

3. 情境提问

从兄弟二人对待妻子（爱人）的态度中，你有什么发现？

4. 答案示例

见附录。

四、体验感悟

继承

甄氏之于曹丕，洛神之于曹植，两兄弟从父亲那儿继承的可不仅仅是才华！

曹丕不是曹操，他自然也没想过给甄氏做第二个丁夫人的底气。他把父亲骨子里的狠辣、绝情打包送给了他的妻子。尽管他父亲的狠辣多半用来对付敌人，尽管他父亲对姬妾都是怀有情意的。曹丕像曹操吗？充其量是个低配版！

曹植不是曹操，爱都没有爱够，又哪来得及闹别扭、生别离？他是父亲的升级版——他来得及、有机会肆意地表达自己的真情，痛快！

不人云亦云，不妄下结论。抱持怀疑精神，善用辩证思维，多角度观察，多方面考量，待人会冷静一点，处事会客观一些。

尽管武则天留下无字碑，任人评说；女皇心地坦然，后人可以无视，却不能胡说——格局太小，不好！

人性是复杂的，没有一个人是简单的；所以在评价一个人时，也要多元化，这样做，跟被评价人关系不大，于自己却十分有益——锤炼心性，丰盈人生。

第四章　有趣的灵魂

——《红楼梦》中贾宝玉形象的多样解读

刘春艳

第一节　宝玉的痴情

一、生活情境

如果让贾宝玉做你的男朋友，你愿意吗？最近，杭州第二中学一位老师布置一项作业。四十多名高一女生，从自身出发，结合贾宝玉的性格等特点，却意外给出统一答案：不可能。大家的理由各不相同。比如有的女生“吐槽”宝玉，说：“现在的我，看重自己的成绩，你却对学习毫不在意，总想着蒙混过关；我所学的理化生，均是你闻所未闻的学科。我爱听英文流行和歌剧，你喜爱诗词歌赋梨园戏曲，我学不来酒令射覆，你用不来平板手机，我是现实骨感的坚定支持者，你却是一首浪漫的狂想曲。所以，咱们的兴趣点八竿子打不着，又没有共同话题，谈什么恋爱呀？”有的女生说：“贾宝玉这样的人，若是放在今天的社会，大概是个不折不扣的‘闺中良友’。他在脂粉堆中长大，很懂女孩子们的心思，可我很难想象会有人将他作为谈婚论嫁的对象。莎士比亚说过：一切不以结婚为目的的恋爱，都是要流氓。倘若和宝玉谈恋爱，有必要先考虑一下他娶自己的可能性。然而宝玉的婚姻没有自主权，他的婚姻掌控在贾政等人手中，只是家族巩固政治势力的工具罢了。”有的女生说：“他抛下怀孕后的妻子不顾，遁入空门，体现叛逆吗？我读出的是不折不扣的渣男情怀。非但渣，还没有一点阳刚之气。”有的女生说：“我这样的现代人，断不可要这般身边不缺红颜知己的人作为伴侣，不然这些女孩也够让人头疼了。”你同意她们的看法吗？

二、精彩原文欣赏

（一）精彩原文

1. 龄官画蔷痴及局外

且说那宝玉见王夫人醒来，自己没趣，忙进大观园来。只见赤日当空，树荫合地，满耳蝉声，静无人语。刚到了蔷薇花架，只听有人哽噎之声。宝玉心中疑惑，便站住细听，果然架下那边有人。如今五月之际，那蔷薇正是花叶茂盛之际，宝玉便悄悄地隔着篱笆洞儿一看，只见一个女孩子蹲在花下，手里拿着根绾头的簪子在地下抠土，一面悄悄地流泪。宝玉心中想道："难道这也是个痴丫头，又像颦儿来葬花不成？"因又自叹道："若真也葬花，可谓'东施效颦'，不但不为新特，且更可厌了。"想毕，便要叫那女子，说："你不用跟着那林姑娘学了。"话未出口，幸而再看时，这女孩子面生，不是个侍儿，倒像是那十二学戏的女孩子之内的，却辨不出他是生旦净丑的那一个角色来。宝玉忙把舌头一伸，将口掩住，自己想道："幸而不曾造次。上两次皆因造次了，颦儿也生气，宝儿也多心，如今再得罪了他们，越发没意思了。"

一面想，一面又恨认不得这个是谁。再留神细看，只见这女孩子眉蹙春山，眼颦秋水，面薄腰纤，袅袅婷婷，大有林黛玉之态。宝玉早又不忍弃他而去，只管痴看。只见他虽然用金簪划地，并不是掘土埋花，竟是向土上画字。宝玉用眼随着簪子的起落，一直一画一点一钩地看了去，数一数，十八笔。自己又在手心里用指头按着他方才下笔的规矩写了，猜是个什么字。写成一想，原来就是个蔷薇花的"蔷"字。宝玉想道："必定是他也要作诗填词。这会子见了这花，因有所感，或者偶成了两句，一时兴至恐忘，在地下画着推敲，也未可知。且看他底下再写什么。"一面想，一面又看，只见那女孩子还在那里画呢，画来画去，还是个"蔷"字。再看，还是个"蔷"字。里面的原是早已痴了，画完一个又画一个，已经画了有几千个"蔷"。外面的不觉也看痴了，两个眼睛珠儿只管随着簪子动，心里却想："这女孩子一定有什么话说不出来的大心事，才这样个形景。外面既是这个形景，心里不知怎么熬煎。看他的模样儿这般单薄，心里那里还搁的住熬，可恨我不能替你分些过来。"

伏中阴晴不定，片云可以致雨，忽一阵凉风过了，唰唰的落下一阵雨来。宝玉看着那女子头上滴下水来，纱衣裳登时湿了。宝玉想道："这时下雨。他这个身子，如何禁得骤雨一激！"因此禁不住便说道："不用写了。你看下大雨，身上都湿了。"那女孩子听说倒唬了一跳，抬头一看，只见花外一个人叫他不要写了，下大雨了。一则宝玉脸面俊秀，二则花叶繁茂，上下俱被枝叶隐住，刚露着半边脸，那女孩子只当是个丫头，再不想是宝玉，因笑道："多谢姐姐提醒了我。难道姐姐在外头有什么遮雨的？"一句提醒了宝玉，"嗳哟"了一声，才觉得浑身冰凉。低头一看，自己身上也都湿了。说声"不好"，只得一气跑回怡红院去了，心里却还记挂着那女孩子没处避雨。

（节选自《红楼梦》[47]第三十回，题目为编者所加。）

2. 白玉钏亲尝莲叶羹

那玉钏见生人来，也不和宝玉厮闹了，手里端着汤只顾听话。宝玉又只顾和婆子说话，一面吃饭，一面伸手去要汤。两个人的眼睛都看着人，不想伸猛了手，便将碗碰翻，将汤泼了宝玉手上。玉钏儿倒不曾烫着，唬了一跳，忙笑了，“这是怎么说！”慌得丫头们忙上来接碗。宝玉自己烫了手倒不觉得，却只管问玉钏儿：“烫了那里了？疼不疼？”玉钏儿和众人都笑了。玉钏儿道：“你自己烫了，只管问我。”宝玉听说，方觉自己烫了。众人上来连忙收拾。宝玉也不吃饭了，洗手吃茶，又和那两个婆子说了两句话。然后两个婆子告辞出去，晴雯等送至桥边方回。

（节选自《红楼梦》[48]第三十五回，题目为编者所加）

3. 听曲文宝玉悟禅机

那宝玉不理，竟回来，躺在床上，只是闷闷的。袭人虽深知原委，不敢就说，只得以别事来解说，因笑道：“今儿听了戏，又勾出几天戏来。宝姑娘一定要还席的。”宝玉冷笑道：“他还不还，与我什么相干？”袭人见这话不似往日，因又笑道：“这是怎么说呢？好好儿的大正月里，娘儿们姊妹们都欢欢喜喜，你又怎么这个样儿了？”宝玉冷笑道：“他们娘儿们姐儿们喜欢不喜欢，也与我无干。”袭人笑道：“大家随和儿，你也随和点儿不好？”宝玉道：“什么‘大家彼此’？他们有‘大家彼此’，我只是赤条条无牵挂的！”说到这句，不觉泪下。袭人见这景况，不敢再说。宝玉细想这一句意味，不禁大哭起来。翻身站起来，至案边，提笔立占一偈云：你证我证，心证意证。是无有证，斯可云证。无可云证，是立足境。写毕，自己虽解悟，又恐人看了不解，因又填一只《寄生草》，写在偈后。又念了一遍，自觉心中无有挂碍，便上床睡了。谁想黛玉见宝玉此番果断而去，故以寻袭人为由，来视动静。袭人笑回：“已经睡了。”黛玉听说，便要回去。袭人笑道：“姑娘请站住，有一个字帖儿，瞧瞧是什么话。”说着，便将方才那曲子与偈语悄悄拿来，递与黛玉看。黛玉看了，知是宝玉一时感忿而作，不觉可笑可叹，便向袭人道：“作的是玩意儿，无甚关系。”说毕，便携了回房去，与湘云同看。次日又与宝钗看。宝钗看其词曰：

无我原非你，从他不解伊。肆行无碍凭来去。茫茫着甚悲愁喜，纷纷说甚亲疏密。从前碌碌却因何，到如今回头试想真无趣！

---

[47] ［清］曹雪芹．红楼梦[M]. 北京：人民文学出版社，2017.3.

[48] ［清］曹雪芹．红楼梦[M]. 北京：人民文学出版社，2017.3.

看毕，又看那偈语，又笑道："这个人悟了。都是我的不是，都是我昨儿一支曲子惹出来的。这些道书禅机最能移性。明儿认真说起这些疯话来，存了这个意思，都是从我这一支曲子上来，我成了个罪魁了。"说着，便撕了个粉碎，递与丫头们说："快烧了罢。"黛玉笑道："不该撕，等我问他。你们跟我来，包管叫他收了这个痴心邪话。"

（节选自《红楼梦》[49] 第二十二回，题目为编者所加）

4. 识分定情悟梨香院

及见过王夫人回来，宝玉已醒，问起原故，袭人且含糊答应。至夜间人静，袭人方告诉了。宝玉喜不自禁，又向他笑道："我可看你回家去不去了！那一回往家里走了一趟，回来就说你哥哥要赎你，又说在这里没着落，终久算什么，说那些无情无义的生分话唬我。从今我可看谁来敢叫你去？"袭人听了，冷笑道："你倒别这么说。从此以后，我是太太的人了，我要走，连你也不必告诉，只回了太太就走。"宝玉笑道："就算我不好，你回了太太去了，叫别人听见说我不好，你去了，你有什么意思呢？"袭人笑道："有什么没意思的？难道下流人我也跟着罢？再不然还有个死呢！人活百岁，横竖要死，这口气没了，听不见看不见就罢了。"宝玉听见这话，便忙握他的嘴，说道："罢罢，你别说这些话了。"袭人深知宝玉性情古怪，听见奉承吉利话，又厌虚而不实，听了这些尽情实话又生悲感。也后悔自己冒撞，连忙笑着，用话截开，只拣宝玉那素日喜欢的，说些春风秋月，粉淡脂红，然后又说到女儿如何好。不觉又说到女儿死的上头，袭人忙掩住口。

宝玉听至浓快处，见他不说了，便笑道："人谁不死？只要死的好。那些须眉浊物只听见'文死谏''武死战'这二死是大丈夫的名节，便只管胡闹起来。那里知道有昏君，方有死谏之臣，只顾他邀名，猛拼一死，将来置君父于何地？必定有刀兵，方有死战，他只顾图汗马之功，猛拼一死，将来弃国于何地？"袭人不等说完，便道："古时候儿这些人，也因出于不得已他才死啊。"宝玉道："那武将要是疏谋少略的，他自己无能，白送了性命，这难道也是不得已？那文官更不比武官了：他念两句书，记在心里，若朝廷少有瑕疵，他就胡弹乱谏，邀忠烈之名；倘有不合，浊气一涌，即时拼死，这难道也是不得已？要知道那朝廷是受命于天，若非圣人，那天也断断不把这万几重任交代。可知那些死的，都是沽名钓誉，并不知君臣的大义。比如我此时若果有造化，趁着你们都在眼前，我就死了，再能够你们哭我的眼泪，流成大河，把我的尸首漂起来，送到那鸦雀不到的幽僻去处，随风化了，自此再不托生为人，这就是我死的得时了。"袭人忽见说出这些疯话来，忙说："困了。"不再答言。那宝玉方合眼睡着。次日也就丢开。

（节选自《红楼梦》[50] 第三十六回，题目为编者所加）

[49] ［清］曹雪芹．红楼梦[M]．北京：人民文学出版社，2017.3.

[50] ［清］曹雪芹．红楼梦[M]．北京：人民文学出版社，2017.3.

5. 西厢记妙词通戏语

谁想静中生烦恼，忽一日不自在起来，这也不好，那也不好，出来进去只是闷闷的。园中那些人多半是女孩儿，正在混沌世界，天真烂漫之时，坐卧不避，嬉笑无心，那里知宝玉此时的心事。那宝玉心内不自在，便懒在园内，只在外头鬼混，却又痴痴的。茗烟见他这样，因想与他开心，左思右想，皆是宝玉顽烦了的，不能开心，唯有这件，宝玉不曾看见过。想毕，便走去到书坊内，把那古今小说并那飞燕，合德，武则天，杨贵妃的外传与那传奇脚本买了许多来，引宝玉看。宝玉何曾见过这些书，一看见了便如得了珍宝。茗烟又嘱咐他不可拿进园去，“若叫人知道了，我就吃不了兜着走呢。”宝玉那里舍的不拿进园去，踟蹰再三，单把那文理细密的拣了几套进去，放在床顶上，无人时自己密看。那粗俗过露的，都藏在外面书房里。那一日正当三月中浣，早饭后，宝玉携了一套《会真记》，走到沁芳闸桥边桃花底下一块石上坐着，展开《会真记》，从头细玩。正看到“落红成阵”，只见一阵风过，把树头上桃花吹下一大半来，落的满身满书满地皆是。宝玉要抖将下来，恐怕脚步践踏了，只得兜了那花瓣，来至池边，抖在池内。那花瓣浮在水面，飘飘荡荡，竟流出沁芳闸去了。

回来只见地下还有许多，宝玉正踟蹰间，只听背后有人说道：“你在这里做什么？”宝玉一回头，却是林黛玉来了，肩上担着花锄，锄上挂着花囊，手内拿着花帚。宝玉笑道：“好，好，来把这个花扫起来，撂在那水里。我才撂了好些在那里呢。”林黛玉道：“撂在水里不好。你看这里的水干净，只一流出去，有人家的地方脏的臭的混倒，仍旧把花遭蹋了。那犄角上我有一个花冢，如今把他扫了，装在这绢袋里，拿土埋上，日久不过随土化了，岂不干净。”

宝玉听了喜不自禁，笑道：“待我放下书，帮你来收拾。”黛玉道：“什么书？”宝玉见问，慌得藏之不迭，便说道：“不过是《中庸》《大学》。”黛玉笑道：“你又在我跟前弄鬼。趁早儿给我瞧，好多着呢。”宝玉道：“好妹妹，若论你，我是不怕的。你看了，好歹别告诉别人去。真真这是好书！你要看了，连饭也不想吃呢。”一面说，一面递了过去。林黛玉把花具且都放下，接书来瞧，从头看去，越看越爱看，不到一顿饭工夫，将十六出俱已看完，自觉辞藻警人，余香满口。虽看完了书，却只管出神，心内还默默记诵。

宝玉笑道：“妹妹，你说好不好？”林黛玉笑道：“果然有趣。”宝玉笑道：“我就是个‘多愁多病身’，你就是那‘倾国倾城貌’。”林黛玉听了，不觉带腮连耳通红，登时直竖起两道似蹙非蹙的眉，瞪了两只似睁非睁的眼，微腮带怒，薄面含嗔，指宝玉道：“你这该死的胡说！好好地把这淫词艳曲弄了来，还学了这些混话来欺负我。我告诉舅舅舅母去。”说到“欺负”两个字上，早又把眼睛圈儿红了，转身就走。宝玉着了急，向前拦住说道：“好妹妹，千万饶我这一遭，原是我说错了。若有心欺负你，明儿我掉在池子里，教个癞头鼋吞了去，变个大忘八，等你明儿做了‘一品夫人’病老归西的时候，我往你坟上替你驮一辈子的碑去。”说的林黛玉嗤的一声笑了，揉着眼睛，一面笑道：“一般也唬的这个调儿，还只管胡说。‘呸，原来是苗而不秀，是个银样镴枪头。’”宝玉听了，笑道：“你这个呢？我也告诉去。”林黛玉笑道：“你说你会过目成诵，难道我就不能一目十行么！”

（节选自《红楼梦》[51] 第二十三回，题目为编者所加）

6. 薛宝钗羞笼红麝串

正说着，只见宝钗从那边来了，二人便走开了。宝钗分明看见，只装看不见，低着头过去了，到了王夫人那里，坐了一回，然后到了贾母这边，只见宝玉在这里呢。薛宝钗因往日母亲对王夫人等曾提过“金锁是个和尚给的，等日后有玉的方可结为婚姻”等语，所以总远着宝玉。昨儿见元春所赐的东西，独他与宝玉一样，心里越发没意思起来。幸亏宝玉被一个林黛玉缠绵住了，心心念念只记挂着林黛玉，并不理论这事。此刻忽见宝玉笑问道：“宝姐姐，我瞧瞧你的红麝串子。”可巧宝钗左腕上笼着一串，见宝玉问他，少不得褪了下来。宝钗原生的肌肤丰泽，容易褪不下来。宝玉在旁看着雪白一段酥臂，不觉动了羡慕之心，暗暗想道：“这个膀子要长在林妹妹身上，或者还得摸一摸，偏生长在他身上。”正是恨没福得摸，忽然想起“金玉”一事来，再看看宝钗形容，只见脸若银盆，眼似水杏，唇不点而红，眉不画而翠，比林黛玉另具一种妩媚风流，不觉就呆了，宝钗褪了串子来递与他也忘了接。宝钗见他怔了，自己倒不好意思的，丢下串子，回身才要走，只见林黛玉蹬着门槛子，嘴里咬着手帕子笑呢。宝钗道：“你又禁不得风吹，怎么又站在那风口里？”林黛玉笑道：“何曾不是在屋里的。只因听见天上一声叫唤，出来瞧了瞧，原来是个呆雁。”薛宝钗道：“呆雁在那里？我也瞧一瞧。”林黛玉道：“我才出来，他就‘忒儿’一声飞了。”口里说着，将手里的帕子一甩，向宝玉脸上甩来。宝玉不妨，正打在眼上，“嗳哟”了一声。

（节选自《红楼梦》[52] 第二十八回，题目为编者所加）

7. 慧紫鹃情辞试忙玉

我们正疑惑，老太太怎么忽然想起来叫人每一日送一两燕窝来呢？这就是了。宝玉笑道：“这要天天吃惯了，吃上三二年就好了。”紫鹃道：“在这里吃惯了，明年家去，那里有这闲钱吃这个。”宝玉听了，吃了一惊，忙问：“谁？往那个家去？”紫鹃道：“你妹妹回苏州家去。”宝玉笑道：“你又说白话。苏州虽是原籍，因没了姑父姑母，无人照看，才就了来的。明年回去找谁？可见是扯谎。”紫鹃冷笑道：“你太看小了人。你们贾家独是大

[51] ［清］曹雪芹．红楼梦[M]．北京：人民文学出版社，2017.3.

[52] ［清］曹雪芹．红楼梦[M]．北京：人民文学出版社，2017.3.

族人口多的，除了你家，别人只得一父一母，房族中真个再无人了不成？我们姑娘来时，原是老太太心疼他年小，虽有叔伯，不如亲父母，故此接来住几年。大了该出阁时，自然要送还林家的。终不成林家的女儿在你贾家一世不成？林家虽贫到没饭吃，也是世代书宦之家，断不肯将他家的人丢在亲戚家，落人的耻笑。所以早则明年春天，迟则秋天。这里纵不送去，林家亦必有人来接的。前日夜里姑娘和我说了，叫我告诉你："将从前小时顽的东西，有他送你的，叫你都打点出来还他。他也将你送他的打叠了在那里呢。"宝玉听了，便如头顶上响了一个焦雷一般。紫鹃看他怎样回答，只不作声。忽见晴雯找来说："老太太叫你呢，谁知道在这里。"紫鹃笑道："他这里问姑娘的病症。我告诉了他半日，他只不信。你倒拉他去罢。"说着，自己便走回房去了。

晴雯见他呆呆的，一头热汗，满脸紫胀，忙拉他的手，一直到怡红院中。袭人见了这般，慌起来，只说时气所感，热汗被风扑了。无奈宝玉发热事犹小可，更觉两个眼珠儿直直的起来，口角边津液流出，皆不知觉。给他个枕头，他便睡下，扶他起来，他便坐着，倒了茶来，他便吃茶。众人见他这般，一时忙起来，又不敢造次去回贾母，先便差人出去请李嬷嬷。

（节选自《红楼梦》[53] 第五十七回，题目为编者所加）

（二）原文欣赏

难能可贵的痴情

选文 1 重点表现宝玉痴的心理活动：他看到龄官满腹心事，在暗暗地哭泣，又拿着金簪子来画"蔷"字；后来便一直看着，直到下起大雨，自己淋了一身雨都不觉得，却担心龄官被雨淋湿了。我们可以看出宝玉很懂女孩子的心思，又可以体会到他那种恨不得替龄官分担痛苦的体贴，并深受感动。宝玉对人常常是无私的，甚至常常到忘我的地步，所以能够最后成佛。

选文 2 重点表现宝玉痴的语言。对于宝玉来讲，间接害死了金钏儿，让他很痛心，很内疚。他甚至把这份内疚之情移到金钏儿的妹妹玉钏儿身上去。这一段写玉钏儿喂汤给他喝，不小心烫到他的手，烫了自己浑然不觉，生怕烫了玉钏儿，就安慰她。玉钏儿说：烫到的是你自己，又不是我，你怎么来安慰我？他的痴表现出来常常是忘我的，关怀着周围所有的女孩子。痴、傻乃是中国文化传统之一是最高的精神境界，很多圣人、高僧都如此，因为唯有到了痴傻的程度，才能够包容这个世界。综合来看都体现出宝玉的无私；对女孩子的体贴到了忘我的地步。这实在是大的慈悲。在宝玉身上我们似乎也能看到道家佛家思想的影子。

[53] ［清］曹雪芹 . 红楼梦 [M]. 北京：人民文学出版社 ,2017.3.

选文 3 主要表现宝玉痴的神情，黛玉、宝钗、湘云笑说“这个人悟”了，当然他根本没有悟，他对人生美好这样的眷恋怎可能悟呢？实际上是另一种形式上的执迷。正如白先勇先生所言：宝玉是最敏感，最有灵性，最有佛性的一个人。宝玉道：“什么‘大家彼此’？他们有‘大家彼此’，我只是赤条条无牵挂的！”说到这句，不觉泪下。袭人见这景况，不敢再说。宝玉细想这一句意味，不禁大哭起来。从选文中的内容可以看出宝玉对于《寄生草》的曲词是真喜欢，主要是切实戳中了他的内心，启发了他的人生看法，这当然也暗示了宝玉最后出家的人生命运。

选文 4 可以让我们看到宝玉的痴在于对爱的独特索取。他爱女孩子，也希望女孩子们也都爱他，并以他期待的长久陪伴。当然他的爱是基于尊重与体恤，完全有别于世俗男子的淫乐悦己，这是一种独特的情感，却也是以一种别样的索取。亦舒作品里有一句名言：“我要很多很多的爱，如果没有爱，那么就要很多很多的钱……”很多人欣赏这句话。因为它切中人性，这是人的基本需求，但也容易让人陷入无餍足的贪婪与欲望之中。

选文 5 宝黛共读《西厢记》的经典片段主要通过痴的语言和行为表现宝玉对爱情的执着与专一。在爱情的追求上，《西厢记》这部浪漫主义文学作品，表现爱情的追求与解放，可以为了自己的幸福，脱离家庭礼法束缚。宝玉悄悄拿来《西厢记》，不给别人看，只给黛玉看，可以看出两个人是心灵上的知己。节选文字通过描绘落花流水等春景，烘托了宝黛共读画面的美好，暗示出两个人志趣相投的情感基础。节选文字借刻画宝黛的言行举止，展现出宝黛在情感上的强烈共鸣，显示出宝黛从两小无猜到爱情萌发的情感变化。

选文 6 主要描写的是贾宝玉痴的神情，表现出他对宝钗美的欣赏与眷恋。贾母房里，宝玉见宝钗左腕上笼着一串红麝串，叫她取下来看一看。宝玉见到宝钗雪白的一段酥臂，暗暗想这个膀子要长在林妹妹身上，还可以摸一摸，偏生在她身上。也再一次表明了宝玉对黛玉的感情是真挚的，哪怕是在冰雪聪明的宝姐姐面前。

选文 7 紫鹃说黛玉要回苏州老家的话来试探宝玉，宝玉整个人都傻掉啦。可以看出他跟黛玉之间的感情是非常直接的，他对黛玉的感情之深，他的反应那么大，那么强烈，这样单纯美好的爱情不得不让人动容。

从这些精彩的选文片段，我们可以真切地体会到贾宝玉对女儿表达出最真挚的赞美、呵护与怜惜之情。我们就不难理解宝玉为何以怡红公子自居了，肯定跟对女儿的痴情有关，怡红怡红，怡，使心悦、取悦之意，红，胭脂、女儿之比。这份对女儿难能可贵的珍惜与爱护，超越性别与阶级乃至世俗的价值观念。

（三）情境提问

欧阳修的《玉堂春》里写道：“人生自是有情痴，此恨不关风与月。”能不能用这一句诗来评价宝玉的痴情呢？请简要说明评价的理由。

（四）答案示例

见附录。

三、对比阅读

（一）《巴黎圣母院》精彩选文

为爱殉情

上文曾提到，在副主教和埃及姑娘死去的那天，伽西莫多无影无踪了。确实从此没有人再见到他，也没有人知道他的下落。

爱斯梅拉达被吊死的那天夜里，收尸的差役将其尸体从绞刑架上解下来，并按常规，移尸鹰山地窖。

鹰山，像索瓦尔所言，乃是王国最悠久、最华美的绞刑台。在圣殿和圣马丁两个城郊之间，约距离巴黎城垣三公里处，离四舍花园几箭之遥，有个微微隆起的小山丘，坡平地缓，但方圆几里之内均可望得见；山顶上有座建筑物，形状古怪，颇像克尔特人的大石圈，那里也杀牲献祭。

大家可以想一下，在一座石灰石的山岗顶上，有一座平行六面体的粗大建筑物，高十五尺，宽三十尺，长四十尺，有一道门，一个平台，一排外栏杆；平台上耸立着十六根粗糙的大石柱，每根高三十尺，从三面环绕着支撑着它们的平台，排列成柱廊形，柱子顶端之间架着坚实的横梁，横梁上每间隔一段距离悬挂着一条条铁链；这些铁链上都吊着一个个骷髅；附近的平原上，屹立着一个石十字架和两个较小的绞刑架，看上去好像从树干上生长出来的两个枝桠；在这一切之上，天空中一直有乌鸦在盘旋。这就是所说的鹰山。

十五世纪末，这座始自1328年的可怕的绞刑台，已经斑驳不堪，横梁被虫蛀蚀一空，铁链锈迹斑斑，柱子全长满了青苔。方石砌成的墙基，接缝已经完全开裂，无人涉足的平台杂草丛生。这座庞大的建筑物衬托着天空，其剪影实在可怕，尤其是夜间，当微明的月色照着那一个个头颅白骨，或是当晚间寒风把铁链和骷髅吹得轻轻作响，并在阴暗中摇来摇去时，那真是叫人毛骨悚然。这座绞刑台就设在那里，就足以使周围成为阴森森的地狱。

作为这座丑恶建筑物基础的石头平台，底下是空空如也。里面挖了一个宽大的地穴，用一道破旧的铁栅门关闭着，丢在这里的不仅是从鹰山铁链上解下来的遗骸，而且还有巴黎各常备绞刑架上所有不幸被处死者的尸体。在这地下堆尸处里，有多少尸骸，多少罪行，一起腐烂；世上许多伟人和许多无辜者先后一个接一个来到此地，也留下了他们的尸骨。上至第一个在鹰山首先遭惨祸的正人君子昂格朗·德·马里尼，下至最后一个在这里

被害的另外一个正人君子科利尼海军元帅伽西莫多神秘消失了，我们对此所能发现的只有如下而已：

在这篇故事结束那些接连不断发生的事件之后大约两年或一年半，有人到鹰山地穴里来寻找两天前被绞死的公鹿奥利维埃的尸体，因查理八世特准他移葬于圣洛朗，埋在比较善良的死者当中。就在那些丑恶的残骸中，人们发现有两具骷髅，一具搂抱着另一具，姿势十分古怪。这两具骷髅中有一具是女的，身上还残存着几片白色衣袍的碎片，脖子上则挂着一串用念珠树种子制成的项链，上系着装饰有绿玻璃片的小绸袋，袋子打开着，里面空无一物。这两样东西不值分文，刽子手大概不要才留下的。紧拥着这一具的另一具骷髅，是男的。见他脊椎歪斜，头颅在肩胛里，一条腿比另一条短。而且，颈椎丝毫没有断裂的痕迹，很显然他不是被吊死的。因此可以断定，这具尸骨生前那个人是自己来到这里，并且死在这儿的。人们要将他从他所搂抱的那具骨骼分开来时，他刹时化为了尘土。

（节选自《巴黎圣母院》[54]，题目为编者所加）

（二）选文欣赏

爱情传奇

底层而奇丑的男人伽西莫多，是圣母院里单纯善良的敲钟人，他爱上了美艳出众的吉卜赛少女，爱斯梅拉达。开始与美女在完全不同的生活界面上，隔世般锥心地痴爱着。雨果对爱情的描写表现出了符合时代精神的道德美和理想美。他小说家的名望，也因此高登在欧洲的塔尖上。

雨果小说里的人物命运，由曲折的出身和经历，构建了巨型框架。伽西莫多幼儿时是一个弃婴，在复活节之后被抛弃在圣母院门口。由于相貌奇丑，面目狰狞，围观者水流般逝过，都没人愿意收养这个怪物。是圣母院的神父心起怜悯，将婴儿抱走，收为养子。神父将伽西莫多抚养长大后，留在圣母院内做了敲钟人。伽西莫多天生独眼驼背加耳聋，按常态是被爱情遗忘的局外人，可他却有一颗金子般忠贞爱情的心。他爱情里的纯洁晶莹，虽隐在圣母院角落里，却是一束照亮夜巴黎的光。

伽西莫多苦爱的爱斯梅拉达，是个吉卜赛女孩，小时候被人从妓女母亲怀里夺走，成了流落在社会边缘的风尘另类。从黑暗里走来的姑娘，更加渴望光明，她愿在无情的世界里，有情地活着，一直心存单纯的善良。当她得到军官搭救时，因感恩而以身相许。当神父威胁她，只要接受他的爱即可获得自由时，她断然拒绝。当伽西莫多口渴难耐时，全场人都嘲笑讽刺，她站出来为他送水。

爱与伤是一对同行者，因为伤不起，多少人会断送掉美丽的花前月下。伽西莫多的

---

[54]　[法]雨果.《巴黎圣母院》[M].北京：人民文学出版社,2014.3.

伟大之处在于，他明知道爱斯梅拉达不可能嫁给自己，也不在乎，仍义无反顾地默默爱着，愿将这场苦行僧般的单相思，进行到底。他痛苦地看着女孩经历过水深火热的爱情起伏，离世后，他陪着心上人殉情于墓穴。他以一种崇高的爱情仪式，为巴黎圣母院涂上了永世悲伤的色彩。

那位养育伽西莫多的神父，当年不顾众人质疑收养弃婴，本应是一位被世人歌功颂德的慈善家。可是，自从遇见美丽的吉卜赛少女爱斯梅拉达，经不起美色诱惑而神魂颠倒，并指使养子伽西莫多强行掳走爱斯梅拉达。抢劫的途中被骑兵队的上尉队长所救，爱斯梅拉达即爱上了英俊的上尉军官。神父因嫉妒而刺伤军官，并嫁祸于爱斯梅拉达。只为一女人，神父不惜揭掉面纱，撕毁了修道者美丽的标签。

故事具有深层寓意。当吉卜赛少女在圣母院歌舞表演时，骚动了整座圣母院，几乎所有的男性都爱上了她的青春亮丽。生物式的浮世之爱，在青春激情的阳光下，广泛地普照着。可是，不管上尉队长，神父，还是围观过路的男人，都是对美貌泛起的私欲和贪占，并没有从内心种下具有生命力的爱情萌芽。这个群体中只有伽西莫多，丑陋而干净，没有一丝世俗的渣滓。他把吉卜赛女郎当成了世上独一无二的女神，愿与她共生死。

（三）情境提问

《巴黎圣母院》中伽西莫多的痴情与《红楼梦》中的贾宝玉有什么不同?

（四）答案示例

见附录。

四、体验感悟

（一）感悟示例

贾宝玉被称为“意淫”，意味着过多的情意。天分中生成的一段痴情。这也是一种盈溢的、专注的深情。贾宝玉在温柔乡里充分享受“艺术之美”与“性灵之爱”。

情痴的浪漫

文学作品中情痴更多表现为专注、认真和专一。

贾宝玉的情痴是对女孩子纯洁可贵的赞美、尊重、体贴、呵护、包容；是对爱情的专一、执着、忠贞；是单纯对美的欣赏与赞美，真情流露；他完全抛开功名礼法的束缚，有平等意识。宝玉的人物形象是曹雪芹心中的理想。这个人物身上浸润着中国传统儒释道思想。

《巴黎圣母院》中最打动人心的是伽西莫多对爱斯梅拉达的浪漫爱情，专一而不乏守护，当爱人失去生命之后，他会抛去一切，奋不顾身，继续守护，这应该是非常符合现代

爱情观。爱斯梅拉达是美丽、善良、纯洁的，所以伽西莫多对爱的守护，也就和《红楼梦》不谋而合了。伽西莫多这个人物形象集中反映了西方浪漫主义文艺观体现自由、博爱精神及勇敢和黑暗做斗争的胆量。

对于文学艺术来说，这两个角色是完美的。他们都对真正的浪漫爱情做了最深刻地诠释。

（二）感悟空间

参考文献：

【1】白先勇 .《细说红楼梦》[M]. 桂林 : 广西师范大学出版社 ,2017.2.
【2】蒋勋 .《蒋勋说红楼梦》[M]. 北京 : 中信出版集团 ,2017.3.

第二节　宝玉的才情

一、生活情境

要说天底下的父母舐犊之情都是同样的，但为什么会出现狼爸虎妈呢？还是因为他们对子女太看重了，太关心了，这也是一种爱与责任的体现。就拿贾政来说吧，他有三子二女。他最理想的接班人长子贾珠英年早逝，女儿元春进宫为妃。在身边的就是贾宝玉、贾探春和贾环了。贾探春是女流，在那个男尊女卑的年代自然没有什么地位，况且又是庶出的。而和贾探春一奶同胞的贾环也是庶出，而且人格猥琐，不求上进。贾政自然看不上他。因此贾宝玉也就成了他的唯一希望。他之所以对贾宝玉严厉也是因为爱之深、责之切。如果他真不喜爱贾宝玉自然可以像对贾环一样干脆放羊，任其胡作非为。所以他要时时监督贾宝玉，避免贾宝玉走邪路，因为他知道贾宝玉是继承香火、振兴祖业的唯一希望了。你喜欢怎样的父母呢？

二、精彩原文欣赏

（一）精彩原文

1. 大观园试才题对额

贾政命贾珍在前引导，自己扶了宝玉，逶迤进入山口。抬头忽见山上有镜面白石一块，正是迎面留题处。贾政回头笑道："诸公请看，此处题以何名方妙？"众人听说，也有说该题"叠翠"二字，也有说该题"锦嶂"的，又有说"赛香炉"的，又有说"小终南"的，种种名色，不止几十个。原来众清客心中，早知贾政要试宝玉的功业进益如何，只将些俗套来敷衍。宝玉亦料定此意。贾政听了，便回头命宝玉拟来。宝玉道："尝闻古人有云：'编新不如述旧，刻古终胜雕今。况此处并非主山正景，原无可题之处，不过是探景一进步耳。莫若直书'曲径通幽'这句旧诗在上，倒还大方气派。"众人听了，都赞道："是极！二世兄天分高，才情远，不似我们读腐了书的。"贾政笑道："不可谬奖。他年小，不过以一知充十用，取笑罢了。再俟选拟。"

说着，进入石洞来。只见佳木茏葱，奇花烂灼，一带清流从花木深处曲折泻于石隙之下。再进数步，渐向北边，平坦宽豁，两边飞楼插空，雕甍绣槛，皆隐于山坳树杪之间。俯而视之，则清溪泻雪，石磴穿云，白石为栏，环抱池沿，石桥三港，兽面衔吐。桥上有亭。贾政与诸人上了亭子，倚栏坐了，因问："诸公以何题此？"诸人都道："当日欧

阳公《醉翁亭记》有云：‘有亭翼然’，就名‘翼然’。”贾政笑道：“‘翼然’虽佳，但此亭压水而成，还须偏于水题方称。依我拙裁，欧阳公之‘泻出于两峰之间者’，竟用他这一个‘泻’字。”有一客道：“是极，是极。竟是‘泻玉’二字妙。”贾政拈髯寻思，因抬头见宝玉侍侧，便笑命他也拟一个来。宝玉听说，连忙回道：“老爷方才所议已是。但是如今追究了去，似乎当日欧阳公题酿泉用一‘泻’字则妥，今日此泉若亦用‘泻’字，则觉不妥。况此处虽云省亲驻跸别墅，亦当入于应制之例，用此等字眼，亦觉粗陋不雅。求再拟较此蕴藉含蓄者。”贾政笑道：“诸公听此论若何？方才众人编新，你又说不如述古；如今我们述古，你又说粗陋不妥。你且说你的来我听。”宝玉道：“用‘泻玉’二字，则莫若‘沁芳’二字，岂不新雅？”贾政拈髯点头不语。众人都忙迎合，赞宝玉才情不凡。贾政道：“匾上二字容易。再作一副七言对联来。”宝玉听说，立于亭上，四顾一望，便计上心来，乃念道：

绕堤柳借三篙翠，隔岸花分一脉香。

贾政听了，点头微笑。众人先称赞不已。

于是出亭过池，一山一石，一花一木，莫不着意观览。忽抬头看见前面一带粉垣，里面数楹修舍，有千百竿翠竹遮映。众人都道：“好个所在！”于是大家进入，只见入门便是曲折游廊，阶下石子漫成甬路。上面小小两三间房舍，一明两暗，里面都是合着地步打的床几椅案。从里间房内又得一小门，出去则是后院，有大株梨花兼着芭蕉。又有两间小小退步。后院墙下忽开一隙得泉一派，开沟仅尺许，灌入墙内，绕阶缘屋至前院，盘旋竹下而出。

贾政笑道：“这一处还罢了。若能月夜坐此窗下读书，不枉虚生一世。”说毕，看着宝玉，唬的宝玉忙垂了头。众客拦用话开释，又说道：“此处的匾该题四个字。”贾政笑问：“那四字？”一个道是“淇水遗风”。贾政道：“俗。”又一个是“睢园雅迹”。贾政道：“也俗。”贾珍笑道：“还是宝兄弟拟一个来。”贾政道：“他未曾作，先要议论人家的好歹，可见就是个轻薄人。”众客道：“议论的极是，其奈他何。”贾政忙道：“休如此纵了他。”因命他道：“今日任你狂为乱道，先设议论来，然后方许你作。方才众人说的，可有使得的？”宝玉见问，答道：“都似不妥。”贾政冷笑道“怎么不妥？”宝玉道：“这是第一处行幸之处，必须颂圣方可。若用四字的匾，又有古人现成的，何必再作。”贾政道：“难道‘淇水’‘睢园’不是古人的？”宝玉道：“这太板腐了。莫若‘有凤来仪’四字。”众人都哄然叫妙。贾政点头道：“畜生，畜生，可谓‘管窥蠡测’矣。”因命：“再题联来。”宝玉便念道：

宝鼎茶闲烟尚绿，幽窗棋罢指犹凉。

贾政摇头说道：“也未见长。”说毕，引众人出来。

一面走，一面说，倏尔青山斜阻。转过山怀中，隐隐露出一带黄泥筑就矮墙，墙头皆用稻茎掩护。有几百株杏花，如喷火蒸霞一般。里面数楹茅屋。外面却是桑、榆、槿、柘，各色树稚新条，随其曲折，编就两溜青篱。篱外山坡之下，有一土井，旁有桔槔辘轳之属。下面分畦列亩，佳蔬菜花，漫然无际。

贾政笑道："倒是此处有些道理。固然系人力穿凿，此时一见，未免勾引起我归农之意。我们且进去歇息歇息。"说毕，方欲进篱门去，忽见路旁有一石碣，亦为留题之备。众人笑道："更妙更妙！此处若悬匾待题，则田舍家风一洗尽矣。立此一碣，又觉生色许多，非范石湖田家之咏不足以尽其妙。"贾政道："诸公请题。"众人云："方才世兄有云，编新不如述旧，此处古人已道尽矣，莫若直书'杏花村'妙极。"贾政听了，向众人道："'杏花村'固佳，只是犯了正名，村名直待请名方可。"众客都道："是呀。如今虚的，便是什么字样好？"

大家想着，宝玉却等不得了，也不等贾政的命，便说道："旧诗有云：'红杏梢头挂酒旗'。如今莫若'杏帘在望'四字。"众人都道："好个'在望'！又暗合'杏花村'意。"宝玉冷笑道："名若用'杏花'二字，则俗陋不堪了。又有古人诗云：'柴门临水稻花香'，何不就用'稻香村'的妙？"众人听了，亦发哄声拍手道："妙！"贾政一声断喝："无知的业障！你能知道几个古人，能记得几首熟诗，也敢在老先生前卖弄！你方才那些胡说的，不过是试你的清浊，取笑而已，你就认真了！"

说着，引人步入茆堂，里面纸窗木榻，富贵气象一洗皆尽。贾政心中自是欢喜，却瞅宝玉道此处如何？"众人见问，都忙悄悄的推宝玉，教他说好。宝玉不听人言，便应声道："不及'有凤来仪'多矣。"贾政听了道："无知的蠢物！你只知朱楼画栋、恶赖富丽为佳，那里知道这清幽气象。终是不读书之过！"宝玉忙答道："老爷教训的固是，但古人常云'天然'二字，不知何意？"

众人见宝玉牛心，都怪他呆痴不改。今见问"天然"二字，众人忙道："哥儿别的都明白，为何连'天然'不知？'天然'者，天之自然而有，非人力之所成也。"宝玉道："却又来！此处置田庄，分明见得人力穿凿扭捏而成。远无邻村，近不负郭，背山山无脉，临水水无源，高无隐寺之塔，下无通市之桥，峭然孤出，似非大观。争似先处有自然之理，得自然之气，虽种竹引泉，亦不伤于穿凿。古人云'天然图画'四字，正畏非其地而强为地，非其山而强为山，虽百般精而终不相宜……"未及说完，贾政气的喝命："又出去！"刚出去，又喝命："回来！"命再题一联"若不通，一并打嘴！"宝玉只得念道：

新涨绿添浣葛处，好云香护采芹人。

贾政听了，摇头说："更不好。"一面引人出来。

（节选自 2017 版人民教育出版社《红楼梦》[55] 第十七回至十八回，题目为编者所加）

2. 老学士闲征姽婳词 痴公子杜撰芙蓉诔

彼时贾政正与众幕友们谈论寻秋之胜，又说："快散时忽然谈及一事，最是千古佳谈，

[55] [清]曹雪芹．红楼梦[M]．北京：人民文学出版社，2017.3.

‘风流隽逸，忠义慷慨’八字皆备，倒是个好题目，大家要作一首挽词。”众幕宾听了，都忙请教是系何等妙事。贾政乃道：“当日曾有一位王封曰恒王，出镇青州。这恒王最喜女色，且公余好武，因选了许多美女，日习武事。每公余辄开宴连日，令众美女习战斗功拔之事。其姬中有姓林行四者，姿色既冠，且武艺更精，皆呼为林四娘。恒王最得意，遂超拔林四娘统辖诸姬，又呼为‘姽婳将军’。”众清客都称“妙极神奇。竟以‘姽婳’下加‘将军’二字，反更觉妩媚风流，真绝世奇文也。想这恒王也是千古第一风流人物了。”贾政笑道：“这话自然是如此，但更有可奇可叹之事。”众清客都愕然惊问道：“不知底下有何奇事？”贾政道：“谁知次年便有‘黄巾’‘赤眉’一干流贼余党复又乌合，抢掠山左一带。恒王意为犬羊之恶，不足大举，因轻骑前剿。不意贼众颇有诡谲智术，两战不胜，恒王遂为众贼所戮。于是青州城内文武官员，各各皆谓‘王尚不胜，你我何为！’遂将有献城之举。林四娘得闻凶报，遂集聚众女将，发令说道：‘你我皆向蒙王恩，戴天履地，不能报其万一。今王既殒身国事，我意亦当殒身于王。尔等有愿随者，即时同我前往；有不愿者，亦早各散。’众女将听他这样，都一齐说愿意。于是林四娘带领众人连夜出城，直杀至贼营里头。众贼不妨，也被斩戮了几员首贼。然后大家见是不过几个女人，料不能济事，遂回戈倒兵，奋力一阵，把林四娘等一个不曾留下，倒作成了这林四娘的一片忠义之志。后来报至中都，自天子以至百官，无不惊骇道奇。其后朝中自然又有人去剿灭，天兵一到，化为乌有，不必深论。只就林四娘一节，众位听了，可羡不可羡呢？”众幕友都叹道：“实在可羡可奇，实是个妙题，原该大家挽一挽才是。”说着，早有人取了笔砚，按贾政口中之言稍加改易了几个字，便成了一篇短序，递与贾政看了。贾政道：“不过如此。他们那里已有原序。昨日因又奉恩旨，着查核前代以来应加褒奖而遗落未经请奏各项人等，无论僧尼乞丐与女妇人等，有一事可嘉，即行汇送履历至礼部备请恩奖。所以他这原序也送往礼部去了。大家听见这新闻，所以都要作一首《姽婳词》，以志其忠义。”众人听了，都又笑道：“这原该如此。只是更可羡者，本朝皆系千古未有之旷典隆恩，实历代所不及处，可谓‘圣朝无阙事’，唐朝人预先竟说了，竟应在本朝。如今年代方不虚此一句。”贾政点头道：“正是。”

说话间，贾环叔侄亦到。贾政命他们看了题目。他两个虽能诗，较腹中之虚实虽也去宝玉不远，但第一件他两个终是别路，若论举业一道，似高过宝玉，若论杂学，则远不能及；第二件他二人才思滞钝，不及宝玉空灵娟逸，每作诗亦如八股之法，未免拘板庸涩。那宝玉虽不算是个读书人，然亏他天性聪敏，且素喜好些杂书，他自为古人中也有杜撰的，也有误失之处，拘较不得许多；若只管怕前怕后起来，纵堆砌成一篇，也觉得甚无趣味。因心里怀着这个念头，每见一题，不拘难易，他便毫无费力之处，就如世上的流嘴滑舌之人，无风作有，信着伶口俐舌，长篇大论，胡扳乱扯，敷演出一篇话来。虽无稽考，却都说得四座春风。虽有正言厉语之人，亦不得压倒这一种风流去。近日贾政年迈，名利大灰，然起初天性也是个诗酒放诞之人，因在子侄辈中，少不得规以正路。近见宝玉虽不读书，竟颇能解此，细评起来，也还不算十分玷辱了祖宗。就思及祖宗们，各各亦皆如此，虽有深精举业的，也不曾发迹过一个，看来此亦贾门之数。况母亲溺爱，遂也不强以举业逼他了。所以近日是这等待他。又要环兰二人举业之余，怎得亦同宝玉才好，所以每欲作诗，必将三人一齐唤来对作。

闲言少述。且说贾政又命他三人各吊一首，谁先成者赏，佳者额外加赏。贾环贾兰二人近日当着多人皆作过几首了，胆量愈壮，今看了题，遂自去思索。一时，贾兰先有了。贾环生恐落后也就有了。二人皆已录出，宝玉尚出神。贾政与众人且看他二人的二首。贾兰的是一首七言绝，写道是：

姽婳将军林四娘，玉为肌骨铁为肠，

捐躯自报恒王后，此日青州土亦香。

众幕宾看了，便皆大赞："小哥儿十三岁的人就如此，可知家学渊源，真不诬矣。"贾政笑道："稚子口角，也还难为他。"又看贾环的，是首五言律，写道是：

红粉不知愁，将军意未休。

掩啼离绣幕，抱恨出青州。

自谓酬王德，讵能复寇仇。

谁题忠义墓，千古独风流。

众人道："更佳。倒是大几岁年纪，立意又自不同。"贾政道："还不甚大错，终不恳切。"众人道："这就罢了。三爷才大不多两岁，在未冠之时如此，用了工夫，再过几年，怕不是大阮小阮了。"贾政道："过奖了。只是不肯读书过失。"因又问宝玉怎样。众人道："二爷细心镂刻，定又是风流悲感，不同此等的了。"宝玉笑道："这个题目似不称近体，须得古体，或歌或行，长篇一首，方能恳切。"众人听了，都立身点头拍手道："我说他立意不同！每一题到手必先度其体格宜与不宜，这便是老手妙法。就如裁衣一般，未下剪时，须度其身量。这题目名曰《姽婳词》，且既有了序，此必是长篇歌行方合体的。或拟白乐天《长恨歌》，或拟咏古词，半叙半咏，流利飘逸，始能近妙。"贾政听说，也合了主意，遂自提笔向纸上要写，又向宝玉笑道："如此，你念我写。不好了，我捶你那肉。谁许你先大言不惭了！"宝玉只得念了一句，道是：

恒王好武兼好色，

贾政写了看时，摇头道："粗鄙。"一幕宾道："要这样方古，究竟不粗。且看他底下的。"贾政道："姑存之。"宝玉又道：

遂教美女习骑射。秾歌艳舞不成欢，列阵挽戈为自得。

贾政写出，众人都道："只这第三句便古朴老健，极妙。这四句平叙出，也最得体。"贾政道："休谬加奖誉，且看转的如何。"宝玉念道：

眼前不见尘沙起，将军俏影红灯里。

众人听了这两句，便都叫："妙！好个'不见尘沙起'！又承了一句'俏影红灯里'，用字用句，皆入神化了。"宝玉道：

叱咤时闻口舌香，霜矛雪剑娇难举。

众人听了，便拍手笑道："益发画出来了。当日敢是宝公也在座，见其娇且闻其香否？不然，何体贴至此。"宝玉笑道："闺阁习武，任其勇悍，怎似男人。不待问而可知娇怯之形的了。"贾政道："还不快续，这又有你说嘴的了。"宝玉只得又想了一想，念道：

丁香结子芙蓉绦，众人都道："转'绦'，'萧'韵，更妙，这才流利飘荡。而且这一句也绮靡秀媚的妙。"贾政写了，看道："这一句不好。已写过'口舌香''娇难举'，何必又如此。这是力量不加，故又用这些堆砌货来搪塞。"宝玉笑道："长歌也须得要些词藻点缀点缀，不然便觉萧索。"贾政道："你只顾用这些，但这一句底下如何能转至武事？若再多说两句，岂不蛇足了。"宝玉道："如此，底下一句转煞住，想亦可矣。"贾政冷笑道："你有多大本领？上头说了一句大开门的散话，如今又要一句连转带煞，岂不心有余而力不足些。"宝玉听了，垂头想了一想，说了一句道：

不系明珠系宝刀。忙问："这一句可还使得？"众人拍案叫绝。贾政写了，看着笑道："且放着，再续。"宝玉道："若使得，我便要一气下去了。若使不得，越性涂了，我再想别的意思出来，再另措词。"贾政听了，便喝道："多话！不好了再作，便作十篇百篇，还怕辛苦了不成！"宝玉听说，只得想了一会，便念道：

战罢夜阑心力怯，脂痕粉渍污鲛鮹。

贾政道："又一段。底下怎样？"宝玉道：

明年流寇走山东，强吞虎豹势如蜂。

众人道："好个'走'字！便见得高低了。且通句转的也不板。"宝玉又念道：

王率天兵思剿灭，一战再战不成功。
腥风吹折陇头麦，日照旌旗虎帐空。
青山寂寂水澌澌，正是恒王战死时。
雨淋白骨血染草，月冷黄沙鬼守尸。

众人都道："妙极，妙极！布置，叙事，词藻，无不尽美。且看如何至四娘，必另有妙转奇句。"宝玉又念道：

纷纷将士只保身，青州眼见皆灰尘，
不期忠义明闺阁，愤起恒王得意人。

众人都道："铺叙得委婉。"贾政道："太多了，底下只怕累赘呢。"宝玉乃又念道：

恒王得意数谁行，姽婳将军林四娘，
号令秦姬驱赵女，艳李秾桃临战场。
绣鞍有泪春愁重，铁甲无声夜气凉。
胜负自然难预定，誓盟生死报前王。
贼势猖獗不可敌，柳折花残实可伤，
魂依城郭家乡近，马践胭脂骨髓香。
星驰时报入京师，谁家儿女不伤悲！
天子惊慌恨失守，此时文武皆垂首。

何事文武立朝纲，不及闺中林四娘！

我为四娘长太息，歌成馀意尚彷徨。

念毕，众人都大赞不止，又都从头看了一遍。贾政笑道：“虽然说了几句，到底不大恳切。”因说：“去罢！”三人如得了赦的一般，一齐出来，各自回房。

众人皆无别话，不过至晚安歇而已。独有宝玉一心凄楚，回至园中，猛见池上芙蓉，想起小丫鬟说晴雯作了芙蓉之神，不觉又喜欢起来，乃看着芙蓉嗟叹了一会。忽又想起死后并未到灵前一祭，如今何不在芙蓉前一祭，岂不尽了礼，比俗人去灵前祭吊又更觉别致。想毕，便欲行礼。忽又止住道：“虽如此，亦不可太草率，也须得衣冠整齐，奠仪周备，方为诚敬。”想了一想，“如今若学那世俗之奠礼，断然不可；竟也还别开生面，另立排场，风流奇异，于世无涉，方不负我二人之为人。况且古人有云：“‘潢污行潦，蘋蘩蕴藻之贱，可以羞王公，荐鬼神。’原不在物之贵贱，全在心之诚敬而已。此其一也。二则诔文挽词也须另出己见，自放手眼，亦不可蹈袭前人的套头，填写几字搪塞耳目之文，亦必须洒泪泣血，一字一咽，一句一啼，宁使文不足悲有余，万不可尚文藻而反失悲戚。况且古人多有微词，非自我今作俑也。奈今人全惑于功名二字，尚古之风一洗皆尽，恐不合时宜，于功名有碍之故。我又不希罕那功名，不为世人观阅称赞，何必不远师楚人之《大言》《招魂》《离骚》《九辩》《枯树》《问难》《秋水》《大人先生传》等法，或杂参单句，或偶成短联，或用实典，或设譬寓，随意所之，信笔而去，喜则以文为戏，悲则以言志痛，辞达意尽为止，何必若世俗之拘拘于方寸之间哉。”

宝玉本是个不读书之人，再心中有了这篇歪意，怎得有好诗文作出来。他自己却任意纂著，并不为人知慕，所以大肆妄诞，竟杜撰成一篇长文，用晴雯素日所喜之冰鲛縠一幅楷字写成，名曰《芙蓉女儿诔》，前序后歌。又备了四样晴雯所喜之物，于是夜月下，命那小丫头捧至芙蓉花前。先行礼毕，将那诔文即挂于芙蓉枝上，乃泣涕念曰：

维太平不易之元，蓉桂竞芳之月，无可奈何之日，怡红院浊玉，谨以群花之蕊，冰鲛之縠，沁芳之泉，枫露之茗，四者虽微，聊以达诚申信，乃致祭于白帝宫中抚司秋艳芙蓉女儿之前曰：窃思女儿自临浊世，迄今凡十有六载。其先之乡籍姓氏，湮沦而莫能考者久矣。而玉得于衾枕栉沐之间，栖息宴游之夕，亲昵狎亵，相与共处者，仅五年八月有畸。

噫！女儿曩生之昔，其为质则金玉不足喻其贵，其为性则冰雪不足喻其洁，其为神则星日不足喻其精，其为貌则花月不足喻其色。姊妹悉慕媖娴，妪媪咸仰惠德。

孰料鸠鸩恶其高，鹰鸷翻遭罦罬，薋葹妒其臭，茝兰竟被芟鉏！花原自怯，岂奈狂飙；柳本多愁，何禁骤雨。偶遭蛊虿之谗，遂抱膏肓之疚。故尔樱唇红褪，韵吐呻吟；杏脸香枯，色陈顑颔。诼谣謑诟，出自屏帏，荆棘蓬榛，蔓延户牖。岂招尤则替，实攘诟而终。既忳幽沉于不尽，复含罔屈于无穷。高标见嫉，闺帏恨比长沙；直烈遭危，巾帼惨于羽野。自蓄辛酸，谁怜夭折！仙云既散，芳趾难寻。洲迷聚窟，何来却死之香？海失灵槎，不获回生之药。

眉黛烟青，昨犹我画；指环玉冷，今倩谁温？鼎炉之剩药犹存，襟泪之余痕尚渍。镜分鸾别，愁开麝月之奁；梳化龙飞，哀折檀云之齿。委金钿于草莽，拾翠匐于尘埃。楼空鳷鹊，徒悬七夕之针；带断鸳鸯，谁续五丝之缕？

况乃金天属节，白帝司时，孤衾有梦，空室无人。桐阶月暗，芳魂与倩影同销，蓉帐香残，娇喘共细言皆绝。连天衰草，岂独蒹葭；匝地悲声，无非蟋蟀。露苔晚砌，穿帘不度寒砧；雨荔秋垣，隔院希闻怨笛。芳名未泯，檐前鹦鹉犹呼；艳质将亡，槛外海棠预老。捉迷屏后，莲瓣无声；斗草庭前，兰芽枉待。抛残绣线，银笺彩缕谁裁？折断冰丝，金斗御香未熨。昨承严命，既驱车而远涉芳园；今犯慈威，复拄杖而遽抛孤柩。及闻槥棺被燹，惭违共穴之盟；石椁成灾，愧迨同灰之诮。

尔乃西风古寺，淹滞青燐；落日荒丘，零星白骨。楸榆飒飒，蓬艾萧萧。隔雾圹以啼猿，绕烟塍而泣鬼。自为红绡帐里，公子情深；始信黄土垄中，女儿命薄！汝南泪血，斑斑洒向西风；梓泽余衷，默默诉凭冷月。呜呼！固鬼蜮之为灾，岂神灵而亦妒。钳诐奴之口，讨岂从宽；剖悍妇之心，忿犹未释！在君之尘缘虽浅，然玉之鄙意岂终。因蓄惓惓之思，不禁谆谆之问。始知上帝垂旌，花宫待诏，生侪兰蕙，死辖芙蓉。听小婢之言，似涉无稽；以浊玉之思，则深为有据。何也？昔叶法善摄魂以撰碑，李长吉被诏而为记，事虽殊，其理则一也。故相物以配才，苟非其人，恶乃滥乎？始信上帝委托权衡，可谓至洽至协，庶不负其所秉赋也。因希其不昧之灵，或陟降于兹；特不揣鄙俗之词，有污慧听。乃歌而招之曰：

天何如是之苍苍兮，乘玉虬以游乎穹窿耶？
地何如是之茫茫兮，驾瑶像以降乎泉壤耶？
望繖盖之陆离兮，抑箕尾之光耶？
列羽葆而为前导兮，卫危虚于旁耶？
驱丰隆以为比从兮，望舒月以离耶？
听车轨而伊轧兮，御鸾鹥以征耶？
问馥郁而薆然兮，纫蘅杜以为纕耶？
炫裙裾之烁烁兮，镂明月以为珰耶？
籍葳蕤而成坛畤兮，檠莲焰以烛兰膏耶？
文爮匏以为觯斝兮，漉醽醁以浮桂醑耶？
瞻云气而凝盼兮，仿佛有所觇耶？
俯窈窕而属耳兮，恍惚有所闻耶？
期汗漫而无夭阏兮，忍捐弃余于尘埃耶？
倩风廉之为余驱车兮，冀联辔而携归耶？
余中心为之慨然兮，徒嗷嗷而何为耶？
君偃然而长寝兮，岂天运之变于斯耶？
既窀穸且安稳兮，反其真而复奚化耶？

余犹桎梏而悬附兮，灵格余以嗟来耶？

来兮止兮，君其来耶！

（节选自2017版人民教育出版社《红楼梦》[56]第七十八回，题目为编者所加）

（二）原文欣赏

才情不凡的宝玉

1. 贾宝玉第一次展示才华在第十七回《大观园试才题对额 怡红院迷路探深幽》。我们先看看清客和宝玉为大观园命名的对比。

命名	清客	宝玉
曲径通幽	叠翠、锦嶂、赛香炉、小终南	曲径通幽
潇湘馆	淇水遗风、睢园雅韵	有凤来仪
稻香村	杏花村	杏帘在望、稻香村
沁芳亭	翼然亭、泻玉亭	沁芳亭

接下来我们来欣赏贾宝玉题的匾额对联的精妙之处：

沁芳亭（水渗透着芳香）/绕堤柳借三篙翠，隔岸花分一脉香，不着一水字，从视觉与嗅觉感受自然，一“翠”字，一“香”字，你就能感受柳、花受到水的滋润。有凤来仪出自《尚书.益稷》：“箫韶（舜的乐曲）九成（一曲终叫一成），有凤来仪（呈祥）。”因为传说凤是食竹实的，所以借这一成语命名。宝鼎茶闲烟尚绿，幽窗棋罢指犹凉，从琐事细节上体察物性事理，以表现一种闲情逸致，即借物写志。

稻香村（人工造成的田野山庄）：新涨绿添浣葛处，好云香护采芹人。这句从田庄背山临水写村野人的事，同用《诗》语，写山、水、杏花诸景，字面上不说出。

蘅芷清芬：吟成豆蔻才犹艳，睡足荼蘼梦也香。这句写吟成杜牧那样的豆蔻诗后，才思还是很旺，一是花枝软垂无力像睡梦沉酣；一是人在花气中睡梦也香甜。这一联内容“香艳”，是古代上层社会的生活情趣。

这些命名、对联都各个形神兼备，让人拍手叫绝。

父亲贾政虽然没说一句软和话，但他的微笑其实也相当于默认。

2. 贾宝玉第二次展示才华是在第七十八回《老学士闲征姽婳词　痴公子杜撰芙蓉诔》，一日之内贾宝玉先做了《姽婳词》，随后又为晴雯做了《芙蓉女儿诔》。这一章节才是贾宝玉才华的大展示。《姽婳词》既是在他父亲压力下催生的灵气，也是对一个女子的致

[56] ［清］曹雪芹.红楼梦[M].北京：人民文学出版社,2017.3.

敬，仅仅因为林四娘是一个女子，这首诗就不能不做好，这对贾宝玉来说是必须的。《姽婳词》果然得到一致好评。而《芙蓉女儿诔》更是倾注了他对女儿们的一片痴心，我觉得这篇《芙蓉女儿诔》绝不仅仅是对晴雯或黛玉的祭奠，也是对所有女孩子的祭奠。这篇《芙蓉女儿诔》也让我们看到贾宝玉的才华其实是挺全面的，并不是我们所以为的只能写几句诗，对几副对子而已。

以上两处选文无不体现了宝玉有自由之心灵、有体悟自然之心境、有真性情的个性化表现，纯净心灵的独特感悟，没有受封建正统教育的束缚，不读死书，不掉书袋。

贾宝玉在随心所欲、任意妄为的放纵之下，每日杂学旁收，因此让他展现出与众不同的俊逸趣味。这便展现出中国传统的名士人格。

（三）情境提问

《红楼梦》第三回中写道：后人有《西江月》词批宝玉“纵然生得好皮囊，腹内原来草莽”节选部分众人“赞宝玉才情不凡”。请结合节选部分的相关内容，谈谈你对宝玉这一人物的评价。

（四）答案示例

见附录。

三、对比阅读

（一）作品精彩选文

1. 诸葛亮舌战群儒

须臾，权起更衣，鲁肃随于权后。权知肃意，乃执肃手而言曰：“卿欲如何？”肃曰：“恰才众人所言，深误将军。众人皆可降曹操，惟将军不可降曹操。”权曰：“何以言之？”肃曰：“如肃等降操，当以肃还乡党，累官故不失州郡也；将军降操，欲安所归乎？位不过封侯，车不过一乘，骑不过一匹，从不过数人，岂得南面称孤哉！众人之意，各自为己，不可听也。将军宜早定大计。”权叹曰：“诸人议论，大失孤望。子敬开说大计，正与吾见相同。此天以子敬赐我也！但操新得袁绍之众，近又得荆州之兵，恐势大难以抵敌。”肃曰：“肃至江夏，引诸葛瑾之弟诸葛亮在此，主公可问之，便知虚实。”权曰：“卧龙先生在此乎？”肃曰：“现在馆驿中安歇。”权曰：“今日天晚，且未相见。来日聚文武于帐下，先教见我江东英俊，然后升堂议事。”肃领命而去。次日至馆驿中见孔明，又嘱曰：“今见我主，切不可言曹操兵多。”孔明笑曰：“亮自见机而变，决不有误。”肃乃引孔明至幕下。早见张昭、顾雍等一班文武二十余人，峨冠博带，整衣端坐。孔明逐一相见，各问姓名。施礼已毕，坐于客位。张昭等见孔明丰神飘洒，器宇轩昂，料到此人必来游说。张昭先以言挑之曰："昭乃江东微末之士，久闻先生高卧隆中，自比管、乐。此语果有之乎？"孔明曰："此亮平生小可之比也。"昭曰："近闻刘豫州三顾先生于草庐之中，幸得先生，以为如鱼得水，思欲席卷荆襄。今一旦以属曹操，未审是何主见？"孔明自思张昭乃孙权手下第一个谋士，若不先难倒他，如何说得孙权，遂答曰："吾观取汉上之地，易如反掌。我主刘豫州躬行仁义，不忍夺同宗之基业，故力辞之。刘琮孺子，听信佞言，暗自投降，致使曹操得以猖獗。今我主屯兵江夏，别有良图，非等闲可知也。"昭曰："若此，是先生言行相违也。先生自比管、乐，管仲相桓公，霸诸侯，一匡天下；乐毅扶持微弱之燕，下齐七十余城：此二人者，真济世之才也。先生在草庐之中，但笑傲风月，抱膝危坐。今既从事刘豫州，当为生灵兴利除害，剿灭乱贼。且刘豫州未得先生之前，尚且纵横寰宇，割据城池；今得先生，人皆仰望。虽三尺童蒙，亦谓彪虎生翼，将见汉室复兴，曹氏即灭矣。朝廷旧臣，山林隐士，无不拭目而待：以为拂高天之云翳，仰日月之光辉，拯民于水火之中，措天下于衽席之上，在此时也。何先生自归豫州，曹兵一出，弃甲抛戈，望风而窜；上不能报刘表以安庶民，下不能辅孤子而据疆土；乃弃新野，走樊城，败当阳，奔夏口，无容身之地：是豫州既得先生之后，反不如其初也。管仲、乐毅，果如是乎？愚直之言，幸勿见怪！"孔明听罢，哑然而笑曰："鹏飞万里，其志岂群鸟能识哉？譬如人染沉疴，当先用糜粥以饮之，和药以服之；待其腑脏调和，形体渐安，然后用肉食以补之，猛药以治之：则病根尽去，人得全生也。若不待气脉和缓，便投以猛药厚味，欲求安保，诚为难矣。吾主刘豫州，向日军败于汝南，寄迹刘表，兵不满千，将止关、张、赵云而已：此正如病势尫羸已极之时也，新野山僻小县，人民稀少，粮食鲜薄，豫州不过暂借以容身，岂真将坐守于此耶？夫以甲兵不完，城郭不固，军不经练，粮不继日，然而博望烧屯，白河用水，使夏侯惇，曹仁辈心惊胆裂：窃谓管仲、乐毅之用兵，未必过此。至于刘琮降操，豫州实出不知；且又不忍乘乱夺同宗之基业，此真大仁大义也。当阳之败，豫州见有数十万赴义之民，扶老携幼相随，不忍弃之，日行十里，不思进取江陵，甘与同败，此亦大仁大义也。寡不敌众，胜负乃其常事。昔高皇数败于项羽，而垓下一战成功，此非韩信之良谋乎？夫信久事高皇，未尝累胜。盖国家大计，社稷安危，是有主谋。非比夸辩之徒，虚誉欺人：坐议立谈，无人可及；临机应变，百无一能。诚为天下笑耳！"这一篇言语，说得张昭并无一言回答。

座上忽一人抗声问曰："今曹公兵屯百万，将列千员，龙骧虎视，平吞江夏，公以为何如？"孔明视之，乃虞翻也。孔明曰："曹操收袁绍蚁聚之兵，劫刘表乌合之众，虽数百万不足惧也。"虞翻冷笑曰："军败于当阳，计穷于夏口，区区求救于人，而犹言'不惧'，此真大言欺人也！"孔明曰："刘豫州以数千仁义之师，安能敌百万残暴之众？退守夏口，所以待时也。今江东兵精粮足，且有长江之险，犹欲使其主屈膝降贼，不顾天下耻笑。由此论之，刘豫州真不惧操贼者矣！"虞翻不能对。

座间又一人问曰："孔明欲效仪、秦之舌，游说东吴耶？"孔明视之，乃步骘也。孔明曰："步子山以苏秦张仪为辩士，不知苏秦、张仪亦豪杰也。苏秦佩六国相印，张仪两

次相秦，皆有匡扶人国之谋，非比畏强凌弱，惧刀避剑之人也。君等闻曹操虚发诈伪之词，便畏惧请降，敢笑苏秦、张仪乎？”步骘默然无语。忽一人问曰：“孔明以曹操何如人也？”孔明视其人，乃薛综也。孔明答曰：“曹操乃汉贼也，又何必问？”综曰：“公言差矣。汉传世至今，天数将终。今曹公已有天下三分之二，人皆归心。刘豫州不识天时，强欲与争，正如以卵击石，安得不败乎？”孔明厉声曰：“薛敬文安得出此无父无君之言乎！夫人生天地间，以忠孝为立身之本。公既为汉臣，则见有不臣之人，当誓共戮之：臣之道也。今曹操祖宗叨食汉禄，不思报效，反怀篡逆之心，天下之所共愤；公乃以天数归之，真无父无君之人也！不足与语！请勿复言！”薛综满面羞惭，不能对答。座上又一人应声问曰：“曹操虽挟天子以令诸侯，犹是相国曹参之后。刘豫州虽云中山靖王苗裔，却无可稽考，眼见只是织席贩屦之夫耳，何足与曹操抗衡哉！”孔明视之，乃陆绩也。孔明笑曰：“公非袁术座间怀桔之陆郎乎？请安坐，听吾一言：曹操既为曹相国之后，则世为汉臣矣；今乃专权肆横，欺凌君父，是不惟无君，亦且蔑祖，不惟汉室之乱臣，亦曹氏之贼子也。刘豫州堂堂帝胄，当今皇帝，按谱赐爵，何云无可稽考？且高祖起身亭长，而终有天下；织席贩屦，又何足为辱乎？公小儿之见，不足与高士共语！”陆绩语塞。

座上一人忽曰：“孔明所言，皆强词夺理，均非正论，不必再言。且请问孔明治何经典？”孔明视之，乃严畯也。孔明曰：“寻章摘句，世之腐儒也，何能兴邦立事？且古耕莘伊尹，钓渭子牙，张良、陈平之流。邓禹、耿弇之辈，皆有匡扶宇宙之才，未审其生平治何经典。岂亦效书生，区区于笔砚之间，数黑论黄，舞文弄墨而已乎？”严峻低头丧气而不能对。

忽又一人大声曰：“公好为大言，未必真有实学，恐适为儒者所笑耳。”孔明视其人，乃汝阳程德枢也。孔明答曰：“儒有君子小人之别。君子之儒，忠君爱国，守正恶邪，务使泽及当时，名留后世。若夫小人之儒，惟务雕虫，专工翰墨，青春作赋，皓首穷经；笔下虽有千言，胸中实无一策。且如杨雄以文章名世，而屈身事莽，不免投阁而死，此所谓小人之儒也；虽日赋万言，亦何取哉！”程德枢不能对。众人见孔明对答如流，尽皆失色。时座上张温、骆统二人，又欲问难。忽一人自外而入，厉声言曰：“孔明乃当世奇才，君等以唇舌相难，非敬客之礼也。曹操大军临境，不思退敌之策，乃徒斗口耶！”众视其人，乃零陵人，姓黄，名盖，字公覆，现为东吴粮官。当时黄盖谓孔明曰：“愚闻多言获利，不如默而无言。何不将金石之论为我主言之，乃与众人辩论也？”孔明曰：“诸君不知世务，互相问难，不容不答耳。”于是黄盖与鲁肃引孔明入。至中门，正遇诸葛瑾，孔明施礼。瑾曰：“贤弟既到江东，如何不来见我？”孔明曰：“弟既事刘豫州，理宜先公后私。公事未毕，不敢及私。望兄见谅。”瑾曰：“贤弟见过吴侯，却来叙话。”说罢自去。鲁肃曰：“适间所嘱，不可有误。”孔明点头应诺。引至堂上，孙权降阶而迎，优礼相待。施礼毕，赐孔明坐。众文武分两行而立。鲁肃立于孔明之侧，只看他讲话。孔明致玄德之意毕，偷眼看孙权：碧眼紫髯，堂堂一表。孔明暗思：“此人相貌非常，只可激，不可说。等他问时，用言激之便了。”献茶已毕，孙权曰：“多闻鲁子敬谈足下之才，今幸得相见，敢求教益。”孔明曰：“不才无学，有辱明问。”权曰：“足下近在新野，佐刘豫州与曹操决战，必深知彼军虚实。”孔明曰：“刘豫州兵微将寡，更兼新野城小无粮，安能与曹操相持。”权曰：“曹兵共有多少？”孔明曰：“马步水军，约有一百余万。”权曰：“莫非诈乎？”孔明曰：“非诈也。曹操就兖州已有青州军二十万；平了袁绍，又得五六十万；中原新招之兵三四十万；今又得荆州之军二三十万：以此计之，不下一百五十万。亮以百万言之，恐惊江东之士也。”鲁肃在旁，闻言失色，以目视孔明；孔明只做不见。权曰：“曹操部下战将，还有多少？”孔明曰：“足智多谋之士，能征惯战之将，何止一二千人。”权曰：“今曹操平了荆、楚，复有远图乎？”孔明曰：“即今沿江下寨，准备战船，不欲图江东，待取何地？”权曰：“若彼有吞并之意，战与不战，请足下为我一决。”孔明曰：“亮有一言，但恐将军不肯听从。”权曰：“愿闻高论。”孔明曰：“向者宇内大乱，故将军起江东，刘豫州收众汉南，与曹操并争天下。今操芟除大难，略已平矣；近又新破荆州，威震海内；纵有英雄，无用武之地：故豫州遁逃至此。愿将军量力而处之：若能以吴、越之众，与中国抗衡，不如早与之绝；若其不能，何不从众谋士之论，按兵束甲，北面而事之？”权未及答。孔明又曰：“将军外托服从之名，内怀疑贰之见，事急而不断，祸至无日矣！”权曰：“诚如君言，刘豫州何不降操？”孔明曰：“昔田横，齐之壮士耳，犹守义不辱。况刘豫州王室之胄，英才盖世，众士仰慕。事之不济，此乃天也。又安能屈处人下乎！”孙权听了孔明此言，不觉勃然变色，拂衣而起，退入后堂。众皆哂笑而散，鲁肃责孔明曰：“先生何故出此言？幸是吾主宽洪大度，不即面责。先生之言，藐视吾主甚矣。”孔明仰面笑曰：“何如此不能容物耶！我自有破曹之计，彼不问我，我故不言。”肃曰：“果有良策，肃当请主公求教。”孔明曰：“吾视曹操百万之众，如群蚁耳！但我一举手，则皆为齑粉矣！”肃闻言，便入后堂见孙权。权怒气未息，顾谓肃曰：“孔明欺吾太甚！”肃曰：“臣亦以此责孔明，孔明反笑主公不能容物。破曹之策，孔明不肯轻言，主公何不求之？”权回嗔作喜曰：“原来孔明有良谋，故以言词激我。我一时浅见，几误大事。”便同鲁肃重复出堂，再请孔明叙话。权见孔明，谢曰：“适来冒渎威严，幸勿见罪。”孔明亦谢曰：“亮言语冒犯，望乞恕罪。”权邀孔明入后堂，置酒相待。

（节选自《三国演义》[57] 第四十三回，题目为编者所加）

2. 用奇谋孔明借箭

肃领命来见孔明。孔明曰：“吾曾告子敬，休对公瑾说，他必要害我。不想子敬不肯为我隐讳，今日果然又弄出事来。三日内如何造得十万箭？子敬只得救我！”肃曰：“公自取其祸，我如何救得你？”孔明曰：“望子敬借我二十只船，每船要军士三十人，船上皆用青布为幔，各束草千余个，分布两边。吾别有妙用。第三日包管有十万枝箭。只不可

[57] ［元末明初］罗贯中．三国演义 [M]. 北京：人民教育出版社 ,2016.3.

又教公瑾得知，若彼知之，吾计败矣。”肃允诺，却不解其意，回报周瑜，果然不提起借船之事，只言：“孔明并不用箭竹、翎毛、胶漆等物，自有道理。”瑜大疑曰：“且看他三日后如何回覆我！”却说鲁肃私自拨轻快船二十只，各船三十余人，并布幔束草等物，尽皆齐备，候孔明调用。第一日却不见孔明动静；第二日亦只不动。至第三日四更时分，孔明密请鲁肃到船中。肃问曰：“公召我来何意？”孔明曰：“特请子敬同往取箭。”肃曰：“何处去取？”孔明曰：“子敬休问，前去便见。”遂命将二十只船，用长索相连，径望北岸进发。是夜大雾漫天，长江之中，雾气更甚，对面不相见。孔明促舟前进，果然是好大雾！前人有篇《大雾垂江赋》曰：“大哉长江！西接岷、峨，南控三吴，北带九河。汇百川而入海，历万古以扬波。至若龙伯、海若，江妃、水母，长鲸千丈，天蜈九首，鬼怪异类，咸集而有。盖夫鬼神之所凭依，英雄之所战守也。时也阴阳既乱，昧爽不分。讶长空之一色，忽大雾之四屯。虽舆薪而莫睹，惟金鼓之可闻。初若溟，才隐南山之豹；渐而充塞，欲迷北海之鲲。然后上接高天，下垂厚地；渺乎苍茫，浩乎无际。鲸鲵出水而腾波，蛟龙潜渊而吐气。又如梅霖收溽，春阴酿寒；溟溟漠漠，浩浩漫漫。东失柴桑之岸，南无夏口之山。战船千艘，俱沉沦于岩壑；渔舟一叶，惊出没于波澜。甚则穹昊无光，朝阳失色；返白昼为昏黄，变丹山为水碧。虽大禹之智，不能测其浅深；离娄之明，焉能辨乎咫尺？于是冯夷息浪，屏翳收功；鱼鳖遁迹，鸟兽潜踪。隔断蓬莱之岛，暗围阊阖之宫。恍惚奔腾，如骤雨之将至；纷纭杂沓，若寒云之欲同。乃能中隐毒蛇，因之而为瘴疠；内藏妖魅，凭之而为祸害。降疾厄于人间，起风尘于塞外。小民遇之夭伤，大人观之感慨。盖将返元气于洪荒，混天地为大块。”

当夜五更时候，船已近曹操水寨。孔明教把船只头西尾东，一带摆开，就船上擂鼓呐喊。鲁肃惊曰：“倘曹兵齐出，如之奈何？”孔明笑曰：“吾料曹操于重雾中必不敢出。吾等只顾酌酒取乐，待雾散便回。”

却说曹寨中，听得擂鼓呐喊，毛玠、于禁二人慌忙飞报曹操。操传令曰：“重雾迷江，彼军忽至，必有埋伏，切不可轻动。可拨水军弓弩手乱箭射之。”又差人往旱寨内唤张辽、徐晃各带弓弩军三千，火速到江边助射。比及号令到来，毛玠、于禁怕南军抢入水寨，已差弓弩手在寨前放箭；少顷，旱寨内弓弩手亦到，约一万余人，尽皆向江中放箭：箭如雨发。孔明教把船吊回，头东尾西，逼近水寨受箭，一面擂鼓呐喊。待至日高雾散，孔明令收船急回。二十只船两边束草上，排满箭枝。孔明令各船上军士齐声叫曰：“谢丞相箭！”比及曹军寨内报知曹操时，这里船轻水急，已放回二十余里，追之不及。曹操懊悔不已。却说孔明回船谓鲁肃曰：“每船上箭约五六千矣。不费江东半分之力，已得十万余箭。明日即将来射曹军，却不甚便！”肃曰：“先生真神人也！何以知今日如此大雾？”孔明曰：“为将而不通天文，不识地利，不知奇门，不晓阴阳，不看阵图，不明兵势，是庸才也。亮于三日前已算定今日有大雾，因此敢任三日之限。公瑾教我十日完办，工匠料物，都不应手，将这一件风流罪过，明白要杀我。我命系于天，公瑾焉能害我哉！”鲁肃拜服。船到岸时，周瑜已差五百军在江边等候搬箭。孔明教于船上取之，可得十余万枝，都搬入中军帐交纳。鲁肃人见周瑜，备说孔明取箭之事。瑜大惊，慨然叹曰：“孔明神机妙算，吾不如也！”后人有诗赞曰：

一天浓雾满长江，
远近难分水渺茫。
骤雨飞蝗来战舰，
孔明今日伏周郎。

少顷，孔明入寨见周瑜。瑜下帐迎之，称美曰：“先生神算，使人敬服。”孔明曰：“诡谲小计，何足为奇。”瑜邀孔明入帐共饮。瑜曰：“昨吾主遣使来催督进军，瑜未有奇计，愿先生教我。”孔明曰：“亮乃碌碌庸才，安有妙计？”瑜曰：“某昨观曹操水寨，极是严整有法，非等闲可攻。思得一计，不知可否。先生幸为我一决之。”孔明曰：“都督且休言。各自写于手内，看同也不同。”瑜大喜，教取笔砚来，先自暗写了，却送与孔明；孔明亦暗写了。两个移近坐榻，各出掌中之字，互相观看，皆大笑。原来周瑜掌中字，乃一“火”字；孔明掌中，亦一“火”字。瑜曰：“既我两人所见相同，更无疑矣。幸勿漏泄。”孔明曰：“两家公事，岂有漏泄之理。吾料曹操虽两番经我这条计，然必不为备。今都督尽行之可也。”饮罢分散，诸将皆不知其事。

却说周瑜夜坐帐中，忽见黄盖潜入中军来见周瑜。瑜问曰：“公覆夜至，必有良谋见教？”盖曰：“彼众我寡，不宜久持，何不用火攻之？”瑜曰：“谁教公献此计？”盖曰：“某出自己意，非他人之所教也。”瑜曰：“吾正欲如此，故留蔡中、蔡和诈降之人，以通消息；但恨无一人为我行诈降计耳。”盖曰：“某愿行此计。”瑜曰：“不受些苦，彼如何肯信？”盖曰：“某受孙氏厚恩，虽肝脑涂地，亦无怨悔。”瑜拜而谢之曰：“君若肯行此苦肉计，则江东之万幸也。”盖曰：“某死亦无怨。”遂谢而出。次日，周瑜鸣鼓大会诸将于帐下。孔明亦在座。周瑜曰：“操引百万之众，连络三百余里，非一日可破。今令诸将各领三个月粮草，准备御敌。”言未讫，黄盖进曰：“莫说三个月，便支三十个月粮草，也不济事！若是这个月破的，便破；若是这个月破不的，只可依张子布之言，弃甲倒戈，北面而降之耳！”周瑜勃然变色，大怒曰：“吾奉主公之命，督兵破曹，敢有再言降者必斩。今两军相敌之际，汝敢出此言，慢我军心，不斩汝首，难以服众！”喝左右将黄盖斩讫报来。黄盖亦怒曰：“吾自随破虏将军，纵横东南，已历三世，那有你来？”瑜大怒，喝令速斩。甘宁进前告曰：“公覆乃东吴旧臣，望宽恕之。”瑜喝曰：“汝何敢多言，乱吾法度！”先叱左右将甘宁乱棒打出。众官皆跪告曰：“黄盖罪固当诛，但于军不利。望都督宽恕，权且记罪。破曹之后，斩亦未迟。”瑜怒未息。众官苦苦告求。瑜曰：“若不看众官面皮，决须斩首！今且免死！”命左右：“拖翻打一百脊杖，以正其罪！”众官又告免。瑜推翻案桌，叱退众官，喝教行杖。将黄盖剥了衣服，拖翻在地，打了五十脊杖。众官又复苦苦求免。瑜跃起指盖曰：“汝敢小觑我耶！且寄下五十棍！再有怠慢，二罪俱罚！”恨声不绝而入帐中。众官扶起黄盖，打得皮开肉绽，鲜血迸流，扶归本寨，昏绝几次。动问之人，无不下泪。鲁肃也往看问了，来至孔明船中，谓孔明曰：“今日公瑾怒责公覆，

我等皆是他部下，不敢犯颜苦谏；先生是客，何故袖手旁观，不发一语？”孔明笑曰：“子敬欺我。”肃曰：“肃与先生渡江以来，未尝一事相欺。今何出此言？”孔明曰：“子敬岂不知公瑾今日毒打黄公覆，乃其计耶？如何要我劝他？”肃方悟。孔明曰：“不用苦肉计，何能瞒过曹操？今必令黄公覆去诈降，却教蔡中、蔡和报知其事矣。子敬见公瑾时，切勿言亮先知其事，只说亮也埋怨都督便了。”肃辞去，入帐见周瑜。瑜邀入帐后。肃曰：“今日何故痛责黄公覆？”瑜曰：“诸将怨否？”肃曰：“多有心中不安者。”瑜曰：“孔明之意若何？”肃曰：“他也埋怨都督忒情薄。”瑜笑曰：“今番须瞒过他也。”肃曰：“何谓也？”瑜曰：“今日痛打黄盖，乃计也。吾欲令他诈降，先须用苦肉计瞒过曹操，就中用火攻之，可以取胜。”肃乃暗思孔明之高见，却不敢明言。

且说黄盖卧于帐中，诸将皆来动问。盖不言语，但长吁而已。忽报参谋阚泽来问。盖令请入卧内，叱退左右。阚泽曰：“将军莫非与都督有仇？”盖曰：“非也。”泽曰：“然则公之受责，莫非苦肉计乎？”盖曰：“何以知之？”泽曰：“某观公瑾举动，已料着八九分。”盖曰：“某受吴侯三世厚恩，无以为报，故献此计，以破曹操。吾虽受苦，亦无所恨。吾遍观军中，无一人可为心腹者。惟公素有忠义之心，敢以心腹相告。”泽曰：“公之告我，无非要我献诈降书耳。”盖曰：“实有此意。未知肯否？”阚泽欣然领诺。正是：勇将轻身思报主，谋臣为国有同心。未知阚泽所言若何，且看下文分解。

（节选自《三国演义》[58]第四十六回，题目为编者所加）

（二）选文欣赏

天下奇才诸葛亮

1. 从《舌战群儒》看诸葛亮的论辩艺术

（1）先守后攻

舌战群儒面对诸儒的诘难，诸葛亮神态自若，一一作答，是为守，然而他又不甘于只是作答，每于答后发起攻势。

东吴第一谋士张昭诘问诸葛亮自比管仲乐毅，而最终却使刘备“弃新野，走樊城，败当阳，奔夏口，无容身之地”，“是豫州即得先生之后，反不如其初也。”张昭此问着实厉害，李贽评此句曰：“下得好毒手”。诸葛亮笑着回答：“鹏飞万里，其志岂群鸟能识哉？”以大鹏自况，志在万里；将群儒比作群鸟，胸无大志。接下去运用比喻论证的方法，人染沉疴，当用和药糜粥，而不可用猛药厚味，说明刘备取胜尚需时日；又进一步用事实论证说明自己的观点；“夫以甲兵不完，城郭不固，军不经练，粮不继日，然而博望烧屯，白河用水，使夏侯惇、曹仁辈心惊胆裂：窃谓管仲、乐毅用兵，未必过此。”此段诸葛亮以

[58] ［元末明初］罗贯中．三国演义［M］．北京：人民教育出版社，2016.3.

充分的事实为论据，对“自比管仲乐毅”之说予以论证，在凿凿事实面前张昭的非难不攻自破。诸葛亮将刘备的暂时之败归于三个原因：一是刘备仁义，不忍夺同宗基业，不忍舍弃赴义之民，甘与同败；二是刘琮孱弱，听信妄言，暗自投降；三是刘备向日兵不满千，将止关、张、赵云，“寡不敌众，胜负乃其常事”，之后引用汉高祖数败于项羽而垓下一战成功作类比论证说明刘备失利是暂时的，而取得最后的胜利是必然的。进而归纳出汉高祖的最终胜利靠的是韩信之良谋，突出自己在刘备兴复汉室大业中的重要作用。此段答张昭刘备得先生反不如初之问，水来土掩，滴水不漏。以上皆为防守之举。接着话锋一转，将矛头直指东吴群儒：“非比夸辩之徒，虚誉欺人；坐议立谈，无人可及；临机应变，百无一能。——诚为天下笑耳！”李贽评诸葛亮的反驳之论为“说尽今日秀才病痛”。诸葛亮此举攻势凌厉，使对方“并无一言回答”。此乃先守后攻、攻守有度之辩论策略。对虞翻的“刘备大败犹言不惧曹实为大言欺人”之语，诸葛亮只以刘备寡不敌众，退守夏口，以待天时相应，是为防守，随即便有“江东兵精粮足，且有长江之险，犹欲使其主屈膝降贼，不顾天下耻笑”之语来反攻，使虞翻不能对。后对步骘、薛综等人的发难，孔明莫不用此先守后攻之法对之，使东吴的儒者一个个败下阵来。

此法妙极。因有群儒诘问在先，不容不答，故宜先守，且守得从容，既曲尽事理，又详陈事实，将对手的诘问一一化解；又因群儒来者不善，多有恶意，便于守住阵地后发起反攻，使论辩进退有致，引人入胜。设若只守不攻，则必陷被动境地；若只攻不守，失去了据理陈词的部分，使论辩仅仅停留在口舌之争，则缺乏以理服人的成分。

（2）语带双机

诸葛亮以其高超的语言技巧使整个论辩过程精彩纷呈，于有限的语句中蕴含极深的意味，嚼之余香满口。在谈到刘备新败之因时，诸葛亮说刘琮“暗自投降”，意在嘲讽东吴主降之士，“非等闲可知也”，示张昭等皆等闲无能之辈；又云“社稷安危，是有主谋”，寓昭等无定国安邦之策，反以妖言惑主，实祸国殃民之人。

步骘指出诸葛亮欲效张仪、苏秦的游说之举，诸葛亮却淡化张仪苏秦二人的辩士身份，而突出其豪杰的本色，强调二人“皆有匡扶人国之谋”，点出儒者们无勇无谋，只知巧言论辩，实则贪生怕死的本质。诸葛亮避开某些辩士为一己之利益而游说的特点，在突出其“匡扶人国”大志的同时，也为自己张目，我为匡扶人国而来，你们却为葬送人国而辩，孰高孰低，一目了然。

陆绩以曹操是相国曹参之后，刘备出身无可稽考相诘，“眼见只是织席贩屦之夫耳，何足与曹操抗衡哉！”诸葛亮先不直接回答问题，而是轻蔑地一笑，“公非袁术座间怀橘之陆郎乎？”诸葛亮此处提及此事，表面看来似属闲笔，实则颇有深意。怀橘之事本为尽心事孝之典范，然而毕竟是小儿所为，怀橘小儿之论必是小儿之见，自然“不足与高士共语”。

诸葛亮答程德枢之语可分为两层内容。一是论君子之儒的风采，“忠君爱国，守正恶邪，务使泽及当时，名留后世”表面上为君子之儒正名，实为夫子自道也；二是画小人之儒的嘴脸，“笔下虽有千言，胸中实无一策，”对大敌当前而群儒一筹莫展予以辛辣的讽刺，且以扬雄屈身事莽下场可悲昭示东吴小人之儒不顾气节屈膝投降必将留下千古骂名。

语带双机之辩术充分显示了诸葛亮的论辩技巧，一石二鸟，弦外有音，以极精炼的语句表达极丰富的内容，颇具战斗力。似不经意中显出智慧，信手拈来时愈见功力。给人留下充分的想象余地。

（3）各个击破

对不同的人采取不同的方法击败对方，是诸葛亮舌战群儒的又一大特色。

对张昭，由于他是东吴重臣，第一谋士，诸葛亮采取擒贼先擒王的策略，娓娓道来，严密防守之后大举进攻，使张昭无一言可对。对张昭的反驳洋洋洒洒，周密细致，丝丝入扣，而对以下诸儒则多以简洁明快的对答迅速结束战斗，不与多做纠缠。

在整个过程中，诸葛亮的论辩艺术发挥得酣畅淋漓，他面对群儒潮水般涌来的诘难，沉着应战，或引经据典，或转换论题，或厉声责问，或反唇相讥，可谓得心应手，游刃有余。如以韩信之谋，扬雄之死来作为论据帮助申明观点；对步骘的“孔明欲效仪、秦之舌，游说东吴耶？”之论弃之不理，而从苏、张二人豪杰本色入手，转守为攻；对薛综则厉声责问：“薛敬文安得出此无父无君之言乎！”诸葛亮抓住儒者鼓吹忠孝为本的特点，以“君父”两个正大堂皇的字眼喝倒薛综，实在是击到了对手的致命之处，薛综自然“满面羞惭”；对陆绩，诸葛亮以温文尔雅的语调反唇相讥，指出其以出身论英雄的荒诞不经，使陆绩语塞。面对严峻的“治何经典”之法，诸葛亮只以三句话回应，首先认为“寻章摘句”者为“世之腐儒”，并不能“兴邦立事”；既而举例，伊尹、姜子牙、张良、陈平、邓禹“皆有匡扶宇宙之才”，而并未死钻书本；最后总括为“舞文弄墨”只是书生所为。短短数语，有理有据，在一连串的古圣今贤的列举中反衬出书生的无用，从而使以治经典为荣的严畯低头丧气。

详略的不同、论辩方法的不同显示出诸葛亮的机动灵活，详答老辣者，略对浅薄者，挥挥洒洒，左右逢源，嬉笑怒骂，皆成文章，着实令人叹服。

（4）语势磅礴

整个论辩过程中，诸葛亮语势磅礴，使对方慑服于他的语言威力，只有招架之功，而无反击之力。这一点突出体现在他的反问语气的运用上。如反诘张昭：“鹏飞万里，其志岂群鸟能识哉？”“豫州不过暂借以容身，岂真将坐守于此耶？”“昔高皇数败于项羽，而垓下一战成功，此非韩信之良谋乎？”反击步骘：“君等闻曹操虚发诈伪之词，便畏惧请降，敢笑苏秦、张仪乎？”对陆绩：“且高祖起身亭长，而终有天下；织席贩屦，又何足为辱乎？”……一连串的反问句，语势强烈，咄咄逼人，我们可以说，诸葛亮舌战群儒之所以耐人寻味百读不厌，在很大程度上得益于其论辩过程语势的力量。在以理服人的基础上，诸葛亮更以其语言的气势压倒了对手。

就语句而言，也突出显示了诸葛亮语言的气势。善用短句、排比对偶句该是其突出的特点。短句的使用简洁明快，适于论辩；排比句对偶句更有“壮气势广文义”的修辞特征，如“甲兵不完，城郭不固，军不经练，粮不继日”极言刘备当时所处的劣势地位；讽小人之儒，则有“惟务雕虫，专工翰墨，青春作赋，皓首穷经，”可谓数尽小人儒者之弊。非语言大家无此上乘之作。

语势磅礴源于理直气壮，“理直”是因，“气壮”是果。在诸葛亮的意识中，此番东吴之行乃为正义而来，故而正气浩然，处变不惊。潇洒的风度、广博的学识，使对手在气势上先输了三分，加之诸葛亮一阵穷追猛打，遂有破竹之势。

综观舌战群儒的整个过程，诸葛亮在东吴诸儒的诘问中从容做对，侃侃而谈，纵横捭阖，游刃有余，终使“张昭并无一言回答”“虞翻不能对”“步骘默然无语”“薛综满面羞惭，不能对答”“陆绩语塞”“严畯低头丧气不能对”“程德枢不能对”，以至众人“尽皆失色”。真可谓三寸之舌能抵百万之兵。

总之，诸葛亮舌战群儒风头出尽，其娴熟的论辩技巧令人折服，堪称经典，值得当今习此道者深味。

2. 毛宗岗批语：借箭之计，其利有三：使东吴得十万箭之用，一利也。既得十万箭之用，而又省造十万箭之费，是以二十万箭之利与江东也。我有所得，则利在我；我纵无所得，而能使敌有所失，则利亦在我。今我得十万箭之用，省造十万箭之费，而又令曹军有十余万箭之失，是以三十余万箭之利与江东也，三利也。在孔明不过施一小耳，而其利至于如此，真不愧军师之称哉！

孔明用计之妙，善于用借。破北军者，既借江东之兵；而助江东者，即借北军之箭：是借于东又借于北也。取箭者，既借鲁肃之舟；而疑操者，复借一江之雾：是借于人又借于天也。兵可借，箭可借，于是乎东风亦可借，荆州亦无不可借矣。

诸葛亮才华横溢，见多识广，上知天文，下晓地理。中国的儒家讲究“知其不可为而为之”的精神。对于蜀汉，诸葛亮做到了“鞠躬尽瘁，死而后已”。他是世之杰才，有兴国之能，他慧眼识英，初见刘备，献隆中对策，未出茅庐，便已三分天下于胸中，助刘备成大业；度东吴，祭赤壁，入蜀中，灭张鲁，七出北伐，志在佐刘禅，报先帝。

其德其才，垂范千古。

（三）情境提问

《三国演义》中的诸葛亮与《红楼梦》中的贾宝玉同样具有过人的才情，在才情的表现上有什么不同？

（四）答案示例

见附录。

四、体验感悟

（一）感悟示例

贾宝玉的前世是女娲补天时无材补天的一块石头，宝玉幻化成人形后便有一种悲悯博爱的先天禀赋。贾宝玉凭借他贵族子弟的优越地位和贵族家长们都宠爱的特权，恩泽众多女子及下层百姓。这些都显示出宝玉是博爱惜弱的仁人君子。这样的品德让他不同于一般的豪门贵族的纨绔子弟，可以充分领略甚至颂扬女性的灵秀之美。所以贾宝玉应该属于中国传统知识分的代表人物。

传统知识分子的精神追求

贾宝玉有自由之心灵，有真挚之性情，让他对有自由精神追求的文学作品如痴如醉，久而久之，他的艺术才华便熔铸而成。贾宝玉两次展才的机会，偏偏是在他父亲贾政的高压之下、威慑之下。贾宝玉却屡屡在父亲的威慑之下大展其才。我们说贾宝玉怕贾政是真怕，以至于平时走道都要绕开他父亲的房门口。

父亲给的压力反而让他有叩问人生的欲望，才会催生出出类拔萃的才华。同时才华的展现也离不开时代的氛围，越是乱世越会激发思考与智慧，所以才会有层出不穷的人才。

贾宝玉虽然天真、青涩，却也清高，他心思纯正，向往自由、率性、自然的生活，映射出中国传统知识分子高洁、浪漫、自由的精神追求。

（二）感悟空间

参考文献：

【1】白先勇.《细说红楼梦》[M]. 桂林：广西师范大学出版社,2017.2.

【2】蒋勋.《蒋勋说红楼梦》[M]. 北京：中信出版集团,2017.3.

第三节　宝玉的真性情

一、生活情境

一个真性情的男孩，李根！

1988 年，李根出生于篮球世家。妈妈是篮球球员，爸爸也喜欢打篮球，所以李根在父母的熏陶下更是和篮球成了形影不离的好朋友！他在市体训班训练了几年以后，成绩特别优秀，在 2006 年的时候代表焦作拿下了河南省运会冠军！后经过一年的训练进入了上海男篮！作为一个新人，虽然取得了不错的成绩，但是李根并不是十分满足，因为那段时间姚明进入了上海男篮，李根等新人球员根本没有什么上场的机会，这段时间是李根最难熬的！真正实现李根的价值的时候是他在与上海队合约到期后进入青岛队，在那里他遇到了他的伯乐——姜正秀，李根不仅成为姜正秀最器重的球员之一，也成了双星队的主力！2010-11 赛季时，在他代表双星上场的 27 场比赛中，李根场均 10.2 分；2011-12 赛季场均 17.5 分并且在 2012 年青岛对阵北京的时候，李根拿到 41 分的好成绩，而且有 33 分都是上半场得到的，也成为 2011-12 赛季第一个半场拿下 30+ 分的球员。2012 年李根和北京队签约，但是在 2012-13 赛季时，李根的状态并不是十分稳定，有的时候超神，有的时候竟低迷得可怜，最终北京队止步于半决赛！但在 2013-14 赛季时，李根就开始发力了，展现出了自己最好的一面，成功帮助北京队获得 CBA 的总冠军！后期在 2015 年 9 月，李根与新疆队签了合同！后面的故事他正在书写……在 2017-18 赛季新疆与上海队打比赛时还出现个小插曲，由于李根在与上海队比赛时被禁赛 3 场，罚款 10 万，随后李根在微博上表示说，“人不可能两次踏进同一条河流，对于两天前的我来说，破了这个例！虽然犯的错误有些不同，但是对球队和联赛的伤害都是一样的！成熟的男人应该做成熟的事，睚眦必报不是我的本意，也不应当是借口。”这就是一个热爱篮球真性情的大男孩——李根。你愿意和这样真性情的人交朋友吗？

二、精彩原文欣赏

（一）精彩原文

1. 宝玉的真情流露

我那日起的早，还没出房门，只听外头柴草响。我想着必定是有人偷柴草来了。我爬着窗户眼儿一瞧，却不是我们村庄上的人。贾母道：“必定是过路的客人们冷了，见现

成的柴，抽些烤火去也是有的。”刘姥姥笑道：“也并不是客人，所以说来奇怪。老寿星当个什么人？原来是一个十七八岁的极标致的一个小姑娘，梳着溜油光的头，穿着大红袄儿，白绫裙子。”刚说到这里，忽听外面人吵嚷起来，又说：“不相干的，别唬着老太太。”贾母等听了，忙问怎么了，丫鬟回说“南院马棚里走了水，不相干，已经救下去了。”

宝玉心中只记挂着抽柴的故事，因闷闷的心中筹画。探春因问他：“昨日扰了史大妹妹，咱们回去商议着邀一社，又还了席，也请老太太赏菊花，何如？”宝玉笑道：“老太太说了，还要摆酒还史妹妹的席，叫咱们作陪呢。等着吃了老太太的，咱们再请不迟。”探春道：“越往前去越冷了，老太太未必高兴。”宝玉道：“老太太又喜欢下雨下雪的。不如咱们等下头场雪，请老太太赏雪岂不好？咱们雪下吟诗，也更有趣了。”林黛玉忙笑道：“咱们雪下吟诗？依我说，还不如弄一捆柴火，雪下抽柴，还更有趣儿呢。”说着，宝钗等都笑了。宝玉瞅了他一眼，也不答话。

一时散了，背地里宝玉足的拉了刘姥姥，细问那女孩儿是谁。刘姥姥只得编了告诉他道：“那原是我们庄北沿地埂子上有一个小祠堂里供的，不是神佛，当先有个什么老爷。”说着又想名姓。宝玉道：“不拘什么名姓，你不必想了，只说原故就是了。”刘姥姥道：“这老爷没有儿子，只有一位小姐，名叫茗玉。小姐知书识字，老爷太太爱如珍宝。可惜这茗玉小姐生到十七岁，一病死了。”宝玉听了，跌足叹惜，又问后来怎么样。刘姥姥道：“因为老爷太太思念不尽，便盖了这祠堂，塑了这茗玉小姐的像，派了人烧香拨火。”宝玉又问他地名庄名，来往远近，坐落何方。刘姥姥便顺口胡诌了出来。

宝玉信以为真，回至房中，盘算了一夜。次日一早，便出来给了茗烟几百钱，按着刘姥姥说的方向地名，着茗烟去先踏看明白，回来再做主意。那茗烟去后，宝玉左等也不来，右等也不来，急的热锅上的蚂蚁一般。

（节选自《红楼梦》[59] 第三十九回，题目为编者所加）

2. 宝玉的生死观

宝玉谈至浓快时，见他不说了，便笑道：“人谁不死，只要死的好。那些个须眉浊物，只知道文死谏，武死战，这二死是大丈夫死名死节。竟何如不死的好！必定有昏君他方谏，他只顾邀名，猛拚一死，将来弃君于何地！必定有刀兵他方战，猛拚一死，他只顾图汗马之名，将来弃国于何地！所以这皆非正死。”袭人道：“忠臣良将，出于不得已他才死。”宝玉道：“那武将不过仗血气之勇，疏谋少略，他自己无能，送了性命，这难道也是不得已！那文官更不可比武官了，他念两句书，在心里，若朝廷少有疵瑕，他就胡谈乱劝，只顾他邀忠烈之名，浊气一涌，即时拚死，这难道也是不得已！还要知道，那朝廷是受命于天，他不圣不仁，那天地断不把这万几重任与他了。可知那些死的都是沽名，并不

[59] ［清］曹雪芹．红楼梦［M］．北京：人民文学出版社，2017.3.

知大义。比如我此时若果有造化，该死于此时的，趁你们在，我就死了，再能够你们哭我的眼泪流成大河，把我的尸首漂起来，送到那鸦雀不到的幽僻之处，随风化了，自此再不要托生为人，就是我死的得时了。”袭人忽见说出这些疯话来，忙说困了，不理他。那宝玉方合眼睡着，至次日也就丢开了。

（节选自《红楼梦》[60] 第三十六回，题目为编者所加）

3. 宝玉的爱物论

我倒舀一盆水来，你洗洗脸通通头。才刚鸳鸯送了好些果子来，都湃在那水晶缸里呢，叫他们打发你吃。”宝玉笑道：“既这么着，你也不许洗去，只洗洗手来拿果子来吃罢。”晴雯笑道：“我慌张的很，连扇子还跌折了，那里还配打发吃果子。倘或再打破了盘子，还更了不得呢。”宝玉笑道：“你爱打就打，这些东西原不过是借人所用，你爱这样，我爱那样，各自性情不同。比如那扇子原是扇的，你要撕着玩也可以使得，只是不可生气时拿他出气。就如杯盘，原是盛东西的，你喜听那一声响，就故意的碎了也可以使得，只是别在生气时拿他出气。这就是爱物了。”

（节选自《红楼梦》[61] 第三十一回，题目为编者所加）

4. 宝玉的女儿论

他自幼姊妹丛中长大，亲姊妹有元春、探春，伯叔的有迎春、惜春，亲戚中又有史湘云、林黛玉、薛宝钗等诸人。他便料定，原来天生人为万物之灵，凡山川日月之精秀，只钟于女儿，须眉男子不过是些渣滓浊沫而已。因有这个呆念在心，把一切男子都看成混沌浊物，可有可无。

（节选自《红楼梦》[62] 第三十一回，题目为编者所加）

（二）原文欣赏

美的守护者——宝玉

宝玉的思想观念是非常反传统的，他希望自己死后天下所有的女儿用眼泪来葬他。这样的想法非常浪漫，虽不切实际，但却是宝玉真性情淋漓尽致的表现。宝玉虽美，可惜

[60] ［清］曹雪芹 . 红楼梦 [M]. 北京：人民文学出版社 ,2017.3.

[61] ［清］曹雪芹 . 红楼梦 [M]. 北京：人民文学出版社 ,2017.3.

[62] ［清］曹雪芹 . 红楼梦 [M]. 北京：人民文学出版社 ,2017.3.

世上难寻，这个人物过于脱离现实，生活当中你很难找到一个像他这样的人。宝玉身上极度不成熟和过于纯真的性情让他很难在这世上立足，对于文学艺术来说这个角色是完美的，但是通过现实世俗的价值体系来判断的话，宝玉就是个“废物”。贾宝玉作为豪门贵族的公子哥在很多地方也表现出对人情世故的洞察与务实，这可以从他对刘姥姥的态度中窥见一斑。看似跟他的清水女儿论有矛盾之处，但实则是对古玩珍奇的世俗价值的看轻，对人性善良价值的看重而已。

当然你又会觉得他很真，因为曹雪芹创造人物的时候采用了移花接木的办法，把一些在现实中能找到的人物特质，移植到宝玉身上。比如一些豪门子弟身上你一般都能看到他们视金钱如粪土的特质或是宝玉和女孩亲近，女孩也容易和宝玉亲近，生活当中也找得到这种人。

宝玉最虚假的地方就是他对社会的一味排斥，拒绝成长，缺乏家庭和社会责任感，反传统。人毕竟是社会化的动物，社会化是我们都会有的特质，而宝玉却没有这个基本的特质，悠游其外，这太不现实。如果人都不愿意长大，那社会就没法进步了。袭人就说过我们都不是孩子了，你还想像以前小孩那样玩，怎么行？拒绝长大，认为长大就变得现实，变得世俗，就会去做一些自己不愿意做的事情，这就是宝玉。就宝玉本身性格来说他也不是如意郎君，宝玉性格上很软，一切对于世俗社会的“革命”基本停留在嘴上；宝钗一说仕途经济，他就跟别人说这是混账话，但是当他爹这个世俗世界的权威向他发难要他读书的时候，他只有顺从的份；当金钏因为自己被王夫人责骂的时候，他还是选择了躲避，少了一点担当。贾宝玉是贾府“安富尊荣者”之一，他以自我为中心、自私任性。对贾府的生死存亡毫不关心。这些都最终导致他缺少责任与担当，缺少力量与勇气，拒绝成长。

他就是一个孩子而已，虽然很可爱但是并不成熟，无法担负社会给他的责任。他为美而活，一直护卫着美。看过《红楼梦》，应该知道宝玉说过，你们都不在了，我还不如死了；他活着的价值是和他认为美的东西相伴一生，而不是像普通人那样为名为利奔忙，女孩子柔弱细腻的内心，姣好清丽的面容就是他在这肮脏世界看到的不多的美丽处，是他活着的重要理由。

（三）情境提问

《红楼梦》第三十六回《识分定情悟梨香院》选文中的事件对宝玉产生了怎样的影响？

（四）答案示例

见附录。

三、对比阅读

（一）作品精彩选文

杜梨树下的约定

现在，已是下午了。他斜躺在一片草地上，出神地看着眼前几朵碎金似的小黄花。偏西的太阳温暖地照耀着山野。春风柔得似乎让人感觉不到。周围没有任何一点声响。过分的寂静中，他耳朵里产生了一种嗡嗡的声音。这声音好像来自宇宙深处，或沉闷，或尖锐，但从不间隔，像某种高速旋转的飞行器在运行。而且似乎就是向他飞来了。

他久久地躺着，又像往日那样，痛不欲生地想着他亲爱的晓霞，思维陷入到深远的冥想之中，眼前的景色渐渐变成了模糊的缤纷的一片，无数橘红色的光晕在这缤纷中静无声息地旋转。他看见了一些光点在其间聚集成线；点线又组成色块；这些色块在堆垒，最后渐渐显出了一张脸。他认出了这是晓霞的脸。她头稍稍偏歪着，淘气地对他笑。这张脸是有动感的，甚至眼睫毛的颤动都能感觉到。嘴在说着什么？但没有声音。这好像是她过去某个瞬间的形象……对了，是古塔山杜梨树下那次……他拼命向她喊叫，但发不出声音来。不然，她肯定会看见他的泪水了。无论怎样无声地喊叫，那张亲爱的笑脸随着色块的消失，最后消失在了那片缤纷之中……

不久，连这片缤纷也消失了。天空，山野，又恢复了原来的样子，他还斜躺在这块草地上。寂静。耳朵里又传来了那嗡嗡声。不过，这嗡嗡声似乎越来越近，并且夹带着哨音的尖锐呼啸。他猛然看见，山坳那边亮起一片橙光。那嗡嗡声正是发自那橙光。橙光在向他这边移来。他渐渐看清，橙光中有个像圆盘一样的物体，外表呈金属质灰色，周围有些舷窗，被一排固定不变的橙色光照亮；下端尚有三四个黄灯。圆盘直径有十米左右，上半部向上凸起，下半部则比较扁平。

圆盘悬停在离他二十米左右的地方。那东西离地面大概只有几厘米。

他看见，从圆盘中走出了几个人，外形非同寻常，少平畏惧地看见，那些人只有一米二三高，脑袋上戴着类似头盔的东西，背着背包或者说是箱子；其颜色和头盔相似，是暗灰色。从背包上部伸出一根套管，经过脖颈与头盔相连。另一根似乎更细的套管同那些人鼻部与背部的背包相连。一共三个人。他们一走出圆盘，使用一个成反T子形的仪器，似乎在勘察地面。仪器两侧不时射出闪光，像电焊发出的电弧光一样。

他们发现了我吗？他想。

他索性咳嗽了一声。那三个忙于“工作”的人回头看了看，两个人继续开始干活，没有理他；而另外一个人却向他走过来。他得到了心电感应：“你不必害怕。”

那人站到了他面前，他看见，这人两只眼很大，没有鼻子，嘴是一条缝。手臂、大

腿都有，膝盖也能弯曲，戴一副像是铝制成的眼镜。身上有许多毛。脚类似驴和山羊那样的蹄子。

“你好！”这个人突然开口说话了，而且是一口标准的北京普通话。

孙少平吓了一大跳。不过，由于他说的是“人”话，这使他镇定下来。

他立刻产生了很想和这个人交谈的愿望。

他问：“你们来自哪里？”

“我们来自银河系，就是你地球人说的‘外星人’。”“我读过几本有关外星人的书，说你们用心电感应和我们沟通思想。是这样吗？”少平问。

外星人：“是，我们能这样。”

孙少平：“你们能猜测我们所思考的问题吗？”

外星人：“那当然。不过，一般我们不想进入别人心中。如果这样的话，我们连没有必要知道的事都知道了。”

孙少平：“那么说，刚才我见我死去的女朋友，这是你们为我安排的？”

外星人：“是的。你思念你女朋友的念力太强大，使得我们不得不捕捉。我们同情你，就用我们的方法让你看见她。我们储存着地球上所有人的资料。”

孙少平：“你能让她再活过来吗？”

外星人：“不能。连我们对自己的生命也做不到这一点。不过，我们的寿命很长，平均年龄要超过两千岁，当然是换算成地球标准的年龄。”

孙少平：“那么你多少岁了？”

外星人：“换算成你们的年龄是六百岁。在我们那里，算是年轻人。按你们这个国家的新说法，可以属于‘第三梯队’。”

孙少平：“就我们看来，活得那么长，这已不是生命，而只是一种灵魂的存在了。”

外星人：“对，也不对。某些生命达到了高度完美，精神就不再需要物质肉体，就好像是生活在纯粹的精神世界。因此用你们进化论的水准实际上不可能与他们接触。”孙少平：“你的中国话说得非常好……”

外星人：“地球上自古到今的所有语言我们都懂。我们有这些语言的完整资料，学习某种语言用不了几天，一种特别装置把我们和类似电脑的东西连接起来，这些语言就像出自本心一样，自动就说出来了。我现在可以用黄原方言和你交谈。”

孙少平：“你们对地球抱什么态度？是好意还是恶意？”外星人（用黄原方言）：“大部分外星人从不加害于你们。当然，太空中也有个别邪恶的生物，把你们抓回到他们的星球做杂工。你们地球历史上常有大量人集体失踪的事件。你可能不知道，美国一位专门研究超自然现象的专家自赖特·史德加博士，就写过一本《奇异的失踪》的书，收集了不少集体失踪事件，所牵涉的人数，由最少十二人到最多四千人……”

孙少平：“呀，你的黄原话简直让我感到像老乡一样亲切！那么，我想问，你们的飞碟为什么降落在这地方？你们在这里干什么？”

外星人："我们对地球上这一带的地质情况很感兴趣。我们想了解这里在地球第四纪以前所形成的基岩情况。你们也已经通过古地磁测定而知道，整个黄土高原至少从更新世纪起，就已开始堆积，按你们的时间算，距今已二百四十万年了。从那时以来，在整个第四纪期间，黄土沉积面积逐步扩大，形成了大面积连续覆盖，将第四纪前形成的基岩，除高耸的岩石山地之外，大都掩埋于其下了……"

孙少平："老实说，我不太懂这些。你们一定都是无所不知的超人吧？有部美国电影就叫《超人》，是描写你们怎样完美无缺而力大无穷的。"

外星人："这是浪漫的美国人的幻想。我们不是超人，也绝非十全十美，和你们一样必须不断进化。当然，我们要比你们先进得多。我们的祖先和我们都对不断发达的地球人承担着某种义务，想对你们的某些人用心电感应来给予帮助，使你的人种进化更高的阶段。我们已经为你们做过许多事，不过你们不得而知罢了。"

孙少平："那你们为什么不和地球上的各国政府接触呢？"外星人："很遗憾，你们地球上的许多政府都被少数人占有。如果他们获得我们的技术，就会情不自禁想支配整个地球。我们绝不相信这些少数人能维持地球的秩序。他们连自己国家的和平都维持不了，怎么可能维持全球的和平呢？"孙少平："噢，对了，我还想告诉你，我的妹妹在大学学的正是有关于天体物理的课程……"

外星人："那里的情况我们知道。尽管那些课程过于原始和简单，但你妹无疑将是你们国家最为出色的天体物理学专家之一……"

孙少平还想问外星人一些问题，但他突然举起毛茸茸的胳膊前后摆了摆——这大概是他们和人告别的方式，就转过身向另外两个同类走去。紧接着，他们就钻进那个发橙光的圆盘中了。嗡嗡声越来越强烈，类似一种发动机加速的声音。飞碟下面立刻喷射出巨大的火焰——不，不是火焰，是一片黑暗……

……孙少平从草地上睁开眼，发现天已经全黑了；夜空中星星在闪烁着，一弯新月正从山坳那边升起来。

他心惊地一下子坐起，从头到脚淌着冷汗他有一种跌落在地的感觉。发生了什么事？他问自己。刚才那一切是真实的，还是他做了一场梦？

他肯定了这是一场梦。他曾在妹妹那里拿过几本有关飞碟的书，里面就有许多这样被称作为"第三类接触"的事件。他多半是把这些类似的事件带进了梦中。

可是，他心中又隐约地怀疑，这是否就是梦境？是不是他也真的发生了"第三类接触"？他睡了多少时间？他赶忙看了看手腕，发现没有戴表。要是戴表就好了，他可以知道是否"丢失"了时间。他记得他躺在这儿的时候，还是下午，现在天已经黑了。那么，时间没有丢失？这的确是一场梦？可一切为什么又那样具体，那样有头有尾？

孙少平环顾四野，一片苍茫，一片荒凉，只有归巢的鸟儿在昏黄的天色中发出叽叽喳喳的鸣叫声。

他突然感到一种莫名的恐怖，他一闪身站起来，摸索着向矿区那面的山岗跑去——他要很快看见灯火，回到人们中间去！

（节选自《平凡的世界》[63]，题目为编者所加）

（二）选文欣赏

忠贞不渝的爱情

读《平凡的世界》，令人感动的点有很多，如果非要选出一个“之最”，莫过于孙少平与田晓霞那种跨越阶层、跨越生死、直击灵魂的忠贞不渝的爱情。我知道，人们一定会非议它在现实生活中不可出现。我则认为，难，但未必没有。至少类似的爱情，在一个人的少年、青年时代是实际存在的。不信，完全可以回顾或观察那些校园时期的爱情，甚至刚步入社会时期的都市爱情。你会找到例证。晓霞与少平，爱情的根基在于灵魂上的匹配，晓霞家世优秀，少平则经历磨炼，一个新时代女青年爱上一个有知识、有责任感、身材魁梧、相貌英俊、浑身散发着男性魅力的揽工小子，怎么不可能？现实中，两人的路线图就很可能是，晓霞托关系将少平调离煤矿，或者少平通过自己学习提升为工程师类的岗位，最终结婚生子，过上与所有夫妇几乎一样的日子，一起老去，或者再面临一些新的波折。但那样，就太平实了，或许本看似不凡的生命真正走向真正平凡的结局，才真会让读书者感到失望，即便书名承认这种“平凡”。

孙少平的痴情让我们为之动容。

书名中的“平凡”更多强调的是人和事，我认为不平凡的应该是人的精神，尤其是田晓霞和孙少平之间最崇高的爱情，这是一种超越的精神之爱，拥有使人灵魂上升的力量。他们志同道合、纯真、炙热，这是世间高贵而珍贵的爱。

（三）情境问答

《红楼梦》中的贾宝玉和《平凡的世界》里的孙少平对待爱情有何异同？

（四）答案示例

见附录。

[63]　路遥．平凡的世界[M]．北京：十月文艺出版社，2017.6.

四、体验感悟

（一）感悟示例

青春的心境

有位诗人说，青春不是年华，而是心境。我们无疑可以通过《红楼梦》充分感受到他的青春气息，宝玉毫不掩饰自己内心对自然、美丽、自由的真诚向往。他喜欢大自然天然的悠然与雅静，却讨厌人为装扮的矫揉的稻香村；他喜欢清洁如水的女儿，却讨厌沾染世俗之气的妇女；他喜欢能体悟到自由心灵的真性情作品，却讨厌迂腐呆板的死书。他是追求自由与美的使者，具有永恒的青春。

我们大多数高中生物质条件优厚，有父母长辈的爱与期许，都应该和贾宝玉有同样成长的烦恼，应该能够和宝玉产生心灵的共鸣，宝玉的纯真、对善良的坚持和对美的热爱，应该可以鼓励我们当下的很多高中生在精神成长过程中，不被世俗的诱惑影响，坚守住内心的纯真与善良，永远葆有青春的心境。

（二）感悟空间

参考文献：

【1】白先勇 .《细说红楼梦》[M]. 桂林 : 广西师范大学出版社 ,2017.2.

【2】蒋勋 .《蒋勋说红楼梦》[M]. 北京 : 中信出版集团 2017.3.

第五章　走进平凡的世界 遇见更好的自己

付秀华

第一节　在陌生的境遇里打开局面

一、生活情境

在生活中，你是否有过面对满眼陌生的那种孤独和无助的体验？也许那种无措、心悸的感觉因为埋藏在心里太久而被淡忘了，但事实上，我们总会与它不期而遇。因为我们即将面对的全新环境未必会如你所愿地准备好鲜花和掌声，甚至有时可能会是冷眼、不屑与嘲弄，凡此种种，会让你觉得自己如同置身于一片荒无人烟的旷野，茫然、无助、恐慌……怎样才能在一个陌生的境遇中打开局面呢？

二、精彩原文欣赏

（一）精彩原文

初到黄原[64]

当孙少平背着自己的那点破烂行李，从拥挤的汽车站走到街道上的时候，他便置身于这座群山包围的城市了。他恍惚地立在汽车站外面，愣然地看着这个令人眼花缭乱的世界。他虽然上高中时曾因参加故事调讲会到这里来过一次，但此刻呈现在眼前的一切对他来说，仍然是陌生的。

一刹那间，他被庞大的城市震慑住了，甚至忘记了自己的存在。

到东关大桥头的时候，他看见街道两边的人行道上，挤满了许多衣衫不整或穿戴破烂的人。他们身边都放着一卷像他一样可怜的行李；有的行李上还别着锤、钎、刨、錾、方尺、曲尺、墨斗和破篮球改成的工具包。这些人有的心慌意乱地走来走去；有的麻木不仁地坐着；有的听天由命地干脆枕着行李睡在人行道上。少平马上知道，这就是他的世

[64]　路遥 . 平凡的世界 [M]. 北京：十月文艺出版社 ,2017.5.

界。他将像这些人一样，要在这里等待人来买他的力气。

他不熟练地卷起一根旱烟棒，靠着自己的铺盖卷抽起来。此时已经是下午，黄原河被西斜的太阳照耀得一片金光灿烂。河西大片的楼房已经沉浸在麻雀山的阴影中。刚从寂静的山庄来到这里，城市千奇百怪的噪音听起来像洪水一般喧嚣。尽管满眼都是人群，但他感觉自己像置身于一片荒无人烟的旷野里。一种孤单和恐慌使他忍不住把眼睛闭起来。

孙少平尽量使自己的精神振作起来。他想，他本来就不是准备到这里享福的。他必须在这个城市里活下去。一切过去的生活都已经成为历史，而新的生活现在就从这大桥头开始了。他思量，过去战争年代，像他这样的青年，多少人每天都面临着死亡呢！而现在是和平年月，他充其量吃些苦罢了，总不会有死的威胁。想想看，比起死亡来说，此刻你安然立在这桥头，并且还准备劳动和生活，难道这不是一种幸福吗？你知道，幸福不仅仅是吃饱穿暖，而是勇敢地去战胜困难……是的，他现在只能和一种更艰难的生活比较，而把眼前大街上幸福和幸运的人们忘掉。忘掉！忘掉温暖，忘掉温柔，忘掉一切享乐，而把饥饿、寒冷、受辱、受苦当作自己的正常生活……

麻雀山后面最后一缕太阳的光芒消失了。天色渐渐暗下来。街上和桥上的路灯都亮了——黑夜即将来临。大桥头的人群稀疏起来。

孙少平仍然焦急地立在砖墙边上。看来这工不好上！至少今天是没有任何希望了！

那么，他晚上到什么地方住呢？

本来他可以去找金波。但他不愿找他。他不愿意这么一副样子去找他的朋友。当然，他可以去住旅社——他身上带着哥哥给的十五块钱。旅社很容易找。东关街巷的白灰墙上，到处画着去各种旅社的路线箭头，纷乱地指向东面梧桐山下层层叠叠的房屋深处。

但他舍不得花钱。

他想到了车站的候车室。是呀，那里有长木栏椅子，睡觉蛮好的！

他于是就提起那点行李，重新返回到长途汽车站。

他在候车室门口就被一位戴红袖标的值勤老头拦挡住了。这里不让住宿！

唉，不让住也有道理。如果这里可以过夜，那么揽工汉把这地方挤不破才怪哩！

他碰了一鼻子灰，只好离开了。

孙少平扛着自己的被褥，手里拎着那个破黄提包，回避着刺目的路灯光，顺着黑暗的墙根，又返回到了大桥头。这大桥无形中已经成了他的“家”。现在，揽活的人大部分都离开了这里，街头的人行道被小摊贩们占据了。

他走到桥中央，伏在水泥桥栏杆上，望着满河流泻的灯火，心绪像一团乱麻。他现在集中精力考虑他到什么地方去度过这个夜晚。

他突然想起，离家时父亲曾告诉过他，黄原城有他舅一个叔叔的儿子，住在北关的阳沟大队，有什么事可以去找他。尽管这亲戚关系很远，但总算还能扯上一点，比找纯粹的生人要强。要不要去找这位远亲舅舅呢？

但少平想，他人生路不熟，得边走边打听，赶天明都不一定能找见这家亲戚。

他猛然想起了一个半生不熟的人：贾冰。

是的，或许可以去找他？贾老师是个诗人，说不定他会更理解人，而不至于笑话他的处境。他那年来黄原讲故事，和晓霞一块跟着当时的县文化馆杜馆长，应邀去贾老师家吃过一顿饭。记得他们家有好几孔窑洞，说不定能在那里凑合几个晚上呢！只要晚上有个住处，白天他就可以到大桥头来找活；只要找下活干，起码吃住就有了着落。

这么想的时候，孙少平已经起身往贾冰家走了。

贾老师显然已经不认识他了。

“贾老师，我是孙少平……”他谦恭地说。

“孙少平？”贾老师仍然想不起来他是谁。

是的，他太平凡了。那年仅仅一面之交，还是杜馆长带着，人家怎么可能记住他呢？

“那年地区故事调讲会，我跟杜馆长来过你们家。我是原西县石圪节公社双水村的……”少平竭力提示贾老师，以便让他能想起他来。

“噢……”贾冰看来有点印象。

孙少平立刻用简短的话说明他的卑微的来意。

“那先回窑里再说。”贾冰从地上拾起他的黄提包，引着他进了窑。

窑里一位中年妇女正在一个大盆里翻洗猪肠子。贾冰对她说：“这是咱们县的一位老乡，到黄原来揽工，晚上没处住，找到这里来了。”

那位妇女大概是贾冰的爱人。她既没看一眼少平，也没说话，看来相当不欢迎他这个不速之客。少平并不因此就对贾冰的爱人产生坏看法。他估计这家人已经不知接待了多少像他这样来黄原谋生的亲戚和老乡，天长日久，自然会生出点厌烦情绪来。

晚上，少平躺在自己单薄的被褥里，很久合不住眼。他想，这里看来只能借宿一个晚上。明天一早，他就应该去北关的阳沟大队找那位远门亲戚，争取在那里住下来。然后他得千方百计找个营生干；只要有活做，有个吃住的地方，哪怕先不赚钱都可以……

第二天窗户纸刚发亮，少平就悄悄地爬起来。

他到院子里的时候，贾冰一家人还在熟睡之中。

他很快离开这里，转到了街道上。

少平的心咚咚地跳着，兴奋地爬上了那个小土坡。

马顺两口子看来刚起床，尿盆都还没倒，两个孩子仍然在炕上睡觉。

当少平向他的亲戚说明他是谁的时候，没见过面的远门舅舅和妗子算是勉强承认了他这个外甥。

马顺看来有四十岁左右，一张粗糙的大脸上，转动着一双灵活的小眼睛。他不冷不热打量了他一眼，问：“你就这么赤手空拳跑出来了？”

“我的行李在另外一个地方寄放着，我想……”

少平还没把话说完，他妗子就对他舅恶狠狠地喊叫说：“还不快去担水！”

少平听声音知道她是向他发难。他于是立刻说："舅舅，让我去担！"说话中间，他眼睛已经在这窑里搜寻水桶在什么地方。

水桶在后窑掌里！他没对这两个不欢迎他的亲戚说任何话，就过去提了桶担往门外走。马顺两口子大概还没反应过来，他就已经到了院子里。

他舅撵出来说："井子你怕不知道……"

"知道！"他头也不回地说。

孙少平一口气给他的亲戚担了四回水——那口大水瓮都快溢了。

这种强行为别人服务的"气势"使亲戚不好意思再发作。马顺两口子的脸色缓和下来，似乎说：这小子看来还精着哩！

他舅对他说："你力气倒不小。是这，我一下子想起了，我们大队书记家正箍窑，我引你去一下，看他们要不要人。你会做什么匠工活？"

"什么也不会，只能当小工。"少平如实说。

"噢……我记得前两年老家谁来说过，你不是在你们村里教书吗？小工活都是背石头块子，你能撑架住？"

"你不要给人家说我教过书……"

"那好吧，咱现在就走。"

马顺接着就把少平引到他们大队书记的家里。

书记正和一个干部模样的人坐在小炕桌旁边喝啤酒。桌子上摆了几碟肉菜。

少平跟他舅进去的时候，书记没顾上招呼他们，只管继续对那个干部巴结地笑着说："……这地盘子全凭你刘书记了！要不，我这院地方八辈子也弄不起来……喝！"书记提起啤酒瓶子和那人的瓶子"咣"地碰了一下，两个人就嘴对着瓶口子，每人灌下去大半截。

把啤酒瓶放下后，书记才扭头问："马顺，你有什么事？"

他舅说："我引来个小工，不知你这里要不要人了？"

"小工早满了！"书记一边说，一边又掂起啤酒瓶子对在嘴巴上。不过，他在喝啤酒的一刹那间用眼睛的余光打量了一眼少平。

估计书记看这个"小工"身体还不错，就对那位干部说："你先喝着，我和他们到外面去说说！"

三个人来到院子里，书记问马顺："工钱怎么说？"

"老行情都是两块钱……"他舅对书记说。

书记嘴一歪，倒吸了一口气。

"一块五！"少平立刻插嘴。

书记"扑"一声把吸进嘴里的气吐出来，然后便痛快地对少平说："那你今天就上工！"

（二）原文欣赏

为自由起舞的灵魂

就在村里发生了翻天覆地的变化，家里的烂包生活也有了极大的改观的时候，孙少平却陷入了苦恼之中，这一点让他与安于现状、恪守命运安排的农民产生了巨大的差异。高中生活的经历和大量的阅读造就了他丰富的精神世界，而这样的精神世界是无法被他身边的人理解的。他内心痛苦而烦乱，为无法掌握自己的命运而极度苦闷；他渴望寻找自己的独立生活，哪怕比当农民更苦，只要像一个男子汉那样去生活一生，他就心满意足了。这也许就是青春的成长与张力，更是年轻的血液里独有的沸腾和激荡，他为此勇敢地开启了充满苦难与拼搏的、寻求自我生命价值的道路，像一个追求极致的舞者那样，决然无反顾。

品读小说，我们能深深体会到，在少平的认知世界里，无论是幸福还是苦难，无论是光荣还是屈辱，他都无比强烈地愿意自己去遭遇和承受，因为他知道，幸福不仅仅是吃饱穿暖，而是勇敢地去战胜困难。他的内心不断地向自己呐喊，他不能甘心在双水村静悄悄地生活一辈子！他强烈地感受到远方的召唤，他必须要走出双水村这个狭小的天地，显然他这种"闯荡世界"，不同于金富，更不同于他的姐夫王满银！为了灵魂的自由，他甘愿承受一切苦难，哪怕是头破血流。

带着不可预知的梦想，带着对自由灵魂的执着与向往，他果决地把自己孤零零地抛掷在令他眼花缭乱又无比陌生的黄原街头，他不允许自己有后退的道路，哪怕是一个犹豫的念头，甚至是与金波、晓霞这样的熟人见面。他只想一个人去触碰现实的冷峻，这或许是缘于一个青年的不谙世事，但我更愿意相信这是他作为一个青年人骨子里的高傲与自尊，正如他离开双水村不是选择离开农村辛苦的劳动生活，而是要离开父兄掌控和庇佑下的天空，他要做一个顶天立地的男子汉，做一个有独立价值的生命舞者，他要有属于自己的色彩和光芒。尽管他知道自己只能像大部分流落异地的农民一样去揽工——在包工头承包的各种建筑工地上去做小工，扛石头，提泥包，钻炮眼……他有足够的心理准备，即使现实的渺茫与无助还是令他心悸，即使那种孤单和恐慌无异于置身于一片荒无人烟的旷野，他也选择勇敢地去面对。

让我们来看看初到黄原的少平是怎样的一种境况，又遭遇了怎样的难堪：

孙少平赤手空拳来到黄原这个令人眼花缭乱的世界，身上只带着十几块钱，背着一点烂被褥。除过皮肤还不算粗糙外，跟那些流落街头衣衫不整或穿戴破烂的外乡人没有什么异样的。没有匠人的技术，没有强壮的身体，没有揽工的经验，走投无路甚至吃住都没有着落……他精神上的高傲在这里一文不值，但他很快就尽量使自己振作起来，因为他清楚自己本来就不是准备到这里来享福的。这看似是孙少平精神上的自我安慰，但我们却从中读懂了他面对苦难时内心的强大。

暮夜降临，晚上住在哪里是个难题。万般无奈之下孙少平选择投奔仅仅一面之交的诗人——贾冰老师，在他说明自己卑微的来意后，贾冰的爱人既没看他一眼，也没说话，少平敏感地领会到了她对自己这个不速之客的厌烦。

在贾冰老师家隔壁一个放杂物的小土窑熬过了一个晚上的孙少平，一大清早好不容易找到了住在阳沟大队的他舅的叔叔的一个儿子家，兴奋之情还没来得及表达，他便在没见过面的远门舅舅"不冷不热"的眼神和妗子"恶狠狠地喊叫"声中，感受到了自己的不受欢迎，但他没有用任何语言去解释、去攀关系甚至去讨好，而是走过去提了桶担就往门外走，"一口气给他的亲戚担了四回水——那口大水瓮都快溢了"，他这种"强行为别人服务的'气势'"让亲戚不欢迎的脸色"缓和下来"，态度由排斥、冷拒到接纳、认可，甚至在少平强大的行动力的刺激下，为他想到了一个可以揽到的活计。

少平不让亲戚透露自己在村里教书的经历，或许是他不想被照顾，也或许是不想因为自己没有揽工的体力被人看不起；舅舅马顺跟书记谈工钱时，少平看到书记"倒吸了一口气"的迟疑，立刻插嘴说"一块五"，他这样低价地把自己"卖"出去的果决与狠厉，让书记"痛快"地做出了"你今天就上工"的决定，他为自己争取到了来黄原后的第一个揽工的机会，也终于在黄原这块土地上找到了一个立足之地。

从含泪离开双水村到放低自尊、忍受屈辱地争取到第一个做小工的活儿，孙少平一步步走在成长的道路上。他把苦痛费力地踩在脚下，昂起头来坦然地面对未知的困境，这一切都源自他内心对未来的憧憬和对掌控自我命运的坚定与执着。毋庸置疑，这一路必将充满困苦和艰难，而他则像极了一个在铺满了破碎的水晶的舞台上扭动着身姿的舞者——痛，但却不遗余力地追求着自我的价值和希望。

（三）情境提问

孙少平初到黄原揽工，遇到了冷眼、质疑、否定，甚至是嘲笑、拒绝等等，但他倔强地扛了下来。有人认为少平有敢于闯荡陌生世界的勇气和胆量，对他的行为大加赞赏；有人却认为他的选择过于轻率和荒唐，农村的生活已经开始变得有希望，他们家的生活和哥哥的事业都在向着好的方向发展，前景辉煌不说，也正是需要人手的时候，他此时选择离开是不是缺少了些对家庭的担当与责任？他为什么不在属于自己的世界寻找生路，而非要到陌生的天地经历种种艰难困苦去闯荡呢？

（四）答案示例

见附录。

三、对比阅读

(一)《红楼梦》选文

初入贾府[65]

黛玉虽不识，也曾听见母亲说过，大舅贾赦之子贾琏，娶的就是二舅母王氏之内侄女，自幼假充男儿教养的，学名王熙凤。黛玉忙陪笑见礼，以“嫂”呼之。这熙凤携着黛玉的手，上下细细打谅了一回，仍送至贾母身边坐下，因笑道：“天下真有这样标致的人物，我今儿才算见了！况且这通身的气派，竟不像老祖宗的外孙女儿，竟是个嫡亲的孙女，怨不得老祖宗天天口头心头一时不忘。只可怜我这妹妹这样命苦，怎么姑妈偏就去世了！”说着，便用帕拭泪。贾母笑道：“我才好了，你倒来招我。你妹妹远路才来，身子又弱，也才劝住了，快再休提前话。”这熙凤听了，忙转悲为喜道：“正是呢！我一见了妹妹，一心都在他身上了，又是喜欢，又是伤心，竟忘记了老祖宗。该打，该打！”又忙携黛玉之手，问：“妹妹几岁了？可也上过学？现吃什么药？在这里不要想家，想要什么吃的、什么玩的，只管告诉我；丫头老婆们不好了，也只管告诉我。”一面又问婆子们：“林姑娘的行李东西可搬进来了？带了几个人来？你们赶早打扫两间下房，让他们去歇歇。”

说话时，已摆了茶果上来。熙凤亲为捧茶捧果。又见二舅母问他：“月钱放过了不曾？”熙凤道：“月钱已放完了。才刚带着人到后楼上找缎子，找了这半日，也并没有见昨日太太说的那样的，想是太太记错了？”王夫人道：“有没有，什么要紧。”因又说道：“该随手拿出两个来给你这妹妹去裁衣裳的，等晚上想着叫人再去拿罢，可别忘了。”熙凤道：“这倒是我先料着了，知道妹妹不过这两日到的，我已预备下了，等太太回去过了目好送来。”王夫人一笑，点头不语。

当下茶果已撤，贾母命两个老嬷嬷带了黛玉去见两个母舅。时贾赦之妻邢氏忙亦起身，笑回道：“我带了外甥女过去，倒也便 (biàn) 宜。”贾母笑道：“正是呢，你也去罢，不必过来了。”邢夫人答应了一声“是”字，遂带了黛玉与王夫人作辞，大家送至穿堂前。……一时人来回话说：“老爷说了：‘连日身上不好，见了姑娘彼此倒伤心，暂且不忍相见。劝姑娘不要伤心想家，跟着老太太和舅母，即同家里一样。姊妹们虽拙，大家一处伴着，亦可以解些烦闷。或有委屈之处，只管说得，不要外道才是。’”黛玉忙站起来，一一听了。再坐一刻，便告辞。邢夫人苦留吃过晚饭去，黛玉笑回道：“舅母爱惜赐饭，原不应辞，只是还要过去拜见二舅舅，恐领了赐去不恭，异日再领，未为不可。望舅母容谅。”邢夫人听说，笑道：“这倒是了。”遂令两三个嬷嬷用方才的车好生送了姑娘过去。于是黛玉告辞。邢夫人送至仪门前，又嘱咐了众人几句，眼看着车去了方回来。

[65] 曹雪芹，高鹗．红楼梦 [M]. 北京：人民文学出版社，1985.2.

……

王夫人却坐在西边下首，亦是半旧的青缎靠背坐褥。见黛玉来了，便往东让。黛玉心中料定这是贾政之位。因见挨炕一溜三张椅子上，也搭着半旧的弹墨椅袱，黛玉便向椅上坐了。王夫人再四携他上炕，他方挨王夫人坐了。王夫人因说："你舅舅今日斋戒去了，再见罢。只是有一句话嘱咐你：你三个姊妹倒都极好，以后一处念书认字学针线，或是偶一顽笑，都有尽让的。但我不放心的最是一件：我有一个孽根祸胎，是家里的'混世魔王'，今日因庙里还愿去了，尚未回来，晚间你看见便知了。你只以后不要睬他，你这些姊妹都不敢沾惹他的。"

……

于是，进入后房门，已有多人在此伺候，见王夫人来了，方安设桌椅。贾珠之妻李氏捧饭，熙凤安箸，王夫人进羹。贾母正面榻上独坐，两边四张空椅，熙凤忙拉了黛玉在左边第一张椅上坐了，黛玉十分推让。贾母笑道："你舅母你嫂子们不在这里吃饭。你是客，原应如此坐的。"黛玉方告了座，坐了。贾母命王夫人坐了。迎春姊妹三个告了座方上来。迎春便坐右手第一，探春左第二，惜春右第二。旁边丫鬟执着拂尘、漱盂、巾帕。李、凤二人立于案旁布让。外间伺候之媳妇丫鬟虽多，却连一声咳嗽不闻。寂然饭毕，各有丫鬟用小茶盘捧上茶来。当日林如海教女以惜福养身，云饭后务待饭粒咽尽，过一时再吃茶，方不伤脾胃。今黛玉见了这里许多事情不合家中之式，不得不随的，少不得一一改过来，因而接了茶。早见人又捧过漱盂来，黛玉也照样漱了口。盥手毕，又捧上茶来，这方是吃的茶。贾母便说："你们去罢，让我们自在说话儿。"王夫人听了，忙起身，又说了两句闲话，方引凤、李二人去了。贾母因问黛玉念何书。黛玉道："只刚念了《四书》。"黛玉又问姊妹们读何书。贾母道："读的是什么书，不过是认得两个字，不是睁眼的瞎子罢了！"

……

（二）选文欣赏

幼入侯门，掩尽恓惶

相比于高中毕业后初到黄原的孙少平所受到的种种冷遇，尚处于幼年的林黛玉来到贾府——陌生的外祖母家，所要面对的情况却是复杂多了。

也许是受87版《红楼梦》视觉效果的直接影响，也许是《红楼梦》自身的纷繁复杂所致，总之，我们在领略大观园的美好时，似乎从未在这些人的年龄上做更多的思考，隐隐觉得是一群青年男女成长中发生的故事。然而当我们结合相关的情节去思考推断的时候，才恍然间有了更进一步的理解，也更加对小小年纪就要经历人世间最惨痛的离别和最繁复的人际关系的黛玉心生怜惜。

林黛玉进贾府时的年龄，一直都是一个争议中的问题。有人说六岁、七岁，有人说九岁、十岁，甚至是十一到十三岁。那么究竟应该是几岁呢？我们不妨回归原著内容。第

二回，作者借贾雨村之口交代黛玉的年龄，“今只有嫡妻贾氏，生得一女，乳名黛玉，年方五岁”，之后又说：“堪堪又是一载的光阴，谁知女学生之母贾氏夫人一疾而终。”由此可知，黛玉在母亲去世的时候，刚好六岁。在四十五回中林黛玉说“我长了今年15岁”……由于篇幅关系，这里我们不做更深入的研究，但可以明确的一点是，黛玉初到贾府时，年龄不足十岁。

本部分是林黛玉初进贾府的相关情节，节选自《红楼梦》第三回，关于这一回目，白先勇先生认为庚辰本“贾雨村夤缘复旧职，林黛玉抛父进京都”中“抛父”这两个字用得不当，在这里我无意辨析词语的古今意义的差异和语境氛围的不同，而小说中有这样的交代：“那女学生黛玉，身体方愈，原不忍弃父而往；无奈他外祖母致意务去”，可见黛玉离开父亲进京原非本意，故“抛”字与今天的“抛弃”是有语义上的不同的，其应近乎等同于“无奈离开”。

不足十岁的黛玉只是带了一个自幼的奶娘和一个十岁的小丫头，就离开了虽缺少了些母亲的温暖却还有倚仗的家，其洒泪拜别父亲、投奔从未谋面的外祖母时，心中该是有着怎样的悲伤、不舍、凄惶、无奈与无助呢?

然而外祖母家的豪门深院是其自带的底气，贾府的院落建筑、服饰礼节和世袭贵族的文化内涵等等透示给黛玉的都是刻进骨子里的尊荣富贵。

从硬件环境来看，贾府的建筑规模之宏大，自然是巡盐御史林如海家无法匹敌的。《红楼梦》的作者虽然极力采用了模糊朝代的写法，但是很多事件和现象表明，小说写的应该是明清时期的事情。有资料表明，明清时官员的住房基本上采取依照级别“福利分房”的制度。大致说来——一品官住房20间；二品官住房15间。贾家一门两公，宁国公贾演、荣国公贾源极尽荣宠，我们虽无法考证其位列几品，但他们从军功出身，也是为国历尽生死的人，“敕造”表明其地位显赫，贾府建筑规模的庞大也是合乎情理的。

这封闭的大宅府——贾府，一进、两进、三进、四进、五进……其规模之宏大雄伟、外观的豪华富丽、布局之讲究精妙，对黛玉的内心必然会造成微妙的影响。一个孤女，没有父母的护爱，进了豪门大宅，心中定是孤立无助、没有安全感的。黛玉原本极其敏感聪慧，又非常自傲，这样的环境无疑更坚定了她“步步留心，时时在意”的处世原则。

其次，从人的方面来看，单是丫鬟人数的对比，其数量之悬殊又给内心敏感的黛玉增添一层自我维护的意识。

林黛玉进贾府的时候，只带了年老的奶娘王嬷嬷和尚处幼年的小丫头雪雁两个人。再看贾府，王熙凤出场时是被一群媳妇丫头围拥着，而迎春等人，“每人除自幼乳母外，另有四个教引嬷嬷，除贴身掌管钗钏盥沐两个丫鬟外，另有五六个洒扫房屋来往使役的小丫鬟”，如此算来，每人至少有十几个仆人，近乎是黛玉仆人数量的六倍。其人数之众多，等级之森严，礼节之繁复，无处不令人敛声屏气，处处显现着封建大家庭的威严与神圣不可侵犯。“寄人篱下”的黛玉，“上无亲母教养，下无姊妹兄弟扶持，只好依傍外祖母”，如此，她有很强的自尊心，也必然有很强的自卑感。

再者，复杂的人际关系更是让黛玉不能放下紧绷着的心弦。

母亲去世后，今后的生活不得不“依傍外祖母及舅氏姐妹”，而黛玉“常听得母亲说过，他外祖母家与别家不同”，这里的“常”字就很耐人寻味，可见贾敏生前就很重视把自己当年在家生活的体验与感悟传授给黛玉。“近日所见的这几个三等仆妇，吃穿用度，已是不凡了，何况今至其家。”有了这样的认知，聪慧敏感的黛玉自然“不肯轻易多说一句话，多行一步路，生恐被人耻笑了他去”。

尽管外祖母“一把搂入怀中”，“心肝儿肉”地叫她，宝贝儿似的疼她，但寄人篱下之感总是如影相随。自尊且敏感的黛玉怎能不知道贾母疼她，是因为爱屋及乌，是因为她身世的可怜；而熙凤等人跟她亲热，所为只是贾母。大舅母邢夫人，在此一回，对黛玉还是表现出了相当的热情，亲自带她见贾赦，又留饭，又目送林黛玉的车远走，这个场景里的邢夫人，虽然也是应景，但还透着些亲切与情分。

再看王夫人，在王熙凤拉着黛玉问寒问暖，对林黛玉夸赞不停，说林黛玉像贾母的嫡亲孙女的时候，她突然插话问王熙凤“月钱放过了不曾”，为何不早不晚，偏偏在这个时候冷静地发问呢？由此我们不得不去揣测一下她对林黛玉的态度。

王熙凤对林黛玉说“想要什么吃的、什么玩的，只管告诉我；丫头老婆们不好了，也只管告诉我”。一面又问婆子们：“林姑娘的行李东西可搬进来了？带了几个人来？你们赶早打扫两间下房，让他们去歇歇。”一面以高度的、充满亲热之情的言语盛赞黛玉、吹捧贾母，又一面忙中不乱地安排黛玉的起居生活，彰显自己的管家能力，几乎无视王夫人在场。作为贾府实际掌权人的王夫人突然的发问及对话，将整个热烈的场面降温了许多，而且二人的对话，黛玉根本就无处插嘴，由场面中的核心人物突变为可有可无的配角，我们不得不猜测这也许是“木头似的”王夫人不善表达关心与亲情的一种表现，也或许是她对大家关心疼爱黛玉心理不够舒坦……包括在耳房内见黛玉时，让她不要理睬自己的“混世魔王”宝玉等等，都给人一种复杂、难测之感。

由此可见，黛玉在贾府中处于一个非常微妙的地位。贾母的疼爱，让她得以与宝玉并肩，位列“迎探惜”之上；而她人单势微，无所依仗，很难真正被他人重视。但如此孤弱的她却别无选择，只能掩藏起内心的恓惶，打起十二分精神，步步留心，时时在意，以知书达礼、举止有度的形象示人，可她毕竟还只是一个不足十岁的孩子，寄人篱下的处境让她从此再无随性无忧的童年，想来让人心生怜惜之感。

（三）情境提问

林黛玉初到贾府，面对这个诗礼簪缨、等级森严、纷繁复杂的封建大家庭，她的“步步留心，时时在意”表现在哪些地方？

答案示例

见附录。

四、体验感悟

重塑自我是一种勇气

外面的世界很精彩，我们也常戏谑说：世界那么大，我想去看看。

然而出门在外，世界并非一定能在你面前打开一片美好，有时那种陌生中夹杂的冷酷与刁难也是需要我们有足够的心理准备来应对和接受的。就像孙少平来到黄原经历了找活计的不易、亲戚的冷漠、包工头的为难等等，然而他以独有的坚定、顽强，甚至是以对自己足够狠的方式闯出了一条充满荆棘和血汗、平凡但却不平庸的道路。他把一切屈辱、折磨、磨难看作是考验，更当成是通往成功的阶梯。这种异乎常理的“苦难观”让他在困境中勇于跋涉，在绝境中有坚持的信念，在寻常中凸显不俗，更在陌生的世界里获得了尊严与价值。

孙少平、林黛玉虽然生活在完全不同的时代，但是作为一个青年甚至一个尚处幼年的女孩子，他们在独自面对陌生世界的时候，所表现出来的顽强执着、礼数周全都堪称是教科书级的典范。他们的经历和表现告诉我们：首先必须要清楚我们为什么要来到这个陌生的环境，就像少平是为了寻找出路，黛玉是为了过一种有亲人陪伴、不那么孤单、凄凉的生活。明白了目的，那么自我的感受就不是我们判断或融入新环境的标准了，而我们能带给他人什么、能留给他人什么印象就极为重要了。少平以不顾他人白眼的强行为人服务和不计得失的方式打动他人，他的吃苦耐劳、坚忍顽强融化了外部世界的冷漠，甚而是赢得了他人的尊敬。初入贾府，黛玉的谦退知礼、谨慎细心让她的美貌更加不俗、惹人怜爱……

没有任何一个崭新的世界是为我们准备好的，要想获得他人的认可与好感，就必须为之做出足够的努力与牺牲，这是一种素养，一种必备的生存能力，更是一种极佳的精神品质。

参考文献：

【1】路遥 . 平凡的世界 [M]. 北京 : 十月文艺出版社 ,2017.5.

【2】厚夫 . 路遥传 [M]. 北京 : 人民文学出版社 ,2015.1.

【3】曹雪芹 , 高鹗 . 红楼梦 [M]. 北京 : 人民文学出版社 ,1985.2.

【4】白先勇 . 细说红楼梦 [M]. 广西 : 广西师范大学出版社 ,2017.2.

【5】李鸿渊 . 红楼梦人物对比研究 [M]. 浙江 : 浙江大学出版社出版 ,2011.12.

【6】赵国栋 . 红楼梦与 < 宋史 > 的关联 [J]. 开封教育学院学报 ,2010 年 02 期 .

【7】曹立波 . 红楼十二钗评传（插图增订本）[M] 北京 : 人民文学出版社 ,2018.11.

第二节　奋斗者之歌

一、生活情境

初到黄原的孙少平让我们明白：当一个人有了实现梦想的强烈渴望时，他会变得更加顽强，会懂得如何对待自己内心的抗拒以及他人的冷眼与嘲讽；一个人只有知道自己为什么而活，才能忍受任何一种生活并在奋斗中为自己赢得尊严。那么，让我们一起来找一找：自己的身上有没有孙少平的某种特质？我们的身边有没有孙少平一样的朋友、同学或亲人？

二、精彩原文欣赏

（一）精彩原文

1. 艰苦中的拼搏[66]

吃过中午饭，少平就上了工。

他当然干最重的活——从沟道里的打石场往半山坡箍窑的地方背石头。

背着一百多斤的大石块，从那道陡坡爬上去，人简直连腰也直不起来，劳动强度如同使苦役的牛马一般。

少平尽管没有受过这样的苦，但他咬着牙不使自己比别人落后。他知道，对于一个揽工人来说，上工的头三天是最重要的。如果开头几天不行，主家就会把你立即辞退——东关大桥头有的是小工！

每当背着石块爬坡的时候，他的意识就处于半麻痹状态。沉重的石头几乎要把他挤压到土地里去。汗水像小溪一样在脸上纵横漫流，而他却腾不出手去揩一把；眼睛被汗水腌得火辣辣地疼，一路上只能半睁半闭。两条打颤的腿如同筛糠，随时都有倒下的危险。这时候，世界上什么东西都不存在了，思维只集中在一点上：向前走，把石头背到箍窑的地方——那里对他来说，每一次都几乎是一个不可企及的伟大目标！

三天下来，他的脊背就被压烂了。他无法目睹自己脊背上的惨状，只感到像带刺的葛针条刷过一般。两只手随即也肿胀起来，肉皮被石头磨得像一层透明的纸，连毛细血管都能看得见。这样的手放在新石碴儿上，就像放在刀刃上！

三天以后，孙少平尽管身体疼痛难忍，但他庆幸的是，他没有被主家打发——他闯

[66]　路遥 . 平凡的世界 [M]. 北京：十月文艺出版社 .2017.5.

过了第一关！

以后紧接着的日子，一切都没有什么变化。他继续咬着牙，经受着牛马般的考验。这样的时候，他甚至没有考虑他为什么要忍受如此的苦痛。是为那一块五毛钱吗？可以说是，也可以说不是。他认为这就是他的生活……

晚上，他脊背疼得不能再搁到褥子上了，只好趴着睡。在别人睡着的时候，他就用手把后面的衣服撩起来，让凉风抚慰他溃烂的皮肉。

2. 从未泯灭的上进心[67]

回到“新居”以后，他点亮蜡烛，就躺在墙角麦秸草上的那一堆破被褥里，马上开始读这本小说。周围一片寂静，人们都已经沉沉地入睡了。带着凉意的晚风从洞开的窗户中吹进来，摇曳着豆粒般的烛光。

孙少平一开始就被这本书吸引住了。那个被父母抛弃的小男孩的忧伤的童年；那个善良而屡遭厄运的莫蒙爷爷；那个凶残丑恶而又冥顽不化的阿洛斯古尔；以及美丽的长角鹿母和古老而富有传奇色彩的吉尔吉斯人的生活……这一切都使少平的心剧烈地颤动着。当最后那孩子一颗晶莹的心被现实中的丑恶所摧毁，像鱼一样永远地消失在冰冷的河水中之后，泪水已经模糊了他的眼睛；他用哽咽的音调喃喃地念完了作者在最后所说的那些沉痛而感人肺腑的话……

这时，天已经微微地亮出了白色。他吹灭蜡烛，出了这个没安门窗的房子。

他站在院子里一堆乱七八糟的建筑材料上，肿胀的眼睛张望着依然在熟睡中的城市。各种建筑物模糊的轮廓隐匿在一片广漠的寂寥之中。他突然感到了一种荒凉和孤独；他希望天能快些大亮，太阳快快从古塔山后面露出少女般的笑脸；大街上重又挤满了人群……他很想立刻能找到田晓霞，和她说些什么。总之，他澎湃的心潮一时难以平静下来……

本来，这本书他准备在一个星期内看完，想不到一个晚上就看完了。他只能等到星期六才可以找晓霞——平时她不回家来。

（一）原文欣赏

用极端的奋斗争得生存的尊严

孙少平到黄原揽工做的第一份活计，是在阳沟的大队书记家做箍窑小工。

我们知道，初出校门的少平并没有做小工的身体和经验方面的优势，这一点在他蹲守东大桥等待包工头挑选的时候就已经证明了，这份揽工的活计也是他用“一块五”的低价把自己贱卖出去换来的。

---

[67]　路遥 . 平凡的世界 [M]. 北京：十月文艺出版社 .2017.5.

做小工显然也有极大的竞争与压力，因为他知道，“对于一个揽工汉来说，上工的头三天是最重要的。如果开头几天不行，主家就会把你立即辞退——东关大桥头有的是小工！”

为了证明自己能行，为了保住第一个养活自己的机会，他选择干“最重的活”，从沟道里的打石场往半山坡箍窑的地方背石头。背什么样的石头？一百多斤的大石块！这种重负想一想都让人两腿打颤，更何况还要背着巨石从陡坡爬上去……

“沉重的石头几乎要把他挤压到土地里去。汗水像小溪一样在脸上纵横漫流，而他却腾不出手去揩一把；眼睛被汗水腌得火辣辣地疼，一路上只能半睁半闭。两条打颤的腿如同筛糠，随时都有倒下的危险”，这一段关于孙少平背大石头的状态的描写，让我们因路遥先生传神的文字而对少平的艰苦感同身受，那汗水在脸上漫游时的奇痒难耐，那汗水浸入眼睛时的酸涩难忍，那体力难支时的无力与强撑……种种画面让人忍不住要去心疼这个体力还不是十分强健的青年人，甚至要担心地握紧拳头，咬紧牙关，把自己的全部力量集中在背上，来帮他扛住这本不属于他的重量。

我们在品读这些文字的时候，似乎不只是在阅读小说中一个人物的经历，而是在感受一个自家或邻居家兄弟的困苦与艰难……然而，他挺住了，以自己的倔强、顽强，更以一个小工的尊严。哪怕脊背被压烂了，疼得像带刺的葛针条刷过一般；哪怕两只手肉皮被石头磨得像一层透明的纸，薄得连毛细血管都能看得见……

少平的坚忍顽强是我们难以想象的。他敢于赤手空拳地来到黄原，就是选择了一种更为艰苦的奋斗生活。在这里，繁重的劳动、恶劣的生活条件和身体上难以承受的磨砺之痛，都没有使他产生动摇或放弃的念头。他要求自己必须成为一个可以独自撑起一片天空的男子汉。为此，他关闭一切感官，撑住颤抖的双腿，以顽强到可怕的毅力、用咬碎牙齿般的坚持，扛住了巨石的压迫，也扛住了生活的艰辛……为自己争得了做稳小工的机会和资格，也赢得了尊严！这是怎样的难挨与煎熬，又是怎样的坚忍与执着！不可否认，孙少平的尊严是用苦难蘸了鲜血磨砺出来的，带着血腥，更挂满了荣耀。

孙少平的可贵更体现在，跋涉于如此艰难的境况中，他始终没有让自己的精神萎落。

他不仅没有在揽工汉的精神世界里沦落下去，他还有读书的强烈渴望，甚至不惜为此动脑筋、想法子，搬到没有门窗的新建楼房，躺在墙角麦秸草上的那一堆破被褥里，在从洞开的窗户吹进来的带着凉意的晚风中，就着摇曳的豆粒般的蜡烛微光，把一本打算一个星期内看完的书一个晚上读完了。读完这本书，他心潮澎湃，一时难以平静下来……他的精神世界依旧丰富多彩，他的思想甚至比以前更深远，并没有因为他所处的环境而停滞不前，他用顽强的拼搏和难以承受的苦难、从未消靡的精神世界展示了一个不向命运低头、不甘于平庸的奋斗者形象。

（三）情境提问

孙少平离开双水村去追寻自己的梦想，然而外面的世界似乎比想象中更加艰难。在他的眼里，似乎一个人只有选择了苦难才能够获得成长。你认为孙少平的苦难观形成的原因是什么？

（四）答案示例

见附录。

三、对比阅读

（一）《红岩》选文

黑暗中的斗争[68]

所有的牢房，一时都陷入难堪的沉默。

过了好些时候，人们听到了审问的声音：

“你说不说？到底说不说？”

传来特务绝望的狂叫，混合着恐怖的狞笑。接着，渣滓洞又坠入死一般的沉寂中。

听得清一个庄重无畏的声音在静寂中回答：

“上级的姓名、住址，我知道。下级的姓名、住址，我也知道……这些都是我们党的秘密，你们休想从我口里得到任何材料！”

江姐沉静、安宁的语音，使人想起了她刚被押进渣滓洞的那天，她在同志们面前微笑着，充满胜利信心的刚毅神情。听着她的声音，仿佛像看见她正一动也不动地站在刑讯室里，面对着束手无策的敌人。可是江姐镇定的声音，并不能免除同志们痛苦的关切。

大概是江姐的平静的回答，使得敌人不得不重新考虑对策，讯问的声音，忽然停了下来。

……

在那斑斑血迹的墙壁上映着的江姐的身影消失了。大概她从倒吊着的屋梁上，被松了下来……

“现在愿意说了吧？”

魔影狂乱地移动着。

“不！”微弱的声音传来，仍然是那样的平静。

“十指连心，考虑一下吧！说不说？”

没有回答。

铁锤高高举起。墙壁上映出沉重的黑色阴影。

“钉！”

[68] 罗广斌 杨益言，红岩[M]. 北京：中青年出版社，2009.1.

人们仿佛看见绳子紧紧绑着她的双手，一根竹签对准她的指尖……血水飞溅……

"说不说？"

没有回答。

"不说？拔出来！再钉！"

江姐没有声音了。人们感到连心的痛苦，像竹签钉在每一个人心上……

又是一阵令人心悸的泼水的声音！

"把她泼醒！再钉！"

徐鹏飞绝望的咆哮，使人相信，敌人从老许身上得不到的东西，在江姐——一个女共产党员的身上，同样得不到。尽管他们从叛徒口里，知道她做过沙磁区委书记，下乡以后可能担任更负责的工作，了解许许多多他们渴望知道的地下党线索，可是毒刑拷打丝毫也不能使江姐开口。

一根，两根！……竹签深深地撕裂着血肉……左手，右手，两只手钉满了粗长的竹签……

一阵，又一阵泼水的声音……

已听不见徐鹏飞的咆哮。可是，也听不到江姐一丝丝呻吟。人们紧偎在签子门边，一动也不动……

为人进出的门紧锁着，
为狗爬出的洞敞开着，
一个声音高叫着：
"爬出来吧，给你自由！"
我渴望自由，
但我深深地知道：
人的身躯，
怎能从狗洞子里爬出？……

是谁？天刚亮，就唱起了囚歌。迎着阵阵寒风，久久地守望在风门边的刘思扬，听着从楼下传来的低沉的歌声，一边想着，一边瞭望那远处深秋时节的山坡。刚升起的太阳，斜射着山坡上枯黄了的野草。远近的几株树木，也已落叶飘零，只剩下一些光秃秃的枝干。只有墙头上的机枪，闪着寒光的刺刀和密密的电网，依然如故……刘思扬的心潮澎湃着，血在翻腾。

他从风门边急速地回到自己的铺位，轻轻地从墙脚下取出了一支竹签削成的笔，伏在楼板上，蘸着用棉花余烬调和成的墨汁，在他一进集中营就开始写作的《铁窗小诗》册上，又写出愤激的一页……

"江姐回来了！"签子门边的余新江，回过头来，告诉大家。一阵脚步声，人们又一齐涌到牢门边。

高墙边的铁门打开了。猫头鹰从铁门外窜了进来，他站在门边，瞪着眼睛，望着一长排牢房，大声地吼叫："不准看，不准看！"

谁也没有去理睬这只凶暴的野兽，大家踮着脚尖，朝签子门缝望出去。只见江姐被两个特务拖着，从铁门外进来了。通宵受刑后的江姐，昏迷地一步一步拖着软弱无力的脚步，向前移动；鲜血从她血淋淋的两只手的指尖上，一滴一滴地往下滴落。

人们屏住呼吸，仇恨的烈火在心中燃烧，眼里噙着的泪水和江姐的鲜血一起往下滴……

一阵高昂雄壮的歌声，从楼八室铁门边最先响起。江姐在歌声中渐渐苏醒了。她宁静地聆听了一下，缓缓地抬起她明亮的双眼，像要找寻这歌声发出的地方。目光一闪，江姐仿佛发现了从楼八室传来的，许云峰的信任与鼓舞的眼波。战友的一瞥，胜过最热切的安慰，胜过任何特效的药物，一阵激烈的振奋，使她周身一动，立刻用最大的努力和坚强的意志，积聚起最后的力量，想站定脚步。她摇晃了一下，终于站稳了。头朝后一扬，浸满血水的头发，披到肩后。人们看得见她的脸了。她的脸，毫无血色，白得像一张纸。她微微侧过头，用黯淡的、但是不可逼视的眼光，望了一下搀扶着她的特务。像被火烧了一下似的，她猛然用两臂甩开了特务，傲然地抬起头，迈动倔犟的双腿，歪歪倒倒向女牢走去。

每间牢门上，都挂起一把铁锁。整座集中营里，像死一般地寂静。只有巡逻的特务，不断走来走去，那单调沉重的皮靴，像践踏在每个人心上。铁窗外面，笼罩着被层层电网割裂的乌云，低沉的气压，一片暴风雨前的异样平静。

刘思扬冷眼观察着胡浩。这两天，胡浩的情绪，不断起伏变化。现在他又避开大家的目光，独自坐在屋角，大睁着眼睛，像有重重心事。刘思扬对他的鲁莽行动，心里有些不快，已经通知他停止写作，可是昨夜又发现他偷偷翻开楼板，取出纸笔，写了许久。这是什么时候？任何人只要稍微失慎，便会给全集中营的行动，带来不可挽救的危险。刘思扬觉得需要找他谈谈，制止他随意行动。因此，他把昨夜发现的事，轻声告诉成岗。

成岗沉思着，也觉得胡浩的行动是不应该的。也许他心里有什么隐衷？

"我找他谈谈。"成岗说，"你坐到门边监视特务。"

成岗的目光转向胡浩，示意地点了一下头。胡浩迟疑了一会儿，缓缓地站起来，移到成岗身边，默默地坐下。成岗在他耳边轻声问着，胡浩闷坐着，不说话，一双睁大的近视眼睛，直望着地板。过了一阵，他忽然痛苦地张开了口：

"请党信任我！"

"难道你觉得谁对你不信任？"

胡浩听成岗一反问，立刻答道：

"我们一同被捕的那三个同学，已经得到了匕首。"

成岗舒开眉头，缓缓地、但是严肃地说："要党信任，首先是对党完全信任。"

"我要一把匕首！"胡浩坚决而固执地伸出手来。

"你用不着。"成岗坦率地回答，"你的眼力太差。"

胡浩一愣，近视的眼睛猛然闪现出泪光。“我熟悉地形和情况。”停了一下，他的胸口起伏着，声音变得分外激动：“那么，到时候，请允许我像一个共产党员那样……请党考验我。”他的手抖动着，伸进胸口，忽然取出了一封折叠得整整齐齐的信，塞在成岗手里。

“为什么写信？口头谈不更稳当？”

胡浩低着头不回答。

成岗展开信笺，一行火热的字，跃进了他的眼帘：

亲爱的战友，思想上的同志——请允许我这样称呼你们。

成岗侧过身子，把信笺谨慎地放在一本摊开的书上，默默地看了下去。

我想向你们，敬爱的共产党员说几句我早想向你们说，而没有说出的话。请谅解我的犹豫不安，并请向党转达我对共产主义的向往。

我是抗日战争期间，从山东流亡到四川的年轻学生。因为不愿做亡国奴，十五六岁的我和几个与我一样无知的同学，万里迢迢，投奔到大后方来求学，一心想为祖国贡献自己的一点力量，可是，我们走错了路。我真后悔为什么当初不投奔到抗日的圣地延安去啊！我们多么无知，多么愚蠢，一点也不知道国民党反动派的真实嘴脸，反而以为他们也在抗战。回想起来，真是心痛欲裂，直到被捕以后，我才渐渐明白谁在抗战，谁在反人民。

我永远不能忘记那叫天不应、叫地无门的冤屈：1941年，我们四个流亡学生，买不起车票，从青木关中学徒步进城投考一所职业学校。谁知从歌乐山走小路下山时，竟误入了中美合作所禁区。那时，特务在边界上的电网还没装好——可是，这并不是我们的过错啊！——于是，不由分说，把我们逮捕了。严刑拷打，有冤难申，特务看了我们的准考证，明明知道我们是无辜的学生，然而，丧心病狂的特务，深怕我们出去，泄漏了他们反人民的秘密勾当，硬说我们是共产党派来的侦探。遍体鳞伤的我们，竟被投进这人间地狱……

感谢监狱里的同志们！多少为革命献身的无名英雄，引导我们从自己的不幸中觉醒转来，认清了国民党反动派的狰狞面目。更可喜的是在这无边黑暗的魔窟里，我们找到了祖国的希望，找到了共产党，找到了自己的理想。比起国民党统治区许许多多和我们一样无知的同学，我们因祸得福，又是多么的幸运啊！整个国民党统治区是个黑暗无边的大地狱，无数青年思想上的苦闷和绝望，我相信比我们遭受的摧残，还要更加深重。

虽然我不是共产党员，但我对共产主义和人民的党，寄予完全的信赖和希望。从我们无辜被捕，到现在已经九年了，一个人的青春，有多少个九年？怎能不渴望真理战胜，又怎能不渴望为真理献身！在这无穷的苦难日子里，我日夜不停地读书，求教，思考和锻炼自己。如果有一天能踏出牢门，我要用自己的全身、全心，投向革命斗争的烈火，誓为共产主义事业献出生命！

一次次战友的牺牲，一次次加强着我的怒火，没有眼泪，唯有仇恨，只要活着，一

定战斗。我决心用我的笔，把我亲眼看见的，美蒋特务的无数血腥罪行告诉人民，我愿作这黑暗时代的历史见证人，向全人类控诉！我要用我的笔，忠实地记述我亲眼看见的，无数共产党人，为革命，为人类的理想，贡献了多么高贵的生命！多少年来，我每天半夜，从不懈怠地悄悄起来，借着那签子门缝里透进来的、鬼火似的狱灯光，写着，写着……我的眼睛是这样折磨坏了的，极度近视，但我决不后悔。我的身体遭受过多次折磨，愈来愈衰弱，我才二十几岁，头发已经花白了，但我的心却更坚定。我是为着仇恨而活，为着揭露敌人的罪行而活，也是为了胜利而活。我没有惋惜，没有悲怆，只希望能像共产党人那样，成为一个真正的战士。

多少年来，反动派不仅穷凶极恶地屠杀革命者，同时还屠杀了多少纯洁的青年。敌人既敢犯罪，就该自食其果。亲爱的同志，请牢牢记住：不管天涯海角，决不能放过这群杀人喝血的凶手，以血还血，这是天经地义的事！

胜利就在眼前，我的心脏跳动得如此激烈，我多么希望活着出去，奉献自己渺小的生命，做一个革命的卫士。如果不能如愿，那真使我遗恨终生！我多么羡慕生活在毛泽东光辉照耀下的青年，和那些永远比我年轻的未来的青年啊！如果我能够冲出地狱，即使牺牲在跨出地狱的门槛上，我也要珍惜地利用看见光明的一瞬，告诉年轻朋友：不要放下你的武器，全世界的反动派尚未消灭干净啊！

我请求党了解我。请求党允许我把这封信作为我的入党申请书。请求党在任何斗争中，考验我的决心和行动。

成岗看完信，像接受一颗火热的心那样，确信无产阶级战斗的行列里，将增加新的一员。这样的入党申请书，他多么愿意向所有的战友们宣读。然而，他不能这样做，火热的手终于把信笺折叠起来，暂时夹进书本。他抬起头来，正碰着胡浩拘束不安的目光。多年的牢狱生活，使他习惯于沉默，习惯于用笔墨而不是言词来表达自己的感情。成岗也不说话，千言万语变成了鼓舞而又信任的目光，投向心潮激荡的胡浩。沉默中，胡浩的手又轻轻插进衣袋，取出了一件什么东西，紧紧地捏住，悄悄递给成岗。像希望得到谅解似的低声说道：

“这是我做的一点准备。”

落进手里的，是一小块硬硬的东西。成岗低头一看，原来是一把铁片磨成的钥匙，一把用来打开牢门的钥匙。成岗没有说话，立刻把钥匙藏进衣袋，但他默契的目光似乎告诉着对方：你做得对，大家都要自觉地行动。

（二）选文欣赏

那些负重前行的魂灵

无尽的黑暗，沉重的铁门，锈迹斑斑的铁窗，潮湿肮脏的地板，夹杂着空气中浓烈的血腥味儿和霉臭味……这里的一切都是反动派为摧毁共产党员的革命意志而准备的。黑夜给了我们黑色的眼睛，革命者却从来都是用它来寻找光明的。残酷的刑罚、非人的待遇……敌人妄图以此来浇灭共产党员对革命的热忱，但事实是，敌人的凶残与愚蠢，恰恰让我们看到了革命者不屈的灵魂和坚定的傲骨。

他们以信仰为铠甲，阻挡住敌人疯狂的肆虐。

革命胜利前夕，敌人只有不断地刑讯，才能使他们感觉到自己的存在和力量，末日的焦虑让他们的行径疯狂到了极点，也可悲到了极点。以江姐为代表的共产党员们为了保守党的机密，为了减少更多同志的牺牲，忍受着敌人无数次的摧残与折磨。江姐不仅为党，也为大家受苦，她的坚定、勇敢、顽强，给监狱里的战友们注入了更加坚定的信心与力量。

毒刑拷打，竹签钉入十指……那是怎样一种撕心裂肺、钻心彻骨的疼痛！但她硬是不吐露半个字，不发出一丝呻吟。当孙明霞给江姐处理伤口时，她血淋淋的两只手的指尖内嵌满了一条又一条的竹丝，鲜血一滴一滴地滑落。可纵然如此，江姐仍用她微弱而沉静的声音宣告："毒刑拷打是太小的考验，竹签子是竹子做的，共产党员的意志是钢铁。"

这些铿锵坚定的词句，一次又一次地震撼着我们，让我们终于明白为什么身处黑暗、喝污水、吃霉米饭，每日遭受严刑毒打也不能动摇共产党员的信仰。这又让我想起李敬原在成岗被抓后对成瑶说"一个人的作用，也许是渺小的，但是当他把自己完全贡献给革命的时候，他就显示了一种高贵的品质"，这样的认知与信仰应该不只属于某一个人，而是嵌刻进那个火红的年代，像一道道明朗的阳光，照亮每一个战斗者的灵魂，把他们从沉重的痛苦中解脱出来，感受到一种严格的要求和力量，使他们在艰难困苦的环境里，永远不忘这庄严的启示。当他们右手握拳庄严地宣誓时，这些苦难和幸福就已经开始了，就像成岗毫不犹豫地写下《我的"自白书"》[69]：

任脚下响着沉重的铁镣，
任你把皮鞭举得高高，
我不需要什么"自白"，
哪怕胸口对着带血的刺刀！
人，不能低下高贵的头，
只有怕死鬼才乞求"自由"。
毒刑拷打算得了什么？
死亡也无法叫我开口！
对着死亡我放声大笑，
魔鬼的宫殿在笑声中动摇。
这就是我——一个共产党员的"自白"，
高唱凯歌埋葬蒋家王朝！

[69] 罗广斌 杨益言，红岩[M].北京：中青年出版社，2009.1.

胡浩和他的同学们无辜被捕，在狱中待了九年，唯一让他觉得可喜的是在这无边黑暗的魔窟里，他们找到了祖国的希望，找到了共产党，找到了自己的理想，对共产主义和人民的党，寄予完全的信赖和希望。用一颗火热的心递交了入党申请书，表示要用自己的全身、全心，投向革命斗争的烈火，誓为共产主义事业献出生命！这也足以证明共产党员们信仰的坚定，并且这个信仰具有强大的影响力和感召力，因为她代表的是正义和希望。

他们把使命放在心头，时刻准备为党牺牲一切。

坚强的江姐，她肩负着使命来到这个世界，最后又圆满地完成了任务，悄悄地离去，命运甚至都不肯赐给她一段平静的生活，她的一生都是在颠簸中度过的。这个伟大的女人在29年里尝尽了世界上最残酷的刑罚，可她却没有丝毫怨言，心甘情愿地为建立新中国奉献出自己的一切，乃至年轻的生命。

目睹丈夫血淋淋的头颅悬挂于城楼上时，江姐把万箭穿心之痛深深埋藏在心底，并毅然接替丈夫曾经的工作，“这条线的关系只有我熟悉，别人代替有困难，我应该在老彭倒下去的地方继续战斗！”多么响亮而有力的话语，她纤弱的肩膀扛下了无数的折磨与重担；许云峰看到在敌人酷刑的折磨下昏厥的成岗时，对特务头子徐鹏飞说：“人民革命的胜利，是要千百万人的牺牲去换取的！为了胜利而承担这种牺牲，是我们共产党人最大的骄傲和愉快！”“少了几个共产党员，对伟大的人民革命运动，毫无影响！没有我们，共产主义的红旗，照样会在全世界插遍！”——这样的坚定与无私恐怕是反动派们想破了脑袋也无法理解的吧——无论什么时候，读到这些铿锵的文字，我们都不由得因这些共产党员崇高的使命感和对事业的无限忠诚而热血沸腾！

华子良是《红岩》中隐藏最深的共产党员，装疯卖傻，忍辱负重，利用特务对他放弃戒备，经常让他出去挑菜的机会，将狱中的情报送出去。逃出监狱后，又带领解放军前来营救狱中的同志。这便是一个共产党员责任感与使命感的最好写照。

他们顽强友爱，坚决守住党的秘密，又竭尽全力保护战友，哪怕为此付出生命。

面对特务绝望的狂叫和混合着恐怖的狞笑，江姐用庄重无畏的声音回答：“上级的姓名、住址，我知道。下级的姓名、住址，我也知道……这些都是我们党的秘密，你们休想从我口里得到任何材料！”她沉静、安宁的言语让敌人绝望，却给那些在深沉的痛苦、担心与激动中关爱着她的同志们传递着战斗胜利的信心。被敌人残酷折磨后的江姐，接收到来自战友的信任与鼓舞的眼波，如同得到胜过任何特效药物的最热切的安慰，有了更加强大而坚定的力量去战胜敌人。

同样的，许云峰在发现甫志高叛变后，没有选择逃离，而是从拥挤不堪的人丛中站出来，仿佛没有发现危险似的，缓步走向甫志高，不慌不忙地高声招呼他，把所有便衣特务的目光和注意力都集中在自己身上，掩护李敬原安全离开。被捕后，为了不让敌人知道更多的秘密，老许又有意把敌人的全部注意力引向自己，告诉徐鹏飞，自己是《挺进报》的负责人。他保护着组织，也保护着同志，哪怕牺牲自己的生命！

齐晓轩掩护战友们越狱时高呼“子弹征服不了共产党人”，他那苍白带血的脸上露出对敌人蔑视的冷笑，鲜血从洞穿的身上流出，染遍了脚下的红岩……

哪有什么岁月静好，只是因为有人在替我们负重前行。在黎明之前最黑暗的日子里，那些革命志士忍辱负重、承受酷刑却从未屈服，在他们的心中，信仰与忠诚是最强大的精神动力。而那些可爱的、鲜活的生命却在敌人卑劣的摧残下、残酷的屠杀下离我们远去，以最英勇、最值得尊敬的姿态永远活在人们心中。

让我们带着追思和感激向在烈火中永生的志士、向那些负重而行的魂灵致以最崇高的敬意！

（三）情境提问

历史是勇敢者创造的，时代是奋斗者书写的。作为新时代的年轻人，你怎样理解《红岩》中那些英雄的奋斗？如何继承和发扬“红岩”精神，成长为一个为梦拼搏的奋斗者？

（四）答案示例

见附录。

四、体验感悟

奋斗与梦想

不同的时代有不同的奋斗者，有的人为了实现自己的理想而全力拼搏，有的人终其一生为革命奔波劳苦……奋斗有大小，而无贵贱。无论哪一种奋斗都值得尊重，无论是哪一种奋斗，彰显的都是积极向上的能量。只是超乎追逐个人利益的奋斗更让人铭记与仰望，尤其是当个人的奋斗与国家和民族的利益紧密相连时，其意义将会更加非凡与伟大。

《平凡的世界》再现了孙少平求学、成长、奋斗、成熟的过程，给我们勾勒出了一个积极进取、敢于拼搏的青年形象。我们感叹其勇于面对挑战、敢于走出现实安稳的同时，也获得了人生的启示：生活不能等待别人来安排，要自己去争取和奋斗；一个人只有处在一种奋斗的状态当中，他的精神才会从琐碎生活中得到升华；人生的价值，在于对自身苦难的无惧无畏、深刻思考、透彻理解、不懈抗争——我们每个人的生活都是一个世界，即使最平凡的人也要勇敢地为自己生活的那个世界而奋斗。

而《红岩》中的英雄们则是困境中奋斗者的典范。“千秋红岩血铸成”，他们展现了革命者视死如归、坚贞不屈的英雄形象；他们那在艰苦卓绝中奋力抗争、坚守信仰的红岩精神至今依然是我们最为宝贵的精神财富，助力我们战胜一切邪恶与艰险，成就伟大的梦想。

易卜生说：社会就如一条船，每个人都要有掌舵的准备。我们必须要掌好自己人生的舵，以奋斗为桨，以信仰为帆，驶向伟大的梦想彼岸。梦想也绝不仅是满足个人的追求享乐，而是与时代同频共振。一个时代有一个时代的主题，一代人有一代人的使命。我们

要用最扎实的奋斗来做好时代的答卷人。

参考文献：

【1】路遥 . 平凡的世界 [M]. 北京 : 十月文艺出版社 ,2017.5.
【2】厚夫 . 路遥传 [M]. 北京 : 人民文学出版社 ,2015.1.
【3】梁向阳 . 温暖情怀与励志功能 : 读《平凡的世界》[N]. 人民日报 ,2013-06-25(24)
【4】罗广斌 杨益言 . 红岩 [M]. 北京 : 中国青年出版社 ,2009.1.
【5】郭俊等 . 红岩精神研究 [M]. 重庆 : 重庆出版社 ,2009.5.

第三节 爱与被爱的抉择

一、生活情境

爱是人类最美好的情感，她与青春时期内心涌动的那种懵懂的感觉相随相生，又经常为现实所左右。爱与被爱共存才是最完美的人生。爱似乎很容易，但是你思考过该怎样去爱了吗？被爱的幸福感觉，也许是年轻的你渴望得到的，怎样才能得到别人的欣赏与倾慕呢？

二、精彩原文欣赏

（一）精彩原文

孙少平的爱情[70]

下午快吃饭时，侯玉英肩膀上挎个黄书包，又一瘸一跛来找他。她怪不好意思地给少平送来一个非常精致的大笔记本，外面还用两条红丝线束着。她说："咱们就要分别了，这点礼品送给你。你要是进城来，希望一定到我们家串串门……"

侯玉英说完，就很快转过身走了。走了几步以后，又很不自然地回过头向他笑了笑。

孙少平这才想起，他还一直没接到侯玉英回赠的毕业礼物；原来她在最后的一刻，才把这么一个漂亮笔记本送给他——这个心眼很稠的人，送东西都是三等两样。少平见她前几天送给别人的笔记本根本不如这个好。

现在，侯玉英已经走出了校门口。孙少平奇怪：这笔记本上怎还缠着两条红丝线？

他好奇地把这两条丝线解开，翻开笔记本的硬皮，突然从里面掉出一张折起来的纸片。

他打开纸片，原来是一封信——

亲爱的少平：

自从你昌（冒）着生命危险，奋不过（顾）身地抢救了我的生命后，我就从心里面爱上了你。因为我腿不好，可能你看不上我。但我们家光景好，父母亲工资也高。我是城市户口，因为腿不好，也不要去农村播（插）队，你要是和我结婚了，我父亲一定会给你在城里找到工作，我们一定会很幸福的。我会让你一辈子吃好穿好，把全部爱情都献给你。

[70] 路遥．平凡的世界 [M]. 北京：十月文艺出版社 .2017.5.

你要是心里情原（愿），回家后给我回信说明。

你回家后，需要钱和什么东西，我一定全力以付（赴）支原（援）你。

盼着鸿雁早飞来！

爱你的人：玉英

孙少平看完他有生以来接到的第一封“恋爱”信，脸上露出温和而感动的笑容。他把侯玉英的信揉成一团，正准备随手扔掉，但马上又想到这样不合适。

他于是很快到隔壁抽烟的同学那里借了火柴，走进厕所，把这封信烧掉了。然后他回到自己的宿舍，收拾东西，准备明天一早就回家呀！

顺便提提，在这一年里，孙少平的生活中还有一件外人所不知晓的事。他根本没想到，在他教书不久后，城里的跛女子侯玉英接二连三给他写了几封“恋爱信”。少平接到信看完就烧了，也不给她回信。如果出身于一个光景好而有地位的家庭，接到一个自己毫无兴趣的女人的求爱信，那也许会不以为然的；而对侯玉英这样有生理缺陷的女人，说不定还会产生一种不愉快的情绪。但孙少平接到侯玉英如此热情地表白自己心迹的书信，却油然生出一种温暖和美好的心情。活在这世界上，有人爱你，这总不是一件坏事。尽管他实在不能对侯玉英产生什么爱情，但他仍然在心里很感谢这位多情的跛女子，在他返回农村以后，仍然不嫌弃他贫困的家庭，在信上发誓：“愿和你一辈子同作比冀（翼）鸟，如果变心，让五雷洪（轰）顶”……

少平觉得他不能藐视和嘲弄跛女子的一片热心，后来便很诚恳地给她回了一封信，说他现在根本不愿考虑自己的婚姻；让她再不要对他提这事了。他还说了他对她的谢意，并说他不会忘记她对自己的一片好心……

而在这期间，孙少平倒一直和田晓霞保持着密切的联系——尽管他们不是谈情说爱。晓霞不失前约，过一个星期，就给他寄来一叠《参考消息》；并且在信上中外古今海阔天空地谈论一通。她在原西城郊插队，实际上除过参加劳动外，就住在城内的家中，少平去过几次县城，在她那里借了不少书……

现在，少平一直怀着一种激动的心情，等待他的同学回双水村来。晓霞说过，她年底一定要回一次老家——按她当初说的，也许最近几天就要回来了。

每一个年龄的人，都有自己的生活圈子。对于孙少平来说，目前田晓霞就是他生活中最重要的一个人。在某种意义上，这个女孩子是他的思想导师和生活引路人。在一个人的思想还没有强大到自己能完全把握自己的时候，就需要在精神上依托另一个比自己更强的人。也许有一天，学生会变成自己老师的老师——这是常常会有的——但人在壮大过程中的每一个阶段，都需要求得当时比自己的认识更高明的指教。

在田晓霞的影响下，孙少平一直关心和注视着双水村以外广阔的大世界。对于村里的事情，他决不像哥哥那样热心。对于他二爸跑烂鞋地“闹革命”，他在心里更是抱有一种嘲笑的态度；常讥讽他那“心爱的空忙”。他自己身在村子，思想却插上翅膀，在一个更为广大的天地里恣意飞翔……

但是，孙少平并不因此就自视为双水村的超人。不，他归根结底是农民的儿子，深知自己在这个天地里所处的地位。

孙少平的伤已经完全好了。雷汉义区长代表矿上来为他办出院手续。他准备过几天就返回大牙湾。

这期间，妹妹兰香和她的男朋友仍然一直给他做工作，让他调到省城来。他到现在也还没有完全拒绝他们的好意。尽管他对自己未来的生活心中有数，但他不好当面向他们进一步解释他的想法。他们应该意识到，他和他们的处境不尽相同。不同生活处境的人应该寻找各自的归宿。大城市对妹妹和仲平们也许是合适的，但他在这里未必能寻找到自己的幸福。他想等以后适当的时间用另一种方式向他们说明自己的观点和态度。

其实，这期间最使他伤神的倒不是兰香和仲平一再劝他来省城工作。他苦恼的是金秀对他表示的热烈感情。自从她把那封恋爱信送到他手中，他就一直苦苦思索自己该怎么办？

秀可爱吗？非常可爱！她是那样的热情，漂亮；情感炽热而丰富，一个瞬间给予男人的东西都要比冷血女人一生给予的还多。她使他想起了死去的晓霞。她也是大学生，有文化，有知识，有很好的专业。她无疑会是一个令男人骄傲的妻子。双方感情交流也没什么障碍，他们自小一块长大，一直以兄妹相待；这种关系如果汇入夫妻生活，那将是十分美好的。

秀要成为他的妻子？他要成为秀的丈夫？他一时又难于转过这个弯。他一直把秀当小妹妹看待；在他眼里，她永远是个小孩子，怎么能和她一块过夫妻生活呢？想到这一点，他就感到别扭。

当然，最重要的是，他和秀的差异太大了。他是一个在井下干活的煤矿工人，而金秀是大学生，他怎么能和她结婚？秀在信上说她毕业后准备去他所在的矿医院当医生。他相信她能真诚地做到这一点。但他能忍心让她这样做吗？据兰香一再给他说，按金秀的学习情况，她完全可以考上研究生。他为什么要耽搁她的前程？如果因为他的关系，让秀来大牙湾煤矿，实际上等于把她毁了。他现在才记起，他曾给金波也说过这个意思。

所有这一切考虑，不是说没勇气和一个女大学生一块生活。当年田晓霞也是大学生、记者。但秀和晓霞又不一样。晓霞在总体素质上是另一种类型的女性。虽然他和秀一块长大，但秀决不会像晓霞那样更深刻地理解他。他和秀之间总有一种隔代之感。

怎么办？这比兰香和仲平要他来大城市工作更难以回答。他知道秀在热切地等待他的回话。给他交了那封信后，她尽管和往常一样细心而入微地照料他，但他们之间已明显地产生了一种极不好意思的成份……

……

中午时分，他回到了久别的大牙湾煤矿。

他在矿部前下了车，抬头望了望高耸的选煤楼、雄伟的矸石山和黑油油的煤堆，眼里忍不住涌满了泪水。温暖的季风吹过了绿黄相间的山野；蓝天上，是太阳永恒的微笑。

他依稀听见一支用口哨吹出的充满活力的歌在耳边回响。这是赞美青春和生命的歌。

他上了二级平台，沿着铁路线急速地向东走去。他远远地看见，头上包着红纱巾的惠英，胸前飘着红领巾的明明，以及脖项里响着铜铃铛的小狗，正向他飞奔而来……

（二）原文欣赏

爱的最高境界——灵魂相依

孙少平的一生充满了奋斗的艰辛，然而似乎也很幸运，他或有或无、或深或浅、或物质或精神、或浪漫或现实地经历了五段感情。而少平对于爱情的定位与抉择让我们感受到了一个青年人、一个肯于自我拼搏奋斗、有追求有担当的男子汉的爱情观。

抛开与郝红梅的源于相似的艰难处境而产生的同命相怜般懵懂羞涩的初恋，侯玉英对孙少平进行的却是最真实的追求。

少平冒着大雨和被洪水冲走的危险救她的行为，让跛女子侯玉英在生命最危急的时刻看到了这个穷小子身上耀眼的人性光辉，那一刻她不由自主地产生了发自心底的爱慕。于是她以自己最真挚的感激和最实际的物质实力来展开攻势，像她这样身体有些缺陷，心眼很稠，又总是伺机挑别人错误告状的人，一旦对人发生情感，哪怕是一厢情愿，都是执着坚定且充满热情的。她接二连三给少平写“恋爱信”，尽管信中错字连篇，但这并不影响她表达自己的真诚与爱意，她也毫不掩饰地向少平表达自己的家庭的优势以及能给少平带来的好处，但是对于这种缘于感激的爱情，少平最终只是表示尊重和感谢，而这份爱情背后所附带的物质条件，他虽缺乏却不为所动。因为，他虽贫穷，却不物质，他是一个渴望用奋斗证明自己的男子汉。

孙少平真正的刻骨铭心的爱情是和田晓霞那一段令人不忍触碰的传奇般的浪漫悲剧。田晓霞性格活泼、开朗、积极向上；知识渊博，富有正义感；虽出身干部家庭，却没有骄娇二气。这样的爱情，在世俗的观点来看是多么的不可思议。是的，在物质世界里，他们两个天差地别，是两条永远不可能有交点的平行线。

然而阅读让两个人的精神不断接近，心灵日渐契合。少平在晓霞的引领下，从开始关心国家的政治命运到学会独立思考，逐渐走出狭小的只关心自我命运的思维空间，走出了简单的物质欲望而进入到更高的精神的领域。虽然他们的爱情最终以晓霞 26 岁的生命终结而成为幻梦，但那却是扎根少平心灵的永不凋零的美丽。晓霞是他知己般的爱人，是精神的导师，是发自心底的眷恋。在这场漫长而艰苦的精神寻找与跋涉中，少平从自卑到自信，一步步地超越了现实生活的苦难与局限，在充满挑战的人生路上不断寻求，最终获得了内心的成长、成熟和对幸福的更深层次的理解。

金秀满怀热烈的爱足以抚慰少平那颗痛楚的心。金秀与晓霞何其相似，她具备晓霞的某些特质——开朗、热情、貌美、思想脱俗，勇敢追求爱情，甚至愿意为爱牺牲自己。

然而少平却觉得他和秀的差异太大了，秀决不会像晓霞那样更深刻地理解他，他和秀之间缺少精神上的高度契合。因此，他不能简单地响应金秀爱情的呼唤，不能伤害秀，更不能漠视自己的内心。

小说的结尾写道："他在矿部前下了车，抬头望了望高耸的选煤楼、雄伟的矸石山和黑油油的煤堆，眼里忍不住涌满了泪水。温暖的季风吹过了绿黄相间的山野；蓝天上，是太阳永恒的微笑。他依稀听见一支用口哨吹出的充满活力的歌在耳边回响。这是赞美青春和生命的歌。他远远地看见，头上包着红纱巾的惠英，胸前飘着红领巾的明明，以及脖项里响着铜铃铛的小狗，正向他飞奔而来……"吴欣歆老师评论说这里的"惠英嫂变成了惠英，路遥用婉转的方式暗示了孙少平的选择"。

面临着人生的再次抉择，少平选择了对金秀的放弃与祝福，这也许是作者在有意暗示，孙少平在经历了人生的种种之后开始回归平淡而真实的生活，渴望的是那份来自普通的家庭生活的温馨与安宁，这一抉择也是少平的担当与道德情谊的升华，更是少平对爱的深度理解与诠释。

（三）情境提问

世上有这样一种人，或许出身并不高贵，也没有英俊的外表、成功的事业，但他周身散发出来的气场让人着迷。这种魅力，无关风月，不分性别。它就像明亮而不刺眼的光辉，圆润而不腻耳的声响，让人不由心生欢喜。《平凡的世界》中的孙少平就是这样，他几乎自带主角光环，走到哪里都受人欢迎，他的魅力主要来自哪里呢？

（四）答案示例

见附录。

三、对比阅读

（一）《边城》选文

翠翠的爱恋[71]

翠翠眼见在船头站定、摇动小旗指挥进退、头上包着红布的那个年青人，便是送酒葫芦到碧溪岨的二老，心中便印着两年前的旧事："大鱼吃掉你！""吃掉不吃掉，不用你这个人管！""好的，我就不管！""狗，狗，你也看人叫！"想起狗，翠翠才注意到自己身边那只黄狗，早已不知跑到甚么地方去，便离了座位，在楼上各处找寻她的黄狗，把船头人忘掉了。

[71] 沈从文．沈从文小说精选（名师解读释疑学生版）[M]．南昌：二十一世纪出版社．2012.8.

她一面在人丛里找寻黄狗，一面听人家正说些甚么话。

一个大脸妇人问："是谁家的人，坐到顺顺家当中窗口前的那块好地方？"

一个妇人就说："是寨子上王乡绅家大姑娘，今天说是自己来看船，其实来看人，同时也让人看！人家命好，有福分坐那块好地方！"

"看什么人？被谁看？"

"嗨，你还不明白，王乡绅想同顺顺打亲家呢。"

"那姑娘配甚么人，是大老，还是二老？"

"说是二老呀，等等你们看这岳云，就会上楼来拜他丈母娘的。"

另有一个女人便插嘴说："事弄成了，好得很呢。人家在大河边有一座崭新碾坊陪嫁，比雇十个长年还得力一些。"

有人问："二老怎么样？可乐意？"

又有人就轻轻的可是极肯定的说："二老已说过了——这不必看，第一件事我就不想作那个碾坊的主人！"

"你听岳云二老亲口说过吗？"

"我听别人说的。还说二老欢喜一个撑渡船的。"

"他又不是傻小二，不要碾坊，要渡船吗？"

"那谁知道。横顺人是'牛肉炒韭菜，各人心里爱'，只看各人心里爱甚么就吃甚么，渡船不会不如碾坊！"

当时各人眼睛对着河里，信口说着这些闲话，却无一个人回头来注意到身后边的翠翠。

翠翠脸发着烧走到另外一处去，又听有两个人提及这件事，且说："一切早安排好了，只需要二老一句话。"又说："只看二老今天那么一股劲儿，就可以猜想得出，这劲儿是岸上一个黄花姑娘给他的！"谁是激动二老的黄花姑娘？听到这个，翠翠心中不免有点儿乱。

那哥哥同弟弟在河上游一个造船的地方，看他家中那一只新船，在新船旁把一切心事全告给了弟弟；且附带说明，这点念头还是两年前植下根基的。弟弟微笑着，把话听下去。两人从造船处沿了河岸又走到王乡绅新碾坊去，那大哥就说：

"二老，你运气倒好，做作了王团总女婿，有座碾坊。我呢，若把事情弄好了，我应当接那个老的手来划渡船了。我欢喜这个事情，我还想把碧溪岨两个山头买过来，在界线上种一片大楠竹，围着这一条小溪作为我的寨子！"

那二老仍然默默的听着，把手中拿的一把弯月形镰刀随意斫削路旁的草木，到了碾坊时，却站住了向他哥哥说：

"大老，你信不信这女子心上早已有了个人？"

"我相信。"

"大老，你信不信这碾坊将来归我？"

"我不信。"

两人于是进了碾坊。

二老又说："你不必——大老，我再问你，假若我不想得到这座碾坊，却打量要那只渡船，而且这念头也是两年前的事，你信不信呢？"

那大哥听来真着了一惊，望了一下坐在碾盘横轴上的傩送二老，知道二老不是说谎，于是站近了一点，伸手在二老肩上拍打了一下，且想把二老拉下来。他明白了这件事，他笑了。他说："我相信的，你说的全是真话！"

二老把眼睛望着他的哥哥，很诚实的说：

"大老，相信我，这是真事。我早就那么打算到了。家中不答应，那边若答应了，我当真预备去弄渡船的！——你告我，你呢？"

"爸爸已听了我的话，为我要城里的杨马兵做保山，向划渡船说亲去了！"大老说到这个求亲手续时，好像知道二老要笑他，又解释要保山去的用意，只是"因为老的说车有车路，马有马路，我就走了车路"。

"结果呢？"

"得不到什么结果。老的口上含李子，说不明白。"

"马路呢？"

"马路呢，那老的说若走马路，我得在碧溪岨对溪高崖上唱三年六个月的歌。把翠翠心子唱软，翠翠就归我了。"

"这并不是个坏主张！"

"是呀，一个结巴人话说不出还唱得出。可是这件事轮不到我了，我不是竹雀，不会唱歌。鬼知道那老人家存心是要把孙女儿嫁个会唱歌的水车，还是预备规规矩矩嫁个人！"

"那你打算怎么样？"

"我想告那老的，要他说句实在话。只一句话。不成，我跟船下桃源去了；成呢，便是要我撑渡船，我也答应了他。"

"唱歌呢？"

"二老，这是你的拿手好戏，你要去做竹雀，你就赶快去吧，我不会捡马粪塞你嘴巴的。"

二老看到哥哥那种样子，便知道为这件事哥哥感到的是一种如何烦恼了。他明白他哥哥的性情，代表了茶峒人粗卤爽直一面，弄得好，掏出心子来给人也很慷慨作去；弄不好，亲舅舅也必一是一，二是二。大老何尝不想在车路上失败时走马路；但他一听到二老的坦白陈述后，他就知道马路只二老有分，他自己的事不能提了。因此他有点气恼，有点愤慨，自然是无从掩饰的。

（二）选文欣赏

诗意的笔法，悲情的浪漫

这一部分情节主要写的是翠翠的爱情进入了一个新的发展阶段，内容并不复杂，但在叙事上却是耐人寻味的。

1. 场景再现，增添了小说的诗化意蕴

作者又一次将场景定格在端午节的龙舟赛上，这已经是端午节的第三次出现了。离开吊脚楼，翠翠眼见在船头站定、摇动小旗指挥进退、头上包着红布的青年，心中便想起了两年前和二老的旧事——“大鱼”和“黄狗”。这时却听闻傩送要娶有碾坊陪嫁的王团总女儿。这对翠翠来说无疑是一个坏消息，因为她对傩送的爱情已经在不知不觉中生长了。于是当傩送与翠翠热情地打招呼时，翠翠“当真仿佛觉得自己是在生一个人的气，又像是在生自己的气”。

作家通过这三个相似的端午节场景记录了翠翠与傩送感情发展的不同阶段，也巧妙地将人物安插在写意的风景画里，或许也增添了一种宿命的味道。

2. 角度多变，让叙事更丰富、生动

翠翠因在吊脚楼上被别人的眼光看得不自在，便去寻找黄狗，因其内心不安宁，对周边人的对话也就格外想听听。于是作者安排一群妇人们对二老选择碾坊还是渡船的议论，“第一件事我就不想作那个碾坊的主人！”“还说二老欢喜一个撑渡船的”，这些人信口说着的闲话让翠翠“脸发着烧走到另外一处去”，又听人说“二老今天那么一股劲儿，就可以猜想得出，这劲儿是岸上一个黄花姑娘给他的！”这一部分的侧面描写让翠翠渴望知道谁是激动二老的黄花姑娘，心中不免有点儿乱了。直至迎面与二老一群人碰头，二老的连声发问，似乎更激起了翠翠心中的恼怒，她便把气撒到黄狗的身上：“得了，狗，装什么疯！你又不翻船，谁要你落水呢？”语气中无不透露出对二老的内心无法把握、无法捕捉的气恼与嗔怪。

而节选的第二部分，展现了天保、傩送兄弟情深，且两人都爱上了翠翠的相关内容。这一节的直接对话让兄弟二人把对翠翠的情感真实、坦诚地表达出来，但也只是停留在兄弟之间，当事人翠翠却是毫不知情。

这种处理不仅使翠翠的爱情故事朦胧、曲折，而且使小说的情节更生动、丰富，显得尤为精致、完美。这一点与沈从文的艺术审美追求是相一致的，这正如沈从文自己所说：“精致，结实，匀称，形体虽小而不纤巧，是我的理想的建筑。”由此可见一斑。

3. 故事因朦胧美好，因不可把控而忧伤

翠翠是美丽的，她对傩送二老的感情朦胧却执着，但她并不明白自己要什么样的生活，什么样的幸福，她更不能确定二老对自己的感情有几分真诚或虚假，单纯善良、不谙世事的她只能在朦胧的情愫里生闷气，使小性子，而这样的描写则更加凸显了边城人最朴质的人性之美。

天保和傩送兄弟两人同时爱上了翠翠，却因为兄弟之情而相约采用了美丽浪漫的“走马路”——为爱人唱情歌的“竞争”方式，做哥哥的走车路占了先，无论如何也不肯先开腔唱歌，一定得让弟弟先唱，知道不是弟弟的对手之后就主动离去，最终心灰意冷葬身河水之中，也不知是为了心中的美丽而死，还是因为心中的忧愁而亡。傩送二老深爱着翠翠，宁可不要碾坊，却因为一连串的误会和哥哥天保的意外死去而将难以割舍的爱恋深深埋在心底，最终只能带着无法摆脱的自责选择远行，把漫长的等待和遥不可及的期望留给了翠翠。

几年前傩送与翠翠的偶遇是美丽的，心中萌生的爱意也是美丽的。那一次端午节的对话在翠翠心里留下一种独特的期待、一种浅浅的渴望，使二老比哥哥天保在感情上占了先机。这份美好却因为彼此的误会交织着家庭的压力，而最终酿成了令人遗憾的悲剧。

正如批评家刘西渭所说：“这些可爱的人物，各自有一个厚道然而简单的灵魂，生息在田野晨阳的空气。他们心口相应，行为思想一致。他们是壮实的，冲动的，然而有的是向上的情感，挣扎而且克服了私欲的情感。对于生活没有过分的奢望，他们的心力全用在别人身上：成人之美。”这种简单、淳朴又带有诗意的美好朦胧，甚至是有些宿命的哀伤给小说增添了无尽的魅力。

在众多关于《边城》的评论中，沈从文似乎只首肯过刘西渭（李健吾）的一篇，这篇文章里有这么一段：“作者的人物虽说全部良善，本身却含有悲剧的成分。唯其良善，我们才更易于感到悲哀的分量。这种悲哀，不仅仅是由于情节的演进，而是自来带在人物的气质里的，自然越是平静，‘自然人’越显得悲哀：一个更大的命运影罩住他们的生存。这几乎是自然一个永久的原则：悲哀。”

写满悲情的浪漫，充溢着伤感的美好，读者也许只有在心底装满诗意才能领略她的独特魅力。

（三）情境提问

你怎么看天保和傩送这一对兄弟？相同的家庭背景，相似的人生经历，相近的性格特征，为什么傩送在翠翠心里占据了独特的地位呢？

（四）答案示例

见附录。

四、体验感悟

爱也需要勇气

爱情是一道难解的选择题，没有人可以替当事人回答爱情要如何破解，这道难题从

来都只由自己去面对。

《平凡的世界》中孙少平最终选择了直面属于他的现实。

从与郝红梅之间的懵懂的爱恋到后来与田晓霞的悲壮的恋情，少平的爱情之路是似乎被悲剧装点着，还好最后还有惠英温暖的等待……从古到今，人世间有过多少这样的阴差阳错！这类生活悲剧的上演，不能简单地归结为一个人的命运，而常常要考虑到当时社会的各种矛盾因素。

少平与晓霞从最初朦胧的彼此认同到生活理想的共鸣，再到一次又一次彼此的思念和爱慕、灵魂的高度契合，他们成就了一段不可复制的爱情神话。

有人说田晓霞的死，是路遥对世俗的一种妥协，但是这段感人至深的爱情，却足以让我们为之泪流满面。心中那份对幸福和圆满的渴求，又总会让我们忍不住希望冲破世俗与惯常的魔咒，盼望孙少平这个饱受生活苦难的青年人能够振作起来找到属于自己的幸福。然而，现实又在不断地逼迫我们回归到生活中去，其实，又有谁的人生是能够规避遗憾的呢？有时候，遗憾，本就是人生的一部分。我们能做到的就是既要不懈地追求生活，又不过多地奢望生活的报酬和宠爱，理智清醒地去接纳甚至是悦纳现实。这也许才是最智慧的人生。

而《边城》中的人们生活在一个美丽的背景之下，一切都看似平淡，波澜不惊，那些触目即是的美好最终却都在忧愁遗憾中收场。

每个人都有追求幸福的权利。财富、家庭、爱情似乎是很难平衡的一个三角。对于傩送来说，他似乎把财富和爱情之间的选择抛给了父亲顺顺，对家庭和爱情的选择也几乎听天由命。天保溺亡后，老船夫一遍遍来找傩送确认心意，他的回答却一直模棱两可，始终过不去心中的那道坎，最终他避开了种种选择，下桃源去了。“也许永远不回来了，也许明天回来”，留给翠翠的最后一丝期望竟是那么令人心生凄凉。这份对幸福的守望看似美丽，却也凄迷得让人心痛。

可见，逃避不仅不能给自己带来幸福，也会给他人带来伤害。

参考文献：

【1】路遥．平凡的世界 [M]. 北京：十月文艺出版社 ,2017.5.

【2】厚夫．路遥传 [M]. 北京：人民文学出版社 ,2015.1.

【3】梁向阳．温暖情怀与励志功能：读《平凡的世界》[N]. 人民日报 ,2013-06-25(24)

【4】吴欣歆．高中经典阅读教学现场 [M]. 北京：教育科学出版社 ,2018.7

【5】王钰慧．孙少平的精神成长之路——读《平凡的世界》有感 [J]. 东北大学报 ,2015-03-28

【6】沈从文．沈从文小说精选 (名师解读释疑学生版)[M]. 南昌：二十一世纪出版社 .2012.8.

附　录

第一章　答案示例

第一节

二、（四）答案示例

谢谢您的称赞！我能做到这种程度，离不开老师的点拨与指导；您如果能看到老师的作品，恐怕会感叹我跟老师相比还差得远。

三、（四）答案示例

如果贫穷与卑微的出身会限制人的发展的话，那么“贫且贱”的孔子如何会得到鲁国大夫孟釐子的赏识，并使得他在重病将死之际叮嘱自己的嗣子一定要以孔子为师？同样，贝多芬出生于波恩一所破旧屋子的阁楼上，父亲是不聪明而酗酒的男高音歌手，母亲是一名女仆，他的出身跟孔子类似——生活贫苦，地位不高，“少年时代就得操心经济问题，打算如何挣取每日的面包”，过早担负起了承担家庭生活的重任，然而这样贫穷与卑微的出身并没有限制贝多芬在音乐方面的发展。如果有大成就的人都出身于富贵之家的话，那么“贫且贱”的孔子如何能在生前得到“天纵之圣”的称誉和“天之木铎”的肯定，在死后得到后人“命世之大圣，亿载之师表”的敬慕？同样出身贫苦、地位卑微的贝多芬为什么能成为音乐界的翘楚？古往今来，像孔子与贝多芬这样出身贫苦、地位卑微而有大成就的人还有很多，比如范仲淹、高尔基……由此可见，贫穷与卑微的出身并不能限制人的发展，有大成就的人不一定出身于富贵之家。

第二节

二、（四）答案示例

孔子认为这样的人“好直不好学”，所以“其蔽也绞”。这样的人要想改变自己的说话方式，应该从改变学习的态度开始，努力成为好学的人，比如读关于说话艺术、心理学等方面的书，或者向表达能力强的人多学习，从而逐渐改变自己不良的说话方式。

三、（五）答案示例

1. 当今时代，面对剧增的信息量与社会发展的需求，学而不厌者除了表现出专注、执著与深入的学习品质外，还应该对新事物具有敏感、好奇并愿意积极探索未知的心态与快速掌握新知识、新技术的能力。

2. 读书之乐不寻常，眼中另有新景象；
情感真诚心向善，思想见识不一般。
游戏之乐耗时间，打打杀杀致伤残；
不知不觉心性恶，大好时光空蹉跎。
学习之乐不寻常，天天进步人向上；
知识技能日见长，道德情操人称赏。
美食之乐亦为乐，口食之好不为错；
身体营养能保障，境界提升何如学？

第三节

二、（四）答案示例

当这名同学向我询问我擅长的学科的学习时，我会首先真诚地告诉他这门学科并不难学，帮他树立学好的信心；再给他讲自己爱上这一学科的经历以及这门学科吸引人的魅力所在，激发他对这门学科产生兴趣；然后，给他推荐自己的学习方法，帮他走出学习的困境；最后，热情地告诉同学，今后在这门学科的学习过程中有什么困难可以随时来跟自己共同探讨。

三、（四）答案示例

爱

爱，是祖母温暖的怀抱。爱，是祖父和蔼的容颜。爱，是母亲做的可口的饭菜。爱，是父亲融入人群中的背影……

爱，是老师谆谆的教导。爱，是同学温暖的鼓励……

爱，是洒在草叶上的阳光。爱，是滋润大地的春雨……

爱，是心灵温暖的家园。爱，是人生不竭的动力……

第二章　答案示例

第一节

二、（四）答案示例

孙悟空具有鲜明的爱憎。他仇恨一切兴妖作怪、残害人民的妖精魔怪，他对受苦受难的群众和一切善良的人们却有着浓厚的感情。正如车迟国的众僧所称颂的：专秉忠良之心，铲锄人间不平之事，“济困扶危，恤孤念寡”。他为车迟国的五百名无辜和尚解除了灾难；他对唐僧总是委曲求全，哪怕是自己受尽委屈，对取经的事仍然竭忠尽力，对唐僧也一如既往地爱护关心。对猪八戒，他虽然不时挖苦讽刺，有时也捉弄一番，却是善意的，目的是维护取经队伍团结。可是，他对害人的妖精，却毫不留情。三打白骨精时，尽管唐僧念紧箍咒使他头痛难忍，甚至用断绝师徒情义的手段来阻止，仍然动摇不了他除恶务尽的决心。孙悟空形象这一特点，寄托了古代人民要求团结斗争、争取自身解放的坚决决心。

三、（四）答案示例

鲁智深是一个忠良侠义之人，是个正面人物，我会选择红色；他好喝酒，所以在他的面颊上，我会画一个葫芦。这样用一个红脸面绘葫芦的脸谱，来描绘鲁智深！

第二节

二、（四）答案示例

林冲同学，武义高超，为人侠义，侠骨柔肠，实乃真英雄也！

三、（四）答案示例

“斗战胜佛”，褒奖的是他的惩恶扬善，西天取经一路的降妖除魔。比如“三打白骨精”，面对师傅的肉眼凡胎，人妖不辨，齐天大圣火眼金睛，降妖除魔，冒着被唐僧“开除”的危险，忠心护主。这一路正是有他的机智、骁勇善战，不离不弃，才保得唐僧取得真经。

第三节

二、（四）答案示例

“人的生命似洪水奔流，不遇着岛屿和暗礁，难以激起美丽的浪花”——奥斯特洛夫斯基。诚然，我们每个人的人生之路，都不会是平坦的！首先我们对挫折的存在有正确的认识，认识到挫折的存在是正常的；其次我们要学习奥斯特洛夫斯基这种面对挫折的乐观精神，在接受中总结成功的经验或是反思并汲取失败的“养分”，对挫折有了这样的认识，你的人生之路会洒满阳光！

三、（四）答案示例

我为祥子而感到可惜！那样一个勤快的劳动者，那样一个有骨气的劳动者，想要通过拉车，通过自己的付出挣生活，这是多么正常的一个追求啊。然而，他错生在了那样一个吃人的年代，如果生活在今日，我想祥子不会是个顶级富豪但他一定是个发家致富的能手！

第三章　答案示例

第一节

二、（四）答案示例

我，姓陈，名宫，字公台，时任中牟县令一职。一天，守关军士擒获一人，押解至此。虽被俘之人谎报身份，但我在一番仔细打量之下，沉吟半晌后，终于确定此人乃敬仰已久、忠义报国的曹公曹孟德，瞬间做出了决定。在不动声色地赏赐过军士后，我向孟德表达了自己的报国之志、效忠之意，操大喜。当夜，我收拾盘费，与操更衣易服，各背剑一口，乘马投故乡东郡，准备携老母妻子共同出逃。行不三日，至成皋地方，寄宿于操父结义兄弟吕伯奢家中。吕伯奢让我们先坐，自去准备酒菜招待，过了很久才出来说家中没有好酒，要到别的村子去买，然后就匆匆骑驴出门了。我们两人坐了很久，忽听到庄后传来磨刀之声。操觉得可疑，我们就走近偷听。只听人说：“绑起来杀了，怎样？”操一听，说：“这就是了！如果我们不先下手，一定会被抓走。”于是我们拔剑直入，不问男女，一连杀死八口。搜至厨房，却惊见一只猪绑着正要宰杀，才知道是孟德心多，误杀好人了。但大错已经铸成，无奈只得赶紧离开是非之地。谁知路上正好遇到吕伯奢买了酒菜回来。

听他问我们何故离去，我心下愧疚，只顾拍马向前，谁知一回头看时，却惊见操早挥剑将伯奢砍于驴下。我心下不忍，道："刚才误杀也就罢了，如今你这一出又是为何啊？"曹操说："伯奢到家后必然会发现我们杀了他一大家子人，又岂能罢休？如果带人来追，必定后患无穷！"我不由心凉："那也不应该啊，这不是故意杀人吗？实在是'大不义'啊！"曹操却不以为意："宁教我负天下人，休教天下人负我。"我心下默然。月夜投宿，曹操安然入睡，我却怎么也睡不着，有心杀了这个狼心之徒，忽一转念："我为国家跟他到此，杀之不义。算了，从此以后还是相忘于江湖吧！"不待天明，自投故乡而去。

三、（一）3. 答案示例

一个事实：曹操杀了吕伯奢的家人。

细节各异：《魏书》版，曹操属于自卫杀人；《世语》版，曹操多疑杀人；《杂记》版，曹操多疑杀人，得知误杀后心下"凄怆"，说出自我排解之语"宁我负人（吕伯奢），毋人（吕伯奢）负我"。

三、（二）4. 答案示例

亲见的都未必是事实，更何况是口耳相传的东西？为了能够更接近事实，为了能够更客观地评价他人，为了能够更理性地看待世界，不妨沉下心来，多看看，多想想。

第二节

二、（四）答案示例

纵观官渡一战，曹操、袁绍对待人才的不同态度，决定了战局的走向。

袁绍手下有不少智谋之士为他出谋划策，可惜袁绍都未能听进去。许攸献计乘虚攻打曹操许都，袁绍未能采纳；沮授夜观天象，连夜求见袁绍，劝说袁绍增兵乌巢，被袁绍斥之为妄言惑众，扰乱人心。

而曹操，对待人才则是极其敬重和爱惜。曹操曾经一度想退守，是荀彧劝说曹操坚持住，以寻求时机；许攸深夜来投，曹操不仅以极高礼遇欢迎，还果断采纳许攸建议，果真扭转战局，大获全胜。

大凡能够成就一番大事的人，无不是爱才、敬才与惜才的。曹操之所以能够手下谋士如雨，正是跟他重视人才有关。

三、（一）4. 答案示例

官渡之战时，曹操对许攸礼敬有加，是因为其有很大的利用价值；而打胜官渡之战后，许攸的利用价值明显降低。许攸高估了自己，更高估了曹操对人才的态度。曹操可以

“唯才是举”，但他绝不会“以人为本”。

三、（二）4. 答案示例

言行一致，行更甚于言——求贤若渴，唯才是举。

第三节

二、（四）答案示例

纵观赤壁之战的全过程，曹操由胜转败，孙刘由劣到胜，是有其必然性的。在赤壁之战前，曹操曾先后灭掉了吕布、袁术、袁绍和刘表等北方的割据军阀，逐渐产生了骄傲轻敌的思想，这集中体现在“横槊赋诗”上。又加上他错误地估计了天下形势，置诸多兵家大忌于不顾，妄想一举并吞江南，统一全国。这就使他慢慢地由主动变为了被动。而孙刘一方则君臣和睦，将帅同心，士气高昂，加之采取了一系列正确的外交活动和军事部署，一步步由被动转为主动，大破曹军主力，取得了以少胜多的辉煌战果，从而在中国乃至世界战争史上书写了浓墨重彩的一笔。

三、（一）4. 答案示例

赤壁之战是周瑜指挥并打赢的，所以《吴书》的记载不仅详细，而且是以周瑜为主。《蜀书》记载的赤壁之战自然是以刘备为主，但过程只能简略；而《三国演义》作为文学作品，作家表示“我的地盘听我的”，任性地将指挥权做了“四六”的拆分，给了孙刘两家。而《魏书》要“为尊者讳”，不能详细记载曹操丢大人的惨败，所以在《魏书》的记载中，赤壁之战好像没有发生过一样。

三、（二）4. 答案示例

其实，当时曹操虽然战败，但面临的形势并不十分严峻。因为在赤壁交锋之前，是曹操强大，孙刘弱小，孙权和刘备首先考虑的是如何挫败曹操的强大攻势，使曹操不得渡过长江，以保全自己的势力范围，或保证自己不被曹操消灭掉。在胜负未卜的情况下，他们没有也无力抽出兵力在曹操可能败退的路线上去设伏。所以，曹操在败退的路上，虽后有追兵，却前无伏军。可是，在通向华容的道路上，曹军确实遇到了难以想象的困难。在极端恶劣的天气条件下，曹军死亡无数；尽管如此，待接探马报刘备追兵在后面开始顺风点火时，曹操大军也已通过华容道，奔江陵而去了。

第四节

二、（四）答案示例

开启一段关系，很容易；若想让这段关系持久稳定，则需要用心经营，夫妻如此，亲朋亦复如是。丁夫人与曹操的婚姻，大概率是父母之命媒妁之言，感情零起点的两人，确也有过相敬如宾、举案齐眉的光阴吧！曹昂，庶出，其母过世后，曹操选择将其养于丁夫人门下，这既是对长子的重视，更有对妻子的信任吧。丁夫人待养子视如己出，尽享天伦，而曹昂就如同纽带，将夫妻二人的关系维系得更加牢固。男权时代，丈夫官宦出身，权倾朝野，作为妻子，丁夫人并不希求他能够始终如一。但是，曹操无视人伦，霸占人妻，致爱子横死，身为母亲的丁夫人却绝对不能容忍一个父亲的放纵。

三、（一）4. 答案示例

你能想象一个男权时代，一世雄才，一个手中握有生杀大权的男人会几次三番地请一个女人回家吗？虽说曹操这一生的确有几个妻子不少姬妾，但是他心心念念并且钟情的女子却少之又少。作为曹操的正妻，当原配丁夫人决定离开曹操时，曹操并没有打算放弃她。他是遣她回娘家了，却也急着请她回家。但是他没想到，感情早就伤没了，丁夫人的沉默相待，让他好生心凉，以致无奈说出“你真的如此决绝吗？我们真的回不去了吗？既然如此，我就放你自由，你去寻找自己的幸福吧！”和离之语虽出，但聪明的妾室卞夫人显然看出了曹操的不舍，她几次三番地制造借口，把丁夫人请回府中。丁夫人对卞夫人的善意心怀愧疚，所以她不忍拒绝；但日日除了正常的吃饭以外，却从不曾跟前夫有过只言片语。可是，他居然次次都忍了下来，从不曾生气。终有一日，丁夫人还是离开了曹操的府邸。她离开了，永远地离开了，曹操很长一段时间都没有立正室。又过了很久很久，聪明的卞夫人继续为他做了很多很多事情，曹操才决定将任劳任怨的卞夫人立为正室。但丁夫人的离开，毕竟成了他铭心的遗憾。这个将事业做到极致的大人物，在临终时，他心心念念的不是回顾自己的雄心壮志，不是总结自己的丰功伟业；而是儿女情长，满心愧疚，他喃喃地说：“我思前想后，心中想的总是你，我眷顾着你，从不曾有负。可是，假如死后真的有灵，我见到儿子，子脩跟我要妈妈，我要怎么回答？”

三、（二）4. 答案示例

曹操，无疑是个多情的人，在弥留之际对自己的女人们有愧疚有不舍有安排；但他做不了一个专情的丈夫，丁夫人自然知道，但她的理解是有底线的，那就是——绝不能误了大事。偏偏曹操这个人得意了就会忘形，所以他失去了结发妻，失去了“嫡长子”。他知错即改，降低身段去向丁夫人道歉、求和，这又是他充满温情的一面，但有些人失去了就是失去了；就算你移情旁人，饶是你念念不忘，那个人就是打定了主意“不再回头！”

第五节

二、（四）答案示例

南朝宋文学家谢灵运有“天下才有一石，曹子建独占八斗”的评价。《诗品》的作者钟嵘亦赞曹植“骨气奇高，词彩华茂，情兼雅怨，体被文质，粲溢今古，卓尔不群”。王士祯尝论汉魏以来二千年间诗家堪称“仙才”者，曹植、李白、苏轼三人耳。

而作为哥哥的曹丕，因为更引人注目的政治家身份，他的文学天赋就显得不那么抢眼了，其实父亲骨子里的诗情也早融入了他的血液之中，不过是风格各异罢了——父亲曹操写雄心壮志，深沉激昂、沉雄悲凉；其弟曹植写美人江山，浪漫昂扬、慷慨悲愤；他写游子思妇，细腻悱恻、清俊悲凉。

三、（一）4. 答案示例

基因当然重要，智商是个硬道理；家风更重要，父母是孩子最好的老师！

三、（二）4. 答案示例

曹植和洛神之间也许注定是一场镜花水月，没有开始就已经结束。虽然不能长相厮守，甚至都不曾拥有，但曹植对于洛神的那份深情、那份真爱，是曹丕如何努力也都无法拥有的。也许小曹的至情至性，在大曹那儿根本是不屑一顾的。无论如何，作为普通人的我，还是更加喜欢小曹的烟火气。他的爱，如昙花般辉煌又凄婉，如烟花般灿烂又短暂，一瞬间即是永恒。

第四章　答案示例

第一节

二、（四）答案示例

可以，这句诗表现出痴情是超脱世俗的，贾宝玉的痴情恰恰也是他生命里最美最崇高的真情。

三、（四）答案示例

宝玉为何以怡红公子自居，这与他对女儿的痴情有关，怡红怡红，怡，使心悦、取悦之意，红，胭脂、女儿之比。贾宝玉以怡红公子自居，这份对女儿难能可贵的珍惜与爱护，超越性别与阶级乃至世俗的价值观念。怪道在全书第五回《贾宝玉神游太虚境 警幻仙曲演红楼梦》中警幻仙姑称其为“古今第一淫人”，一个“淫”字点出其爱博而心芳的痴红症来，这痴红症，是份不属于男人的女儿痴。至少在当年的季候，当季的年华里，贾宝玉，是名门望族里被寄托在仕途经济中的独苗，是众星拱月的存在，是被贾母宠坏了脾气的小王子。其身份地位赋予他流连烟柳繁华地、缱绻温柔富贵乡、游戏人间的权利和资本，只要他愿意，他可以纨绔，可以轻薄，大可不受荣国府一干弱女的闲气，但是他没有。因为他的痴病，是宁可负了一具男儿身，也不愿辜负一片女儿心的。所以他鄙薄自己为粗蠢浊物，赞美女儿纯洁可贵。并借由孩子天真的童趣发布有名的“清水骨肉论”。此后成长的历程里，他便越发以行动来为其理论作答。

两年后在蒙浮贡的墓地发现一男一女两具尸体，奇怪的是他们拥抱在一起，一分开尸骨立即化为灰烬。不禁想起一句歌词：“谁来证明那些没有墓碑的爱情和生命？”是啊，有些爱情只要存在过哪怕化为灰烬也不能抹杀存在过的现实，也许他们在人世间不能相恋，哪怕在想象的世界里，或者死后的墓穴里，或者不被世人相知的黑暗里，都不被人接受，但，只要他们抱在一起，彼此就存在，对于爱情来说，谁能否认这不是个浪漫的结局呢？只为了一口水么，让你如此投入，其实饥渴的，是你的心那无爱的雨露滋润的心，在呼喊哭泣。当爱斯梅拉达明亮的眼眸，划过你苦难的天空心底尘封已久的火山，顷刻间点燃，于是你丑陋而平静的外表下，便有了烈焰飞腾，固守着无望的爱情，你用理智的冰雪将翻涌的熔岩封存，让那熊熊燃烧的激情化作温柔的溪流，涓涓的，将心爱的人儿围绕。

但是，面对残酷的现实，你的爱竟是那么的苍白无力！你无奈地看着悲剧上演，看着心爱的人儿，一步步走向深渊却无力阻止，于是你清晰地听到了心碎裂的声音，痛彻心扉却不能言语。你的悲哀是怎样的惊天动地！

伽西莫多，你的痴情谁人能懂？伽西莫多，你的苦痛诉与谁听？只有挥动愤怒的双臂，让满腹的不平，响彻天际。伽西莫多用这样让人动容的方式表达自己的痴情。

“人生自是有情痴，此恨不关风与月”。

第二节

二、（四）答案示例

沁芳亭（水渗透着芳香）/绕堤柳借三篙翠，隔岸花分一脉香。不着一水字，从视觉与嗅觉感受自然，一“翠”字，一“香”字，你就能感受柳、花受到水的滋润。

有凤来仪（《尚书．益稷》：“箫韶（舜的乐曲）九成（一曲终叫一成），有凤来仪（呈祥）。”因为传说凤是食竹实的，所以借这一成语命名。）/宝鼎茶闲烟尚绿，幽窗棋罢指犹凉。从琐事细节上体察物性事理，以表现一种闲情逸致。借物写物。

稻香村（人工造成的田野山庄）／新涨绿添浣葛处，好云香护采芹人。这句从田庄背山临水写村野人的事，同用《诗》语，写山、水、杏花诸景，字面上不说出。

蘅芷清芬／吟成豆蔻才犹艳，睡足荼蘼梦也香。吟成杜牧那样的豆蔻诗后，才思还是很旺，一是花枝软垂无力像睡梦沉酣；一是人在花气中睡梦也香甜。这一联内容“香艳”，是古代上层社会的生活情趣。

选文部分无不体现了宝玉有自由之心灵、有体悟自然之心境、有真性情的个性化表现，纯净心灵的独特感悟，没有受封建正统教育的束缚，不读死书，不掉书袋。

三、（四）答案示例

诸葛亮饱读儒家经典，胸怀报国之志，有家国情怀。诸葛亮智勇超群、忠贞不渝。道家思想在其身上表现得淋漓尽致。而贾宝玉有自由之心灵、有体悟自然之心境、有真性情的个性化表现，纯净心灵的独特感悟，没有受封建正统教育的束缚，不读死书，不掉书袋。宝玉的才情更多是真情流露。他的才情更多表现出佛家和道家思想的影响，不喜欢儒家正统的经典作品。

第三节

二、（四）答案示例

宝玉到梨香院找龄官给他唱一曲，谁知龄官不买宝玉的账，不但拒绝给他唱曲儿，还态度冷淡，拒人于千里之外。宝玉这个大家公子从未经历过被人厌弃的经历，不禁讪红了脸。随后又目睹了龄官与贾蔷之间旁若无人般的爱情状况，不觉便痴了，领会了二人对彼此的情意，自此深悟人生情缘，各有分定。龄官是大观园里一个微不足道的人物，却给了宝玉当头棒喝，贾宝玉的浪漫想法“要所有世上女儿的眼泪都给我”，在现实面前得到重重的打击，龄官的眼泪就只会给贾蔷。说道：“昨夜说你们的眼泪单葬我，这就错了。我竟不能全得了。从此以后只是各人各得眼泪罢了”宝玉由此顿悟，原来并非所有的女孩子都爱自己，原来自己也不是世界的中心。想得到所有女孩子的眼泪，是无法企及的奢望，人这辈子，只能是各人流各人的眼泪罢了。当一个人意识到自己不是世界的中心，他也就开始长大了。

三、（四）答案示例

相同点：宝玉和少平对待爱情的都是专一、深厚、执着的。他们俩确实有相同的精神特质，就是都比较特立独行，有着执着的精神追求，有许多共鸣。

不同点：

感情基础不同：宝玉与黛玉是青梅竹马、两小无猜，也属于一见钟情。

少平又是一个有执着追求的人，既如饥似渴地充实着自己的精神境界，又渴望走出农村的狭小天地，到外面的世界闯荡见识一番。在这样渴求成长的过程中，老家和少平一个村子，但一直在城里长大的田晓霞对少平精神的帮助和鼓舞很大。这样两个人渐渐熟识起来，从此晓霞成为少平精神上的指导老师和朋友。真正的良师益友。建议并提供给少平许多阅读资料，不时热烈地讨论。晓霞的心里感觉少平和自己的精神最近，他们是那么聊得来，少平那种悲情英雄主义对晓霞也有相当的震撼。他们在杜梨树下四目相碰，碰出了久藏的爱情火花。

爱情双方身份：黛玉与宝玉属于门当户对，小霞和少平身份地位差距很大。

第五章　答案示例

第一节

二、（四）答案示例

孙少平出身农民家庭，确切地说，出生在一个烂包光景的贫苦农民家里，但是如果我们像评价少安那样，从评价一个农民的角度出发来评价他，不仅有失公允，而且也显得狭隘了。

不同于世俗的家庭责任。

大哥少安为了支撑起这个家早早地放弃了学业，少平和妹妹不仅怀揣着自己的梦想在求学，更肩负着一家人的希望和精神高度上的尊严，他有着与少安不同性质的责任。

作为一个男子汉，他也无法允许自己在父亲和哥哥的影子里生活或存在，他必须闯荡出一条属于自己的人生道路。如果说哥哥少安让这个家在经济上有了尊严，那么他必须选择另外一个方面，为自己、为家庭做些什么，尽管他自己还想不清楚。

孙少平说："如果你知道往哪里去，全世界都会为你让步。"果然，积极上进的他碰到了与他志同道合的田晓霞，晓霞的激励，再加上他的积极、乐观与不畏艰险的可贵品质，让孙少平一步步靠近内心最初的梦想。

孙少平从高中开始便看了很多书，有各种各样的类型。比如经典名著，《红岩》《牛虻》等，又在田晓霞的影响下看了政治历史方面的书报，如《参考消息》等。

因此，孙少平，这个时代年轻人的缩影，他重新背起沉重的行囊，踏上追求远方梦想的道路。孙少平，他代表着年轻时的孙少安，代表着年轻时的田福军，更代表着世世代代像他一样怀揣梦想的年轻人。他有年轻而敏感的自尊心，他有积极而远大的梦想，他不甘于在这个穷乡僻壤里度过自己的一生，他渴望的是外面的世界，他是《平凡的世界》这部作品精神的代表。

三、（四）答案示例

黛玉来到贾府，深感寄人篱下。她为自己立下的行事准则是：步步留心，时时在意，不肯轻易多说一句话，多行一步路，深恐被人耻笑了去。这一准则在本回中即得到充分表现。作者在字里行间，无不表现了林黛玉的敏锐小心、行为恭谨、对一切都细细观察的处事作风。

黛玉这种“步步留心，时时在意”的谨慎态度，是她寄人篱下处境的真实反映。

概括起来说，主要表现在以下几个方面：

（1）言辞表达方面：例如在邢夫人处，邢夫人“苦留”她吃晚饭，她婉言谢绝了：“舅母爱惜赐饭，原不应辞，只是还要过去拜见二舅舅，恐领了赐去不恭……”一席话既表明了她对邢夫人的尊敬与感激，又表明了自己顾全大局的礼节，说明她待人接物是留心在意的。

（2）行为举止上：在贾母房中吃饭时，贾母正面榻上独坐，两边四张空椅，当王熙凤拉黛玉入座时，黛玉也十分推让了一番，直到贾母做了解释后，方才告了座，可见其时时小心，观察仔细，行事有分寸，懂礼节。

（3）生活习惯方面：黛玉见贾府饭后用茶等许多事情不合家中之式，也少不得一一改过来，这可以看出黛玉细心、谨慎，有教养。

第二节

二、（四）答案示例

1. 从作者的创作意图来看。

在《平凡的世界》中，作家路遥在创作中追求把苦难转化为一种前行的精神动力。小说在展示少安、少平等人物艰难生存境遇的同时，极力书写了他们克服重重困难的美好心灵与坚韧不拔的奋斗精神。

2. 从孙少平的成长经历来看。

他赤手空拳、无一技之长，只能在恶劣环境中从事高强度的体力活——背最重的石块，肉体上承受着难以想象的痛楚，却在精神上感受到了劳动换来的平等与尊严。

3. 孙少平面对苦难的态度。

没有人愿意与苦难相随，但是一旦命运把苦难塞进你的生活，那么决定你的生活幸福与否的，便不再是生活与苦难本身，而是你对待苦难的态度。孙少平对苦难有着主动选择和迎接挑战的勇气，他相信，自己历经千辛万苦而酿造出的生活之蜜，肯定比轻而易举拿来的更有滋味……他自嘲地把自己的这种认识，叫作“关于苦难的学说”。

4. 丰富的阅读让孙少平对苦难有着不同的理解。

大量的阅读让孙少平的“苦难观”有了哲学的高度，给孙少平精神上带来了从未有过的满足，让他可以用比较宽广的视野来看待自己和周围的事物，开始用各种角度从不同侧面来观察某种情况和某种现象。可以说，书不仅是他的精神家园，更是他不断向前的生活导师，让他这个终日劳累的揽工汉发现苦难的另一面，而不至于被残酷的生活现实吞没。

三、（四）答案示例

《红岩》中的英雄们用对革命信仰的坚定执着为我们蹚出了一条奋斗者的道路，这条路充满了鲜血和牺牲，而这血染的红色恰恰是革命的色彩与荣光：江姐、许云峰、成岗等共产党员面对酷刑的英勇无畏、视死如归；刘思扬、胡浩、孙明霞、成瑶等有为青年坚忍顽强、不惧牺牲。他们的精神永垂不朽！他们的奋斗可歌可泣！

“红岩精神”的基本内涵包括崇高的思想境界、坚定的理想信念、巨大的人格力量和浩然的革命正气四个方面，是我们中华民族伟大精神的重要组成部分，是民族精神、时代精神、共产主义精神的有机统一，是历史留给我们的宝贵精神财富，更是中华民族的精神瑰宝。尽管现在我们所处的时代和面临的任务与产生红岩精神的时代背景不同，但她仍然是激励我们开拓进取的强大精神动力，仍然是当代青年学生进行自我教育的宝贵资源。

今天的我们也要让自己拥有奋斗者的特质：心怀梦想，勇敢逐梦，努力筑梦。让青春的生命负重前行，让坚定的信仰保驾护航，让责任常驻心头，勇于担当，无私无畏，不辱使命，不负芳华。

第三节

二、（四）答案示例

孙少平自身的光环与魅力，来自其面对苦难的勇气与不服输的精神。

1. 他有落地生根的强大的生存能力，能在无路可走的地方蹚出一条路来。

少平在哪里都能够生存，并且活得很好。他就像一粒种子，落在哪里都可以生根，发芽，长大。初次离家，来到黄原这人生地不熟的地方，为了找到一个暂时落脚之处，他凭印象找到了只见过一次面的贾冰老师的家里，熬过了到黄原的第一个夜晚；为了找到一个可以让自己在黄原落下脚的活儿，他硬着头皮找到几乎从无往来的亲戚家。从舅舅马顺的手里抢下水桶，一口气挑了四担水，把他家里的水缸挑得满满的，以强行服务的方式赢得了好感，抓住了稍纵即逝的揽工机会。

2. 他依靠自己的坚忍顽强、肯拼肯干，为人生打开了一扇扇门。

在曹书记家背石头，脊背上的肉全被压烂了，皮肉磨得像一层透明的纸，他哪怕是在睡梦中疼得不断呻吟，也没有退缩。他强大的吃苦精神感动了曹书记夫妇，把他调到了轻松的岗位上，给他单独开小灶，让他给他们的女儿辅导功课。他们待他如家人。

大牙湾煤矿体检时，他过于激动和紧张，血压升高。后来他提着少得可怜的一兜苹果，来到了女护士的家里，他的悲怆和无助打动了女护士的悲悯之心，得到了女护士科学的建议，顺利通过了体检。

在新来的煤矿工人中，他两手空空，一无所有。然而戏剧性的是，不到一个月，富家子弟们用以炫耀身份的手表、皮箱、被褥，全归少平所有。那些富家子弟对他感恩戴德，觉得他买他们的东西是救了他们。他依靠自己的劳动为自己赢得了尊严。

他很快依靠自己的真诚、善良、勤快，赢得了师傅王世才的喜爱。师傅把他领到家里，一家人热情地招待他，让他在异乡感受到了家的温暖。

师兄安锁子维护他，协议工们尊敬他。

3. 他有着深刻的思想和强大的内心。

少平喜欢读书，这给他的人生插上了翅膀。他为人处世和一般的农民不一样，有魄力，有格局。在双水村做老师时，他亲自来到了金光亮家，给他的小儿子补习数学，这在双水村具有划时代的意义。他打破了农村严重的家族观念，两家上辈子结的仇恨，在他的努力下冰消云散。

少平对生活有着独到的见解。作为男子汉，他不愿黄土淹没了自己的人生。他觉得，老窝在双水村那土坷垃里，又有什么意思呢？人生在世就应该闹腾一番，安安稳稳活一辈子，还不如痛痛快快地摔打几下，受点磨难，多经一些世事，死了也不后悔。

那颗不安分的心，使他不愿意过这种一眼望到头的日子。

更让人佩服的，是他面对苦难生活的态度。揽工汉的生活吃苦受累，还被人瞧不起，少平却把它当作生活的磨砺，称之为“苦难的哲学”，从苦难中酿出来的生活之蜜才是真正的蜜。他甚至对自己的这种生活方式有点骄傲。沉重的劳动往往会让人的精神变得麻木不仁，而少平的思想是活跃的、深刻的，这让他对自己所处的苦难有一种更高的理解。

强大的内心力量，使他面对晓霞，不自卑，不伪装，不矫饰，显示出最真实的自己，也让他敢于冲破世俗的偏见，勇敢追求爱情。

巴尔扎克说，一个有思想的人才是一个有力量的人，思想决定了你能走多远。我丝毫不怀疑，少平的人生之路会越走越宽，未来不可限量。

4. 少平是个有情趣，有温度，懂生活的人。

喜欢读书并没有使他变成一个严肃刻板的书呆子，相反他是一个活泼的、多才多艺的人。

他喜欢打篮球，在操场上挥汗如雨，显示出强大的男子汉的力量，他爱讲故事，能排戏，会扭秧歌，他的生活多姿多彩。

他幽默风趣，善于自我解嘲。每次见面，善解人意的晓霞，知道少平需要的是一顿好吃喝，这时少平总会自我解嘲，“我已经吃过了，不过我不反对我的胃，再受一次虐待”。轻轻松松的调侃中，两人的心更近了。

他干净整洁，热爱生活。在工地上他就是一个彻头彻尾的揽工汉，和晓霞约会或者是外出时，他会仔细梳洗一番，换上蓝涤卡装，把自己打扮得整整齐齐，连晓霞都差点不认得他了。

他细心体贴，妹妹兰香考上了大学，他除了给妹妹准备了新的皮箱和衣服之外，更令人感动的是，他让晓霞帮忙给妹妹买几套换洗的内衣。一个男人细心到如此，让晓霞感动得热泪盈眶。

正是因为孙少平是一个积极奋进、勇于跟苦难抗争的有为青年，无论在怎样的环境中，无论遇到怎样的生活难题，他总能触底反弹。生活并不会厚待谁，你怎样对待生活，生活就会怎样对你。少平努力、认真地对待生活让他好运常伴。他身上的那种强烈的男子汉精神，吸引着周围的人。

5. 孙少平对爱情坚定明确，有发自心底的尊重与敬畏。

把心给那个想要给的人，不随便，不滥情，明白自己的需要；不被物质绑架，不被名利诱惑；不因为自己内心的孤寂而轻易接受他人的感情……这种对感情的真诚与负责也平添了他的魅力。

三、（四）答案示例

小说中天保、傩送两兄弟似乎着墨不是很多，作者只是以一种若有似无的笔法来描述这兄弟二人与翠翠之间的简单而又朦胧的爱情。情节虽不是很多，但二人的形象差异以及在翠翠心中的感受还是有明显的差异的。

首先，兄弟二人都很优秀，二老特质更为突出。

天保和二老两个年轻人都结实如小公牛，能驾船，能泅水，能走长路。凡从小乡城里出身的年轻人所能够做的事，他们无一不做，无一不精。天保的性情如他们爸爸一样，豪放豁达，不拘常套小节。二老的气质近于母亲，不爱说话，眼眉却秀拔出群，一望即知其为人聪明而又富于感情。

两个人在父亲顺顺有目的的教育和训练下结实如老虎，却又和气亲人，不骄惰，不浮华，不倚势凌人。故父子三人在茶峒边境上，为人所提及时，人人对这个名姓无不加以一种尊敬。

从二人的名字来看，“天保”，顾名思义，天保佑的，在人事上或不免有些龃龉处；至于“傩送”，是傩神所送来的，照当地习气，人便不能稍加轻视了。茶峒船家人取出一个诨名“岳云”来赞叹傩送的美好。

其次，二老与翠翠的正面交锋在翠翠的内心掀起了最初的涟漪。

本来感情就是一种很微妙的东西，一件事情、一个动作、一个眼神、一次对话等等就有可能在没有瓜葛的两个人之间燃起莫名的情愫，细细探究，说不清道不明，但却在心理留下一种独特的期待、一种浅浅的渴望、一种悸悸的心动……

第一个端午节，捉鸭子的二老与翠翠的那一番相遇，就为二老创造了一个机遇，我们不妨看一看二老与翠翠对话内容的变化。听到翠翠说是在等爷爷一块儿回家，二老就说“等他来他可不会来。你爷爷一定到城里军营里喝了酒，醉倒后被人抬回去了！”又说：“这里等也不成，到我家里去，到那边点了灯的楼上去，等爷爷来找你好不好？”这看似简单的对话，其实背后所展现的是傩送的细心和暖心。把“爷爷”前面的“你”去掉，所指的仍然是“你爷爷”，但是也包含着“我们的爷爷”的意味，距离一下子就贴得非常紧，言语中一步步走近翠翠，夹杂着关心的戏谑，些微地触动了翠翠的心弦，让翠翠小小的心腔中渐渐地被一种说不分明的东西充满。

第三，傩送对翠翠的爱执着、真诚，没有杂质。

傩送透明般的纯粹，在他的心中，能与他喜欢的女孩子在一起，是比什么财富名利更重要的。他执着地爱着翠翠，经过两年的时间，两人虽没有见面，但感情不减反增。在面对渡船、碾坊的选择时，不顾父亲的阻扰，最终选择了渡船，无论是王团总的陪嫁还是其他诱惑都阻碍不了傩送追求自己的真爱。同时在得知天保也喜欢翠翠后，他没有退缩，不愿放弃，反而是主动、真诚地向哥哥天保表明自己喜欢翠翠，并同意与天保一起夜里唱山歌向翠翠求婚。

除了对爱情的忠诚和守护，他对亲人的爱也丝毫不减。他对哥哥和父亲的感情很深，在得知哥哥的死后十分愧疚，他甚至误以为是因为翠翠和祖父才造成了这场悲剧，于是尽管对翠翠依然深爱，但是也愧对于哥哥，在这两个矛盾的折磨中最后他选择了远走他乡，是对哥哥的死做的补偿，也拒绝了翠翠的感情……虽然这样的结局令人遗憾，但我们更愿意看到的是一个有情有义的傩送。

而天保是一年前才喜欢上翠翠的，最初产生好感是因为翠翠较好的容貌，并向翠翠祖父提亲，可以看出他豪迈慷慨的性格特征，而用他自己的话说：“我要个能听我唱歌的有情人，却更不能缺少个照料家务的好媳妇。我这人就是这么一个打算，‘又要马儿不吃草，又要马儿走得好’，唉，这两句话恰是古人为我说的！”可见，天保与其他男子一样贪心且有一点儿世俗，他对翠翠还抱有更多的要求和期望，并不是纯粹的感情。但在兄弟两人决定唱歌“决斗”时，他却因为自己先提了亲，“作哥哥的走车路占了先”，一定要弟弟先唱；弟弟“一开口”，他知道自己不是“敌手”，带着忧伤与愿比服输的心情远走了他乡，既是为了弟弟的幸福，也是为了消解自己心中的失望和难过，“好忘却了上面的一切”。最后意外遇难，可以说他是为了亲情和爱情而死。